Alfred Bekker

Gorian

Das Vermächtnis der Klingen

Alfred Bekker

GORIAN

Das Vermächtnis der Klingen

Originalausgabe

blanvalet

MIX
Papier aus verantwortungsvollen Quellen
FSC® C014496
FSC
www.fsc.org

Verlagsgruppe Random House FSC-DEU-0100
Das FSC-zertifizierte Papier *Holmen Book Cream*
für dieses Buch liefert Holmen Paper, Hallstavik, Schweden.

1. Auflage
Originalausgabe Dezember 2010 bei Blanvalet,
einem Unternehmen der Verlagsgruppe Random House GmbH, München

Umschlaggestaltung: HildenDesign München
Umschlagfoto: Umschlagillustration: © HildenDesign unter Verwendung
einer Illustration von Nick Deligaris
Lektorat: Peter Thannisch
HK · Herstellung: sam
Satz: KompetenzCenter, Mönchengladbach
Druck und Einband: GGP Media GmbH, Pößneck
Printed in Germany
ISBN: 978-3-442-26763-7

www.blanvalet.de

Inhalt

1 Zeichen

Es hieß, dass in jener Nacht, als Gorian geboren wurde, ein glühender eisenhaltiger Stein vom Himmel fiel und unweit des Dorfes Twixlum nahe der Bucht von Thisilien niederging. Und es hieß auch, dass Nhorich, sein Vater, noch in derselben Nacht, kaum dass man den ersten Schrei des Jungen gehört hatte, aufbrach, um den Stein zu suchen und sein Eisen zu bergen.

Aus diesem Eisen schmiedete Nhorich zwei Schwerter …

Später sollte man in all diesen Begebenheiten Zeichen des Schicksals erkennen.

Zeichen des Bösen.

Zeichen des Guten.

Zeichen der Verzweiflung.

Zeichen der Hoffnung.

Und Zeichen einer nahenden, tief greifenden Veränderung, die alles erfassen würde. Nicht ein einziges Staubkorn sollte davon unberührt bleiben.

Nichts würde sein, wie es war …

Das Erste, woran sich Gorian später erinnerte, war die helle Sonne am blassblauen Himmel und der dunkle Schatten, der einen Teil dieser grell leuchtenden Scheibe verdeckte. Er sah aus wie ein schwarzer Fleck, und Gorian hatte von Anfang an das Gefühl, dass er nicht dorthin gehörte.

Er war zwei Jahre alt, lag in einem schaukelnden Boot, hatte geschlafen, und als er erwachte, sah er diesen überwältigend blauen Himmel über sich – und die Sonne.

Und jenen dunklen Fleck, von dem er damals noch nicht wusste, dass man ihn den Schattenbringer nannte und dass er aus der Welt langsam, aber sicher einen kalten, toten Ort machen würde.

Gorian drehte den Kopf, und er sah seinen Vater an der Pinne der kleinen Segelbarkasse. Ein breitschultriger Mann mit warmen graugrünen Augen und dunklem Bart. »Wir sind gleich da, mein Junge«, sagte er.

Gorian setzte sich auf. Er konnte gerade über den Rand der Barkasse sehen. Da waren ein Ufer, Häuser, ein Hafen.

Als Gorian wieder zu seinem Vater blickte, sah er, dass sich dessen Gesichtsausdruck vollkommen verändert hatte. Eine tiefe Furche reichte von der Nasenwurzel bis zum Haaransatz, und die dichten Augenbrauen hatte er zusammengezogen. Ein Ausdruck, den Gorian im ersten Moment nicht zu deuten vermochte. Aber er spürte, dass etwas nicht so war, wie es sein sollte.

Sein Vater lockerte das Segel. Es flatterte, das Boot drehte sich mit der Spitze in Windrichtung und verlor augenblicklich jegliche Fahrt.

»Bleib ganz ruhig!«, gebot er – auf eine Weise, die Gorian klarmachte, dass es das Beste war, genau zu tun, was man ihm sagte. Denn Gorian hörte die Stimme seines Vaters auf ganz besondere Art: Die Worte drangen auf eine fast bedrängende Weise in seine Gedanken, und Gorian spürte die unheimliche Kraft, die in ihnen wirkte. Eine Kraft, die er nicht erklären, nicht begreifen, ja, noch nicht einmal mit Worten bezeichnen konnte. Er spürte sie einfach – und es fühlte sich wie etwas Bekanntes, Vertrautes an.

Mit einer schnellen Bewegung griff sein Vater nach dem

Schwert, das er am Gürtel trug. Die Klinge blitzte im Sonnenlicht. Sie wirbelte so schnell durch die Luft, dass man sie kaum zu sehen vermochte.

Sie zuckte auf Gorians Kopf zu, sauste haarscharf an ihm vorbei und drang in den Schädel eines riesigen geflügelten Fisches. Urplötzlich war die Bestie aus der Tiefe emporgeschossen, war aus dem Wasser gestiegen, hatte die Flügel ausgebreitet und sie so schnell bewegt, dass sie kaum noch sichtbar waren. Ein geflügelter Fisch konnte in der Luft stehen, während er sich mit seinem gewaltigen Maul die Beute einverleibte.

Aber nicht dieses Mal.

Während das Schwert der Bestie in den Kopf fuhr, hörte Gorian den Schrei seines Vaters, der ihm durch Mark und Bein fuhr. In diesem Schrei war noch viel mehr zu spüren von jener unheimlichen Kraft, über die sein Vater zu gebieten schien.

Der geflügelte Fisch stieß einen ächzenden Laut aus, während das Schwert, dessen Griff Nhorich mit beiden Händen hielt, zu glühen begann. Fischblut spritzte aus dem Körper der aufbrüllenden Kreatur. Es war bläulich und zischte, wo immer es auf die Planken des Bootes traf, und auch Gorian bekam etwas davon ab.

Aber er konnte nicht schreien. Er öffnete zwar den Mund, aber nicht ein einziger Laut kam ihm über die Lippen.

Die Bestie sank ins Wasser. Blasen stiegen auf, die Wellen färbten sich blau, und das Boot schwankte entsetzlich.

Gorian sah seinen Vater an, in dessen Augen nichts Weißes mehr zu sehen war; sie waren vollkommen von einer undurchdringlichen Schwärze erfüllt. Breitbeinig stand er da und glich so die Schwankungen der Barkasse aus, die führerlos dahintrieb. Sie drehte sich, Wind fiel ins Segel und ließ es erneut flattern.

Gorians Blick wanderte an seinem Vater vorbei.

Dort war nichts außer der weiten glitzernden Wasserfläche der Thisilischen Bucht und in der Ferne eine Wand aus grauem Dunst.

In diesem Augenblick vermochte Gorian endlich zu schreien. Aber es war kein Schmerzensschrei wegen des ätzenden Fischbluts, sondern eine Warnung – gemischt mit Entsetzen.

Ein einziges Wort kam über die Lippen des Jungen. »Da!« Er streckte den Arm aus, deutete dorthin, wo noch nichts war, und legte in diesen Schrei alle Kraft, zu der er fähig war.

Im selben Moment tauchte etwa fünf Schiffslängen von der Barkasse entfernt ein zweiter geflügelter Fisch aus dem Wasser. Er war kleiner als der erste, vom Kopf bis zum Schwanz maß er nicht mehr als eine Mannlänge. Dafür war er viel schneller als die Bestie zuvor. Das surrende Geräusch der schwirrenden Flügel klang wie hundert wütende Hornissenschwärme.

Das Wesen aus der Tiefe schoss auf Nhorich zu. Dieser wirbelte herum, stieß erneut einen Schrei aus und ließ die Klinge des Schwerts durch die Luft sausen. Sie glühte kurz auf, als sie durch den Leib des geflügelten Fisches fuhr, und es zischte, als dessen Blut das Eisen berührte, aus dem die Waffe geschmiedet war. Mit einem einzigen Schlag trennte Nhorich der Kreatur den Kopf ab.

Das ätzende Blut spritzte hoch empor, aber eine plötzliche Windböe wehte den giftigen Lebenssaft des Geschöpfes hinaus aufs Meer, sodass diesmal weder Nhorich noch Gorian davon getroffen wurden.

Nhorich sah sich um. Seine Augen waren noch immer von vollkommener Finsternis erfüllt. Gorian würde diesen Anblick in seinem Leben nicht vergessen.

Sein Vater schien etwas zu suchen. Das Boot schwankte, aber er stand noch immer da, das Schwert in beiden Händen, und hielt offenbar nach weiteren geflügelten Fischen Ausschau, die ihn und seinen Sohn attackieren wollten. Doch sofern sich noch weitere dieser Kreaturen im Meer um sie herum verbargen, war ihnen die Gier nach Beute vergangen.

Nhorichs Körperhaltung entspannte sich. »Es ist vorbei«, sagte er. »Sie sind fort ...«

»Erinnerst du dich daran, wie uns die geflügelten Fische angegriffen haben?«, fragte Gorian seinen Vater ein paar Jahre später.

»Natürlich.«

»Hast du im Voraus gewusst, dass die Bestie plötzlich aus dem Wasser kommen würde?«

Sein Vater lächelte. »Ja, einen kurzen Moment, bevor es geschah, habe ich es gewusst.«

»Das lernt man als Schwertmeister des Ordens, nicht wahr?«

»So ist es. Aber man kann es nur lernen, wenn die grundsätzliche Begabung dafür vorhanden ist. Doch jetzt musst du mir auch eine Frage beantworten, Gorian.«

»Welche?«

»Erinnerst du dich an den zweiten geflügelten Fisch damals?«

»Natürlich. Er kam von hinten auf dich zu.«

»Und du hast mich gewarnt, bevor er aus dem Wasser stieg.«

»Ja«, murmelte der Junge, und sein Blick wurde so abwesend und in sich gekehrt, wie er es ansonsten oft bei seinem Vater beobachten konnte. »Ich habe ihn gesehen. Noch bevor er da war.«

Nhorich nickte und strich ihm über den Kopf. »Du warst erst zwei. Das ist sehr früh.«

»Wie meinst du das?«

»Vergiss diesen Augenblick niemals. Erinnere dich von Zeit zu Zeit an genau diesen Moment, und versuche ihn dir so genau wie möglich vorzustellen.«

»Warum?«

»Du darfst keine Einzelheit vergessen.«

»Das werde ich nicht«, versprach Gorian. »Und ich denke fast jeden Tag an dieses Erlebnis.«

Sein Vater atmete tief durch. »Eines Tages werde ich dir erklären, was das alles zu bedeuten hat.«

»Warum nicht jetzt?«

»Es ist zu früh. Glaub mir, es wäre nicht gut für dich, mehr zu wissen. Noch nicht.«

»Erzähl mir von Mutter«, bat Gorian. Er war inzwischen zehn Jahre alt und stellte diese Forderung keineswegs zum ersten Mal.

»Was soll ich dir über sie erzählen – außer dem, was du schon weißt?«, erwiderte Nhorich. Sein Bart war mittlerweile grau meliert, aber er war immer noch ein Mann voller Kraft und Vitalität.

Gorian hatte seine meergrünen Augen geerbt und den wachen, sehr intensiven Blick, von dem Außenstehende oft den Eindruck hatten, er versuche damit, sie zu durchdringen.

Es war ein Ritual zwischen ihnen: Gorian fragte nach seiner Mutter, und Nhorich erzählte ihm all das, was er über sie wusste oder wovon er meinte, dass Gorian es wissen sollte, was vielleicht nicht ganz dasselbe war.

»Stimmt es, dass ihr Tod mit meiner Geburt zu tun hatte?«, fragte Gorian.

»Wer behauptet das?«

»Stimmt es?«

»Nein, sie starb genau ein Jahr und einen Tag nach deiner Geburt. Und noch einmal nein: Beide Ereignisse hängen nur insofern zusammen wie alles, was im Polyversum geschieht oder geschehen könnte oder geschehen wird, miteinander in einfacher Wechselwirkung steht.«

Polyversum, dachte Gorian. Ein Begriff, den zumeist Angehörige des Ordens der Alten Kraft verwendeten, während die Priesterschaft des Verborgenen Gottes von Schöpfung sprach, wenn sie die Gesamtheit aller denkbaren Orte und Möglichkeiten meinte. Dass Nhorich den Begriff Polyversum relativ häufig in seinen Reden benutzte, verriet ihn als jemanden, der dem Orden der Alten Kraft lange angehört hatte. Die Denkweise, die dort gelehrt wurde, hatte sich tief in seine Persönlichkeit gegraben. Tiefer vielleicht, als Nhorich selbst es wahrhaben wollte, denn er war – im Rang eines Schwertmeisters – in Unfrieden aus dem Orden geschieden und mied seither jeden Kontakt zu dessen Vertretern.

»Pasoch behauptet, dass der Tod meiner Mutter mit meiner Geburt zusammenhing«, erklärte Gorian, denn diesmal wollte er eine ergiebigere Antwort auf seine Frage.

Nhorich blickte von dem Werkstück auf, das er einer letzten Prüfung unterzogen hatte, und lächelte verhalten. Es handelte sich um einen Dolch, geschmiedet von Nhorich selbst. Die Arbeit daran hatte Wochen in Anspruch genommen und war erst mit der Gravur der magischen Kraftzeichen beendet gewesen. Eine kurze Klinge, geschmiedet nach den Maßgaben der Schwertmeister des Ordens der Alten Kraft. Hinsichtlich der Schmiedekunst war Nhorich dem Orden noch immer treu, auch wenn er ansonsten alle Verbindungen zu ihm abgebrochen hatte. Er war zu der Erkenntnis gelangt, dass dieser Orden inzwischen bis ins tiefste Mark verderbt war, herabgesunken zu einem bloßen Machtinstrument der Herzöge von Laramont, die schon seit vier Generationen in Folge die Herrscher des Heiligen Kaiserreichs stellten.

Das Ziel des Hauses Laramont lag auf der Hand: die Abschaffung des Wahlkaisertums und dessen Umwandlung in eine Erbmonarchie. Und sowohl der Orden der Alten Kraft als auch die Priesterschaft des Verborgenen Gottes waren – trotz ihrer erheblichen Gegensätze untereinander – zu Erfüllungsgehilfen dieses Adelshauses geworden. Beide hatten ihre alten Ideale verloren und sich damit Nhorichs tiefste Verachtung zugezogen.

»Pasoch ist ein Narr«, sagte Nhorich, während er über die Klinge des Dolchs strich. Zumindest damit schien Nhorich zufrieden zu sein. Er packte den Griff und schleuderte die Waffe aus dem Handgelenk durch die Schmiedewerkstatt. Der Dolch beschrieb eine bogenförmige Flugbahn, fuhr dann etwas empor und landete in einer Schnitzerei über dem Türfirst, die eine tierhafte Dämonenfratze zeigte, direkt in das mit Hauern versehene, halb geöffnete und zu einem hämischen Grinsen verzogene Maul. Zitternd blieb er im Rachen des geschnitzten Fabelwesens stecken.

Ein Dolch – in seiner Flugbahn abgelenkt durch den Einsatz der Alten Kraft, ging es Gorian durch den Kopf. Das gehörte zu den Künsten, die ein Schwertmeister des Ordens beherrschen musste, um diesen Titel für sich beanspruchen zu können. Und wann immer Gorian seinen Vater diese Künste anwenden sah, war dem abtrünnigen Schwertmeister die Anstrengung dabei niemals anzumerken, die eine derartige Beherrschung der Alten Kraft zweifellos erforderte. Seine Augen hatten sich nicht einmal mit purer Dunkelheit gefüllt, was ein Zeichen großer Konzentration auf diese Kraft war.

Nhorich lächelte zufrieden. »Ein gutes Stück«, sagte er. »Vor allem die richtigen Symbole sind ein Punkt, der häufig unterschätzt wird, mein Sohn. Auf die kommt es an und darauf, in welcher Reihenfolge sie eingraviert werden.« Er schwieg eine Weile, und sein Blick schien in eine unbestimmte Ferne zu schweifen. Gorian kannte diesen Blick nur zu gut. Sein Vater war dann mit den Gedanken in der Vergangenheit. Gorian bedauerte es in diesen Momenten oft sehr, dass er ihm dorthin nicht folgen und nicht dieselben Dinge vor dem inneren Auge sehen konnte.

Nhorich drehte sich zu Gorian um. »Was fällt Pasoch überhaupt ein, dir gegenüber derartige Dinge zu behaupten?«

Pasoch war der örtliche Priester der Kirche des Verborgenen Gottes in dem nahen, an der Thisilischen Bucht gelegenen Küstenort Twixlum. Nhorichs Hof, wo der ehemalige Schwertmeister mit seinem Sohn und einigen Bediensteten zurückgezogen lebte, befand sich einige Meilen östlich von Twixlum. Von den Hofgebäuden aus konnte man das Meer sehen, und es gab eine eigene Anlegestelle für kleinere bis mittlere Barkassen. Denn der Landweg, der an der Küste entlang von der Hafenstadt Thisia aus über Twixlum bis zu den Anlegestellen der Fähren im Mündungsbereich des Flusses Seg führte, von wo aus man zum Herzogtum Estrigge übersetzen konnte, war nicht das ganze Jahr über passierbar.

»Es war, als ich zuletzt mit der Barkasse in Twixlum war«, antwortete Gorian.

»Du solltest nicht mehr zu den Schultagen der Priester gehen«, sagte Nhorich, und sein Tonfall war düster dabei.

»Warum nicht? Sind sie auch so verderbt wie der Orden der Alten Kraft?«

»Mindestens«, behauptete Nhorich – und diese Ansicht äußerte er Gorian gegenüber nicht zum ersten Mal. Aber

Näheres hatte er auch auf Gorians bohrendes Nachfragen hin nie geäußert, sondern traf immer nur die allgemeine Feststellung, dass Priester und Ordensangehörige längst ihre alten Ideale verraten hätten und nur noch einem Kaiserhaus den Machterhalt ermöglichten, statt sich den wahren Bedrohungen entgegenzustellen, die das Heilige Reich gefährdeten. Vielleicht glaubte Nhorich, dass sein Sohn noch nicht in der Lage wäre, alle Hintergründe zu verstehen. Oder er wollte ihn schützen, indem er ihm Dinge verschwieg, über die Bescheid zu wissen ihn in Gefahr bringen könnte. Wiederholt hatte Nhorich etwas in der Art angedeutet, aber es war bei diesen Andeutungen geblieben.

Zu den Priestern in die Schule nach Twixlum gehen zu dürfen hatte Gorian seinem Vater abringen müssen. Der ehemalige Schwertmeister war alles andere als begeistert davon gewesen. Er wollte nicht, dass die Priester des Verborgenen Gottes seinen Sohn in ihrem Sinne beeinflussten. Aber es entsprach auch der Lehre des Ordens, sich alle möglichen Auffassungen anzuhören, ohne ein allgemein verbindliches Urteil zu fällen, ehe dieses nicht unabweisbar war. Wie hätte es Nhorich, der die alten Ideale des Ordens nach wie vor als Richtschnur seines eigenen Lebens ansah, seinem Sohn da verwehren können, sich mit den Lehren der Priesterschaft bekannt zu machen, auch wenn sie in vielem völlig konträr waren zu den Auffassungen, die Nhorich für sich persönlich als richtig ansah?

Die Schule fand immer an sieben aufeinanderfolgenden Tagen statt, denn sonst hätte es sich für viele nicht gelohnt, dafür eigens aus der weiteren Umgebung anzureisen. Die Kinder übernachteten jedes Mal im Tempel, der selbst in einem so kleinen Ort wie Twixlum immer noch das mit Abstand größte Gebäude war.

Gorian hatte es immer genossen, dabei Gleichaltrige aus

der Umgebung kennenzulernen, denen er ansonsten nie begegnet wäre. Es waren die Söhne und Töchter von Fürsten, Rittern und Bauern – in diesem Punkt machte die Priesterschaft des Verborgenen Gottes keinen Unterschied. Der Unterricht war kostenlos und von einer Qualität, dass selbst Kaufleute oder Ritter aus dem Gefolge des Herzogs von Thisilien, die in der Gegend ihre Güter unterhielten, gern ihre Kinder dorthin schickten, damit man ihnen Lesen und Schreiben beibrachte und wenn möglich auch die Grundzüge der mathematischen Kunst.

»Was hat Pasoch genau gesagt?«, fragte Nhorich noch einmal genauer nach, denn irgendwie beunruhigte es ihn, dass der örtliche Priester seinem Sohn vielleicht Dinge offenbart hatte, von denen Gorian nichts erfahren sollte. Noch nicht. Zumindest nicht von einem Priester des Verborgenen Gottes.

»Er sagte, dass an dem Tag, an dem ich geboren wurde, ein glühender Stein aus dem Sternenhimmel fiel.«

»Das entspricht den Tatsachen. Und das ist auch kein Geheimnis. Die ganze Gegend erinnert sich deshalb noch heute an jenen Tag – zumindest all jene, die alt genug sind, um sich daran entsinnen zu können.«

»Pasoch sagte, dieser glühende Stein sei ein Bruchstück des Schattenbringers, der die Sonne verdüstert und dafür sorgt, dass seit Generationen jeder Winter härter, kälter und länger wird als der vorherige.«

»So, sagt der Priester das?«, murmelte Nhorich.

»Ist es denn wahr?«, wollte Gorian wissen.

Nhorich nickte. »Ja. Woher auch immer Pasoch seine Weisheit hat, da er doch nur ein einfacher Dorfpriester ist, von dem nicht bekannt ist, dass er sich jemals mit Sternenbeobachtung beschäftigt hätte, so muss ich doch zugeben, dass es stimmt, was er gesagt hat.«

»Dieses Bruchstück des dunklen Flecks, der die Sonne erkalten lässt, sei ein Zeichen des Unglücks. Und ich sei in diesem Zeichen geboren.«

»Das ist Priestergeschwätz«, behauptete Nhorich.

»Er sagt weiter, dass ein solches Zeichen, damit sich sein Einfluss auf die Zukunft verringert, nur durch das Vergießen des eigenen Blutes in seiner Wirkung gemindert oder unwirksam gemacht werden kann.«

»Das ist Aberglaube!«, fuhr Nhorich ungewohnt heftig auf. Der ehemalige Schwertmeister war normalerweise ein sehr ruhiger Mann. Nie hatte Gorian seinen Vater anders erlebt. Doch diesmal spürte Gorian, wie seine Fragen Nhorich erregten. Mehr, als der Junge geahnt hatte. Allerdings war ihm der Grund dafür noch nicht ganz klar, und er dachte auch gar nicht daran, schon damit aufzuhören. Gorian hatte das Gefühl, ganz nahe davor zu stehen, endlich Aufschluss über eine seine Fragen zu erhalten, die bisher von Rätselhaftigkeit umgeben waren. Auch wenn es schmerzhaft für seinen Vater sein mochte, so meinte Gorian doch, dass dieser Schleier ein für alle Mal zerrissen werden musste.

Die Blicke von Vater und Sohn begegneten sich. Sehr lange sahen sie sich nur an. Und Nhorich wiederholte, was er schon einmal gesagt hatte, was dadurch aber eher an Überzeugungskraft verlor denn gewann: »Es ist ein Aberglaube aus der Zeit, bevor man den Verborgenen Gott verehrte, und wie so mancher Aberglaube hat sich auch dieser in den unteren Rängen der Priesterschaft wie ein übles Geschwür ausgebreitet, so schlimm, dass man es nicht herausschneiden könnte, selbst wenn dazu der ernsthafte Wille bestünde.«

»Mag es Aberglaube oder echte Magie sein – hat Mutter für möglich gehalten, dass es so ist? Hat sie geglaubt, dass es stimmt, was Pasoch mir gesagt hat?«

Nhorich schwieg einen Moment. Dann streckte er die Hand aus, hielt sie in Richtung des Dolchs, den er in den Rachen der hölzernen Dämonenfratze geschleudert hatte, und seine Augen wurden von purer, undurchdringlicher Schwärze erfüllt. Der Dolch begann zu zittern.

Du willst mich ablenken, dachte Gorian. So wie man ein Kind von einer Wunde ablenkt, damit es den Schmerz nicht mehr so heftig spürt. Aber ich will nicht länger wie ein Kind behandelt werden. Jedenfalls nicht, was diese Sache betrifft.

Es hieß, dass manche Ordensmeister besonders intensive Gedanken zu lesen vermochten, und nicht zum ersten Mal fragte sich Gorian, ob sein Vater wohl auch seine zu erfassen vermochte, wenn sie besonders stark und drängend waren. Manchmal glaubte er, dass es so war. Manchmal wünscht er es sich sogar, aber bisweilen fürchtete er sich auch davor. Doch in diesem Moment wäre ihm nichts lieber gewesen, als dass sein Vater unmittelbar hätte erfassen können, was ihm durch den Kopf ging und wie wichtig die Frage war, auf die er endlich eine Antwort haben wollte.

»Ist Mutter gestorben, weil sie geglaubt hat, dadurch das Unheil meines Geburtszeichens von mir nehmen zu können?«, fragte Gorian, und seine Stimme klang viel klarer und deutlicher, als er es von sich selbst erwartet hätte. Er hatte sich selten so stark und so in Übereinstimmung mit sich selbst gefühlt wie in diesem Moment. Diese für ihn so wichtige Frage war endlich ausgesprochen, dabei kannte er die Antwort im Inneren seines Herzens längst.

Das Zittern des Dolchs wurde noch heftiger, dann löste er sich aus dem Rachen des Holzdämons, sauste durch die Luft, vollführte dabei eine völlig unberechenbare Zickzacklinie und landete punktgenau in der ausgestreckten, geöffneten Hand des ehemaligen Schwertmeisters. Die Zeichen auf der Klinge glühten kurz auf, dann wurden sie dunkelgrün, so wie die Gravuren von Geschirr oder Essbesteck, das lange Zeit in irgendwelchen Truhen gelagert hatte und nicht benutzt worden war.

Die Schwärze verschwand aus Nhorichs Augen. Er zögerte noch, aber dann schien er einzusehen, dass es sinnlos war, weiter zu schweigen.

»Ja«, gab er zu. »Kenraai – deine Mutter – hat diesen Unsinn geglaubt. Ich habe sie nicht überzeugen können, dass es nur ein verfluchter Aberglaube ist. Sie ist mit der Barkasse nach Twixlum gefahren und hat den Priester, der damals für den Ort zuständig war, um seine Meinung gefragt. Seine Worte waren wie ein Gift, das nur langsam zu wirken beginnt, und eines Tages – ein Jahr und einen Tag nach deiner Geburt – fand ich sie an dem eifömigen Stein an dem Weg nach Thisia. Dort, wo man in der Zeit vor dem Aufkommen des Glaubens an den Verborgenen Gott Menschen geopfert hat, um die alten Götter zu beeinflussen. Sie hatte eine scharfe Klinge bei sich und hatte sich damit die Adern geöffnet.«

Gorian stand konsterniert da. Nichts von dem, was sein Vater ihm gerade gesagt hatte, war noch wirklich überraschend, aber es aus seinem Mund zu vernehmen, war doch etwas anderes, als sich aus vielen einzelnen Mosaiksteinen ein Bild zusammenzusetzen, das an entscheidenden Stellen immer noch ein paar Lücken gehabt hatte.

Gorian wollte etwas sagen, aber ein dicker Kloß steckte ihm im Hals.

Dann brachte er schließlich heraus: »Ich möchte dich um etwas bitten.«

»Was?«

»Ich habe gehört, dass die Meister des Ordens Erinnerungen durch eine Berührung so übertragen können, dass ein anderer daran teilhaben kann, als wären es die eigenen.«

Nhorichs Gesicht verdüsterte sich. Die charakteristische

tiefe Furche zeigte sich wieder auf seiner Stirn. Dann schüttelte er den Kopf. »Nein, Gorian. Das nicht. Du kannst mich um alles bitten, aber nicht darum.«

»Ich möchte sie sehen«, sagte Gorian. »Ich möchte, dass du den Moment mit mir teilst, in dem du sie bei dem Ei-Stein gefunden hast.«

Aber Nhorich schüttelte abermals und diesmal noch entschiedener den Kopf. »Das kommt nicht in Frage!«

Gorian wollte noch etwas sagen. Aber sein Mund öffnete sich nur halb, und es kam nichts als ein heftiger Atemstoß über seine Lippen. Plötzlich erkannte er nämlich den wahren Grund dafür, dass ihm Nhorich die Erfüllung dieser Bitte verweigerte. Bisher hatte er geglaubt, es wäre nur Rücksichtnahme und das Bestreben eines Vaters, sein Kind zu schützen. Aber da war noch etwas anderes. Etwas, das noch eine weitaus größere Rolle spielte.

Anscheinend geht selbst ihm die Erinnerung daran zu nahe, erkannte Gorian.

»Du sollst nicht versuchen, Gedanken zu lesen«, mahnte ihn Nhorich. »Nicht, ohne eine entsprechende Ausbildung durchlaufen und abgeschlossen zu haben, die dich vor den unbeabsichtigten Folgen schützt.«

Gorian wurde rot im Gesicht und musste unwillkürlich schlucken.

Nhorich reichte ihm den Dolch. »Der ist für dich«, erklärte er. »Ich werde dir zeigen, wie man damit umgeht. Die Alte Kraft ist sehr stark in dir – und es wird Zeit, bei dir mit dem speziellen Teil der Ausbildung zu beginnen, auch wenn man auf der Ordensburg noch nie jemanden in deinem Alter angenommen hat und ein paar einflussreiche Köpfe dort der Meinung sind, dass selbst sechzehn Sommer noch nicht mal annähernd ein passendes Alter wären, um die Künste der Ordensmeister zu erlernen.«

2 Schatten

In den nächsten Monaten war Gorian bemüht, die Kunst zu erlernen, den Dolch zu schleudern, wie sein Vater es vermochte. Die Flugbahn mithilfe seines Willens zu beeinflussen gelang ihm zwar, aber eine wachsende Unzufriedenheit kam in dem Jungen auf, denn er spürte, wie weit er davon entfernt war, die Alte Kraft wirklich zu beherrschen.

»Du hast die Begabung, Gorian. Und wenn du auch den Willen aufbringst, dann wirst du es schaffen, die Alte Kraft zu beherrschen«, sagte Nhorich, als sie sich auf einer Wiese unweit des Hofes befanden, um zu üben. Ein alter Baumstumpf diente Gorian als Ziel. Hier draußen gefährdete er allenfalls sich selbst, aber keinen der Hofknechte oder eines der Tiere.

»Die Priester sagen, dass Magie ein göttliches Geschenk ist, das man erhält oder eben nicht, ohne dass man etwas dazu beitragen kann«, sagte Gorian.

Nhorich lachte. »Ich sehe, du bist wirklich entschieden zu häufig in der Priesterschule in Twixlum!« Er schüttelte den Kopf. »Nein, Gorian, in diesem Punkt sind die Ansichten des Ordens und der Priesterschaft völlig unterschiedlich. Nach Ansicht des Ordens ist Magie keine göttliche Gabe, sondern eine Fähigkeit des Einzelnen, die ausgebildet und entfaltet werden muss und zu der man ein Talent braucht.

Dieses Talent hast du – und alles andere hängt von dir selbst ab, von niemandem sonst.«

»Wenn ich sechzehn bin und die Sucher des Ordens über Land ziehen, um Novizen zu finden – wirst du dann zulassen, dass ich auf der Ordensburg ausgebildet werde?«

Nhorich schwieg zunächst. »Bis dahin ist es noch lange hin«, sagte er dann.

»Und wenn dieser Tag heute wäre?«, forderte Gorian eine klare Antwort.

Nhorich zögerte. »Du weißt, dass ich im Streit aus dem Orden geschieden und meinen Rang als Schwertmeister niedergelegt habe. Sieh zum Himmel. Der Schattenbringer schiebt sich von Jahr zu Jahr mehr vor die Sonne. Seit mehreren Generationen geht das so, und in jedem Jahr werden unsere Ernten schlechter, das Wetter kälter und unberechenbarer, und oben im Norden sitzt Morygor, der Herr der Frostfeste, in seinem kalten Palast und sorgt mit seiner abartigen, gegen jedes Leben gerichteten Magie dafür, dass sich sein kaltes Reich stetig weiter ausbreitet. Er hat die Eisgötter durch das Weltentor zurück in unsere Welt geholt und sie zu seinen Dienern gemacht. Seine schaurigen Horden von Schreckenskriegern dehnen das Reich ihres Herrn immer weiter aus. Schon vor Jahren wurden fast ganz Torheim und die nördlichen Teile von Orxanien erobert. Die wenigen Flüchtlinge, die es bis in den Süden schafften, berichteten von furchtbaren Dingen, die dort geschehen sind. Jeder weiß, dass es nur eine Frage der Zeit ist, bis dieses Reich der kalten Magie eines untoten Magiers auch das Heilige Reich heimsuchen wird – aber glaubst du, man hätte versucht, irgendwelche Vorkehrungen zu treffen? Die Aufgabe des Ordens ist es, das Reich zu schützen. Stattdessen spinnen seine Oberen Intrigen und kauften die Stimmen von Herzögen, damit mit Corach IV. nun schon zum vierten

Mal ein Herzog aus dem Geschlecht der Laramonteser auf den Kaiserthron gelangen kann. Und sie geben dem Kaiser Kredit, nur weil der Bischof von Atrantia und seine Priesterschaft des Verborgenen Gottes dies auch tun und man ansonsten befürchtet, nicht genügend politischen Einfluss zu behalten.« Nhorich machte eine wegwerfende Geste. »Doch niemand macht sich Gedanken über die Gefahr, die auf uns alle zukommt und der wir nichts entgegenzusetzen haben.«

»Aber was ist mit der Magie der Ordensmeister?«

»Sie wird nicht ausreichen, um der Ausbreitung des Frostreichs Einhalt zu gebieten. Der Herr der Frostfeste kann offenbar selbst die Gestirne bewegen, so mächtig ist er schon. Die alte Sternenmagie der Caladran, von der kaum jemand geglaubt hat, dass mehr dahintersteckt als eine Sage, ist von Morygor, wie es scheint, wiederentdeckt worden – oder er hat neben den Frostgöttern noch sehr viel mächtigere Helfer durch das Weltentor geholt.«

Nhorich streckte die Hand aus. Der Dolch mit den magischen Zeichen steckte in einer Lederscheide an Gorians Gürtel. Die Klinge zuckte daraus hervor und landete in Nhorichs Rechter.

Er hielt seinem Sohn den Dolch in Augenhöhe hin. »Es sind nicht nur die Zeichen der Alten Kraft, die diesen Dolch zu etwas Besonderem machen, sondern auch das Metall. Als das glühende Bruchstück in der Nacht deiner Geburt vom Himmel fiel, schmiedete ich daraus zwei Schwerter …«

»Schattenstich und Sternenklinge«, murmelte Gorian. Er kannte die Geschichte, aber er hatte diese Schwerter noch nie zu Gesicht bekommen. Es seien Waffen für besondere Schlachten, hatte sein Vater ihm gesagt. Waffen, die nicht nur Furcht bei Feinden zu wecken vermochten, sondern auch das Begehren, sie zu besitzen. Und in den falschen

Händen seien sie eine Gefahr. Also bewahrte Nhorich sie an einem Ort auf, den er nie jemandem verraten hatte.

»Der Dolch besteht aus den Resten dieses besonderen Metalls. Es enthält die dunkle Kraft des Schattenbringers, und ich musste erst den Großteil davon austreiben. Nur so viel durfte zurückbleiben, dass ein Mensch sie zu beherrschen vermag und nicht ihr Sklave wird. Und bei dem Dolch ist die enthaltene Kraft noch weitaus geringer als bei den Schwertern, denn ich habe die Legierung anders gemischt. Aber es ist für dich eine gute Möglichkeit, dich zu üben. Denn wenn du den Dolch beherrschst, wirst du eines Tages auch stark genug sein, um Sternenklinge oder Schattenstich zu führen.«

Er gab ihm den Dolch zurück. Gorian betrachtete ihn mit einer Mischung aus Erschrecken und interessiertem Staunen. »Also schlummert tatsächlich die Kraft der Finsternis in dieser Waffe«, stellte er fest. »Ich habe es gespürt, als ich den Dolch zum ersten Mal sah, aber ich konnte es nicht erklären.«

»Finsternis, um die Finsternis zu bekämpfen, so wie man Feuer mit Feuer bekämpft. Es ist das einzige Mittel, das wirkt. Und wenn die Horden des Frostfürsten Morygor eines Tages auch dieses Land erobern, so wirst du seinen Schergen zumindest nicht wehrlos gegenüberstehen.«

Gorian begegnete dem Blick seines Vaters und stellte dann fest: »Du hast meine Frage noch nicht beantwortet. Was ist, wenn ich sechzehn bin – alt genug, um die Ausbildung des Ordens zu beginnen?«

»Du wirst deine eigene Entscheidung treffen müssen«, erklärte Nhorich. »Ich würde nicht versuchen, dich davon abzuhalten, dem Orden beizutreten, aber ich würde dich warnen. Denn der Orden ist seit langem mit Spionen Morygors durchsetzt.«

»War das auch ein Grund, weshalb du dich von ihm abgewandt hast?«

»Ja. Wenn du dich dem Orden anschließt, wirst du mit Verrat rechnen müssen – und damit, vielleicht dem Falschen zu dienen, ohne es zu ahnen. Und das wollte ich auf keinen Fall, auch wenn manche mir vorwerfen, damit den Orden, das Kaiserreich und meine Ideale verraten zu haben. Doch das Gegenteil ist der Fall. Ich bin all dem eher treu geblieben als viele von denen, die es von sich behaupten.« Er nickte dem Jungen zu. »In deinem Alter würde dich kein Ordensmeister ausbilden – aber ich werde es tun, Gorian. Bis zu deinem sechzehnten Lebensjahr ist noch Zeit, und wer weiß, was bis dahin noch alles geschieht. Ich werde dich ausbilden, und dann wirst du deine eigene Entscheidung treffen – sofern sich bis dahin nicht alles so verändert hat, dass wir uns nur mit Kopfschütteln an unsere Ansichten von heute erinnern.«

Gorian dachte an den Moment zurück, als er in der Barkasse erwacht war. Den ersten Augenblick seines Lebens, an den er sich erinnern konnte. Immer, wenn er Kraft brauchte, erinnerte er sich an diesen Augenblick – und auch dann, wenn er versuchte, sich auf die Alte Kraft zu konzentrieren, von der er immer mehr spürte, wie viel davon in ihm schlummerte, ohne dass er bereits in der Lage gewesen wäre, sie auch einzusetzen. In dieser Hinsicht stand er wirklich erst ganz am Anfang.

Aber damals, in dem Moment, als er das Auftauchen des geflügelten Fisches im Rücken seines Vaters vorausgeahnt hatte, war er eins mit dieser Kraft gewesen, ohne überhaupt schon zu wissen, worin sie eigentlich bestand oder wie man sie bezeichnete. Die geflügelten Fische … Später hatte er erfahren, dass ihr Auftauchen in der Bucht von Thisilien eines jener Zeichen war, die das künftige Unheil ankündigten.

Denn normalerweise gab es diese Bestien nur in den Gewässern zwischen Eisrigge und den Inseln der Caladran. Dass sie so weit südlich nach Beute jagten, konnte nur bedeuten, dass sie aus ihrem ursprünglichen Jagdgebiet vertrieben worden waren. Und außerdem zeigte es, dass die südlichen Gewässer des Meeres von Ost-Erdenrund inzwischen selbst im Sommer kalt genug waren, dass sich diese Kreaturen darin wohlfühlten.

»Sammle deine Kraft, Gorian«, hörte er die Stimme seines Vaters, aber sie trat in den Hintergrund. Er hörte nur noch, wie er sagte: »… und schließ die Augen, denn was sie dir zeigen, lenkt einen so jungen Novizen nur unnötig ab.«

Nur für die Dauer eines Herzschlags kam der Gedanke in ihm auf, wie absurd die Worte seines Vaters eigentlich waren. Aber er folgte seinen Anweisungen, schloss die Augen und schleuderte den Dolch. Er beschrieb eine gebogene Linie, zunächst weit fort, dann drehte sich – scheinbar gegen alle Gesetze der Natur – seine Flugbahn, und er raste auf den Baumstumpf zu, in dem er zitternd stecken blieb.

Gorian *sah* es mit seinen inneren Sinnen und wusste, noch bevor er die Augen wieder öffnete, wo genau der Dolch in das morsche Holz eingedrungen war.

Sein Herzschlag raste. Dass seine Augen kurzzeitig vollkommen schwarz geworden waren, konnte er selbst nicht sehen. Er fühlte nur die Kraft, die ihn durchflutete. Es war dieselbe Kraft, von der er bereits in seinem zweiten Lebensjahr erfüllt gewesen war, ohne dass er ihre Existenz erahnt hätte.

»Das war gut«, sagte Nhorich. »Für den Anfang.«

Dunkle Wolken kamen auf, und wenig später setzten Donner und Hagel ein. Gorian und sein Vater kehrten zum Hof zurück, aber noch ehe sie ihn erreichten, wandelte sich das Wetter erneut, und es begann zu schneien.

»Eine Laune der Natur«, hörte Gorian den Verwalter des Hofes sagen. Er war bei der Anlegestelle der Barkassen gewesen, als das Wetter umschlug. Nun lief er durchnässt zum Haupthaus, wie alle anderen.

»Nein, das ist keine Laune der Natur«, murmelte Nhorich düster. »Es ist die Laune übler Magie!«

Unter den Knechten und Mägden, die sich von den umliegenden Feldern und Wiesen oder vom Pferdegatter in die Eingangshalle des Haupthauses geflüchtet hatten, befanden sich auch mehrere Tiermenschen aus Orxanien und ein stämmiger Gnom aus dem Land der Adhe. Und von den Mägden und Knechten gab es einige, die zwar die thisilische Mundart der heiligreichischen Sprache einigermaßen beherrschten, aber untereinander die Torheims bevorzugten. Sie alle gehörten zu den vielen Wesen, die im Laufe der letzten anderthalb Jahrhunderte ihre Länder verlassen hatten, nachdem deren nördliche Provinzen Morygors Frostreich anheimgefallen waren und sich die Lebensbedingungen in den noch immer unabhängigen Gebieten erheblich verschlechtert hatten.

»Jetzt beginnt es also auch hier«, knurrte einer der Orxanier, dessen Name Gaerth lautete und dessen Stimme wie das Grollen fernen Donners klang. Er überragte jeden heiligreichischen Mann mindestens um die Hälfte, seine Arme waren dicker als selbst deren Oberschenkel, seine Hände erinnerten an die Pranken eines Langzahnlöwen, wie sie die Wälder von Estrigge und Süd-Thisilien durchstreiften. Und die Hauer, die aus einem tierhaften Maul ragten, waren länger als der Dolch an Gorians Gürtel. »Als mein Vater jung war, gab es in Orxanien noch drei Monate richtigen Sommer. Es wuchsen Getreide und genügend

Gras, um Rinder und Schafe zu halten. Heute ist das nur noch an der Küste möglich, und auch das mehr schlecht als recht.«

»Wenn du *heute* sagst, meinst du wohl vor drei Jahren«, mischte sich der Adh ein. Er hieß Beliak und war nicht größer als Gorian mit seinen zehn Jahren, aber seine Breite entsprach beinahe seiner Länge. Obwohl er viel kleiner war als der Orxanier, stand er ihm an Kraft kaum nach, was durch eine wilde Rauferei unter Beweis gestellt worden war, die der Herr des Hofes nur durch Anwendung der Magie der Alten Kraft hatte beenden können. Aber seit die Kräfteverhältnisse zwischen den beiden geklärt waren, verstanden sie sich gut, was eher ungewöhnlich war, denn Adhe und Orxanier waren traditionell verfeindet. Beliak konnte es sich sogar erlauben, den Orxanier mit der Faust freundschaftlich in die Seite zu knuffen, ohne dass darauf sofort eine Antwort in Form eines Faustschlags mit der orxanischen Pranke erfolgte. »Drei Jahre – so lange bist du doch schon hier, und ich wüsste nicht, dass du zwischenzeitlich zurück in deine trostlose Heimat gereist wärst.«

Das schon aufgrund seiner Physiognomie nicht gerade fröhlich wirkende Gesicht des Orxaniers wurde sehr finster. »Trostlos – das ist in der Tat das richtige Wort. Und ich wage gar nicht daran zu denken, wie sich das Land meiner Vorfahren inzwischen verändert haben mag. Es ist mir nicht einmal ein Trost, dass es in manchen Gegenden des Adhe-Landes wohl nicht anders aussieht.«

»Es ist noch viel schlimmer«, murmelte Beliak. »Und vielleicht wird es dich freuen, dass es meinesgleichen in nicht allzu ferner Zukunft nicht mehr geben wird.«

»Wieso sollte es bald keine Adhe mehr geben?«, mischte sich Gorian ein, der sich mit beiden gut verstand.

Beliak wandte den breiten Kopf mit der dicken Knollennase. Der Bart war gestutzt, aber sehr dicht, und er wucherte ihm fast bis unter die von dicken Wülsten beschatteten Augen. »Weil wir Adhe uns auf andere Weise vermehren als die meisten anderen Wesen«, antwortete er.

»Es heißt, ihr wachst aus der Erde«, sagte Gorian.

»Aber nur in den frostfreien Monaten im Sommer. Und die waren seit Adhe-Gedenken schon rar in meiner Heimat. Inzwischen jedoch dürfte es zumindest nördlich von Adhbergen keinen einzigen frostfreien Tag im Jahr geben. Zumindest taut der Boden nicht mehr ausreichend auf, um meinesgleichen daraus hervorwachsen zu lassen.«

Draußen donnerte es, und erneut setzte Hagelschlag ein. Ein stürmischer Wind pfiff um die Gebäude des Hofes und ließ die Läden klappern. Ein Wind, der so eisig war, dass man es selbst im Hausinneren an den Füßen spüren konnte.

Ein Ruck ging durch Gorian.

Etwas kommt!

Es war ein Gedanke, der sich nicht begründen ließ. Ein Gefühl, eine unbestimmte Ahnung, die Gorian für einen Moment wie völlige Gewissheit erschien.

Es dauerte kaum länger als zwei Herzschläge, dann war diese Empfindung vorbei, und Gorian fragte sich, ob das, was gerade noch so vollkommen seine Aufmerksamkeit erregte, überhaupt existiert hatte.

In dieser Nacht erwachte Gorian aus einem unruhigen Schlaf. Es war unbeschreiblich kalt geworden. Im Winter fegten zwar immer häufiger heftige Eisstürme auch über Thisilien hinweg, von denen die Alten sagten, dass es so etwas früher nicht gegeben hätte, aber die Sommersonnenwende war gerade erst ein paar Wochen vorbei.

Gorian erhob sich aus seinem Bett, er fühlte etwas Ähnliches wie in jenem ersten Moment damals, kurz vor dem

Auftauchen der geflügelten Fische. Eine diffuse Empfindung der Bedrohung und der Gefahr.

Etwas würde geschehen, das stand für ihn auf einmal außer Frage. Er hatte nur keine Ahnung, was dies sein könnte.

Gorian ging zum Fenster. Eisblumen hatten sich über das Glas gelegt. Das Haupthaus von Nhorichs Hof war eines der wenigen Gebäude in der Gegend von Twixlum, deren Fenster vollständig verglast waren und nicht etwa aus Alabaster bestanden oder nur mit Tuch verhängt waren. Nhorich hatte die Kunst der Verglasung als junger Mann auf einer Reise ins Westreich erlernt, wo die Fertigkeit, Fenster mit Glas auszustatten, weiter verbreitet war als in dieser Gegend. Aber seit das Wetter immer kälter und schlechter wurde, gab es vor allem in den nördlichen Gebieten des Heiligen Reiches immer mehr Hausbesitzer, die ihre Fenster mit Glas versahen und mit Bitumen abdichteten. Denn ähnliche Wetterlaunen, wie Gorian sie an diesem Tag erlebt hatte, kamen dort immer öfter vor.

Adhe und Orxanier sprachen seit langem darüber, aber man konnte inzwischen auch die Händler aus Ameer, der Axtlande oder gar von den Mittlinger Inseln davon reden hören, wenn ihre Schiffe im Hafen von Twixlum anlegten. Gorian waren derartige Berichte zu Ohren gekommen, wenn er zu den Schultagen ging und er Gelegenheit hatte, sich in dem Hafen des kleinen Ortes umzusehen. Immer häufiger klagten die Seeleute auch über geflügelte Fische, die zu einer wahren Plage der Seefahrt geworden waren, ebenso wie über Eisberge, von denen manche angeblich sogar schon bis zu den Inseln des Herzogtums der Dreilande getrieben wurden.

Gorian kratzte sich am Hals und sah aus dem Fenster. Die Gebäude waren weiß, und ebenso die umliegenden Felder und Wiesen. Aber inzwischen hatte es zu schneien aufgehört, und in der Ferne schien ein fahler Mond über einem Meer, das so grau wie ein Leichentuch war.

Ein durchdringendes Wiehern ließ Gorian zusammenzucken. Zuerst dachte er, er hätte eines der Pferde im Stall gehört, die der kalte Wind ebenso frieren ließ wie Menschen, Orxanier und Adhe, auch wenn man Letzteren nachsagte, dass sie nur bei ihrer Entstehung kälteempfindlich wären. Dann aber vernahm Gorian Hufgetrappel. Und zugleich wurde ihm klar, dass er beides nicht wirklich *hörte*. Nicht mit den Ohren zumindest. Diese Geräusche existierten nur in seinem Kopf, wie aufdringliche Gedanken, die sich einfach nicht verscheuchen ließen.

Der Hufschlag wurde drängender, als ob sich tatsächlich eine Gruppe Reiter dem Hof näherte. Dunkle Schatten tauchten aus der Nacht heraus auf. Sie schienen über dem Meer zu entstehen wie Frühdunst und verdichteten sich immer mehr, bis sie zu dunklen Gestalten auf Pferden wurden.

Es dauerte nur einen Augenblick, dann hatten die Reiter den Hof erreicht. Es waren gut ein Dutzend, doch sie blieben schattenhaft. Ihre Reittiere hatten jeweils acht Beine und waren sehr viel größer als alle Pferde, die Gorian je gesehen hatte. Der dröhnende Hufschlag wurde zu einem so bedrängenden Geräusch in seinem Kopf, dass er kaum noch in der Lage war, einen klaren Gedanken zu fassen, geschweige denn etwas zu tun.

Er hätte schreien mögen, aber es ging nicht. Er war wie gelähmt. Eine fremde Macht bannte ihn regelrecht, eine Form der Magie, das spürte er instinktiv, die mit der Alten Kraft, wie die Schwertmeister des Ordens sie einsetzten, eng verwandt war. Gorian vermochte nicht, sich gegen ihren Einfluss zu wehren.

Die Reiter schienen aus purer Finsternis zu bestehen, und

die monströsen Streitäxte, die sie bei sich trugen, waren nur als Umriss auszumachen und veränderten ihre Größe, je nachdem, wie sie vom jeweiligen Reiter gehalten wurden.

Wie Schatten!, durchzuckte es Gorian.

Einer der Schattenreiter stieg von seinem achtbeinigen Pferd und wandte den Kopf so, dass Gorian meinte, er würde zu seinem Fenster hinaufblicken. Ihm war sogar, als würde der Reiter seinen Namen aussprechen.

»Gorian!«

Der Gedanke des Schattenreiters dröhnte in seinem Kopf. Wie ein Befehl, der geradewegs in sein Innerstes wirkte und gegen den es keine Möglichkeit des Widerspruchs gab.

Ein höhnisches Gelächter folgte, als der Reiter mit der freien Hand unter den Schatten seines Umhangs griff. Seine dunkle Faust umschloss etwas, ohne dass Gorian erkennen konnte, um was es sich handelte, und schleuderte es empor. Im nächsten Moment traf ein Stein das Fenster. Klirrend zersprang das Glas – und dieses Klirren war das erste reale, nicht nur in Gedanken vorhandene Geräusch, das die Schattenreiter verursachten.

Als das Glas zerbarst, glaubte Gorian, die Zeit selbst würde sich dehnen und alles mit unglaublicher Langsamkeit geschehen. Im letzten Moment gewann er seinen freien Willen zurück, auch wenn das mit einem heftigen Kopfschmerz verbunden war. Er warf sich zu Boden, während der Stein an ihm vorbeischoss und die gegenüberliegende Wand mit solcher Wucht traf, dass er tief in den massiven Blockbohlen, aus denen das Haupthaus von Nhorichs Hof errichtet war, stecken blieb.

Gorian drehte sich auf den Dielen liegend um und starrte zu dem Stein in der Wand, der etwa die Größe seiner Faust hatte und in der Dunkelheit grünlich schimmerte. Nur deswegen war er überhaupt zu sehen. Eine eigentümliche

Magie musste in ihm stecken. Aber das Eigenartigste war, dass er seine Form veränderte. Er wirkte wie eine kleine geflügelte Eidechse, die sich zunächst zusammengerollt hatte und sich nun zu entfalten begann. Das Schimmern veränderte sich dabei zunehmend vom Grünlichen ins Rötliche, und ein fauchender Laut entfuhr diesem Wesen.

Ein Gargoyle!, durchfuhr es Gorian. Man erzählte sich Geschichten über diese Steindämonen, aber er hatte nie davon gehört, dass jemals jemand in der Gegend von Twixlum einer derartigen Kreatur auch tatsächlich begegnet war.

Erneut fauchte das Wesen. Während der Körper mittlerweile eindeutig rötlich schimmerte, waren seine Augen nun stechend gelb. Fast wie Lichter, die man soeben entzündet hatte. Ihr Strahlen war so intensiv, dass es taghell im Zimmer wurde. Gorian musste die eigenen Augen mit der Hand abschirmen, so sehr wurde er geblendet.

Der Gargoyle machte einen Satz und landete auf der Truhe, in der Gorian seine Sachen aufbewahrte. Dann breitete die Kreatur die Flügel aus. Sie waren der einzige Teil seines Körpers, der steingrau geblieben war.

Gorian wusste plötzlich, dass dieses Wesen ihn töten wollte. Nur deswegen war es hier. Seine Gedanken voll kaltem Hass und die Absicht, ihn umzubringen, waren dermaßen bedrängend, dass sich jeder Zweifel verbot.

Der Gargoyle verzog das fratzenhafte, eidechsenartige Gesicht, in dem nadelspitze Zähne funkelten.

Erinnere dich an die geflügelten Fische!, versuchte Gorian die schlummernden Kräfte in sich zu wecken. Sein Dolch lag unter dem Bett, und er streckte die Hand danach aus. Sein Vater hatte ihn ermahnt, die Waffe stets bei sich zu tragen, und so bewahrte er sie, selbst wenn er schlief, in seiner unmittelbaren Nähe auf.

Der Dolch bewegte sich, flog durch die Luft. Eigentlich

hätte er in Gorians Hand landen sollen, aber sein Flug wurde durch eine plötzlich auftretende Kraft abgelenkt, und im nächsten Moment steckte die Klinge zitternd in der Holzdecke.

Der Gargoyle stürzte sich mit einem triumphierenden Gebrüll auf Gorian und landete auf dessen Brust. Wieder fühlte der Junge jene magische Lähmung, die er schon am Fenster verspürt und die ihn daran gehindert hatte, um Hilfe zu rufen.

Gorian lag da – von dem vergleichsweise winzigen Gargoyle auf seiner Brust mit unheimlicher Kraft an den Boden gedrückt und unfähig, auch nur zu atmen. Das Wesen drohte ihn zu erdrücken, um ein Vielfaches schwerer, als ein Gesteinsbrocken seiner Größe normalerweise sein konnte. Gorian bekam keine Luft mehr.

Der Gargoyle fauchte. Seine nagelspitzen Zähne wurden blutrot, näherten sich der Kehle des Jungen, und die grausame Kreatur nahm Maß für einen tödlichen Biss. Gorian versuchte noch einmal seine Kräfte zu sammeln. Aber da war nichts mehr, nur innere Leere und Kraftlosigkeit – und Furcht.

Dann schnappte das Maul des Gargoyle zu …

Genau in diesem Moment wurde die Tür aufgestoßen, und Nhorich erschien, den Griff eines Schwertes mit beiden Händen umklammernd. Er stieß einen Schrei aus – einen jener Schreie, mit denen man die Alte Kraft herbeirief –, seine Augen waren vollkommen schwarz, sein Gesicht eine Grimasse, und der Dolch in der Decke wurde durch eine unsichtbare Kraft aus dem Holz gerissen, fuhr nieder und traf den Gargoyle mit solcher Wucht, dass Funken sprühten und das Wesen fortgeschleudert wurde. Dies geschah mit solch unglaublicher Präzision, dass Gorian keine Schramme abbekam – weder von den Zähnen und Krallen des Gargoyle noch von der Dolchklinge selbst.

Der Gargoyle versuchte zu fliehen. Aber im nächsten Moment war Nhorich einen Schritt nach vorn geschnellt und traf das steinerne Wesen mit einem Schwerthieb von gewaltiger Kraft. Die Klinge zerbrach, der Gargoyle allerdings auch, und seine Bruchstücke landeten auf dem Boden. Sie leuchteten zwar noch, aber dieses Leuchten wurde schwächer und schwächer.

Nhorich ging zu dem zerstörten Fenster, durch das die Kälte hereinwehte. Draußen standen die Schattenreiter vor dem Haus und schienen zu warten.

»Euer mordender kleiner Diener tötet nicht mehr!«, rief Nhorich und vergrößerte mit zwei wuchtigen Schlägen die Öffnung in der Glasscheibe; klirrend brachen die Scherben heraus, als er mit dem gebrochenen Schwert darauf einhieb.

Die Schattenreiter unten verharrten, dann jedoch schleuderte derjenige, der vom Pferd gestiegen war, seine Axt empor. Sie drehte sich in völlig unberechenbarer Weise um sich selbst, zog eine gebogene Flugbahn und veränderte dabei scheinbar ständig ihre Größe.

Nhorich wich nicht zurück. Seine Augen waren noch immer von Finsternis erfüllt. Er schloss sie, schleuderte der Axt sein geborstenes Schwert entgegen, das während des Fluges aufglühte. Als die geborstene Klinge die Axt traf, ertönte ein fast unerträgliches Stöhnen, und der am Boden kauernde Gorian hatte das Gefühl, sein Kopf müsste bersten. Er begriff, dass dieser Laut ebenfalls kein Geräusch im eigentlichen Sinn war, sondern auf direktem Wege auf die Gedanken einwirkte. Selbst der dickste Ohrpfropfen hätte den Laut nicht dämpfen können. Ganz instinktiv hielt er sich dennoch die Ohren zu, während er für einen Moment keinen einzigen klaren Gedanken fassen konnte.

»Werde stärker!«

Diese Worte flammten plötzlich wie ein Fanal in seinen Gedanken auf, und er ahnte sogleich, dass sie von jemand anderem stammten, nicht von ihm. Vielleicht von seinem Vater, der es normalerweise immer vermied, derart in den Geist seines Sohns einzudringen, obwohl ihm seine Ausbildung als Meister des Ordens der Alten Kraft dies zweifellos erlaubte.

Der Zusammenprall der geborstenen Klinge und der Schattenaxt veränderte die Flugbahnen beider Waffen, und dies so offenbar gegen alle Gesetze der Natur, dass es nur durch das Wirken immenser magischer Kräfte erklärbar war. Die Axt jagte zurück zu ihrem Besitzer, durchschlug den schützend erhobenen Schattenarm, aus dem glühendes Blut spritzte, und spaltete mit ebenso grausamer Leichtigkeit den Kopf des Schattenkriegers. Ein zweites, sehr viel schwächeres Stöhnen war zu vernehmen und ging in ein Wimmern über, das verstummte, als der Schattenkrieger zu Boden sank.

Die abgebrochene und nun grellweiß glühende Schwertklinge drang im selben Moment in die Brust eines weiteren Schattenreiters, dessen Schattenpferd sich mit einem durchdringenden Wiehern auf die Hinterhand stellte. Der Laut mischte sich mit einem Gedankenschrei, der an Heftigkeit alles übertraf, was Gorian bisher von den Schattenkriegern empfangen hatte. Für einen Augenblick drehte sich alles vor seinen Augen, die Umgebung verschwamm in einem Strudel aus farbigen Schlieren.

»Ihr Narren!«, rief Nhorich den Schattenreitern zu.

Der von dem geborstenen Schwert getroffene Schattenkrieger war aus dem Sattel gerutscht. Die Reitergruppe zog sich zurück, doch ihre aufdringlichen Gedanken waren sowohl für Nhorich als auch für Gorian wahrnehmbar – Fetzen, die keinen weiteren Sinn ergaben und nur illustrierten, wie groß ihre Furcht war. Sie drehten ab, und der Hufschlag hallte in Gorians Kopf fast so quälend wie der Todesschrei zuvor wider.

Nhorich sah ihnen nach, wie sie in Richtung der grauen See verschwanden. Noch bevor sie das Ufer erreichten, berührten die Hufe ihrer Schattenpferde schon nicht mehr den Boden. Das diffuse Mondlicht ließ sie wie Rauchschwaden erscheinen, und wenig später waren sie eins geworden mit dem grauen Dunst.

Als Gorian wieder klar sehen konnte, erblickte er die Bruchstücke des zersprungenen Gargoyle, die auf dem Boden lagen. Der Kopf bewegte sich, das Maul wurde aufgerissen und stieß ein Fauchen aus, das an eine Wildkatze erinnerte. Die Augen glühten immer noch so stark, dass eine Öllaterne den Raum nicht heller hätte erleuchten können.

Etwas Steinstaub, der beim Zerschlagen des Gargoyle auf den Boden gerieselt war, sammelte sich plötzlich und vereinigte sich mit dem Bruchstück eines Flügels, der wiederum auf den fauchenden Kopf zustrebte.

Ein Gedanke von quälender, hasserfüllter Intensität ging von dieser Kreatur aus. *»Ar-Don tötet. Ar-Don tötet für Morygor!«*

»Vater!«, rief Gorian. Vielmehr wollte er es rufen, stattdessen aber entrang sich seiner Kehle ein Schrei von jener Art, wie er geeignet war, die Alte Kraft wachzurufen. Er tat es völlig unbewusst und fühlte sich wieder an den Moment erinnert, als die geflügelten Fische seinen Vater und ihn angegriffen hatten.

Der Gargoyle hatte sich gerade wieder zu zwei Dritteln zusammengefügt, wobei sein Körper nicht mehr die ursprüngliche Form zeigte, sondern drei Beine und Arme gebildet hatte. Doch bei dem Schrei des Jungen zersprang er wieder. Das wütende Fauchen, das daraufhin in Gorians Kopf dröhnte, war so heftig, dass er benommen zurücksank. Seine Augen waren weit aufgerissen. Pure Schwärze erfüllte sie für einen Moment und verlor sich dann. »*Ar-Don tötet …*«

Nhorich wirbelte herum. Wieder setzte sich der Gargoyle aus seinen Bruchstücken zusammen. Selbst herabgerieselter Steinstaub fügt sich dabei ein – und das Bruchstück von Nhorichs Klinge. Es verwandelte sich in Stein, änderte seine Form und wurde zu einem Teil des Flügels.

Der veränderte Körper des Gargoyle glühte förmlich auf, dann setzte das Steinwesen zu einem Sprung an, dessen Ziel zweifellos Gorian war. Das Maul mit den nagelspitzen Zähnen wuchs während des Sprungs, während der Restkörper schrumpfte.

Der Dolch mit den magischen Zeichen, den Nhorich für seinen Sohn geschmiedet hatte, fuhr aus dem Deckenholz und traf den Gargoyle, bevor er Gorians Kehle aufreißen konnte. Das steinerne Wesen zersprang erneut, und die einzelnen Teile glühten so hell, dass man kaum hinschauen konnte. Nhorich streckte die Hand aus, und der Dolch flog hinein.

Diesmal war der Gargoyle in noch mehr Bruchstücke zerfallen. Doch auch die versuchten, sich wieder zu größeren Stücken zu vereinen. Nhorich sprach eine Formel, und seine Stimme klang völlig verändert. Sie war tiefer, und zudem hörte Gorian sie zusätzlich in seinen Gedanken, als wäre es ein Echo. Eine Bannformel!, erkannte der Junge sofort, denn er hatte seinen Vater schon mal dabei erlebt, wie er einen solchen Zauber wirkte. Allerdings war es dabei nur darum gegangen, Waldgeister davon abzuhalten, sich an den Feldfrüchten gütlich zu tun.

Nhorich richtete den Dolch auf den Gargoyle, dessen Einzelteile sich bereits wieder zusammengefunden und einen eiförmigen Stein gebildet hatten. Der Dolch glühte, zuerst grellgelb, dann grünlich, dann schoss ein Strahl aus Schwarzlicht aus ihm heraus und sprengte den Stein. Jedes der Bruchstücke leuchtete noch einmal auf, aber dieses Leuchten wurde in den nächsten Augenblicken schwächer und verlosch schließlich.

3 Klingen

Nhorich wies Gorian an, sich nicht zu bewegen und zu bleiben, wo er war. Dann rief er laut nach den Bediensteten und befahl ihnen, alle Laternen und Kerzenleuchter, die auf die Schnelle aufzutreiben waren, zu entzünden und herbeizubringen.

Allerdings gestattete Nhorich niemanden von ihnen, das Zimmer zu betreten. Stattdessen postierte er sich an der Tür, nahm ihnen die Kerzenleuchter und Öllaternen ab und verteilte sie eigenhändig im Raum.

Seit die Bruchstücke des Gargoyle nicht mehr leuchteten, war es ziemlich dunkel in Gorians Zimmer geworden. Doch nun wurde nach und nach jeder Winkel ausgeleuchtet.

Außerdem ließ sich Nhorich aus der Küche einen irdenen Becher holen, in den er sorgfältig alle Bruchstücke sammelte, die er finden konnte. Manche waren ziemlich weit fortgesprengt worden, und eines fand sich sogar auf Gorians Bett.

»Ar-Don«, sagte Gorian, und sein Vater drehte sich mit einem überraschten Blick zu ihm um.

»Woher weißt du diesen Namen?«

»Es ist der Name dieses … Wesens, nicht wahr?«

»Ja.«

»Es strahlte sehr bedrängende Gedanken aus. Du musst sie auch gespürt haben, sonst würdest du den Namen nicht kennen. *Ar-Don tötet für Morygor …* Es war wie eine fremde Stimme im eigenen Kopf und sehr unangenehm.«

»Ich werde dich wohl etwas früher in einige Dinge einweihen müssen, vor denen ich dich bisher noch schützen wollte«, murmelte Nhorich nachdenklich.

Gorian stutzte, dann runzelte er die Stirn, und es fiel ihm wie Schuppen von den Augen. »Du kanntest diesen Namen schon vorher!«

»Ich werde dir alles erklären, aber vorher muss schnell gehandelt werden, denn dieser Gargoyle ist keineswegs vollkommen vernichtet, mein Sohn. Ich habe ihn gebannt. Und damit das so bleibt, muss ich jetzt alle Einzelteile einsammeln, sie an einer geschützten Stelle vergraben und einen zweiten Bann aussprechen.«

»Ich werde dir helfen.«

»Du hilfst mir am meisten, wenn du mich einfach machen lässt, was zu tun ist.«

»Was bedeutet das: Ar-Don tötet für Morygor?«

»Es ist jetzt nicht die Zeit, all das zu erörtern«, bestimmte Nhorich.

In Gorian keimte Ärger auf. »Wann soll denn der richtige Zeitpunkt sein? Dieser Angriff galt mir; um das zu erkennen, bedurfte es nicht mal irgendeines magischen Talents.«

»Ja, das ist wahr«, gab Nhorich zu, während er weiter nach kleinsten Steinsplittern des Gargoyle suchte.

»Aber was habe ich mit Morygor zu tun? Wieso schickt der Herr der Frostfeste ein Wesen aus, das offenbar den Auftrag hat, mich zu töten?«

»In einem hast du recht: Dieser Gargoyle und die Schattenreiter kamen wirklich, um dich umzubringen, und daran, dass Morygor hinter diesem Anschlag steckt, kann nicht der Hauch eines Zweifels bestehen. Aus seiner Sicht wird er gute Gründe dafür haben – aber ich werde jetzt erst einmal zu verhindern versuchen, dass noch weiteres Unheil geschieht!«

Bis zum Morgengrauen suchte Nhorich nach jedem Steinsplitter des Gargoyle. Das aufkommende Tageslicht half ihm dabei.

Sosehr Gorian auch mehr zu erfahren versuchte – er erhielt zunächst keinerlei Antworten, nur die Anweisung, die Überreste der beiden getöteten Schattenkrieger nicht anzurühren, die vor dem Haupthaus lagen. Dieser Befehl galt auch für alle anderen.

Nhorich verschloss den irdenen Becher, in dem er die Bruchstücke des Gargoyle gesammelt hatte, mit einem Stück Leder, das er über die Öffnung band. Gorian sah ihm dabei zu, und zwischenzeitlich empfing er wieder sehr bedrängende, sehr intensive Gedanken, die von dem Gargoyle ausgingen. Allerdings waren sie so fremdartig, dass Gorian daraus keinerlei Sinn entnehmen konnte. Da war einfach nur grenzenloser Hass und eine Flut wirrer Bilder, die keinerlei Zusammenhang ergaben, vermischt mit furchtbaren Schreien und das zur Grimasse verzerrte Gesicht eines Mannes, an dessen rechter Hand ein Ring mit dem Zeichen des Ordens der Alten Kraft steckte. Dieses Detail war das Einzige, was Gorian deutlich wahrzunehmen vermochte.

»Es ist gut, den Namen seines Gegners zu kennen«, sagte Nhorich. »Also merk dir den Namen Ar-Don, denn diese Kreatur wird niemals völlig vernichtet sein.«

»Kann ich dich nicht begleiten, wenn du sie vergräbst?«

»Nein. Zu deinem eigenen Schutz. Dieses Wesen wird versuchen, seinen Auftrag doch noch auszuführen. Dazu ist es abgerichtet. Man muss sehr stark sein, um dem Geist dieser Bestie zu widerstehen.«

»Und du meinst, das bin ich nicht?«

»Es ist eine Aufgabe, an der schon mancher Meister gescheitert ist.«

»So wie der, dessen verzerrtes Gesicht ich in den Gedanken des Gargoyle sah?«

Nhorich blickte auf. »Du hast Meister Domrich gesehen?«, fragte er überrascht.

»Er trug einen Ring mit dem Zeichen des Ordens. Sein Name ist Domrich? Wer ist das?«

»Nicht jetzt, mein Sohn. Nicht jetzt.«

Nhorich brach alleine auf. Er nahm dazu das beste Pferd aus dem Stall. Der Schneefall hatte längst aufgehört und überall taute es. Die Felder und Wiesen der Umgebung verwandelten sich allmählich in morastige Flächen, die bald schon einem sumpfigen Zwischenreich glichen, das weder dem Wasser noch dem Land richtig zugehörig schien.

Nhorich trieb sein Pferd an, und Gorian sah ihm nach. Er glaubte, ganz leise ein Wispern zu hören. Eine Stimme, die ihm vertraut war und vor der er doch schauderte. Eine Stimme, die er zuerst für das Rascheln der Blätter hielt und von der er dann erkannte, dass sie in seinen eigenen Gedanken war. Sie murmelte unverständliche Worte. Nur eines hörte Gorian heraus. Einen Namen.

Ar-Don …

Gaerth und Beliak befanden sich in der Nähe. Der Adh und der Orxanier lamentierten darüber, dass sie erst wach geworden waren, als der eigentliche Angriff schon vorbei gewesen war; Gaerth hatte die Schattenkrieger gerade noch Richtung Meer entschwinden sehen.

Gorian hörte ihnen kaum zu. Stattdessen besah er sich, was von den beiden vernichteten Schattenreitern geblieben war. Sie waren zu dunklem Staub zerfallen, der Ähnlichkeit mit sehr feuchter Asche hatte und auch so roch. Als hätte ein

Feuer die beiden dunklen Krieger verschlungen. Der ascheartige Staub begann bereits, sich im Schmelzwasser des Schnees aufzulösen.

Sein Vater hatte zwar angeordnet, dass er sich nicht um die Überreste der Angreifer kümmern sollte, aber die Neugier trieb Gorian dazu, sie sich genauer zu betrachten.

In dem Staub war etwas, und Gorian hob es auf: Es war ein Ring. An einer Seite war er deutlich breiter, und dort war ein Zeichen eingraviert. Es zeigte drei Kreise, die ineinandergriffen.

Das Zeichen des Ordens!, erkannte Gorian gleich. Es war der Ring eines Meisters. Die drei Kreise standen jeweils für das Polyversum aller Welten, für die Alte Kraft und für die Einheit des Heiligen Reichs, welches zu schützen zu den Aufgaben der Schwertmeister gehörte.

Gorians Vater besaß ebenfalls einen solchen Ring, auch wenn er ihn vor langer Zeit abgelegt hatte. Aber Gorian hatte ihn ein paar Jahre zuvor auf dem Speicher des Haupthauses gefunden – zusammen mit einem mit dem Ordenszeichen bestickten Umhang, den die Schwertmeister bei feierlichen Anlässen anzulegen pflegten.

Gaerth, der Orxanier, hatte Gorian beobachtet, wie dieser den Ring aufgenommen hatte, um ihn zu betrachten. Er trat näher, darauf bedacht, nicht in die Asche der vernichteten Schattenkrieger zu treten, was mit seinen riesigen, etwas plump wirkenden Füßen gar nicht so einfach war. »Es muss hier irgendwo auch noch ein zweiter Ring zu finden sein.«

»Wie kommst du darauf?«

»Die Schattenkrieger sind ehemalige Schwertmeister des Ordens, die während all der Kriege, die sie gegen Morygors Frosthorden führten, in Gefangenschaft gerieten. Manchmal auch solche, die im Kampf fielen, deren Seelen aber so schwach waren, dass sie dem Angebot eines zweiten, untoten Lebens nicht widerstehen konnten, sodass sie nun dem Herrn der Frostfeste dienen.«

»Morygor«, murmelte Gorian düster. »Woher weißt du das über die Schattenkrieger?«

»Der Orden hat immer wieder Schwertmeister nach Orxanien entsandt, um meinem Land gegen das Vordringen der Eisgötter zu helfen. Ich bin mir nicht einmal sicher, ob das überhaupt mit Billigung des Kaisers geschah. Tatsache ist, dass sie da waren und tapfer versuchten, die Bedrohung einzudämmen, solange sie sich noch nicht zu sehr ausgebreitet hatte.«

»Sie scheinen keinen großen Erfolg gehabt zu haben«, sagte Gorian und ließ den Ring zurück in den schlammigen Staub fallen, der von dem Schattenreiter geblieben war.

»Das ist leider wahr. Und seit mehr als zwanzig Jahren gibt es auch keinen Schwertmeister mehr, der an der Seite orxanischer Krieger gegen den eisigen Feind in die Schlacht ziehen würde, denn der Kampf um mein Land ist im Grunde schon seit langem verloren. Nicht einmal hinhaltender Widerstand ist noch möglich.«

»Und uns hier wird es wohl irgendwann genauso ergehen.«

»Das ist so sicher wie die Gesänge im Tempel des Verborgenen Gottes«, meinte Gaerth.

Erst spät am Abend kehrte Nhorich zurück. Inzwischen hatte es zu regnen begonnen, und ein kräftiger Sturmwind wehte von der See her, der die ohnehin windschiefen Bäume in seine Richtung bog, und hier und dort knackten Äste und brachen ab.

Nhorich war sehr schweigsam, und Gorian bemerkte eine Wunde an seiner rechten Hand, die wie eine Brandverletzung aussah. Nhorich beantwortete zunächst keine von

Gorians Fragen. Stattdessen wies er den Orxanier Gaerth und Beliak, den Adh, an, in der Nähe zwei Gruben zu schaufeln, wie man sie nach den Bräuchen der Kirche des Verborgenen Gottes für eine Totenbestattung auszuheben pflegte. Er selbst wandte sich den Überresten der beiden Schattenkrieger zu. Der ascheartige Staub war aufgrund des schmelzenden Schnees bereits in den Boden gesickert.

Gorian beobachtete seinen Vater, wie dieser ein Ritual vorbereitete, das offenbar zum Geheimwissen des Ordens gehörte. Er streute ein weißes Pulver über die Stellen, an denen die Schattenkrieger vernichtet worden waren. Dazu sprach er ein paar Worte in der alten Sprache Nemoriens, in der viele magische Formeln und auch die Schriften über Ursprung und Gebrauch der Alten Kraft verfasst waren. Auf der Ordensburg gehörten die nemorische Sprache und Schrift zu den wichtigsten Dingen, die ein Neuling zu lernen hatte, aber angeblich war beides so kompliziert, dass selbst viele Meister nur Grundkenntnisse vorweisen konnten. Zumindest galt dies für die Schwertmeister, denn bei den Magiemeistern des Ordens spielte Nemorisch als Sprache der Magie eine extrem wichtige Rolle.

Der dunkle Staub, der von den Schattenkriegern geblieben war, glühte kurz grell auf. Danach füllte Nhorich die Überreste der beiden Schattenreiter jeweils in einen irdenen Krug, steckte auch die beiden Ringe der Schwertmeister in die Krüge und vergrub diese in den von Gaerth und Beliak ausgehobenen Erdlöchern.

»Stimmt es, dass sie einst Schwertmeister des Ordens waren?«, fragte ihn Gorian später.

Nhorich nickte. »Das waren sie – auch wenn es schon fast ein Jahrhundert her ist, dass sie gegen die Horden Morygors kämpften. Damals gab es ein Bündnis zwischen dem Kaiser, den Orxaniern, den Königen von Torheim und den freien

Kapitänen der Torlinger Inseln. Aber auch deren vereinte Kräfte konnten die Ausbreitung des Übels nicht aufhalten. Es kostete den Orden fast alle seine Schwertmeister und wäre beinahe sein Ende gewesen.« Nhorich lachte heiser auf. »Der nachfolgende Kaiser erließ das Gesetz, dass von dieser Niederlage nicht mehr gesprochen werden darf, und dieses Verbot ist bis heute offiziell in Kraft.«

»So schlimm war es?«

Nhorich nickte. »Die Berichte der Überlebenden werden in der Ordensburg aufbewahrt, denn innerhalb ihrer Mauern haben die Gesetze des Kaisers nur bedingte Gültigkeit.« Er atmete tief durch, was für Gorians Ohren fast wie ein Stoßseufzer klang, und fügte hinzu: »Diese Schwertmeister hier hätten ein würdiges Begräbnis verdient, wie es ihnen seit hundert Jahren verwehrt wurde – seit sie gezwungen wurden, Morygor als Schattenkrieger zu dienen, der durch die verbotene Magie, der er sich bedient, schon seit langem selbst ein untotes Monstrum ist. Wie sonst könnte er sich an einem Ort wie der Frostfeste wohlfühlen.« Er sah Gorian an, und der Junge erwiderte den Blick seines Vaters. »Alle, die in den Einflussbereich Morygors geraten, verändern sich; sie werden zu Wesen, die nicht lebendig und nicht tot sind – oder zu Schatten. Ohne freien Willen, ohne Liebe, ohne Gewissen – Marionetten des Bösen, die der Herr der Frostfeste an seinen unsichtbaren Fäden führt.«

»So wie dieser Gargoyle – Ar-Don?«, fragte Gorian.

»So ähnlich – aber Ar-Dons Geschichte hat ein paar Besonderheiten.«

»Was für Besonderheiten?«

»Später.«

»Nein, ich will es jetzt erfahren! Ich weiß, dass es irgendetwas mit mir zu tun hat. Ich weiß, dass es einen Grund dafür geben muss, dass Morygor ausgerechnet mich töten will und dazu eine Bestie wie diesen Gargoyle aussandte! Und wahrscheinlich könnte es jederzeit wieder geschehen.«

»Nein«, widersprach Nhorich, »in den nächsten Jahren wird sehr wahrscheinlich nichts in dieser Richtung geschehen, nachdem dieser Versuch, dich zu töten, gescheitert ist. Dieser Moment, da dein Tod Morygor nützen würde, ist ungenutzt verstrichen.«

»Wer war Domrich?«

»Nicht hier, mein Sohn, und nicht jetzt.«

»Wann dann?«

»Ich werde morgen mit dir ausreiten. Und dann werde ich dir alles erzählen. Alles, was du wissen musst.«

Am nächsten Tag sattelten sie die Pferde. Das Wetter war wieder milder geworden. Zwar stand das Wasser teils noch knöcheltief auf den Wiesen, aber nirgends lag mehr Schnee, und selbst der Dunst über dem Meer hatte sich verzogen. Zeitweilig schien sogar die Sonne, und fast konnte man den Eindruck gewinnen, dass das Frostreich einen plötzlichen Vorstoß sehr weit in den Süden unternommen und sich seine Kälte danach wieder aus diesem Landstrich zurückgezogen hatte.

Gorian und sein Vater waren lange unterwegs. Die Pferde dampften förmlich. Am frühen Nachmittag erreichten sie ein Waldstück irgendwo in dem unwegsamen Gebiet im Landesinneren zwischen Twixlum und der Mündung des Seg und nördlich der Straße zur Brücke von Segantia, über die der südlichere Weg nach Estrigge führte.

Die ganze Zeit über wartete Gorian darauf, dass sein Vater ihn in die Geheimnisse einweihen würde, die hinter all den seltsamen Geschehnissen steckten. Aber Nhorich schwieg.

Schließlich gelangten sie in einen Teil des Waldes, der

sehr dicht und dunkel war. Die Bäume, die an dieser Stelle wuchsen, waren von seltsam verwachsener Art. Viele sahen aus, als wären sie von Blitzen gespalten worden, und das mehrfach in ihrer Wachstumsgeschichte. Farnähnliche Gewächse, wie Gorian sie noch nie zuvor gesehen hatte, ragten bis zu den Baumkronen empor, und höchst fremdartige Tierschreie erfüllten den Wald. Obwohl Gorian ausgedehnte Streifzüge in der Umgebung unternommen hatte, war er dabei nie in diese Gegend gelangt.

Sein Pferd scheute mehrfach, so als fürchtete es sich davor, weiter in dieses Gebiet vorzudringen, und nachdem es sich auf die Hinterhand gestellt und Gorian beinahe abgeworfen hatte, sah sich Nhorich gezwungen, das Tier mit einer magischen Formel unter Kontrolle zu bringen.

»Die Schwertmeister beruhigen damit ihre Schlachtrösser, bevor sie in den Kampf ziehen«, erklärte er seinem Sohn. »Du wirst diese Formel auch lernen, wenn du möchtest.«

»Ich will alles lernen, was es zu lernen gibt«, erwiderte Gorian forsch.

»Du wirst noch erkennen, dass manches Wissen zum falschen Zeitpunkt eher schadet als nützt.«

»Aber ist nicht Unwissenheit der größte Feind?«

Ein Lächeln huschte über Nhorichs Gesicht. »Du hast in den Axiomen der Ordensmeister gelesen«, stellte er fest.

»Das Buch war bei den Sachen auf dem Speicher.«

Etwas später erreichten sie eine Lichtung. An deren Rand wucherte das Gras hoch empor, aber in ihrer Mitte schien die Vegetation eine Fläche in Form eines Quadrats zu meiden. Dunkle, lehmige Erde war dort zu sehen. Die Vögel, die von den umliegenden Bäumen aus auf die Lichtung flatterten und dort landeten, um am Boden nach Würmern zu picken, hielten sich von diesem Quadrat ebenso fern wie die Pflanzenwelt und versuchten ihr Glück nur in den Bereichen, die von Gras bewachsen waren.

»Als hätte dort ein Gebäude gestanden«, entfuhr es Gorian, ohne dass er lange darüber nachgedacht hätte.

»Du meinst die freie Fläche in der Mitte?«, vergewisserte sich Nhorich.

»Wie könnte man sie übersehen?«

»Das spricht für dein Talent, denn du siehst mehr, als es bei den meisten anderen der Fall wäre.« Nhorich machte sein Pferd an einem Strauch fest und trat zu Gorian, der ebenfalls abgestiegen war. »Nun sieh, was dort wirklich ist«, sagte er, legte seinem Sohn die Hand über die Augen und murmelte einige Worte in altnemorischer Sprache.

Als er die Hand wieder fortnahm, sah Gorian in der Mitte der Lichtung ein altes, verwittertes Gebäude aus Stein.

»Ein Tempel der Alten Götter!«, entfuhr es Gorian. Die Architektur des Gebäudes ließ keinen Zweifel daran: Das Portal wurde gestützt von zwei steinernen Säulen, in die tierhafte Gesichter gemeißelt waren, Bildnisse jener alten Götter, deren Namen nicht mehr ausgesprochen werden durften, seit der Glaube an den Verborgenen Gott zum alleinig gültigen Bekenntnis erklärt worden war. Trotzdem gab es immer noch viele, die ihnen große Macht zuschrieben.

Zaubermacht.

»Ich habe diesen Ort vor vielen Jahren entdeckt«, erklärte Nhorich. »Das war, bevor ich sechzehn und auf der Ordensburg als Schüler angenommen wurde wie mein Vater und mein Großvater. Damals erzählte ich niemandem von dieser Entdeckung. Und später, als ich mich längst mit dem Orden überworfen hatte, fand ich einiges über die Magie der Alten Götter heraus und stellte fest, dass dieser Ort ein hervorragendes Versteck ist. Ein Ort, an den man Dinge aufbewahren kann, die verborgen bleiben sollen – und zwar auch vor magisch begabten Sendboten wie den Schattenreitern oder dem Gargoyle, der dich zu töten versuchte.«

»Hast du hier die beiden Schwerter versteckt, die du aus dem Himmelsmetall geschmiedet hast?« Als er dies fragte, berührte Gorian unbewusst den Griff des Dolchs, den sein Vater ihm geschenkt hatte und den er ständig am Gürtel trug.

Nhorich antwortete darauf nicht direkt. Aber das verhaltene Lächeln, das einen Herzschlag lang um seine Lippen spielte, war für Gorian ein Zeichen, dass es sich genau so verhielt. »Komm mit«, sagte Nhorich. »Es ist Zeit für dich.«

»Zeit wofür?«

»Um dich zu rüsten und vorzubereiten.«

»Worauf?«

»Auf die Begegnung mit der Finsternis, die du mit Finsternis bekämpfen wirst – eines Tages.«

Gorian folgte seinem Vater zum Portal des verwitterten Gebäudes, dessen Stufen bereits brüchig waren. Doch bevor sie über die Schwelle traten, murmelte Nhorich eine altnemorische Formel, und ein bläulicher Blitz erfüllte daraufhin für einen kurzen Moment den Eingang. Offenbar befand sich vor ihnen ein magisches Kraftfeld, das nun nicht mehr den Zugang verwehrte.

Sie traten ins Innere des Tempels. Ein feuchter Modergeruch schlug Gorian entgegen. Es war der Geruch des Alters.

Die Kultstätte war verhältnismäßig klein, und sie bestand auch nur aus einem einzigen Raum, der an das Innere der Tempel des Verborgenen Gottes erinnerte. Tatsächlich hatte man in der Zeit des Umbruchs, als sich der neue Glaube ausgebreitet hatte, viele Kultstätten der Alten Götter einfach in Tempel des Verborgenen Gottes umgewandelt, bis die Priesterschaft diese Praxis schließlich verbot.

Sonnenlicht fiel durch Löcher im Tempeldach, und in seinem Schein war in der Mitte des Raums ein quaderförmiger Altar zu sehen. Nhorich schritt darauf zu, und Gorian blieb ihm auf den Fersen. Als der ehemalige Schwertmeister den Altar erreicht hatte und davor haltmachte, sprach er erneut eine Formel, und dabei hielt er die Hände über den etwa hüfthohen Steinquader, den für einen kurzen Augenblick ein bläuliches Leuchten umflorte, das aber rasch wieder verschwand.

Nhorich senkte seine Hand auf den brüchigen und verwitterten Stein, dessen eingemeißelte Symbole von der Zeit inzwischen nahezu völlig geglättet waren. Seine Hand drang ohne Widerstand in den Stein, und Nhorich tauchte auch mit dem anderen Unterarm darin ein, um sodann zwei Schwerter aus dem Altar hervorzuholen.

Ihr Metall wirkte recht dunkel, und ebenso wie Gorians Dolch waren die Schwerter mit magischen Kraftzeichen versehen, die in die Klinge eingraviert waren.

Eines davon reichte er Gorian. »Dies ist Sternenklinge«, sagte er. »Ich werde dir beibringen, wie man mit dieser Waffe kämpft.«

Gorian wog das Schwert in der Hand. Es war erstaunlich leicht. Die magischen Kraftzeichen, die in die Klinge graviert waren, leuchteten kurz auf.

»Kann man mit dieser Waffe den Schergen Morygors entgegentreten?«, fragte Gorian.

»Eher als mit jeder anderen«, erklärte ihm Nhorich. »Du hast eine besondere Bestimmung, mein Sohn. Es heißt, dass der Schlag eines Schmetterlings einen Sturm verursachen kann und ein Tropfen genügt, um ein Meer zum Überlaufen zu bringen und eine Flut auszulösen.«

»Die Axiome des Ordens«, murmelte Gorian.

»Du hast sie gelesen, mein Sohn – und auch wenn ich

mich mit dem Orden überworfen habe, so zweifele ich nicht an der Weisheit des Ersten Meisters, der den Orden der Alten Kraft gründete und viele dieser Lehrsätze einst niederschrieb.« Er deutete mit der freien Hand auf Gorian. »Ich glaube, dass du der Tropfen sein kannst, der das Meer zum Überlaufen bringt. Morygor hat deinetwegen den Mörder-Gargoyle ausgeschickt. Dafür kann es nur einen einzigen Grund geben: Er hat erkannt, dass deine Schicksalslinie die seine kreuzen wird, und dies in einer Weise, die ihm gefährlich werden kann.«

»Aber wie kann das sein?«, fragte Gorian verständnislos. »Ich bin noch nicht einmal ein ausgebildeter Meister des Ordens. Ich bin ja noch nicht mal alt genug, um überhaupt als Ordensschüler aufgenommen zu werden. Wie könnte ich dem Herrn der Frostfeste da gefährlich werden?«

»Du musst zur richtigen Zeit am richtigen Ort das Richtige tun – so kannst du eine große, überragende Wirkung erzielen. Dieser Lehrsatz, ebenfalls von den Gründern des Ordens niedergelegt, ist keine hohle Phrase – es geschieht jeden Tag! Schlage an der richtigen Stelle auf einen Stein, und er zerbricht. Lade einem Riesen, der eine schwere Last trägt, die ihn bis zur Grenze seiner Kräfte fordert, noch ein zusätzliches Sandkorn auf, so wird er unter dem Gewicht zusammenbrechen. Irgendwann wird deine Schicksalslinie mit der von Morygor zusammentreffen, und wenn das im entscheidenden Moment geschieht, genügt schon ein geringes Maß an Kraft, um eine große Wirkung zu erzielen.«

»Du meinst, ich könnte Morygor vernichten? Und die Gefahr abwenden, die uns alle bedroht?«

»Das weiß ich nicht, mein Sohn«, gab Nhorich zu. »Ich vermag nicht so klar und deutlich wie Morygor zu erkennen, wie die Schicksalslinien in die Zukunft verlaufen – und schon gar nicht all ihre mannigfachen Verzweigungen und

Verknüpfungen. Dass Morygor aber die magischen Mittel dazu hat und davon auch reichlich Gebrauch macht, ist seit langem bekannt. Es ist einer der Gründe, warum er so erfolgreich ist. Sehr geduldig wartet er auf die Momente, in denen er seine Macht am wirkungsvollsten einsetzen kann. Nur so ist zu erklären, dass er mit seinem Zauber selbst den Lauf der Gestirne verändern und den Schattenbringer vor die Sonne schieben kann. Und auch der Zeitpunkt, da er dir den Gargoyle sandte, war keineswegs zufällig gewählt, sondern genau vorausberechnet.«

»Ist es nicht möglich, ebenso weit in die Zukunft zu sehen wie Morygor?«, fragte Gorian. »Kann man nicht das gleiche Wissen erlangen, über das er offenbar verfügt?« Die Worte seines Vaters hatten ihn sehr nachdenklich gemacht.

»Wenn man sehr viel Magie einsetzt, kann man dieses Wissen vielleicht erlangen. Vielleicht aber muss man dafür auch erst ein untotes Monstrum wie Morygor werden.«

»Hätte jemand das gleiche Wissen wie Morygor, wäre er doch in der Lage, ihm die Stirn zu bieten, oder?«

»Ja, aber womöglich würde sich derjenige unter dem Einfluss dieses Wissens verändern. Er könnte der Macht verfallen, die ihm die Erkenntnis über das zukünftige Netz der Schicksalslinien schenkt. Die Versuchung, dieses Wissen allein zum eigenen Vorteil zu benutzen, wäre zu groß.«

»Und Morygor ist dieser Versuchung verfallen?«

»Ja, das ist er.«

»Aber auch ein Schwertmeister des Ordens ahnt doch die Angriffe seiner Gegner voraus«, gab Gorian zu bedenken.

»Aber nur einen Lidschlag, bevor der jeweilige Angriff erfolgt. Er weiß – wenn er wirklich gut ist – einen Moment im Voraus, wie der nächste Schlag seines Gegners aussehen wird, ob er von oben, von unten, von der Seite erfolgt.

Er weiß, welche Finte sein Gegner anwenden wird und welcher seiner Vorstöße wirklich gefährlich für ihn sein kann.«

»Ist es nicht die gleiche Fähigkeit, die Morygor anwendet, nur dass die der Schwertmeister abgeschwächt ist?«

»Das stimmt.«

»Und was ist mit den Sehern des Ordens? Schauen sie nicht auch in die Zukunft?«

»Sie schätzen Wahrscheinlichkeiten ab, und ihr Blick ist längst nicht so detailliert und weitreichend wie der Morygors … Was nicht heißt, dass der Orden dies nicht insgeheim anstreben würde!« Nhorich hob das Schwert in seiner Hand – den Schattenstich. Die Klinge schimmerte dunkel. »Diese Waffe hier enthält die gleiche Kraft, der sich auch Morygor bedient. Es ist die Kraft der Finsternis, mein Sohn. Und nur die Finsternis kann die Finsternis besiegen. Die alten Meister des Ordens haben das immer gewusst und die Künste des Krieges und der Magie, die innerhalb des Ordens gepflegt werden, in diese Richtung weiterentwickelt.«

Eine eigenartige Kraft schien plötzlich von Sternenklinge auszugehen. Gorian hielt den Schwertgriff zuerst mit der Rechten, dann nahm er ihn in die Linke und wusste noch nicht, was er von dieser Empfindung halten sollte. Die Kraft der Klinge durchflutete ihn in einem kurzen Moment und löste zunächst ein tiefes, verstörendes Unbehagen aus, das sich mit einer wirren Flut von Gedanken vermischte, die ihm im Kopf umherschwirrten, unbeantwortete Fragen, ängstliche Ahnungen. War es wirklich möglich, dass er das Sandkorn war, das den Riesen zu Fall brachte? Dass es eine Kreuzung der Schicksalslinien gab, an der die Linie Morygors auf die seine traf und an welcher der schier übermächtige Herrscher des Frostreichs besiegt werden konnte?

Nhorich schien die Gedanken seines Sohns zumindest zu erahnen, denn er sagte: »Es kann noch ein halbes Leben oder länger dauern, bis jener ausschlaggebende Zeitpunkt, an dem sich eure Schicksalslinien treffen, gekommen ist, Gorian. Erwarte ihn nicht gleich morgen oder in einem Jahr. Nicht einmal in zehn Jahren muss dieser Moment eintreffen, denn Morygors Fähigkeit der Schicksalssicht reicht sehr, sehr weit in die Zukunft. Aber du musst damit rechnen, dass Morygor erneut versuchen wird, dich zu vernichten, bevor dieser entscheidende Zeitpunkt erreicht ist. Er tut nichts ohne Grund, und wenn er den Aufwand, dir einen Gargoyle zu senden, einmal auf sich genommen hat, dann wird er es auch ein zweites Mal tun. Allerdings wird er auf einen weiteren günstigen Moment warten müssen. Der erste ist verstrichen, ohne dass Morygor Erfolg hatte, aber es werden weitere kommen.«

»Und wir wissen nicht, wann so ein günstiger Moment ist?«, fragte Gorian.

»Nicht nur das Wann, auch das Wo spielt eine Rolle. Zeit und Ort, beides ist wichtig. Aber du hast recht, wir sind wie Blinde, die den Angriff eines Gegners erwarten. Und darum werden wir immer in Bereitschaft sein müssen.«

»Ist es dann nicht besser, von hier fortzugehen und sich irgendwo zu verstecken?«

Gorians Vater schüttelte den Kopf. »Nein, denn im Augenblick bist du hier am sichersten. Hier kann ich alles für deinen Schutz vorbereiten. Und glaub ja nicht, dass es sehr viel nützt, wenn du viele Meilen zwischen dir und dem Frostherrn legst. Er kann dich überall finden und erreichen. Wichtig ist, vorbereitet und kampfbereit zu sein. Und die Zeichen zu erkennen.«

Gorian war die Verletzung an Nhorichs Hand schon aufgefallen, nachdem dieser den zerschmetterten Gargoyle fortgebracht und an einem geheimen Ort vergraben hatte. Sein Blick fiel erneut darauf, als Nhorich das Schwert Schattenstich in die andere nahm.

»Erzähl mir von Ar-Don«, forderte er. »Du hast diesen Namen offenbar schon seit langem gekannt.«

Nhorich schüttelte den Kopf. »Erst als diese kleine Bestie aufgetaucht ist, habe ich ihren Namen erfahren …«

»Aber …«

»… und zwar auf gleiche Weise, von der ich annehme, dass auch du diesen Namen erfahren hast: durch die aufdringlichen Gedanken dieser Kreatur. Ich war nur leicht überrascht, dass du so etwas wahrzunehmen vermagst, obwohl du noch keinerlei Ordensausbildung hinter dir hast. Die Alte Kraft ist sehr stark in dir.«

»Aber ich hatte den Eindruck, dass du diese Kreatur … kanntest«, sagte Gorian.

»O ja, ich kenne sie«, gab Nhorich zu. »Seit sehr langer Zeit. Aber diese Kreatur trug damals noch keinen Namen, und ihre äußere Erscheinung war eine andere. Dennoch habe ich sie sofort erkannt.«

Er hob die verletzte Hand. Fast die gesamte Innenfläche war knallrot. Die einer Brandwunde ähnliche Verletzung schien sich entzündet zu haben.

»Bevor ich Ar-Don vergrub, habe ich ein Bruchstück seines Kopfes berührt, weil ich meinen Geist mit seinen Erinnerungen verbinden wollte, um zu erfahren, was ihm seit unserer letzten Begegnung widerfahren ist und weshalb man ihn hierherschickte. Denken konnte ich es mir zwar, aber ich wollte sicher sein.« Nhorich schloss für einen Moment die Augen – beinahe so, als müsste er einen Schmerz unterdrücken. »Das ist etwas, wozu selbst ein Meister sehr viel Kraft braucht«, erklärte er. »Und vielleicht wird mich das, was ich getan habe, umbringen, wenn sich herausstellt, dass ich doch zu schwach bin, es auszuhalten. Aber ich brauchte Gewissheit.«

Gorian starrte auf die Wunde und fragte: »Die Gewissheit worüber?«

»Die Gewissheit darüber, dass du derjenige bist, der Morygors Schicksalslinie kreuzen wird und ihn besiegen kann. Die Gewissheit darüber, dass Morygor, der ansonsten keine Furcht kennt und dessen Herz so eisig geworden ist wie das Land, das er von den Frostgöttern verwüsten lässt, sich vor diesem Moment ängstigt und alles versucht, damit er nicht eintrifft.«

Er hob Schattenstich mit der gesunden Hand und betrachtete die Klinge, während er fortfuhr: »Ich will dir erzählen, wer Ar-Don war. Es begann alles in jener Nacht, als du geboren wurdest und der Stein mit dem Sternenerz vom Himmel fiel. Ich schmiedete daraus diese beiden Schwerter und gab ihnen Namen, wie du wohl weißt. Das Sternenmetall aber entstammt einem Bruchstück des Schattenbringers, der unsere Sonne mehr und mehr verdunkelt. Es ist sehr viel an dunkler Kraft in ihm – mehr als irgendein Meister, und sei er noch so stark, beherrschen könnte. Also musste ich den Großteil dieser Kraft austreiben, indem ich die Schwerter immer wieder aufschmolz und neu schmiedete. Nie zuvor und nie wieder danach habe ich so lange für eine Schmiedearbeit gebraucht. Nie zuvor hat mich etwas so viel Kraft gekostet, denn die dunkle Macht wirkte dermaßen stark in dem Sternenmetall, dass ich immer nur einen Teil davon auszutreiben vermochte. Selbst mit den stärksten Ritualen und Zauberformeln des Ordens war einfach nicht mehr zu schaffen. Doch ich wurde ungeduldig und nahm mir zu viel auf einmal vor. Ich glaube, daran hat es dann wohl letztlich gelegen …« Gorian sah, wie der Blick seines Vaters in sich gekehrt wurde und Nhorich in Gedanken tief in die Vergangenheit abtauchte.

»Was meinst du damit?«, fragte Gorian, aber Nhorich antwortete seinem Sohn zunächst nicht, schien nicht einmal dessen Worte gehört zu haben. Sein Gesicht veränderte sich und zeigte auf einmal einen Ausdruck innerer Qual und Verzweiflung.

»Warum lässt du mich nicht einfach an deinen Erinnerungen teilhaben?«, fragte Gorian in die Stille hinein, die so drückend wirkte wie der Moment vor einem Gewitter. »Das wäre doch möglich.«

Ein Ruck ging durch Nhorichs Gestalt. »Nein, das geht nicht. Du sollst alles wissen, was es zu wissen gibt und was du erfahren musst, um für den Moment gerüstet zu sein, der alles entscheidet, aber du sollst nicht vorher schon geschwächt werden, indem du deine Unbefangenheit zu einem Zeitpunkt verlierst, da dies dir nur schaden kann. Deswegen werden wir auf keinen Fall eine geistige Verbindung eingehen, die dich an meinen Erinnerungen teilhaben lässt. Schon deshalb nicht, weil es auch die Erinnerungen Ar-Dons wären, die du dann verinnerlichen würdest, und der ist ein Wesen der Finsternis und des Bösen und du noch zu schwach, um ihm zu widerstehen. Also werde ich dir nur in groben Zügen erzählen, was geschehen ist, und das soll genügen.«

Sodann fuhr er mit seinem Bericht fort: »Ich wurde also immer ungeduldiger, obwohl ich die Erschöpfung gar nicht spürte, denn dafür war ich zu erfüllt von meiner Aufgabe. Der Schattenbringer verdunkelte schon damals die Sonne, wenn auch noch nicht in dem Maße wie heute, und ich glaubte, wenigstens einige wenige Waffen schmieden zu können, mit denen der Kampf gegen Morygor nicht schon von vornherein verloren wäre. Ich schmolz die Klingen gerade zum letzten Mal auf, um sie erneut zu schmieden. Es war immer noch viel von der finsteren Macht in dem Metall, mehr vielleicht, als die meisten Schwertmeister des Ordens innerlich ertragen hätten. Aber war ich denn nur irgendein Schwertmeister? Und war mein Sohn, für den die zweite Klinge bestimmt war, nicht gerade im Zeichen des Sternenmetalls zur Welt gekommen? Warum also nicht etwas wagen, um dadurch stärkere Waffen zu schmieden. Waffen, die mehr von der finsteren Kraft enthielten, als ich es ursprünglich geplant hatte und es den Lehren der geheimen Schmiedekunst entspricht, wie sie von den Meisterzirkeln des Ordens bis heute bewahrt werden.

Ich schlug die Schlacke von den Klingen – doch diese Schlacketeile enthielten schon so viel von dieser üblen Kraft, dass sie zu unheimlichem Leben erwachten. Ich war derart in meiner Arbeit vertieft, dass ich die Anfänge gar nicht mitbekam.

Die Schlackestücke ballten sich zusammen, verschmolzen miteinander, und ehe ich mich versah, bildeten sich aus ihnen kleine Gargoyles. Wesen, die ständig ihre Gestalt änderten, die aufglühten, als wären sie noch einmal in den Ofen geworfen worden, um das letzte bisschen Erz aus ihnen herauszuschmelzen, und die dann wie kleine steinerne Flugdrachen durch die Luft schwirrten.

Wäre ich kein Schwertmeister gewesen und nicht in der Kampfkunst so gut ausgebildet wie nur wenige von ihnen, ich hätte bereits den ersten Angriff dieser Biester nicht überlebt. Ich aber packte beide frisch geschmiedeten Schwerter in dem Bemühen, ihre Kräfte zu kontrollieren, obgleich sie noch nicht mit magischen Kraftzeichen versehen waren. Sie waren so leicht, dass ich sie mit unglaublicher Schnelligkeit führen konnte – einer Schnelligkeit, die der dieser kleinen Bestien ebenbürtig war.

Einen Gargoyle nach dem anderen erwischte und zerschlug ich. Der Boden der Schmiede war übersät mit ihrem Staub, glühenden Bruchstücken und was sonst noch an Überresten von ihnen blieb. Du siehst dort heute manche Brandflecke, mein Sohn, und einige davon stammen von ihnen.

Die übrigen Gargoyles umschwirrten mich wie ein Schwarm mörderischer Insekten, und manchmal verschmolzen mehrere von ihnen zu einem größeren Exemplar. Ich hatte damals einen Hund. Er hieß Branwulf, ein Nemorischer Wolflingshund. Er hätte dir bis zur Schulter gereicht, mein Sohn. Branwulf hatte ein gutes, friedfertiges Wesen, doch er hätte mich jederzeit verteidigt. Er muss gespürt haben, dass ich angegriffen wurde, denn er sprang durch das offene Fenster der Schmiede, ohne dass ich es verhindern konnte.

Einer der Gargoyles tötete ihn und verwandelte seinen Kadaver, machte ihn zu einem Teil seiner eigenen steinartigen Masse, und auf einmal war jener Gargoyle nicht mehr nur faustgroß wie die anderen, sondern so groß wie Branwulf, und zudem bildete er einige Einzelheiten seiner Gestalt nach. Ein bizarres Mischwesen aus Nemorischem Wolflingshund und Gargoyle war entstanden, das mich ebenfalls blindwütig angriff. Ich war gezwungen, es zu töten wie die anderen auch. Zumindest dachte ich, dass ich sie tötete, aber das stellte sich schnell als Irrtum heraus.

Ich zerschlug sie, und wenn ihre Bruchstücke noch Anzeichen von Lebendigkeit zeigten, zertrümmerte ich sie weiter, bis nichts als kleine Brocken davon blieben. Aber eines dieser Biester war besonders hartnäckig. Es gelang mir zwar, seinen Kopf abzuschlagen, aber es bildete einen neuen, und als die Bestie erkannte, dass nur noch sie allein von der Schlackebrut übrig und zu kämpfen in der Lage war, floh sie durch den Abzug der Schmiede. Ich sah sie noch durchs Fenster am Himmel dahinfliegen, ein kleiner Steindrache, der nach Norden strebte.«

»In Richtung des Frostreichs«, murmelte Gorian.

Nhorich nickte. »Dieser Gedanke kam mir damals auch. Da die Kreatur von der finsteren Kraft des Schattenbringers erfüllt war, erschien es mir zudem naheliegend, dass sie zumindest versuchen würde, sich zu dem Herrn und Gebieter dieser Kraft zu begeben.

Ich vergrub die Überreste der anderen Monstren, als ich erkannte, dass noch immer düsteres Leben in ihnen steckte und sie auf herkömmliche Weise gar nicht zu vernichten waren, und wendete dabei die magischen Rituale an, die ich beim Orden erlernt hatte.«

Plötzlich spürte Gorian, wie das Schwert in seiner Hand emporzuckte. Ein bläulicher Schimmer umflorte Sternenklinge, und ganz kurz leuchteten die magischen Kraftzeichen hell auf, nur um schon im nächsten Moment dunkles Licht abzustrahlen, das an Rauch erinnerte, sodass diese Zeichen für einen Augenaufschlag schwarz glühend in der Luft standen, ehe sie sich auflösten. Gleichzeitig zuckte ein Blitz aus der Schwertspitze empor bis zur Decke des Tempels, teilte sich dort auf, schlängelte über das Deckengestein und verlor sich schließlich.

»Was war das?«, fragte Gorian.

»Wir sollten gehen«, sagte Nhorich. »Hier sind starke magische Kräfte am Werk; sie hängen mit dem Zauber zusammen, der die Schwerter verbergen soll – und natürlich mit den Alten Göttern, die hier einst verehrt wurden.«

»Ist das gefährlich?

»Nur insofern, dass vielleicht Morygor oder einer seiner Schergen diese Entladungen spüren könnte und dann darauf reagiert.«

Sie verließen den Tempel der Alten Götter, doch als sie das Säulenportal durchschritten, umspielte beide Schwerter – Sternenklinge und Schattenstich – noch einmal ein Flor von bläulichem Licht, der sich dann von den Klingen löste, wie ein Irrlicht über den Boden huschte und anschließend die Säulen emporschnellte. Es dauerte nur einen kurzen Moment, dann war das magische Licht erloschen.

»Ich weiß nicht, ob ich mich daran gewöhnen kann«, meinte Gorian.

»Ich werde dir zeigen, wie du deine Waffe in jeder Hinsicht beherrschst«, versprach Nhorich.

Als sich Gorian, kurz bevor sie die Lichtung verließen, noch einmal umdrehte, war von dem Tempel der Alten Götter nichts mehr zu sehen.

»Es gehört inzwischen zu den festen Eigenschaften dieses Ortes, sich zu verbergen«, erklärte es Nhorich. »Wahrscheinlich würde der Tempel selbst dann noch verschwinden, würde ich all den Zauber auflösen, den ich zum Verstecken der Klingen webte.«

»Sag mir, was du von Ar-Dons Geist erfahren hast«, verlangte Gorian. »Von seinen Erinnerungen an das, was nach seiner Flucht aus deiner Schmiede geschah.«

»Das ist schnell erzählt«, behauptete Nhorich. »Er floh tatsächlich zu Morygor. Nach einem langen Flug gelangte er schließlich zur Frostfeste, und dort erhielt er seinen Namen und wurde zu einem Diener Morygors abgerichtet.« Nhorichs Gesicht war plötzlich sehr blass geworden, und er sah mit sorgenvollem Stirnrunzeln auf die Wunde an seiner Hand. Gorian fiel beides auf, und er fragte sich, ob die Verletzung vielleicht schlimmer war, als sein Vater bisher zugegeben hatte.

Den ganzen Ritt zurück sprach Nhorich kein einziges Wort. Er wirkte schwach und kraftlos. Als sie dann den Hof erreichten, überließ er sein Pferd Beliak, der gerade vor dem Haupthaus stand, und zog sich zurück, um sich auszuruhen.

Gorian aber wog Sternenklinge in der Hand, und er war sich in diesem Augenblick unsicherer denn je, ob die Schicksalslinie, der er folgte, die richtige war.

4 Nicht-Tode

Tagelang lag Nhorich darnieder und war die meiste Zeit über nicht ansprechbar. Er fantasierte im Fieber, und schwarzes Blut drang aus der Wunde, die er an der Hand davongetragen hatte. In den wenigen lichten Momenten aber musste er sich immer wieder davon überzeugen, dass sich Schattenstich in seiner Nähe befand. Gorian schlug daher vor, das Schwert an die Wand zu hängen, sodass sein Vater es von seinem Lager aus jederzeit sehen konnte. Und in der Tat hatte dies eine beruhigende Wirkung auf ihn.

Sternenklinge jedoch behielt Gorian bei sich. Er suchte sich unter den ledernen Schwertscheiden, von denen es auf dem Hof des ehemaligen Schwertmeisters genügend gab, eine besonders schöne aus und schnallte sie sich auf den Rücken; um das Schwert an der Seite zu tragen, war er noch nicht groß genug.

Ansonsten wich Gorian kaum vom Bett seines Vaters, wachte Tag und Nacht bei ihm und fiel zwischendurch immer wieder in einen kurzen, unruhigen Schlaf.

Olgarich, ein Zahlenmagier dritter Ordnung, den Nhorich schon vor vielen Jahren als Verwalter des Hofes eingestellt hatte, schickte ein paar Knechte als Boten aus, um einen Arzt aus Twixlum zu holen. Falls der dortige Arzt nicht zur Verfügung stünde, sollten sie sich weiter die Küste entlang auf den Weg nach Thisia machen. Diese Hafen- und Handelsstadt war groß genug, dass man erwarten konnte, dort einen Medicus von ausreichendem Rang auftreiben zu können. Die Knechte nahmen sich die größte Barkasse, die an der Anlegestelle des Hofs festgemacht war.

Zudem wurde auch Gaerth, der Orxanier, ausgeschickt. Er sollte sich in die bewaldete Wildnis im Süden begeben, denn angeblich wohnte dort, zwei Tagesreisen entfernt, ein Heilkundiger, auf dessen Kunst Olgarich große Stücke hielt. Beliak war skeptisch hinsichtlich dieses Mannes, denn einer seiner Adh-Freunde, der auf einem benachbarten Hof angestellt war, hatte ihm berichtet, dass dort Vieh gestorben war, nachdem der Heilkundige den Tieren eine seiner Mixturen verabreicht hatte – was aber nie die Runde machte, da der Besitzer des Hofes befürchtete, alle Welt könnte annehmen, sein Vieh wäre an einer ansteckenden Krankheit verendet.

Olgarich aber schwor auf die Dienste dieses Mannes, und als er die Geschichte von Gaerths Adh-Freund hörte, tippte er sich an seine stark nach vorn gewölbte Stirn. Sein Haupt war etwa um ein Drittel größer als das eines gewöhnlichen Menschen, und der vollkommen haarlose Hinterkopf glich einer anschwellenden Froschblase. Er wurde von pulsierenden Adern durchzogen, und als Gorian noch sehr klein gewesen war und zum ersten Mal von den Schicksalslinien gehört hatte, war sein erster Gedanke der, dass sie wohl auch derart untereinander verwoben sein mussten und sich immer wieder kreuzten wie die Adern auf Olgarichs Kopf.

Weder der Orden noch die Priesterschaft erkannten die Zauberei der Zahlenmagier als Magie im eigentlichen Sinn an, und doch bedienten sich beide Gruppen ihrer Dienste. Zumeist aber wurden sie von Handelshäusern, Geldwechslern und Gutsbesitzern angestellt, denn niemand konnte so gut wirtschaften wie sie.

»Mein Vater hat die Dienste von Heilkundigen und Ärzten immer gleichermaßen abgelehnt«, sagte Gorian an Olgarich gewandt.

»Ja, nach dem Tod deiner Mutter hat er den heilenden Künsten ganz allgemein misstraut. Aber wir sollten seinen Willen in diesem Fall ignorieren, findest du nicht auch?«

Gorian nickte. »Gut«, murmelte er. »Jedoch hege ich Zweifel, dass er mit den Mitteln dieser Künste überhaupt zu heilen ist.«

»Wieso das?«

»Weil ich glaube, dass alles mit der Verletzung an seiner Hand zu tun hat. Er hat sich die Erinnerungen des Gargoyle angeeignet, der vor kurzem von Schattenreitern über das Meer gebracht wurde, um mich zu töten.«

Gorian kannte Olgarich, so lange er sich entsinnen konnte, und daher vertraute er dem Zahlenmagier fast so sehr wie seinem Vater. Es gab keinen Grund, nicht mit ihm in aller Offenheit zu sprechen, so meinte er, denn wenn Nhorich recht hatte und früher oder später ein weiterer Angriff Morygors erfolgte, musste man sich darauf vorbereiten, und das galt auch für Olgarich und alle anderen, die auf dem Hof lebten.

Der Zahlenmagier sah den Jungen nachdenklich an, und seine zumeist straff gespannte, deutlich geäderte Stirn legte sich auf einmal in tiefe Falten, die sogar das Muster der bläulichen Adern überdeckten. Genauso versuchte Morygor nach Gorians Vorstellung das alte Muster der Schicksalslinien durch ein neues zu ersetzen. Dass er selbst bei diesem Muster eine so entscheidende Rolle spielen sollte, war für Gorian nach wie vor ein verwirrender Gedanke.

»Du meinst, man sollte lieber einen Meister des Ordens rufen oder gar einen Priester?«, fragte ihn Olgarich.

»Das weiß ich nicht«, bekannte Gorian. »Vielleicht auch

irgendeinen freischaffenden Magier, der nicht gerade deiner Zunft angehört.«

Der Zahlenmagier lächelte. »Du meinst einen Magier, so wie ihn sich Priesterschaft und Orden vorstellen.«

»Ja. Tut mir leid, das ist keineswegs gegen dich und deine ehrenwerte Kunst der Zahlenmagie gerichtet, aber …«

»Das habe ich auch nicht so verstanden«, fiel ihm Olgarich mit einem Lächeln ins Wort. Zahlenmagier waren für ihr nüchternes Wesen bekannt und nur schwer zu beleidigen. »Das Problem ist nur, dass dein Vater Magiern der Priesterschaft noch ablehnender gegenübersteht als Heilern und Ärzten, und hinsichtlich des Ordens hat er seit langem jeden Kontakt mit seinen Vertretern abgelehnt.«

»Du meinst, sie würden ihm nicht helfen? Auch nicht in so einem Fall wie diesem?«

»Das weiß ich nicht. Allerdings …«

»Ja?«

»Es gab da jemanden, der ihn einmal besucht hat. Das war noch vor deiner Geburt. Sein Name war Thondaril, und er fiel mir gleich auf, weil er zwei Meisterringe des Ordens trug.«

»Er war ein zweifacher Meister?«, fragte Gorian überrascht.

Olgarich nickte. »Er muss sowohl ein Meister des Schwertes als auch der Magie gewesen sein.«

Gorian wusste, dass der Orden in fünf Häuser unterteilt war, die Meister in den jeweiligen Talenten ausbildeten: Schwertmeister, Magiemeister, Schattenmeister, Heilmeister und Sehermeister – wobei die Heiler des Ordens großen Wert darauf legten, nicht mit den gemeinen Heilkundigen verglichen zu werden, da sich deren Methoden völlig von den ihren unterschieden. Normalerweise war es selbst bei großem Talent eine hohe Anforderung, allein einen dieser

Meistertitel zu erringen. Oft gingen Jahre ins Land, bis die Ausbildung zufriedenstellend abgeschlossen war. So kam es nur sehr selten vor, dass ein Anwärter gleich in mehreren Häusern des Ordens die Ausbildung absolvierte und die Prüfungen bestand. Niemals aber war es jemandem gelungen, dies in allen fünf Häusern zu schaffen.

»Dieser Thondaril ist also sehr begabt«, meinte Gorian.

»Ich werde einen Boten zur nächsten Ordenskomtur schicken«, bot Olgarich an. »Aber wie die Wahrscheinlichkeit steht, dass die Nachricht dann richtig weitergeleitet wird und zum gewünschten Ergebnis führt, wage ich nicht zu kalkulieren.«

»Was auch immer notwendig ist, soll getan werden«, entschied Gorian.

In diesem Augenblick hörte er zum ersten Mal die Stimme. Sie war klar und deutlich in seinem Kopf. *»Hilf Ar-Don … Hilf ihm, und er wird dir helfen. Diene ihm, und er wird dir dienen und dir Antworten auf all deine Fragen ge…«*

Instinktiv hielt sich Gorian die Ohren zu.

»Was ist mit dir?«, fragte der Zahlenmagier besorgt.

Gorian sah den Mann mit dem gewaltigen Kopf an, öffnete halb den Mund und wollte etwas sagen. Aber er konnte nicht. Etwas hinderte ihn daran, dass er über das sprach, was er soeben in seinen Gedanken wahrgenommen hatte.

Der Arzt aus Twixlum war ein Medicus unterer Ordnung, aber in der Bevölkerung der Gegend sehr beliebt. Vor allem verstand er sich auf Geburten, und er wurde nicht müde zu betonen, dass Geburtshilfe wichtiger wäre als die Heilung von Krankheiten, denn die Geburt von Kindern wäre ein Geschenk des Verborgenen Gottes, eine Krankheit hingegen zumeist eine göttliche Strafe.

Etwas Entscheidendes zu Nhorichs Gesundung konnte er zwar nicht beitragen, allerdings verstand er sich auf die Mischung von Salben, und er fertigte aus verschiedenen Zutaten eine an, die er anschließend auf die Wunde an Nhorichs Hand strich und die – so schien es – immerhin den Fluss von schwarzem Blut etwas reduzierte. Aber Gorian hatte seine Zweifel, ob dies wirklich auf die Salbe zurückzuführen war und nicht ohnehin eingetreten wäre.

Schlimme Tage und Nächte vergingen, und Gorian war der schieren Verzweiflung nahe. Wenn er kurzzeitig einschlief, hörte er im Traum Ar-Dons wispernde Stimme, die ihn dazu bringen wollte, den Gargoyle auszugraben.

Wie es scheint, war es doch sehr weise von meinem Vater, mir den Ort nicht zu verraten, an dem er die Überreste der kleinen Bestie vergraben hat, überlegte Gorian, und in diesem Moment bewunderte er Nhorich für seine Weitsicht.

Als Gaerth mit dem Heiler aus dem Wald zurückkehrte, trug der Orxanier diesen auf den Schultern und lief dabei in einem Tempo, das durchzuhalten manchem Pferd schwergefallen wäre. Der Heiler hieß Embaris und war von Gestalt recht massig. Aber für Gaerth stellte das Gewicht des Mannes kein Problem dar. Er wirkte noch nicht einmal leicht erschöpft, als er mit Embaris am Hof anlangte.

Doch auch Embaris vermochte Nhorich nicht zu heilen. »Das Einzige, was ich tun kann, ist, deinen Vater zu stärken, in der Hoffnung, dass er dann aus eigener Kraft zu überleben vermag.« Er legte Nhorich die Hand auf die Stirn und zog sie erschrocken zurück. »Was ist nur mit diesem Menschen geschehen?«, stammelte er. »So viele üble Gedanken haben seinen Geist vergiftet.«

»Was sind das für Gedanken?«, fragte Gorian. »Könnt Ihr sie mir beschreiben?«

»Nein.« Embaris schüttelte entschieden den Kopf. »Ich

würde die Klarheit meines eigenen Verstandes riskieren, würde ich das auch nur versuchen – denn ein Gedanke erhält Macht, wenn man ihn in Worte fasst. Wusstest du das nicht, Junge?«

»Nein«, murmelte Gorian.

»Eine gewöhnliche Stärkungsmagie und ein paar belebende Düfte werden deinem Vater helfen«, gab sich Embaris überzeugt. »Und außerdem werde ich ein paar Gebete für ihn sprechen.«

Ermutigend klang das in Gorians Ohren nicht …

Es dauerte noch Tage, ehe sich Nhorichs Zustand merklich besserte. Der Medicus aus Twixlum war zu diesem Zeitpunkt bereits nicht mehr vor Ort. Er hatte wohl erkannt, einfach nichts ausrichten zu können, und Gorian gegenüber zuvor mehrmals durchblicken lassen, dass man ihn in der Vergangenheit schon des Öfteren verantwortlich gemacht hatte, wenn es ihm nicht gelungen war, einem Patienten zu helfen. Deswegen hatte er es wohl diesmal vorgezogen, sich bei diesem seiner Meinung nach hoffnungslosen Fall aus dem Staub zu machen.

Der Heilkundige aus dem Wald hingegen blieb länger, doch Olgarich sorgte dafür, dass er, als Nhorich eines Morgens erwachte und bei klarem Verstand war, für seine Dienste bezahlt und fortgeschickt wurde. Der ehemalige Schwertmeister brauchte den Heiler, dessen Können den Ausbildungsvorschriften des Ordens sicherlich nicht annähernd genügt hätte, nicht unbedingt zu Gesicht zu bekommen.

»Ich werde wohl einige Zeit brauchen, um meine Kraft zurückzuerlangen«, sagte Nhorich, und dabei wurden seine Augen vollkommen schwarz. Er versuchte das, was ihm derzeit an körperlicher Kraft fehlte, durch die dunkle Kraft auszugleichen. Vollständig konnte das nicht gelingen, das wusste selbst Gorian, auch wenn er diese Kraft natürlich nicht annähernd so gut beherrschte wie sein Vater.

»Ich möchte wissen, was der Gargoyle auf der Frostfeste erlebte«, sagte er nach einiger Zeit, am Bett seines Vaters sitzend. »Du wolltest es mir erzählen.«

»Da bin ich inzwischen zu einer anderen Ansicht gelangt.«

»Warum?«

»Es ist besser, wenn du mit den Gedanken des Bösen nicht in Berührung kommst. Du hast gesehen, was solche Gedanken anrichten können. Ich kann froh sein, noch unter den Lebenden zu weilen.«

»Ich will es trotzdem wissen«, verlangte Gorian.

Nhorich sah ihn an und erklärte dann: »Es reicht, wenn du weißt, dass Ar-Don auf der Frostfeste war. Dass Morygor ihn abrichtete wie einen Falken und seine kalte Steinseele mit dem Wissen eines Schwertmeisters verschmolz, der seit langem vermisst wurde …«

»Domrich!«, entfuhr es Gorian.

»Ja, das war sein Name. Ar-Don hat ihn zu einem Teil seiner selbst gemacht, auf gleiche Weise, wie es ein namenloser Schlacke-Gargoyle mit meinem Hund Branwulf tat. Dieses Wesen ist ein äußerst gefährlicher Gegner, Gorian. Gefährlicher, als ich zunächst angenommen habe.«

In diesem Moment wollte Gorian seinem Vater davon erzählen, dass Ar-Dons Geist mit wispernder Stimme zu ihm sprach und versuchte, ihn zu beeinflussen. Er hatte die Worte schon auf der Zunge, aber da war eine Kraft, die verhinderte, dass er sie auch aussprach.

Wochen später erreichte ein Reiter Nhorichs Hof. Er trug Schwert und Mantel eines Ordensmeisters – und zwei Ringe an seiner Hand, die ihn als Meister zweier Ordenshäuser auswiesen.

Sein Gesicht wirkte wie gemeißelt. Ein gestutzter Bart bedeckte den unteren Teil davon, die Augen waren dunkel und hatten einen durchdringenden, fast stechenden Blick. Das Haar war grau durchwirkt, bedeckte Stirn und Ohren und wurde von einem mit magischen Kraftzeichen bestickten Band zusammengehalten. Das Alter des Mannes zu bestimmen war unmöglich.

Gorian zweifelte nicht einen Augenblick daran, dass dies Thondaril war. Also hatte die Nachricht, die Olgarich über einen Boten an die nächste Ordenskomtur geschickt hatte, ihren Adressaten gefunden.

Thondaril musterte Gorian prüfend, sagte aber kein einziges Wort – nicht mal, als Gorian ihn ansprach und begrüßte.

Nhorich bestand darauf, allein mit dem ehemaligen Ordensbruder zu sprechen. Sie gingen zum Ufer der Thisilischen Bucht, wo der Wind jedes Wort verwehte. Ihre Unterhaltung dauerte sehr lange, und Gorian fragte sich, was sie wohl die ganze Zeit über zu bereden hatten.

Dann kehrten sie zum Haupthaus zurück, und Thondaril schwang sich wieder in den Sattel seines Pferdes und machte sich auf den Weg.

Vom Fenster seines Zimmers aus sah Gorian, wie sich der zweifache Ordensmeister in einiger Entfernung noch einmal umdrehte. Er sah – da war sich Gorian ganz sicher – direkt zu ihm hin; den Blick, mit dem er den Jungen dabei bedachte, ließ sich für diesen jedoch nicht deuten.

Fast könnte man meinen, er sei meinetwegen gekommen, und nicht, um meinem Vater zu helfen, ging es Gorian durch den Sinn.

Was der fremde Meister mit Nhorich gesprochen hatte,

darüber erhielt Gorian keinerlei Auskunft. »Es war ein Gespräch unter Meistern«, sagte sein Vater einfach nur. »Und ein Meister kann von einem anderen Meister absolute Verschwiegenheit erwarten.«

In der folgenden Zeit begann Nhorich mit seinem Sohn den Umgang mit den Schwertern Sternenklinge und Schattenstich zu üben.

Täglich kehrte ein Stück mehr von Nhorichs ursprünglicher Vitalität zurück. Nur die Wunde an seiner Hand wollte nicht heilen. Sie änderte ihre Farbe vom hellen Rot einer frischen Brandwunde zu einem sehr viel dunkleren Ton, der an ein Feuermal erinnerte. Manchmal war sie über Tage oder gar Wochen hinweg geschlossen, dann aber quoll plötzlich wieder Blut daraus hervor, das mal dunkelrot, dann ganz schwarz war.

»Das ist die dunkle Kraft, die ich durch die Erinnerungen des Gargoyle in mich aufgenommen habe«, erklärte er dazu. »Du brauchst dir keine Sorgen zu machen, mein Sohn. Diese Kraft muss raus, denn sie ist so überflüssig wie damals die Schlacke der Schwerter – nur dass die Kraft in diesem schwarzen Blut nicht ausreicht, dass daraus ein ähnliches Wesen wie Ar-Don entsteht.«

Manchmal trug er über Tage hinweg Bandagen um seine Hand, und schließlich ließ er sich einen speziellen Handschuh anfertigen, um das Schwert weiterhin mit beiden Händen führen zu können, wie es der Kunst eines Schwertmeisters entsprach, ohne dass er dabei durch die Wunde behindert wurde.

Monate vergingen. Der Winter kam und war so hart und lang wie keiner zuvor. Nie hatte es so viele geflügelte Fische in der Bucht von Thisilien gegeben, und die besonders flachen Regionen am Estrigger Ufer waren sogar für ein paar Wochen von einer tückischen dünnen Eisschicht bedeckt.

Die Kunde davon verbreitete sich trotz der harten Witterung wie ein Lauffeuer, denn so etwas war bislang nur aus den Buchten Torheims und Orxaniens bekannt. Zusammen mit dem eisigen Nordwind und der tief stehenden, fahl scheinenden Sonne schien das eine Warnung zu sein. Der Schattenbringer, der zuvor, je nach Wetterlage, manchmal sogar noch vom Licht der Sonne überstrahlt wurde, verdunkelte diese nun so sehr wie noch nie. Ein Zeichen des Himmels, dass die Bedrohung, die man so lange für fern gehalten hatte, ihre Klauen auch nach Süden ausstreckte. Viele, die insgeheim gehofft hatten, dass das Unheil nicht mehr zu ihren Lebzeiten und vielleicht nicht einmal mehr zu denen ihrer Kinder und Kindeskinder das Heilige Reich heimsuchen würde, strömten nun in die Tempel des Verborgenen Gottes und flehten um Gnade und Hilfe.

Aber mit dem Frühling schmolz das Eis, und da dieser Frühling so warm war wie immer, verbreitete sich die Ansicht, dass dieser Winter nur eine Episode gewesen wäre, die nichts für die nähere Zukunft zu bedeuten hätte. Vielleicht ein vergeblicher Vorstoß des Frostreichs nach Süden, der seinem Herrn die Grenzen seiner Kraft aufgezeigt hatte. Zumindest behauptete das der Priester von Twixlum während der Messen in seinem Tempel, und Gorian lauschte dessen Predigten, wenn er zu den Schultagen in den Ort kam.

Offenbar wollten die allermeisten seinen Worten glauben – und auch Gorian hätte sie gerne für wahr gehalten, wären die Zeichen, die für eine andere Deutung der Geschehnisse sprachen, nicht so drängend gewesen.

Er ging immer seltener zu den Schultagen nach Twixlum, denn er hatte das Gefühl, dort nicht mehr viel zu lernen, was für ihn von Nutzen sein könnte. Stattdessen widmete er sich ganz der Ausbildung durch seinen Vater: das unmittelbare Vorhersehen einer gegnerischen Aktion, die Handhabung des Schwerts, seine Führung und die Entfaltung der Alten Kraft. Das alles zu erlernen brauchte Zeit. Selbst dann, wenn der Schüler sehr begabt war.

Gorian aber war voller Ungeduld. Wenn es tatsächlich so sein sollte, dass er dem Herrn des Frostreichs Einhalt gebieten konnte, dann sollte das so schnell wie möglich geschehen, fand er. Aber sein Vater gemahnte ihn zur Ruhe und Geduld.

»Es lässt sich nicht erzwingen, mein Sohn. Und manchmal ist die verstrichene Zeit derjenige Faktor, der die Schlacht entscheidet. Den richtigen Zeitpunkt erkennen zu können, ist Morygors größte Gabe, und wir werden ihm darin nie ebenbürtig sein. Doch will der Schwächere den Stärkeren besiegen, ist der Aspekt der Zeit dennoch extrem wichtig: Du musst dir die Zeit nehmen, die du brauchst, um derjenige zu werden, der Morygor begegnen kann.«

»Und wenn ich bis dahin ein alter Mann bin?«, fragte Gorian.

»Dann ist es so. Deine Ungeduld, deine Unbedachtsamkeit und dein noch nicht ausgebildeter Sinn für den richtigen Moment sind Morygors stärkste Verbündete. Deshalb wird er glauben, dich töten zu können, bevor sich eure Schicksalslinien kreuzen, auch wenn er beim ersten Versuch gescheitert ist.«

»Ich werde ihm diesen Gefallen nicht tun«, versprach Gorian.

»Und noch etwas …«

»Ja?«

»Ich nehme an, dass du ab und zu Ar-Dons Stimme vernimmst.«

Gorian war für einen Moment wie erstarrt, unfähig, eine Antwort zu geben, so wie er auch bisher nicht vermocht hatte, mit jemandem über diese Stimme, die er hörte, zu sprechen.

»Du brauchst mir nicht zu antworten, Gorian. Vielleicht kannst du es auch gar nicht – aber falls es so sein sollte, wenn du diese Stimme wirklich vernimmst, musst du alle Kräfte in dir einsetzen, um sie zum Schweigen zu bringen. Glaube keiner ihrer Einflüsterungen. Sie mag versprechen, dir dienen zu wollen, aber in Wirklichkeit will Ar-Don, dass es umgekehrt ist, dass *du ihm* dienst und den Bann von seinem Grab nimmst.«

»Ich …«

Weiter kam Gorian nicht. Wieder verschloss ihm eine unüberwindliche Kraft den Mund.

»Werde stark genug, die Stimme zum Schweigen zu bringen, mein Sohn«, mahnte Nhorich erneut. »Das kann dir leider niemand abnehmen. Wenn du die nötige Stärke erlangt hast, werde ich es daran erkennen, dass du darüber reden kannst.«

Der nächste Sommer war heiß und der darauf folgende Winter nicht so hart wie der vorige, und so schöpften viele Menschen an der Küste Thisiliens neuen Mut für die Zukunft. Nhorich zeigte seinem Sohn, wie man die Alte Kraft sammelte und sie kontrollierte. Manchmal saß Gorian über Stunden am Ufer der Bucht, blickte mit vollkommen schwarzen Augen auf das Meer hinaus und tat nichts anderes, als sich selbst und seine innere Kraft zu sammeln, so wie es ihm sein Vater gezeigt hatte.

Ar-Dons Stimme hörte er nur noch selten, und dann war sie jedes Mal nur noch ein schwaches Wispern. Manchmal lockte sie noch mit ihren Versprechungen, aber Gorian beachtete sie einfach nicht mehr, was ihm auch nicht schwerfiel. Hin und wieder veränderte sich Ar-Dons Gedankenstimme auch; dann stieß sie Drohungen aus, verwünschte Gorian und versuchte seinen Geist mit einer Flut aus Bildern und Gedanken zu überschwemmen: kalte verschneite Landschaften, die Mauern einer Festung, die vollkommen aus Eis zu bestehen schien und in deren Hintergrund eine so tief stehende, fahl und schwach wirkende Sonne stand, dass man glauben konnte, ihr Licht würde jeden Moment verlöschen. In diesen Gedankenbildern bedeckte der Schattenbringer nicht gut ein Drittel der Sonnenscheibe, wie es derzeit der Fall war, sondern deutlich weniger. Das war möglicherweise ein Hinweis darauf, dass Gorian die Vergangenheit sah, Erinnerungen von Ar-Don an die Frostfeste …

Gerade wollte er nachgeben und mehr davon in seinen Geist einlassen, als ihm mit einem Schlag die Absicht klar wurde, die die Kreatur damit verfolgte. Ar-Don schien erkannt zu haben, wie sehr es Gorian danach dürstete, mehr über Morygor, mehr über die Frostfeste und mehr über die Flucht des Gargoyle dorthin und die Zeit, die er dort verbracht hatte, zu erfahren. Ja, über diese Dinge hätte Gorian zweifellos gern mehr gewusst, als sein Vater ihm bisher zu wissen gestattete.

Nein, nicht mit mir, mein steinerner Mörder!, sagte er sich und vertrieb mit der Alten Kraft die Gedankenbilder des Gargoyle.

Die Stimme kehrte daraufhin zunächst nicht mehr zurück. Manchmal hatte Gorian noch einige der fremden Eindrücke im Kopf, von denen er wusste, dass sie nicht seinen eigenen Erinnerungen oder Gedanken entstammten. Aber das dauerte jeweils nur einen kurzen Moment und wurde auch mit der Zeit seltener. Schließlich hörte auch dies völlig auf. Allerdings dauerte es bis zum darauffolgenden Frühling, ehe Gorian die Kraft fand, seinem Vater davon zu erzählen.

Es war an einem der ersten sonnigen Tage im folgenden Jahr, an dem Nhorich seinen Sohn zu einem Ritt zu den Grenzmarkierungen des Hofes mitnahm. Gorians Großvater Erian hatte den Hof und das Land einst für seine Verdienste vom Orden erhalten. Es war das erste Mal, dass Gorian seinen Vater auf einen dieser Ausritte begleitete, die Nhorich in mehr oder minder regelmäßigen Abständen durchführte, ganz gewiss aber einmal zu Beginn des Frühlings und einmal zum Ende des Herbstes. In den vergangenen Jahren war er stets allein geritten, wozu er nie eine Erklärung abgegeben hatte.

Ein paar Meilen Richtung Twixlum stießen sie auf einen der Markierungssteine. Er hatte etwa die Größe eines menschlichen Schädels und auch eine ähnliche Form. Nhorich musste ihn erst freilegen; er wusste, wo er unter Sträuchern und Büschen verborgen war.

Dort, wo bei einem Schädel die Augenhöhlen gewesen wären, waren Zeichen auf dem Stein gemalt; Zeichen der Alten Kraft, wie sie auch auf den Klingen von Sternenklinge und Schattenstich zu finden waren sowie auf dem Dolch, den Nhorich für Gorian geschmiedet und dem der Junge noch immer keinen Namen gegeben hatte, obwohl sein Vater ihn schon mehrfach dazu aufgefordert hatte, dies zu tun.

»In diesen Steinen ist eine Zauberkraft, die den Hof schon seit den Zeiten deines Großvaters Erian schützt«, erklärte Nhorich. Er hatte eine besondere Kreide mitgenommen, deren Rezeptur ein Geheimnis des Ordens der Alten Kraft war und mit der er die Augenzeichen des Schädelsteins nachzuziehen begann.

»Gegen die Schattenreiter und den Gargoyle hat dieser Zauber aber nicht geholfen«, entgegnete Gorian.

»Nein, das ist wahr – aber leicht zu erklären.«

»So?«

»Dieser Zauber hat schon deinen Großvater vor der Rache des Frostherrschers bewahrt, sodass er als alter Mann friedlich die Augen schließen konnte, obwohl er sich in all den Kämpfen, an denen er teilnahm, ganz sicher den Zorn Morygors und der Frostgötter zugezogen hatte. Aber es gibt einen Weg für Morygors Mordgeschöpfe, den Schutzschirm, der durch die Steine erzeugt wird, zu durchdringen.«

»Und welchen?«

»Wenn es eine starke Verbindung zwischen dem Angreifer und diesem Ort gibt.«

Gorian runzelte die Stirn. »Was für eine Art von Verbindung könnte das sein?«

»Ein Gefühl, ein geistiges oder ein verwandtschaftliches Band – es ist gleichgültig, welcher Art diese Verbindung ist, sie muss nur stark genug sein. Es kann unter Umständen auch genügen, einen Gegenstand in seinem Besitz zu haben, der hierhergehört oder der für jemanden, der hier lebt, eine besondere Bedeutung hat.«

»Die Verbindung der Schattenreiter liegt auf der Hand«, meinte Gorian.

»Ja, ich teilte mit ihnen das Wissen und die Erfahrungen als Schwertmeister des Ordens. Und manch einer von ihnen mag deinen Großvater sogar persönlich gekannt und mit ihm zusammen Seite an Seite gekämpft haben.«

»Und der Gargoyle …«

»Wurde von mir beim Schmieden der Schwerter erschaffen. Seine Bindung zu diesem Ort ist sogar weitaus stärker als die der Schattenreiter, weswegen auch die Aufgabe, dich umzubringen, Ar-Don zufiel. Dessen Kräfte waren hier zweifellos stärker. Und sind es vielleicht noch?« Fragend sah er seinen Sohn an.

Gorian begegnete dem Blick seines Vaters, dann schüttelte er den Kopf. »Nein, Ar-Don schweigt.«

»Das ist gut.«

»Er kann mir nicht mehr gefährlich werden.«

»Sei dir dessen nicht so sicher, mein Sohn.«

»Hast du ihn auf unserem Land vergraben?«, fragte Gorian.

Nhorichs Züge wirkten auf einmal sehr nachdenklich, und eine Spur von Misstrauen war darin zu erkennen. Hatte der Gargoyle seinen Sohn dazu gebracht, diese Frage zu stellen? Damit ihn dieser aus seinem Grab und von dem Bann, den Nhorich über ihn gelegt hatte, befreite?

»Es ist manchmal besser, gewisse Dinge nicht zu wissen«, antwortete Nhorich schließlich.

Gorian deutete auf den schädelförmigen Stein. »Du hast mir bisher auch nie etwas von diesen Steinen und ihrem Schutzzauber erzählt …«

»Je mehr von einem Zauber wissen, desto angreifbarer ist er. Es war zu deiner Sicherheit und zur Sicherheit aller, die hier leben. Allerdings …« Nhorich zögerte, ehe er weitersprach. »Irgendwann wirst *du* diesen Zauber jährlich erneuern müssen, wenn dieses Land zumindest für die nächsten Jahre ein einigermaßen geschützter Ort bleiben soll. So lange, wie die Umstände und die stetige Expansion des Frostreichs es zulassen.«

Im nächsten Augenblick wurden sie auf eine Prozession aufmerksam, die in ihrer Nähe am Strand entlangzog. Angeführt wurde sie von einem Prediger in Lumpen, der in der ganzen Gegend von sich reden machte. Man nannte ihn nur den Waldprediger, denn er hatte jahrzehntelang in einer Hütte in den Wäldern am Oberlauf des Flusses Seg gelebt, ehe er an die Thisilische Bucht gekommen und begonnen hatte, seine Lehre zu verkünden, nach der der Schattenbringer nur eine Prüfung Gottes für die Gläubigen war und kein magisches Werkzeug des Herrn des Frostreichs. Nach Überzeugung des Waldpredigers hatten die Gläubigen diese Prüfung bestanden, und deshalb hätte der Schattenbringer inzwischen auch wieder einen etwas größeren Teil der Sonnenscheibe freigegeben. Das verhältnismäßig warme Wetter und ein, verglichen mit seinen Vorgängern, gemäßigter Winter schienen ihm recht zu geben.

Nhorich und Gorian schauten sich die Prozession an, die in diesem Jahr schon zum zweiten Mal die gesamte Küste an der Bucht von Thisilien zwischen Twixlum und der Seg-Mündung entlangführte. Die Dankesgebete für die angebliche Gnade des Verborgenen Gottes schallten zu ihnen herüber. Dank dafür, dass die große Gefahr vorüber wäre, unter deren Schrecken ganz Ost-Erdenrund über Generationen hinweg gelitten hatte.

Bisher tolerierte die Priesterschaft den Waldprediger. Vielleicht deshalb, weil der Anklang, den dieser in der Bevölkerung fand, über die Maßen groß war.

»Lass dich von seinen Reden nicht beirren, Gorian«, mahnte Nhorich. »Ich selbst würde nichts lieber glauben als seinen Worten. Aber ich fürchte, das genaue Gegenteil von dem, was er sagt, entspricht der Wahrheit.«

5 Schlächter

Es war in Gorians sechzehntem Jahr, als sich die Stimme Ar-Dons seit langer Zeit wieder in seinen Gedanken meldete. Vielleicht hing es mit dem heftigen Streit zusammen, den Gorian sich mit seinem Vater geliefert hatte. Es war eine von mehreren Auseinandersetzungen, die allesamt mit seinem nahenden sechzehnten Geburtstag zusammenhingen – dem Tag, von dem an er dem Orden der Alten Kraft beitreten konnte.

Nhorich versuchte seinem Sohn klarzumachen, dass er schon mehr gelernt habe als so mancher, der kurz davor stand, sich der ersten Prüfung eines Schwertmeisters zu unterziehen, und dass er diese Ausbildung gar nicht mehr bräuchte. Gorian aber wandte ein, dass es doch sicherlich besser sei, alles zu erfahren, was es über die Alte Kraft zu wissen gab, um dann umso mehr Möglichkeiten zu haben, Morygor und das Frostreich bekämpfen zu können. Wenn Morygor selbst schon ahnte, dass man ihn stürzen konnte, dann musste sich doch mithilfe der magisch begabten Ordensmeister der beste und sicherste Weg finden lassen, der zu diesem Ziel führte.

Und warum sollte es eigentlich nur Morygor vorbehalten sein, den Verlauf der Schicksalslinien einschätzen zu können und die entscheidenden Momente zu erkennen, an denen geringe Kraft große Wirkung entfaltete? Wieso sollte der Orden dem Feind nicht auf dessen eigenem Gebiet schlagen können, wenn man die Kräfte all seiner Mitglieder zu diesem Zweck bündelte?

»Aber genau dies wird nicht geschehen«, wandte Nhorich auf dieses Argument seines Sohnes hin ein. »Denn dazu ist der Orden bereits innerlich zu verderbt, unfähig, die Aufgaben zu erfüllen, für die seine Gründer ihn einst geschaffen haben.«

Der Wunsch, dem Orden als Schüler beizutreten und auch gegen die Ermahnungen seines Vaters dort die Ausbildung zu beginnen, wurde immer stärker in Gorian, je näher die Möglichkeit rückte, diesen Gedanken in die Tat umzusetzen. Mochte Nhorich auch tief greifende Differenzen mit dem Orden und einigen seiner Mitglieder haben – musste sich diese Abneigung deswegen auch auf seinen Sohn übertragen?

Gorian hatte die Antwort für sich selbst schon gefunden. Es ging letztlich darum, Ost-Erdenrund vor einem schrecklichen Unheil zu bewahren oder dieses Unheil zumindest einzudämmen. Und Gorian fand, dass man zu diesem Zweck die alten Gegensätze beiseiteschieben müsste, wollte man auch nur den Hauch einer Erfolgsaussicht haben.

Bisweilen wurden die Streitigkeiten zwischen Gorian und seinem Vater so heftig, dass sie daraufhin tagelang nicht miteinander sprachen. Gorian schmerzte es, dass es offenbar nicht möglich war, seinen eigenen Weg zu gehen, von dem er glaubte, dass er der richtige war, ohne seinen Vater zutiefst zu verärgern. Hatte Nhorich nicht damals gesagt, Gorian sollte selbst entscheiden, ob er dem Orden beitreten würde oder nicht, sobald er das entsprechende Alter erreichte? Offenbar schien das nicht mehr uneingeschränkt zu gelten.

Genau in dieser Zeit wisperte wieder Ar-Dons Stimme in

seine Gedanken. Zunächst war sie nichts weiter als ein einschmeichelndes Flüstern, aber bald schon wurde sie drängender, fordernder. *»Dein Vater hat vor dir Geheimnisse, hält wichtige Wahrheiten vor dir verborgen. Er weiht dich nicht ein und verschweigt dir vieles. Ich aber würde dir so gut und treu dienen, wie ich Morygor diente. Ja, mehr noch, ich würde dir ewig dankbar sein, wenn du mich befreist und neu erstehen lässt. Und ich würde dir helfen, Morygor zu besiegen, denn ein Teil von mir hasst ihn wie sonst nichts auf der Welt!«*

Und noch ehe sich Gorian selbst die Frage stellen konnte, weshalb Ar-Don seinen Herrn und Meister zu hassen vorgab, obwohl der ihm doch Asyl in seiner Frostfeste geboten hatte, drang eine Flut von Bildern in den Geist des Jungen ein, so heftig, dass ihm für einen Moment schwindelig wurde. Zunächst schien alles Chaos zu sein: Farben, Formen, schließlich Konturen einer vereisten Landschaft, die einem Totenreich glich und in der nichts Lebendiges auszumachen war. Die in Eisrigge gelegene Frostfeste erschien vor Gorians innerem Auge – und Schreie gellten in seinem Kopf, die nichts Menschliches an sich hatten, obwohl es zweifellos ein furchtbar geschundener Mensch war, der sie ausstieß.

»Sieh, was ich getan habe! Sieh, was ich wurde! Und sieh, warum ich hasse!«, wisperte Ar-Don.

»Nein!«, rief Gorian laut aus. »Ich will es nicht sehen!«

Seine Augen wurden pechschwarz, und für einen Moment sah er buchstäblich nichts; nur Schwärze umgab ihn – und die gequälten Schreie einer Seele, die offenbar innerhalb der Eismauern von Morygors Festung gefoltert wurde …

An einem der folgenden Tage gab es einen so harschen Wetterwechsel wie schon lange nicht mehr. Hagelschauer, Schneefall und ein eisiger Wind aus Nordwesten zeigten den Menschen in Thisilien, dass die Hoffnungen, die ihnen der Waldprediger eingeredet hatte, doch verfrüht gewesen waren. Die Frostgötter streckten ihre eisigen Klauen nach den nördlichen Herzogtümern des Heiligen Reichs aus, wie sie dies schon lange nicht mehr getan hatten, und zudem war der Schattenbringer in letzter Zeit ein deutliches Stück weiter vor die Sonne gerückt.

Eine ganze Weile hielt dieses für die Jahreszeit viel zu kalte Wetter an und setzte der gerade erblühten Vegetation zu. Nhorich unternahm einen zusätzlichen, vom Kalender her eigentlich nicht eingeplanten Ritt, um die Zaubersymbole an den Grenzmarkierungen seines Landes nachzuzeichnen, und stellte dabei fest, dass sie so stark verblasst waren, als wären sie schon seit Jahren nicht erneuert worden.

»Gleichgültig, ob Magie oder nur das schlechte Wetter dafür verantwortlich ist, es ist ein Zeichen«, sagte Nhorich zu Gorian, der ihn auf diesem Ritt abermals begleitete. Gorian konnte die Symbole an den Schädelsteinen schon größtenteils selbstständig erneuern, aber Nhorich bestand darauf, jeden Strich eigenhändig zu setzen, so als würde es auf die Sorgfalt bei jedem einzelnen Kraftzeichen diesmal mehr ankommen als bei anderen Gelegenheiten.

»Was ist eigentlich mit deinem Versprechen, das du mir damals gabst und nachdem ich selbst entscheiden kann, ob ich dem Orden beitrete oder nicht?«, fragte Gorian unvermittelt, nachdem sie dieses Thema in den letzten Tagen tunlichst gemieden hatten.

»Es ist schwer, einem solchen Grundsatz treu zu bleiben, wenn man erkennt, dass der eigene Sohn einen Irrweg beschreitet.«

»Keiner von uns kann das beurteilen, Vater. Nicht jetzt. Nicht zu diesem Zeitpunkt.«

»Mag sein. In den Axiomen des Ordens wirst du gelesen haben, dass ein Irrweg manchmal ein notwendiges Stück des richtigen Weges ist, der dann letztlich zum Ziel führt.«

»Meine Frage hast du mir noch nicht beantwortet.«

»Ist es denn noch von Bedeutung, was ich darauf antworte? Wirst du nicht ohnehin tun, was dir als richtig erscheint? Würde meine Antwort dich daran hindern, das zu tun, was du dir vorgenommen hast?«

»Das weiß ich nicht.«

Nhorich atmete tief durch, doch es klang mehr wie ein Seufzen. »Das Wort, das ich dir gegeben habe, gilt nach wie vor«, sagte er schließlich. »Auch wenn es mir schwerfällt und ich mein Versprechen in letzter Zeit vielleicht nicht genügend beachtet habe.«

»Das bedeutet mir viel«, sagte Gorian.

Am nächsten Tag trieben Eisschollen in der Bucht von Thisilien, und es waren so viele geflügelte Fische im Wasser, dass kein Fischer an der gesamten Küste zwischen Twixlum und dem Grenzfluss Seg, an dessen östlichem Ufer das Herzogtum Estrigge begann, auszulaufen wagte. So zahlreich waren diese Bestien, dass wohl selbst eine Hundertschaft guter Harpuniere den Kampf mit diesen Geschöpfen verloren hätte. Das Korn auf den Feldern wurde durch den Hagel niedergedrückt, und jedem war klar, dass der nächste Winter sehr hart werden würde.

Da das Wetter immer ungewisser wurde, gab Nhorich die Anweisung, die Barkassen an Land zu holen, damit sie keinen Schaden nahmen. Für gewöhnlich tat man das erst spät im Herbst oder im frühen Winter, aber in diesem Jahr schien alles anders. Deshalb befanden sich Gaerth und Beliak an der zum Hof gehörenden Anlegestelle, um die letzte Barkasse an Land zu ziehen. Die anderen lagen bereits umgedreht und mit Decken geschützt am Ufer. Die Masten hatte man abgenommen und sicher verstaut.

Gorian war ebenfalls in der Nähe und führte seine täglichen Übungen mit Sternenklinge durch. Mit geschlossenen Augen kämpfte er gegen einen imaginären Gegner und konzentrierte dabei die Alte Kraft so sehr, dass ein bläulicher Lichtflor die dunkle Klinge umgab, wenn er sie schnell bewegte und genug Entschiedenheit und Willen in seine Hiebe legte. Verschwand der Flor, war Gorian zu langsam und seine Konzentration auf die Alte Kraft zu gering. Ziel der Übung war es, den Lichtflor ständig aufrechtzuerhalten. Doch eine einzige unbedachte Bewegung, der keine willentliche Entscheidung des Kämpfers zugrunde lag und die daher nicht mit der nötigen Schnelligkeit durchgeführt wurde, reichte aus, dass die Lichterscheinung verblasste und dann nur wieder mit großer Mühe erzeugt werden konnte. Es war eine reine Konzentrationsübung, denn auf die Kampfkraft der Waffe hatte der Lichtflor keinerlei Auswirkung.

Gorian hielt plötzlich in der Bewegung inne und öffnete die Augen, in denen nichts als pure Finsternis zu sehen war. Dass der Lichtflor verlosch, war in diesem Moment nicht mehr von Bedeutung, denn Gorian hatte die Anwesenheit von etwas gespürt, das weitaus wichtiger erschien. Es war nicht das Raunen des zerschlagenen Gargoyle, der sich mit seiner untoten Existenz noch immer nicht abfinden konnte, sondern etwas anderes. Etwas, das Gorian bisher noch nicht kannte.

Er blickte zum Horizont. Eine Wand aus grauem Dunst stand, einer düsteren Mauer gleich, mitten in der Bucht von Thisilien. Das Platschen der geflügelten Fische, die aus den Fluten emporsprangen und nach kurzem Flug wieder eintauchten, war den ganzen Tag über zu hören gewesen. Nun jedoch war es still. So als ob irgendetwas die geflügelten Meeresräuber dazu veranlasst hatte, sich in ihrem ureigensten Reich der Tiefe zu verbergen.

Zu verbergen vor einer Macht, der auch sie nichts entgegenzusetzen hatten …

Gorian blinzelte und sah die Schatten in der Nebelwand schon einen Moment früher, als andere sie erkannt hätten. Er ahnte ihr Auftauchen in ähnlicher Weise voraus wie den Angriff der geflügelten Fische während jener Bootsfahrt, die die erste Erinnerung seines Lebens war.

Die Schatten wurden größer. Ein Geräusch, das an Ruderblätter erinnerte, die ins Wasser getaucht wurden, mischte sich mit dunklen Stimmen, die sehr rau klangen und sich offenkundig nicht in einem der heiligreichischen Dialekte unterhielten. Barsche Befehle waren es, die erteilt wurden, kehlige Schreie, dumpfe Laute, die für menschliche Ohren unartikuliert klangen, für solche mit anderen Hörgewohnheiten jedoch offenbar Bedeutung hatten.

Orxanier!, durchfuhr es Gorian, während er das Schwert in die Scheide steckte, die er immer noch bevorzugt auf den Rücken gürtete, obwohl er längst groß genug gewesen wäre, sie an der Seite zu tragen.

Dunkel tauchte das erste der Schiffe aus dem Dunst hervor. Es war lang und breit, und der Mast diente einzig dem Hissen der Fahne, denn Orxanier segelten nicht, sie ruderten. Am Bug war deutlich ein Rammsporn aus Metall zu erkennen, der dazu diente, Eis zu zerbrechen, wenn in harten Wintern die Buchten an den Küsten der nördlichen Länder zugefroren waren.

»Sieh mal, Gaerth, deine bucklige Verwandtschaft will uns einen Besuch abstatten!«, drang in diesem Moment Beliaks Kommentar an Gorians Ohr. Der Adh sah von seiner Arbeit auf, die darin bestand, ein paar Taue zu entwirren, die er am liebsten wohl einfach durchgebissen hätte, doch das hätte ihm den Ärger des Hofherrn eingebracht.

Gorian lief zur Anlegestelle. »Was haben diese Schiffe hier zu suchen?«

Gaerth ließ ein dumpfes Grollen hören und knurrte etwas Unverständliches, wobei dampfender Speichel zwischen seinen Hauern hervorsprühte.

»Na, ist das etwa nicht die Flagge deines Clans?«, fragte Beliak und grinste dabei von einem seiner großen Ohren zum anderen. »Was wollen die hier? Hast du denen etwa eine Brieftaubenbotschaft geschickt, dass sie alle herkommen sollen, um Zuflucht vor Morygors Horden zu finden? Wer weiß, vielleicht erstreckt sich das Frostreich ja schon bis zur orxanischen Küste.«

»Ja, das ist zu befürchten«, murmelte Gaerth. »Doch für Brieftauben ist es längst viel zu kalt in Orxanien. Und ich wüsste auch keinen Orxanier, der mit Tauben mehr anzufangen wüsste, als sie zu verspeisen. Wenn man Botschaften überbringen will, kann man schließlich laufen …«

»Aber nicht übers Wasser.«

»… oder rudern!«

»Ist das wirklich die Flagge deines Clans?«, fragte Gorian an Gaerth gerichtet.

Der Orxanier nickte und hielt die linke Pranke hoch. »Eine orxanische Hand, der ein Finger fehlt – das ist das Zeichen unseres Clans, weil unser Ahnherr diesen Finger verlor, als er bei einer Mutprobe einen lebendigen Eisfrosch zu verschlingen versuchte.«

»Der Frosch hat sich gewehrt?«

»Offenbar«, lachte Beliak. »Und ich habe dafür auch vollstes Verständnis.«

»Ja, aber das verlängerte sein Leben nur um wenige Herzschläge«, sagte Gaerth. »Dann verschlang ihn mein Ahnherr mit einem Happen – und mitsamt seinem eigenen Finger.«

»Ihr Orxanier habt schon eigenartige Manieren«, spottete der Adh.

»Mein Ahnherr verhinderte dadurch einen Krieg, weil diese Mutprobe eine Landstreitigkeit regelte. Und jemanden, der seinen eigenen Finger isst, den greift niemand an, denn man traut ihm jede Grausamkeit zu, auch wenn er in Wahrheit doch eher friedfertig war, mein Ahnherr.«

Immer mehr orxanische Ruderschiffe tauchten aus dem Dunst auf. Heisere Stimmen stießen Laute aus, die an das tiefe Bellen großer Hunde erinnerten. Damit wurde offenbar der Rhythmus angegeben, in dem gerudert wurde.

Gaerth wandte sich an Gorian. »Ich habe keine Ahnung, was die hier wollen. Eigentlich hatte ich gedacht, unser Clan wäre von Morygors Horden vernichtet worden.«

»Genau das ist wohl geschehen«, befürchtete Gorian. »Und deine Verwandten sind gekommen, um uns im Auftrag des Frostherrn zu töten!«

Und tatsächlich – je näher die Schiffe der Orxanier kamen, desto deutlicher wurde, dass es sich nicht um gewöhnliche Angehörige dieses Volkes handelte.

Es waren Untote.

Frostkrieger – gefallen im Kampf gegen Morygors Horden und durch Magie zu einem neuen, eisigen Leben erweckt. Willenlose Mördersklaven im Dienste des Frostherrn. Der Zauber, der sie zu Untoten gemacht hat, war ein anderer als jener, durch den Schwertmeister des Ordens zu Schattenreitern wurden, aber ebenso wirksam. Ein beträchtlicher Teil von Morygors Truppen bestand aus diesen Kreaturen – mit Vorliebe aus ehemaligen Orxaniern, da sich ihre Kraft auch in ihrer untoten Existenz erhielt. Wer schon im Leben robust war, der war auch als Frostkrieger härter als andere. Es gab aber auch Erzählungen über Eiskrieger, die ursprünglich Menschen oder Adhe gewesen waren – und ganz selten sogar goldäugige, spitzohrige Caladran von den Inseln im Westen.

Die Haut der Frostkrieger war grünlich und ähnelte verwesendem Fleisch, doch der Frostzauber verhinderte, dass sich ihre Leiber zersetzten, und hielt sie aufrecht. Sie waren durch und durch gefroren, und das Eis ließ sie selbst in dem schwachen, dunstigen Licht dieses grauen Tages schimmern und glitzern wie die Waren auf den Fischmärkten von Thisia.

Gorian hatte seinen Vater bisweilen von den Frostkriegern erzählen hören. Manches davon entstammte wiederum den Erzählungen von Großvater Erian, der lange und ausdauernd gegen sie gekämpft hatte.

Der magische Schutz, mit dem Nhorich sein Land umgeben hatte und der vor kurzem erst durch das Erneuern der Kraftzeichen wieder gestärkt worden war, würde gegen diese Untoten nichts nützen, denn ebenso wie bei den Schattenkriegern oder Ar-Don gab es unzweifelhaft eine sehr starke Verbindung zwischen ihnen und diesem Ort.

Und diese Verbindung hieß Gaerth.

Der Orxanier wirkte völlig konsterniert, als er die lebenden Toten seines Clans nahen sah. »Grexan! Tegret! Belpaan!« Er sprach fassungslos ihre Namen, erkannte offenbar jeden Einzelnen von ihnen wieder.

Und doch musste ihm klar sein, dass diese gefrorenen Kreaturen auch innerlich so kalt waren wie ihr Äußeres und marionettenhaft den Willen eines anderen ausführten. Sie würden niemanden schonen – auch einen Verwandten nicht, denn mit den Mitgliedern des Clans des vierfingrigen Froschessers hatten diese Geschöpfe kaum mehr als die Gesichtszüge gemein.

»Die Frostgötter sorgen offenbar mit ihrem eisigen Hauch dafür, dass diese Gestalten nicht zu Haufen von stinkendem Fleisch zerfallen«, murmelte Gaerth, dann verzog sich sein Gesicht zu einer Grimasse des inneren Schmerzes und der Wut. Erneut troff Speichel von seinen Hauern, als er einen Schrei ausstieß, wie Gorian ihn noch nie zuvor gehört hatte – weder von einem Orxanier noch von einem Menschen oder irgendeiner anderen Kreatur.

Der Orxanier trommelte sich wie ein Wahnsinniger auf die Brust. »Gebt mir ein Schwert! Eine Axt! Einen Bogen! Warum habe ich keine Waffe bei mir? Ah …« Er riss das Messer zum Spleißen der Seile aus seinem Gürtel – die einzige Waffe, die er gerade bei sich trug – und schleuderte es den Frostkriegern entgegen. »Hier! Nimm deine Erlösung, Onkel Srapax!«, rief er.

Kein Mensch hätte einen Wurf von solcher Reichweite ausführen können, und Gorian hatte auch noch nie einen Orxanier ein Messer schleudern sehen. Es war größer als jene, die Menschen benutzten, schon weil Gaerths riesige Pranke ansonsten den Griff gar nicht hätte umfassen können. Die Klinge ähnelte eher einem Kurzschwert, wie die Krieger der Stadtwache von Thisia sie führten.

Die orxanische Klinge traf einen der Frostkrieger, der, eine monströse Axt schwingend, am Bug des ersten Ruderschiffs Aufstellung genommen und drohende Knurrlaute in Richtung des Ufers ausgestoßen hatte. Die Klinge bohrte sich ihm genau ins rechte Auge. Er taumelte zurück und stürzte ins Wasser, woraufhin sich ein ohrenbetäubendes Wutgeheul unter den orxanischen Frostkriegern erhob.

Jetzt lief Gaerth zur letzten Barkasse, die er zusammen mit Beliak eigentlich an Land hatte ziehen wollen. Er packte den bereits herausgenommenen Mast und brach ihn in der Mitte über dem Knie durch, sodass zwei angespitzte Enden entstanden. »Zur Seite!«, herrschte er Gorian und Beliak an, während er mit jeder Pranke jeweils eine Hälfte des Barkassenmastes wie einen Speer fasste, die spitzen Bruchenden nach vorn gerichtet. Mit zwei furchtbaren Schreien warf er den Angreifern die beiden Masthälften entgegen und streckte damit zwei seiner zu Frostkriegern gewordenen Verwandten nieder. »Seid mir dankbar, dass ihr nicht länger als gefrorene Leichen umherlaufen müsst!«, rief er, wobei seine Sprache vom Heiligreichischen ins Orxanische und wieder zurückwechselte, ohne dass ihm das wohl selbst bewusst war.

Doch die Antwort der Frostkrieger folgte unmittelbar. Speere und Wurfäxte hagelten auf die Anlegestelle nieder. Gorian wich zur Seite. Ein Speer jagte haarscharf an seinem Kopf vorbei. Gaerth allerdings wurde von einer Wurfaxt in den Kopf getroffen. Der Orxanier schwankte. Er stieß einen dumpfen, grollenden Laut aus und verzog das Maul mit den Hauern. Die Wurfaxt hatte ihm die Stirn gespalten.

Gaerth umfasste den Griff der Waffe, die aus einleuchtenden Gründen größer war als jede unter menschlichen Kriegern oder Holzfällern gebräuchliche Axt. Mit einem Schrei riss er sie sich aus dem eigenen Schädel. Hirnmasse tropfte von der Klinge.

Mit einer ausholenden Bewegung schleuderte er sie zurück, während ihn beinahe gleichzeitig zwei Speere trafen; einer durchbohrte seine Brust, der andere den Hals. Er sank auf die Knie und sah noch, wie sein Axtwurf durch die ungeheure Wucht, mit der er die Waffe geschleudert hatte, einem der Frostkrieger den Hals zu zwei Dritteln durchtrennte und ihn vom Schiff ins Wasser kippen ließ.

Ein dritter Speer drang Gaerth in das aufgerissene Maul, trat hinten im Nacken wieder aus und ließ Blut in einer Fontäne hervorschießen. Sterbend fiel er auf die nur noch unzureichend vertäute Barkasse, die sich durch den Schwung löste und ein Stück hinaus in die Thisilische Bucht trieb.

Gorian riss das Schwert aus der Rückenscheide und ließ Sternenklinge blitzartig die Luft durchschneiden. Er traf den Schaft eines Speers, der ansonsten Beliak getroffen hätte, und durchschlug ihn. Mit einem zweiten Hieb wehrte er ein Wurfbeil ab. Bläuliche Funken sprühten, als das Sternenmetall seiner Waffe auf die Axtklinge traf.

»Nur weg hier!«, rief Beliak.

Zusammen mit Gorian rannte er den Steg entlang. Einen Speer, der nach ihm geschleudert wurde, musste Gorian noch abwehren und mit einem Hieb zur Seite schlagen. Ein weiterer Speerwurf war einfach nicht weit genug, um ihn oder Beliak zu gefährden.

Plötzlich blieb Gorian stehen.

»Worauf wartest du?«, rief der Adh. »Darauf, dass sie uns abschlachten oder zu Untoten machen? Nun komm schon!«

Gorian fasste Sternenklinge mit beiden Händen und sah, wie die Frostkrieger anlandeten. Die gefrorenen Orxanier dampften förmlich. Offenbar war selbst der kalte Hauch der Frostgötter nicht eisig genug, um Bedingungen zu schaffen, unter denen sich diese Kreaturen wirklich wohlfühlen konnten. Es war die magische Kälte, die sie vollkommen erfüllte und sie bis ins Innerste gefroren hielt, die ihre Körper dampfen ließ.

Die Ruderschiffe blieben im flachen Uferbereich stecken, und Dutzende von orxanischen Frostkriegern sprangen hinab. Es zischte jedes Mal, wenn einer von ihnen von Bord sprang. Sie stießen barbarische Schlachtrufe aus und brüllten sich gegenseitig mit ihren vorspringenden Mäulern an, als wären sie ein Rudel wilder Raubtiere auf Beutefang.

»Komm jetzt!«, rief Beliak. »Mit etwas Glück könnte uns die Flucht gelingen!«

Sich gegen die Übermacht der Orxanier zur Wehr zu setzen, schien der Adh gar nicht erst in Betracht zu ziehen. Und Gorian musste widerwillig zugeben, dass die Einschätzung des knollennasigen Gnomen vollkommen richtig war. Eine vage Hoffnung blieb, dass vielleicht die Magie der Schädelsteine den Angreifern wenigstens etwas von ihrer Kraft nahm.

Immer mehr der zu Frostkriegern gewordenen Orxanier sprang von den angelandeten Schiffen und wateten durch das viel wärmere Wasser der Thisilischen Bucht.

Gorian stand starr da, Sternenklinge in der Hand und den Blick auf die Angreifer gerichtet.

Und auf den grauen Nebel dahinter.

»Da kommt noch etwas!«, wusste er plötzlich.

Beliak packte ihn an der Schulter. »Weg hier, Gorian! Nimm das schnellste Pferd aus dem Stall und verschwinde von hier, solange es noch geht! Du hast gesehen, was sie mit Gaerth, ihrem Verwandten, gemacht haben! Die werden hier niemanden am Leben lassen!« Er deutete mit ausgestrecktem Arm zum Meer. »Und wenn sie dich wieder erwecken, wird *das* aus dir!«

Aus den Fluten stieg gerade einer der orxanischen Untoten, denen Gaerth die Hälften des durchgebrochenen Mastes in die Leiber getrieben hatte. Das Maststück stach vorn und hinten aus seinem Körper hervor. Vergeblich versuchte er, ihn sich aus der eisigen Brust zu ziehen, aber er schaffte es nicht. Das Holz glitzerte bereits, denn es war inzwischen ebenfalls mit einer dünnen Eisschicht überzogen, die noch stärker dampfte als die Körper des Frostkriegers selbst.

Der Orxanier brüllte laut und voller Wut, hob sein Schwert, das fast so breit war wie zwei menschliche Handspannen und sich an der Spitze teilte, ganz wie es der

Schmiedetradition der Orxanier entsprach, und schlug mit einem Hieb vorn ein Stück des Mastes ab, sodass er nicht mehr so stark in seinen Bewegungen behindert wurde.

In den letzten Jahren hatte sich Gorian bemüht, alles über die Frostkrieger zu erfahren, was an spärlichen Informationen bis nach Thisilien gelangt war. Gaerth hatte ihm von den verzweifelten Abwehrkämpfen erzählt, die in Orxanien gegen diese Kreaturen geführt worden waren. Außerdem hatte Gorian einiges in den Schriften des Ordens gefunden, die sein Vater noch auf dem Speicher aufbewahrte.

So unterschiedlich die einzelnen Darstellungen und Berichte auch waren, in einem stimmten sie alle überein: Auch Untote waren keineswegs unsterblich, und wenn eine dieser Kreaturen so schwer getroffen wurde wie jener Orxanier mit dem Maststück im Leib, bedeutete dies normalerweise ihr Ende – und nach dem Glauben vieler auch die Erlösung desjenigen, der zum Sklaven des Unheils geworden war.

Gaerth war sich nicht sicher gewesen, ob sich die Seelen der Unglücklichen, die als Untote in den Reihen der Frostheere kämpften, nicht schon längst zuvor verflüchtigt hatten, aber auch er war davon überzeugt gewesen, dass eine schwere Verwundung für einen Frostkrieger ebenso tödlich war wie für ein lebendes Wesen.

Wenn also ein Frostkrieger so schwer zu töten war wie dieser dort, dann musste ihn eine sehr starke Kraft beseelen. Eine Kraft von dunkler Magie, die wohl auch dafür sorgte, dass die Frostkrieger nicht einfach dahinschmolzen, obwohl sie sich doch sehr weit vom kalten Reich ihres Herrn entfernt hatten.

Wind kam auf. Ein Wind, so kalt und schneidend, wie Gorian ihn nie zuvor erlebt hatte. Seine Kälte ließ die Frostkrieger wohlig aufstöhnen, und mancher von ihnen hielt die Arme empor, als wollte er ihn begrüßen.

An Beliaks Knollennase und in seinem strubbeligen Haar bildete sich Raureif, und obwohl Adhe – außer bei ihrer Entstehung – alles andere als kälteempfindlich waren, begann er zu zittern.

Beide starrten sie in die Dunstwand, wo sich ein riesenhafter Umriss zeigte. Eine Gestalt, so groß wie eines der mehrstöckigen Lagerhäuser am Hafen von Thisia, schälte sich aus dem Grau des Nebels. Sie glich einem achtbeinigen Eisbären, der sich aufgerichtet hatte und sich mit den Tatzen seiner drei oberen Beinpaare auf einen Stab stützte, der dick wie ein Baumstamm war. Der Stab wirkte wie aus Elfenbein, als wäre er aus dem Maul eines gewaltigen Walrosses gebrochen worden. Die Spitze steckte in der Eisscholle, auf der der achtbeinige Eisbär stand, und dort, wo der Zahn vielleicht einmal in einem riesenhaften Walrosskiefer gesteckt hatte, war ein Orxanier-Schädel befestigt worden.

Dunkel quoll eine Flüssigkeit unter dem Schädel hervor, und Gorian fühlte sich unwillkürlich an das schwarze Blut aus der Handwunde seines Vaters erinnert. Es zischte, wenn Tropfen davon die Eisscholle und die Füße des achtbeinigen Eisbären berührten.

Beliak stotterte ein paar Worte in der Sprache der Adhe. Die Erscheinung dieses Wesens raubte ihm die Fassung. Selbst die Frostkrieger, die sich bedrohlich näherten, schienen ihm für diesen Moment gleichgültig.

»Frogyrr!«, murmelte er. »Ihr Götter Orxaniens! Frogyrr, der achtbeinige Bär, der dem Riesenwalross den Zahn stahl! Es muss einen sehr wichtigen Grund geben, dass Morygor ihn so weit in den Süden schickt …«

Frogyrr war einer der Frostgötter, die einst in der großen Schlacht am Weltentor aus der diesseitigen Existenzebene vertrieben worden waren und die Morygor durch seine Magie zurückgeholt und zu seinen Dienern gemacht hatte.

Wahre Schreckensgeschichten kursierten über ihn und die anderen Frostgötter. Geschichten, deren Weiterverbreitung die Priesterschaft zu verbieten versucht hatte, weil jede Erzählung nur die Macht dieser frostigen Wesenheiten stärkte und vielleicht sogar von der Verehrung des Verborgenen Gottes ablenkte. Aber dieses Verbot hatte nicht verhindern können, dass diese Erzählungen seit Generationen von Mund zu Mund gingen.

Der Kurs der Eisscholle, auf welcher der achtbeinige Eisbär stand, veränderte sich auf eine Weise, die weder mit der Strömung noch mit dem Wind oder irgendeinem anderen natürlichen Phänomen zu erklären war. Sie gewann an Fahrt und steuerte geradewegs auf die zum Hof gehörende Anlagestelle zu.

Frogyrr öffnete sein gewaltiges Maul und stieß einen durchdringenden Laut aus. Ein raureifähnlicher eisiger Hauch trat dabei hervor, der auch Gorian und Beliak erfasste. Für einen Moment hatte Gorian das Gefühl, vor Kälte erstarren zu müssen.

Diese Kraft der puren Kälte war es offenbar, die es den Frostkriegern überhaupt erlaubte, hier anzulanden, ohne zu schmelzen.

Ein kaltes Licht glühte in den Augen des Bären auf, und das tiefe Grollen, welches daraufhin aus seinem Schlund drang, klang wie triumphierendes Gelächter.

Die Eisscholle erreichte die Anlegestelle, und krachend zerbrachen unter ihrem Druck die Pfähle, auf denen der Steg ruhte. Der Bär tauchte den aus dem Riesenwalrosszahn geschnitzten Stab ins Wasser, das sich noch zwischen der Eisscholle und dem Ufer befand, murmelte eine Zauberformel, und das Wasser rund um den Stab begann zuerst zu zischen, dann erstarrte es innerhalb weniger Augenblicke. Eine Eisdecke bildete sich und verband die Scholle mit dem

Land. Die Reste des zerschmetterten Stegs ragten daraus hervor. Der achtbeinige Eisbär konnte nun trockenen Fußes ans Ufer gelangen.

Die ganze Scholle – obgleich so groß wie zehn heiligreichische Koggen – schwankte unter den Schritten des Achtbeiners. Die Eisdecke brach, stöhnend wie ein Tier, auf einer halben Schiffslänge wieder auf, aber ein einziger kalter Hauch des Bären ließ den Spalt sogleich erneut zufrieren. Mit bedächtigen Schritten stapfte der Frostgott an Land, und überall in seiner Nähe begann sich Reif abzusetzen. Selbst die widerstandsfähigsten Gräser am schmalen Uferstrand, die allen eisigen Winterstürmen getrotzt hatten, erfroren innerhalb weniger Herzschläge.

»*Vorwärts!*«, erreichte Gorian ein übermächtiger, äußerst bedrängender Gedanke des Frostgottes, obwohl diese Botschaft ganz sicher nicht an ihn, sondern an die untoten Orxanier gerichtet war; gleichzeitig stieß Frogyrr ein unwilliges Brummen aus. *»Holt ihn mir! Sofort! Oder wollt ihr Nichtsnutze auch nur einen Augenblick länger in diesem heißen Land schmoren, als unbedingt erforderlich ist?«*

Die Orxanier antworteten mit Rufen in ihrer Sprache, von der Gorian kein Wort verstand. Die ersten von ihnen hatten die unsichtbare magische Grenze, die die Schädelsteine markierten, bereits hinter sich gelassen. Manchmal gab es einen bläulichen Blitz, wenn einer der eisigen Krieger sie überschritt.

Frogyrr aber machte keinerlei Anstalten, ihnen zu folgen. Vielleicht gab es nichts, was ihn mit diesem Ort verband, sodass er die Barriere nicht einfach durchschreiten konnte wie die Orxanier.

Beliak und Gorian hetzten zum Hof.

Dort war alles in heller Aufregung. Knechte und Mägde

hatten sich auf die Pferde geschwungen, um zu fliehen. Die Orxanier, die auf Nhorichs Hof arbeiteten, waren größtenteils noch unschlüssig, ob es besser war, wegzulaufen oder der Wut nachzugeben, die viele von ihnen gegen die Frostkrieger empfanden. Schließlich hatten sie ihre Heimat im hohen Norden ihretwegen verlassen müssen und hegten daher einen tiefen Hass auf die Untoten und ihren Herrn. Dass manche dieser Schergen Morygors die Gesichter der eigenen Verwandten trugen, steigerte ihre Wut eher noch.

Sie schwenkten kampfbereit ihre Waffen. Nur diejenigen, die zusammen mit ihren Frauen und Kindern aus Orxanien gekommen waren und hier eine neue Heimat gefunden hatten, wandten sich zur Flucht, widerstrebend zwar und erst nach lauten Wortwechseln mit ihren Frauen, aber schließlich liefen sie los, und selbst der Schwächste von ihnen war dabei ausdauernder als ein Pferd.

Die andere Gruppe stürmte den Angreifern entgegen. Selbst auf Nhorich, der zwei Pferde an den Zügeln hielt und ihnen aus Leibeskräften ein paar eindeutige Befehle hinterherrief, hörten sie nicht, obwohl der ehemalige Schwertmeister sogar die orxanische Sprache benutzte.

»Zurück, ihr Narren!«, rief er, aber die Schar der wutentbrannten Orxanier stürmte in todesverachtender Wut auf die Angreifer zu. Mit Äxten, Hacken und Schwertern hieben sie auf die Frostkrieger ein.

Arme und Beine wurden abgetrennt, und Köpfe mit fratzenhaft erstarrten Orxanier-Gesichtern rollten über den Boden. Eine ganze Anzahl von Frostkriegern wurde dermaßen zerstückelt, dass selbst die Kraft von Frogyrr nicht mehr ausreichte, ihr untotes Leben aufrechtzuerhalten. Hier und dort sah man einen gefrorenen Arm, dessen untote Hand sich um den Griff eines gespaltenen Breitschwerts krallte und noch weiterzukämpfen versuchte.

Frogyrr brüllte wütend auf. Er wollte nicht hinnehmen, dass irgendwer seine Krieger bei der Erfüllung ihres Auftrags behinderte, auch wenn die Verzögerung nur Augenblicke andauern konnte. Der eisbärenhafte Frostgott machte ein paar plump wirkende, aber sehr raumgreifende und schnelle Schritte nach vorn. Die ganze Zeit über blieb er aufgerichtet und benutzte immer nur das untere Beinpaar zum Laufen.

Auf einmal prallte er gegen eine unsichtbare Wand, und bläuliche Blitze umzuckten kurz seinen Leib. Frogyrr taumelte brüllend zurück. Die magische Schutzbarriere schien tatsächlich zumindest ihn davon abzuhalten, das Land des ehemaligen Schwertmeisters zu betreten.

Die Augen des Frostgottes glühten erst bläulich, dann grellweiß auf. Er öffnete das Maul, und ein grauer Schwall aus Raureif schoss daraus hervor. Ein Hauch der Kälte, der selbst die Wände der weiter entfernten Hofgebäude augenblicklich vereisen ließ.

Vor allem aber wurden die Kämpfenden davon getroffen. Nhorichs magische Barriere hinderte zwar Frogyrr daran, das Land zu betreten, da er keinerlei Verbindung dazu hatte, weder in Form eines Gegenstands noch durch irgendeine innere Verbundenheit, aber sein Frosthauch wurde durch die Barriere nicht aufgehalten. Immerhin hatten auch die besonders harten Winter Nhorichs Land genauso betroffen wie ganz Thisilien.

Die wutentbrannten Orxanier, die sich auf die Frostkrieger gestürzt hatten, erstarrten in diesem Frosthauch zu Eis. Ihre Bewegungen gefroren, dann ihre Körper. Eis bildete Tränen an den Klingen ihrer Schwerter.

Für die Frostkrieger hingegen war dieser Eishauch eine Quelle neuer Kraft. Sie nutzten die Erstarrung ihrer Gegner, um sie mit wenigen grausamen Schlägen buchstäblich zu zerhacken. Gefrorenes Orxanierblut rieselte in kleinen Kristallen zu Boden.

»Nimm das Pferd, und schwing dich in den Sattel!«, verlangte Nhorich von seinem Sohn und drückte ihm die Zügel in die Hand.

Gorian zögerte. »Gibt es keine Magie, die gegen diese Monster wirken kann? Nichts, was sie aufhalten könnte?«

»Doch, die gibt es. Zumindest wirkt sie für eine Weile. Doch jetzt aufs Pferd mit dir!«

Gorian gehorchte und saß einen Augenblick später im Sattel. Sein Vater schwang sich auf das andere Pferd, dessen Zügel er gehalten hatte, und riss Schattenstich aus der Scheide. Das Pferd scheute, und es war so kalt geworden, dass beide Tiere zitterten. Gorian zog ebenfalls das Schwert, doch seine Finger waren durch die Kälte taub geworden, sodass er den Griff in seiner Hand kaum spüren konnte.

»Reite so schnell du kannst, Gorian!«

»Aber, Vater …«

»Ich werde die Frostkrieger aufhalten. Unsere Wege trennen sich hier!«

»Nein, das will ich nicht!«, widersprach Gorian.

»Die Angreifer sind deinetwegen hier! Und Morygor meint es verflucht ernst, sonst hätte er nicht einen seiner Frostgötter geschickt. Du erinnerst dich an den Ort, an dem ich die Schwerter verborgen hatte?«

»Ja.«

»Versteck dich dort, wenn du es schaffst, dorthin zu gelangen!«

»Ich werde ihn begleiten und beschützen!«, versprach Beliak.

»Nein, du würdest ihn nur gefährden!«, widersprach Nhorich. »Verbirg dich besser in der Erde, Adh!« Er wandte sich noch einmal an Gorian. »Glaub mir, ich weiß, was ich tue! Gehorche mir einfach, denn wenn du es nicht tust, hat Morygor gewonnen! Dann ist vielleicht für ein Jahrtausend oder länger jede Möglichkeit vertan, ihn zu stürzen, und er wird über ganz Ost-Erdenrund herrschen, vielleicht sogar über die ganze Welt!«

Mit diesen Worten riss Nhorich sein Pferd herum und preschte auf die Angreifer zu.

»Tu besser, was er sagt!«, riet Beliak dem Jungen. »Er sprach in diesem Tonfall, bei dem man genau weiß, dass er ziemlich ärgerlich wird, wenn man seinen Befehlen nicht Folge leistet!«

Gorian war fassungslos. Konnte er zulassen, dass sich sein Vater einfach den Frostkriegern entgegenwarf, nur um sie eine Weile aufzuhalten und ihm dadurch die Flucht zu ermöglichen?

Nein, dachte er. Wozu war er denn in der Kunst, nach Art der Schwertmeister zu kämpfen, unterrichtet worden?

Doch ehe er sein Pferd am Zügel herumreißen und seinem Vater folgen konnte, handelte Beliak. Mit einem schrillen Schrei, von dem er wusste, dass selbst Pferde der stoischsten Rasse darauf mit panischer Flucht reagierten, und mit einem kräftigen Schlag seiner Adh-Pranke auf das Hinterteil des Gauls sorgte er dafür, dass Gorians Reittier wiehernd davonstob.

Erst mehr als hundert Pferdelängen weiter gelang es Gorian, es wieder zu zügeln. Es stieg auf die Hinterhand, wieherte laut und scheute zunächst, als Gorian versuchte, es in die entgegengesetzte Richtung zu lenken. Er murmelte einen einfachen Rosszauber, den ihm sein Vater irgendwann während der Übungen beigebracht hatte und der dazu diente, ein Pferd während des Kampfes zu beruhigen, riss die Zügel herum und zog das Schwert.

Von Beliak war plötzlich nichts mehr zu sehen.

Nhorich kämpfe derweil einsam gegen die Frostkrieger. Speere und Wurfäxte, die in seine Richtung geworfen wurden, wehrte er mit dem Schwert leichthändig ab. Mit traumwandlerischer Sicherheit ließ er Schattenstich durch die Luft wirbeln und köpfte einen der Angreifer. Einem zweiten hieb er beide Arme ab, sodass der Frostkrieger keine Gefahr mehr darstellte. Jedes Mal, wenn die Klinge das Eis durchschlug, sprühten Funken.

In diesem Moment hielt Frogyrr seinen Elfenbeinstab in Richtung seiner Eisscholle. Ein Strahl aus schwarzem Licht schoss daraus hervor und traf auf eine Erhöhung auf der Scholle, die daraufhin zischend abschmolz.

Aus dem verdampfenden Eis bildeten sich grauweiße Eiskrähen, wie sie eigentlich nur in Eisrigge und Torheim beheimatet, aber in harten Wintern auch an den heiligreichischen Küsten zwischen Atanien und Nemorien anzutreffen waren. Ein Schwarm aus Hunderten dieser weißen Krähenvögel mit roten Augen stieg empor und kreiste einmal hoch über Frogyrrs Kopf, wobei manche von ihnen gegen die magische Barriere stießen und dabei bläuliche Blitze erzeugten. Schrille, durchdringende Krächzlaute drangen dann jedes Mal aus ihren Schnäbeln.

Wie von einem einzigen Willen gelenkt, stürzte sich der Eiskrähenschwarm auf die davontreibende Barkasse, in der sich Gaerths Leichnam befand. Die Vögel hackten Fleischstücke aus dem Körper des toten Orxaniers, und die kleineren davon verschlangen sie sofort, woraufhin sie keine Schwierigkeiten mehr hatten, die magische Begrenzung zu durchdringen. Größere Stücke des Orxaniers – darunter ein ganzer abgehackter Arm – trugen sie zu mehreren durch die Luft und brachten sie Frogyrr. Der öffnete das Maul, und ein eisiger, sturmähnlicher Hauch erzeugte einen so starken

Sog, dass er den Vögeln die Beutestücke entriss, woraufhin der Frostgott sie schmatzend verschlang. Ein paar der Krähenvögel wurden allerdings selbst von dem Sog erfasst und mit verschlungen.

Frogyrr schien es nicht weiter zu stören, seine eigenen Dienergeschöpfe zu vertilgen. Ihre Federn würgte er als grauweißes Gewölle wieder aus.

Aber das Fleisch des erschlagenen Orxaniers versetzte auch ihn in die Lage, Nhorichs Land zu betreten, denn dies war die Verbindung, die er brauchte, um die magische Grenze zu überschreiten. Ein Triumphgeheul sondergleichen ausstoßend ging er voran und trommelte sich dabei mit zwei seiner Tatzenpaare auf die Brust. Mit dem dritten Tatzenpaar richtete er den Riesenwalrosszahn auf Nhorich.

Ohne dass irgendein Widerstand zu erkennen gewesen wäre, drang Frogyrr durch die Barriere. Es gab nicht einmal einen blauen Blitz, einzig der Orxanier-Schädel an dem Riesenzahn leuchtete kurz bläulich auf, dann drang schwarzes Licht daraus hervor, und dunkles Blut troff zischend zu Boden.

Nhorich vernichtete gerade einen der Frostkrieger, indem er ihn mit einem gewaltigen Schwerthieb entlang der Gürtellinie zerteilte. Die obere Hälfte kippte haltlos nach hinten, der Frostkrieger versuchte trotzdem noch mit seiner Axt nach Nhorich zu schlagen, traf ihn jedoch nicht mehr.

Einem zweiten Frostkrieger trennte er die Pranke vom Arm, die dessen gespaltenes Schwert hielt, dann erfasste der dunkle Lichtstrahl des Bärengottes den Frostkrieger, und ein unterdrückter Schrei war alles, was er noch von sich geben konnte, bevor sein Körper zischend zu einer pechschwarzen, öligen Masse zerfloss.

Doch auch Nhorich wurde von dem schwarzen Licht getroffen. Der ehemalige Schwertmeister stieß einen jener

Schreie aus, mit denen er die Alte Kraft rief, und um seinen Körper erschien ein bläulicher Flor, von dem der schwarze Strahl abprallte. Trotzdem wurde er mehrere Schritt weit durch die Luft geschleudert, dann drückte ihn der verderbliche Strahl zu Boden.

Doch im selben Moment, da der Frostgott seinen Vater attackierte, griff Gorian ein. Er hatte die Aktion des Frostgottes einen Augenaufschlag zuvor erahnt, sein Pferd vorangetrieben, Sternenklinge geschleudert und in genau demselben Moment wie sein Vater einen jener Schreie ausgestoßen, mit denen die Alte Kraft gerufen werden konnte. Seine Augen waren vollkommen schwarz geworden, und er bot alles von der dunklen Kraft auf, was sich mobilisieren ließ.

Und mit dieser Kraft lenkte er den Flug seines Schwertes.

Mochte Sternenklinge auch noch so wertvoll sein, das Leben seines Vaters wog für Gorian mehr. Nun musste sich zeigen, wie viel von der Kunst eines Schwertmeisters er inzwischen gelernt hatte.

Tatsächlich fand Sternenklinge zielsicher seinen Weg und bohrte sich in Frogyrrs linke Auge, noch ehe Gorians Kraftschrei verklungen war. Bis zum Heft drang das Schwert in den riesenhaften Kopf des achtbeinigen Eisbären. Um den Griff bildete sich ein flackernder Flor, der zischte und Funken sprühte.

Gorian ließ das Pferd weiter vorpreschen, auf seinen am Boden liegenden Vater zu.

Frogyrr wich unterdessen mehrere Schritte zurück. Die bis dahin hoch aufgerichtete Gestalt des achtbeinigen Bären schwankte, er taumelte schließlich, und der Strahl aus schwarzem Licht, der Nhorich zu Boden drückte, brach ab. Schwarzes Blut schoss in einer Fontäne aus Frogyrrs Wunde.

Durch den magischen Angriff des Frostgottes sehr geschwächt, versuchte sich Nhorich aufzurichten. Er hob

Schattenstich, dessen Griff seine Faust nach wie vor umklammert hielt, wollte sich gegen die auf ihn einstürmenden Frostkrieger zur Wehr setzen. Aus dem Handschuh, den er an dieser Hand trug, troff so viel schwarzes Blut wie nie zuvor. Dieselbe zähflüssige Substanz tränte Nhorich auch aus den vollkommen schwarzen Augen und der Nase. Er rief einen Kraftschrei, der allerdings viel schwächer war als sonst.

Dem ersten Angreifer hieb er die Beine durch. Scheinbar ohne Widerstand glitt Schattenstich durch die Knie des untoten Orxaniers, dessen eigener Schwertstreich ins Leere ging, bevor er zusammenbrach.

Gorian duckte sich im Sattel, als eine Wurfaxt nach ihm geschleudert wurde. Ein ausgebildeter Schwertmeister hätte sie ablenken können, und auch Gorian war schon von seinem Vater in dieser Kunst unterwiesen worden. Aber ihre Anwendung kostete zu viel Kraft. Und so wich er der Axt einfach aus.

Im vollen Galopp hielt er auf seinen Vater zu, riss den Dolch hervor und schleuderte ihn, wie er es gelernt hatte. Die Klinge aus Sternenmetall bohrte sich in den Schädel eines Frostkriegers, der gerade die Axt gehoben hatte, um Nhorich den tödlichen Schlag zu versetzen. Er taumelte zurück, mit solcher Wucht hatte ihn der Dolch getroffen.

Doch in den nächsten Augenblicken prasselten unzählige Hiebe von Äxten und Schwertern auf Nhorich ein. Nicht einmal der begabteste Schwertmeister hätte sie alle abwehren können. Noch immer umgab ihn der bläuliche Schimmer, und es zischte jedes Mal, wenn eine Klinge den Lichtflor durchdrang. Aber Nhorich hatte nicht mehr genügend Kraft, sich mit seiner Magie erfolgreich zu verteidigen.

Gorian sprang aus dem Sattel. Die einzige Waffe, die er im Augenblick besaß, war die Alte Kraft, die an der pechschwarzen Färbung seiner Augen erkennbar war. Er starrte auf seinen Vater, den die Schläge der Orxanier förmlich zerstückelt hatten. Einen Moment lang glaubte er, den festen Boden unter den Füßen zu verlieren.

»Nein!«, schrie er.

Diesmal war es kein Kraftschrei, sondern ein Schrei aus purer Verzweiflung. Er spürte für einen Augenblick einen fremden Gedanken, der eigentlich nur von seinem Vater stammen konnte. *»Bleib stark! Sammle die Kraft!«*

Gorian sah Schattenstich am Boden liegen. Die abgehackte, schwarz blutende Faust seines Vaters krallte sich noch immer um den Griff. Gorian konzentrierte all seine Kraft, und die Waffe hob sich in die Luft, aber dann änderte sie ihre Flugrichtung, sie drehte sich auf chaotische Weise um ihren Schwerpunkt und sauste auf den achtbeinigen Bären zu, der sich inzwischen wieder aufgerichtet und von Gorians Angriff einigermaßen erholt hatte.

Sternenklinge steckte ihm zwar immer noch im Auge, trotzdem hatte der Frostgott Kraft genug, Schattenstich zu sich zu holen. Das Schwert landete vor dem riesenhaften Bärenmonstrum auf dem inzwischen gefrorenen Boden. Frogyrr griff mit einer seiner unteren Tatzen danach und verletzte sich dabei. Es zischte, schwarzes Blut spritzte aus der Wunde.

Frogyrr beschrieb daraufhin eine ausholende Bewegung mit dem Elfenbeinstab, woraufhin ein gutes Dutzend der Eiskrähen herbeiflog. Sie fassten die Klinge mit ihren Krallen und trugen sie auf die Eisscholle. Dann kehrten sie zurück, um dem Eisbärengott Sternenklinge aus dem Auge zu ziehen, doch das verursachte Frogyrr offenbar so starke Schmerzen, dass er die Krähenbrut mit fuchtelnden Bewegungen seiner Tatzen davonjagte.

Gorian war schwindelig. Der verlorene magische Kampf um das Schwert seines Vaters hatte ihn sehr geschwächt. Zu sehr, um selbst den Dolch wieder an sich zu bringen, der noch im Schädel eines untoten Orxaniers steckte und diesen zwar nicht getötet hatte, ihm aber aufgrund der besonderen Eigenschaften des Sternenmetalls große Schmerzen verursachte.

Gleichzeitig stürmten mehrere Frostkrieger waffenschwingend auf ihn zu, die eben noch damit beschäftigt gewesen waren, den Körper seines Vaters vollkommen zu zerstückeln, indem sie selbst noch auf die sterblichen Überreste des ehemaligen Schwertmeisters eingehackt hatten, so als fürchteten sie dessen besondere Macht selbst über den Tod hinaus.

Nun aber stürzten sie sich auf Gorian.

Der Erste attackierte Gorian, dieser aber wich rechtzeitig zurück, denn er ahnte den ersten Schwerthieb unmittelbar voraus, und die gespaltene Orxanier-Klinge klirrte gegen den Boden, der sich bereits in einen harten, durchfrosteten Untergrund verwandelt hatte.

Der Schlag war mit solcher Wucht geführt, dass die Orxanier-Klinge brach. Ein zweiter Hieb mit dem abgebrochenen und um etwa ein Drittel verkürzten Schwert senste haarscharf über Gorians Kopf hinweg. Auch diesem Hieb konnte Gorian nur deswegen ausweichen, weil sein Vater ihn nach Art der Schwertmeister darin ausgebildet hatte, den nächsten Schlag seines Gegners vorauszuahnen.

Er stolperte. Ein weiterer Schlag verfehlte ihn nur knapp.

Dann sammelte er alle Kraft, konzentrierte sie auf das abgebrochene Ende des Orxanier-Schwerts und ließ es einer Sense gleich den linken Knöchel des Frostkriegers durchschneiden. Dieser hatte gerade seine Waffe mit beiden Pranken gefasst, um zum entscheidenden Schlag auszuholen, doch der unvermutete Angriff durch die abgebrochene

Klinge, der ihm fast den Fuß abtrennte, ließ ihn schwanken, und seine eigene Attacke ging fehl.

Aber ein zweiter Frostkrieger hatte sich genähert, die Axt erhoben, und Gorian sah sie aus den Augenwinkeln auf seinen Kopf zurasen. Aus irgendeinem Grund hatte er diesen Hieb nicht vorhergesehen. Vielleicht weil er sich zu sehr auf den anderen Gegner konzentriert hatte und außerdem auch seine Ausbildung nicht abgeschlossen war, sodass er noch keineswegs perfekt war. Da mochte sein Talent noch so groß sein, aber Nhorich hatte seinem Sohn gegenüber immer wieder betont, wie wichtig ein anderer Faktor war: die Zeit.

Die Axtklinge verfehlte ihn trotzdem um Haaresbreite.

Aber das lag daran, dass eine gewaltige Kraft den Frostkrieger wie mit unsichtbarer Hand gepackt und fortgeschleudert hatte. Mehrere Pferdelängen weit flog der Untote durch die Luft, verlor dabei seine Waffe und kam entsetzt brüllend auf dem gefrorenem Boden auf.

Gleichzeitig hatte Frogyrr einen Schrei ausgestoßen, der ganz sicher mehr an Kraft herbeizurufen in der Lage war, als es eine ganze Hundertschaft von Schwertmeistern des Ordens vermochte. Zweifellos war er es gewesen, der seinen eigenen Kämpfer aus dem Spiel genommen hatte.

Jener Angreifer, dem Gorian mit dem abgebrochenen Klingenstück beinahe den Fuß abgetrennt hatte, humpelte schleunigst davon, obwohl er sich inzwischen wohl zu Genüge erholt hatte, um erneut anzugreifen. Aber aus irgendeinem Grund schien das nicht dem Willen des Frostgottes zu entsprechen.

Immer noch halb wahnsinnig durch den Schmerz, den ihm Sternenklinge in seinem durchbohrten Auge verursachte, trat Frogyrr näher. Er benutzte dafür diesmal die unteren drei Tatzenpaare und hielt den aus einem Riesenwalrosszahn gefertigten Schädelstab mit dem obersten Paar, sodass der Orxanier-Schädel ständig auf Gorian gerichtet war. Immer noch lief schwarzes Blut aus dem Auge des Eisbärengottes, und ein wütendes, dumpfes Knurren drang ihm aus dem Schlund. Ein Laut, so tief, dass er ein Drücken in der Magengegend verursachte.

Warum hat er mich verschont?, ging es Gorian durch den Kopf. Warum hat er nicht zugelassen, dass seine Frostkrieger mich auf die gleiche Weise zerhackten wie meinen Vater?

Das Herz schlug ihm bis in den Hals. Ein Schwall chaotischer Gedanken wirbelte ihm durch den Kopf. Er versuchte, nicht an das zu denken, was mit seinem Vater geschehen war, sich nicht durch den Schrecken lähmen zu lassen und die Klarheit der Gedanken zurückzugewinnen. Selbst in diesem Augenblick, da alles verloren schien, wozu er angeblich bestimmt war, noch bevor es überhaupt begonnen hatte.

Konnte es sein, dass alles nur ein Irrtum gewesen war? Dass seine Geburt und das Herabfallen des Sternenmetalls nichts miteinander zu tun hatten? Hatte am Ende sogar Morygor Gorians Rolle im Gefüge des Netzes der Schicksalslinien überschätzt? Oder hatte der Herr der Frostfeste einmal mehr die ihm eigene Gabe genutzt, und ihm war ein weitreichenderer Blick in die Zukunft gelungen, sodass er sorgfältig die Möglichkeiten und Wahrscheinlichkeiten hatte abwägen können? Vielleicht war dies einfach nicht der richtige Zeitpunkt, die Gefahr, die Gorian für ihn darstellte, endgültig zu beseitigen.

Und dann fiel es Gorian wie Schuppen von den Augen, und er erkannte den Grund, warum ihn Frogyrr zunächst vor den Waffen seiner Schergen bewahrt hatte.

Nicht nur der Ort, an dem ich getötet werde, und der Zeitpunkt spielen eine Rolle, sondern auch, wer die Tat ausführt!, ging es ihm siedend heiß durch den Kopf.

In all diesen Punkten hatte Morygor seinem Knecht, dem

Frostgott Frogyrr, offenbar äußerst präzise Vorgaben gemacht.

Gorian hob den Kopf und überlegte, was er tun konnte. Er streckte die Hand aus, entriss den Dolch aus Sternenmetall mithilfe der Alten Kraft der Hand des Frostkriegers, der es inzwischen endlich geschafft hatte, sich ihn aus dem Schädel zu ziehen, und einen Lidschlag später befand sich die Waffe wieder in Gorians Hand. Ob sie ihm helfen konnte, wusste er nicht. Es war einfach nur ein Akt der Verzweiflung.

Annähernd im selben Moment schoss schwarzes Licht aus dem Schädel am Ende des Elfenbeinstabs, den Frogyrr auf Gorian gerichtet hielt.

Eine ungeheuer starke Kraft warf Gorian um und drückte ihn an den Boden wie zuvor seinen Vater. Für einige Augenblicke bekam er keine Luft und glaubte zu ersticken. Es war unmöglich, sich auch nur einen Fingerbreit zu bewegen.

Er versuchte, den Dolch zu schleudern, um damit das zweite Auge des Frostgottes zu treffen. Aber der Dolch wurde ebenso an den Boden gedrückt wie er selbst.

Frogyrr näherte sich Gorian bis auf wenige Schritte und richtete sich zur Gänze auf, wobei ein Teil des Eiskrähenschwarms genau über seinem Kopf kreiste. Zischend tropfte schwarzes Blut aus dem Auge, in dem noch immer Gorians Schwert steckte. Immer dann, wenn ein Tropfen den Erdboden berührte, stiegen von dieser Stelle äußerst übel riechende Dämpfe auf, deren Geruch mit nichts zu vergleichen war, was Gorian bis dahin kennengelernt hatte.

Die ganze Zeit über verharrte er in der Gewalt des schwarzen Lichts, das ihn vollkommen lähmte. Er vermochte nicht einmal mehr die Augen zu bewegen, sodass sein Blick starr und tot wirkte. Wie dunkler Rauch umgab dieses schwarze Licht seinen Körper.

Dann brach der Strahl aus dem Schädel am Ende des Elfenbeinstabs plötzlich ab. Doch das bedeutete nicht, dass Gorian wieder im Vollbesitz seiner Kräfte war und sich etwa hätte aufrichten können.

Er versuchte die Muskeln und Sehnen seines Körpers anzuspannen und gleichzeitig all das an magischer Kraft, das noch in ihm sein mochte, zu sammeln. Doch er fühlte sich auf eine seltsame Weise leer und kraftlos. Nie zuvor war ihm so elend gewesen.

Ein Gedanke erreichte ihn, so bedrängend, dass Gorian am liebsten laut aufgeschrien hätte, wäre er dazu in der Lage gewesen.

»Da liegst du also, du verfluchtes Menschenkind!«, vernahm er den Gedanken des Frostgottes, und Gorian glaubte, dass ihm der Kopf zerspringen müsste.

Der Frostgott fasste sich mit einer seiner Pranken an die Augenhöhle, aus der noch immer der Griff von Sternenklinge ragte. Bläuliches Blitzfeuer umflorte den Griff, und Frogyrr brüllte auf. Noch schrecklicher war der Gedanke, den er im selben Moment aussandte und an dem er Gorian in seiner vollen Wucht teilhaben ließ.

Dann zog er Sternenklinge aus der Augenhöhle. Ein Schwall von schwarzem Blut folgte, und Frogyrr überschüttete Gorian mit Gedanken des Schmerzes. Er wollte, dass Nhorichs Sohn daran wenigstens auf geistiger Ebene teilhatte. Es war seine Rache für das, was Gorian ihm angetan hatte.

Gorian glaubte für einen Augenblick schier wahnsinnig zu werden, als ihn die Wellen des Schmerzes durchfluteten. Und es gab im Moment nichts, womit er sich dagegen schützen konnte.

Frogyrr fasste Sternenklinge mit zwei Fingern seiner Tatze und schleuderte das Schwert, das kaum die Größe seiner Reißzähne hatte, wie angewidert von sich.

Mehrere der Eiskrähen stürzten sich augenblicklich darauf und fingen es aus der Luft, ehe es den Boden berührt hätte. Sie trugen es zur Eisscholle, wie es schon mit Schattenstich geschehen war. Morygor wollte offenbar die aus dem Bruchstück des Schattenbringers geschmiedeten Klingen für sich selbst haben, und Frogyrr sollte sie auf seiner Eisscholle nach Norden bringen.

Der Bärengott nahm den Orxanier-Schädel von dem Riesenwalrosszahn. Die unzähligen in das Elfenbein geschnitzten fratzenhaften Gesichter veränderten sich und erwachten für Augenblicke zu einem schaurigen Scheinleben.

Frogyrr rollte den Orxanier-Schädel über den Boden, und er verwandelte sich: Die Form blieb zwar erhalten, aber es bildeten sich acht mehrgliedrige Beine wie bei einer Spinne.

»Fessle ihn!«, lautete der Gedankenbefehl des achtbeinigen Eisbären. Die Blutung aus seiner Augenhöhle hörte zwar auf, aber selbst er als Frostgott schien nicht über die Macht zu verfügen, das Auge, das Gorian ihm durch seinen Schwertwurf genommen hatte, so einfach wieder entstehen zu lassen. Dem Sternenmetall schienen tatsächlich besondere magische Eigenschaften eigen zu sein. Vielleicht stimmte es ja, dass die Finsternis mit Finsternis und die Macht des Schattenbringers mit seinem Metall zu bekämpfen war.

Gorian versuchte den Schmerz zu unterdrücken. Er konzentrierte sich auf die Alte Kraft und auf den Dolch aus Sternenmetall, den er nach wie vor mit seiner Faust umklammert hielt. Auch wenn beides – Faust und Dolch – nicht zu bewegen waren, so war Gorian davon überzeugt, dass diese Waffe im Moment die einzige Option darstellte, die er hatte.

Er hätte ihr einen Namen geben sollen, ging es ihm durch den Sinn. Es war der erste klare Gedanke seit einer unendlich langen Zeit, wie es ihm schien. Allerdings lag dies wohl eher daran, dass ihm die letzten Momente aufgrund der unglaublichen Schmerzen, mit denen sein Gegner ihn überschüttet hatte, wie eine halbe Ewigkeit vorgekommen waren.

Einer Waffe einen Namen zu geben, das bedeutete auch immer, ihre Macht zu erhöhen. Jedenfalls dann, wenn sie voller Magie war, wie es bei den Schwertern Sternenklinge und Schattenstich der Fall war. Die Axiome der Ordensmeister stimmten in diesem Punkt mit den Lehren der Priesterschaft des Verborgenen Gottes überein. Nhorich hatte seinem Sohn aber gesagt, dass sowohl der Name als auch der Augenblick und der Ort, an dem er verliehen wurde, Einfluss auf die Kräfte der Waffe habe. In seiner Erinnerung vernahm er noch einmal, was sein Vater darüber gesagt hatte: »Nur du kannst den Moment, den Ort und den Namen bestimmen, mein Sohn. Verlass dich auf dein Gefühl. Achte auf die Schwingungen der Alten Kraft und darauf, was dir deine innere Stimme eingibt. Wenn du einen Zweifel hast, dann ist es nicht der richtige Moment, und der Dolch wird seine volle Kraft nie entfalten.«

»Und bei den Schwertern warst du dir vollkommen sicher?«, hatte Gorian daraufhin gefragt.

»Vollkommen«, war die Erwiderung seines Vaters gewesen. »Ich gab ihnen ihre Namen bereits, bevor sie ganz zu Ende geschmiedet waren – und nur deshalb habe ich den Kampf gegen die Gargoyle bestanden.«

Wann, wenn nicht jetzt, war der richtige Moment, um dem Dolch einen Namen zu gehen?

Frostgotttöter, überlegte Gorian. Aber dann verwarf er den Gedanken. Nein, damit hätte er nur diesen einäugigen Rieseneisbären unnötig aufgewertet und den Axiomen des Ordens zufolge sogar noch mächtiger werden lassen.

Rächer, dachte Gorian. Ich werde ihn Rächer nennen …

Die Klinge zuckte ein Stück. Aber sosehr Gorian auch die Alte Kraft zu sammeln versuchte, er schaffte es einfach nicht, die Waffe dem Frostgott entgegenzuschleudern, geschweige denn sein zweites Auge zu treffen, um ihn entscheidend zu schwächen, vielleicht sogar zu töten, falls das auf diese Weise überhaupt bei einer Wesenheit wie Frogyrr möglich war, worin sich Gorian alles andere als sicher war.

Doch der Respekt vor dem Sternenmetall schien bei Frogyrr stark genug, um nicht einfach selbst nach dem Dolch zu greifen. Schon an Schattenstich hatte er sich schwer die Tatze verletzt. Geronnenes schwarzes Blut verschloss inzwischen die Wunde, wie Gorian sehen konnte.

Nein, in dieser Hinsicht schien Frogyrr nicht noch mal ein Risiko eingehen zu wollen. Und so überließ er das, was es zu tun gab, seiner Dienerkreatur.

Die Spinne, die sich aus dem Orxanier-Schädel gebildet hatte und zu einem untoten Halbleben erwacht war, kroch auf Gorian zu. Dieser spürte die dunkle Kraft, die in diesem Wesen konzentriert war. Er musste unwillkürlich an Ar-Don denken, denn in seiner Gegenwart hatte Gorian eine ganz ähnliche Empfindung beherrscht.

Die Schädelspinne kroch seinen Körper entlang, kletterte auf seine Brust. Aus den Hauern des Orxanier-Schädels, der auch das Hauptelement ihrer Spinnengestalt darstellte, quoll etwas Dunkles hervor. Erst dachte Gorian, dass es schwarzes Blut wäre, aber dann sah er, dass sich daraus ein dunkler, klebriger Faden bildete.

»Pack ihn gut ein!«, erreichte Gorian ein sehr klarer und überraschenderweise einmal nicht mit Schmerz getränkter Gedanke des Frostgottes, der eigentlich an die Schädelspinne gerichtet war. *»Und dann bringen wir ihn an den Ort, an dem er sterben muss, damit der Plan unseres Herrn und Meisters Wirklichkeit werden kann. Beeile dich, Spinnentier! Der rich-*

tige Ort, die richtige Zeit, die richtige Waffe und die richtige Hand, die sie führt … Es kommt auf all das an, damit das Schicksal den richtigen Lauf nimmt …«

Die Schädelspinne stieß einen schrillen Pfeiflaut aus, der Gorian schier unerträglich schien.

Und gleichzeitig sandte dieses Wesen Gedanken aus, die an Eindeutigkeit kaum zu übertreffen waren.

»Töten … fesseln … ersticken …«

»Beherrsche dich, Spinnentier!«

»Oder doch der Tod durch den eigenen Dolch?«

»Still! Kein Gedanke mehr!« Der Frostgott unterstützte seinen Gedankenbefehl mit einem Brummen, das so tief war, dass es die Schädelspinne vibrieren ließ und auf Gorian wie ein Schlag in die Magengrube wirkte.

6 Schädelspinnenfäden

Die Schädelspinne bewegte sich plötzlich mit einer ungeheuren Geschwindigkeit und webte ein Netz aus schwarzen, klebrigen Fäden, die zwischen den Hauern ihres Orxanier-Schädels hervordrangen.

Ein letztes Mal versuchte Gorian, seine Lähmung zu überwinden und den Dolch einzusetzen, dem er nun endlich einen Namen gegeben hätte.

Aber Rächers Klinge zitterte nur leicht. Die zusätzliche Kraft, die dieser Waffe innewohnte, nun, nachdem sie ihren Namen erhalten hatte, reichte keinesfalls, um den Bann zu brechen.

Innerhalb von Augenblicken war Gorian dermaßen eingeschnürt, dass er sich selbst dann nicht mehr würde bewegen können, sobald seine Kraft zurückkehrte.

Die Schädelspinne zog ihn an einem besonders dicken Faden hinter sich her, schleifte ihn über den gefrorenen Boden in Richtung des Hofes, und der bärengestaltige Frostgott folgte seiner Dienerkreatur, ebenso wie ein Großteil der Frostkrieger.

Zwischendurch blieb Frogyrr allerdings stehen, richtete sich dabei zur vollen Größe auf und reckte die oberen Tatzenpaare in die Luft. Dabei stieß er einen dumpfen Knurrlaut aus. Die dazugehörigen Gedanken waren nicht klar ausformuliert, obwohl er Gorian zweifellos mit Absicht daran teilhaben ließ. Sie waren ein Schwall aus wirren Bildern, Farben und Tönen, die schmerzhaft in Gorians Kopf widerhallten. Es war ein Gedankenbefehl, der den Eiskrähen galt. Und die Bilder, die Gorian sah, machten deutlich, was sie zu tun hatten …

Die Vögel sammelten sich zu einem großen Schwarm, der über dem Frostgott kreiste und dann in alle Richtungen zerstob.

Als sie ihr blutiges Werk zu verrichten begannen, hörte Gorian die Schreie der Flüchtenden, die von ihnen angegriffen und niedergemacht wurden. Schreie der Knechte und Mägde, die auf dem Hof ihr Auskommen gehabt hatten, Schreie von Menschen und jenen Orxaniern, die sich mit ihren Frauen und Kindern davongemacht hatten.

Niemand, der zur Zeit des Angriffs auf Nhorichs Hof gewesen war, sollte überleben. Niemand sollte bezeugen können, was geschehen war.

Es waren Schreckensrufe, Todesschreie, die von unaussprechlichen Dingen kündeten, die sich überall im weiteren Umkreis des Hofes ereigneten.

Frogyrr lachte. »*Das ist leider die einzige Weise, auf die ich dich leiden lassen darf – denn die Art deines Todes steht fest und darf nicht variiert werden!*«, sandte er einen höhnischen Gedanken an Gorian. »*Aber immerhin lassen sich die Todesschreie mithilfe von etwas Magie so verstärken, dass du sie auch wirklich mitbekommst …*«

Gorian hätte ihm am liebsten seine Wut entgegengeschrien. Und tatsächlich gelang es ihm zu sprechen. Seine Kräfte kehrten offenbar zurück, auch wenn er aufgrund der Fesselung durch das Netz der Schädelspinne davon so gut wie keinen Gebrauch machen konnte.

»Du wirst eines Tages dafür bezahlen, Frostgott!«, rief er. »Du und dein Herr und Meister auf der Frostfeste, der sich jetzt vielleicht noch sicher fühlt! Aber es gibt einen Weg, ihn zu vernichten!«

»Mit dir wird die einzige Möglichkeit, die das Schicksalsgeflecht des Polyversums dafür vorgesehen hat, sterben, Gorian. Aber schreie deine Wut ruhig heraus! Verausgabe deine wiedererstarkte Kraft! Dann spüre ich wenigstens, dass du lebst, denn ich hasse es, etwas Untotes zu vernichten!«

Er streckte eine Tatze aus und grollte ein paar Laute vor sich hin, bei denen sich Gorian nicht sicher war, ob es sich nur um ein tierhaftes Grunzen oder eine magische Formel in einer uralten, längst vergessenen Sprache handelte. Ein greller Blitz zuckte aus einer der Tatzen und markierte eine bestimmte Stelle, die etwa in der Mitte zwischen den Hauptgebäuden von Nhorichs Hof lag. Ein dunkler, angerußter Kreis entstand.

»Dorthin!« Der Gedanke, den Frogyrr dazu aussandte, ließ sich nicht missverstehen, und seine Heftigkeit veranlasste die Schädelspinne, sich noch mehr anzustrengen und sich zu beeilen. Sie zog Gorians eingeschnürten Körper in die Mitte des Kreises, den Frogyrr markiert hatte.

Als das geschehen war, trat der Frostgott selbst an den Rand des Kreises. *»Den Dolch!«* Die Schädelspinne zögerte. *»Den Dolch! Es muss sein!«*

Die Schädelspinne sträubte sich, aber ein weiterer, schmerzhaft starker Gedanke sorgte dafür, dass sie winselnd gehorchte. Sie öffnete dort, wo Gorians Faust mit dem Dolch von den schwarzen Fäden an den Körper gepresst wurde, das Netz, und ein Strahl schwarzen Lichts schoss aus dem linken Auge des Orxanier-Schädels, traf die um den Griff gekrallte Hand. Es brannte höllisch, Gorian stöhnte auf und ließ die Waffe los. Allmählich dämmerte ihm, dass seine Kräfte nicht schnell genug zurückkehren würden, um sich noch in irgendeiner Weise gegen das zu wehren, was sein vorgezeichnetes Schicksal zu sein schien.

Die Schädelspinne kroch zurück auf seine Brust. An zwei ihrer acht Beine hatten sich Greifhände gebildet, die den Dolch umfassten. *»Genau ins rechte Auge!«*, lautete die Anweisung des Frostgottes an seine Dienerkreatur. *»Rasch! Der Zeitpunkt ist gekommen und darf nicht ungenutzt verstreichen!«*

Die Schädelspinne hob den Dolch, zielte auf Gorians rechtes Auge – und stieß zu!

Gorian spürte einen furchtbaren Schmerz, der seinen gesamten Kopf erfüllte. Ob dieser Schmerz eher durch Frogyrrs Gedanken oder durch den Stich des Dolchs verursacht wurde, ließ sich nicht sagen. Ein Sog schien ihn zu erfassen. Er hatte das Gefühl zu fallen. Alles wurde pechschwarz, und Stille war plötzlich um ihn herum – und in seinem Kopf. Die bedrängenden Gedanken des Frostgottes schienen verstummt.

Ist es das?, fragte sich Gorian. Das Jenseits? War nun alles vorbei? Alle Hoffnungen, aber auch alle Qualen?

Dann hatte Morygor sein Ziel erreicht und den einzigen Menschen getötet, der ihm in Zukunft gefährlich werden konnte. Er hatte damit verhindert, dass sich ihre beiden Schicksalslinien noch treffen konnten. Der Schattenbringer würde sich immer weiter vor die Sonne schieben und den Kreaturen des Unheils erlauben, ihr Reich auch in jene Regionen auszuweiten, wo sie derzeit nur mit besonderer magischer Hilfe zu existieren vermochten.

Plötzlich wurde Gorian gepackt und herumgedreht. Er fühlte kalten Stahl auf der Haut und wie jemand die Fesseln aus der schwarzen Blutseide der Schädelspinne zu durchtrennen begann.

»Halt still, du Narr!«, sagte eine Stimme, die Gorian sehr bekannt war. Er glaubte, seinen Ohren nicht trauen zu dürfen.

»Beliak?«, fragte er.

»Ja, wer sonst? Und jetzt lass dir die Fesseln abnehmen und atme nicht zu viel. Die Luft hier unten ist knapp – normalerweise zu knapp für menschliche Schwächlingskinder, aber eine Weile wird es gehen.«

Mit geschickten Schnitten hatte der Adh innerhalb weniger Augenblicke Gorian so weit befreit, dass der sich wieder bewegen konnte. Die magische Lähmung, die ihn nach dem Angriff mit dem schwarzen Licht befallen hatte, wirkte noch etwas nach. Ein unangenehmes Kribbeln durchlief seinen Körper. Er stieß sich irgendwo, als er versuchte, sich aufzurichten.

»Wo bin ich?«, fragte er. »Haben dich die orxanischen Frostkrieger ebenso erschlagen wie meinen Vater, und begegnen wir uns deshalb hier im Jenseits wieder?«

»Nein, du Narr. Wir sind dort, wohin dein Vater mir befahl zu flüchten.«

»Was?«

»Unter der Erde. Ja, ich gebe zu, dass sich diese anregungsarme Umgebung lähmend auf Geist und Gedanken auswirken kann. Adhe sind zwar nicht so sehr auf Licht oder Luft angewiesen, aber deine Art ist da etwa anders veranlagt …«

In diesem Moment ertönte ein knarrendes Geräusch, das Gorian zusammenzucken ließ. »Was war das?«

»Ach, das ist nur der Frostgott Frogyrr. Der stampft da oben über uns wahrscheinlich wütend herum und führt sich auf wie ein übellauniger Tanzbär, weil er gerade zusehen musste, wie du einfach in der Erde versunken bist, obwohl du gerade umgebracht werden solltest. Das hat für uns leider die unangenehme Nebenwirkung, dass hier der Boden wohl bald gefrieren wird, und dann wird es selbst für mich unangenehm hier unten. Abgesehen davon kommt der

Frostgott vielleicht schon bald darauf, was hier geschehen ist. Er hat nämlich durchaus die Möglichkeit, uns aufzuspüren, wenn er will. Und dass Adhe nicht nur aus der Erde emporwachsen, sondern auch notfalls wieder in ihr versinken können, dürfte ihm wohl bekannt sein. Bist du wieder einigermaßen beieinander?«

»Ja, ich kann mich wieder bewegen, auch wenn sich alles noch etwas taub anfühlt.«

»Dein Vater kannte einige Heil- und Kräftigungszauber, die allerdings bei meinesgleichen stets versagten«, meinte Beliak. »Ich nehme an, dass er dir ein paar dieser Praktiken gezeigt hat, aber du solltest jetzt darauf verzichten, sie anzuwenden.«

»Warum?«

»Weil über uns ein wütender weißer Bär darauf sinnt, wie er dich doch noch töten kann, und dieser Bär einen sehr feinen Sinn für jede Art von Magie hat.«

»Du glaubst, er könnte spüren …«

»… wenn du hier einen Heilspruch anwendest. Ohne Zweifel. Also tu uns beiden den Gefallen und verzichte auf derlei magische Kunststückchen. Und da du kein ausgebildeter Heiler, ja, noch nicht einmal ein gewöhnlicher Heilkundiger bist, ist es vielleicht sowieso besser, wenn du es bleiben lässt.«

Im nächsten Augenblick spürte Gorian, wie der Adh seine Hand nahm und ihm etwas hineindrückte. Etwas Kaltes, Metallisches.

Gorian zuckte förmlich zusammen, als er erkannte, was es war.

Rächer!

»Hier, nimm das Ding an dich. Das ist mit dir hier hereingesogen worden.«

»Ich verstehe das noch immer nicht. Eigentlich dachte

ich, ich hätte diese Klinge ins Auge gerammt bekommen.«

»Ja, du hast wirklich Glück gehabt. Normalerweise ist es Menschen nämlich nicht möglich, die Untererdreich-Wege der Adhe zu betreten – es sei denn, man hat die Blutseide einer Schädelspinne zur Verfügung und wird vielleicht sogar darin eingesponnen. Nur so war es möglich, dich hierherzuholen.«

»Aber … hat Frogyrr das denn nicht gewusst?«

»Ich weiß nicht, warum er dich auf so eigenartige Weise zu töten versuchte. Vermutlich hatte er seine Anweisungen diesbezüglich. Aber er hat ganz sicher nicht gewusst, dass ein Adh in der Nähe ist, der dich gerade dann ins Untererdreich ziehen könnte, wenn …« Beliak stockte, und erneut war ein knarrender Laut zu hören. »Weg hier!«, forderte er. »Ich werde dir alles später erklären. Jetzt sollten wir zuerst mal unsere Leben retten!«

Beliak zog Gorian hinter sich her. Sie liefen durch einen vollkommen dunklen Stollen. Zumindest glaubte Gorian, dass es ein Stollen oder Tunnel war, denn ab und zu stieß er seitlich gegen eine kalte Erdwand – oder zumindest das, was er dafür hielt. Wohin ihr Weg führte, vermochte er nicht zu sagen. Aber er vertraute Beliak.

Nach einer Weile hielt der Adh endlich inne.

»Was ist?«, fragte Gorian. »Sind wir hier sicher?«

»Ja. Vorerst zumindest.«

»Und verrätst du mir auch, wo genau wir eigentlich sind?«

»Es hätte wenig Sinn, dir das erläutern zu wollen.«

»Wieso?«

»Weil du kein Adh bist und es nicht wirklich begreifen könntest. Dir fehlen die Sinne dafür.«

»Ich habe von den Wegen der Adhe durch das Untererdreich gehört – und ihr entsteht hier doch auch.«

»Die Wege des Untererdreichs gehören nicht zum Erdenrund, Gorian. Sie sind Teil einer anderen Welt und deshalb auch nicht mit gewöhnlichen Höhlengängen vergleichbar. Wenn du nach ihnen graben würdest, würdest du nichts finden außer gewöhnlichem Erdreich. Wie ich schon sagte, können normalerweise nur Adhe diese Wege betreten, es sei denn, man hilft mit starker Magie nach und hat die richtigen Hilfsmittel, wie beispielsweise die Blutseide der Schädelspinnen.«

»Ich dachte …«

»Still! Ich muss meine Aufmerksamkeit sammeln.« Einige Augenblicke herrschte Schweigen, und die Stille war so vollkommen, dass es Gorian davon fröstelte. Er war regelrecht erleichtert, als Beliak wieder zu reden begann. In dieser absoluten Finsternis fühlte man sich sehr schnell einsam und verloren.

»Ich erkenne, was an der Oberfläche geschieht«, erklärte der Adh. »Auf welche Weise ich das vermag, kann ich dir nicht erklären, denn kein Mensch kennt dazu auch nur eine annähernde Entsprechung. Lass dir einfach gesagt sein, dass ich es kann und darauf geachtet habe, wie nahe man uns auf den Fersen ist.«

»Ich dachte, es könnte uns niemand folgen«, wandte Gorian ein. »Oder lässt sich dieser Frogyrr von der Blutseide seiner eigenen Schädelspinne einwickeln, nur um in diese dunklen Gänge zu gelangen?«

»Frogyrr kennt die Gänge des Untererdreiches und vermag uns aufzuspüren. Das kostet ihn zwar etwas Mühe, aber die wird er sich zweifellos machen. Schon deshalb, weil du ihm ein Auge genommen hast und er sich gewiss rächen will.«

Offenbar hatte der Adh sogar Einzelheiten des Kampfes zwischen ihm und dem Frostgott mitbekommen, während er sich im Untererdreich versteckt gehalten hatte.

»Wie können wir uns vor ihm verbergen?«, fragte Gorian.

»Gar nicht. Ich glaube, die meisten anderen Adhe, die auf dem Hof deines Vaters lebten und beim Auftauchen der Frostkrieger ins Untererdreich flohen, sind von Frogyrrs Schergen längst aufgespürt und ermordet worden. Wir müssen so schnell wie möglich fort von hier, an einen Ort, an dem man sich verbergen kann.«

»Ich kenne einen solchen Ort.« Gorian dachte an den Tempel der Alten Götter, wo sein Vater die Schwerter so lange verborgen hatte.

»Umso besser«, meinte Beliak. »Einst durchwanderten die Adhe das ganze Untererdreich, aber schon seit langem beschränken wir uns auf die Pfade unter der Oberfläche unseres eigenen Landes. Daher sind all die anderen Pfade verwaist. Zumindest zum größten Teil.«

»Und was bedeutet das für uns?«, fragte Gorian, denn er verstand nicht, worauf sein Gefährte mit dieser Bemerkung hinauswollte.

»Ganz einfach: Unter diesen Umständen lässt sich ein einzelner Adh und ein Menschensohn sehr viel leichter aufspüren, als würden all diese wunderbaren, untereinander verbundenen Untererdreich-Wege von tausenden oder gar abertausenden Adhe bewohnt.« Beliak ließ ein Seufzen hören, das aus tiefster Seele kam. »Einst kam unseresgleichen überall in Ost-Erdenrund aus dem Boden, und unsere Untererdreich-Pfade waren auf dem gesamten Kontinent zu finden. Doch das hat sich leider geändert. Wir sind nicht mehr so zahlreich wie früher, und nun schicken sich Morygor und seine Horden sogar an, uns auch noch den letzten Rest unseres ureigenen Adhe-Landes im Nordosten zu rauben.«

Bitterkeit sprach aus seinen Worten. Aber jemand wie Beliak hielt sich nie länger als unbedingt notwendig mit der Vergangenheit auf. So hatte Gorian ihn zumindest kennengelernt, und in dieser Hinsicht war der Adh seinem Charakter über all die Jahre hinweg, da Gorian ihn schon kannte, treu geblieben.

»Komm jetzt«, sagte Beliak schließlich, nachdem sie eine Weile verharrt waren und er mit seinen besonderen Adhe-Sinnen zu erkennen versucht hatte, ob ihnen an der Oberfläche schon jemand auf den Fersen war. Dass Frogyrr klein beigeben und einfach abziehen würde, war nicht anzunehmen. Nicht, nachdem Gorian ihm ein Auge genommen hatte – und davon abgesehen hätte der Frostgott dann nicht mehr vor seinen Herrn und Meister treten können.

Auch deshalb fügte Beliak hinzu: »Du kannst dich hier unten im Untererdreich keineswegs sicher fühlen, denn erstens kannst du hier selbst mithilfe von Magie nur eine begrenzte Zeit bleiben, und zweitens bleibt – wie ich schon andeutete – nicht einmal unsereins hier länger unentdeckt. Die Frostgötter und ihre Krieger haben sehr ausgefeilte Methoden, uns überall aufzuspüren und zu vernichten. So haben sie den Norden unseres Landes unter ihren Einfluss gezwungen und dabei viele von uns in untote Kreaturen verwandelt, die nun für Morygor kämpfen. Sie sind die allerbesten Adhe-Jäger, denn sie kennen uns.«

»Das klingt ziemlich hoffnungslos«, meinte Gorian.

Aus der Dunkelheit heraus hörte Nhorichs Sohn das heisere, freudlose und sehr bitter klingende Lachen Beliaks. »Glaubst du, ich hätte das Land der Adhe aus Vergnügen verlassen? Oder aus Abenteuerlust? Nein, davon kann keine Rede sein. Und dass es all den anderen, weiter südlich gelegenen Ländern schon bald nicht viel besser ergehen wird als meinem eigenen, ist mir alles andere als ein Trost.«

»Eines Tages werde ich Morygors Herrschaft beenden, das schwöre ich«, sagte Gorian düster. »Es muss einen Weg geben. Auch wenn es momentan nicht gerade so aussieht, als wäre das Glück auf meiner Seite.«

»Findest du.«

»Frogyrr wird Morygor die beiden Schwerter meines Vaters bringen – Sternenklinge und Schattenstich – die einzigen Waffen, von denen man hoffen durfte, dass man mit ihnen Morygors Schergen Einhalt gebieten kann. Aber ich werde mich nicht davon abbringen lassen: Eines Tages werde ich ihm gegenübertreten, und dann …«

»Bevor du dich an deiner eigenen Großspurigkeit ergötzt, solltest du an das Nächstliegende denken und dein Leben retten«, unterbrach ihn Beliak trocken. »Fühlst du dich stark?«

»Ja.«

»Das wird sich bald ändern, denn wenn du zu lange hier unten im Untererdreich weilst, gehst du elendig zugrunde. Nicht einmal der beste Heilzauber oder die mächtigste Adhe-Magie könnten dir dann noch helfen.«

»Was schlägst du vor?«

»Sehen wir zu, dass wir noch ein bisschen vorwärtskommen, bis es kritisch wird. Dann bleibt uns nichts anderes übrig, als uns wieder an die Oberfläche zu begeben. Na ja, zumindest dir bleibt nichts anderes übrig …«

Beliak fasste erneut Gorians Hand und wollte ihn mit sich ziehen. Aber Gorian zögerte. Er blieb stehen und sagte: »Ich danke dir für alles, was du für mich getan hast, aber du solltest dir über eins im Klaren sein: Frogyrr ist meinetwegen hierhergekommen. Und wenn du mir weiterhin hilfst oder dich auch nur in meiner Nähe aufhältst, wirst du damit den Zorn des Frostgottes und seiner Schergen auf dich ziehen.«

»Mach dir keine Sorgen wegen des Zorns dieser Kreaturen, den sie gegen mich hegen könnten – die sollten sich eher sorgen um *meinen* Zorn auf *sie*!«, gab Beliak zurück, der trotz all seines Grolls, den er gegen Morygor, die Frostgötter und ihre mannigfachen Schergen empfand, offenbar nicht seinen Humor verloren hatte.

»Und mich nennst du großspurig?«, fragte Gorian.

»Deine ehrgeizigen Ziele will ich dir gar nicht ausreden«, erwiderte Beliak. »Aber man sollte immer auch darauf vorbereitet sein, dass sich alles zerschlägt, was man sich vorgenommen hat. Und man sollte seinen Feinden nicht vor lauter Übereifer ins offene Messer laufen, was in diesem Fall wohl eher mit der gespaltenen Klinge eines untoten Orxaniers gleichzusetzen ist.«

Sie setzten ihren Weg durch die vollkommene Finsternis des Untererdreichs fort, und Gorian spürte tatsächlich, wie sich mit der Zeit eine bleierne Schwere auf ihn legte und ihn schwächte. Es war eine gänzlich andere Art von Schwäche als jene, die Frogyrr durch sein lähmendes schwarzes Licht zeitweilig bei ihm verursacht hatte, aber auf die Dauer sicher nicht minder wirksam.

Schließlich wurde es so schlimm, dass Beliak zu dem Schluss kam, es sei das Beste, sich wieder an die Oberfläche zu begeben.

Gorian fiel es zunehmend schwerer, klare Gedanken zu fassen, was für Beliak ein weiteres Zeichen dafür war, dass sie nun schleunigst das Untererdreich verlassen mussten. Er zog Gorian einfach hinter sich her, dann fühlte Gorian plötzlich, wie ihm kühle, frische Luft ins Gesicht blies. Etwas peitschte ihm gegen den Oberkörper. Es war ein Ast, den er in der Dunkelheit nicht gesehen hatte.

Nach Atem ringend blieb Gorian stehen.

Der Mond schien zwischen hohen Baumkronen hindurch geradewegs auf eine glatte Felswand. Genau von dort waren sie soeben gekommen. Gorian blinzelte verwirrt. Nach der vollkommenen Finsternis des Untererdreichs erschien ihm das Licht des Mondes beinahe grell.

Beliak stand ein paar Schritte von ihm entfernt zwischen zwei verkrüppelten, knorrigen Bäumen, die auf eigenartige Weise miteinander verwachsen waren. Er schien die stille Frage zu erahnen, die Gorian im Kopf herumspukte. »Deine Vermutung ist schon richtig. Wir sind durch diese Felswand gegangen, auch wenn ich dir nicht empfehlen kann, den umgekehrten Weg zu nehmen.«

Gorian wischte sich mit der Hand übers Gesicht, so als wollte er sich damit endgültig von dem schwächenden Einfluss befreien, den das Untererdreich auf ihn ausgeübt hatte. Dann trat er an die Felswand heran und betastete sie. Er konnte einfach nicht anders. Zu seltsam war selbst für jemanden wie ihn, der durch seinen Vater von klein auf mit Magie zu tun gehabt hatte, was gerade geschehen war.

Gorian hatte den Moment des Übergangs von einer Welt in die andere ebenso wenig in vollem Bewusstsein miterlebt wie jenen, als ihm sein eigener Dolch eigentlich hätte ins Auge und ins Hirn fahren müssen, doch es gab nicht den geringsten Grund, an Beliaks Aussage zu zweifeln.

»Der Übergang zwischen dem Untererdreich und der Oberwelt ist nicht überall möglich, nicht wahr?«, sagte er.

»Nein, nur an bestimmten Punkten, die für uns Adhe so vollkommen klar und offensichtlich sind wie für das Menschenauge der Eingang einer Höhle.«

Gorian strich über den glatten Fels, dessen Struktur und Beschaffenheit keinerlei Hinweise darauf gab, dass es sich um mehr als nur ganz gewöhnlichen Stein handelte.

»Du wolltest zu diesem Tempel, wo man sich angeblich

besonders gut verbergen kann«, hörte er Beliak sagen. »Ich habe mich so gut es ging nach deinen Beschreibungen und Richtungsangaben gerichtet, aber da du dich nicht gut in der Welt des Untererdreichs auskennst – was dir aufgrund deiner menschlichen Natur auch niemand ernsthaft zum Vorwurf machen kann – und ich, wie ich gestehen muss, nicht besonders ortskundig an der Oberwelt bin, bin ich mir nicht sicher, wo genau wir sind und wohin wir uns wenden müssen.«

»Wenn wir ein Stück gegangen sind, werde ich rasch wissen, wo wir uns ungefähr befinden«, war Gorian zuversichtlich.

»Ich muss dir gestehen, dass wir uns keineswegs so weit vom Hof deines Vaters entfernen konnten, wie ich gehofft hatte«, fügte Beliak seinen Bedenken noch einen weiteren Punkt hinzu. »Das lag in erster Linie an deiner Konstitution, da du für die Benutzung derartiger Wege nicht geschaffen bist.«

»Hast du die Anwesenheit von Frostkriegern gespürt, bevor wir aufgestiegen sind?«, erkundigte sich Gorian.

»Nein, sonst hätte ich diesen Ausstieg nicht gewählt – obwohl du da unten wirklich nicht mehr lange ausgehalten hättest. Aber wenn man bedenkt, wie kalt es hier ist, können die Schergen Morygors nicht weit sein. Wir müssen jederzeit damit rechnen, ihnen zu begegnen.« Aus dem Stiefel zog er ein langes Messer hervor, das er für gewöhnlich bei der Arbeit benutzte. Fast wie in einer Parodie auf einen Schwertkämpfer schwang er es ein paar Mal durch die Luft und fügte noch hinzu: »Unglücklicherweise sind wir beide nicht einmal richtig gerüstet, du mit deinem Zierdolch oder was immer du da am Gürtel trägst, und ich mit meinem Messer.« Er seufzte und steckte die Klinge wieder in das Futteral, das in seinem Stiefelschaft eingearbeitet war. »Hätte ich beim Angriff der Frostkrieger doch wenigstens noch eine vernünftige Waffe in die Hand bekommen, eine Axt oder wenigstens ein Schwert.« Er zuckte mit den breiten Schultern. »Aber man sollte immer auch das Gute sehen. Wir hätten die schweren Waffen dann tragen müssen.«

Sie irrten ein Stück durch den Wald und legten schließlich an einem Bach eine Rast ein, wo Gorian etwas trinken konnte. Beliak hingegen zögerte zunächst, das kalte, klare Wasser zu sich zu nehmen, sondern murmelte vor sich hin, offenbar in der Sprache der Adhe.

»Das Wasser ist klar und rein, du brauchst es nicht erst einem Zauber zu unterziehen«, meinte Gorian.

Das Gemurmel des Adh war immer wieder von längeren Pausen unterbrochen, in denen er mit seinen großen Ohren angestrengt zu lauschen schien. Zuerst glaubte Gorian, dass er darauf achtete, dass sich nicht unbemerkt ein paar Frostkrieger näherten, denn sicherlich hatte Frogyrr seinen Schergen den Befehl gegeben, die ganze Gegend systematisch zu durchkämmen. Und den Erzählungen nach ermüdeten Untote nicht. Allenfalls würden sie irgendwann ihre Kräfte verlassen, weil sie selbst wie auch ihr Herr einfach nicht dafür geschaffen waren, an so vergleichsweise warmen Orten zu existieren. Dennoch würden sie die ganze Nacht über nach ihnen suchen.

Aber Beliaks besondere Aufmerksamkeit hatte einen anderen Grund, wie sich bald herausstellte. »Bevor man aus einem fließenden Gewässer trinkt, sollte man dessen Geister fragen«, erklärte der Adh.

»Welche Geister?«, fragte Gorian und ließ den Blick durch die mondhelle Nacht schweifen.

»Solche, die deinesgleichen gegenüber so gut wie nie in Erscheinung treten und die selbst die Magiemeister des

Ordens der Alten Kraft kaum wahrzunehmen vermögen. Aber sie sehen uns zu, die ganze Zeit über.«

»Seltsam, mir ist nie aufgefallen, dass du um jeden Schluck Wasser so ein Aufhebens machst«, sagte Gorian verwundert.

»Nur bei fließenden Gewässern, denn als Adh tut man besser daran, die Geister um Erlaubnis zu fragen.«

»Weshalb?«

»Weil sie sich sonst bitter rächen. Zumindest ist das im Land der Adhe so. Und zwar seit dem großen Wassergeisterkrieg.«

»Von dem habe ich noch nie etwas gehört«, gestand Gorian erstaunt.

»Er fand in einer Zeit statt, als es noch keine Menschen in Ost-Erdenrund gab. In diesem Krieg zwischen Wassergeistern und Adhe ging es genau um diese Frage: Wem gehört das Wasser und wer hat das Recht, es zu trinken, beziehungsweise wer muss wen dafür um Erlaubnis fragen. Die Wassergeister argumentierten, sie wären die Herren des Wassers, meine Adh-Vorfahren hingegen waren der Ansicht, dass ihnen das Wasser zustünde, weil es sowohl durch das Untererdreich als auch durch das Obererdreich fließt, kurz: durch das, was die Adhe als ihren Besitz ansahen, dessen Herrschaft sie mit niemandem zu teilen beabsichtigten.« Beliak zuckte mit dem Schultern. »Tja, und das, was ich hier gerade tue, ist das Ergebnis eines unter erheblichen Mühen und Opfern ausgehandelten Kompromisses, und so groß mein Durst auch immer sein mag – ich will keineswegs als der Adh in die Geschichte meines Volkes eingehen, der durch sein Handeln ebendiesen Kompromiss und damit den Frieden gebrochen hat.«

Nach diesen Worten wandte sich Beliak wieder an die für Gorian unsichtbaren Wassergeister und sprach erneut in der Sprache der Adhe zu ihnen, ehe er sich schließlich – sichtlich erleichtert – niederkniete, um ebenfalls etwas zu trinken.

»Scheinen ja schwierige Verhandlungen gewesen zu sein«, meinte Gorian.

»Die Wassergeister dieser Gegend sind als launisch bekannt«, erklärte Beliak. »Kein Wunder, dass meine Vorfahren dieses Gebiet irgendwann fast völlig verlassen haben.«

Gorian konzentrierte die Alte Kraft, um die Wassergeister vielleicht aufzuspüren. Dass da jemand war, der ihn beobachtete, ohne dass man diesen Jemand selbst zu sehen vermochte, gefiel ihm nämlich nicht. Und davon abgesehen war es ja möglich, dass diese Wesenheiten irgendetwas von den nahenden Schergen Morygors gehört hatten. Schließlich war anzunehmen, dass diese Wassergeister – so sie nicht doch nur der Einbildung eines kauzigen Adhs entsprangen – ebenso miteinander verbunden waren wie die Wasserläufe Thisiliens.

Aber sosehr er sich auch anstrengte, er konnte nichts wahrnehmen, was auf irgendwelche magischen Wesenheiten oder Kräfte hinwies.

Beliak lachte leise in sich hinein, als er Gorians Bemühungen erkannte. »Versuch das gar nicht erst. Es ist sinnlos.«

»Weshalb?«

»Weil du kein Adh bist. Dein Vater war gewiss ein in magischen Dingen hoch bewanderter Mann, doch auch er hat die Magie der Adhe niemals verstanden, nicht mal ansatzweise.« Beliak stockte, denn ihm fiel auf, was er da gesagt hatte. »Oh«, stammelte er. »Vielleicht hätte ich nicht …«

»Es ist schon gut«, gab Gorian gereizt zurück.

»Es tut mir leid, dass ich in meiner Gedankenlosigkeit von deinem Vater gesprochen habe …«

»Ich sagte: Es ist in Ordnung!«

»Nein, ist es nicht. Dein Vater war für mich ein sehr wichtiger Mann. Er gab mir Unterkunft, als ich heimatlos war, und ich habe ihn als eine sehr großzügige Person kennengelernt. Dass er von den Schergen Morygors getötet wurde, kann ich ebenso wenig fassen wie du. Und irgendwie ist er für mich auch immer noch am Leben. Es ist noch nicht in meiner Nase angekommen, dass er nicht mehr lebt.«

Die Nase war nach Auffassung der Adhe der Sitz der bewussten Gedanken, und diese Auffassung spiegelte sich mitunter in einigen etwas eigenwilligen Sprachbildern wider, die Adhe zu benutzen pflegten.

»Ich kann es auch noch nicht wirklich glauben«, gestand Gorian, und seine Stimme klang belegt. Er wollte noch etwas hinzufügen, aber die Worte blieben ihm im Halse stecken. Er konnte einfach nicht weitersprechen.

»Schwäche zuzulassen ist kein Makel, Gorian. Aber man sollte den Moment selbst bestimmen, in dem das geschieht. Darin liegt die wahre Stärke.«

Sie blieben eine Weile bei dem Bach und schwiegen. Das Plätschern des Wassers wirkte auf Gorian wie ein beruhigendes Murmeln. Ihm gingen tausend Gedanken durch den Kopf. Dass ihm dabei auch der Magen knurrte, fiel ihm gar nicht weiter auf. Es gab so viele drängende Fragen, die es zu beantworten galt.

Vor allem die eine: Was sollte er tun, nachdem sich alles anders entwickelt hatte, als es hätte sein sollen?

»Glaubst du, dass die Frostkrieger hier im Land bleiben und Thisilien besetzen werden?«, fragte er unvermittelt. »Oder kostet es sie zu viel Kraft, so weit südlich zu existieren, sodass sie sich irgendwann wieder zurückziehen, um später ihr Reich ganz systematisch auszuweiten? In dem Fall wäre etwas Zeit. Zeit, die man nutzen könnte, um sich gegen den Angriff der Frostgötter vorzubereiten. Der Orden und die Priesterschaft müssen endlich ihre Gegensätze aufgeben und gemeinsam nach Möglichkeiten suchen, um die Magie …« Er stockte, blickte auf und stellte fest, dass er mit sich selbst sprach. Er saß allein am Bach. Beliak war nirgends zu sehen. »Beliak?«

Bevorzugte der Adh nun endgültig die Gesellschaft von Wassergeistern und anderen nicht einmal mit magischen Sinnen fassbaren Wesen der seinen? Oder war er einfach in der Erde verschwunden, weil er es sich überlegt hatte und ihm die Nähe von jemandem, hinter dem ein Heer von Frostkriegern her war, schlicht und ergreifend zu gefährlich war?

Ich könnte ihn verstehen, ging es Gorian durch den Kopf. Dennoch stand er tief in Beliaks Schuld, denn schließlich hatte der Adh ihn davor bewahrt, den eigenen Dolch ins Auge gerammt zu bekommen. Vielleicht war ihm sogar noch weitaus Schlimmeres erspart geblieben, denn vermutlich hätte entweder Frogyrr oder sein Herr und Meister in der Frostfeste aus ihm einen untoten Sklaven gemacht. Insofern konnte Gorian sich über Beliak nicht beschweren.

Ob sich in den Untoten noch die Seelen derer befanden, die sie einst gewesen waren, war umstritten. Es gab die Ansicht, dass ihre Seelen längst ins Jenseits eingegangen waren. Andere glaubten, dass sie zwar keinen freien Willen mehr besäßen, aber immer noch in ihren Körpern steckten und bewusst mitbekamen, was sie mitunter ihren eigenen Verwandten und Angehörigen antaten. Eine Höllenqual, wie man sie sich schlimmer nicht vorstellen konnte. Erst der Moment ihres endgültigen Endes erlöste die Untoten nach dieser Auffassung, der auch die meisten Orxanier anhingen.

Gorian konnte jedenfalls nur hoffen, dass seine Feinde aus den sterblichen Überresten seines Vaters keinen Frostkrieger erschufen. Allerdings bezweifelte er stark, dass dies angesichts der Art und Weise, wie man ihn zerstückelt hatte, selbst unter großem magischen Aufwand noch möglich war. Nein, sagte er sich – vielleicht auch, um sich selbst zu beruhigen und wenigstens diesen geringen Trost zu finden –, sie wollten ihn völlig vernichten, aber nicht einen der ihren aus ihm machen.

Was die Gründe dafür waren, darüber konnte er nur spekulieren. Vielleicht wäre selbst ein untoter Nhorich für sie noch gefährlich gewesen und hätte irgendwann in der Zukunft auf eine Weise die Schicksalslinie Morygors gekreuzt, die von vornherein ausgeschlossen werden sollte.

In früherer Zeit hatte Morygor Ordensmeister zu Schattenreitern gemacht, um so die Fähigkeiten seiner stärksten Gegner nutzen zu können. Aber vielleicht gab es auch solche, deren Willen und Macht selbst für ein Wesen wie ihn zu stark waren, als dass er sie für immer unter seiner Kontrolle halten konnte …

Ein leises Wispern unterbrach Gorian in seinen Gedanken. Im ersten Moment glaubte er tatsächlich etwas gehört zu haben und drehte sich um, aber dann erkannte er, dass dieses Geräusch oder wie immer man es auch nennen mochte, nur in seinem Kopf gewesen war.

»Erinnerst du dich nicht an mich? Hast du Ar-Don schon vergessen?«

Gorian versuchte den Gedanken an den Gargoyle zu verdrängen, der plötzlich überraschend stark auf ihn Einfluss auszuüben versuchte. Vielleicht sah er seine Zeit für gekommen, nun, da Gorian schwach war und womöglich empfänglich für irgendwelche Hilfsangebote. Immerhin musste Ar-Dons Magie noch immer recht stark sein, wenn er ihn mit seinen Gedanken zu erreichen vermochte, obwohl Nhorich ihn doch an einem verborgenen Ort vergraben und zusätzlich mit einem sicherlich sehr starken Zauber gebannt hatte.

»Scher dich sonst wohin!«, sagte Gorian laut.

»Oh, sprichst du inzwischen auch mit Unsichtbaren?«, fragte Beliak plötzlich wie aus dem Nichts heraus. »Vielleicht sollten wir beide unsere Gesprächspartner mal einander vorstellen.« Der Adh trat zwischen einigen der knorrigen Bäume hervor und schritt dabei vollkommen lautlos über den Waldboden.

»Beliak!«

»Ja, hast du vielleicht nicht mehr mit mir gerechnet?«

»Du warst plötzlich verschwunden!«

»Na, nun übertreib mal nicht. Ich bin ein paar Schritte in das Untererdreich gegangen, das ist alles. Für die Trägheit der menschlichen Sinne kann mich niemand verantwortlich machen.« Den unteren Saum seines Wamses hielt er mit der Linken wie eine Schürze. »Hier, ich habe ein paar Beeren gesammelt. Ist nichts dabei, was deinem empfindlichen Magen nicht bekommen würde. Ja, nun schau nicht so misstrauisch, ich habe wirklich genau darauf geachtet, und du kennst mich eigentlich gut genug, um zu wissen, dass du mir vertrauen kannst, auch was diesen Punkt betrifft.«

Von Adhen war bekannt, dass sie durchaus auch Beeren und andere Pflanzen zu sich nahmen, die für Menschen giftig waren. Sie schienen aus diesen Giften sogar besonders viel Kraft zu ziehen, sodass man sie in früherer Zeit auch mit dem Ausdruck Giftesser belegt hatte.

Ein flüchtiges mattes Lächeln huschte über Gorians Gesicht. Das Wiederauftauchen des Adh kam gerade recht, denn es lenkte ihn von Ar-Don ab. Davon abgesehen knurrte ihm nun wirklich der Magen. Also nahm er sich ein paar von den Früchten, die Beliak gesammelt hatte. »Ich baue darauf, dass du mich nicht unter Einsatz des eigenen Lebens gerettet hast, um mich an einer elenden Magenverstimmung krepieren zu lassen«, sagte er feixend.

»So dumm wäre ich wirklich nicht«, bestätigte Beliak.

Die Beeren schmeckten ziemlich bitter, aber Gorian nahm sich trotzdem mehr von ihnen, auch wenn er ansonsten alles andere als ein Freund von Beerenkost war und ihm diejenigen, die Beliak ihm reichte, auch bisher nicht als genießbar bekannt waren. Doch er schlang sie regelrecht hinunter, schließlich konnte er nicht wissen, wann sie Gelegenheit für die nächste Mahlzeit bekamen.

»Und jetzt weiter!«, forderte Gorian.

»Solltest du dich nicht etwas ausruhen? Du hast viel durchgemacht, und soviel ich über die menschliche Natur weiß, kommt ihr ohne regelmäßigen Schlaf nicht aus.« Adhe hingegen schliefen manchmal eine ganze Woche oder auch anderthalb Jahre, dann wieder ein ganzes Jahrzehnt überhaupt nicht. Wonach sich das bei ihnen richtete, war nicht bekannt, und für gewöhnlich sprachen Adhe mit Außenstehenden auch nicht über solche Dinge.

»Im Moment könnte ich ohnehin keinen Schlaf finden«, sagte Gorian. »Also lass uns weitergehen.«

»Dann schlage ich vor, dass wir dem Bach folgen. Die hiesigen Wassergeister waren mir wohlgesonnen, immerhin haben sie mich trinken lassen – was in meiner Heimat durchaus keine Selbstverständlichkeit ist.«

»Ich kenne diesen Bach. Wenn wir ihm folgen, müssten wir irgendwann auf die alte Straße nach Segantia stoßen. Die führt durch ein Dorf, und von dort weiß ich auch den Weg zu dem Tempel, wo zumindest ich mich eine Weile verbergen könnte. Dir fällt es ja ohnehin leicht, plötzlich zu verschwinden.«

7 Helfer

Der Morgen dämmerte, als sie die Stelle erreichten, an welcher der Bach die alte Straße kreuzte. Sie führte über eine baufällige Brücke, die vielleicht noch Fußgänger trug, aber keinen Reiter mehr, geschweige denn ein Gespann. Die neue Straße nach Segantia hatte einen anderen Verlauf, und so waren auf diesem Abschnitt manchmal ganze Teilstücke kaum noch zu erkennen, denn der Wald hatte sich das zurückerobert, was ihm vor langer Zeit abgetrotzt worden war; damals war Thisilien noch ein Teil des Reichs von Gran-Atanien gewesen, das inzwischen längst nicht mehr existierte.

Auf der Brücke blieb Beliak plötzlich stehen. Er beugte sich hinab und starrte auf eine bestimmte Stelle am Boden. Irgendetwas musste er im Licht der Morgensonne zwischen all den moosüberwachsenen Steinen entdeckt haben.

Gorian gähnte und war froh, dass Beliak im Augenblick viel zu beschäftigt war, um dies spöttisch zu kommentieren, denn er hatte ja schließlich vorgeschlagen, dass Gorian sich zunächst ein wenig ausruhte. Aber im Moment fürchtete er sich davor, die Augen zu schließen, denn er ahnte, dass ihn dann die furchtbaren Erlebnisse der letzten Stunden in seinen Träumen heimsuchen würden. Solange er wach war und er zusammen mit Beliak den Häschern des Frostreichs zu entkommen suchte, war wenig Zeit, um nachzudenken. Und das war im Moment vielleicht auch ganz gut so.

Nicht nur wegen der Erinnerungen an die grausamen Geschehnisse auf dem Hof seines Vaters, sondern auch deswegen, weil er nahezu ständig die Einflüsterungen der vergrabenen Überreste Ar-Dons vernahm. Manchmal glich es einem leisen Murmeln, das gerade noch zu erahnen war. Aber als Gorian auf der Brücke innehielt, wurde dieses Gemurmel deutlicher, und einzelne Worte waren verständlich. *»Ar-Don … dienen … immer dienen … Helfer, den du brauchst … Gefahr, in der du schwebst … Bann, unter dem ich leide …«*

»Still!«, murmelte Gorian.

War er nicht eindringlich davor gewarnt worden, auf diese Stimme zu hören? Hatte sein Vater nicht eigens, um ihn vor dem verderblichen Einfluss dieses Wesens zu schützen, seine Bruchstücke an einem besonderen Ort vergraben und magisch gebannt? Wenn schon jemand wie Nhorich, Meister Erians Sohn, nicht in der Lage war, eine solche Kreatur endgültig zu vernichten, dann konnte man seine Gefährlichkeit gar nicht hoch genug einschätzen.

Schreie echoten in Gorians Kopf. Schreie, die er schon einmal gehört hatte und die untrennbar mit einem Namen verbunden waren …

»Meister Domrich …«

Dann überschwemmte ihn ein gleichermaßen chaotischer wie beängstigender Strom aus Gedankenbildern, Worten, Namen und Eindrücken, und Gorian spürte, wie ihn eine innere Kälte erfasste, die ihm durch Mark und Bein ging. Selbst die verborgensten Winkel seiner Seele schien sie für einen Augenblick erfrieren zu lassen.

»Hilf mir, und ich helfe dir …«, wisperte die Stimme. *»Vergiss Ar-Don nicht! Befreie ihn, und er wird dir dankbar sein wie*

sonst niemand in allen Welten des Polyversums. Mein Hass wird dein Verbündeter sein, mein grenzenloser Hass …«

Und dann drangen wieder diese furchtbaren Schreie in Gorians Gedanken. Schreie, die ihm erschienen, als entstammten sie seiner eigenen Erinnerung.

»Domrich … Der Meister des Schwertes und der Zauberei … so lange schmachtete er in Morygors Kerker …«, wisperte die Stimme. *»Und so unsagbar grausam waren die Qualen, die er zu erleiden hatte …«*

Gorian sah vor seinem inneren Auge, wie sich ein Gargoyle auf den geschundenen, in der Ecke eines eisigen Verlieses kauernden Schwertmeister stürzte, der nur noch ein Schatten seiner selbst war. Ein Gequälter, den die Foltern fast schon zu einem apathischen Untoten hatten werden lassen und den wohl nur die Ausbildung des Geistes, wie man sie auf der Ordensburg erhielt, davor bewahrt hatte, dem völligen Wahnsinn zu verfallen.

Die Bilder waren mehr als nur flackernd undeutliche Tagtraumgespinste, deren Schrecken nur einen Moment anhielt und dann verflog. Die Gedanken des Gargoyle erreichten ihn diesmal mit sehr viel größerer Kraft, und so sah Gorian jedes blutige Detail jener Vergangenheit, die sich wohl in dieser grausamen Deutlichkeit in die Erinnerungen Ar-Dons gegraben hatte wie Linien eines Reliefs in kalten Stein.

Der Gargoyle betrat das Verlies, und der Wunsch zu töten war selbst in der Erinnerung so übermächtig, dass sich Gorian dabei ertappte, für einen kurzen Moment sogar Verständnis für den kleinen Steindrachen zu empfinden. Verständnis dafür, dass er dem Befehl seines Herrn und Meisters Morygor um jeden Preis Folge leisten wollte. Der Gargoyle änderte seine Farbe. Er war zunächst feuerrot, glich sich aber seiner kalten, eisigen Umgebung an, sodass sein Äußeres Ähnlichkeit mit einem im Flug gefrorenen großen Wassertropfen bekam.

Meister Domrich hob den Kopf. Für einen Moment wurden seine Augen pechschwarz. Er sammelte offenbar den letzten Rest an magischer Kraft, den er noch aufbringen konnte, doch die Schwärze in seinen Augen flackerte unruhig, wie Gorian es bei seinem Vater niemals gesehen hatte. Trotzdem war ihm sofort klar, dass dies ein Zeichen der Schwäche war.

Dann gruben sich die nagelähnlichen Steinzähne des Gargoyle in den Körper des Schwertmeisters. Blut spritzte, und schließlich sackte Domrich tot in sich zusammen.

Doch Ar-Don ließ nicht von ihm ab. Seine Flügel verwandelten sich zu langen Armen, an deren Enden sich stachelähnliche Spitzen befanden. Mit ihnen stach er in den Körper des Schwertmeisters, der sich daraufhin verwandelte. Menschliches Fleisch wurde zu jenem magischen Gestein, aus dem auch der Gargoyle bestand. Beide verschmolzen miteinander, formten eine gemeinsame Gestalt, die Elemente eines Menschen und eines Gargoyle in sich vereinten.

Das zuvor gerade mal katzengroße Wesen legte daraufhin deutlich an Masse zu, und ein Gargoyle von der Größe eines Menschen entstand. Er breitete zwei unterschiedlich große Flügel aus, die sich veränderten und sich innerhalb weniger Augenblicke einander anglichen. Das Gesicht wirkte echsenhaft, zeichnete aber auch die ausgemergelten Züge Domrichs nach.

Zunächst stand das Wesen auf den beiden erschreckend menschlichen Hinterbeinen, die sich jedoch in die stämmigen Beine einer Echse verwandelten, während die vorderen Gliedmaßen zu krallenbewehrten Pranken wurden.

»Ar-Don ist Domrich, und Domrich ist Ar-Don,« wisperte die Stimme in Gorians Kopf, die sich veränderte, sodass sie

eine entfernte Ähnlichkeit mit jenen Schreien hatte, die Gorian so durch Mark und Bein gefahren waren. »*Ich werde dir helfen, denn Domrich hasst Morygor wie sonst niemanden in allen Welten des Polyversums*«, drangen die Gedanken des Gargoyle geradewegs in Gorians Geist und mischten sich auf eine Weise mit seinen eigenen Gedanken, dass es für ihn immer schwerer wurde, beides auseinanderzuhalten. »*Du brauchst einen Verbündeten, und ich werde dich schützen ... Aber dafür musst du mich befreien!*«, flüsterte der Gargoyle ihm mit der Stimme von Meister Domrich ein.

»Gorian?«, drang in diesem Moment Beliaks Ruf in seine Gedanken. »Gorian, träumst du mit offenen Augen, oder was ist los mit dir? Vielleicht hättest du doch meinen Rat befolgen und dich ausruhen sollen. Schlaf ist für Menschen weitaus wichtiger als für Angehörige der robusteren Rassen.«

Die Bilder und Stimmen verschwanden augenblicklich. Gorian sah den Adh an. Die Eindrücke, mit denen Gorians Geist soeben förmlich überflutet worden war, waren sehr intensiv gewesen und hatten ihn glauben lassen, dass eine längere Zeit vergangen war, doch das war nicht der Fall. Ein Ruck ging durch seinen Leib. Er konzentrierte sich auf die Alte Kraft, so wie sein Vater es ihm gelehrt hatte, und versuchte die Kontrolle über seinen Geist zurückzuerlangen. Alles, was an Einflüsterungen des Gargoyle – oder doch Meister Domrichs? – darin noch herumspuken mochte, musste getilgt werden.

»Was gibt es, Beliak?«, fragte er, und seine eigene Stimme hörte sich in seinen Ohren an wie die eines Fremden. Ein Zeichen dafür, wie sehr dich diese Einflüsterungen schon beeinflusst haben, meldete sich eine warnende Stimme in seinem Hinterkopf.

Schon ertappte er sich dabei, dass ihm die Gedanken, die

sich bei ihm eingenistet hatten, zumindest zum Teil durchaus plausibel erschienen und gar nicht nur als der Versuch, ihn zu einem Werkzeug eines fremden Willens zu machen. War es denn nicht wirklich so, dass er nichts so dringend brauchte wie Verbündete und Helfer? Schließlich hatte er sich mit dem Sturz Morygors ein sehr ehrgeiziges, vielleicht sogar völlig vermessendes Ziel gesetzt. Allein auf sich gestellt, konnte er das ganz gewiss nicht erreichen.

Warum nicht den Herrn des Frostreichs mit einem seiner eigenen Dienerkreaturen bekämpfen?, überlegte Gorian.

»Eiskrähendreck!«, sagte Beliak. Er deutete auf verschiedene Stellen am Boden. Gorian wären sie nicht weiter aufgefallen, der Adh aber sog mit seiner großen Knollennase die Luft ein und schnüffelte; die Laute, die er dabei erzeugte, erinnerten an ein Wildtier, das Witterung aufnahm. »Es waren ein paar von den Biestern hier. Wir werden sehr wachsam sein müssen.«

»Vielleicht …« Gorian sprach nicht weiter.

Beliak drehte sich zu ihm um und runzelte die Stirn. »Was liegt dir auf der Zunge?«

»Morygor vermag die Knotenpunkte der Schicksalslinien in der Zukunft zu erkennen. Ob ein einfacher Frostgott wie Frogyrr das auch kann, weiß ich allerdings nicht.«

»Ich wage es zu bezweifeln«, entgegnete Beliak. »Das, wovon du gerade gesprochen hast, ist wohl eine ganz spezielle Begabung, die durch eine ganz besondere Art von Magie unterstützt wird. Verbotene Caladran-Zauberei, soweit ich weiß. Aber Frogyrr ist nichts weiter als ein tumber Riesenbär, der vor langer Zeit mit seinesgleichen durch das Weltentor gejagt wurde und sein schauerliches Dasein in einer anderen Welt hätte beschließen müssen, hätte Morygor nicht ein paar Knechte fürs Grobe gebraucht und die Frostgötterbrut zurückgeholt.«

»Ich will auf etwas anderes hinaus«, erklärte Gorian.

»So?«

»Der Ort, den ich als Versteck vorgeschlagen habe – könnte es nicht sein, dass dort längst die Schergen des Frostreichs auf mich warten, weil ihr Herr vorausgesehen hat, dass ich dort auftauchen werde?«

Beliak zuckte mit den Schultern, was aufgrund seiner Breite immer etwas unbeholfen und plump wirkte. »Fang nicht an, selbst die Linien des Schicksals vorausdeuten zu wollen. Du wirst zwangsläufig scheitern, denn diese Gabe ist dir nicht gegeben. Und selbst jemand wie Morygor hat damit nur bedingt Erfolg.«

»Trotzdem …«

»Wenn dieser Tempel ein gutes Versteck ist, dann solltest du dich dorthin wenden.«

»Und danach?«

»Wolltest du dich nicht schon immer dem Orden anschließen?«

Gorian hatte sich des Öfteren mit Beliak darüber unterhalten, denn im Gegensatz zu seinem Vater hatte der ein neutrales Verhältnis zum Orden der Alten Kraft und allem, was mit ihm in Zusammenhang stand. Und mit irgendwem hatte Gorian sich über seinen Wunsch austauschen müssen.

»Das wollte ich. Aber ich bin mir nicht mehr so sicher, ob das wirklich der richtige Weg ist. *Mein Weg*, wenn du verstehst, was ich meine.«

»Weil dein Vater es nicht gutgeheißen hätte und du glaubst, ihm etwas schuldig zu sein?«

»Er verlor sein Leben, als er sich denen entgegenstellte, die mich töten wollten. Er starb meinetwegen, verstehst du?«

Beliak nickte. »Das mag sein. Aber du solltest trotzdem in deiner Entscheidung frei sein und nur danach gehen, was du für richtig hältst. Oder bekommst du nur kalte Füße, weil du dir ein Ziel gesetzt hast, von dem du eigentlich von vornherein weißt, dass du es kaum erreichen kannst? Ich bin da etwas bescheidener. Ich weiß, dass ich Morygor nicht stürzen kann, auch wenn ich mir nichts sehnlicher wünsche, als dass dieser Albdruck, der auf ganz Ost-Erdenrund lastet, endlich verschwinden würde. Aber haben sich das nicht auch schon andere vor uns gewünscht?« Er machte eine wegwerfende Handbewegung. »Im Moment bin ich vollkommen damit zufrieden, wenn ich am Leben bleibe und es mir gelingt, dass du nicht vor die Hunde gehst. Alle, die ich sonst noch einen Freund nennen würde, sind offenbar beim Angriff der Frostkrieger ums Leben gekommen.«

Gorian spürte bei den letzten Worten des Adhs, dass die gute Laune und der oftmals ziemlich spöttische Unterton des knollennasigen Gnomen nur eine Maske waren, hinter der sich tiefe Erschütterung verbarg. Die jüngsten Geschehnisse hatten in Beliaks Seele genauso tiefe Spuren hinterlassen wie bei ihm selbst – nur vermochte der Adh dies mit mehr Geschick zu überspielen.

Sie erreichten das Dorf, von dem Gorian gesprochen hatte. Der Bach, dem sie bis zur alten Straße nach Segantia gefolgt waren, hatte einen Bogen gemacht, und nun trafen sie erneut auf ihn.

Die Dörfler zweigten von ihm Wasser für einen Fischteich ab. Doch gegen jedes Naturgesetz war der zugefroren. Eis bedeckte teilweise auch die Dächer der Häuser, an deren Überständen sich lange Zapfen gebildet hatten. Das Eis schmolz in der Sonne und tropfte hinab.

Auf dem Dorfplatz lagen schrecklich zugerichtete Tote. Ihnen fehlten zumeist die Augen.

»Eiskrähen!«, murmelte Beliak düster. »Sie müssen hier

gewesen sein – und zwar ein ganzer Schwarm. Sie haben es insbesondere auf die Augen ihrer Opfer abgesehen.«

Gorian war von dem grausigen Anblick wie gefangen. Er war früher des Öfteren zusammen mit seinem Vater in dieses Dorf geritten, denn hier hatte es gute Handwerker gegeben, die unter anderem viele der Möbel für Nhorichs Hof gefertigt hatten. Außerdem hatte ein Großteil der Süßwasserfische, die im dörflichen Teich gezogen wurden, den Weg auf Nhorichs Hof gefunden. Manche der Toten, die überall verstreut lagen und sich offenbar verzweifelt gewehrt hatten, hatte Gorian daher flüchtig gekannt. Männer, Frauen, Kinder – sie alle waren von Morygors Kreaturen grausam ermordet worden. Selbst das Vieh und die Pferde waren bestialisch dahingemetzelt und von den Eiskrähen auf die ihnen eigene Weise ausgeweidet worden. Und die teilweise mannsgroßen Süßwasserfische im Teich waren starr und tot vom Eis umschlossen.

»Warum nur?«, murmelte er. »Warum diese Mordlust? Warum dieses sinnlose Abschlachten?«

»Weil sie es können«, sagte Beliak. »Einen anderen Grund brauchen Morygors Diener nicht.«

»Aber diese Toten wurden noch nicht einmal zu Frostkriegern gemacht!«

»Nein – dazu ist das Frostreich hier nicht mächtig genug. Ohne Frogyrrs Magie könnten weder die Eiskrähen noch die untoten Orxanier überhaupt hier existieren, und die größte Hoffnung, die wir uns im Moment machen können, ist die, dass diese Kraft allmählich schwindet und der achtbeinige Eisbär am Ende doch noch unverrichteter Dinge in den Norden zurückkehren muss.« Beliak deutete wie beiläufig zur Sonne. »Aber der Schattenbringer wird dafür sorgen, dass er sich bald sogar in Eldosien wohlfühlen wird.«

Eldosien war das südlichste aller heiligreichischen Herzogtümer, in dem es trotz des Auftauchens des Schattenbringers nur in den Hochgebirgen regelmäßig Schneefall gab. In der Küstenregion am Laramontischen Meer aber herrschte ganzjährig ein mildes Klima, das mehrere Ernten im Jahr erlaubte. Ein Bauer in Eldosien sein – so sagten die von der Natur weniger begünstigten Thisilier, wenn sie zum Ausdruck bringen wollten, dass jemand unter äußerst glücklichen Umständen lebte.

Beliak nahm einem der schrecklich zugerichteten Toten die Axt ab, mit der dieser sich bis zum letzten Moment verzweifelt gewehrt haben musste. Der Adh wog die Waffe in der Hand, und obwohl es sich um eine schwere Holzfälleraxt handelte, meinte er: »Etwas zu leicht für meinen Geschmack – aber immer noch besser, als diesen Kreaturen mit nichts als einem kurzen Messer gegenüberzustehen, wenn es hart auf hart kommt.«

Gorian hörte Beliaks Worte nur wie aus weiter Ferne, denn in seinem Inneren sprach wieder die Stimme des Gargoyle zu ihm. *»Ich kenne deinen Feind wie kein anderer, denn ich habe ihm gedient. Also wäre meine Hilfe für dich von unschätzbarem Wert!«*

Gorian versuchte diesmal gar nicht erst, die Stimme zum Schweigen zu bringen. Und er war sich zeitweilig auch nicht sicher, wer da gerade zu ihm sprach – der Gargoyle Ar-Don oder der Geist von Domrich, dem legendären Meister aus den Reihen des Ordens der Alten Kraft. Aber vielleicht waren beide Wesen ohnehin längst zu einer untrennbaren Einheit verschmolzen.

Was sollte er tun?

»Endlich stellst du die richtige Frage!«, vernahm er wieder die Gedankenstimme. *»Ich dachte schon, es wäre hoffnungslos und die Ohren deiner Seele wären gänzlich verschlossen. Siehst du das Grauen, das dich umgibt? Morygor muss bestraft werden.*

Er muss in seine Schranken verwiesen und vernichtet werden, sonst waren die Opfer Meister Domrichs und deines Vaters umsonst! Ah, warum zögerst du nur? Warum erkennst du nur so schleppend, wer ein Helfer sein könnte und wer in der Lage wäre, dich zu schützen, bis du stark genug bist, aus eigener Kraft zu tun, was immer du für richtig hältst? Du armseliger, zögerlicher Narr. Lass mich dich führen. Du kennst die Stelle, an der dein Vater schon einmal Dinge verborgen hatte …«

Der Tempel der Alten Götter, durchfuhr es Gorian.

»Nein, nicht ganz!«, korrigierte ihn die Geisterstimme, und für einen Moment beunruhigte es Gorian zutiefst, dass Ar-Don offenbar in der Lage war, seine Gedanken zu lesen. Lag das vielleicht an ihm selbst? Hatte er diesem Wesen und seinen Einflüsterungen trotz aller Vorsicht zu viel Raum in seinem Inneren gegeben, sodass es sich dort hatte ausbreiten können? Vielleicht beeinflusste es ihn sogar schon mehr, als er es wahrhaben wollte. *»Es ist in der Nähe des Tempels – aber allein würdest du es nicht finden, dafür hat dein Vater gesorgt. Aber ich kann dich hinführen! Und wenn du den Bann löst …«*

Vor Gorians innerem Auge erschien Ar-Don in jener Gestalt, zu der er geworden war, nachdem er Meister Domrich getötet hatte. *»Warst du nicht ein viel kleineres Wesen, als du versucht hast, mich umzubringen?«*, fragte er den Gargoyle in Gedanken.

»Meine Gestalt ist veränderlich und ebenso die Anteile jener Elemente, die meinen Charakter bilden!«, lautete Ar-Dons Antwort. *»Ar-Don ist viele und doch er selbst. Morygor wollte, dass Ar-Don Meister Domrichs Kraft in sich aufnimmt und seine Seele. Aber es sollte nicht zu viel davon erhalten bleiben … Ah, dieser Schmerz der Erinnerung …«*

Tagtraumartig sah Gorian, wie ein Schatten auf das Mischwesen aus Gargoyle und Meister Domrich fiel. Die

Gesichtszüge veränderten sich, und dann wurden sie von Furcht dominiert. Ein Blitz zuckte, ließ das steinerne Wesen in mehrere Einzelteile zerspringen, die sich wimmernd wieder zusammenfanden und durch weitere grellweiße Lichtstrahlen erneut geteilt wurden.

»Sei stark, aber nicht zu stark!«, sagte eine Stimme, die nur Morygor gehören konnte.

Das Wesen, das sich schließlich zusammenfügte, hatte nicht einmal mehr die Größe einer Katze. Es wimmerte, bildete vor lauter Furcht ständig neue Flügel aus, von denen keiner dem anderen glich, und rollte sich dann zusammen, sodass man für einen Moment glauben konnte, nichts weiter als einen gewöhnlichen, durch Wind und Wetter geformten Gesteinsbrocken vor sich zu haben.

Die Bilder vor Gorians innerem Auge verschwammen. Sie verwischten zu einem Chaos unterschiedlicher Farbschattierungen, wobei kaltes Blau und Grau vorherrschten.

»Hilf mir, Gorian, und ich werde dir helfen! Sieh all den Hass, der in mir ist! Den Hass des geschundenen Meisters Domrich, der sich erst entfalten konnte, nachdem dein Vater mich zerschlug, denn dadurch befreite er mich von Morygors Bann …«

»Wer garantiert mir, dass du Morygor nicht erneut dienen würdest? Wer sagt mir, dass du nicht als Erstes deinen Mordauftrag zu Ende bringst, den du vor sechs Jahren nicht ausführen konntest?«, dachte Gorian.

Zunächst schien ihm Ar-Dons Geist die Antwort auf diese Fragen schuldig zu bleiben. Dann erreichte ein Gedanke von ungewöhnlich hoher Intensität und Überzeugungskraft Gorian. Ein Gedanke, der ihn zumindest für einen Moment jeglichen Zweifel vergessen ließ.

»Meister Domrich schwört dir bei seiner Ehre als Ordensmeister Beistand!«

Beliak wurde plötzlich von Unruhe ergriffen. Er kniete

nieder, legte eines seiner großen Ohren auf den Boden und meinte dann plötzlich: »Leichte Bodenerschütterungen … Das könnten Schritte von Eiskriegern sein!«

Entweder hatte Beliaks Aufmerksamkeit in den letzten Stunden nachgelassen, oder die Eiskrieger hatten all das vermieden, woran ein Adh sie auch über größere Entfernungen hin auszumachen vermochte – jedenfalls waren am Waldrand auf einmal Geräusche zu hören.

Gorian und Beliak liefen zum anderen Ende des Dorfes, wo sich die alte Straße nach Segantia in Richtung Südosten fortsetzte, doch Beliak stutzte plötzlich, und einen kurzen Augenblick später erkannte Gorian auch, weshalb.

Zwischen den Sträuchern kamen mehrere Frostkrieger hervor, allesamt untote Orxanier. Brüllend und ihre Waffen schwingend stürzten sie sofort auf Gorian und Beliak zu.

Der Erste griff Gorian mit wuchtigen Schwertschlägen an. Er führte sein gespaltenes Schwert beidhändig, und gleich die erste Attacke verfehlte den zurückweichenden Gorian nur um Haaresbreite. Eine dichte Folge von Hieben drängte Gorian weiter zurück, während Beliak bereits mit zwei, drei anderen Gegnern in einem Kampf verwickelt war.

Sie wurden umzingelt, und die rauen Rufe der Frostkrieger schallten durch das von den Eiskrähen so furchtbar heimgesuchte Dorf. Gorian wich einem weiteren Hieb aus, der allerdings noch sein Wams in Brusthöhe ritzte. Er taumelte und kam zu Fall, weil sich etwas schlangengleich um seinen Fuß schlang. Es war eine lange Lederpeitsche, wie man sie in Eisrigge und dem Norden Orxaniens zur Bändigung der großen Schlittenwölfe benutzt hatte.

Gorian lag am Boden, von hinten stürzte ein orxanischer Frostkrieger herbei und ließ eine langstielige Doppelklingenaxt herniedersausen, gegen die jedes Scharfrichterbeil im Heiligen Reich wie ein Spielzeug gewirkt hätte. Gorian drehte sich zur Seite, und das Axtblatt grub sich mit ungeheurer Wucht in das Erdreich, das inzwischen wieder auftaute.

Gorian riss den Dolch aus dem Gürtel, dem er den Namen Rächer gegeben hatte. Anscheinend schien es keine Rolle mehr zu spielen, auf welche Weise er umgebracht wurde. Frogyrr hatte offenbar die Devise ausgegeben, Meister Nhorichs Sohn nun endlich um jeden Preis zu töten, nachdem der dafür vorgesehene und genau vorausberechnete Moment ungenutzt verstrichen war. Es ging für Frogyrr nur noch darum, größeren Schaden zu verhindern. Anders war das Verhalten der Frostkrieger nicht zu erklären – denn dass sie ohne Erlaubnis ihrer Mordlust freien Lauf ließen, war nicht anzunehmen.

Gorian schleuderte den Rächer, wie er es gelernt hatte. Seine Augen wurden vollkommen schwarz, er sammelte alles an magischer Kraft, was in ihm war. Noch bevor der Krieger mit dem gespaltenen Schwert erneut auf ihn einschlagen konnte, wurde er von dem Dolch mit solcher Wucht in den Hals getroffen, dass er schwankend einen Schritt zurücktaumelte. Im selben Moment rollte Gorian um die eigene Achse und streckte beide Hände aus.

Rächer kehrte in Gorians Linke zurück – und mit der anderen Hand zog er das gespaltene Schwert an sich, entriss es mithilfe der Alten Kraft dem am Hals verwundeten Frostkrieger, der für einen Augenblick völlig perplex war.

Der Untote brüllte laut auf. Das Sternenmetall, aus dem Rächers Klinge geschmiedet war, war für ihn ebenso unerträglich wie für Frogyrr, als ihm Sternenklinge das Auge genommen hatte. Doch dann riss er zwei kleinere Wurfäxte aus dem breiten Gürtel hervor, die allerdings nur im Vergleich zur Körpergröße des Orxaniers klein wirkten.

Mit einem schnellen Schnitt kappte Gorian die Peitschenschlinge, die um seinem Fuß geschlungen war, und ließ sie mittels der Alten Kraft so zurückschnellen, dass sie sich um den Hals des Angreifers legte, dann sprang er auf die Beine und wich einem Pfeil aus, der statt ihm den Frostkrieger traf, dem er das Schwert abgenommen hatte.

Gorian stieß einen Kraftschrei aus und ließ die im Verhältnis zu seinen menschlichen Körpermaßen monströs wirkende gespaltene Schwertklinge durch die Luft sausen. Er hielt das Schwert dabei nur mit der rechten Hand, und Muskelkraft allein hätte ihn diese Waffe kaum heben, geschweige denn auf diese Weise führen lassen. Den Rächer hielt er in der Linken.

Beide Klingen umflorte ein bläuliches Licht, wenn er sie blitzschnell durch die Luft wirbelte. Eine Wurfaxt wehrte er mit dem Schwert ab und ebenso mehrere Speere und Pfeile; Letztere wurden mit Eisrigger Langbögen abgeschossen, und den orxanischen Frostkriegern war anzumerken, dass ihnen der Umgang damit fremd war, doch ihr oberster Kriegsherr hatte ihnen diese Bewaffnung vorgeschrieben.

Gorian spürte, wie die Alte Kraft durch seinen Körper floss. Sie erlaubte ihm, das schwere Orxanier-Schwert mit einer Leichtigkeit zu führen, wie es ihm nicht einmal bei den Übungen mit seinem Vater möglich gewesen wäre. Die Frostkrieger bildeten einen Kreis um ihn, hielten aber Abstand, denn einige von ihnen waren bereits vom Kampf schwer gezeichnet. Sie umlauerten ihn wie ein Rudel Wölfe, die darauf bauten, dass das Beutetier früher oder später der Erschöpfung anheimfiel.

Ein Bogen wurde gespannt, ein Pfeil zischte dicht an Gorians Kopf vorbei, der genau im richtigen Moment eine leichte Seitwärtsbewegung gemacht hatte, denn Gorian hatte den Angriff unmittelbar vorausgeahnt und dann blitzschnell reagiert, als er die entsprechende Bewegung in den

Augenwinkeln wahrgenommen hatte. Ein ausgebildeter Meister, so wusste er, hätte nicht mal darauf zu achten brauchen. Da gab es noch so einiges, was seine noch verhältnismäßig bescheidenen Fähigkeiten von denen seines Vaters unterschied.

Oder von denen Meister Domrichs!, echote ein Gedanke in seinem Kopf.

»Lass mich dir helfen!«, wisperte jene Stimme, die er im nächsten Moment mit einem durchdringenden Kraftschrei zu vertreiben versuchte.

Gorian schnellte nach vorn, holte mit dem Orxanier-Schwert aus und ließ es wie eine Sense durch die Luft schneiden. Mit dem Dolch wehrte er gleichzeitig einen Speer ab; die Klinge aus Sternenmetall traf so auf das Eisen der Speerspitze, dass bläuliche Funken sprühten und die Wurfwaffe zur Seite gelenkt wurde, sodass sie sich einem Frostkrieger in den Schädel bohrte. Dieser stürzte rücklings zu Boden und brüllte wütend.

Beliak war eingekreist und wurde von mehreren Frostkriegern so sehr bedrängt, dass es nur noch eine Frage von Augenblicken war, bis der erste Streich eines Schwertes oder einer Axt ihn treffen musste. Schon senste die Klinge einer Axt in Halshöhe auf den gnomenhaften Adh zu.

Doch auf einmal war er in der Erde verschwunden, tauchte aber wenige Schritte entfernt im Rücken seines Gegners wieder auf, um diesen mit einer raschen Folge von Axthieben niederzustrecken. Hiebe, die den Frostkrieger so furchtbar trafen, dass selbst er nicht mehr kampffähig war.

Ein anderer seiner Gegner hatte bereits die Orxanier-Klinge gehoben und ließ sie einem Fallbeil gleich herniedersausen. Doch die Klinge traf auf den Boden und sank in den matschigen Untergrund ein, denn der Adh war wieder verschwunden. Offenbar befanden sich an dieser Stelle sehr viele Zugänge zu jener verborgenen Welt, welche die Adhe das Untererdreich nannten.

Die Frostkrieger brüllten wütend auf. Mehrere von ihnen stachen mit ihren Schwertern tief in den aufgeweichten Boden. Mit einem knarrenden Geräusch gefror alles innerhalb von Augenblicken. Vor diesem magischen Frost boten selbst die näheren Bereiche des Untererdreichs keine Zuflucht.

Um nicht zu erstarren, wuchs der Adh schleunigst wieder aus dem Boden hervor. Das gelang ihm jedoch gerade zur Hälfte, dann steckte er bis zum Bauchnabel in der gefrierenden Erde fest und war den Angreifern nahezu hilflos ausgeliefert. Den Oberkörper jedoch konnte er noch bewegen, ließ die Axt kreisen und hielt die Frostkrieger damit auf Abstand.

Hämisches Gelächter war zu hören. Schon in ihrem vorherigen Leben als orxanische Tiermenschen hatten die meisten von ihnen eine tiefe Abneigung gegen Adhe gehegt, und ihre untoten Schatten fanden Freude daran, einen von ihnen zu quälen.

Gorian kämpfte sich unterdessen in Beliaks Richtung vor. Mit einer Wut, wie er sie nie zuvor gekannt hatte, schlug er um sich. Alles, was an magischer Kraft in ihm war, hatte er mobilisiert, und es war ihm gleichgültig, dass er sie völlig aufbrauchen und dann zu Tode erschöpft zusammenbrechen würde.

Irgendwo in seinem Hinterkopf vernahm er eine Mahnung, die sein Vater irgendwann einmal geäußert hatte. Eine Mahnung, die Alte Kraft nur in Maßen einzusetzen und immer etwas zurückzubehalten. Aber das erschien ihm wie eine Erinnerung aus einem anderen Leben und hatte in diesen Momenten keine Gültigkeit mehr.

Eisen klirrte auf Eisen. Gorian nahm kaum Rücksicht auf sich selbst, und manchmal verfehlten ihn die Hiebe seiner Gegner nur ganz knapp. Doch nun reagierte er nicht mehr nur auf ihre Angriffe, um diese mit dem Rächer oder dem gespaltenen Orxanier-Schwert zu parieren. Er griff selbst an, trieb die Frostkrieger zurück und schlug so heftig gegen die Schwertklinge eines Gegners, dass beide Schwerter zerbrachen.

Gorian kämpfte mit der abgebrochenen Klinge weiter, hieb dem nächsten Frostkrieger den Kopf ab, während er dem Schlag eines anderen Angreifers nur knapp entkam.

Die *Vor-Sicht,* das Vorahnen der nächsten gegnerischen Handlung nach Art der Schwertmeister, setzte Gorian kaum noch ein, sondern verließ sich auf seine Schnelligkeit und sein Geschick. Der Gedanke, nach seinem Vater und allen, die ihm teuer gewesen waren, auch noch Beliak, seinen letzten Gefährten, durch die Schergen des Frostreichs zu verlieren, drohte ihm schier den Verstand zu rauben.

Durchdringendes Krächzen drang vom Himmel. Ein Schwarm zurückkehrender Eiskrähen kreiste über dem Dorf.

Die Frostkrieger ergötzten sich offenbar an dem grausamen Spiel, das sie mit dem festgeeisten Beliak trieben. Einer von ihnen deutete empor und knurrte ein paar Worte in orxanischer Sprache, die wohl so viel bedeuteten wie: »Lassen wir ihnen diese Mahlzeit!«

Innerhalb von Augenblicken hatten sich mehr als tausend dieser albinoiden Vögel über dem Dorf versammelt.

Gorian wurde durch ihr Krächzen kurz abgelenkt und war einen Augenblick unaufmerksam. Zu spät wehrte er den Axthieb eines Gegners ab. Der Stiel erwischte ihn noch hart an der Schulter und warf ihn zu Boden.

Im selben Moment stürzte der gierige Vogelschwarm herab und teilte sich dabei auf: Eine Hälfte der fliegenden Höllenbrut stürzte sich auf Beliak, die andere auf Gorian.

»Ich hätte dir ein so guter Helfer sein können!«, dröhnte die Gedankenstimme des Gargoyle in Gorians Kopf. *»Bedauerlich, wirklich bedauerlich, dass du ein so elender Narr bist, Gorian …«*

8 Geister

Ein Schrei gellte.

Ein Schrei, der so heftig war, dass er ohne Weiteres ein Kraftschrei eines Schwertmeisters des Ordens hätte sein können. Doch es war der Adh, der ihn ausstieß, als sich mehrere hundert Eiskrähen auf ihn stürzten, um ihn mit ihren Schnäbeln zu zerhacken und bei lebendigem Leibe zumindest jenen Teil seines Körpers zu zerfleischen, der aus dem festgefrorenen Erdreich ragte. Mit einem letzten, verzweifelten Rundumschlag seiner Axt traf er mindestens zwei der kleinen Angreifer mit der Schneide und drei oder vier weitere mit dem Stiel, die daraufhin benommen zu Boden taumelten.

Aber gegen den Angriff so vieler Vögel konnte sich ein Kämpfer mit einer Axt nicht verteidigen. Nicht mal, wenn er über die Kräfte eines Adh verfügte und die klobige, schwere Waffe schneller schwingen konnte, als es jedem Menschen möglich gewesen wäre.

Gorian, der ebenfalls von den geflügelten Bestien bedrängt wurde, ließ das abgebrochene Orxanier-Schwert und den Rächer ebenfalls durch die Luft schnellen, um die kleinen Angreifer abzuwehren, während er zugleich versuchte, mit der Alten Kraft die Flugbahnen der Vögel abzulenken. Doch das war nicht so einfach. Seine Ausbildung war noch nicht weit genug fortgeschritten, um das wirklich zu beherrschen. Und so trafen ihn die ersten Schnabelhiebe. Es waren einfach zu viele Angreifer.

In diesem Augenblick stieg aus dem nahen Bach ein dichter Nebel auf und breitete sich sehr schnell im Dorf aus. Er war sehr feucht und sehr kalt. Innerhalb kürzester Zeit hatte er alles eingehüllt. Die Eiskrähen erstarrten augenblicklich, ihre innere Kälte ließ den Nebel sofort gefrieren, und gefangen in einem dünnen Eismantel fielen sie wie Steine zu Boden.

Ähnliches geschah mit den Frostkriegern, die Feuchtigkeit des Nebels ließ sie innerhalb von Herzschlägen in eisigen Panzern erstarren. Manche der Untoten versuchten sich noch zu bewegen, was nur dazu führte, dass die Betreffenden wie Skulpturen zu Boden kippten.

Innerhalb sehr kurzer Zeit war kein Gegner mehr da, der Gorian gefährlich werden konnte.

»Na los, worauf wartest du? Hilf mir!«, rief Beliak, der noch immer in der Erde feststeckte. »Die Wassergeister werden uns diese untote Frostbrut nicht allzu lange vom Leib halten können! Und auch ansonsten wäre es ganz nett, wenn du mir aus der Klemme helfen würdest!«

Ein Ruck ging durch Gorian. Hatte der Adh die Wassergeister gerufen? Nun, es war im Moment gleichgültig, weshalb sich diese bis dahin für Gorian völlig unsichtbaren Wesenheiten dazu entschlossen hatten, ihnen beizustehen, während es ihnen offenbar weitaus weniger ausgemacht hatte, mit anzusehen, wie jeder Mann, jede Frau, jedes Kind und sogar die Hunde und Pferde im Dorf abgeschlachtet worden waren.

Es ging zunächst einmal darum, die Möglichkeit zum Überleben zu nutzen, die ein glückliches Schicksal plötzlich eröffnet hatte.

Gorian ließ das zerborstene Schwert fallen und steckte

den Dolch Rächer hinter den Gürtel, dann lief er zu Beliak und rempelte dabei einen der erstarrten Frostkrieger an, dessen grimmige Züge hinter einer Eisschicht gefroren waren und der krachend zu Boden fiel.

»Der Frost wurde mit Frost bekämpft«, stieß Gorian hervor.

»Nein, das ist Unsinn!«, entgegnete Beliak. »Es war die eigene, den Frostgeschöpfen innewohnende Kälte, die sie hat erstarren lassen und die von den Wassergeistern nur genutzt wurde.«

Gorian blickte auf den immer noch bis zur Hüfte im gefrorenen Boden steckenden Adh hinab. »Und dir können sie nicht helfen?«

»Ein einfacher Wärmezauber statt dummes Gequatsche wäre jetzt nicht schlecht!«

»Wärmezauber? Hör mal, ich bin kein Magiemeister, und alles, was mir mein Vater beigebracht hat, ist …«

»… diese so genannte Alte Kraft! Ich weiß! Lenk so viel davon wie möglich in den Boden, dann komme ich hier bestimmt raus! Schnell, bevor sich unsere Feinde wieder rühren können und erneut versuchen, uns umzubringen!«

»Wie …?« Gorian sprach nicht weiter. Stattdessen erschien ihm auf einmal alles ganz selbstverständlich. Er nahm den Rächer und berührte damit den Boden, der so steinhart gefroren war wie nach einem monatelangen Frosteinbruch. Es war Magie in dieser gefrorenen Erde enthalten, wahrscheinlich sogar ziemlich reichlich. Und diese Kräfte musste er austreiben. Insofern war Beliaks Gedanke gar nicht so abwegig.

Gorian sammelte die Alte Kraft. Viel war es nicht mehr, was er davon noch in sich spürte. Der Kampf mit den Geschöpfen des Frostreichs hatte ihn in jeder Hinsicht erschöpft. Auch und vor allem galt das für seine magischen

Kräfte, ohne die er zweifellos nicht mehr am Leben gewesen wäre.

Gorians Augen, die gerade erst ihre normale meergrüne Farbe zurückerhalten hatten, wurden wieder pechschwarz wie die Nacht. Ein Blitz zuckte aus dem Boden, die Klinge aus Sternenmetall entlang und dann Gorians Arm empor. Er fühlte, wie die Welle einer unheimlichen kalten Kraft ihn erfasste und bis ins Mark frösteln ließ. Der auf magische Weise erzeugte Bodenfrost löste sich so schnell auf, dass man zusehen konnte.

Beliak schwang sich aus dem aufgeweichten Erdreich, griff nach Gorians rechtem Arm und riss ihn hoch, sodass der Rächer nicht mehr den Boden berührte. »Nicht übertreiben«, mahnte er. »Schließlich willst du den magischen Frost ja nicht völlig in dich selbst lenken.«

Gorian zitterte. Seine Lippen waren blau geworden, und er fühlte sich, als hätte er lange Zeit in einem Zuber mit Eiswasser zugebracht. Für einen Moment glaubte er schon, selbst zum Eisblock geworden zu sein.

»Alles in Ordnung?«, fragte Beliak, doch Gorian war im Moment unfähig, auch nur ein einziges Wort hervorzubringen. Er nickte nur.

Sie verließen das Dorf. Gorian blickte noch einmal kurz zurück. Einer der Frostkrieger rollte sich auf dem Boden herum, war aber nach wie vor starr wie eine Statue. Dennoch, die Wirkung des Zaubers, der ihn außer Gefecht gesetzt hatte, schwand bereits.

Bevor sie das Dorf endgültig verließen, um im Unterholz zu verschwinden, blieb Beliak noch einmal stehen. Gorian war ihm mit Mühe gefolgt. Die Kälte, die sich in ihm breitgemacht hatte, verflüchtigte sich nur allmählich, und er musste das Zittern noch immer willentlich unterdrücken, sodass ihm die Bewegungen schwerfielen.

Beliak hob die Hände, fast wie bei einem Gebet oder einer rituellen Geste. Dazu sprach er ein paar Worte in der Sprache der Adhe.

»Man muss denen, die einem geholfen haben, Dankbarkeit erweisen«, erklärte er Gorian anschließend.

»Du meinst die Wassergeister?«

»Ja.«

»Wieso haben sie uns geholfen, den Dorfbewohnern aber nicht?«

»Ist das nicht eher eine philosophische Frage? Wir sollten zusehen, dass wir überleben, und uns nicht mit so unbedeutenden Kleinigkeiten aufhalten. Allerdings … Man sagt, dass die Wassergeister die Wege des Schicksals leichter zu erkennen vermögen als die meisten anderen Wesen. Liegt an der Ähnlichkeit der Schicksalslinien mit sich verzweigenden Flüssen, so heißt es in den Adhe-Überlieferungen.«

»Und was hat das mit mir zu tun?«, fragte Gorian.

»Die Wassergeister haben es mir nicht verraten, aber vielleicht sehen auch sie in dir jemanden, der in der Zukunft eine wichtige Rolle spielt, und sie haben uns deswegen geholfen, wer weiß.«

Gorian war sicher, den Tempel der Alten Götter von diesem Dorf aus problemlos finden zu können.

»Vorwärts!«, rief Beliak, als Gorian ihm zu langsam lief. »Oder muss ein kleiner Mann wie ich einen zukünftigen Schwertmeister etwa auf den Schultern tragen?« Der Adh legte ein ziemliches Tempo vor, das man ihm mit seinen kurzen Beinen gar nicht zutraute. Feixend fügte er hinzu: »Mal vorausgesetzt, du verfolgst immer noch deinen Plan, mit sechzehn Sommern dem Orden der Alten Kraft beizutreten.«

Seltsamerweise war sich Gorian in diesem Punkt gar

nicht mehr so sicher, wie er es noch vor Stunden gewesen war. Der Angriff der Schergen des Frostreichs hatte alles verändert – und vor allem auch der grausame Tod seines Vaters. Zuvor war Gorian wild entschlossen gewesen, sich vom Orden weiter ausbilden zu lassen, notfalls auch gegen Nhorichs Willen. Nun aber hatte er das Gefühl, ihm etwas schuldig zu sein, und er fragte sich, ob die Gründe, die seinen Vater dazu bewogen hatten, den Orden als verderbt anzusehen, nicht doch stichhaltiger waren, als er zunächst gedacht hatte. Andererseits – welche Macht außer dem Orden kam als Gegengewicht zu Morygor und seinem kalten Reich in Frage?

Nun, die Entscheidung darüber stand noch nicht an. Im Augenblick ging es um Näherliegendes.

Der Adh blieb stehen, weil sich der Weg durch den Wald gabelte. Sie befanden sich auf einem Trampelpfad, denn der alten Straße nach Segantia folgten sie schon lange nicht mehr, und den Weg zum Tempel kannte nur Gorian. Beliak sah ihn fragend an. »Und nun?«

Gorian atmete tief durch.

»Es ist noch nicht zu spät, Gorian. Lass dir helfen«, wisperte Ar-Dons Stimme wieder in Gorians Gedanken. Der Gargoyle schien seine Versuche, ihn zu beeinflussen, einfach nicht aufgeben zu wollen. *»Du brauchst mich, um zu überleben. Deine Verfolger werden bald aus ihrer Erstarrung erwachen und sich dann wieder an deine Fersen heften …«*

Dass Ar-Don offenbar durch seine Augen sehen und alles wahrnehmen konnte, was ihm widerfuhr, beunruhigte Gorian zunehmend. *Achte darauf, wessen Gedanken du Einlass in deine Seele gewährst!* So lautete eines der Axiome des Ordens der Alten Kraft, das sich auf spezielle Übungen bezog, die eine geistige Beeinflussung durch Magie verhindern sollten.

Als Gorian diese Zeilen zum ersten Mal gelesen hatte, waren sie ihm rätselhaft erschienen, kryptische Weisheiten aus einer vergangenen Zeit, deren Bedeutung niemandem mehr wirklich klar zu sein schien. Nun aber glaubte Gorian zu begreifen, was damit gemeint war.

Er selbst war es, der es zugelassen hatte, dass der Geist des Gargoyle zu ihm sprach. Vielleicht, weil er zu schwach gewesen war, um diesen Einfluss von Anfang an abzuwehren. Vielleicht aber auch, weil er dieser Stimme insgeheim recht geben musste. Zumindest zu einem Teil.

Es war, als würde der Gargoyle auch all seine Gedanken lesen, denn wie um Gorians letzte Überlegungen zu bestätigen, sagte er: »*Ohne mich wirst du es nicht schaffen, Gorian. Das weißt du im Grunde selbst, und deswegen schenkst du mir dein inneres Ohr, deswegen lauschst du aufmerksam jedem einzelnen meiner Gedanken, und deswegen sind wir uns inzwischen so nahe, dass ich alles sehe, alles empfinde, alles erleide, was dir geschieht und zustößt. Ich führe dich. Und ich rette dich. Aber du musst es zulassen!*«

Gorian streckte den Arm aus. »In diese Richtung!«, bestimmte er.

»Meine Güte, wenn du jedes Mal so lange brauchst, um dich bei einer Weggabelung an die richtige Richtung zu erinnern, werden uns die aufgetauten Eiskrähen zerhackt haben, lange bevor wir diesen verfluchten Tempel erreichen«, maulte Beliak.

Sie liefen durch den Wald, und Gorian achtete nun darauf, die Führung zu behalten. Er spürte seine Beine und Füße kaum noch, und zeitweilig hatte er das Gefühl, nur noch zu den allernötigsten Gedanken fähig zu sein, denn eine bleierne Schwere machte sich schleichend in ihm breit. Er wurde immer müder, aber sie konnten sich allenfalls kurze Pausen erlauben, zu dicht waren ihnen die Verfolger auf den Fersen. Und davon abgesehen mussten sie damit rechnen, auf weitere Patrouillen der Frostkrieger zu stoßen.

Während einer der kurzen Pausen, die sie einlegten und in denen Beliak von den Wassergeistern eines anderen Bachs Neuigkeiten zu erfahren versuchte, was sie ihm allerdings verweigerten, versuchte sich Gorian mit Magie zu kräftigen. Sein Vater hatte ihm ein paar entsprechende Übungen beigebracht und ihm Zauberformeln gelehrt, welche die Müdigkeit zumindest für eine Weile zurückdrängten. Aber auch hinsichtlich dieser Disziplin war Gorian noch weit von einer bescheidenen Meisterschaft entfernt.

Seit der Orden der Alten Kraft gegen Morygors Schergen kämpfte, sannen die Schwertmeister verstärkt nach Möglichkeiten, die Macht des Schlafes über den Menschen zu brechen. Schließlich bestand einer der entscheidenden Vorteile, welche die untoten Frostkrieger auf dem Schlachtfeld hatten, darin, dass sie nie ermüdeten. Und so hatten die Ordensmeister in diese Richtung Experimente mit verschiedenen Formen der Magie angestellt. Einige hatten Substanzen zu sich genommen, die das Bedürfnis nach Schlaf zurückdrängen sollten, während andere dieses Ziel mit geistigen Konzentrationsübungen erreichen wollten. Auch waren beide Methoden miteinander kombiniert worden, allerdings ohne einen wirklich durchschlagenden Erfolg zu erzielen.

Zumindest keinen Erfolg, der ohne teils fatale Nebenwirkungen gewesen wäre. Gorian erinnerte sich daran, was ihm sein Vater darüber erzählt hatte, dass etwa diejenigen, die diese Substanzen zu sich genommen hatten, sich allmählich verändert hatten. Die Betreffenden waren geradezu bösartig geworden und gleichgültig gegenüber den hohen

Idealen des Ordens. Als man die Gefahr erkannt hatte, waren die Versuche zwar eingeschränkt worden, man hatte sie aber nie völlig aufgegeben.

Für Nhorich war dies ein Grund von vielen gewesen, sich vom Orden abzuwenden. Den Schlaf völlig zu bannen war offensichtlich nur zu einem sehr hohen Preis möglich, auch dann, wenn dafür lediglich geistige Übungen angewendet wurden.

Dennoch hatte Nhorich seinem Sohn gezeigt, wie man die Alte Kraft dafür einsetzen konnte, ihn aber eindringlich ermahnt, dies nur in allergrößter Not und für eine begrenzte Zeit zu tun. »Diejenigen, die den Schlaf zu lange zurückgedrängt hatten, wurden, wie sich zeigte, leichter zu Opfern magischer Einflüsterungen und Manipulationen«, echoten Nhorichs Worte in Gorians Erinnerungen. »Manche wurden gar zu Verrätern – und einige von ihnen sind es noch und wandeln weiterhin unerkannt unter den angesehenen Meistern der fünf Häuser.«

War das der Grund, dass sich Ar-Dons Stimme wieder mit dieser Vehemenz bei ihm meldete? Schwächten der Schlafentzug und die Ermüdung Gorian auch geistig so sehr, dass der Gargoyle den Moment für einen erneuten Manipulationsversuch für vielversprechend hielt?

Na warte!, durchfuhr es Gorian zornig, denn der Gedanke, durch ein fremdes Wesen auf irgendeine Weise beeinflusst zu werden, entfachte Wut in ihm. So schwach, wie du glaubst, bin ich nicht! Schließlich bin ich am Tag des herabstürzenden Sternenmetalls geboren worden, und selbst Morygor hat vor dem Verlauf meiner Schicksalslinie so viel Angst, dass er einen der Frostgötter ausgesendet hat, mich zu töten!

»Oh, du Narr! Du armer, verbohrter Narr! Wenn du glaubst, dich dem Frostreich ohne meine Hilfe widersetzen zu können, irrst

du dich gewaltig! Selbstüberschätzung – ah, das war auch unser Fehler!«

»*Unser?*«, gab Gorian in Gedanken zurück. Eigentlich widerstrebte es ihm, auf dieser Ebene mit Ar-Dons Geist zu kommunizieren, denn immerhin war der Gargoyle gegen seinen Willen in sein Inneres eingedrungen, und er empfand die Gedanken dieses Wesens als etwas, das dort nicht hingehörte.

»*Ar-Don … Meister Domrich … Ich bin viele*«, lautete die Antwort. »*Viele, die dir helfen wollen. Viele, die dir den rechten Weg weisen können …*«

Und auf einmal erschien mit überwältigender Kraft ein Bild des Tempels der Alten Götter vor Gorians innerem Auge – allerdings sah er ihn aus einer Perspektive, wie er ihn bei seinem ersten und einzigen Besuch auf jener Lichtung nicht zu Gesicht bekommen hatte. Es musste sich um die Rückseite des Tempels handeln, und Gorian gewahrte eine Öffnung im verfallenden Mauerwerk, etwa so groß wie ein menschlicher Kopf, bei der allerdings nicht zu erkennen war, ob dort irgendwann einmal Steine herausgeschlagen worden waren oder ob sie von den Erbauern des Tempels so angelegt worden war.

Als Gorian den Tempel zusammen mit seinem Vater vor ungefähr sechs Jahren zum ersten Mal betreten hatte, um die Schwerter Sternenklinge und Schattenstich aus ihrem Versteck zu holen, hatte Gorian die Öffnung nicht bemerkt. Offenbar war dies der Blickwinkel, den Ar-Don von seinem Grab aus auf den Tempel hatte.

Vater muss seine Bruchstücke tatsächlich ganz in der Nähe des Bauwerks vergraben haben, erkannte Gorian. Und zwar in einem Abstand, der nicht mehr als fünfzig Schritte beträgt.

Und offenbar konnte Ar-Don den normalerweise unsichtbaren Tempel *sehen* – sofern das der richtige Ausdruck war, denn sehr wahrscheinlich nahm Ar-Don seine Umgebung – zumal in seinem momentanen Zustand – in erster Linie mit magischen Sinnen und nicht mit Augen und Ohren wahr.

Gorian blieb stehen. Hatte dieses Wesen ihn etwa bereits erfolgreich beeinflusst? War ihm der Tempel der alten Götter nur deswegen als aussichtsreichste Möglichkeit erschienen, sich zumindest für den Augenblick vor den Schergen des Frostreichs zu verbergen, weil Ar-Don ihm das eingeflüstert hatte?

»Hey, was ist los?«, drang Beliaks Stimme in seine Gedanken. »Den Weg vergessen?«

»Nein …«

»Was dann?«

Ein Krächzen ertönte aus einer der Baumkronen. Eine Eiskrähe hatte sich dort unbemerkt niedergelassen und blickte die beiden Flüchtenden mit ihren albinohaften roten Augen unverwandt an.

»Verflucht und zugenäht, bei allen Dämonen des glühenden Tiefen-Untererdreichs!«, entfuhr es Beliak, der seine Axt mit beiden Händen fester umfasste, obwohl ihm klar war, dass er mit dieser Waffe nichts gegen diesen Kundschafter des Frostreichs ausrichten konnte. Es war gleichgültig, ob es sich bei diesem Krähenvogel um eine jener Bestien handelte, die sie im Dorf angegriffen hatten und daraufhin von den Wassergeistern in eisige Starre versetzt worden waren, oder um ein anderes Tier, das im Auftrag des bärengestaltigen Frogyrr auf Erkundungsflug war – nun mussten sie damit rechnen, in Kürze wieder angegriffen zu werden.

Der Vogel breitete die Flügel aus, sein Krächzen klang triumphierend, beinahe wie höhnisches Gelächter. Dann stob er davon.

Gorian überlegte nicht lange. Er riss den Rächer aus dem Gürtel und schleuderte ihn so, wie sein Vater es ihm beigebracht hatte. Der Kraftschrei, den er dazu ausstieß, war kurz, aber durchdringend, und seine Augen wurden für einen Moment vollkommen schwarz.

Der Dolch traf den Vogel, der ein letztes Mal kreischte und dann zu Boden fiel, während die Waffe in Gorians Hand zurückkehrte. Krähenblut troff von der Klinge.

Eiskrähen waren im Gegensatz zu den Frostkriegern nicht untot, sondern ursprüngliche Bewohner der nördlichen Länder, denen Morygor und die Eisgötter ihren Willen aufzwangen, offenbar weil sie geistig leicht zu beeinflussen waren.

»Alle Achtung, du wirst immer zielsicherer«, lobte Beliak. »Dein Vater wäre zweifellos stolz auf dich – aber ich fürchte, dieser Wurf wird uns nur einen kurzen Aufschub gewähren. Vermutlich hat dieses Tier sogar alles, was es sah, bereits seinem Herrn auf geistigem Weg mitgeteilt.« Beliak seufzte laut, dann ging er auf die Knie, beugte sich nieder und presste das rechte seiner riesigen Ohren gegen den Boden. »Immerhin, das Trampeln einer Horde orxanischer Untoter ist noch nicht zu vernehmen«, sagte er schließlich erleichtert. »Also los! Auf zu diesem Tempel!«

»Nein!«, sagte Gorian entschieden.

»Wie bitte?« Beliak erhob sich und sah ihn geradezu entgeistert an. Sein ohnehin sehr ausdrucksstarkes Adh-Gesicht spiegelte Fassungslosigkeit wider. »Das ist ein Scherz, oder?«

»Das nicht. Aber ich kann dir das jetzt nicht erklären.«

»Das wirst du aber müssen. Und noch besser wäre, wenn du auch noch einen anderen Vorschlag hättest, wo wir uns verbergen können. Wenn du denkst, wir könnten einfach noch mal in der Tiefe verschwinden, irrst du dich. Ein weiterer Aufenthalt im Untererdreich würde dir nämlich nicht besonders gut bekommen, so kurz nachdem du schon einmal für bedenklich lange Zeit dort unten warst.«

»Es ist besser, als zum Tempel zu gehen«, gab sich Gorian überzeugt.

»Wieso?«

»Du erinnerst dich an die Nacht, als die Schattenreiter den Hof angriffen?«

Beliak nickte. »Natürlich.«

»Den Gargoyle, den sie mitbrachten und der mich damals zu töten versuchte, hat mein Vater in der Nähe des Tempels vergraben und mit einem Bann belegt. Jetzt vernehme ich die Stimme seines Geistes in meinem Kopf. Er versucht mich zu beeinflussen, verspricht, mir zu helfen, wenn ich ihn ausgrabe und den Bann von ihm nehme.«

»Könntest du das denn?«

»Ar-Don ist jedenfalls dieser Meinung.«

»Ar-Don? Ist das sein Name?«

»Ich sollte ihn gar nicht aussprechen. *Ein Name ist Macht*, steht in den Axiomen des Ordens der Alten Kraft.«

»Ich habe es nie verstanden, dass ein gesunder Junge wie du seine Nase so oft in staubige Bücher steckt«, sagte Beliak kopfschüttelnd.

»Begreifst du nicht? Dieses Wesen will unbedingt, dass ich zu diesem Tempel gehe!«, sagte Gorian. »Er bietet mir seine Unterstützung, aber vielleicht ist er immer noch Morygors Diener und will mich nur in eine Falle der Frostkrieger locken.«

»So viel Raffinesse traust du ihm zu?«

»Ja.«

»Das ist aus verschiedenen Gründen unlogisch, Gorian. Und der wichtigste ist, dass dein Vater in diesem Tempel doch die beiden Schwerter aus Sternenmetall verbarg. Jedenfalls hast du mir das erzählt.«

Gorian nickte. »Das trifft auch zu!«

»Denkst du wirklich, er hätte einen Ort gewählt, den die Frostkrieger so ohne Weiteres betreten könnten? Er muss doch davon ausgegangen sein, dass Morygors Schergen dort die Schwerter nicht finden, dass sie dort trotz all der magischen Macht, über die Morygor zweifellos verfügt, vor ihm und seinen Kreaturen verborgen waren. Nein, es macht keinen Sinn, dass du dorthin gelockt werden sollst, denn die Frostkrieger werden dich dort nicht finden können. Eher könnte man annehmen, dass dein Vater beeinflusst wurde, die Schwerter von dort fortzubringen, damit sie in Morygors Besitz geraten, was ja auch geschehen ist.«

Gorian schüttelte den Kopf. »Was ich auch tue, es könnte ein schrecklicher Fehler sein!«

»Darum versuche gar nicht erst, das Schicksal vorauszukalkulieren. Das ist nicht einmal Morygor gelungen, sonst wärst du jetzt tot.«

Hatte er diesen Rat nicht schon einmal gehört? Vielleicht entsprach er tatsächlich der Wahrheit.

Beliak legte ihm eine seiner mächtigen Pranken auf die Schulter. »Ob du diesen Gargoyle wieder aus seinem Grab holst, weil er dir zu helfen verspricht, oder nicht, ist ganz allein deine Entscheidung. Ich weiß nicht allzu viel über Gargoyles, aber ich halte es für gut möglich, dass er froh ist, Morygor nicht mehr dienen zu müssen. Er wäre jedenfalls nicht das erste Wesen, dass der Herr der Frostfeste auf die eine oder andere Weise unter seinen Willen presste. Doch das sind alles Dinge, die wir an einem Ort besprechen sollten, wo wir nicht jederzeit von einem Trupp Frostkrieger überrascht werden können.«

»Ich weiß nicht …«

»Jetzt komm mir nicht damit, dass ich vielleicht auch auf magische Weise beeinflusst werde und nun nichts anderes im Sinn habe, als dich ins Verderben zu führen«, sagte Beliak streng.

Gorian lächelte matt. »Die Ordnung des Polyversums ist offenbar gegen mich.«

»Für Trübsinn ist jetzt keine Zeit. Tut mir leid, aber solche Gedanken können eine Nebenwirkung sein, wenn sich ein Nicht-Adh zu lange im Untererdreich aufhält. Ich hoffe nur, dass sich das bei dir wieder verflüchtigt, sonst wird es schwer für dich werden, deine großen Ziele weiterzuverfolgen.«

9 Steine

Es war bereits Nacht, und der Mond stand hoch am Himmel, als sie die Lichtung mit dem Tempel der Alten Götter erreichten.

»Ich sehe keinen Tempel«, gestand Beliak.

»Das geht jedem so«, erwiderte Gorian. »Genau aus diesem Grund wählte mein Vater diesen Platz als Versteck für Sternenklinge und Schattenstich.«

»Ein eigenartiger Ort …«

»Du musst lernen, auf besondere Weise zu sehen, dann wirst du auch den Tempel erblicken.«

»Und was ist mit den Frostkriegern? Können sie nicht auch lernen, auf diese besondere Weise zu sehen?«

»Mein Vater hätte die Schwerter hier nicht aufbewahrt, wären sie an diesem Ort nicht absolut sicher gewesen«, widersprach Gorian. »Schließlich wusste er, dass diese Waffen auf keinen Fall Morygor in die Hände fallen dürfen.«

Der Adh feixte. »Ich erkenne mein eigenes Argument, mit dem ich dich hierher gelockt habe. Jetzt benutzt du es gegen mich.«

»Weil du auf einmal ebenjene Zweifel äußerst, die du zuvor bei mir zerstreut hast.« Gorian grinste zurück. »Konzentrier dich einfach, dann wirst du den Tempel sehen.«

»Umgekehrt hast du die Wassergeister auch nicht sehen können«, gab Beliak zu bedenken. »Vielleicht unterscheiden sich Menschen und Adhe gar nicht so sehr durch ihre Magie voneinander, sondern durch die grundverschiedene Natur ihrer Augen.«

Gorian winkte ab, dann ging er ein paar Schritte vor. Für ihn war das Säulenportal des Tempels deutlich zu sehen. Auf der unbewachsenen, zuvor leeren Fläche inmitten der Lichtung war vor seinen Augen längst die Ruine dieser uralten heiligen Stätte aufgetaucht, und Gorian fröstelte bei dem Gedanken, wie nahe er auch dem Grab des Gargoyle war.

»Führe mich«, sagte Beliak. »Ich werde wie ein Blinder neben dir herlaufen müssen, und du musst mir den Weg weisen.«

»Vielleicht hilft dir dies.« Gorian bedeckte mit den Händen die Augen des Adh und sagte jene Worte in alt-nemorischer Sprache zu ihm, die sein Vater gesprochen hatte, als er ihn zum ersten Mal an diesen Ort mitgenommen hatte. Aber entweder war Gorians Magie nicht stark genug, um die Formel wirken zu lassen, oder der Zauber, mit dem dieser Ort belegt war, hatte sich verändert. Oder die Formel wirkte einfach nicht bei einem Adh. Die Magie der Menschen und des gnomenhaften Volkes, dessen Angehörige aus der Tiefe der Erde geboren wurden, unterschied sich tatsächlich sehr voneinander.

»Siehst du wenigstens die freie Fläche auf der Lichtung, wo kein Gras wächst?«, fragte Gorian.

»Tut mir leid, ich sehe nur eine feuchte Wiese, auf der man wahrscheinlich genau darauf achten muss, nicht in die Hinterlassenschaften von Großelchen zu treten.«

»Die Magie von Menschen und Adhen scheint noch unterschiedlicher zu sein, als ich dachte«, murmelte Gorian.

»Also, ich habe mich über diesen Punkt niemals irgendwelchen Illusionen hingegeben …«

Großelche waren zum ersten Mal in Thisilien gesichtet worden, als Gorians Großvater das hundertste Jahr erreichte. Meister Erian hatte darin ein Zeichen des Unheils gesehen, und tatsächlich hatte sich durch den Schattenbringer das Frostreich immer weiter ausgebreitet, und Tiere und Pflanzen, die zuvor nur sehr weit im Norden anzutreffen gewesen waren, waren seine Vorboten.

Die Bauern der Umgebung jedoch hatten die teils miserablen Ernten mit der Jagd auf dieses Wild ausgleichen können und dem Verborgenen Gott in dessen Tempeln dafür gedankt. Was dies in Wirklichkeit für das Land bedeutete, wollte niemand wahrhaben; Meister Erians Ansicht, wonach die Gnade des Verborgenen Gottes in diesem Fall in einer Warnung und nicht in der Lieferung von leicht erjagbarem Fleisch bestand, hatte niemand ernst nehmen wollen.

Gorian führte Beliak durch das Tempelportal mit den Säulen. Das magische Kraftfeld, das schon vor sechs Jahren bestanden hatte, war immer noch vorhanden, und Gorians Dolch leuchtete auf ähnliche Weise auf wie damals Sternenklinge und Schattenstich.

Für einen Augenblick umflorte das Licht auch die beiden Gefährten, und erst dann konnte auch der Adh das Gebäude erblicken. Er schreckte regelrecht zusammen, als er die Mauern des Tempels plötzlich vor und neben sich aufragen sah.

»Bei allen Helden der Adhe und allen orxanischen Schurken, die sie erschlugen!«, entfuhr es ihm. »Das ist in der Tat eine Tarnung, die nur schwer zu durchschauen ist. Oder hast du mit irgendeiner Magie nachgeholfen, ohne dass ich davon etwas bemerkt hätte?«

»Es kommt darauf an, richtig zu sehen«, wiederholte sich Gorian, doch dann gab er zu: »Und ja, ich habe gerade eine

Formel gemurmelt, die mir mein Vater vor einem halben Jahr verriet und die nur stumm angewendet werden darf. Nur dadurch können wir diesen Ort betreten.«

Gorian erinnerte sich noch genau daran, wie ihn sein Vater in der Anwendung dieses Zaubers unterwiesen hatte. Es war erst geschehen, nachdem Gorian ihn immer wieder dahingehend gedrängt hatte, zunächst jedoch ohne Erfolg – und im Nachhinein verstand Gorian auch den Grund für Nhorichs Zögern: Er hatte offenbar gefürchtet, Gorian würde irgendwann zum Tempel zurückkehren, weil ihn der Gargoyle dazu verführte.

»Eines Tages wirst du stark genug für dieses Wissen sein«, war Nhorichs monotone Antwort auf Gorians Drängen gewesen, doch schließlich war der ehemalige Schwertmeister offenbar zu dem Schluss gelangt, es nun wagen zu können, seinem Sohn den Zauber zu verraten. Vielleicht war ihm auch nicht verborgen geblieben, wie intensiv Gorian in den Schriften über die Magie der Alten Götter las, aus denen auch er selbst sein Wissen über den Tempel und die ihm innewohnenden Mächte erlangt hatte. »Versprich mir, niemals nur aus reiner Neugier dorthin zurückzukehren. Es ist ein Ort, um sich selbst zu verstecken oder Gegenstände wie Sternenklinge und Schattenstich, die für längere Zeit verborgen bleiben sollen.«

Oder die steinernen Bruchstücke eines Gargoyle, ergänzte Gorian die in der Erinnerung nachklingenden Worte seines Vaters.

Doch Ar-Don hatte Nhorich nicht erwähnt, und vermutlich war die Tatsache, dass sich das Grab des Gargoyle ganz in der Nähe des Tempels befand, der eigentliche Grund für ihn gewesen, seinem Sohn zunächst das Wissen vorzuenthalten, das es ihm ermöglichte, diesen Ort zu betreten. Erst vor einem halben Jahr hatte er Gorian offenbar die nötige innere Stärke zugetraut, den Einflüsterungen dieser Kreatur zu widerstehen.

»*Nie waren wir uns näher*«, wisperte deren Stimme in Gorians Gedanken, und tatsächlich fühlte dieser auf einmal eine große Kraft in sich. »*Es wäre so leicht für dich, den Bann zu lösen. Du müsstest nur die kleinen magischen Hürden überwinden, die dein Vater errichtete, damit ich niemals gefunden werde. Nur ein paar Schritte …*«

»*Nein!*«

Gorians Gedanke hatte fast schon die Intensität eines Kraftschreis, obwohl seine Lippen fest aufeinandergepresst blieben und ihm nicht ein einziger Laut entfuhr.

Der Gargoyle verstummte.

Beliak und Gorian traten in den Hauptraum des Tempels. Durch die Löcher im Dach der Ruine fiel Mondlicht, und dies auf eine Weise, dass Gorian der Gedanke kam, diese Öffnungen seien keineswegs zufällig entstanden und nicht Ergebnis eines allmählichen Zerfallsprozesses, sondern ihre Anordnung wäre mit Bedacht gewählt worden, damit der Mondschein in bestimmten Nächten genau auf diese besondere Art eingefangen wurde.

Die Strahlen fielen durch die Öffnungen, nahmen dabei einen bläulichen Schimmer an, was wohl durch das magische Kraftfeld bedingt war, das den gesamten Bau umschloss, und wurden dadurch anscheinend deutlich verstärkt. Zudem trafen sich die Strahlen in der Mitte des Raumes, an einem Punkt auf dem quaderförmigen Altar, in dessen Inneren Nhorich einst die Schwerter Sternenklinge und Schattenstich verborgen hatte.

Was mochte dort noch sein?, überlegte Gorian. Dinge, von deren Existenz sein Vater vielleicht nur eine vage Ahnung gehabt hatte. Dinge, die seit der Zeit, als man die Alten Götter verehrte, hier schlummerten …

Als Beliak gedankenlos durch einen der Lichtstrahlen schritt, sprang er aufschreiend zurück. »Verfluchter Dämon des größten Schmerzes, was ist das denn?«, entfuhr es ihm. »Ich dachte, das wären einfache Lichtstrahlen, aber sie sind heißer als die Glut des Tiefen-Untererdreichs, aus dem meine Urahnen einst auszogen, da es ihnen dort zu ungemütlich wurde.«

Gorian vernahm die Worte des Gnomen kaum; er war zu sehr in seinen Gedanken und Erinnerungen gefangen. Zögernd trat er an den Steinquader und blickte auf jene Stellen, an der sich die Mondstrahlen trafen. Ein Zeichen leuchtete dort im Stein, aber es war nur dann zu sehen, wenn man aus einem bestimmten Winkel darauf blickte. Es bestand aus einer sehr hell aufscheinenden Linie, die von sieben anderen, gleich langen Linien rechtwinkelig gekreuzt wurde. Gorian erinnerte sich, dieses Zeichen schon einmal in einer der Schriften seines Vaters gesehen zu haben. Es gehörte zu den Zeichen der Macht, das der Orden für so genannte Tiefenzauber anwendete. *Um Dinge in der Tiefe zu verbergen,* entsann sich Gorian an das, was er dazu in einem Band mit der Bezeichnung *Zeichen der Geheimen Macht* gelesen hatte.

Wahrscheinlich hätte er dieses Zeichen gar nicht in seiner Erinnerung behalten, hätte er es nicht kurze Zeit später auf einem Stein entdeckt, der sich kaum eine Viertelmeile von Nhorichs Hof entfernt befand. »Das ist ein Grab«, war die Erklärung seines Vaters gewesen, als Gorian ihn darauf angesprochen hatte. »Es ist besser, du hältst dich davon fern.«

Erst sehr viel später hatte Nhorich seinem Sohn verraten, wer dort begraben lag: Es waren die steinernen Überreste von Branwulf, jenem Nemorischen Wolflingshund, der mit einem der Gargoyles verschmolzen war, als Nhorich die

Schwerter Schattenstich und Sternenklinge geschmiedet hatte.

Gorian richtete den Blick auf jene Öffnung in der Wand, die er in Ar-Dons Gedanken gesehen hatte, allerdings von außerhalb des Tempels. Durch die Öffnung blickte er direkt auf einen knorrigen Baum am Waldrand, der von ein paar wuchernden Sträuchern umgeben war.

»Ja, du bist auf der richtigen Spur, Gorian. Befreie mich, und ich werde dich schützen. Denn die Mächte, die dich töten wollen, sind schon auf dem Weg hierher. Und sie werden dich finden. Glaube ja nicht, dass dich der Zauber dieses Ortes auf Dauer vor ihnen verbergen könnte. Das ist nicht möglich …«

»Mir ist irgendwie nicht gut«, sagte Beliak in diesem Moment. Er hielt sich den Leib, und sein Gesichtsausdruck spiegelte deutlich wider, wie elend er sich fühlte.

Gorian sah ihn besorgt an. »Ich hoffe, du hast dir nicht mit deinen eigenen Beeren den Magen verdorben. Mir sind sie jedenfalls bekommen, auch wenn ich zugeben muss, dass ich inzwischen schon wieder Hunger habe. Aber das ist auch kein Wunder, so lange, wie wir bereits unterwegs sind.«

Doch Beliak schüttelte den Kopf. Er schritt durch den Tempel und ließ den Blick suchend umherschweifen. »Nein, es ist irgendetwas anderes«, erklärte er entschieden. »Es hat angefangen, als ich dieses Gebäude betreten habe, und wurde dann beständig schlimmer.«

»Hier ist Magie am Werk«, sagte Gorian. »Die Magie der Alten Götter – aber auch jene, die mein Vater anwendete, um die steinernen Überreste des Gargoyle zu bannen. Vielleicht hängt es damit zusammen.«

»Es fühlt sich wie ein … wie ein Sog an.«

»Was meinst du damit?«

»Ich kann das einem Nicht-Adh schwer erklären. In Wahrheit begreife ich es selber kaum. Ich weiß nur, dass mir dieser Ort aus irgendeinem Grund nicht bekommt.«

»Dann verbirg dich doch im Untererdreich«, schlug Gorian ihm vor. »Das kannst du als Adh doch gefahrlos tun. Und ich bleibe hier und warte ab, bis diese Frostkrieger-Pestilenz vorübergezogen ist oder Frogyrr seine Kraft aufgebraucht hat, die er zweifellos benötigt, um in einem für seine Verhältnisse viel zu warmen Land nach mir zu suchen.«

»Nein!«, widersprach Beliak mit einer Heftigkeit, die Gorian überraschte.

»Wieso nicht? Gibt es hier etwa keine Durchgänge in das Untererdreich?«

»Doch … das schon, aber …«

»Aber was?«

»Dieser Sog … Ich glaube, ich könnte hier nur hinab in die Erde gleiten, aber dann nicht wieder hervorkommen. Hier wirken so seltsame magische Kräfte, dass ich es nicht wagen möchte. Schließlich will ich so gut wie möglich auf dich aufpassen.«

In diesem Moment wurde das Zeichen auf dem Steinaltar unsichtbar. Die Strahlen des Mondes, die durch die Öffnungen in der Decke fielen, trafen sich nicht mehr. Sie sorgten zwar noch immer für ein fahles, geisterhaftes Licht innerhalb des Tempels, aber die magische Kraft, die ihnen gerade noch innegewohnt haben musste, war aus irgendwelchen Gründen versiegt.

»O du Narr und Held der verpassten Gelegenheiten!«, meldete sich Ar-Dons Stimme erneut in Gorians Kopf. *»Wie leicht hättest du mich befreien können! Wie günstig wäre der Moment gewesen, meine Qual zu beenden, sodass ich dich hätte schützen können! Jetzt mögen dir die finsteren Geister dieses Ortes gnädig sein, denn ansonsten wirst du kein Erbarmen und keine Hilfe mehr erwarten können.«*

»Schweig!«, murmelte Gorian.

Beliak wandte den Blick in seine Richtung. »Er bedrängt dich wieder? Ein Grund mehr, auf dich aufzupassen und nicht einfach zu verschwinden. Außerdem werde ich mich sicher bald an die ungewohnte magische Aura gewöhnt haben, die dieses Bauwerk umfängt. Ich weiß noch, als ich auf den Hof deines Vaters kam, der ja alles Mögliche an Magischem rund um sein Anwesen gewirkt hat. Ein richtiges Zaubergespinst, von dem ich anfangs gar nichts ahnte. Da ging es mir auch erst eine Zeitlang schlecht; ich litt unter den Nebenwirkungen dieser magischen Einflüsse.«

»Aber du hast dich daran gewöhnt?«, hakte Gorian nach.

»Ja. Hat damals ein paar Tage gedauert, dann war's gut.« Er zuckte mit den Schultern. »Ich sag ja immer: Die Magie von Menschen und Adhen verträgt sich nicht immer, das ist nun mal so. Warum sollte es hier anders sein?«

10 Retter

Beliak bot Gorian an, sich für eine Weile hinzulegen und auszuruhen. »Zumindest bis die Sonne aufgeht. Ich werde schon aufpassen, und mit meinen Augen und Ohren ist ja alles in Ordnung. Falls ich irgendwas Ungewöhnliches bemerke, werde ich dich sofort wecken.«

Gorian hatte zunächst Zweifel, ob er sich auf Beliak verlassen konnte, doch er war tatsächlich ziemlich müde, und das Bedürfnis nach Schlaf ließ sich nicht auf ewig zurückdrängen, selbst nicht bei einem in vielen Jahren geschulten Ordensmeister. Also war es vielleicht besser, ihm an diesem relativ sicheren Ort nachzugeben.

Das Einzige, wovor er sich ein wenig fürchtete, waren die Träume. Träume, in die sich vielleicht Ar-Don schlich. Aber dem würde er sich ohnehin irgendwann stellen müssen. Er hatte sich fest vorgenommen, dieser Stimme nicht nachzugeben. Unter keinen Umständen. Wie er überhaupt je auf den Gedanken hatte kommen können, dass dieses zwielichtige Wesen als Verbündeter in Frage käme, war ihm völlig schleierhaft. Vielleicht war das schon Ar-Dons andauernder Beeinflussung zuzuschreiben.

Denk nicht nur an Ar-Don, sondern auch an Meister Domrich und das Vermächtnis der Schwertmeister. Ein Vermächtnis, für das auch dein Vater eingetreten ist, obwohl er es im Orden nicht mehr verwirklicht sah …

Gorian verdrängte den Gedanken, von dem er nicht ganz genau wusste, ob es sein eigener oder der des Gargoyle war. In einer Ecke des Tempels ließ er sich nieder und schlief ein, dabei halb gegen die Wand gelehnt.

Am nächsten Morgen wurde er von den Strahlen der Sonne geweckt. Sie fielen durch eine der Öffnungen im Tempeldach, durch die das Mondlicht auf so besondere Weise den Altar beschien und das Bannzeichen sichtbar gemacht hatte.

Überraschenderweise hatte Gorian völlig traumlos geschlafen und fest wie ein Sein. Die Morgenkühle ließ ihn frösteln. Ein Ruck ging durch seinen Körper. Seine Rechte zuckte instinktiv zum Griff des Rächers, und sein Blick schweifte hastig durch den Raum.

Ein Feuer prasselte auf halbem Weg zwischen dem Ausgang zum Säulenportal und dem Altar. Etwas Rauch stieg auf und kräuselte sich durch die Löcher im Tempeldach. Beliak hockte vor dem Feuer und sah zu Gorian hinüber.

»Wird Zeit, dass du aufstehst.« Der Adh hielt zwei abgebrochene Äste übers Feuer. An deren Enden befand sich jeweils ein Fladen aus einer teigähnlichen gelbweißen Masse, die sich zusehends braun verfärbte. »Ich habe mir erlaubt, schon mal Frühstück zu besorgen.«

Gorian erhob sich. Seine Schultern schmerzten von seinem harten steinigen Lager. »Es scheint dir wieder gut zu gehen«, meinte er.

»Der Sog ist noch immer da. Die ganze Lichtung und sogar das angrenzende Waldgebiet sind offenbar mit einem Zauber versehen, der alles in die Tiefe zieht, aber nichts daraus hervorkommen lässt.«

»Das war wohl auch die Absicht meines Vaters und zielte auf den Gargoyle ab«, war Gorian überzeugt.

»Nein, nicht nur das«, widersprach Beliak. »Es hat mit der Kultstätte hier zu tun. Dein Vater hat den Ort nur sehr geschickt gewählt, um den Gargoyle für immer und im wahrsten Sinn des Wortes in der Versenkung verschwinden zu lassen. Aber die Erbauer dieser Anlage hatten offenbar schon etwas Ähnliches im Sinn.«

»Du meinst, hier schlummern noch ganz andere Dinge unter der Oberfläche?«

Beliak, zu dem sich Gorian gesellte, zuckte mit den überbreiten Schultern. »Keine Ahnung, aber ich denke eher an etwas anderes. Wusstest du, dass die Alten Götter einst von Menschen gerufen wurden, damit sie verhindern, dass die Adhe aus dem Boden wachsen?«

Gorian war ernsthaft erstaunt. »Davon habe ich nie gehört, weder von meinem Vater noch in der Schule von Twixlum, obwohl der Priester dort nun wirklich eine Vorliebe für alte Geschichten hatte.«

»Nun, so sagen es zumindest unsere Legenden. Allerdings verlangten die Alten Götter einen Preis dafür: Menschenopfer!«

»Die wurden abgeschafft, als sich der Glaube an den Verborgenen Gott verbreitete«, sagte Gorian sinnierend.

Beliak nickte. »Als die Adhe die Gebiete des heutigen Heiligreichs mehr und mehr mieden, wandten sich die Menschen auch von den Alten Göttern ab. Doch dies ist wohl einer der Orte, an denen ihre Magie noch wirkt.«

Gorian deutete auf die Fladen, die Beliak über die Flammen hielt. »Was ist das?«

»Baumbrot. Es quillt aus den Rinden des Baumbrotbaums, der nur noch ganz im Süden des Adhe-Landes wächst – und anderswo, wie es scheint, an recht einsamen Orten. Ich habe den Baum beim Feuerholzsuchen entdeckt. Das Baumbrot wird dir schmecken. Es gibt nichts, was nahrhafter ist; das habe ich selbst schon Oger sagen hören, und du weißt, was die vertilgen können!«

Die Länder der Oger grenzten an das der Adhe, mit denen sie seit langer Zeit verbündet waren. Vereint hatten sie früher gegen die Orxanier gekämpft, aber seit etwa hundertfünfzig Jahren waren vor allem die Frostkrieger die Feinde dieser trollähnlichen Geschöpfe, denn Morygors Schergen stießen mitunter tief in ihre Gebiete vor.

Als Verbündete des heiligreichischen Kaisers kamen die Oger allerdings aus prinzipiellen Gründen nicht in Frage, denn sie galten nach Lehre der Priesterschaft vom Verborgenen Gott als verdammt, und sich mit ihnen zu verbünden hätte bedeutet, ebenfalls der Verdammnis anheimzufallen.

Beliak stand auf und reichte Gorian einen der Äste mit dem dampfenden, braungebrannten Baumbrot. »Hier, probier. Du wirst danach kein anderes Brot mehr essen wollen, das schwöre ich dir bei allen Dämonen des Tiefen-Untererdreichs.« Und während er selbst gierig in sein Baumbrot biss, trat er zugleich mit seinem riesigen rechten Fuß das Feuer aus.

Auch Gorian nahm einen Bissen von dem Fladen. Es war schmackhafter, als er angenommen hatte, und so schlang er innerhalb kurzer Zeit das ganze Baumbrot herunter und knabberte auch noch die Reste von dem angekohlten Ast.

»Na, sag ich doch!«, freute sich Beliak. »Und da heißt es immer, die Küche der Adhe wäre für Menschen ungenießbar. Das ist ein übles Vorurteil, das wohl noch aus dem Zeitalter der Alten Götter stammt.«

Kaum hatten sie ihre Mahlzeit beendet, da waren von draußen die kreischenden Laute eines Schwarms Eiskrähen zu hören. Gorian erstarrte, aber Beliak schien es nicht weiter zu beunruhigen. »Davon sind mir bereits einige begegnet, als ich Holz holen war«, verriet er. »Am liebsten wäre ich sofort in der Erde verschwunden, aber wie ich dir ja schon sagte, ist das hier nicht möglich – jedenfalls nicht, wenn man auch wieder an die Oberfläche zurückkehren will. Die Biester haben mich gesehen, aber sobald ich den engeren Bereich um die Lichtung betrat, beachteten sie mich nicht mehr. Sie schwirrten auf mich zu, als wollten sie mich sofort angreifen, und zogen dann plötzlich wieder ab.« Der Adh zuckte mit den breiten Schultern. »Dieser Ort scheint tatsächlich gut verborgen zu sein.«

Gorian ging zum Portal, durchschritt es und blickte sich um. Mit der Linken umfasste er dabei den Dolch namens Rächer, den er am Gürtel trug, stets bereit, die Waffe herauszureißen und auf einen Angreifer zu schleudern, falls dies notwendig sein sollte.

Ein gutes Dutzend Eiskrähen kreisten in großer Höhe über der Lichtung, auf der der Tempel der Alten Götter stand. Dann senkten die Vögel plötzlich alle auf einmal ihre Flugbahn, so als würden sie von einem einzigen Willen gelenkt, sausten sehr dicht über das Tempeldach hinweg und stoben dann in alle Richtungen davon.

Es war nicht erkennbar, ob sie irgendetwas bemerkt hatten, und Gorian hatte auch keine Ahnung, inwiefern diese Vögel eventuell in der Lage waren, magische Kräfte zu spüren.

Ihn hatten sie jedenfalls ganz offensichtlich nicht bemerkt, obwohl Morygor ganz gewiss in jede Kreatur, die er ausgesandt hatte, ihn zu finden und zu töten, ein nachdrückliches Gedankenbild seiner Gesichtszüge und seiner Gestalt gepflanzt hatte, sodass ihn die Eiskrähen auf jeden Fall hätten erkennen müssen.

Beliak trat ebenfalls ins Freie, rülpste ungeniert und sagte entschuldigend: »Dieser seltsame magische Sog wirkt sich offenbar auch auf die Verträglichkeit des Baumbrots aus.«

»Mir hat es geschmeckt.«

»Worüber grübelst du nach, Gorian?«

»Ich frage mich, wie lange ich mich hier verbergen kann.«

»Sei zufrieden damit, dass du bisher überlebt hast. Und sei nicht zu ungeduldig, was das Erreichen deiner größeren Ziele betrifft. Die Zeit ist vielleicht mehr auf deiner Seite, als du jetzt denken magst.«

»So?« Er deutete zum Himmel, wo der Schattenbringer als dunkler Fleck die Sonnenscheibe verdüsterte, die milchig und kraftlos wirkte. »Nein, die Zeit arbeitet für Morygor. Denn wenn der Schattenbringer erst mal dafür sorgt, dass kein Sonnenstrahl mehr die Welt erwärmt, werden alle, die sich dem Herrn der Frostfeste vielleicht noch entgegenstellen könnten, elendig erfrieren.«

Beliak ging auf diese unheilvollen Zukunftsvisionen nicht ein. »Eine Weile werden wir jedenfalls hierbleiben«, entschied er. »Die Frostkrieger werden ihre Kraft aufbrauchen, dann ziehen sie unverrichteter Dinge ab. Genau so wird es kommen.«

Gorian lächelte matt. »Ich kann deinen Optimismus nicht teilen«, bekannte er.

»Das ist schade«, meinte Beliak, den Blick hinauf zur Sonne mit ihrem dunklen Fleck gerichtet. »Wer gegen jemanden kämpft, der den Lauf der Gestirne beeinflussen kann, braucht nämlich Optimismus.«

Die nächsten Stunden brachte Beliak damit zu, Vorräte zu sammeln und sie in den Tempel zu tragen. In erster Linie handelte es sich dabei um Beeren und ein paar kopfgroße Fladen an ungebackenem, frisch aus der Rinde gequollenem Baumbrot. Aber er schleppte auch Feuerholz herbei und Wasser, das er in Kürbissen transportierte, die in der Nähe wuchsen und die er mit seiner Axt halbiert und ausgehöhlt hatte.

Er machte auf Gorian den Eindruck, als würde er sich mit dem Überleben in der Wildnis bestens auskennen. Und während er die Vorräte, das Wasser und das Feuerholz herbeischaffte, pfiff er vergnügt immerzu dieselben dissonanten Tonfolgen vor sich hin. Bei der Melodie handelte es sich um eines der berüchtigten Lieder der Adhe, wie er Gorian erklärte. Gorian kannte diese Lieder natürlich. Seit die ersten Adhe auf Nhorichs Hof eine Anstellung gefunden hatten, waren dort ihre schrägen Weisen zu hören gewesen, und Gorian hatte sich immer gefragt, wie es sein konnte, dass sich Wesen mit so großen und offenkundig auch guten Ohren wie die Adhe durch das völlige Fehlen jeglichen Sinns für Harmonie und Rhythmus auszeichneten.

Gorian nutzte die Zeit, sich etwas in der Umgebung umzusehen. Tatsächlich wirkten viele Bäume, die in unmittelbarer Nähe der Lichtung wuchsen, sehr eigenartig. Sie sahen stark verwachsen aus, und so manches dieser Gewächse gehörte keiner Baumart an, die Gorian bekannt war. Offenbar gediehen einige Arten im Bereich des unsichtbaren Tempels, die von dessen magischer Aura auf irgendeine Weise in ihrem Wachstum begünstigt wurden.

Schließlich konnte er der Versuchung nicht länger widerstehen, auch jene Stelle aufzusuchen, wo sein Vater offenbar die Überreste des Gargoyle vergraben hatte. Fast war es, als würden seine Schritte wie automatisch zu jenem Baum gelenkt, den man durch die Öffnung in der Tempelwand sehen konnte. Er ging in die Knie, blickte zurück zum Tempel und sah das Bauwerk aus nahezu der gleichen Perspektive wie in seinem Traum.

»Du wirst die Macht des Mondes brauchen, um mich zu be-

freien!«, meldete sich Ar-Dons Stimme wieder in seinen Gedanken. *»Ansonsten wäre es sehr schwer und würde vielleicht deine Kräfte übersteigen.«* Als Gorian darauf nichts erwiderte und auch nichts unternahm, sondern einfach nur unschlüssig dastand, wurde der Gargoyle drängender, fast wütend: *»Du brauchst meine Hilfe ebenso wie ich die deine! Du Narr, sieh endlich ein, dass es kein Gefallen ist, den ich von dir fordere, sondern dass ich dir ein Geschäft vorschlage, bei dem wir beide einen guten Schnitt machen!«*

»Schweig!«, murmelte Gorian, denn er wusste inzwischen, dass es keinen Sinn hatte, diese Gedankenstimme einfach nur zu ignorieren. Das schien sie letztlich nur noch anzustacheln. Und die Beharrlichkeit dieses Wesens war kaum zu übertreffen.

Aber war das verwunderlich? Schließlich befand sich in jener Kreatur, zu der Ar-Don geworden war, auch der Geist Meister Domrichs, und der hatte in Morygors Kerker ein geradezu übermenschliches Durchhaltevermögen bewiesen. Zumindest diese Eigenschaft des Schwertmeisters war wohl auf den Gargoyle übergegangen, woran offensichtlich auch der Umstand nichts geändert hatte, dass Morygor Ar-Don anschließend auf das ihm gefällige Maß zurechtgestutzt hatte.

»Nur gemeinsam können wir überleben, Gorian!«, fuhr die Gedankenstimme einfach fort. *»Du denkst wohl, du wärst der Einzige, der sich von Morygors Grausamkeit fürchten muss. Mag sein, dass er in erster Linie hinter dir her ist, aber glaubst du, mir gegenüber würde er mehr Gnade walten lassen als dir, fiele ich ihm in die Hände? Der Herr der Frostfeste bestraft alle, die seine Befehle nicht zu seiner vollsten Zufriedenheit ausführen. Ich habe gefehlt, und die Rache des Frostherrn wäre mir gewiss.«*

»Selbst für Morygor dürfte es sehr schwierig sein, dich endgültig zu töten«, äußerte Gorian laut.

»Morygor tut seinen Dienern, die in seinen Augen versagt haben, und Verrätern an seiner Sache weitaus Schlimmeres an – wobei beide Vergehen für ihn dasselbe sind.«

Gorian fühlte plötzlich einen ungeheuer starken Drang in sich, dem er sich nicht zu widersetzen vermochte. Ein Drang, der sich zusammensetzte aus eigener Neugier und etwas, das nicht aus ihm selbst kam. Er trat vor, ganz nahe an den knorrigen Baum heran, bog ein paar Sträucher zur Seite, die zwischen seinen Wurzeln wuchsen, und entdeckte einen Stein, der wie ein verkleinertes Ebenbild des Quaders im Tempel wirkte. Selbst das Zeichen, das auf dem Altar beim Einfall des Mondlichts zu sehen war, fehlte nicht: Das Siebenerkreuz war in den Stein graviert!

Jetzt liegt es also in meiner Hand, dachte Gorian.

»Endlich begreifst du es, du Narr! Aber es kommt auch auf den richtigen Moment an. Ohne das Mondlicht geht es nicht, also warte!«

»Nein«, dachte Gorian, und dies sehr intensiv und auf eine Weise, von der er annahm, dass der Gargoyle es auf jeden Fall erfasste. *»Du behauptest, mein Diener sein zu wollen, aber in Wahrheit schwebt dir doch genau das Gegenteil vor. Ich werde mich nicht von dir beeinflussen lassen!«*

»Wir werden sehen«, wisperte die Gedankenstimme. *»Wir werden sehen …«*

In diesem Augenblick vernahm Gorian den durchdringenden Schrei eines Adh …

Gorian fand Beliak am entgegengesetzten Ende der Lichtung, wo dicht beim Waldrand hohes Gras wuchs.

»Was ist los?«

Beliak starrte auf einen etwa zwei Schritte durchmessenden Bereich, der völlig frei von Gras war, obwohl der Untergrund dort aus dunkler, ja, pechschwarzer Erde zu bestehen schien, aus der es eigentlich nur so sprießen musste. Allerdings fiel Gorian der scharfe, unangenehm stechende Geruch auf, der von dieser angeblichen Erde ausging.

»Das ist kein Mutterboden«, erklärte Beliak, »sondern die Hinterlassenschaft eines Langzahnlöwen. Und ich wäre beinahe hineingetreten!« Der Adh schüttelte sich. »Die Biester sind selten geworden, aber ausgerechnet diesen Ort scheint sich einer von ihnen zum Revier erkoren zu haben.« Beliak seufzte. »Ist natürlich ein zusätzlicher Schutz, wenn man irgendwas verbergen will ...«

»Ist das frisch?«, fragte Gorian.

»Was weiß ich? Mir selbst ist nie eines dieser Monster begegnet, den Göttern der Adhe sei Dank. Wusstest du, dass im Zeitalter der Alten Götter einige Menschenvölker diese Bestien abgerichtet haben, Adhe zu jagen?«

»Nein, wusste ich nicht«, gestand Gorian.

»Sie können nämlich ins Untererdreich eindringen und dort sehr viel länger existieren als die meisten anderen Wesen, von uns Adhen mal abgesehen.«

»Dann war das Biest, von dem dies hier stammt, vielleicht dem magischen Drang erlegen, der alles in die Tiefe ziehen will, und ist jetzt irgendwo unter unseren Füßen ohne die Möglichkeit einer Rückkehr.«

»Darauf würde ich mich nicht verlassen«, murmelte Beliak. »Wir sollten uns nicht mehr zu weit vom Tempel entfernen ...«

Eisiger Wind kam auf, so feucht und kalt, dass er die Blätter der umliegenden Bäume mit einer feinen glitzernden Schicht überzog, wodurch sie so schwer wurden, dass einige von ihnen hinabfielen. Auch Äste wurden nach und nach von einer Eisschicht eingehüllt und brachen.

Schon zuvor war Beliak aufgefallen, dass es in einem gewissen Umkreis des Tempels keinerlei Tiere gab, aber das hatte er zunächst den besonderen magischen Eigenschaften dieses Ortes zugeschrieben. Nun war er sich da nicht mehr so sicher. »Könnte sein, dass Frogyrr selbst sich hierherbegibt«, sagte er düster. »Schließlich geht es nicht nur um deine Existenz, sondern auch um die des Frostgottes. Denn ich glaube kaum, dass Morygor es ihm so ohne Weiteres verzeihen würde, sollte er mit leeren Pranken in die Frostfeste zurückkehren. Wahrscheinlich wäre für ihn selbst ein Leben unter der Sonne Eldosiens noch angenehmer.«

Etwas später setzte Schneefall ein, und innerhalb kurzer Zeit war das Gebiet um den Tempel zu einer weißen Winterlandschaft geworden. Nur der Tempel selbst, die Lichtung und die ersten Baumreihen des Waldes blieben davon unberührt. Und wenn Gorian in den grau gewordenen Himmel blickte, durch den seltsamerweise nur noch der dunkle Schattenbringer deutlich zu erkennen war, während die Sonne als verwaschener und erschreckend fahler Lichtfleck erschien, konnte er sehen, wie eine unheimliche Kraft die Schneeflocken ablenkte, so als wäre über diesen Bereich ein unsichtbarer Schirm gespannt.

Weit über dieser unsichtbaren Glocke tauchten wieder Eiskrähen auf, aber diesmal wagten sie keinen Sturzflug in die Tiefe, sondern blieben hoch oben, selbst für den Rächer unerreichbar, hätte Gorian ihn geschleudert.

Sie kreisten über dem Tempel, und mit der Zeit versammelten sich dort immer mehr von ihnen. Ihr Krächzen vermischte sich zu einem schaurigen Singsang, bei dem Gorian fast den Eindruck hatte, sie würden damit jemanden rufen.

»Also, sollte dir noch irgendetwas einfallen – etwas, was du mal in den alten Büchern gelesen hast, aus denen du deine Nase nicht herausnehmen konntest –, dann solltest du es jetzt äußern«, meinte Beliak. »Irgendetwas, was wir noch tun können, bevor der achtbeinige Eisbär hier auftaucht.«

Sie standen beide vor dem Säulenportal des Tempels, auf das noch keine einzige Schneeflocke gefallen war.

Als Gorian keine Antwort gab, setzte Beliak hinzu: »Dann bleibt uns nichts anderes übrig, als auf die Magie dieses Ortes zu vertrauen.«

»Du könntest noch fliehen«, meinte Gorian und sah den Adh an. »Gib einfach dem magischen Sog nach, lass dich in die Tiefe ziehen …«

»Um dann wer weiß wie weit durch das Untererdreich wandern zu müssen, um irgendwo wieder auftauchen zu können?«, fragte Beliak. »Falls das überhaupt möglich ist, denn der Zauber, der hier wirkt, könnte einen wie mich auch direkt ins Tiefen-Untererdreich ziehen, wo ich verglühen würde, oder mich für immer hier unter den Tempelfundamenten festhalten.« Er wog die Axt in seinen Händen. Er hatte ihre Schneide an den Tempelstufen geschliffen, auf eine Weise, die Gorian alles andere als fachkundig erschien, die aber dennoch ihren Zweck erfüllt hatte: Sie war so scharf wie nie. »Nein, ich lasse dich nicht im Stich«, versprach der Adh, »was auch immer geschehen mag. Und das tue ich nicht nur aus Freundschaft, wie du vielleicht glaubst.«

»Warum denn noch?«

»Solange du lebst, besteht für mich die Hoffnung, dass Morygors Herrschaft eines Tages doch noch sein Ende findet. Vielleicht nur eine unbestimmte Hoffnung – aber das ist besser als nichts, wie ich finde.«

Dumpfe Kriegsrufe in orxanischer Sprache ließen ihn verstummen. Hier und dort erschienen die ersten orxanischen Toten. Doch die letzten Baumreihen, die nicht vom Schnee bedeckt, sondern nur von einer Eisschicht überzogen waren, konnten sie nicht durchschreiten. Eine unsichtbare Wand machte jedes weitere Vorwärtskommen unmöglich.

Sie schrien vor Wut, und manche von ihnen schlugen wild mit ihren Waffen um sich, aber gegen die Magie, die es ihnen ebenso wie den Schneeflocken verwehrte, diesen Ort zu erreichen, konnten sie nichts ausrichten. Immer wieder prallte eines der monströsen gespaltenen Schwerter einfach zurück und traf den Angreifer, allerdings nicht so schwer, dass dadurch auch nur ein einziger der untoten Frostkrieger außer Gefecht gesetzt worden wäre.

Gorian machte ein paar Schritte nach vorn. Er zitterte leicht, so kalt war es inzwischen geworden, und seine Finger waren ganz klamm. Die Frostkrieger schienen ihn vom Waldrand aus nicht zu bemerken – und sehr wahrscheinlich sahen sie nicht einmal den Tempel. Ihr ungestümes Toben lag eher darin begründet, dass ihnen magische Kräfte verwehrten, auf die Lichtung vorzudringen.

Der Schneefall ließ nach, aber inzwischen hatten sich so viele Eiskrähen hoch über dem Tempel versammelt, dass die eigentlich strahlend weißen Tiere den Himmel verdunkelten. Ihr Gekreische erreichte zeitweilig eine ohrenbetäubende Lautstärke, schwächte sich dann aber immer wieder deutlich ab. Und manchmal glaubte Gorian sogar, ein einzelnes Wort aus diesem Gekreische herauszuhören, einen Namen: *»Morygor …*

Ein Krachen und Splittern erklang, Bäume fielen und rissen weitere mit sich, und gleichzeitig dröhnte ein tiefes, kehliges Brüllen, das in einem dumpfen Brummen mündete und schließlich kaum noch hörbar war, jedoch den Boden erzittern ließ.

Gorian spürte einen Druck in der Magengegend, und in den Stufen des Säulenportals bildeten sich leichte Risse, während sich Beliak die Ohren zuhielt. Offenbar half der unsichtbare magische Schirm, der diesen Ort umgab, nicht gegen die Kraft eines solchen Schreis. Die Eiskrähen fügten diesem unglaublich tiefen Laut noch ihr schrilles Kreischen hinzu.

»Bei allen Feuern des Tiefen-Untererdreichs, jetzt wird es ernst!«, entfuhr es Beliak, der den Stiel seiner Axt mit beiden Pranken umfasste, wobei Gorian doch sehr bezweifelte, dass mit einer solchen Waffe gegen die anrückende Bedrohung überhaupt etwas auszurichten war.

Er selbst sammelte seine magischen Kräfte, wie er es von seinem Vater gelernt hatte, und seine Augen wurden vollkommen schwarz. Er sah, wie immer mehr Baumkronen einfach zur Seite kippten. Hin und wieder wurde auch ein von Eis überzogener Baum entwurzelt und in die Höhe geworfen, offenbar einfach mit roher Gewalt aus dem Boden gerissen, häufig noch mit einem riesigen halbgefrorenen Erdballen am Wurzelwerk.

Die bärenhafte Gestalt Frogyrrs tauchte aus dem Dickicht auf. Er bahnte sich seinen Weg und schien den Moment nicht erwarten zu können, endlich die Lichtung zu erreichen, lief auf sechs seiner acht Tatzen und benutzte das vordere Paar, um sich den Weg auf äußerst rabiate Weise frei zu räumen. Seinen Elfenbeinstab ließ er sich von einem Dutzend orxanischen Frostkriegern hinterhertragen.

Dann spürte Frogyrr die Barriere und brüllte auf – so laut, wie Gorian noch kein Wesen hatte brüllen hören. Es war eine Mischung aus Wutgeheul und Kampfschrei, dessen letzte Momente wiederum so tief wurden, dass die Risse in der Treppe weiter aufbrachen. Sie fraßen sich durch das Gestein, teilweise bis ins Mauerwerk.

Der Frostgott richtete sich zu voller Größe auf, trommelte mit vier seiner acht Pranke gegen die unsichtbare Wand, wobei hin und wieder bläuliche Funken stoben, und ein Gedanke Frogyrrs erreichte Gorian mit geradezu schmerzhafter Vehemenz.

»Hast du gedacht, dass ich dich nicht finde, du elender Wurm?«

Im ersten Moment durchraste Gorian eine Welle des Schmerzes, als er diesen Gedanken empfing, gegen den die magische Abschirmung offenbar keinerlei Wirkung hatte. Aber da er bereits zuvor seine Kräfte gesammelt hatte, gelang es ihm sehr viel besser, sich gegen den bedrängenden Einfluss abzuschirmen, als bei ihrer ersten Begegnung auf Nhorichs Hof.

Nein, auf diese Weise wirst du mich nicht besiegen!, dachte er trotzig, ein Gedanke, der zwar nicht an den Frostgott gerichtet war, den Frogyrr aber bestimmt wahrzunehmen vermochte.

Die Laute des Frostgottes verwandelten sich in etwas, das Ähnlichkeit mit menschlichem Triumphgelächter hatte. Er nahm den Elfenbeinstab wieder an sich, ging mehrere Schritte zurück, berührte mit dem Orxanier-Schädel an der Spitze des Stabs die unsichtbare magische Wand, und bläuliche Funken sprühten. Dann riss er das Maul weit auf und stieß abermals ein paar sehr tiefe Töne aus, die einem dumpfen Gemurmel glichen.

Daraufhin zeigten sich auch im Gemäuer des Tempels und ebenso in den Säulen Risse, allerdings konnten diese Beschädigungen die Tempelruine nicht zum Einsturz bringen. Gorian stellte sogar fest, dass sich die wie Wasserläufe in einem Delta verzweigenden kleinen Spalten sogar zum Teil wieder zurückbildeten. Das bläuliche Leuchten, das dabei hier und dort aufblitzte, verriet, dass Magie im Spiel war.

Schwarzes Blut quoll aus der leeren Augenhöhle des Frostgottes. Die Wunde schien kaum verschorft, geschweige denn auch nur ansatzweise verheilt zu sein, dazu reichten

Frogyrrs Kräfte derzeit einfach nicht aus. Mit Sicherheit lag dies auch daran, dass ihm das Auge durch eine Klinge aus Sternenmetall genommen worden war.

Der bärengestaltige Eisgott stieß nun einen Laut aus, der Gorian an die Kraftschreie der Meister des Ordens erinnerte, und ein bläulicher Blitz knisterte durch die Luft und verzweigte sich dutzend- und dann hundertfach, sodass für wenige Augenblicke ein Netz aus leuchtenden, sich verzweigenden Lichtspuren entstand.

Dann war es vorbei, das Leuchten verschwand, und Frogyrr musste sich plötzlich auf seinen Elfenbeinstab stützen. In den Augen des Orxanier-Schädels an dessen Ende glühte es zuerst rötlich und dann bläulich.

Der Frostgott war zweifellos durch seinen Angriff sehr geschwächt – aber das magische Feld, das den Tempel schützte, ebenfalls, denn nun brachen die Frostkrieger aus dem Unterholz und drangen mehrere Dutzend Schritt auf die Lichtung vor, ohne dass sie aufgehalten worden wären.

Auf einmal aber prallten sie erneut gegen eine unsichtbare Grenze, hämmerten in sinnloser Wut mit ihren Waffen darauf ein. Sie rückten von allen Seiten heran. Der Kreis um den Tempel war enger geworden, die Wirkung des Zaubers, der diesen Ort schützte, offensichtlich schwächer.

»Noch ein oder zwei solcher Angriffe, und sie haben uns«, knurrte Beliak.

»Ich nehme an, dass sich Frogyrr erst einmal erholen muss, bevor er so etwas noch einmal wagen kann«, vermutete Gorian. Er deutete auf die sich mehr und mehr zurückbildenden Risse in der Treppe und im Mauerwerk. Man konnte zusehen, wie sich der Stein allmählich wieder schloss. »Die Magie des Tempels ist nicht so leicht zu bezwingen, wie sich dieses Bärenmonstrum das vielleicht vorgestellt hat.«

Wie auf einen geheimen Befehl hin stürzten auf einmal die Krähenvögel vom Himmel und ließen sich auf den Bäumen am Waldrand nieder. So mancher Ast ächzte unter ihrer Last.

Gorian hatte sich geirrt: Frogyrr startete bereits den zweiten magischen Angriff auf den Schutzschirm, berührte erneut mit dem Orxanier-Schädel die unsichtbare Wand, und wieder breitete sich ein Geflecht aus Blitzen aus. Das tiefe Dröhnen, das aus seinem weit aufgerissenen Maul drang, ließ die gerade geschlossenen Risse im Mauerwerk wieder aufspringen.

Die Frostkrieger drangen lärmend noch etwas weiter vor. Sie schienen wohl anzunehmen, dass die unsichtbare Wand, die sie davon abhielt, einfach weiterzustürmen, innerhalb der nächsten Augenblicke völlig zusammenbrechen würde. Aber dem war nicht so. Der zweite magische Angriff des Frostgottes war wesentlich schwächer als der erste. Das bisschen Gelände, das seine Frostkrieger dadurch gewannen, nützte ihnen im Grunde nichts. Demgegenüber stand aber ein offenbar erheblicher Kräfteverlust des achtbeinigen Eisbären.

Er taumelte ein paar Schritte zurück, und sein tiefes Brummen hatte längst nicht mehr die zerstörerische Kraft wie zuvor. Teilweise begannen bereits das Eis und der Schnee von den Bäumen zu tauen. Frogyrr öffnete wieder das Maul und sandte einen für seine Verhältnisse sehr schwachen Eishauch aus, dessen Kälte Gorian und Beliak dennoch spürten. Frogyrr wandte den Kopf, während der kalte Hauch aus seinem Maul fauchte, damit sich dieser gut verteilte, aber Gorian entging nicht, dass sich beim Waldrand einzelne Wasserpfützen gebildet hatten, wo der Boden trotz Frogyrrs Bemühungen nicht mehr richtig gefror.

Dennoch – die Lage blieb bedrohlich.

Beliak sprach Gorian nicht noch einmal darauf an, ob er vielleicht nicht doch noch die Hilfe des Gargoyle in Anspruch nehmen wollte. Aber in den Gesichtszügen des Adh stand diese Frage überdeutlich.

Eine innere Unruhe erfasste Gorian. Auf einmal umrundete er mit schnellen Schritten den Tempel, sodass er schließlich dessen Rückseite erreichte, wo der Brotbaum stand, an dessen Wurzeln sich Ar-Dons Grab befand.

Der Baum war inzwischen völlig vereist, und mindestens dreihundert Eiskrähen hatten sich auf seinen Ästen niedergelassen. Die Grenze des durch Magie geschützten Bereichs verlief ungefähr auf halbem Weg zwischen dem Baum und der Rückfront des Tempels.

Das bedeutete, dass sich Ar-Dons Grab in Frogyrrs Einflussbereich befand, ging es Gorian durch den Sinn. Wahrscheinlich war es nun ohnehin nicht mehr möglich, den Bann, denn Nhorich über den Gargoyle gelegt hatte, von ihm zu nehmen.

Verwunderlich war, dass Ar-Don offenbar keinerlei Hilfsappelle an die Schergen seines Herrn richtete. Zumindest bekam Gorian davon nichts mit. Warum ließ er nicht den Bann von Morygors Dienern auflösen? Und wäre es nicht sogar eine Gelegenheit für ihn, jenen Mordauftrag, an dem er vor sechs Jahren gescheitert war, doch noch auszuführen? Frogyrr war mit Sicherheit in der Lage, den Bann zu lösen – und für Ar-Don ergab sich dadurch vielleicht sogar die Möglichkeit, das Wohlwollen seines Herrn und Meisters in der fernen Frostfeste zurückzugewinnen.

Aber nichts von alledem schien in Ar-Dons Absicht zu liegen.

Was Gorian allerdings am meisten verwunderte, war, dass Ar-Don vollkommen stumm blieb. Kein höhnischer, vor Zynismus triefender Gedanke, keine drohenden Bildvisionen, kein Versuch, ihn zu schwächen oder noch einmal umzustimmen. Nichts!

Ar-Don hätte sich wieder auf die Seite des Frostreichs stellen können, und doch tat er es nicht. War er – und besonders jener Teil in ihm, der zu Meister Domrichs Seele gehört hatte – tatsächlich nicht mehr jener willenlose Sklave Morygors, der er einst gewesen war? Verbarg er sich – und zwar ganz bewusst – vor den Schergen des Frostherrn?

Für einen Moment erschien Gorian das, was ihm Ar-Dons Gedankenstimme die ganze Zeit über einzuflüstern versucht hatte, doch auf gewisse Weise plausibel. Die Seelenreste von Meister Domrich schienen sich stärker durchzusetzen, als Gorian es bisher für möglich gehalten hätte.

Vielleicht habe ich mich geirrt, Ar-Don!, dachte Gorian.

Doch dieses Mal erhielt er keine Antwort auf seine Gedanken.

11 Kämpfe

In den nächsten Stunden geschah nichts. Gorian und Beliak wachten zwischen den Säulen des Tempelportals und beobachteten, was sich bei ihren Feinden tat. Frogyrr unternahm keinen Versuch mehr, die magische Wand zu vernichten. Er hatte wohl schon zu viel Kraft bei den ersten beiden Malen verbraucht und wollte sich nicht vollends verausgaben, zumal er die Zeit auf seiner Seite wusste. Denn Gorian und Beliak konnten dieser Belagerung nicht endlos standhalten, selbst dann nicht, wenn die magische Barriere weiterhin undurchlässig blieb.

Immerhin bildeten sich die Risse im Mauerwerk langsam zurück.

»Die da drüben setzen wohl darauf, dass es uns früher oder später zu kalt wird«, äußerte Beliak mit der gewohnten Leichtigkeit, die ihm eigen war, die aber im Moment nur aufgesetzt wirkte. In Wirklichkeit war der Adh wohl ganz und gar nicht mehr so zuversichtlich, dass die Geschichte noch ein gutes Ende für sie beide nahm.

»Es scheint darauf hinauszulaufen, wen früher die Kräfte verlassen, uns oder Frogyrr«, war Gorian überzeugt. »Im Moment würdest du da wohl nicht für unsere Seite wetten, was?«

»Ich meine nur, es wäre nicht schlecht, wenn du noch irgendetwas an Magie auf Lager hättest, das unsere Gegner schwächen könnte«, antwortete Beliak. »Na, fällt dir nichts ein? Ah, ein Magiemeister des Ordens müsste man jetzt sein. Oder zumindest so viel davon verstehen, wie dein Vater es tat.«

Ein durchdringendes Fauchen ließ sie beide aufhorchen.

»Was war das?«, fragte Gorian.

Das Gesicht des Adh veränderte sich, und Gorian sah, dass Beliak der Schrecken durch alle Glieder fuhr. »Das ist ein Laut, der oft genug in strophenweiser Ausführlichkeit in den Liedern der Adhe geschildert wird«, murmelte er. »Der Rhythmus dieser Schritte, der aasige Geruch des Atemhauchs …«

»Wovon sprichst du?«

»Von einem Langzahnlöwen.«

Im nächsten Moment sahen sie, wie zwei Dutzend Orxanier eine solche Bestie an Ketten heranführten. Das Biest war höher als jedes Pferd und vom Kopf bis zum Schwanz mindestens viermal so lang. Die Schulterpartie war im Verhältnis zu anderen katzenartigen Geschöpfen viel breiter, und es gab eine Sage, nach der einst ein Herzog von Thisilien verfügt hatte, Stadttore so zu bauen, dass zwar ein großes Gespann, nicht aber ein hungriger Langzahnlöwe hindurchpasste. Der Körper des Monstrums war mit frisch verkrusteten Verletzungen übersät, aber auch einige der Frostkrieger um ihn herum trugen deutliche Spuren eines Kampfes: Sie waren blutbesudelt, und einem fehlte ein Arm. Die vertikal aus dem Maul ragenden Reißzähne, die der riesenhaften Raubkatze ihren Namen gaben, waren fast so lang wie die gespaltenen orxanischen Schwerter. Einige der Frostkrieger stachen das Tier sofort mit langen Speeren, wenn es auch nur den Anschein erweckte, es wollte einen Angriff wagen. Offensichtlich begleitete es die Frostkrieger nicht freiwillig.

Der seltsam anmutende Zug nahm die Schneise, die Frogyrr durch den Wald geschlagen hatte, und nutzte dafür deren volle Breite.

»Was haben die vor?«, fragte Gorian.

»Wir sollen wohl als Raubkatzenfutter herhalten«, vermutete Beliak grimmig. »Aber da sind sie bei mir an den Falschen geraten!«

»Jedenfalls kann der Langzahnlöwe die magische Barriere durchdringen«, erkannte Gorian. »Er gehört hierher, und etwas von ihm ist sogar noch an diesem Ort.«

»Wie meinst du das?«, fragte der Gnom irritiert.

»Es ist wie mit den orxanischen Frostkriegern aus Gaerths Verwandtschaft. Er hat eine Verbindung zu diesem Ort, und möglicherweise reicht das aus, dass er die magische Grenze um den Tempel überschreiten kann.«

Frogyrr ließ ein durchdringendes, dröhnendes Brüllen hören und stieß dem Langzahnlöwen den Elfenbeinstab in die Seite. Von dem Orxanier-Schädel an der Spitze sprühten Funken, und auch die Raubkatze brüllte auf, kippte zu Boden und wand sich für Augenblicke vor Schmerzen. Dann schlug Frogyrr mit einer seiner Pranken zu. Es war ein gezielter Schlag gegen den Hals des Langzahnlöwen, der daraufhin erschlaffte und leblos am Boden liegen blieb.

Im nächsten Moment entströmte der Bärenschnauze des Frostgottes ein schwarzer Rauch, der dem erschlagenen Langzahnlöwen in Nase, Ohren und ins offene Maul drang. Den Gedanke, den Frogyrr dabei an das Tier übertrug, bekam sogar Gorian mit. *»Lebe!«*

Ein Zucken durchlief den toten Körper der riesenhaften Raubkatze. Das Tier rührte sich wieder, hob den Kopf. Der Blick der zuvor gelblichen Augen war leer, und die Augäpfel waren so dunkel wie die finsterste Nacht.

Das katzenhafte Monstrum kam wieder auf die Beine.

Auch das Fell hatte sich verändert. Der sanfte Braunton war zu einem ungesunden grünlichen Schimmer geworden, wie ihn auch die orxanischen Untoten zeigten.

Diese quittierten die Verwandlung des Langzahnlöwen mit lauten Rufen. Manche klapperten mit ihren Waffen, schlugen sie gegeneinander und begrüßten das katzenhafte Ungeheuer auf diese Weise in ihren Reihen.

»Sei nicht tot! Und töte!«, lautete Frogyrrs Gedankenbefehl, und zugleich entrang sich ein bellender Laut seinem Maul, das in Gorians Ohren wie Triumphgelächter klang.

Ein paar der orxanischen Frostkrieger lösten die Ketten, mit denen die Bestie noch immer gehalten wurde. Der Langzahnlöwe schlug dabei mit den Pranken um sich. Einer der Frostkrieger konnte nicht schnell genug ausweichen, wurde mehr als zehn Schritte weit durch die Luft geschleudert und prallte gegen einen Baum. Ein von Eis ummantelter, abgebrochener Ast bohrte sich von hinten durch seinen Brustkorb und trat vorn wieder durch das Lederwams. Der Untote brüllte auf, schlug mit den Armen um sich und strampelte mit den Beinen, aber allein konnte er sich aus seiner Lage nicht befreien. Nachdem er von den in der Nähe stehenden Frostkriegern zunächst mit höhnischem Gelächter überschüttet wurde, nahmen ihn schließlich zwei der Orxanier vom Haken, woraufhin er zusammenbrach. Aber die Verletzung beendete nicht die Existenz des Untoten. Er keuchte und spuckte nur orxanisches Blut. Einer der anderen Frostkrieger gab ihm einen kräftigen Schlag auf die Schulter und sagte ein paar Worte in seiner Muttersprache, die wohl einer spöttischen Bemerkung entsprachen.

Der untote Langzahnlöwe schritt unterdessen mit der gewohnten katzenhaften Geschmeidigkeit auf die unsichtbare magische Grenze zu, die den Tempel schützte. Die Frostkrieger wichen ihm dabei tunlichst aus. Ein bläulicher

Blitz umflorte kurz die Bestie, als sie durch die unsichtbare Barriere schritt. Der Löwe ließ ein bösartiges Knurren hören, riss das Maul auf und schnappte um sich.

Und dann stürzte er mit einer Schnelligkeit voran, die man diesem gewaltigen Raubtier gar nicht zutraute. Mit gewaltigen Sätzen jagte er auf das Tempelportal zu.

»Nichts wie weg hier!«, rief Beliak.

Sie rannten durch das Säulenportal. Die untote Bestie war ihnen bereits dicht auf den Fersen. Der aasige Geruch, der aus ihrem Maul drang, raubte ihnen schier den Atem. Die riesenhafte Raubkatze wollte den beiden durch das Säulenportal folgen – und blieb mit den Schultern stecken. Der Abstand zwischen den beiden Säulen am Eingang war einfach zu schmal für ihre breite Schulterpartie.

Das untote Tier steckte den Kopf zwischen die Säulen hindurch und starrte zornig ins Innere des Tempels. Dann ließ es ein ohrenbetäubendes Fauchen hören, das in dem Gemäuer widerhallte.

Gorian und Beliak wichen zurück. Mehr als zwei Dutzend Schritt lagen zwischen ihnen und der wütenden Bestie.

Gorian griff zu seinem Dolch und schleuderte ihr die Waffe entgegen, so wie er es gelernt hatte. Sein Kraftschrei mischte sich dabei mit dem Gebrüll des Löwen.

Gorian hatte auf eines der Augen gezielt, aber im letzten Moment bewegte das Raubtier den Kopf und wurde am Ohr getroffen. Der Dolch durchschnitt es, prallte gegen den Stein einer der Säulen und fiel klirrend zu Boden.

Gorian streckte die Rechte aus, der Dolch bewegte sich, rutschte über den Steinboden und flog dann zurück in Gorians Hand. Das Blut des Langzahnlöwen troff noch von der Spitze.

Ein lebendes Exemplar dieser Art hätte man vielleicht mit dem Dolch aus Sternenmetall zur Strecke bringen können, aber ein untotes Wesen dieser Größe so zuzurichten, dass es nicht mehr in der Lage war zu kämpfen, war selbst mit dieser Waffe ein nahezu unmögliches Unterfangen. Abgesehen davon schien Frogyrr das untote Monstrum mit sehr viel Existenzkraft ausgestattet zu haben; die hatte ihm der Frostgott reichlich eingehaucht, auch wenn sie ihm selbst nun fehlen würde.

Doch das würde für Frogyrr keine Rolle mehr spielen. Wenn dieser katzenhafte Mörder Erfolg hatte, dann konnte er sich auf den Rückweg in seine kalte Heimat machen und sich auf der Reise dorthin in aller Ruhe erholen.

Der Langzahnlöwe schleckte mit seiner grünlichen, entsetzlich stinkenden Zunge das vom Ohr herabtropfende Blut auf und zog sich ein paar Schritte zurück. Gleich darauf aber unternahm er einen weiteren Versuch, sich zwischen die Säulen hindurchzuzwängen. Doch das war völlig aussichtslos, dazu waren seine Schultern einfach zu breit, und die Biegsamkeit kleinerer Katzenarten war ihm nicht zu eigen.

Dafür aber verfügte er über gewaltige Kräfte. Also nahm er ein paar Schritte Anlauf und rammte seine Schultern hart gegen die beiden Säulen, die ihm den Weg ins Innere des Tempels verwehrten. Eine der Säulen bekam Risse, und als der Langzahnlöwe noch einmal gegen sie rammte, zerbrach sie.

Das katzenhafte Raubtier zwängte sich daraufhin ins Innere des Tempels. Sein Fauchen dröhnte in dem Gemäuer als grausames Echo.

Gorian schleuderte erneut den Rächer, und diesmal bohrte sich die Klinge zielsicher ins linke Auge des Monstrums. Es brüllte auf, hielt inne und versuchte sich die Klinge aus dem Auge zu wischen, was ihm nach einigen Versuchen auch gelang. Er schleuderte sie von sich, während ihm schwarzes Blut über die untote Fratze lief.

Der Rächer prallte gegen die Tempeldecke, Gorian stieß einen Kraftschrei aus, streckte die Hand aus, und der Dolch fiel daraufhin in einer völlig unnatürlichen schrägen Bahn geradewegs in seine Rechte.

In blinder Wut sprang der Langzahnlöwe mit einem einzigen Satz durch den halben Tempelraum. Gorian und Beliak hatten bereits den Altar im Rücken.

Noch bevor Gorian den Rächer ein zweites Mal schleudern konnte, hatte sich Beliak dem Untier entgegengeworfen. Mit der Axt in der Hand stürzte er sich auf die Raubkatze, die durch ihr verwundetes Auge in ihrer Wahrnehmung beeinträchtigt war. Mit aller Kraft, zu der ein Adh fähig war, schlug er die Axt in den Hals des Monstrums. Der Langzahnlöwe warf sich zur Seite, aber die Axt blieb zwischen den untoten Muskeln des Tiers stecken. Dann schnellten die krallenbewehrten Pranken der Raubkatze auf Beliak zu, und beide, der Adh und der Langzahnlöwe, fielen zu Boden – und sanken durch den harten Stein des Tempelfundaments.

Das Brüllen des untoten Raubtiers mischte sich mit dem durchdringenden Schrei des Adh, der gleichermaßen Ausdruck von Kraft und Verzweiflung war.

Innerhalb eines Augenblicks waren beide durch die Bodenplatten des Tempels getaucht, als wären diese die Oberfläche eines Sees. Nichts blieb von ihnen. Der Sog in die Tiefe hatte Beliak erfasst, und er hatte den Langzahnlöwen mit sich in die abgeschiedene, verborgene Welt des Untererdreichs gerissen.

»Beliak!«, rief Gorian. Er taumelte zu der Stelle, an welcher der Adh und die riesenhafte Raubkatze verschwunden waren, kniete nieder und berührte mit der Hand die massiven Steinplatten. »Beliak – nein!«

Doch der Gefährte konnte ihn nicht mehr hören, und

ganz gleich was dort unten geschah, eine schnelle Rückkehr an die Oberfläche war für beide ausgeschlossen.

Jetzt war Gorian auf sich allein gestellt.

Stunden vergingen, und es wurde dunkel. Gorian kauerte zunächst eine Weile in einer der Ecken des Tempels und überlegte, was er noch tun konnte, dachte fieberhaft darüber nach, wie sich die Magie dieses Ortes vielleicht in seinem Sinne nutzen ließ. Hierher zu flüchten war nur eine Rettung für kurze Zeit gewesen. Eine vermeintliche Rettung, die sich als Falle erwiesen hatte, aus der es kein Entrinnen zu geben schien.

Schließlich erhob er sich und wandte sich dem Altar zu. Er berührte die Stelle, an der in der vergangenen Nacht das Siebenerkreuz zu sehen gewesen war, und fragte sich, ob in dem Altar vielleicht noch andere Artefakte verborgen waren. In dieser Nacht fiel kein Mondlicht durch die Öffnungen in der Tempeldecke. Der Himmel war einfach zu diesig und bewölkt.

Er versuchte sich an die Formeln zu erinnern, die sein Vater angewendet hatte, um die Schwerter aus dem Stein zu holen, aber er bekam all die Silben mit ihren rätselhaften Bedeutungen nicht zusammen. Davon abgesehen gab es sicherlich noch die eine oder andere Kleinigkeit, die er übersehen hatte, die aber für das Gelingen des Zaubers wichtig war.

Gorian gab es vorerst auf. Es führte zu nichts, erkannte er. Er ging an den Wänden des Altarraums entlang und schenkte zum ersten Mal den Reliefs, die in den Stein geschlagen waren, Beachtung. Sie waren sehr fein, und Gorian konnte sich nicht vorstellen, mit welcher Art von Werkzeugen man diese nahezu filigranen Kunstwerke geschaffen hatte. Die Szenen, die sie darstellten, veränderten sich, wenn er sie aus einem anderen Winkel betrachtete. Manchmal waren sie mit Schriftzeichen versehen, wie man sie schon seit Zeitaltern nicht mehr benutzte. Die Priesterschaft des Verborgenen Gottes hatte den Gebrauch jener Schriften verboten, die man verwendet hatte, als in Ost-Erdenrund noch die Alten Götter verehrt worden waren.

Draußen erklang ein Singsang, der immer lauter und drängender wurde. Es waren die orxanischen Untoten. Sie murmelten immer wieder dieselben Worte, die keineswegs ihrer eigenen Sprache entstammten. Auch Gaerth hatte die orxanische Sprache gesprochen, und so kannte sie Gorian immerhin gut genug, um zu erkennen, dass es sich hier um eine völlig andere handelte. Riefen sie vielleicht nach dem Langzahnlöwen, der durch seine Verwandlung in einen Untoten in gewisser Weise zu ihresgleichen geworden war?

Gorian trat nach draußen und sah, dass die Frostkrieger bereits sehr viel näher an den Tempel herangerückt waren. Der magisch geschützte Bereich war offenbar noch einmal deutlich geschrumpft. Unzählige Frostkrieger standen da in der Nacht und hatten Fackeln entzündet, deren Licht so kalt und fahl wirkte, dass Gorian sich nicht vorstellen konnte, dass auch nur ein Hauch von Wärme davon ausging.

In einem monotonen Singsang murmelten sie immer wieder jene magischen Formeln, die ihnen Frogyrr eingegeben haben musste. Worte in der Sprache der Caladran, von der man sagte, dass sie unter allen Sprachen diejenige wäre, die sich am besten für die Magie eignete. Zumindest für die Magie der Caladran, die jedoch bisher kein Mensch erfolgreich zu erlernen vermocht hatte.

Gorian erinnerte sich daran, wie er im Alter von acht oder neun Jahren mit seinem Vater in der Hafenstadt Thiskaren gewesen war, wo eines der Himmelsschiffe der Caladran angelegt hatte. Die Handelsbeziehungen zu den Inseln der

Caladran waren nicht besonders intensiv, aber hin und wieder kam es vor, dass eines ihrer Himmelsschiffe am Meereshorizont der heiligreichischen Küstenstädte erschien. Es waren golden schimmernde Barken mit hohen, kunstvoll verzierten Aufbauten, deren Segel sich auch bei heftigstem Wind nicht bewegten. Bevor sie einen Hafen anliefen, wasserten sie.

Gorian hatte die goldäugigen, hochgewachsenen Gestalten damals nur bewundernd angestarrt. Wer es fertigbrachte, fliegende Schiffe zu bauen, musste ein wahrhaftiger Meister der Magie sein. Natürlich hatte er kein Wort von ihrer hell klingenden, vokalreichen Sprache verstanden, aber ihr Klang war so charakteristisch, dass er sich Gorian eingeprägt hatte und er ihn selbst dann sofort wiederzuerkennen vermochte, wenn grobschlächtige Orxanier-Kehlen sie in all ihrer Unbeholfenheit und Plumpheit hervorbrachten.

Nach allem, was man über Morygor wusste, war er ein abtrünniger Caladran, und die wenigen, die ihm begegnet und noch in der Lage waren, davon zu berichten, hatten dies bestätigt. Die Berichte darüber lagerten in den Archiven der Ordensburg, aber die jüngsten unter ihnen waren bereits ein Jahrhundert alt. Angeblich hatte sich Morygor seitdem auch in seinem Äußeren stark verändert und war zu einem Wesen von monströsem Aussehen geworden, eine Nebenwirkung seiner verderbten Magie. Aber es gab niemanden, der darüber zuverlässig hätte Näheres bezeugen können.

Außer vielleicht Meister Domrichs Geist, ging es Gorian durch den Sinn. Aber in den Gedankenbildern seiner Erinnerungen, die Gorian empfangen hatte, war nichts enthalten gewesen, was näheren Aufschluss darüber gegeben hätte. Eine schattenhafte Gestalt – mehr war vom Herrn des Frostreichs nie zu erkennen gewesen. Selbst in den Erinnerungen nicht, die jenen schrecklichen Moment betrafen, als Morygor höchstpersönlich das aus Ar-Don und Meister Domrich verschmolzene Wesen brutal verkleinert hatte.

Das Entsetzen bei seinem Anblick ist eine der stärksten Waffen des Bösen, fiel Gorian eines der Axiome des Ordens der Alten Kraft ein. Vielleicht war der Anblick Morygors selbst für Ar-Don zu entsetzlich gewesen, um die Erinnerung daran in jedem Detail zu bewahren …

Der Chor der orxanischen Untoten schwoll an. Ihr Singsang wirkte in seiner Grobschlächtigkeit wie eine groteske Parodie auf die Stimmen der Caladran, an die sich Gorian entsann. Morygor musste die Frostgötter wohl in seiner eigenen Art der Magie unterwiesen haben, nachdem er ihnen die Rückkehr durch das Weltentor gestattet hatte. So wäre zu erklären, dass Frogyrr diese Zauberei anwandte.

Eine andere Möglichkeit dafür wäre gewesen, dass Morygor selbst auf geistiger Ebene hier anwesend war, überlegte Gorian, und ihn fröstelte bei dem Gedanken. Dass Morygor genug Macht dazu hatte, daran konnte kein Zweifel bestehen. Und wenn tatsächlich so viel davon abhing, dass Gorian getötet wurde, war es sogar naheliegend, dass Morygor diese Angelegenheit nicht allein seinen Dienerkreaturen überließ …

Ist dies bereits der Moment, da wir uns gegenüberstehen?, fragte sich Gorian. Willst du den Augenblick, da unsere Schicksalslinien sich kreuzen, vorziehen, um diese Begegnung für dich entscheiden zu können?

Er konzentrierte die Alte Kraft. Seine Augen wurden vollkommen schwarz, als er zu erspüren versuchte, ob da irgendwo etwas war, das man mit der geistigen Anwesenheit des Herrn der Frostfeste in Verbindung bringen konnte.

Jeder noch so ungleiche Kampf lässt sich gewinnen, wenn man den richtigen Zeitpunkt wählt …

Auch das war ein Axiom der Ordensmeister, doch der Leitsatz erschien Gorian nun wie eine innere Mahnung. Er blickte zum Himmel, der dunkel und grau war und kein Sternenlicht hindurchließ und auch nicht das des Mondes, das offenbar für die Entfaltung der Kräfte, die in diesem Tempel schlummerten, eine so große Rolle spielte.

Frogyrr stand auf dem hinteren Tatzenpaar. Im flackernden Schein der ungezählten Fackeln, die diese Nacht mit ihrem kalten Licht erhellten, wirkte der achtbeinige Eisbär wie ein dämonischer Schatten seiner selbst. Gorian hatte keinerlei Zweifel daran, dass er den letzten Rest seiner Kraft aufbringen würde, um sein Ziel doch noch zu erreichen.

Einer von uns wird hier sein Ende finden, dachte Gorian. Um das zu erkennen, bedurfte es keiner magischen Berechnungen von sich überschneidenden Schicksalslinien oder einer Abschätzung der Wahrscheinlichkeiten des Polyversums.

Frogyrr knurrte dumpf. Doch dieses Knurren hatte nicht dieselbe Kraft wie zuvor die extrem tiefen Laute des bärengestaltigen Gottes. Beliak hatte recht, er wird schwächer, dachte Gorian. Aber nicht schwach genug …

Das oberste Tatzenpaar hielt den Elfenbeinstab horizontal, die anderen Gliedmaßen waren zu den Seiten hin ausgestreckt. Ein bläulicher Blitz zuckte vom Schädelende des Stabes zum Schaft und dann wieder zurück, der Frostgott öffnete sein gewaltiges Maul, und Tausende von bläulich schimmernden fliegenden Käfern strömten aus diesem hervor. Ihre Größe war unterschiedlich, manche waren faustgroß, andere so winzig, dass sie kaum auszumachen waren.

Der Strom blauer Flugkäfer schien nicht abreißen zu wollen, während Frogyrr einen Schrei ausstieß, der gleichzeitig Kraftschrei und Schmerzenslaut zu sein schien.

Die blauen Flugkäfer erfüllten die Luft. Blitze zuckten

zwischen ihnen hin und her. Manche von ihnen fuhren hinauf in den Himmel und durchdrangen die dichte Wolkendecke, die sich daraufhin zunehmend aufzulösen begann. Es dauerte nicht lange, und die ersten Sterne waren am Nachthimmel zu sehen – und schließlich auch der Mond.

Gorian sah, wie Dutzende der Fackelträger aus den Reihen der Frostkrieger einfach leblos zu Boden fielen und im schmelzenden Schnee liegen blieben, ohne dass ihre untoten Kampfgefährten davon Notiz nahmen. Sie waren weiterhin in ihren Singsang vertieft, der offenbar ein wesentlicher Teil des Zauberrituals war. Die Existenzkraft, mit der sie in ihrem untoten Leben ausgestattet waren, schien ihnen dabei allerdings wieder entzogen zu werden, und bei einigen wandelte sich der untote Zustand in den des Todes.

Immer mehr der Frostkrieger öffneten in gleicher Weise wie Frogyrr den Mund, und auch aus ihren Schlünden drangen Schwärme von bläulichen Flugkäfern. Mehr und mehr der Untoten sanken daraufhin zu Boden, während Frogyrrs eigene Kraft nicht mehr ausreichte, die Kälte zu bewahren. Schnee und Eis schmolzen, von den Bäumen troff es nur so herab, der Schnee, der durch das Schmelzwasser schwerer wurde, ließ dutzendweise Äste brechen, und die Eiskrähen, die zuvor noch auf den Bäumen gehockt hatten, stoben völlig ungeordnet in alle Richtungen davon. Offenbar forderte dieses Ritual von Frogyrr alles an Kraft, und so war er nicht mehr in der Lage, dem Schwarm seinen Willen aufzuzwingen. Kreischend flogen die Vögel davon und verloren sich in der Nacht.

Die blauen Flugkäfer hingegen erzeugten ein geradezu ohrenbetäubendes Geräusch, das alles andere überdeckte, eine Mischung aus Schaben, Kratzen und Knacklauten. Sie schwirrten nicht mehr planlos durcheinander, sondern bildeten eine Glocke um den Tempel, die wohl genau die schon sehr zusammengeschrumpften Grenzen des magischen Schutzfeldes markierte. Dann knisterten aus ihren abertausenden Leibern feine bläuliche Blitze und trafen die Schutzbarriere. Es gab einen Knall. Für einen einzigen Augenaufschlag leuchtete der Nachthimmel blau auf, dann fielen die Flugkäfer vom Himmel.

Sie regneten auch auf Gorian herab, der zurück unter das Vordach des Tempelportals wich. Überall bedeckten sie innerhalb von wenigen Momenten den Boden, und das Geräusch, das dabei entstand, erinnerte an Hagelschlag. Der Nachthimmel war nun klar, mondhell und sternenübersät.

Von den untoten Frostkriegern stand nicht einmal jeder dritte noch auf den Beinen. Ein übler Verwesungsgeruch wehte zum Tempel herüber.

Auch Frogyrr war offensichtlich geschwächt. Er stützte sich auf seinen Stab, blutete stärker als je zuvor aus seiner leeren Augenhöhle und schnappte regelrecht nach Luft. Kein tiefes, kraftvolles Knurren entrang sich mehr seinem Bärenmaul, sondern lediglich ein schwächlicher, ächzender Laut.

Zögernd drangen diejenigen Frostkrieger, denen noch genügend Existenzkraft geblieben war, in Richtung des Tempelportals vor. Der magische Schutz existierte nicht mehr.

Frogyrr machte eine ausholende Bewegung mit zwei seiner Tatzen und krächzte dazu etwas. Der verhältnismäßig schwache Gedankenbefehl, den er dazu aussandte, war auch für Gorian erfassbar. *»Tötet ihn! Zerfleischt ihn! Lasst nichts von ihm zurück, das an ihn erinnert oder ein Gefäß seines Geistes sein könnte!«*

Ein Speer wurde nach Gorian geschleudert. Er wich ihm aus, sodass die Spitze gegen das Gestein einer Säule klirrte. Eine Wurfaxt folgte und ein weiterer Speer sowie ein paar Pfeile, die mit orxanischen Langbögen abgeschossen wurden.

Gorian nahm einen der Speere und warf ihn zurück, traf einen der Frostkrieger in die Brust. Ächzend wankte dieser ein paar Schritte nach hinten und brach dann in sich zusammen, blieb reglos liegen. Dass ihn bereits ein einfacher Speer außer Gefecht setzte, bewies die außerordentliche Schwäche, die Gorians Gegner erfasst hatte. Doch keiner der anderen Frostkrieger beachtete den am Boden liegenden Untoten, der offenbar einfach nicht mehr mit genug Existenzkraft ausgestattet gewesen war.

Gorian zog seinen Dolch und hob außerdem eines der nach ihm geschleuderten Wurfbeile vom Boden auf. Er hatte sich vorgenommen, sein Leben in dem unausweichlichen Kampf so teuer wie möglich zu verkaufen. Mehr war wohl nicht mehr herauszuholen.

Nachdem die Frostkrieger begriffen, dass sie von keiner magischen Barriere mehr aufgehalten wurden, stürmten sie wild schreiend auf das Tempelportal zu.

Gorian wich ins Tempelinnere zurück. Die Frostkrieger erreichten das Portal und drangen schließlich in die alte Kultstätte ein. Gorian schleuderte einem der Feinde die Wurfaxt entgegen, sie blieb in der Schädeldecke des Untoten stecken und ließ ihn zurücktaumeln. An einer der Säulen rutschte er zu Boden, den Griff des gespaltenen Schwerts noch immer mit beiden Händen umklammert, und stieß einen brüllenden Laut aus, während die anderen Frostkrieger an ihm vorbeizogen und Gorian in den Altarraum folgten.

Gorian wich einem Pfeil aus. Er sah den Pfeilschuss einen Augenblick voraus, und das Geschoss schnellte dicht an seinem Kopf vorbei. Ein Wurfbeil fing Gorian mit einer Sicherheit aus der Luft, auf die ein angehender Schwertmeister stolz gewesen wäre. Umgehend schleuderte er die Waffe zurück und wehrte im nächsten Moment einen Speerwurf mit dem Dolch ab, dessen Klinge er genau im richtigen Moment gegen die Spitze des Speers prallen ließ.

Dutzende von Frostkriegern waren inzwischen in den Altarraum vorgedrungen. Sie näherten sich, in den Händen Schwerter und Äxte. Die wenigen Langbogenschützen unter ihnen hatten die Hoffnung aufgegeben, den Sohn Nhorichs mit einem schnellen Pfeil niederstrecken zu können; so schnell war einfach keiner von ihnen.

Aber die Übermacht war zu groß, als dass Gorian ihr lange Widerstand würde leisten können.

Noch zwei, drei Schritte lagen zwischen Gorians Fersen und dem Steinquader in der Mitte des Tempels. Das Mondlicht fiel durch die Öffnungen in der Tempeldecke. Die Strahlen trafen sich noch nicht auf dem Altar, aber es würde zweifellos nicht mehr lange dauern.

»Morygor!«, rief Gorian. »Hörst du mich? Kannst du nur deine Schergen ausschicken, oder hast du den Mut, dich selbst zu stellen?«

Er war überzeugt, dass Morygors Geist unter den Frostkriegern greifbar war. Vielleicht sah er sogar durch die Augen dieser untoten Krieger, um nur ja mitzubekommen, wie der zunächst missglückte Plan, seinen zukünftigen Widersacher zu töten, doch noch in die Tat umgesetzt wurde.

Die Frostkrieger verteilten sich im Altarraum, kreisten Gorian ein. Mit dem Rächer hätte er vielleicht ein oder zwei von ihnen für kurze Zeit auf Distanz halten können, aber nicht diese Übermacht. Von draußen waren die dröhnenden Laute Frogyrrs zu hören, der offenbar wieder an Kraft gewonnen hatte, denn auf den Steinplatten im Altarraum zeigten sich erste sich verzweigende Risse, die sich dieses Mal auch nicht wieder schlossen. Die Magie des Tempels schien besiegt.

»Stirb, Schicksalsstörer!«, erreichte Gorian ein Gedanke, der immerhin noch mächtig genug war, einen so heftigen Schmerz auszulösen, dass er für einen Moment schwankte. Allerdings war sich Gorian nicht sicher, ob diese Botschaft wirklich allein von Frogyrr stammte oder ob sie nicht von dessen mächtigem Herrn und Meister in der Eisfestung kam.

Ar-Don, jetzt könnte ich deine Hilfe gebrauchen!, dachte er.

»Ich fürchtete schon, du lässt dich lieber erschlagen, als nach mir zu rufen!«, antwortete ihm der Gargoyle.

Einer der orxanischen Untoten stürzte vor, schwang das gespaltene Schwert mit furchtbarer Wucht in Gorians Kopfhöhe. Gorian duckte sich einen kurzen Moment, bevor ihn der Hieb enthauptet hätte, und rammte dem Untoten den Rächer in die Brust, stieß dabei einen Kraftschrei aus, riss die Waffe sofort wieder zurück, ließ den Dolch blitzartig zur Seite fahren, sodass er genau die Schwerthand des Frostkriegers traf. Die Klinge aus Sternenmetall schnitt durch die Pranke des Orxaniers, hakte sich dann unter den Handschutz seines Schwerts und riss es ihm aus der Hand, im hohen Bogen flog es durch den Raum und klirrte auf den Boden.

Der untote Orxanier stieß einen Laut aus, der zugleich Wut und Verwunderung zum Ausdruck brachte, während er mit der unverletzten Pranke ein Wurfbeil aus dem Gürtel zu reißen versuchte.

Gorian wich einen Schritt zurück.

Genau in diesem Moment fielen die Strahlen des Mondes so durch die Öffnungen im Tempeldach, dass sie sich trafen: Ihr Schnittpunkt lag genau dort, wo sich Gorians Kopf befand. Seine vollkommen schwarzen Augen begannen daraufhin zu glühen, und grelle blaugrüne Strahlen schossen daraus hervor, trafen den Altar und ließen das Siebenerkreuz darauf erscheinen.

Der Frostkrieger schlug mit dem Wurfbeil ins Leere, denn Gorian wurde durch die magischen Kräfte des Mondlichts zurück- und zu Boden geschleudert. Der untote Orxanier aber wurde von einem bläulichen Blitz erfasst, als seine Axtklinge das Mondlicht streifte, er flog ein Dutzend Schritt weit durch den Tempel, und einige der anderen Frostkrieger mussten ihm ausweichen, bevor sein Körper schwer auf den Boden fiel.

Gorian erhob sich, fühlte sich leicht benommen, gleichzeitig aber erfüllt von einer fremden magischen Kraft. Mochte dies nun die des Mondes oder der Alten Götter oder gar die eines gebannten Gargoyle sein, es war ihm gleich. Er sah auf den Altar, starrte auf das zuerst silbern und dann golden schimmernde Siebenerkreuz.

»Du weißt, was zu tun ist«, vernahm er eine Gedankenstimme, bei der er sich nicht so recht im Klaren darüber war, wer sich ihm da in diesem Moment mitteilte – Ar-Don, Meister Domrich oder vielleicht die Wesenheiten, die man einst in diesem Tempel verehrt hatte und deren Namen man schon seit so vielen Zeitaltern nicht mehr auszusprechen wagte, dass sie vergessen waren.

Frogyrr befand sich am Tempelportal, das er aufgrund seiner Größe nicht durchschreiten konnte. Dass der Langzahnlöwe eine der Säulen zum Einsturz gebracht hatte, brachte den achtbeinigen Riesenbären keinerlei Erleichterung. Er brüllte ins Innere des Tempels, vielleicht einen Befehl in orxanischer Sprache, woraufhin die zögernden Frostkrieger wie durch einen einzigen Willen getrieben auf den Altar zustürmten.

Innerhalb eines einzigen Augenblicks sah Gorian sein gesamtes bisheriges Leben noch einmal vor seinem inneren Auge ablaufen. Alles hatte mit dem Erwachen auf einem Boot begonnen und den geflügelten Fischen, deren Auftauchen er einen kurzen, aber rettenden Moment vorhergesehen hatte. Er hatte nicht überlegt, sondern die Kraft wirken lassen, die einfach da gewesen war und ihn durchdrungen hatte. Eine Kraft, um derentwillen er sich immer wieder an diesen einen Moment erinnerte.

Gorian stieß einen Schrei aus. Einen Kraftschrei, wie er ihm noch nie zuvor – trotz aller geistigen und körperlichen Übungen – gelungen war. Gleichzeitig berührte er mit der rechten Hand das inzwischen rotgolden schimmernde Siebenerkreuz.

Gorians Hand verbrannte. Sie wurde schwarz, verkohlte, und zugleich war es ihm unmöglich, sie fortzuziehen. Aus dem Siebenerkreuz heraus durchstieß ein Lichtbogen seine Hand. Er fuhr genau durch jene Öffnung im Mauerwerk, durch die man auf den Brotbaum blicken konnte, an dessen Wurzeln Ar-Dons untote Überreste begraben und gebannt waren. Der Lichtbogen traf dort den Boden, und obwohl Gorian durch die Öffnung nichts als gleißendes Licht sehen konnte, *wusste* er dennoch, was vor dem Baum geschah. Er sah in seinem Kopf, wie sich die Erde auf einer Breite von vier Schritten öffnete, der Brotbaum mitsamt seinen weit verzweigten, bis an das Tempelgemäuer reichenden Wurzeln aus der Erde gerissen wurde und umstürzte und Dutzende steinerner Bruchstücke aus dem Boden schossen, sich im Flug zusammenfanden und einen kleinen steinernen Drachen bildeten, der etwa die Größe eine Katze hatte.

»Ar-Don … hilft … und tötet …«

Während Gorian diesen Gedanken empfing, schlug einer der heranstürmenden Orxanier mit der Axt nach ihm. Der Hieb hätte unter normalen Umständen Gorian den Kopf gespalten wie einen Kürbis, doch bevor ihm die Axtklinge in den Schädel dringen konnte, bildete sich – ausgehend von der noch immer das Siebenerkreuz berührenden Hand – ein

Lichtflor, der Gorian vollkommen einhüllte. Die Axt prallte so stark zurück, dass sie dem Orxanier fast aus der Pranke gerissen wurde.

Unterdessen sprang der gerade wiedererstandene Gargoyle mit weiten, raumgreifenden Sätzen auf den Tempel zu, breitete dabei seine Flügel aus und veränderte mehrfach seine Farbe, die zwischen einem feurigen Rot und Giftgrün changierte und dann zu einem kalten, an Eis erinnerndes Graublau wurde.

Als das Geschöpf nur noch wenige Schritte vom Gemäuer entfernt war, sprang es noch einmal empor, flatterte heftig mit den sich noch während des Fluges leicht vergrößernden Flügeln und jagte wie ein Katapultgeschoss durch die Öffnung in der Tempelwand.

Das steinerne Wesen traf den Kopf des Orxaniers, der Gorian angegriffen hatte, und die Wucht des Zusammenpralls zerschmetterte den Schädel des Untoten.

Endlich gelang es Gorian, die Hand von dem Siebenerkreuz auf dem Steinaltar zu lösen. Der golden schimmernde Lichtflor umgab ihn jedoch noch immer, und von der Hand ging ein schier unglaublicher Schmerz aus, ein furchtbares Brennen, das auch den Rest seines Körpers erfasste. Seine Rechte war nur noch eine verkohlte Leichenhand. Sie erinnerte Gorian an die Toten nach dem großen Stadtfeuer von Twixlum, die er bei seinem ersten Schultag dort gesehen hatte.

Der wiedererstandene Gargoyle wütete unter den untoten Orxaniern. Er schnellte durch die Luft, riss ihnen mit seinen Krallen die Kehlen auf, biss ihnen Ohren und Nasen ab und wich ihren wütenden Schwertstreichen aus. Dann sprang er auf die Brust des Orxaniers, dem er den Schädel zertrümmert hatte, und sein steinerner Körper bildete zwei stachelartige Fortsätze aus, die er in den Leib des Frostkriegers versenkte. Die steinerne Beschaffenheit des Gargoyle ging auf den Frostkrieger über, er wurde eins mit Ar-Don, und innerhalb von wenigen Augenblicken bildete sich ein neuer Gargoyle, größer und stärker, dessen Masse etwa der eines Orxaniers entsprach und dessen Gesicht dem des Frostkriegers glich.

Einer der anderen Untoten wagte sich vor und schlug dem Gargoyle mit einem einzigen Hieb einen Flügel und einen Arm ab. Aber beides bildete sich sofort neu, ohne dabei noch einmal die Bruchstücke zu verwenden.

Das monströse Wesen sprang mehrere Schritt weit durch die Luft, flatterte wild umher und packte mit seinen plötzlich um das zweieinhalbfache anwachsenden Pranken den Kopf des Angreifers, riss ihn ab und schleuderte ihn bis unter das Tempeldach. Gleich darauf drangen mehrere aus dem Körper des Gargoyle wachsende Steinstacheln in den kopflosen Untoten, und innerhalb kurzer Zeit war auch dieser Frostkrieger zu einem Bestandteil des Gargoyle geworden, der nun an Größe und Kraft jeden Untoten im Altarraum bei Weitem übertraf.

»Kümmere du dich um den achtbeinigen Bären«, vernahm Gorian die Gedankenstimme Ar-Dons. *»Lass ihn nicht entkommen. Töte ihn. Bestrafe ihn. Gib ihm alles, was du an Kraft gerade empfangen hast. Es wird ihn umbringen.«*

»Ich kann nicht!«, rief Gorian laut, denn zu einem gezielten Gedanken war er nicht mehr in der Lage, zu groß war noch immer der Schmerz, der von der verkohlten Hand ausging und in immer neuen Wellen seinen gesamten Körper durchflutete.

Der stark vergrößerte Ar-Don schleuderte mit einem einzigen Prankenschlag einen weiteren Frostkrieger so heftig gegen die Tempelwand, dass vermutlich jeder Knochen in dem eigentlich recht robusten orxanischen Körper zerschmettert wurde. Dann wandte das steinerne Wesen den Kopf, veränderte dabei sein Gesicht, und Gorian erschrak, als er darin deutlich die charakteristischen Züge von Meister Domrich erkannte, so wie Gorian ihn in Ar-Dons Erinnerungen gesehen hatte.

»Du musst!«, dröhnte die Gedankenstimme des Gargoyle bedrängender als je zuvor. *»Denn wenn du das Feuer dieser Kraft in dir behältst, wird es dich verbrennen. Oder bist du aus Stein wie ein Gargoyle, dass du es über längere Zeit zu ertragen vermagst?«* Es folgte ein Gedanke, der mit einem dröhnenden Kichern begann und dann so fremdartig wurde, dass er sich weder in Worten noch in Tönen oder Bildern wiedergeben ließ.

Gleichzeitig stieß der Gargoyle einen Laut aus, der eine Mischung aus katzenhaftem Fauchen und wohlgefälligem Schnurren war, und stürzte sich auf einen weiteren Frostkrieger.

Gorian setzte sich in Bewegung, auf das Portal zu. Die rotgolden schimmernde Lichtaura umflorte ihn immer noch. Einen angreifenden Frostkrieger bemerkte er nicht schnell genug, aber dessen Schwerthieb glitt von der Aura ab, und einem zweiten Hieb wich Gorian aus, bevor ein von hinten kommender Prankenschlag des inzwischen auf die Größe eines melagiosischen Nashorns angewachsenen Gargoyle dem Frostkrieger das Rückgrat brach. Er fiel zu Boden, lag dort in unnatürlich verrenkter Haltung, machte aber noch eine schwache Abwehrbewegung, bevor ihm der nächste Prankenschlag Kopf und Schulterpartie zertrümmerte.

»Der Weg ist frei!«, erreichte Gorian Ar-Dons Gedanke.

12 Schwerter

Gorian erreichte das Portal und lief in die mondhelle Nacht.

Frogyrr hatte sich zurückgezogen und stand in einiger Entfernung hoch aufgerichtet da. Auf seinen Elfenbeinstab gestützt schien er geduldig abzuwarten, was sich im Inneren des Tempels tat.

»*Ich habe dich erwartet!*«, erreichte Gorian ein Gedanke, dessen brutale Intensität er jedoch schon gar nicht mehr spürte, weil sie von den Schmerzwellen überdeckt wurde, die von seiner Hand ausgingen. Frogyrr hatte offenbar neue Kraft gesammelt, der Blutfluss aus seiner leeren Augenhöhle war zum Erliegen gekommen. Ein leises, aber sehr tiefes Knurren drang zwischen den Zähnen seines kaum geöffneten Mauls hervor.

Gorian näherte sich ihm. Er konnte kaum einen klaren Gedanken fassen, aber da war etwas in ihm, das ihn ahnen ließ, was zu tun war. Er sammelte die Alte Kraft, versuchte so viel wie möglich davon zu konzentrieren. Seine Augen waren schwarz, und er spürte, wie der zuvor übermächtige Schmerz zurückgedrängt wurde. Seine Linke umfasste den Rächer, der ebenso wie er selbst von der flirrenden rotgoldenen Aura umgeben wurde, die immer stärker zu pulsieren begann. Die Kräfte, die Gorian in sich aufgenommen hatte, suchten einen Weg, um sich zu entladen und zu entfalten.

Gorian versuchte, die Handlungen seines Gegners zu erahnen, so wie sein Vater es ihm beigebracht hatte. Und so sah er den Angriff mit dem Elfenbeinstab voraus. Der achtbeinige Eisbär richtete das Ende mit dem Orxanier-Schädel gegen ihn und ließ schwarze Strahlen daraus hervorschießen. Aber sie verfehlten Gorian, brannten sich in die Erde, rissen dort einen Spalt in den Boden, der einen halben Schritt breit und fünf lang war.

Gorian war im letzten Moment zur Seite gewichen. Ob diese Strahlen ihm schaden konnten, solange ihn die rotgoldene Lichtaura umflorte, wusste er nicht. Er folgte einfach seinem Instinkt und einer inneren Stimme und hoffte, dass es seine eigene war und keine Einflüsterung.

Er schleuderte den Rächer, zielte dabei auf das zweite Auge des achtbeinigen Bärengottes. Doch diesmal schlug Frogyrr den Dolch zur Seite. »*Einmal hast du mich auf diese Weise überraschen können, aber ein zweites Mal gelingt dir das nicht*«, vernahm Gorian einen Gedanken, der so sehr in seinem Kopf dröhnte, dass er ein paar Augenblicke lang überhaupt nicht mehr wusste, wo er sich befand und wer er war; alles schien sich in einer Schmerzexplosion aufzulösen.

Der Frostgott näherte sich ihm. »*Dies ist der Augenblick deiner Niederlage. Deine Gedanken sind schwächer als meine. Beinahe hättest du das Geflecht der Schicksalslinien derart durcheinandergebracht, dass dies ernsthafte Folgen gehabt hätte. Aber das alles wird jetzt nie geschehen, und an dich wird sich niemand erinnern …*«

Die letzten Worte der Gedankenstimme waren kaum noch zu verstehen, denn sie gingen in ein höhnisches Gelächter über.

Gorian kam allmählich wieder zu sich. Er streckte die Hand aus, um den Rächer wieder zu sich zu rufen. Die Klinge steckte im Boden, der Dolch zitterte, dann löste er sich aus der Erde und flog hoch, befand sich aber nicht unter Gorians Kontrolle, denn seine Flugbahn wurde abgelenkt.

Frogyrr öffnete das Maul und stieß einen kalten, nebeligen Frosthauch hervor, der den Dolch vollkommen einhüllte und sich in einen Eisblock verwandelte; darin eingeschlossen fiel der Dolch zu Boden und war für Gorian nicht mehr zu erreichen.

»*Eine dritte Klinge aus Sternenmetall! Die beiden anderen sind bereits auf dem Weg zu Morygor – und er wird sicher erfreut sein, dass er diesen Dolch auch noch erhält!*« Zugleich erreichten Gorian Gedankenbilder, die eines der Schiffe zeigten, mit denen die orxanischen Frostkrieger in der Thisilischen Bucht gelandet waren. Sie ruderten über das Meer. Der Schlag einer dumpfen Trommel gab den Rhythmus vor.

In der Mitte des Schiffes befanden sich in einem mannshohen Eisblock die beiden Schwerter Sternenklinge und Schattenstich. Sternenklinge war noch dunkel verfärbt von dem getrockneten schwarzen Blut aus der Augenhöhle des achtbeinigen Bären. Und neben dem Eisblock befand sich – durchscheinend und beinahe schwebend – die Gestalt eines grazilen Caladran. Der Kopf war oval, die Wangenknochen hoch, das seidige blauschwarze Haar wurde durch ein breites, ledernes Stirnband zusammengehalten, das von einem Juwel auf seiner Stirn geschmückt wurde.

Der Caladran war noch sehr jung und kaum zum Mann gereift. Ein zynisches Lächeln spielte um seine dünnen Lippen. »*Nichts geschieht, was nicht geschehen soll. Und wer weit genug voraussieht, erblickt die Zukunft, als wäre sie schon geschehen …*« Während diese Gedanken Gorian erreichten, sprach die geisterhafte Erscheinung des Caladran in jener wohlklingenden Sprache, die Gorian einst auch im Hafen von Thiskaren vernommen hatte, als er den Besatzungsmitgliedern des Himmelschiffs lauschte. »*Für dich gibt es keine*

Zukunft. Dein Leben ist ein toter Seitenzweig des Polyversums – eine Möglichkeit, die niemals genug Realität erhielt, um wirklich greifbar zu werden. Aber vielleicht werde ich dich in eine untote Existenz zurückrufen, falls ich deiner Kräfte und deines Talents bedarf …« Der geisterhafte Caladran stieß ein hämisches Lachen aus.

Es war Morygors Geist, der offenbar den Transport der Schwerter in den Norden höchstpersönlich überwachte. Und er zeigte sich in einer Gestalt, die vermutlich seinem Aussehen als junger Caladran entsprach und mit seinem derzeitigen körperlichen Erscheinen nichts gemein hatte.

Und in gewisser Weise schien er auch hier, vor dem Tempel der Alten Götter, anwesend zu sein, so wie Gorian bereits vermutet hatte. Er war in Frogyrrs Gedanken, und vielleicht kontrollierte er sogar dessen Handlungen.

Der Frostgott richtete den Elfenbeinstab wieder auf Gorian. Schwarze Strahlen schossen erneut aus dem Orxanier-Schädel, der diesmal förmlich aufglühte. Dazu stieß Frogyrr einen so tiefen Laut aus, dass Gorian im ersten Augenblick das Gefühl hatte, ihm würden die Eingeweide bei lebendigem Leib aus dem Körper gerissen.

Gorian hatte die Attacke seines Gegners unmittelbar vorausgesehen, wich ihr aber nicht aus. Es gab keine vernünftige Erklärung dafür, so zu handeln. Gorian folgte einfach einer plötzlichen Eingebung. Vielleicht wollte er einfach nur etwas tun, von dem er annahm, dass Morygor es nicht vorausgesehen hatte. Etwas, das in dem Muster, das der Herr der Frostfeste erkannt hatte, nicht vorkam, weil es eigentlich keinen Sinn ergab. Ein Element des Chaos, das ein scheinbar vorherbestimmtes Schicksal wieder völlig ungewiss werden ließ und ein fest geknüpftes Netz zerriss.

Wenn es noch eine Möglichkeit gab, überhaupt etwas zu bewirken, dann auf diese Weise, ging es ihm durch den

Kopf, während ihn die schwarzen Strahlen aus dem Orxanier-Schädel erfassten. Die golden schimmernde Lichtaura, die Gorian schon die ganze Zeit umflorte, reflektierte die schwarzen Strahlen, die daran abglitten wie an einem Schutzkleid aus purem Licht, aber dann wurde Gorian zu Boden geschleudert, und er bekam die ungeheuren Kräfte zu spüren, die dem Frostgott zur Verfügung standen. Kräfte, die nicht nur von ihm selbst stammten, sondern ihm von einem anderen geliehen worden waren.

Morygor …

Der achtbeinige Bär knurrte, und Gorian war einige Augenblicke lang benommen. Ohne die Aura und den Schutz jener Magie, die er aus dem Altar empfangen hatte, wäre er sicherlich nicht mehr am Leben gewesen.

Der achtbeinige Eisbär trat auf ihn zu, blickte mit seinem einen noch gesunden Auge auf Gorian herab, und sein Maul verzog sich auf eine Weise, die einem Lächeln glich. Für einen Moment veränderte sich der Kopf des Frostgottes, bekam Ähnlichkeiten mit dem Gesicht des jungen Caladran, der Gorian kurz zuvor erschienen war. Dann hob er den Elfenbeinstab. All die geschnitzten, fratzenhaft wirkenden Gesichter darauf zeigten auf einmal einen grimmigen, hasserfüllten Ausdruck, und selbst der grinsende Orxanier-Schädel am oberen Ende fletschte die Zähne.

Dann schnellte am Schaft eine Klinge hervor. Sie war so lang und breit wie ein mittleres thisilisches Schwert. Frogyrr umfasste den Stab mit sechs seiner acht Pranken und stieß zu.

Gorian wich zur Seite. Die ausgefahrene Klinge stach in den aufgeweichten und durch Frogyrrs unmittelbare Anwesenheit gerade wieder gefrierenden Boden. Gorian nahm alle Kraft zusammen, die er aufzubringen vermochte, und legte sie in eine einzige Bewegung. Er griff nach dem Stab, packte mit beiden Händen zu, instinktiv auch mit der verkohlten Rechten, und Blitze zuckten daraus hervor, durchdrangen die ihn umgebende Aura und knisterten den Stab empor. Dann zerplatzte die Aura mit einem ohrenbetäubenden Knall. All die uralte Kraft, die er in sich aufgenommen hatte, gab er in diesem einen Moment ab.

Nur dieser eine Augenblick blieb ihm, das war das Einzige, was ihm dabei von vornherein klar gewesen war. Alles andere war ein Spiel auf Risiko, wie es der Priester in der Schule von Twixlum immer vergeblich verdammt hatte.

Das rotgoldene Feuer fraß sich innerhalb eines Herzschlags den Stab entlang, und die hasserfüllten, grimmigen Fratzen darauf wurden zu angstvoll schreienden Gesichtern, die fast menschlich wirkten.

Der Orxanier-Schädel an der Spitze des Stabes löste sich, fiel herab und verwandelte sich noch im Fallen wieder in eine Schädelspinne, wie Gorian es bereits einmal erlebt hatte. Sich abfedern, landete sie auf ihren acht Beinen, von denen jedoch drei bereits vom rotgoldenen Feuer befallen waren. Die Schädelspinne krabbelte, schrille Laute ausstoßend, über den Boden und machte sich Richtung Waldrand davon.

Der achtbeinige Bär ließ unterdessen den Stab los, dessen Elfenbein von dem magischen Feuer geradezu durchdrungen wurde. Frogyrr taumelte schreiend zurück, denn drei, vier seiner Pranken waren ebenfalls in Brand geraten. Die Flammen fraßen sich empor, der Geruch von verbranntem Fleisch erfüllte die Luft, vermischt mit einem beißenden Gestank, den Gorian nicht einzuordnen vermochte. Frogyrr schrie so schrill auf, wie Gorian es zuvor noch nie von ihm gehört hatte. Zu einem zerstörerischen Tiefenlaut war er offenbar nicht mehr in der Lage. Die Ähnlichkeit mit dem Caladran-Antlitz verschwand.

»Dafür wirst du bezahlen!«

Wer ihm diesen Gedanken sandte, vermochte Gorian nicht mit Sicherheit zu bestimmen. Morygor oder Frogyrr – oder Teile ihrer beider Seelen in einem gemeinsamen Schrei des Entsetzens darüber, dass sich ein vorausberechnetes Schicksal nicht erfüllt hatte?

Gorian erhob sich. Er war überrascht darüber, keine Schwäche zu spüren, sondern vielmehr Erleichterung. All die Kraft, die in ihm gewesen war, hatte er abgeben können. Er hob die Hand, die bei der Berührung des Siebenerkreuzes verbrannt worden war, doch auf einmal war sie wieder vollkommen unversehrt.

Es war ein Zauber, der ihn getäuscht hatte und vielleicht auch hatte prüfen sollen, ging es ihm durch den Kopf. Eine Illusion, die ihn schwächen sollte und die er nun durchschaute.

Frogyrr wich vor ihm zurück, während Gorian Ar-Dons Gedankenstimme vernahm.

»Warum vollendest du es nicht?«, fragte der Gargoyle, und Gorian spürte plötzlich mit unangenehmer Intensität die Anwesenheit des steinernen Monstrums. Er drehte sich um.

Der Gargoyle zwängte sich durch das Portal des Tempels. Er musste dabei die Körperform verändern, denn inzwischen hatte er noch weitere Gegner getötet und ihre Masse zu Stein verwandelt, um sie seinem eigenen Leib hinzuzufügen.

Schlangenartig in die Länge gezogen, kroch er aus dem Tempel. Erst im Freien bildeten sich wieder Flügel aus, die sogleich gespreizt wurden wie in einer Drohgebärde mancher Vögel, die einander aus dem Revier zu vertreiben versuchten.

»Na los! Oder hast du etwa Angst? Sieh dir Frogyrr an, diesen Lakaien von Morygor, dem er Gehorsam geschworen hat und der

manchmal sogar von seinem Körper Besitz ergreift. Er brennt! Du hast ihn beinahe besiegt, aber es fehlt noch der letzte Schritt, um dich einen Helden nennen zu können, wie zweifellos Meister Domrich einer war!«

Gorian schluckte. Er sah das Orxanier-Blut von den Reißzähnen tropfen, die sich im Gesicht des Gargoyle ausgebildet hatten.

Frogyrr gab fürwahr einen erbärmlichen Anblick ab. Er wirkte wie ein gequälter Tanzbär, wie er mitunter vom reisenden Volk auf Jahrmärkten präsentiert wurde, auch wenn diese Tiere von der Größe des Frostgottes weit entfernt waren.

Der Gargoyle stöhnte auf, so als wollte er Gorian damit deutlich machen, wie sehr er dessen Zögern missbilligte.

»Du solltest kein Mitleid mit dieser Kreatur haben, die von sich selbst behauptet, ein Gott zu sein, und doch nur eine willenlose Sklavenkreatur ist, die nicht mehr Seele besitzt als ein Werkzeug oder eine Waffe!«

Der Gargoyle bildete einen Arm aus, der erschreckend menschlich wirkte – allerdings war er viel größer und kräftiger als jeder menschliche Arm, den Gorian je gesehen hatte, und davon abgesehen bestand er natürlich aus Stein.

Ar-Don streckte die geöffnete Pranke aus, und seine Augen wurden vollkommen schwarz. Diese innere Kraft, die sich nun in ihm zeigte, war die gleiche wie bei den Meistern des Ordens, erkannte Gorian schaudernd.

Der Stab bewegte sich und flog in Ar-Dons geöffnete Pranke. Dann schleuderte ihn der Gargoyle mit einer wuchtigen Bewegung wie einen Speer. Die ausgefahrene Klinge fuhr dem hilflosen Frogyrr mitten in die Brust und trat auf der Rückseite wieder aus.

Das rotgoldene Feuer hatte sich inzwischen von den Tatzenarmen bis zum Rumpf vorangefressen. Zuvor noch auf dem hinteren Tatzenpaar stehend, fiel Frogyrr brüllend auf den Rücken. Dann bewegte er sich nicht mehr. Schwarzer Rauch drang ihm aus Nase und Mund wie die Essenz eines üblen Geistes, stieg auf in den Himmel und verwirbelte.

Wenige Augenblicke später war von dem achtbeinigen Bären nichts als verkohlte Knochen übrig.

Ar-Don stieß einen fauchenden Laut aus, wobei sich sein steinernes Drachenmaul, in dem sich nun die Hauer eines Orxaniers zeigten, noch einmal enorm vergrößerte, während sich gleichzeitig Flügel und Hinterbeine zurückbildeten. Das nashorngroße Wesen machte ein paar Schritte und schüttelte sich dann wie ein Hund, der aus dem Wasser gestiegen war. Teile der äußeren Schichten seines steinernen Körpers lösten sich, fielen als grauer Staub von ihm ab. Zugleich erreichte Gorian ein sehr starker, den Gargoyle offenbar im Moment vollkommen beherrschender Gedanke. *»Will Ar-Don bleiben … Nur Ar-Don … Andere fort …«*

Der von seinem Bann befreite Gargoyle bewegte sich mit zögernden Schritten auf den Waldrand zu, blieb dabei immer wieder stehen und schüttelte sich erneut. Manchmal stieß er dabei Geräusche aus, die zunächst an die rauen, kehligen Stimmen der Orxanier erinnerten, deren Körpermasse er verwandelt und in sich aufgenommen hatte. Aber je mehr dieser Substanz als Staub von ihm abfiel, desto mehr wurden die Laute, die er von sich gab, zu einem Zischeln.

Schließlich war er nur noch so groß wie eine Katze. Für einen kurzen Moment bildete sein Leib zwei Köpfe aus, von denen einer Meister Domrich ähnelte, der andere eher echsenhaften Charakter hatte. Beide verschmolzen miteinander und wurden zu einem einzigen, im Verhältnis zum Gesamtkörper recht großen Haupt.

»Hast du nicht versprochen, mir zu dienen?«, dachte Gorian. Es hätte ihn nicht gewundert, wenn sich Ar-Don nun, da der Bann von ihm genommen war, nicht mehr an sein Versprechen gebunden fühlte.

Der katzengroße Gargoyle blieb stehen, drehte sich um und blickte Gorian an, so als hätte er den eigentlich gar nicht als Botschaft gemeinten Gedanken vernommen.

Seine Farbe wechselte von Steingrau in ein dunkles Rot, das im Mondlicht leicht schimmerte. Der mittlerweile überwiegend echsenhafte und im Verhältnis zum Restkörper recht große Kopf schrumpfte, dafür vergrößerten sich die Flügel, und das Wesen flatterte auf, flog zu dem immer noch in einem Eisblock eingefassten Dolch namens Rächer. Der Eisblock schmolz zwar bereits, aber angesichts seiner enormen Größe hätte es Tage gedauert, bis er den Dolch freigegeben hätte.

Der Gargoyle vergrößerte die Krallen seiner echsenhaften Pranken zu dornartigen Fortsätzen. Seine Augen veränderten ihre Färbung von Pechschwarz in Grellgelb. Im Vorüberfliegen trafen zwei Schläge der dornbewehrten Pranken den Eiskristall und ließen ihn in mehrere Stücke zerfallen, die sich, wie von magischer Hand zerschlagen, abermals teilten.

Der Dolch fiel zu Boden und lag zwischen all den kleinen, an Hagelkörner erinnernden Eiskristallen.

»Schütze dich … selbst!«, erreichte Gorian neben einem Schwall wirrer innerer Bilder noch ein letzter klarer Gedanke des Gargoyle. Dann drehte Ar-Don eine Runde über den Tempel der Alten Götter und verschwand in der Dunkelheit der Baumkronen.

Die zahlreichen Frostkrieger, die noch am Waldrand abgewartet hatten, was geschah, hatten sich – sofern sie das noch konnten – davongemacht. Viele allerdings lagen reglos dahingestreckt am Boden, denn Frogyrr hatte ihnen die Existenzkraft entzogen, um den magischen Schutzschirm zu brechen, der den Tempel der Alten Götter umgeben hatte.

Einige aber kauerten noch zwischen den Bäumen, die meisten in der Dunkelheit der Nacht kaum sichtbar. Sie hatten gesehen, was geschehen war. Und sie wussten genau, dass sie ohne Frogyrr nicht mehr lange in diesem für sie so warmen Land existieren konnten.

Gorian beschloss, bis zum Ende der Nacht beim Tempel zu bleiben. Das Mondlicht erlaubte es ihm hier zumindest, einen Feind rechtzeitig zu erkennen. *Sehen ist eine Voraussetzung des Voraussehens, und das Voraussehen ermöglicht das Überleben,* lautete ein Axiom des Ordens, an das sich Gorian in diesem Moment erinnerte. *Das Ziel des Meisters aber ist die Ahnung trotz vollkommener Dunkelheit …*

Gorian nahm an, dass sein Vater und sein Großvater dieses Stadium einst erreicht hatten. Und eines Tages würde vielleicht auch er so weit sein. Vorausgesetzt, er schloss sich tatsächlich noch dem Orden an.

Ob er das wirklich tun sollte, war ihm allerdings längst nicht mehr klar. Innerlich war er zerrissen, und die Zukunft erschien ihm wie ein einziges, weitgehend nebelverhangenes Chaos, in dem sich noch lange keine festen Formen und Umrisse abzeichneten.

Den Rest der Nacht kauerte er am Portal des Tempels. Trotz der enormen Erschöpfung aufgrund der Strapazen der letzten Zeit wäre es ihm unmöglich gewesen, auch nur einen einzigen Augenblick Schlaf zu finden. Zu bedrängend waren die Gedanken, die ihn beschäftigten. Bohrende Fragen verlangten nach Antworten. Nun, da sein Überleben zumindest für den Moment gesichert war, meldeten sich all die inneren Stimmen zurück, die zuvor durch die Umstände vorübergehend zum Schweigen gebracht worden waren.

Vor seinem inneren Auge sah er die rudernden Frostkrieger auf ihrem Rückweg in den Norden und die in einem Eisblock eingefassten Klingen seines Vaters. Wie sollte er Morygors Herrschaft je beenden, wenn ihm nicht einmal mehr jene Waffen zur Verfügung standen, die dazu geschaffen worden waren, diese Aufgabe zu erfüllen? Wie sollte er dem Vermächtnis gerecht werden, das ihm zuteilgeworden war, ohne dass er sich danach gedrängt oder es sich ausgesucht hatte? Ein Vermächtnis, das aus einer besonderen Begabung und dem schicksalhaften Zeitpunkt seiner Geburt bestand – und zwei besonderen Schwertern, die sich nun in der Hand seines ärgsten Feindes befanden.

Schließlich dämmerte der Morgen. Eine warme Brise wehte durch die Bäume, und inzwischen gab es fast nirgends noch Eis oder Schnee. Der durch Magie bedingte kurze Winter, der auf völlig widernatürliche Weise dieses Land heimgesucht hatte, schien den für diese Jahreszeit in dieser Gegend normalen Verhältnissen zu weichen. Kein kalter Hauch eines Frostgottes sorgte noch dafür, dass der Boden gefror oder sich ein Panzer aus Eis um die Bäume legte.

Überall tropfte es von den Baumkronen und ebenso vom Dach des Tempels der Alten Götter. Die Sonne schickte ihre ersten Strahlen durch die vom magischen Zwischenwinter teilweise entlaubten Baumkronen, deren zuvor gefrorene Blätter auf dem aufgeweichten, immer morastiger werdenden Boden lagen.

Gorian machte sich auf den Weg. Er entschied, dass sein nächstes Ziel Segantia war, die große Handelsstadt am

Estrigger Ufer. Vielleicht die erste Etappe auf dem Weg zur Ordensburg, vielleicht aber auch einfach nur ein Ort, an dem er sich ausruhen und entscheiden konnte, wie es weitergehen solle. Zurück in Richtung Thisilische Bucht zu gehen, erschien ihm kaum ratsam, schließlich musste er damit rechnen, überall noch auf versprengte Einheiten der Frostkrieger zu stoßen. Selbst wenn sie sich auf dem vorläufigen Rückzug befanden, waren sie gefährlich.

Gorians Füße versanken bis zu den Knöcheln im Morast. Überall zwischen den Bäumen in unmittelbarer Nähe der Lichtung lagen die leblosen, ihrer Existenzkraft beraubten Frostkrieger. Ein bestialischer Gestank verbreitete sich, ein Pesthauch der Verwesung und des Verfalls, der bei den Untoten bisher durch Magie aufgehalten worden war und sich dafür nun umso heftiger bemerkbar machte.

Zwischenzeitlich hatte Gorian das Gefühl, kaum Luft zu bekommen, so drückend hing dieser Leichengestank über dem Land. Es dauerte Stunden, bis sich Gorian so weit entfernt hatte, dass er nicht mehr zu riechen war.

Er traf wieder auf die alte Straße nach Segantia und folgte ihr. Dutzende von Eiskrähen hockten auf den Bäumen zu beiden Seiten der halb von Sträuchern und Moosen überwachsenen Strecke. Sie krächzten durcheinander und schienen sich darüber zu wundern, welch fremder Wille sie in dieses Land geführt hatte, in dem sie ihrer Natur nach niemals hätten zu Hause sein können. Herrenlos und verwirrt waren sie, aber im Moment kaum eine Bedrohung. Manchmal stoben sie davon, um sich einige Schritt entfernt erneut auf Ästen niederzulassen.

Am frühen Abend musste Gorian einer Gruppe von Frostkriegern ausweichen und schlug sich in die Büsche, um sich zu verbergen. Die Frostkrieger marschierten schweigend dahin und wirkten keineswegs so entkräftet wie jene, die den Geschehnissen beim Tempel der Alten Götter beigewohnt hatten.

Sie bemerkten Gorian nicht. Aber nach dieser Begegnung hielt dieser sich etwas abseits der alten Straße und schlug sich querfeldein durch die Büsche. Ihm kam der Gedanke, dass er die Lage vielleicht falsch eingeschätzt und Frogyrr die Eroberung Thisiliens durch die Frostkrieger viel weiter vorangetrieben hatte, als er es bisher geahnt hatte. Er konnte ja nicht wissen, wie viele und wo überall Schiffe der orxanischen Untoten angelandet waren und wie groß das Gebiet war, das sie unter ihre Kontrolle gebracht hatten. Es war sogar denkbar, dass Frogyrr nicht der einzige unter den Eisgöttern war, den Morygor nach Thisilien gesandt hatte.

Und selbst wenn diese Eiskrieger nun als herrenlose Untote durch die Lande irrten, war sicherlich nicht mit ihnen zu spaßen.

In dem Waldgebiet, durch das er kam, entdeckte Gorian Fußspuren, die nur von Orxaniern stammen konnten. Er hatte diese Spuren schon früher immer gut zu erkennen gewusst, wenn der Boden nach einem Frühjahrsregen aufgeweicht war und Gaerth oder einer der anderen Orxanier auf dem Hof seines Vaters welche hinterlassen hatte.

Aber diese Spuren stammten ganz gewiss nicht von freien Orxaniern, die vor den Horden des Herrn der Frostfeste ins Heilige Reich geflohen waren und im Herzogtum Thisilien eine neue Heimat gefunden hatten. In dieser Gegend gab es keine Höfe, auf denen sie sich verdingen konnten.

Es musste sich um untote Frostkrieger handeln. Offenbar waren sie in noch größerer Zahl ausgeschwärmt, um ihn zu fangen, als er bisher geahnt hatte. Und nun irrten diese Untoten durch die thisilischen Wälder, versuchten vielleicht zurück zur Küste zu gelangen, um noch eines der Ruderschiffe zurück in den Norden zu erwischen. Aber vielleicht ahnten manche von ihnen auch, dass sie sich nun allein durchschlagen mussten, da Frogyrr sie nicht mehr anführen konnte und es ihrem Herrn und Meister Morygor wahrscheinlich vollkommen gleichgültig war, was aus ihnen wurde.

In der nächsten Nacht kampierte Gorian an einem Bach, und als er von dem kühlen, klaren Wasser trank, musste er unwillkürlich an Beliak und dessen besondere Beziehung zu den Wassergeistern denken. Wie sehr wünschte er sich doch, dass der Adh einfach aus der Erde herauswachsen würde, um ihm erneut mit Rat und Tat beizustehen. Aber sehr wahrscheinlich musste er sich von der Hoffnung, Beliak irgendwann einmal wiederzusehen, verabschieden. Der untote Langzahnlöwe, mit dem zusammen er in die Tiefe des Untererdreichs gestürzt war, war gewiss auch dort ein grausamer, überlegener Gegner. Beliak hatte sich für Gorian geopfert und vermutlich dort unten in diesem Reich der Tiefe, in das Gorian ihm nicht folgen konnte, ein furchtbares Ende gefunden.

Allein schon um seinetwillen durfte Gorian seinen Plan nicht aufgeben. Er lauschte den Geräuschen des Waldes, während er gegen einen knorrigen Baumstamm lehnte und etwas Schlaf zu finden versuchte. Er hatte einige der Beeren entdeckt, die er zusammen mit Beliak verzehrt hatte, und aß diese. Ein bitterer Geschmack blieb dabei in seinem Mund zurück.

Er verzichtete auf ein Feuer. Sein Vater hatte ihm zwar gezeigt, wie man auch unter einfachsten Bedingungen und mit nur geringfügiger Anwendung von Magie und dem Wissen über die Brennbarkeit bestimmter Pilze Feuer machen konnte, aber Gorian fürchtete, damit seine Feinde anzulocken.

Möglich, dass die herumvagabundierenden Reste jener Frostkrieger-Horde, die nach Thisilien gekommen war, um ihn zu töten, ihren Auftrag längst vergessen hatten. Vielleicht verfluchten sie inzwischen sogar denjenigen, der sie befehligt hatte und sie nun ihrem Schicksal überließ. Aber nach allem, was er von seinem Vater und anderen über Morygors Kreaturen erfahren hatte, zeichneten sie sich vor allem dadurch aus, dass sie den Willen ihres Herrn bedingungslos und bis in die letzte Konsequenz umzusetzen versuchten, ohne Rücksicht auf sich selbst.

Gorian erinnerte sich daran, wie ihm bei den Erzählungen seines Vaters geschaudert hatte, wenn dieser davon berichtete, was mit den Untoten geschah, sobald sie Geschöpfe Morygors geworden waren. Wie sie sich veränderten und anfangs vielleicht sogar noch deutliche Spuren ihrer früheren Seelen präsent blieben, sodass es diejenigen kalt berührte, wenn sie einem Untoten begegneten, den sie in dessen früherem Leben gekannt hatten. Aber je länger die Untoten ihr neues Dasein fristeten, desto unwichtiger wurde das, was sie einst gewesen waren. Es hieß, dass Morygor manche von ihnen einfach vernichtete, weil sie mitunter auch die Fähigkeiten ihres früheren Lebens mit der Zeit verloren und dann für den Herrn der Frostfeste keinen Wert mehr hatten.

»Was müssen die Meister des Ordens für einen Mut haben, dass sie es wagen, gegen Morygor zu kämpfen«, hatte Gorian damals zu seinem Vater gesagt. »Schließlich ist doch jeder von ihnen in Gefahr, selbst zu einer jener Kreaturen zu werden, die er bekämpft, wenn er Morygor in die Hände fällt.«

»Ja, das ist wahr«, hatte ihm sein sehr nachdenklicher und in sich gekehrter Vater geantwortet, doch Gorian hatte sofort gespürt, dass dies nicht alles war, was Nhorich ihm darüber sagen wollte. Auf seiner Stirn hatte sich eine tiefe Furche gebildet, die seinem Gesicht einen Ausdruck tief empfundener Qual und purer Verzweiflung verlieh. Aber Gorian hatte geduldig abgewartet, bis Nhorich schließlich fortfuhr: »Das Schlimmste ist nicht, dass so etwas mit jenen geschieht, denen das Schicksal bestimmt hat, in die Gewalt des Feindes zu geraten …«

»Was ist es dann, Vater?«

Den Blick, mit dem Nhorich ihn angesehen hatte, sollte Gorian nie wieder vergessen. »Das Schlimmste ist, dass es auch mit solchen geschieht, die nie in Morygors Gefangenschaft gerieten, sondern sich ihm heimlich anschließen. Sie verändern sich auf gleiche Weise, werden zu bösartigen Kreaturen und tragen das Gift ihrer Gedanken seit langem in den Orden, sodass es dort wohl schon übermächtig geworden ist.«

»Du sprichst von Spionen, Vater!«

»Nein, ich spreche von etwas viel Schlimmerem und Niederträchtigerem. Sie Spione zu nennen wäre viel zu milde. Sie sind Diener des Bösen selbst, und unter einer gewöhnlichen Ordenskutte eines Heilers oder dem geschlossenen Helmvisier eines Schwertmeisters verbirgt sich mitunter eine Fratze, aus der Morygors verkommener Geist hervorschaut.«

Gorian fiel dieses Gespräch wieder ein, während er den wabernden Nebelschwaden zusah, die aus dem Bach ans Ufer krochen. Immerhin war in dieser Nacht der Ruf einer Eule zu hören, was vielleicht als Zeichen gedeutet werden konnte, dass sich doch alles wieder normalisierte.

Am nächsten Tag entdeckte Gorian den Kadaver eines Riesenelchs, der offenbar von einer Gruppe untoter Frostkrieger erlegt worden war, wie die großen, plumpen Orxanier-Fußspuren in der Nähe und rund um das eigentliche Geschehen zeigten. Das Fleisch des Elchs war anscheinend in großen Brocken aus dem Körper gerissen und roh verschlungen worden. Gut ein Drittel des Kadavers war auf diese Weise verzehrt worden, und dabei hatten die Frostkrieger ungeheuer viel Blut verspritzt. An manchen der Bäume in der Umgebung waren mit diesem Blut Zeichen gemalt worden. Sehr grob und hastig hatten die Orxanier diese Symbole, die Gorian nicht kannte, auf die Rinden geschmiert.

In sehr ferner Zeit waren die Orxanier einmal dafür bekannt gewesen, rohes Fleisch zu essen, und soweit Gorian von Gaerth erfahren hatte, spielte dies auch bei vielen ihrer Riten immer noch eine wichtige Rolle: Rohes, blutiges Fleisch war für sie das Sinnbild für Lebenskraft schlechthin, auch wenn Gorian die Orxanier auf dem Hof seines Vaters immer nur gegartes Fleisch hatte essen sehen. Nur bei sehr seltenen Ritualen zur Heilung oder zur Totenbeschwörung wurde noch rohes Fleisch verzehrt, wie Gaerth ihm einmal erzählt hatte, ohne nähere Einzelheiten preiszugeben. »Darüber sprechen wir nicht mit Außenstehenden«, hatte der Orxanier damals gesagt. »Und dazu zählen in diesem Fall auch außenstehende Freunde.«

Was immer auch die Frostkrieger mit dem rohen Elchfleisch getan hatten, es diente ihnen offenbar zur Anwendung einer Magie, die es ihnen womöglich erlaubte, auf sich gestellt und ohne die Unterstützung ihrer Herren etwas länger in diesem für sie viel zu warmen Land zu existieren.

Diese herumstreunenden Untoten, die möglicherweise durch ihre Blutrituale und den Genuss des rohen Fleisches zu neuer Existenzkraft gelangten, waren vielleicht sogar noch unangenehmer, als wenn sie bloße Lakaien des Frostreichs geblieben wären.

Gorian war jedenfalls gewarnt.

In der Nacht kletterte er auf einen knorrigen Baum mit sehr dickem Stamm, der sich ungefähr in Kopfhöhe eines großen Mannes gabelte. Dort legte er sich hin und fiel in einen tiefen Erschöpfungsschlaf.

Gorian erwachte bei den ersten Sonnenstrahlen, die ihm durch die Baumkrone ins Gesicht schienen. Er fühlte, dass etwas nicht so war, wie es sein sollte. Ein warmer Wind strich durch den Wald und wehte das durch Frogyrrs Frosthauch vorzeitig gefallene, noch grüne Laub vom Boden auf. Aber anders als in der Nacht waren keine Tier- oder Vogelstimmen mehr zu hören, dafür jedoch Laute, von denen Gorian zunächst glaubte, der Wind würde sie erzeugen. Dann aber erkannte er, dass es die gleichmäßige, röchelnde Atmung von mehreren Kreaturen war, die an einen rhythmischen Singsang erinnerte.

Gorian schreckte hoch und sah unter sich ein Dutzend blutverschmierte orxanische Untote, die ihn anstarrten. Manchen hingen noch blutige Fetzen von Fell oder Haut von den Hauern, und es war nicht zu erkennen, ob diese Überreste unaussprechlicher Ritualpraktiken nur tierischen oder gar menschlichen Ursprungs waren.

Auch die Rüstungen, die Kleidung und die Waffen der Orxanier waren über und über mit Blut besudelt. Ein aasiger Geruch traf Gorian, wie er aus dem Schlund einer Waldhyäne nicht schlimmer sein konnte.

Die Amulette des Frostreichs waren vor lauter Blut kaum noch auszumachen. In den Augen der Wesen glühte ein unheimliches Feuer. Ein Hunger nach rohem Fleisch, nach Blut – und dem Leben selbst, das sie auf diese Weise in sich aufzunehmen hofften, auch wenn es kaum mehr als eine Scheinexistenz war, die sie dadurch erlangen konnten. Diejenigen, die sie einst gewesen waren, gab es schon längst nicht mehr, auch wenn ihre Körper sich bewegten. Sie waren zu etwas Bösartigem geworden, das jeden Betrachter vor Angst und Schrecken erstarren ließ.

Einer der Orxanier knurrte, schlug mit dem gespaltenen Schwert gegen die Waffe eines anderen Frostkriegers, und bald folgte einer nach dem anderen seinem Beispiel, sodass schon ein paar Augenblicke später ein rhythmisches Geklapper zu hören war. Das röchelnde Atmen wurde durch dumpfe Rufe abgelöst, Wörter in orxanischer Sprache, von denen Gorian nicht ein einziges verstand.

Seine Hand glitt zum Griff des Rächers, der einzigen Waffe, die er bei sich trug. Wie konnte es sein, dass er nichts davon bemerkt hatte, wie sich diese grausamen Gestalten um den Baum versammelten, auf dem er geschlafen hatte? Sein Vater wäre auf diese Weise kaum zu überraschen gewesen, aber dazu gehörte ein Maß an Geistesbeherrschung, zu der Gorian wohl noch nicht fähig war.

Er schätzte seine Möglichkeiten ab. Vielleicht konnte er einen oder zwei der blutbesudelten Krieger mit dem Rächer niederstrecken, aber die anderen würden ihn in Stücke reißen.

Bewahre Ruhe und sammle alles an Kraft, was du aufzubieten vermagst, versuchte er sich innerlich auf den bevorstehenden Angriff vorzubereiten. *Zuerst kommt die Kontrolle des Geistes, dann die des Körpers und ganz zum Schluss erst die des Gegners oder der Umstände.*

Seine Augen wurden schwarz.

Einer der Frostkrieger brüllte laut auf. Er klang in diesem Augenblick eher wie ein Tier. Die Gier nach dem Blut und dem rohen Fleisch seines Opfers war so stark, dass Gorian sie spüren konnte. Ein Schwall von grausigen Bildern überschwemmte für einen Augenblick seinen Geist: Hauer, die in blutige Körper geschlagen wurden, Fleischbrocken, die herausgerissen und in die Höhe geschleudert wurden, und die aufglühenden Augen der Untoten, deren durch Magie erzeugtes Scheinleben sich in etwas noch sehr viel Düstereres verwandelte.

Einer der Orxanier stampfte auf den Baum zu und kletterte den Stamm hinauf. Gorian sah den Schwerthieb voraus, wich zur Seite, und die Klinge fuhr dicht neben ihm ins Holz. Anstatt den Hieb abzulenken oder mithilfe der Magie zu schwächen, hatte Gorian genau das Gegenteil getan: Er hatte ihn noch verstärkt, sodass sich die gespaltene Orxanier-Klinge so tief in das Holz grub, dass der Frostkrieger sie nicht mehr sogleich herausziehen konnte, und im nächsten Moment hatte ihm Gorian bereits die Schwertpranke mit der scharfen Schneide des Rächers abgetrennt; zugleich stieß er einen Kraftschrei aus, denn ohne die Unterstützung der Magie wäre er wohl niemals stark genug gewesen, den Handwurzelknochen einer orxanischen Pranke zu durchtrennen, ganz gleich ob es sich nun um ein untotes oder ein lebendes Exemplar dieser Art handelte.

Ein blitzschnell ausgeführter Tritt vor den Brustkorb ließ den Orxanier vom Baum stürzen. Aber im letzten Moment fasste dieser mit der verbliebenen Pranke Gorians Fuß und riss ihn mit sich.

Gorian fiel verhältnismäßig weich, denn er landete genau auf dem Körper des Orxaniers, wobei der Dolch dem Untoten in die Brust gerammt wurde. Die Klinge bohrte sich bis ans Heft in seinen Körper.

Aber offenbar nicht tief genug. Der nun einhändige Orxanier rollte sich herum und warf Gorian dabei von sich, dann stürzte er sich auf ihn und riss das Maul auf, um seine Hauer Gorian in die Schulter zu schlagen.

Plötzlich wirbelte eine Klinge wie aus dem Nichts durch

die Luft und trennte dem Untoten den Kopf vom Rumpf. Er rollte über den Boden, während sich die Klinge um sich selbst drehte und zu dem zurückkehrte, der sie geschleudert hatte.

Nur ein Schwertmeister des Ordens der Alten Kraft kämpfte auf diese Weise. Gorian stieß den Körper des geköpften Frostkriegers von sich, dabei einen Kraftschrei ausstoßend, und rollte sich zur Seite, kurz bevor dicht neben ihm ein Speer tief in den Boden stach.

Er blickte auf, als er das Wiehern eines Pferdes vernahm, das sich mit dem Kraftschrei eines Schwertmeisters mischte. Die Gestalt eines Reiters hob sich dunkel gegen das Sonnenlicht ab. Mit der Rechten fing er das Schwert, das zu ihm zurückkehrte, aus der Luft, während sein Pferd auf die Hinterhand stieg.

Die Orxanier stießen Laute aus, die gleichermaßen Verwunderung, Zorn und Wut ausdrückten. Einer von ihnen schoss einen Pfeil auf den Reiter ab, doch dieser parierte den Schuss mit einem schnellen Hieb seiner Klinge, und das so präzise, dass er wohl vorausgeahnt hatte, wo ihn der Pfeil ansonsten getroffen hätte. Ein gut gezielter Speerwurf wurde ebenso abgewehrt wie der nächste Pfeil.

Der dunkle Reiter ließ die Klinge in seiner Rechten so schnell wirbeln, dass sich ein bläulicher Lichtflor um das Metall bildete. Mit einer traumwandlerischen Sicherheit traf sein Schwert auch den dritten auf ihn abgeschossenen Pfeil und hieb ihn in der Mitte durch.

Dann trieb er sein Pferd voran, genau auf die Gruppe der blutbesudelten Frostkrieger zu, die völlig konsterniert waren. Niemand kümmerte sich noch um Gorian.

Ehe die Frostkrieger sich versahen, hatte der dunkle Schwertmeister bereits einem weiteren von ihnen den Kopf von den Schultern geschlagen und sein Schwert einem anderen in den Oberkörper versenkt, von der Schulter abwärts bis zum untersten Rippenbogen. Während er es wieder aus dem gefrorenen Eiskörper zog, bevor dieser in sich zusammenbrach, murmelte er einen magischen Spruch, der die Flugbahn einer nach ihm geworfenen mächtigen orxanischen Axt derart veränderte, dass sie nicht seinen Kopf, sondern einen morschen Baum zwanzig Schritte weiter spaltete.

Die Orxanier wichen vor dem Fremden zurück.

Das Sonnenlicht schien so durch die Baumwipfel, dass es für einen Moment sein Haupt traf. Sein Gesicht war dennoch nicht zu erkennen, denn er trug einen dunklen Helm mit Wangen- und Nasenschutz, der kaum mehr als die Augen und die Mundpartie freiließ.

Er ritt nun freihändig. Offenbar beherrschte er das Tier mithilfe eines Rosszaubers, wie er bei den Schwertmeistern üblich war. Als einer der Orxanier erneut eine Axt schleudern wollte, riss er einen Dolch unter seinem Umhang hervor und warf ihn mit einem Schrei nach dem Angreifer. Der Dolch durchbohrte die Handwurzel des Orxaniers genau in dem Moment, in dem dieser mit der Axt ausholte. Er stöhnte auf, während seine Waffe einen der anderen Frostkrieger traf und dieser zu Boden gerissen wurde. Die Axtklinge hatte ihm Arm und Schulter beinahe abgetrennt. Er schleuderte noch sein Schwert nach dem dunklen Reiter, aber dieser Wurf ging ins Leere.

Der Reiter schwang sich von seinem Pferd, das sich etwas entfernte, aber sich offenbar nach wie vor unter seiner gedanklichen Kontrolle befand. Er fasste den Griff seiner Klinge nun mit beiden Händen und sagte ein paar Worte in orxanischer Sprache, die er gut zu beherrschen schien, und obwohl das fremde Idiom den Klang seiner Stimme etwas verfälschte, erkannte Gorian in diesem Moment, mit wem er es zu tun hatte.

Thondaril!

Und da – Gorian sah nun auch die beiden Meisterringe an seiner Hand!

Ja, er musste es sein, denn so viele gab es in den Reihen des Ordens nicht, die es geschafft hatten, in zwei Häusern die Meisterprüfung zu bestehen.

Erinnerungen stiegen in Gorian auf. Erinnerungen an den Besuch des zweifachen Ordensmeisters bei seinem Vater, als Thondaril so lange mit ihm unter vier Augen gesprochen hatte. Obwohl er danach nie wieder auf Nhorichs Hof erschienen war, blieb die Erinnerung an ihn bei Gorian stets lebendig. *»Ein Gespräch unter Meistern …«* Gorian hatte nie erfahren, was der Ordensmeister mit Nhorich hatte bereden wollen. Der Blick, mit dem Thondaril ihn bedacht hatte, als er davonritt, hatte bei Gorian jedoch zeitweise den Gedanken aufkommen lassen, dass es dabei um ihn gegangen war …

Einige Augenblicke herrschte ein angespanntes Schweigen. Die Orxanier schienen nicht so recht zu wissen, was sie tun sollten.

Dann entschied sich einer von ihnen zum Angriff, und die anderen folgten seinem Beispiel.

Doch darauf schien Thondaril nur gewartet zu haben. Das Haus des Schwertes und das der Magie hatten ihm einst den Meistertitel verliehen, und die Kraft beider setzte er kompromisslos ein. Mit einem Kraftschrei ließ er seine Klinge durch die Luft sausen, und immer wieder senste das scharfe Schwert auch durch die untoten Körper, fuhr durch Kniescheiben, durchtrennte mächtige orxanische Halsmuskeln und spaltete Schädelknochen.

Es waren kaum Schreie zu hören, doch bei den wenigen, die dennoch erklangen, schwang Überraschung mit.

Es dauerte nicht lange, und der fremde Ordensmeister hatte sie alle niedergemacht. Keinen ließ er entkommen, und selbst die am Boden zuckenden abgetrennten Schwertarme, deren Pranken sich noch um die Griffe ihrer Waffen krallten, zerteilte er mit wohlgezielten Hieben von grausamer Präzision.

Gorian erhob sich und ließ den Rächer in seine Faust zurückkehren. Der Ordensmeister mit dem dunklen Helm und dem ebenso schwarzen Umhang trat auf ihn zu und sah ihn mit ruhigem Blick an. Die Augen waren während des Kampfes vollkommen von Schwärze erfüllt gewesen, die sich nun verlor, sodass das Weiße, Iris und Pupille wieder zum Vorschein kamen.

»Ich hoffe, dir ist nichts geschehen, Gorian, Sohn Nhorichs«, sagte er.

»Ihr seid Meister Thondaril, nicht wahr?«

»Ich hätte geglaubt, ein dermaßen begabter Ordensschüler wie du brächte die geistige Disziplin für ein gutes Erinnerungsvermögen auf«, erwiderte Thondaril und nahm den Helm ab. »In diesem Fall jedoch hättest du deine Worte nicht als Frage zu formulieren brauchen.«

»Ich bin dem Verborgenen Gott sehr dankbar, dass er Euch gerade in dem Augenblick hierherführte, da ich Eurer Hilfe so dringlich bedurfte.«

Der zweifache Ordensmeister gab darauf keine direkte Antwort. Stattdessen rief er offenbar sein Pferd durch einen energischen Gedanken herbei, schwang sich in den Sattel und reichte Gorian die Hand. »Steig hinter mich auf. Mein Ross ist kräftig genug, um dich auch noch zu tragen. Wir müssen fort von hier. Und das so schnell wie möglich.«

Gorian zögerte einen kurzen Moment. Thondaril hatte ihn einen Schüler genannt, so als ginge er mit aller Selbstverständlichkeit davon aus, dass er dem Orden beitreten würde.

Schließlich ergriff er die Hand des Ordensmeisters und stieg hinter ihn in den Sattel.

Thondaril ließ sein nach den Regeln des Ordens ausgebildetes Streitross voranpreschen, und sodann war Gorian voll und ganz darauf konzentriert, keinen der tief hängenden Äste um die Ohren zu bekommen.

13 Schüler

»Du wirst dich entscheiden müssen«, erklärte Thondaril. »Und ich hoffe, dass du die richtige Wahl triffst.«

Den ganzen Tag über waren sie geritten, und erstaunlicherweise hatte das Streitross des zweifachen Ordensmeisters dabei nicht den geringsten Anflug von Ermüdung gezeigt. Nun saßen sie am Feuer und aßen von dem Proviant, den Thondaril mit sich führte. Auch wenn er ebenso ein Meister der Magie wie des Schwertes war, hatte das Fassungsvermögen seiner Satteltaschen nichts mit Zauberei zu tun, sondern ausschließlich mit der handwerklichen Begabung und dem Augenmaß jenes Sattlers, der sie angefertigt hatte.

Wo genau sie sich zurzeit befanden, wusste Gorian nicht. Während des Gewaltritts, der hinter ihnen lag, hatte Gorian jede Orientierung verloren. Jedenfalls aber befanden sie sich in einem Gebiet, in dem er noch nie gewesen war. Es schien ihm, als wäre Thondaril einen Bogen geritten und hätte dabei nach Möglichkeit dichter besiedelte Landstriche gemieden. Siedlungen hatte Gorian allenfalls aus der Ferne zu sehen bekommen.

Sie waren Richtung Nordosten geritten, aber den Seg hatten sie noch nicht erreicht, geschweige denn überquert, und so befanden sie sich also ganz sicher noch immer im Herzogtum Thisilien, so viel zumindest stand fest.

Zunächst hatte Thondaril eisern geschwiegen und Gorian nicht eine einzige der vielen Fragen beantwortet, die diesem unter den Nägeln brannten. Mehr als ein unwilliges, barsches Knurren war dem zweifachen Ordensmeister während des Ritts nicht zu entlocken gewesen, sodass es Gorian schließlich aufgegeben hatte. Erst seit sie ihr Lager aufgeschlagen hatten, war Thondaril etwas zugänglicher geworden.

»Ich bin Euch sehr zu Dank verpflichtet, Meister«, sagte Gorian. »Wenn Ihr nicht zufällig des Weges gekommen wärt, wäre es um mich geschehen gewesen.«

»Es war kein Zufall, dass wir uns trafen«, eröffnete ihm Thondaril, während er auf einem Bissen Dörrfleisch herumkaute. »Auf Zufälle müssen jene bauen, die weder eine magische Begabung noch einen Blick für die Verknüpfungen der Schicksalslinien haben. Nein, ich habe dich gesucht.«

»Gesucht?«

»In diesem Jahr bist du alt genug, um dem Orden als Schüler beizutreten. Deine Begabung steht außer Frage. Schon die Zeichen, in denen du geboren bist, prädestinieren dich dafür, und abgesehen davon bist du Meister Nhorichs Sohn, dem Sohn von Meister Erian.«

»Mein Vater nannte sich nicht mehr Meister, seit ich ihn kannte«, entgegnete Gorian.

»Ja, ich weiß. Er hatte sich innerlich vom Orden entfernt.«

»Ich glaube, er sah das genau umgekehrt«, sagte Gorian. »Er meinte, der Orden hätte seine Ideale verraten und sei selbst so verderbt geworden wie diejenigen, die er bekämpft.«

Ein müdes, abgekämpftes Lächeln erschien auf Thondarils bis dahin wie aus Stein gemeißelten Zügen. »Ein hartes Urteil«, stellte er fest. »Und ich kann noch nicht einmal behaupten, dass er völlig unrecht hatte.«

»Nur seid Ihr dem Orden treu geblieben«, meinte Gorian. »Zumindest tragt Ihr Eure beiden Meisterringe.«

»Es gibt vieles, über das wir reden müssen, Gorian. Unter anderem auch dies. Dein Vater und ich lagen in der Beurteilung des Ordens gar nicht so weit auseinander, nur zogen wir unterschiedliche Konsequenzen daraus.«

»Und was sind Eure Konsequenzen?«, hakte Gorian nach.

Aber Thondaril wich der Frage zunächst aus. »Vor langer Zeit waren dein Vater und ich durch gemeinsame Erlebnisse im Kampf gegen Morygor und das Frostreich sehr miteinander verbunden. Er hatte mir das Leben gerettet, und bei allem, was uns in späteren Jahren getrennt haben mag, ist dieses innere Band zwischen uns nie zerrissen.«

»Der Zahlenmagier Olgarich hat mir erzählt, Ihr wärt vor meiner Geburt einmal auf dem Hof meines Vaters gewesen, um ihn zu besuchen.«

»Ja, dein Vater hatte sich da schon vor Jahren vom Orden abgewandt, während ich ihm trotz aller Zweifel treu geblieben bin. Ich war bei ihm, weil ich versuchen wollte, ihn zur Rückkehr in den Orden zu bewegen. Ich hatte mich für eine Aussprache zwischen ihm und dem Hochmeister eingesetzt, aber dein Vater beharrte auf seinem Standpunkt, demzufolge der Orden bis in den Kern verderbt wäre.«

Gorian blickte in das Gesicht des Meisters und studierte jede Regung, die dort zu erkennen war, und ihm wurde klar, dass Thondaril noch nicht mit allem herausgerückt war, was es dazu zu sagen gab. Da gab es noch etwas, was der zweifache Meister ihm bisher verschwieg.

»Und was war der Grund für Euren zweiten Besuch?«, fragte Gorian. »Es war einige Jahre später, ich erinnere mich noch sehr gut an Euch.«

»Ich war deinetwegen auf eurem Hof«, antwortete Thondaril.

»Damals habe ich es bedauert, von Euch nicht mehr über den Orden und all diese Dinge zu erfahren …«

»Dein Vater hätte es nicht geschätzt, hätte ich mich mit dir über den Orden unterhalten. Er hätte geglaubt, ich würde dich zu beeinflussen versuchen. Und das wahrlich nicht zu Unrecht, denn natürlich hatte der Orden längst ein Auge auf dich geworfen. Wir suchen ständig nach Talenten, und daher verfolgten wir die Entwicklung von Nhorichs Sohn sehr aufmerksam. Dein Vater hat mir allerdings klargemacht, dass sich der Orden von dir fernhalten sollte. Ich habe ihm damals geantwortet, dass der Tag kommen wird, da du alt genug bist, deine eigene Entscheidung zu fällen. Dann, so habe ich deinem Vater angekündigt, würde ich zurückkehren, um dir die Aufnahme als Ordensschüler anzubieten.«

»Und was hat mein Vater daraufhin geantwortet?«, verlangte Gorian zu wissen.

»Er hat es akzeptiert, aber ich will ehrlich sein: Der Gedanke, dass sein Sohn eines Tages dem Orden beitreten könnte, hat ihm nicht gefallen.«

Gorian atmete tief durch. »Ich will Euch gegenüber auch offen sein: Bis zu dem Tag, als die Frostkrieger in der Thisilischen Bucht auftauchten, war es mein größter Wunsch, Mitglied des Ordens und ein Schwertmeister zu werden, um Morygor von seinem frostigen Thron zu stürzen …«

»Und jetzt ist es das nicht mehr?«

»Der Tod meines Vaters und all das, was dann geschehen ist …« Gorian konnte zunächst nicht weitersprechen. Ein dicker Kloß steckte ihm auf einmal im Hals. »Es hat sich vieles verändert«, fuhr er dann mit belegter Stimme fort. »Eigentlich alles …«

Einige Augenblicke herrschte Schweigen, ehe Thondaril wieder das Wort ergriff. »Ich war bei eurem Hof und habe gesehen, was dort geschehen ist. Überall traf ich auf Frostkrieger, die auf der Suche nach …« Er sprach aus irgendeinem Grund nicht weiter.

»Sie sind auf der Suche nach mir«, schloss Gorian für ihn den Satz. »Sie wollen mich töten.«

»Hat dein Vater dir das gesagt?«

»Ja.«

»Was hat er dir noch gesagt?«

»Dass Morygor in mir eine Gefahr sieht, weil meine Schicksalslinie dereinst die seine kreuzen wird und ich seine Schreckensherrschaft beenden könnte. Hätte er sonst zum zweiten Mal versucht, mich zu töten?«

Auf Thondarils Stirn bildete sich eine tiefe Furche. »Es gab bereits einen Angriff?«

»Ja.«

»Wann?«

»Vor sechs Jahren.«

»Erzähl mir davon.«

In knappen Worten fasste Gorian das Geschehen zusammen. Er berichtete vom Auftauchen der Schattenreiter, vom Angriff des Gargoyle. »Mein Vater sagte, der Grund eines solchen Angriffs könnte nur darin bestehen, dass Morygor in mir seine Existenz gefährdet sieht oder befürchtet, ich könne seine Pläne zunichtemachen, wenn ich weiterlebe.«

Thondaril verengte die Augen zu Schlitzen, während er den Jungen musterte. »Dann war es umso verantwortungsloser, dir keine Ordensausbildung zuteilwerden zu lassen.«

»Aber ist dieser Orden nicht lange schon mit Verrätern durchsetzt? Und hat er sich nicht tatsächlich dazu hergegeben, das Haus Laramont an die Macht zu bringen und dort zu halten, obwohl das der Verfassung des Reiches widerspricht?«

Thondaril nickte. »Ja, das stimmt. Und doch gibt es keine Alternative zum Orden, wenn es darum geht, das Böse zu bekämpfen, das uns droht und dessen Auswirkungen wir seit mehreren Generationen jeden Tag am Himmel sehen, wenn wir zur Sonne blicken. Verräter und Verderbtheit gibt es auch in der Priesterschaft des Verborgenen Gottes oder unter den Rittern der Herzöge und des Kaisers. Wie auch immer, was dein Vater tat, ist keine Lösung.«

»Ich weiß nicht …«

»Nhorich versuchte, einen Ort zu schaffen, an dem er unangreifbar ist.«

»Aber einen solchen Ort gibt es nicht?«

»Du hast es doch selbst erlebt.«

»Glaubt Ihr, es wäre dem Orden möglich, Morygor aufzuhalten?«

»Ich glaube, dass zumindest ein hinhaltender Widerstand möglich ist, der uns allen ein paar zusätzliche Jahre, vielleicht Jahrzehnte bringen kann. Möglicherweise gelingt es uns sogar, zwei oder drei Generationen Gegenwehr zu leisten.«

»Aber eine Hoffnung, Morygor endgültig zu besiegen, seht Ihr nicht?«, wunderte sich Gorian. Dass ein zweifacher Meister des Ordens so wenig Optimismus in sich trug, überraschte ihn. Wer, wenn nicht die Schwertmeister des Ordens, sollte noch daran glauben, dass man die Bedrohung abwenden und nicht nur aufhalten konnte?

»Wir sollten uns nicht zu großen Hoffnungen hingeben«, meinte Thondaril. »An der Enttäuschung könnten sonst unsere Seelen zerbrechen.«

»Ich habe mir vorgenommen, Morygor gegenüberzutreten und ihn zu besiegen«, erklärte Gorian mit überraschend fester Stimme.

»Ein ehrgeiziges Ziel.«

»Wenn selbst Morygor dies für möglich hält, warum sollte dann nicht auch ich daran glauben?«

»Kannst du dir dessen sicher sein?«, fragte Thondaril ruhig. »Weißt du wirklich, was in Morygors Kopf vorgeht – oder in jenem Teil seines veränderten Körpers, in welchem inzwischen seine Gedanken wohnen? Du kennst letztlich nur die Einschätzung deines Vaters darüber.«

»Die aber von anderen geteilt wird«, stellte Gorian fest. Der Klang seiner Stimme drückte dabei eine Sicherheit und Gewissheit aus, die ihn im ersten Moment selbst überraschte. Der zweifache Ordensmeister hatte ihm vorhin nicht die volle Wahrheit über den Grund für seinen ersten Besuch auf Nhorichs Hof gesagt, aber nun würde er ihm diesen verraten, davon war er überzeugt.

Thondarils Augenbrauen zogen sich zusammen. »Wie meinst du das?«, fragte er.

»Ich glaube, das wisst Ihr sehr genau, Meister Thondaril. Das Zeichen des Himmels, unter dem ich geboren wurde, hat man sicherlich auch auf der Ordensburg gesehen und entsprechend beurteilt, und daher galt Euer erster Besuch nicht nur der Vergangenheit, die Euch mit meinem Vater verband, sondern auch der Zukunft – mir.«

»Du bist sehr überzeugt von dir, Bürschchen«, sagte Thondaril mit einem leicht abschätzigen Unterton. »Vielleicht sogar etwas zu sehr.«

»Stimmt es, was ich vermute?«, fragte Gorian davon unbeeindruckt.

»Du solltest dir nicht zu viel einbilden, Gorian. Auch andere wurden unter diesem Zeichen geboren, zur selben Stunde und vielleicht sogar im selben Augenblick. Ob du wirklich derjenige bist, dessen Schicksalslinie die von Morygor auf eine Weise kreuzt, dass es seine Herrschaft zu beenden vermag, ist längst nicht gewiss. Du wirst erst beweisen müssen, was in dir steckt. Selbst die günstigsten Zeichen der Geburt bedeuten noch lange nicht, dass man sein Ziel erreicht.«

Gorian beharrte auf einer klaren Beantwortung seiner Frage. »Ihr wart meinetwegen auf Nhorichs Hof!«

»Ich war dort, weil der Orden mich schickte. Wir wussten, dass ein wichtiger Zeitpunkt bevorsteht, dass sich in den Gestirnen etwas verändert und dass sich die metamagischen Kräfte des Polyversums an bestimmten Orten in einer Weise konzentrierten, die zu Hoffnung berechtigten. Leider muss ich gestehen, dass die Kenntnisse unserer Magiemeister hinsichtlich dieser Dinge nicht einmal ansatzweise an das Wissen heranreichen, über das Morygor verfügt, und so sind wir ihm gegenüber immer wie Blinde.«

»Das Zeichen, unter dem ich geboren bin, ist aber doch eindeutig.«

»Wie gesagt, du bist nicht der Einzige, der zu diesem Zeitpunkt das Licht der Welt erblickte – und auch nicht der Einzige, dessen Geburt von den Magiemeistern des Ordens vorausberechnet wurde und dessen Lebensweg wir deshalb sehr genau beobachten. Dein Hang zum Leichtsinn könnte den deinen allerdings sehr verkürzen.«

In der Nacht wachte Gorian mehrmals auf, weil er das Gefühl hatte, dass sie beobachtet wurden. Als er sich dann umsah, schien es jedoch keinerlei Grund dafür zu geben. Abgesehen von den normalen Geräuschen des Waldes war nichts zu hören, und auch unter Zuhilfenahme der Alten Kraft vermochte er nichts wahrzunehmen, was ihm eine Bedrohung offenbart hätte.

»Es ist deine innere Unruhe, die dich nicht schlafen lässt«, vermutete Thondaril, als er bemerkte, dass Gorian abermals erwacht war und lauschte.

»Vielleicht habt Ihr recht«, murrte Gorian.

»Du hast vieles erlebt. Manchmal zerbrechen Seelen an dem, was ihnen widerfährt, und müssen neu zusammengefügt werden. Es wäre durchaus nicht verwunderlich, wäre dies bei dir der Fall.«

»Nein«, widersprach Gorian, während er immer noch den Blick suchend durch das Dunkel des sie umgebenden Waldes schweifen ließ. »Ich glaube nicht, dass dies auf mich zutrifft.«

»Der Irrglaube, in jeder Hinsicht etwas Besonderes zu sein, scheint in dir noch fester verwurzelt, als ich bisher befürchtet habe.«

»Es gibt fünf Häuser im Orden der Alten Kraft ...«

»Das ist richtig.«

»Das Haus des Schwertes, der Magie, der Schatten, der Heiler und der Seher ...«

»Wenn du dem Orden als Schüler beitrittst, wirst du dich für eines dieser Häuser entscheiden müssen«, stellte Thondaril klar.

»Ihr tragt die Meisterringe gleich zweier Häuser.«

»Das ist eine Ausnahme.«

»Wäre es nicht auch möglich, die Prüfungen aller fünf Häuser zu bestehen?«

»Das hat bisher niemand geschafft.«

»Hat es bisher denn jemand versucht?«

Thondaril runzelte die Stirn. »Nein, soviel ich weiß, nicht.«

»Dann werde ich der Erste sein«, kündigte Gorian an.

»Wenn du das vor den Oberen des Ordens vorbringst, wird man dich für einen Narren halten, der unter erheblicher Selbstüberschätzung oder gar Größenwahn leidet, und das Angebot, dich als Schüler aufzunehmen, wieder zurückziehen«, gab Thondaril mit einem fast schon galligen

Unterton zurück. »Demut gegenüber den Kräften des Polyversums ist eine der Haupttugenden, welche die Axiome des Ordens lehren. Du solltest sie lesen.«

»Das habe ich. Und zwar nicht nur einmal.«

»Dann scheint dir der Sinn eines Großteils der Axiome aber nicht wirklich bewusst geworden zu sein. Nun, das kann man ja vielleicht noch nachholen. Zumindest entnehme ich deinen Äußerungen, dass du noch in Erwägung ziehst, ein Ordensschüler zu werden, und angesichts deiner etwas eigenwilligen Gedankengänge muss man darin schon einen erheblichen Fortschritt in deiner persönlichen Reifung sehen.«

»Aber das ist mit einer Bedingung verknüpft«, beharrte Gorian. »Wenn ich für den Moment gerüstet sein soll, da ich Morygor gegenübertrete, werde ich das Wissen aller fünf Häuser benötigen.«

Thondaril seufzte. »Schlaf jetzt, du fünffacher Meister ohne Ausbildung aus den Häusern des Protzes, der Selbstüberschätzung, des Leichtsinns, der Überheblichkeit und der Selbstgefälligkeit.«

»Ist es denn so falsch, was ich sage? Was habt Ihr, der Ihr doch immerhin Meister von zwei Häusern seid, gegen Morygor bisher ausrichten können? Nichts, was man am Stand des Schattenbringers ablesen könnte!«

Thondaril, der wohl gehofft hatte, dass Gorian endlich Ruhe gab und er selbst seinen ohnehin sehr leichten Schlaf fortsetzen konnte, setzte sich wieder ruckartig auf. Das fahle Mondlicht schien in sein Gesicht, und die Schatten zeichneten die harten Linien seiner Züge nach. »Ich hoffe, du wirst deine Ansichten noch rechtzeitig der Realität anpassen.«

»Warum sollte es für mich, der Morygor in die Schranken weisen soll, Grenzen des Wissens und der Erkenntnis geben?«, entgegnete Gorian. »Ich jedenfalls werde solche

Grenzen so lange nicht akzeptieren, bis sie sich nicht tatsächlich als unüberwindlich erwiesen haben.«

»Du wirst vielleicht schneller an diese Grenzen stoßen, als dir lieb ist«, murmelte Thondaril.

Auf einmal schnellte der zweifache Meister hoch, griff gleichzeitig nach dem Schwert, das er auch während des Schlafs immer in Griffweite hatte, und die Klinge wirbelte blitzartig durch die Luft, das Mondlicht spiegelte sich in dem blanken Stahl, dann verharrte Thondaril reglos.

Augenblicke vergingen, in denen er sich nicht bewegte. Schließlich entspannte sich seine Körperhaltung. »Sag mal, Gorian – folgt dir zufällig jemand?«

»Ich …«

Thondaril drehte sich herum, riss einen Dolch aus dem Gürtel, schleuderte ihn mit einem Kraftschrei auf ähnliche Weise, wie Gorian es von seinem Vater gelernt hatte, und stürzte dann hinterher, den Schwertgriff in beiden Händen.

Der Dolch fuhr in einen Strauch. Etwas bewegte sich dort, und Gorian nahm einen Gedanken wahr. Keine ausformulierte Botschaft, auch kein Bild, sondern lediglich ein Gefühl, das Gorian auch nur teilweise zu deuten vermochte.

Wut war darin.

Und Hass.

Aber auch noch etwas anderes, was nicht so eindeutig zu definieren war.

Ein Schatten sprang durch die Nacht. Etwas Dunkles schwebte blitzartig empor und wurde von der Nacht vollkommen verschluckt.

Meister Thondaril streckte seine Linke aus. Im Licht des Mondes war zu sehen, dass sich seine Augen vollkommen mit Schwärze gefüllt hatten.

Der Dolch kehrte in seine Hand zurück.

»Es ist weg«, stellte er fest. Er drehte sich zu Gorian um. »Was war das?«

»Ich weiß es nicht.«

»Es ist dir gefolgt. Das war an seinen Gedanken – oder was immer ich da auch wahrnehmen konnte – deutlich zu erkennen. Mag sein, dass du dieses Wesen nicht kennst, aber umgekehrt kennt es dich sehr wohl.«

Gorian schluckte.

»Ar-Don!«, flüsterte er, und plötzlich war er sich sicher.

»Wer ist das?«

»Der Gargoyle, der mich zu töten versuchte – und der mir im Tempel der Alten Götter das Leben gerettet hat.«

»Erzähl mir von ihm«, forderte Thondaril. »Und zwar alles.«

Am nächsten Morgen brachen sie in aller Frühe auf. Gorian schlief tief und fest wie ein Stein, und Thondaril weckte ihn ziemlich grob. »Na los, hoch mit dir! Wer die Welt von den Frostgöttern befreien will, sollte wenigstens früh aufstehen und nicht mitten im Sommer in einen Winterschlaf fallen, nur weil er mal ein bisschen wenig Schlaf abbekommen hat!«

»Ja, weil Ihr mich die halbe Nacht hindurch mit der Hartnäckigkeit eines Inquisitors nach diesem Gargoyle befragt habt!«, beschwerte sich Gorian.

Alles hatte Thondaril wissen wollen, angefangen von den Schwertern Schattenstich und Sternenklinge, die Nhorich geschmiedet hatte, bis hin zu den Geschehnissen am Tempel der Alten Götter, wo Ar-Don schließlich den Frostgott Frogyrr vernichtet hatte.

»Was auch immer dir dieses Wesen eingeflüstert hat«, sagte Thondaril, »es ist böse, und du solltest dich vor ihm in Acht nehmen!«

»Ach, und was kann man da machen?«

»Ich habe dich mit einem Zauber belegt, der das Biest von dir fernhalten sollte. Wenn es dir doch noch mal begegnet, musst du immer vom Schlimmsten ausgehen. Es ist viel Hass in ihm, und etwas davon bezieht sich gewiss auch auf dich.«

»Ar-Don ist aber nicht nur böse«, entgegnete Gorian.

»Sprich seinen Namen nicht aus«, mahnte Thondaril streng. »Das macht ihn nur mächtiger.«

»Ist Euch ein anderer Name lieber? Wie wäre es mit Meister Domrich? In dem Gargoyle ist nämlich auch einiges von seiner Seele. Ich nehme an, Ihr wisst, wer Meister Domrich war?«

»Er ist ein verschollener Held des Ordens und gilt als Beispiel vorbildlicher Pflichterfüllung«, sagte Thondaril kalt. »In Wahrheit aber war er wohl ein Narr, der durch übertriebenen Wagemut und unsinnige Opferbereitschaft in die Hände des Feindes fiel. Meinst du diesen Meister Domrich?«

»Dieses Wesen, mit dem Meister Domrich verschmolz, hasst Morygor. Und es hat mir geholfen.«

»Das mag sein. Aber es bedeutet nicht, dass du nichts von ihm zu befürchten hättest.«

»Ich kenne ihn besser als Ihr!«

»Ja, diesen Eindruck hat er dir gewiss durch seine Einflüsterungen vermittelt. Aber das ist Teil seiner Manipulationen. Gorian, mach die Augen auf! Dieses Wesen wurde selbst manipuliert, und genau das versucht es nun bei anderen. Und bei dir hat es das schon erfolgreich geschafft. So ist nun einmal die Natur der Gargoyles. Du darfst ihnen niemals trauen. Und dass er Morygor hasst, zeigt eher seine mangelnde Loyalität.«

»Das glaube ich nicht.«

»Eines Tages würde er dich verraten wie zuvor Morygor.«

»Ihr habt Erfahrungen mit Gargoyles?«

Thondaril nickte. »Und ob.« Doch statt weiter darauf einzugehen, sagte er: »Eine Frage musst du mir noch beantworten, Gorian: Was ist mit den Schwertern geschehen, die dein Vater aus dem Sternenmetall geschmiedet hat?«

»Sie sind jetzt in Morygors Hand, nehme ich an.«

»Das ist keine gute Nachricht«, murmelte Thondaril, während er seinem Pferd offenbar einen magischen Gedankenbefehl gab, der es voranpreschen ließ.

14 Segantia

Einen Tag später erreichten sie das Ufer des Flusses Seg, der die Grenze zwischen den Herzogtümern Thisilien und Estrigge bildete. Sie folgten dem Strom bis zur Brücke, die nach Segantia führte, der großen Handelsstadt am Estrigger Ufer.

Die Brücke spannte sich in einem gewagten Bogen über den Fluss, und es gab Legenden, denen zufolge sie ihre Entstehung nicht allein der Baukunst eines begnadeten Architekten zu verdanken hatte, sondern ebenso der Anwendung von Magie.

Am thisilischen Ufer gab es ein von Holzpalisaden geschütztes Fort, in dem eine Hundertschaft Landsknechte des Herzogs von Thisilien stationiert war. Zu deren Aufgaben gehörte auch die Einziehung des Brückenzolls, wenn man diese von West nach Ost passierte; benutzte man sie in umgekehrter Richtung, strichen die Landsknechte des Estrigger Herzogs auf der anderen Seite den Zoll ein.

Gorian und Thondaril ritten auf den Zollposten zu, wo sich sowohl die alte als auch die neue Straße nach Segantia trafen. Der zweifache Ordensmeister zeigte dem wachhabenden Landsknecht nur seine Hand mit den beiden Ringen und wurde sofort durchgewinkt. Von einem Meister des Ordens wurde kein Wegezoll zum Unterhalt der Brücke verlangt. »Der Verborgene Gott schütze Euch«, sagte der

Landsknecht und verbeugte sich respektvoll, und die mit Schwertern und Armbrüsten bewaffneten Männer, die ihm unterstellt waren, folgten seinem Beispiel.

Thondaril ließ das Pferd, auf dem er zusammen mit Gorian saß, anhalten. »Wie ist dein Name und dein Rang?«, verlangte er von dem Posten zu wissen.

»Ich bin Hauptmann Javloch und diene dem Herzog von Thisilien«, erwiderte der Gefragte, ein Mann mit rotstichigem Haar. »Vor kurzem sind einige Ordensbrüder von Euch zusammen mit einem Heer von Rittern und Landsknechten in umgekehrter Richtung gezogen, um sich den Frostkriegern in Thisilien zu stellen.«

»Das freut mich zu hören«, erwiderte Thondaril. »Aus deinen Worten schließe ich, dass sich hier noch kein orxanischer Untoter gezeigt hat.«

Der Rothaarige schüttelte den Kopf. »Nein, ehrwürdiger Meister. Allerdings sind zahlreiche Flüchtlinge nach Segantia gezogen, und was sie berichten, lässt einem das Blut in den Adern gefrieren.«

Gorian fielen einige hundert Menschen auf, die vor den Holzpalisaden des Forts kampierten. Männer, Frauen und Kinder lagerten dort und hausten unter erbärmlichen Bedingungen. Sie sahen abgerissen aus und hatten kaum Besitz mitnehmen können. Ihrer Kleidung nach handelte es sich um Pächter und Waldbauern, wie sie weit verstreut an der thisilischen Küste lebten.

»Was sind das für Menschen?«, fragte Gorian an Javloch gewandt.

»Warum willst du das wissen, Junge?«, fragte der Hauptmann und verengte dabei misstrauisch die Augen.

»Sie sehen elend aus.«

»Es gibt viel Elend, doch würden wir es andauernd anstarren, könnten wir uns nicht mehr an der Schönheit dieser

Welt erfreuen. Nun, das Geschrei ihrer Kinder ist eine Plage, die ich niemandem wünsche.«

»Sind es Flüchtlinge aus Thisilien?«

»Sie gehen dich nichts an, Junge«, knurrte der Landsknecht unwillig.

Da mischte sich Meister Thondaril ein, und ihn wagte Hauptmann Javloch nicht einfach so abzukanzeln. »Ich möchte es auch wissen.«

»Ehrwürdiger Meister, es sind Flüchtlinge, die den Brückenzoll nicht entrichten konnten.« Der Hauptmann zuckte mit den Schultern. »Was soll ich machen? An ihrem Unglück sind die Invasoren schuld, die in Thisilien eingefallen sind. Und unser Herzog lässt keine Ausnahme bei der Erhebung des Brückenzolls zu.«

»Von meinem Begleiter und mir habt Ihr auch nichts verlangt, und ebenso wenig Euresgleichen, die in den letzten Jahren an diesem Posten standen, während ich in dieser Zeit die Brücke mehrere Dutzend Male überquerte.«

»Ihr seid ein ehrwürdiger Meister des Ordens der Alten Kraft und schützt das Heilige Reich. Kein Herzog darf von Euch Wegezoll erheben, nicht einmal der Kaiser.«

»So gibt es also doch Ausnahmen. Dann lasst auch diese Menschen ziehen, wohin sie wollen!«

»Aber, Meister! Glaubt Ihr, dass ihr Elend auf der anderen Seite der Brücke geringer sein wird als hier?«

»Sie sind Flüchtlinge. Und hier können sie nicht einmal betteln. Also lass sie ziehen, Hauptmann!«

»Es tut mit leid, ehrwürdiger Meister, aber mir sind die Hände gebunden. Mein Herzog ...«

»Der Herzog sitzt weit entfernt in Thisrig!«, schnitt Thondaril ihm das Wort ab. »Er kann froh sein, wenn die Frostkrieger nicht auch dort mit ihren Schiffen gelandet sind und ihn aus seinem Palast geworfen haben!«

»Dennoch, ich bin an das Wort meines Herrn gebunden«, beharrte Hauptmann Javloch.

Aber das ließ Meister Thondaril nicht gelten. Er ritt zu dem Lager der Flüchtlinge. »Wer von euch die Brücke passieren will, mag dies jetzt tun!«, rief er. »Niemand wird es wagen, euch aufzuhalten, wenn ihr in meinem Gefolge geht!«

Die Flüchtlinge schauten Thondaril ungläubig an. »Ein Ordensmeister!«, stellte ein alter Mann ergriffen fest. »Wir können ihm vertrauen!«

»Dann wird man den Zoll auf der anderen Seite fordern!«, glaubte eine Frau in Lumpen, die ein Kind auf dem Arm trug.

»Niemand wird Zoll von euch verlangen – weder auf dieser noch auf der anderen Seite!«

Hauptmann Javloch war Thondaril und Gorian gefolgt, der noch immer hinter dem Ordensmeister im Sattel saß. Zudem eilten noch ein paar weitere Landsknechte herbei, die Hände an den Griffen ihrer Schwerter.

»Das könnt Ihr nicht tun, ehrwürdiger Meister!«, rief Javloch.

Thondaril drehte sich im Sattel um, seine Augen wurden vollkommen schwarz, und er rief: »Ich würde niemandem raten, sich einem Meister der Alten Kraft entgegenzustellen!«

Der Hauptmann wollte etwas erwidern, aber es kam kein Wort mehr über seine Lippen. Sein Blick wurde starr und wie gebannt, als Thondaril die Hand hob. In der Handfläche bildete sich ein Lichtpunkt, der rasch größer wurde und die gesamte Handinnenfläche einnahm. Er wurde immer heller, immer blendender. Auch Javlochs Männer standen plötzlich in dem Bann dieses magischen Lichts.

»Ihr werdet diese Menschen ziehen lassen und euch nicht

daran erinnern!«, gebot Thondaril und murmelte dann einige Worte in alt-nemorischer Sprache.

Er war ein wahrer Meister der Magie, der seinen zweiten Ring wohl zu Recht trug, erkannte Gorian.

»Die Seelen dieser Männer sind schwach und lassen sich leicht beeinflussen«, raunte Thondaril ihm zu. »Schon aus diesem Grund wäre keiner von ihnen in der Lage, Morygors Schergen zu widerstehen, und so kann man nur hoffen, dass die Frostkrieger diesen Posten niemals erreichen.«

Danach wandte er sich mit deutlich lauterer Stimme an die Flüchtlinge: »Wartet nicht länger, sondern folgt mir über die Brücke!«

Die Flüchtlinge folgten Thondarils Streitross, und am Estrigger Ufer wagte es niemand, sich ihnen entgegenzustellen oder auch nur eine Frage an den Ordensmeister zu richten.

So zogen sie weiter zum Flusshafen, der sich rechts und links des Brückenendes am Ufer entlangzog. Zahllose, zu einem Großteil auch hochseetüchtige Schiffe lagen an den Kais. Von den Küstenstädten fuhren größere Schiffe den Seg bis Segantia hinauf, wo die Waren dann häufig auf kleinere Schiffe umgeladen wurden, damit man sie weiter flussaufwärts bis in die Berge von Nomrigge bringen konnte.

Schließlich erreichte Thondarils Zug das zum Hafen ausgerichtete östliche Haupttor der Stadt. In den Straßen von Segantia löste sich sein Lumpengefolge dann allmählich auf. Die Stadt war recht verwinkelt und wurde von zahlreichen Mauern in unterschiedlich große Viertel unterteilt, dennoch hatte Gorian den Eindruck, dass sich der Ordensmeister bestens zurechtfand und genau wusste, wohin er wollte.

»Heute lohnt die Weiterreise nicht mehr«, meinte er. »Wir werden hier in Segantia in einer Herberge übernachten, deren Wirt ich gut kenne.«

»Vielleicht erfahren wir dort ja auch ein paar Neuigkeiten zur Lage in Thisilien«, sagte Gorian.

Thondaril wandte ihm das Gesicht zu und zeigte ihm ein leicht spöttisches Lächeln. »Ja, vielleicht. Aber in der Regel verlasse ich mich lieber auf meine eigenen Quellen.«

»Magische Quellen?«, hakte Gorian nach.

»Du bist neugierig.«

»Nein, wissbegierig.«

»Zwei Seiten ein und derselben Medaille, wie ich annehmen möchte. Jedenfalls ist es nicht die schlechteste Eigenschaft eines Schülers.«

»Ich will alles erfahren, was nötig ist«, erklärte Gorian. »Und zumindest das Wissen eines Magiemeisters und was mir zum vollendeten Schwertmeister noch fehlt, kann ich sicher von Euch lernen.«

»Dann bleiben nur noch drei Meisterringe, die du erwerben musst, wenn wir die Ordensburg erreichen«, spottete Thondaril und lachte schallend. »Dein Eifer in allen Ehren, aber um diese Künste zu erlernen, braucht man Zeit. Und um diese Erkenntnis wirst auch du nicht herumkommen.«

»Ich fürchte nur, dass Morygor es nicht zulässt, dass ich mir allzu viel Zeit damit lasse. Er wird uns nicht mehr Generationen lang vor uns hin leben lassen, als wäre da nichts, was uns bedroht und die Welt in eine eisige Schneewüste verwandeln will.« Gorian deutete zum Himmel, wo die Sonne gerade zwischen den Wolken hindurchstrahlte. Der dunkle Fleck, der sie zum Teil verdeckte, war unübersehbar. »Wenn sich der Schattenbringer noch weiter vor die Sonnenscheibe schiebt, wird nichts mehr so sein, wie wir es kennen. Selbst wenn Morygor besiegt wird, könnte es dann zu spät sein, um die Verdunkelung der Sonne rückgängig zu machen oder wenigstens aufzuhalten.«

»Bevor du dich in Prophetie übst, solltest du dich vielleicht tatsächlich erst mal um den Ring eines Sehers bemühen.«

»Um vorauszusehen, was ich gerade gesagt habe, braucht man weder Magie noch die Sinne oder die Ausbildung eines Sehers«, war Gorian überzeugt. »Dafür reicht ein klarer Verstand.«

»Der Verstand eines Jungen aus der thisilischen Provinz, der an Bildung kaum mehr genossen hat als die mitunter etwas eigenwilligen Auffassungen seines Vaters?«

»Er hat es nicht verdient, dass Ihr sein Ansehen in den Schmutz zieht, Meister Thondaril!«, sagte Gorian mit einem harten Unterton in der Stimme, der dem Ordensmeister klarmachte, dass er gerade eine Grenze überschritten hatte, die gegenüber Gorian nicht in Frage gestellt werden durfte.

»Das lag nicht in meiner Absicht«, stellte er daher klar. »Aber bei allem Respekt gegenüber deinem Vater solltest du vielleicht doch auch in Erwägung ziehen, dass er sich in manchem schlichtweg geirrt haben könnte.«

Daraufhin schwiegen sie eine ganze Weile, während sie auf dem Rücken des Streitrosses die Straßen entlangritten. Überall herrschten lebendiger Handel und Gewerbe. Segantia glich einem einzigen großen Markt. Lauthals wurden Waren aller Art angepriesen, Gaukler führten ihre Kunststücke auf, Musikanten präsentierten ihr Können und erwarteten dafür von den vorbeigehenden Passanten ein paar Kupfermünzen als Anerkennung ihres Talents. Schreiber und Zahlenmagier boten ihre Dienste an jeder Ecke an, ebenso Porträtmaler und Wahrsager, deren »Künste«, wie Thondaril zwischendurch betonte, nichts mit den Fertigkeiten der Seher-Meister des Ordens gemein hatten, sondern schlicht Betrug waren, so wie die Kunststücke jener angeblichen Magier, die Karten verschwinden ließen oder Tauben aus ihren Hüten zauberten, ohne dass sie auch nur ansatzweise über Magie verfügten.

»Allesamt Betrüger, die das wahre Talent in Verruf bringen«, sagte Thondaril in einem Unterton, der keinerlei Zweifel an der Verachtung ließ, die er für derlei Straßentheater empfand.

Schließlich erreichten sie einen Platz, wo auf einer Bühne Ringkämpfe zwischen Ogern abgehalten wurden, angekündigt von einem großköpfigen Zahlenmagier, der wohl erkannt hatte, dass ihm das Organisieren solcher Veranstaltungen und die dazugehörigen Wetten mehr Silber einbrachten, als wenn er sich bei einem der vielen segantinischen Handelskontore am Flusshafen verdingte.

Ein halbes Dutzend dressierter Sprechaffen half dem Zahlenmagier beim Einsammeln der Einsätze. Die Geschöpfe mit dem weißen Fell hatten etwa die Körpergröße eines zehnjährigen Menschenkinds und lebten in den Gebirgszügen im Süden von Estrigge und dem Estlinger Land. Im Gegensatz zu den meisten anderen Affenarten konnten sie eine vereinfachte Form menschlicher Sprache erlernen.

»Mach Einsatz höher!«, trällerten sie diejenigen an, die sich um die Bühne herum versammelt hatten und bereit waren, ein paar Silberstücke auf einen der grünhäutigen Oger-Kontrahenten zu setzen. Diese waren nur etwas größer als die meisten menschlichen Männer, allerdings erheblich muskulöser. Gegen sie wirkte selbst ein breitschultriger Adh wie ein Schwächling. Zumeist wuchs ihnen eine strubbelige blauschwarze Mähne. Nur wenige von ihnen hatten helleres Haar, das dann zumeist einen unübersehbaren Rotstich aufwies.

Ihre Gesichter wirkten zwar grob und kantig, aber vergleichsweise menschlich, solange sie den Mund geschlossen hielten. Die langen Eckzähne konnten sich zwar nicht mit den gewaltigen Hauern eines Orxaniers messen, aber sie zeigten doch deutlich, dass sich Oger so gut wie ausschließlich von Fleisch ernährten, und zwar auch Menschenfleisch – sofern sie sich nicht gerade in einem Menschenreich aufhielten, um dort zum Beispiel als Ringer mit Schaukämpfen ihr Silber zu verdienen.

Zwei eingeölte Oger mit freien Oberkörpern und zu Fratzen verzogenen Gesichtern standen sich gegenüber, aber der Zahlenmagier mit seinem kahlen Ballonkopf hatte den Kampf noch nicht beginnen lassen. Offenbar waren noch nicht genügend Wetten gesetzt, und so waren die weißen Sprechaffen noch immer unermüdlich zwischen den Schaulustigen unterwegs. Überall hörte man sie mit schriller Stimme um höhere Einsätze werben.

Einer von ihnen kam auf Thondarils Streitross zu, kletterte in Windeseile daran empor und klammerte sich an den Arm des Meisters. »Einsatz bitte! Einsatz bitte! Bestimmt Glück haben!«

»Weg mit dir!«, herrschte Thondaril ihn an.

Kreischend sprang der Sprechaffe wieder zu Boden. »Kein Einsatz, kein Glück!«, rief er. »Selbst schuld!«

In diesem Augenblick verdunkelte sich die Sonne, und ein großer Schatten wurde auf den gesamten Platz geworfen. Gorian sah empor. Es war glücklicherweise nicht der Schattenbringer, der den Oger-Ringern die Schau stahl, sondern nur ein majestätisch über die Stadt ziehender Greif.

Gryphland, die Heimat der Greifenreiter, lag im äußersten Südwesten von Ost-Erdenrund und jenseits der Grenzen des eisigen Reichs. Daher waren die gezähmten Greifen, die einige Händler besaßen, in den nördlichen Herzogtümern auch relativ selten anzutreffen. So ging ein Raunen durch die Menge, und ein jeder verrenkte sich den Hals, um diesen exotischen Anblick in sich aufzunehmen.

Der Greif hatte etwa die Größe eines einstöckigen segantinischen Wohnhauses und glich einer Mischung aus Löwe und Adler. Der Schnabel des vogelartigen und teils gefiederten Kopfes war länger als der Rammsporn einer westreichischen Galeere, und adlerähnliche Schwingen wuchsen seitlich aus dem raubkatzenhaften Rumpf, während ein kleineres Flügelpaar an den Schultern wohl der genauen Steuerung diente. Jedes der vier Löwenbeine hatte mehr Umfang als der Brustkorb eines Oger-Ringers.

Auf dem Rücken des Tiers saß einer der legendären gryphländischen Greifenreiter und lenkte das gewaltige Geschöpf über ein spezielles Geschirr, während unter dem Bauch des Flugmonstrums eine geschlossene Gondel von der Größe eines mittleren segantinischen Flussschiffs hing.

Der Greifenreiter suchte offenbar einen Ort, an dem er mit seinem Tier niedergehen konnte. Da es in Segantia keine besonderen Landeplätze für Greifenreiter gab, wie man sie in Gryphland, den angrenzenden Reichen und sogar noch in einigen südwestlich gelegenen heiligreichischen Herzogtümern fand, kam nur einer der großen Plätze der Stadt in Frage.

Der Greif stand fast in der Luft, und da er dafür das große Flügelpaar etwas heftiger bewegen musste, war so manch einer auf dem Marktplatz gezwungen, Hut oder Mütze festzuhalten.

»Geschäfteverderber! Geschäfteverderber!«, hörte man die Sprechaffen kreischen, denn auf einmal interessierte sich kaum noch jemand für die beiden Oger und ihren bevorstehenden Ringkampf.

Der Greif sank tiefer, die Menge strömte auseinander, und so bildete sich rasch eine freie Fläche, die groß genug war, um die Gondel abzusetzen, was der Greif derart sanft und vorsichtig tat, wie man es einem so gewaltigen Wesen kaum zugetraut hätte. Er öffnete seinen riesigen Schnabel und stieß ein sehr tiefes Krächzen aus, das die Bretter der Ringerbühne vibrieren ließ.

Dressierte Seilschlangen hatten sich mit einem Ende ihres Körpers um den Rumpf des Greifen geschlungen, während sie mit dem anderen eine Schlinge bildeten, mit der sie die Gondel hielten. Nun aber zogen sie sich zischelnd zurück und gaben die Gondel frei.

Der Greif landete unmittelbar neben der Gondel. Ein, zwei kräftige Flügelschläge ließen noch einmal Wind aufkommen, dann faltete das majestätische Tier seine Schwingen auf dem Rücken zusammen, sodass sie eng am Körper lagen.

»Um den Zahlenmagier und seine Ringer tut es mir nicht leid«, raunte Thondaril seinem Gefährten zu. »Solche Kämpfe sind in der Regel abgesprochen, und wenn diesem kürbisköpfigen Kerl nun die Ernte seines Betrugs verhagelt wird, zeugt dies von der Gerechtigkeit des Verborgenen Gottes.«

Die Herberge, in der Thondaril die Nacht zu verbringen gedachte, lag in einer schmalen Seitengasse. Das Haus hatte drei Stockwerke und war in der für Segantia typischen Fachwerkbauweise errichtet. Der Wirt hieß Artoch und war ein kleiner, dicklicher Mann in mittleren Jahren, in dessen Gesicht stets ein freundliches Lächeln stand.

»Meister Thondaril! Es freut mich, Euch wiederzusehen!«, begrüßte er den Gast. »Diesmal reist Ihr nicht allein?«

»Nein. Aber du wirst Gorian sicher genauso gut bewirten wie mich.«

»Ihr könnt die Kammer unterm Dach haben. Soll ich Euch die Dienste eines Barbiers vermitteln? Für Euren Begleiter scheint mir das noch ein wenig übertrieben, aber …«

»Nein danke«, lehnte Thondaril ab. »Dafür habe ich im Moment keine Zeit.«

»Ihr wart in Thisilien?«

»Allerdings.«

»Man hört schlimme Dinge von dort. Glaubt Ihr, dass die Frostkrieger bis Segantia vordringen?«

Thondaril schüttelte den Kopf. »Irgendwann werden Morygors Horden ganz Ost-Erdenrund erobern, aber nicht dieses Jahr. Allerdings bin ich nur ein Meister des Schwertes und der Magie, die Prüfungen eines Sehers habe ich nie abgelegt.«

»Das Unglück kündigt sich überall und mit aller Macht an«, sagte Artoch, und das freundliche Lächeln verschwand für einige Augenblicke und wich einer sehr ernsten Miene. »Das Wetter ist schlecht, die Getreidepreise, die man im segantinischen Hafen verlangt, sind bereits so hoch wie nie zuvor. Wir haben Tausende von Flüchtlingen in der Stadt, und Schiffspassagen flussaufwärts, um über die Berge nach Nomrigge und die anderen Herzogtümer im Süden zu gelangen, sind schon fast unerschwinglich. Viele rechnen damit, dass Thisilien erobert wird und sich die Pestilenz des Frostreichs dann von dort aus weiter ausbreitet.«

»Diese Leute sind schlecht informiert«, behauptete Thondaril. »Die Invasion Thisiliens ist nur ein kurzes Intermezzo. Die wahre Gefahr wird von ganz woanders kommen.«

»Dem Verborgenen Gott sei Dank, dass Ihr Ordensmeister das Reich gegen diese Bedrohung schützt. Aber bei allem Optimismus, dem man mir nachsagt, ich brauche nur zur Sonne emporzublicken, dann sehe ich den Schatten, der sie immer mehr verdüstert, und dann droht selbst mir alle Hoffnung abhandenzukommen, dass es noch eine Zukunft gibt.«

Das Dachzimmer war recht geräumig, und es gab insgesamt drei Betten dort. Gorian bekam das unterm Fenster, während Thondaril die beiden anderen in Beschlag nahm; auf dem einen legte er seine Waffen und sein Gepäck ab, das andere nutzte er für sich selbst.

Artochs Stallbursche kümmerte sich um das Streitross, und dass Thondaril ihm das Tier anvertraute, zeigte, dass er offenbar gute Erfahrungen mit dem Wirt gemacht hatte.

Er und Gorian nahmen im Schankraum eine ausgiebige Mahlzeit ein. Artoch hatte sich nicht lumpen lassen und einen deftigen Schmorbraten aufgetischt. »Bevor der Schattenbringer die ewige Kälte bringt, sollt Ihr wenigstens gut gegessen haben und nicht hungrig in die bereits verlorene Schlacht ziehen müssen«, sagte er mit Galgenhumor.

»Ich habe auf dem großen Stadtplatz einen Greifenreiter landen sehen«, äußerte Thondaril.

»O ja, die ganze Stadt spricht davon. Es ist der Greif von Centros Bal dem Nordfahrer.«

»Centros Bal!«, stieß Gorian hervor. »Ich habe von ihm gehört. Er fliegt regelmäßig von Gryphenklau bis zu den Mittlinger Inseln!«

»Ich glaube nicht, dass er jemals einen Zwischenhalt in Twixlum eingelegt hat«, konnte sich Thondaril eine sarkastische Bemerkung nicht verkneifen. Dann fragte er Artoch: »Du weißt nicht zufällig, in welchem Gasthaus Centros Bal für gewöhnlich absteigt, wenn er Segantia mit seiner Gegenwart beehrt?«

Artoch seufzte. »Leider nicht bei mir. Dem hohen Herrn ist es bei mir wohl zu einfach, und außerdem kann er hier auch nicht all seine Leute einquartieren. Ich nehme an, dass er in Martichs Gasthaus eine ganze Etage gemietet hat. Aber vielleicht übernachtet er auch in seiner Gondel, denn er gilt als sehr ängstlich, und für die Diebe Segantias dürfte sie so etwas wie der Paradiesgarten des Verborgenen Gottes sein.«

»Könntest du das für mich in Erfahrung bringen?«, fragte Thondaril.

»Ich kann meinen Küchenjungen losschicken.«

»Dann tu das bitte.« Thondaril schob dem Wirt eine Silbermünze hin, woraufhin dieser sofort quer durch den Schankraum nach dem Burschen rief.

Später, in der Dachkammer, hockte sich Meister Thondaril auf eines der beiden Betten, die er für sich beanspruchte, und blickte in seine Handflächen, die er wie ein aufgeschlagenes Buch vor sich hielt, wobei sich die Handkanten in einem rechten Winkel berührten.

»Meister?«, fragte Gorian, aber als er sah, wie sich Thondarils Augen mit purer Finsternis füllten, verstummte er. Der Ordensmeister schien völlig in sich versunken und im Moment nicht ansprechbar.

In seinen Handflächen strahlte Licht auf, das auch sein Gesicht traf. Es war ein fast weißes Leuchten, viel heller als jede Öllaterne oder Kerze, auch wenn der flackernde Schein etwas daran erinnerte.

Näheres konnte Gorian von seiner Position aus nicht erkennen. Deshalb erhob er sich und stellte sich so hin, dass er in Thondarils Handflächen blicken konnte.

»Es reicht nicht, zu sehen – du musst erkennen«, zitierte Thondaril ein Axiom des Ordens. Das Leuchten in seinen Händen verschwand, und wenig später wich auch die Schwärze aus seinen Augen. Er blickte den völlig verdutzten Gorian an, lächelte mild und erklärte: »Ich bin mit meinen Ordensbrüdern in Verbindung getreten, um zu erfahren, wie die Lage in Thisilien steht.«

»Und?«

»Man kann noch nichts Genaues sagen. Der Kaiser selbst ist von Olandor aus mit einem Ritterheer nach Thisilien unterwegs. Und mit ihm ziehen auch etliche Meister unseres Ordens aus allen fünf Häusern. Außerdem sammelt sich eine Kriegsflotte bei den Axtlanden. Es stehen viele Schlachten bevor, aber alles deutet darauf hin, dass die Frostkrieger nicht gekommen sind, um zu bleiben. Diesmal noch nicht.«

»Zeigt Ihr mir, wie Ihr mit Euren Ordensbrüdern in Verbindung tretet?«, fragte Gorian.

»Später. So weit bist du noch lange nicht, und nicht einmal jeder Meisterschüler, der kurz vor der Prüfung im Haus der Magie steht, beherrscht dies in zufriedenstellender Weise.«

Es klopfte, dann steckte der Küchenjunge den Kopf durch den Türspalt. »Ich habe eine Botschaft für Euch, Meister Thondaril.«

Gorian blieb allein in der Herberge zurück. Er blickte aus dem unverglasten Fenster des Dachzimmers hinaus in die enge Gasse, an der Artochs Herberge lag, und sah, wie Meister Thondaril in dem dichten Gewimmel, das dort auch um diese Zeit noch herrschte, verschwand. Die Dämmerung war bereits weit fortgeschritten, und überall waren Laternen angezündet worden. Segantia glich bei Nacht einem einzigen Lichtermeer. Aus den Tavernen drangen Musik und zänkische Stimmen. Manche der Tavernenwirte beschäftigten Oger, um Betrunkene vor die Tür zu setzen, und so verdienten sich die grünhäutigen Kraftprotze, die sich am Tag als Ringer auf einem der Stadtplätze verdingten, am Abend noch etwas dazu.

Aus irgendeinem Grund hatte Thondaril nicht gewollt, dass Gorian ihn begleitete. Genauso wenig hatte der Ordensmeister Gorian darin eingeweiht, was er von Centros Bal, dem gryphländischen Nordfahrer, eigentlich wollte. Dabei hätte es Gorian durchaus gereizt, dem legendären Reisenden einmal gegenüberzustehen. Aber er hatte das Gefühl gehabt, den Meister besser nicht mit diesem Wunsch zu bedrängen, und so hatte er es gelassen.

Als Thondaril zurückkehrte, war es bereits tiefe Nacht.

»Wir werden morgen in aller Frühe aufbrechen und mit Centros Bal in den Norden fliegen«, erklärte er, ohne dass Gorian danach gefragt hätte. »Er befindet sich auf dem Weg nach Nemorien und zu den Mittlinger Inseln und wird auch auf Gontland landen.«

Gontland war eine Insel im Delta des Flusses Gont, der die Grenze zwischen dem Estlinger Land und Nemorien bildete. Doch die Insel unterstand weder dem Herzog des einen noch dem des anderen Landes, sondern nur dem Kaiser, wobei dessen Befugnisse allerdings beschränkt waren, denn sie wurde vom Orden selbst verwaltet.

Dort befand sich die Ordensburg, und Gorian hatte in den Büchern seines Vaters Abbildungen davon gefunden, Kupferstiche zumeist, von denen er allerdings nicht wusste, wie originalgetreu sie waren. Immer wieder hatte er Nhorich über die Ordensburg befragt, aber Nhorich hatte sich bei diesem Thema immer recht wortkarg gegeben.

»Dann brauchen wir also nicht erst durch ganz Estrigge und das Estlinger Land zu reiten, um zur Ordensburg zu gelangen!«, sagte Gorian aufgeregt.

»Deine Entscheidung steht demnach fest, und du wirst dich dem Orden anschließen?«, fragte Thondaril. »Auch wenn du damit dem Willen deines Vaters zuwiderhandelst?«

»Ich muss meine eigenen Entscheidungen treffen.«

»Richtig. Aber Centros Bal wird uns nicht umsonst mitnehmen, und auch wenn die Mitnahme meines Steitrosses den Großteil der Summe ausmacht, kostet auch dein Gewicht. Also überleg es dir nicht wieder anders, sobald wir auf Gontland gelandet sind.«

Gorian nickte. »Meine Entscheidung steht fest.«

»Gut«, murmelte Thondaril.

»Aber meine Bedingung auch: Ich will die Ausbildung in allen fünf Häusern beginnen!«

»Das kann ich dir nicht versprechen, Gorian. Ich bin weder ein Oberer noch gar der Hochmeister persönlich. Aber ich gehöre dem Entscheidungskonvent an und werde dein Anliegen vorbringen. Das ist alles, was ich in dieser Sache für dich tun kann.«

Gorian zögerte. »Und Ihr würdet das vor dem Entscheidungskonvent auch befürworten, obwohl Ihr es doch eigentlich für einen Ausdruck von Vermessenheit und Größenwahn haltet, was ich verlange?«

Thondaril lächelte. »Du wurdest unter einem besonderen Zeichen geboren, Gorian. Und ich will nicht daran schuld sein, dass dem Orden ein so überaus großes Talent entgeht, wie du es bist.«

Gorian atmete tief durch. Mehr, so schien es, konnte er nicht herausholen.

15 Begleiter

Ein wirrer Traum suchte Gorian in dieser Nacht heim. Ar-Don sprach zu ihm, aber Gorian konnte die Gedankenstimme des Gargoyle diesmal nicht verstehen, sie war zu undeutlich. Ein Schwall chaotischer Bilder drang in seine Seele. Meister Domrich kam darin vor, aber da war auch eine fremde Erinnerung, und zwar an jenen Moment, als Ar-Don zum ersten Mal versucht hatte, Gorian zu töten. Er sah sich selbst als zehnjährigen Jungen, allerdings aus der Perspektive des Angreifers.

Und dann fühlte er plötzlich einen ungeheuren Druck auf der Brust, so als wäre dort ein sehr schweres Gewicht abgelegt worden.

Ein Stein!, durchfuhr es ihn.

Er konnte kaum atmen, rang verzweifelt nach Luft …

… und öffnete die Augen!

Auf seiner Brust saß ein katzengroßer steinerner Drache, der aus seinem Inneren heraus rötlich leuchtete, so als würde er glühen.

Ar-Don!

Obwohl sich das Äußere des Gargoyle seit ihrer letzten Begegnung stark verändert hatte, war sich Gorian vollkommen sicher, dass er es war. Die Flügel hatten zwar ebenso eine andere Form angenommen wie der Kopf und vor allem das Drachengesicht des steinernen Wesens. Die Flügel waren größer geworden und hatten fast etwas Vogelartiges, nur dass sie keine Federn hatten, sondern vollkommen aus Stein waren. Und in den Gesichtszügen dominierten nun die echsenhaften, tierischen Elemente. Da war nicht einmal der Hauch einer Ähnlichkeit mit dem Gesicht von Meister Domrich.

Das Wesen öffnete das Maul, entblößte die Zähne und stieß ein durchdringendes Fauchen aus. Der Atem, der Gorian ins Gesicht blies, roch nach Schwefel und war fast betäubend. Die zwei Vorderpranken des kleinen Steindrachen wuchsen an, und Krallen drangen aus den sich verlängernden Fingern hervor, die an Obsidian-Klingen erinnerten, während die Pranken den Händen der weißen Sprechaffen ähnelten.

Blitzschnell griffen sie nach Gorians Hals, zuckten vor, während das Wesen gleichzeitig seine Färbung veränderte und innerhalb eines Augenaufschlags giftgrün wurde.

Gorian war wie gelähmt.

Etwas schnellte durch die Luft. Gorian konnte im Halbdunkel des Raums, der vom Mondschein, der durch das Fenster sickerte, und den Lichtern der Stadt schwach erhellt wurde, nur eine Bewegung wahrnehmen. Das Fauchen des Gargoyle verwandelte sich in einen schrillen, schmerzvollen Laut und vermischte sich mit dem Kraftschrei eines Ordensmeisters.

Eine Klinge drang durch den Stein und ließ ihn in drei Teile zerspringen.

Thondaril stand als dunkler Schemen da, den Schwertgriff mit beiden Händen umfasst. Die Teile des Gargoyle lagen auf dem Boden, leuchteten grell auf und fügten sich noch einmal zusammen, aber ehe dieser Vorgang abgeschlossen war, hieb Thondaril noch einmal zu und murmelte dabei eine Formel in alt-nemorischer Sprache.

»Nein!«, rief Gorian so heftig, dass es fast schon einem

Kraftschrei gleichkam. Er schnellte hoch. Thondaril hatte das Schwert zum Schlag erhoben, hielt aber inne, als sich Gorian vor ihn warf.

Die abermals zerschlagenen Teile des Gargoyle fügten sich erneut zusammen. Das Wesen, das daraus entstand, wirkte missgestaltet und manche Teile grotesk verzerrt: Ein Flügel war groß, der andere winzig, der Kopf war im Verhältnis zum Restkörper völlig überdimensioniert, während die Beine kleinen Stummeln glichen und sich das Wesen zudem nicht entscheiden konnte, wie viele und an welchen Körperpartien sie ihm hervorwachsen sollten, sodass sich dies dauernd änderte.

»*Ar-Don …*«, erreichte Gorian ein Gedanke, dessen vollständige Bedeutung ihm unklar blieb. Er hätte nicht einmal zu sagen gewusst, ob darin Feindseligkeit mitschwang oder nicht. Der Gedanke, der ihn erreichte, war einfach nur furchtbar fremdartig und damit so verwirrend wie ein Zeichen einer Schrift, die man nicht beherrschte.

Thondaril stieß ihn zur Seite. Gorian landete auf seinem Bett, während die Klinge des zweifachen Ordensmeisters noch einmal durch die Luft wischte. Aber der Gargoyle war inzwischen durch das Fenster davongestoben, wobei er beide Flügel stark vergrößert hatte. Für einen Moment hoben sich seine dunklen, steinernen Schwingen noch gegen das fahle Licht des Mondes ab. Dann war Ar-Don in der Finsternis des Nachthimmels verschwunden.

»Warum hast du dieser Missgeburt geholfen?«, rief Thondaril zornig, und die ganze Strenge eines Meisters lag in diesen Worten. Er schien äußerst verärgert über Gorians Handlung, die dieser im ersten Moment sich selbst gegenüber kaum zu erklären vermochte. Er spürte einen dicken Kloß im Hals, und als er versuchte, etwas zu sagen, stockten ihm die Worte.

Der zweifache Ordensmeister drehte sich um, warf seine Waffe auf jenes Bett, auf dem er sein Gepäck abgelegt hatte, und setzte sich auf das andere. Sein Gesicht befand sich im Schatten, sodass Gorian es nicht sehen konnte. »Du hast diese Bestie entkommen lassen!«

»Man kann sie ohnehin nicht gänzlich töten«, entgegnete Gorian unsicher.

»Aber man kann mit ihr das tun, was dein Vater schon getan hat: sie bannen. Vor den Einflüsterungen dieser Kreatur hätte dich das zweifellos nicht geschützt, wohl aber vor ihren Zähnen und Krallen!« Er seufzte laut, und der ganze Ärger und die Verständnislosigkeit über Gorians Handlungsweise kamen in diesem einen Laut deutlicher zum Ausdruck, als es tausend Worte vermocht hätten. »Der Gargoyle wollte dich ein weiteres Mal umbringen, Gorian.«

»Nein, das glaube ich nicht.«

»Er war drauf und dran, dir mit seinen Krallen die Kehle aufzureißen. Und vielleicht hätte er dich anschließend sogar zu einem Teil seiner selbst gemacht, so wie es seiner Art entspricht.« Erneut seufzte er tief. »Dass du gestern für die Flüchtlinge Mitleid gezeigt hast, zeigte deine edle Gesinnung. Aber Mitleid mit einer solchen Kreatur ist pure Dummheit, Gorian, gleichgültig, was die Gedanken dieses Wesens dir eingeflüstert haben.«

»Ar-Don hat mir das Leben gerettet.«

»Sprich seinen Namen noch öfter aus, dann wird er nie mehr von deiner Seite weichen!«

»Meister Thondaril, ich glaube nicht, dass Ar-Don gekommen ist, um mich umzubringen.«

»Mir bot sich aber ein deutlich anderes Bild, wenn du neunmalkluger Narr und erfahrener Fremdwesen-Versteher mir ahnungslosem zweifachen Ordensmeister diese kleine Nebenbemerkung gestattest!«

»Ich kann nur sagen, was ich empfinde und …« Er zögerte, ehe er das Wort aussprach: »… wahrnehme!«

»Und was hast du wahrgenommen?«, fragte Thondaril auf eine Weise, die erkennen ließ, dass er sich aus der Beantwortung dieser Frage nicht viel an zusätzlicher Erkenntnis erhoffte.

»Ich … ich kann es nicht erklären. Es tut mir leid, aber in dem Moment, als ich Euch daran hinderte, den Gargoyle völlig zu zertrümmern, hatte ich das Gefühl, das Richtige zu tun. Als wäre ich vollkommen im Einklang mit den metamagischen Schwingungen des Polyversums.«

Thondaril atmete tief und schnaubend durch. »Man sollte die Axiome des Ordens und die Weisheitslehre der Alten Kraft erst dann lesen, wenn man in der Lage ist, sie auch zu verstehen«, versetzte er mit galligem Unterton. »Bei dir war diese Lektüre wohl definitiv verfrüht!«

Während des Frühstücks, das sie in Artochs Schankraum in aller Frühe einnahmen, sagte Thondaril kein einziges Wort, und auch Appetit schien er nicht zu haben. Er kaute nur missmutig auf einer Brotkruste herum.

Der Stallbursche des Wirts hatte das Streitross bereits gesattelt. Das Gepäck – im Wesentlichen Satteltasche und Waffen – ließ Thondaril niemals aus den Augen und vor allem auch nicht von jemand anderem am Sattel anbringen.

Thondaril verabschiedete sich in aller Herzlichkeit von Artoch, und wenig später ritt er zusammen mit Gorian durch das frühmorgendliche Segantia. Nebelschwaden waren vom Fluss aufgestiegen und drängten sich wie die formlosen Auswüchse vielarmiger Ungeheuer in die Straßen. Manchmal konnte man nur wenige Schritt weit sehen, so dicht war dieser Dunst. Hier und dort wankten noch die letzten Zecher aus den Tavernen nach Hause, während die aufgehende Sonne als diffuser Lichtball durch das Grau des Nebels schimmerte.

Sie erreichten den Platz, auf dem Centros Bal gelandet war.

Der Händler aus Gryphland war ein kleiner, drahtiger Mann mit grauem Bart, dessen Alter sehr schwer zu schätzen war. Er trug einen eng anliegenden Anzug aus Leder und eine gefütterte Mütze – die Kluft eines Greifenreiters, die der eisigen Höhenkälte standhalten musste, wenn er den Greifen weit aufsteigen ließ.

»Es ist mir eine Ehre, mit Euch reisen zu dürfen, Centros Bal«, sagte Thondaril und deutete auf seinen Begleiter. »Dies ist Gorian, den ich bei unserem gestrigen Treffen erwähnte.«

Centros Bal musterte Gorian von Kopf bis Fuß, als würde er Maß nehmen, und meinte: »Er scheint nicht mehr zu wiegen, als Ihr geschätzt habt, Meister Thondaril. Ihr wisst ja, unser Flugtier muss das zusätzliche Gewicht auch tragen können.«

»Euer Greif macht alles andere als einen schwächlichen Eindruck«, gab Thondaril zurück.

Gorian nahm an, dass dieser Wortwechsel noch so etwas wie ein Nachklang der Preisverhandlungen war, die zweifellos am Vorabend zwischen Thondaril und Centros Bal stattgefunden hatten. Centros Bal sprach das Heiligreichisch mit einem deutlichen Akzent, aber vollkommen fehlerfrei und wie jemand, der es gewohnt war, in diesem Idiom Verhandlungen zu führen. Seinen Leuten gab er allerdings zwischendurch Anweisungen in der Sprache Gryphlands, die mit dem Heiligreichischen zwar verwandt war, aber doch so stark davon abwich, dass Gorian nur sehr vage verstehen konnte, worum es ging.

Centros Bal machte eine einladende Geste. »So betretet meine Gondel! Auch Euer Pferd wird darin gut aufgehoben sein, während ich selbst mir diese Annehmlichkeit nicht erlaube, weil ich meinen Greif, wann immer es möglich ist, selbst reite, statt ihn meinen Ersatzreitern zu überlassen.« Er lächelte verschmitzt. »Aber ein Meister sollte ja auch von einem Meister geflogen werden, nicht wahr?«

Die Gondel verfügte über einen eigenen Stall, in dem Pferde oder Rinder untergebracht werden konnten. Außerdem gab es große Lagerräume. Dafür war der Passagierbereich verhältnismäßig klein gehalten. Durch in westreichischem Stil verglaste Fenster konnte man hinausblicken.

Mit einem Ruck nahmen die Seilschlangen die Gondel in ihren Griff, und wenig später erhob sich der von Centros Bal persönlich gerittene Greif in die Lüfte. Das sonore Krächzen, das sich seinem gewaltigen Schnabel entrang, weckte vermutlich halb Segantia auf.

Ein Mann, der ebenfalls die Kluft der Greifenreiter trug, sprach Gorian und Thondaril an. Er war noch jung, Gorian schätzte ihn auf höchstens fünfundzwanzig. Die Mütze hatte er sich an den Gürtel gehängt, solange er sich in der warmen Gondel aufhielt.

»Mein Name ist Fentos Roon«, stellte er sich vor, »und ich bin der Zweite Greifenreiter von Centros Bal, was leider bedeutet, dass ich nur selten eingesetzt werde, da Centros Bal meist selbst zu reiten beliebt. Aber er gab mir den Auftrag, mich um die Passagiere zu kümmern und Euch im Rahmen meiner Möglichkeiten jeden Wunsch zu erfüllen.«

»Vielen Dank für diese Aufmerksamkeit«, gab Thondaril freundlich zurück.

Fentos Roon deutete auf ein Blumenbukett mit scharlachroten Blüten. »Vielleicht möchtet Ihr Euch die Dauer der Reise durch diese Traumblumen etwas verkürzen. Wir werden eine ganze Weile unterwegs sein.«

Gorian hatte von den Traumblumen gehört. Die Gryphländer handelten damit und brachten sie bis weit in den Norden. Angeblich ließen sie denjenigen, der an ihnen roch und sich dabei geistig auf ihre Wirkung einließ, in Traumwelten von beeindruckender Intensität versinken, bei denen der Unterschied zur Wirklichkeit nicht mehr erkennbar war. In den Ländern des Südens trösteten diese Blumen die Armen über Kummer und Elend hinweg, aber im Norden konnten sich diesen Trost nur die Reichen leisten, denn der aufwändige Transport verteuerte die Ware um ein Vielfaches.

»Tu mir einen Gefallen und entferne diese Pestilenz wider die geistige Gesundheit, soweit du das kannst!«, forderte Thondaril von dem junger Greifenreiter.

»Es war nicht meine Absicht, Euch zu verärgern«, betonte Fentos Roon und verneigte sich leicht. »Ganz im Gegenteil, es war eine Geste der Gastfreundschaft.«

»Der Ausblick aus dem Fenster reicht uns vollkommen als Ablenkung während des Fluges«, erklärte Thondaril auf ziemlich harsche Weise.

Fentos Roon wandte sich an Gorian. »Gilt dies auch für Euch, junger Herr?«

Gorian, der durchaus neugierig gewesen wäre, die Wirkung der Traumblumen einmal selbst auszuprobieren, kam gar nicht dazu, zu antworten, denn Thondaril fuhr sofort dazwischen.

»Dies gilt sogar ganz besonders für meinen Begleiter!«, versetzte er in einem Tonfall, dessen Schärfe keinerlei Möglichkeiten ließ, ihn in irgendeiner Weise misszuverstehen.

Der Greif flog Tag und Nacht und ohne Zwischenlandung über die Weiten des Herzogtums Estrigge und des Estlinger Landes. Centros Bal lenkte seinen Greifen überwiegend selbst. Nur ein paar Stunden in der Nacht gönnte er sich eine Pause. Der Flug wurde jedoch auch während des Reiterwechsels nicht unterbrochen. Fentos Roon trat dann auf den kleinen Balkon der Gondel und ließ sich von einer der dressierten Seilschlangen umfassen und hinauf auf den Rücken des Greifen hieven, und auf gleiche Weise gelangte Centros Bal während des Flugs zurück in die Gondel, um sich dort auszuruhen.

Der Schwall kalter Luft, der bei diesen Manövern ins Innere drang, gab Gorian einen vagen Eindruck davon, wie frostig es in diesen Höhen war. Wenn er aus einem der Fenster hinabsah, konnte er zwischenzeitlich kaum noch Einzelheiten erkennen.

Im Morgengrauen erreichten sie den Gont, und der Greif folgte ihm flussabwärts, bis er sich in zwei mächtige Arme teilte, die wenig später im Meer mündeten. Das Land zwischen diesen beiden Flußarmen, die das Delta des Gont bildeten, war das Land des Ordens der Alten Kraft.

Gontland.

Sanfte Hügel und kleinere Waldstücke waren vorherrschend. Es gab kleine Ansiedlungen und Fischerhäfen an beiden Flussarmen, außerdem Gehöfte und bestellte Felder; allein von geistiger Nahrung konnten auch die Mitglieder des Ordens nicht leben. Die Ordensburg selbst lag an der Küste auf einem schroffen Felsmassiv, und etwas tiefer gelegen gab es einen dazugehörigen Seehafen. Sowohl der Hafen als auch die eigentliche Burg wurden von einer gemeinsamen Mauer umschlossen, die in einem Halbkreis weit hinaus ins Meer reichte und ein großes Hafenbecken bildete, wo Dutzende von Koggen vertäut waren. An Größe und Fassungsvermögen konnte es der Ordenshafen sicherlich mit den Häfen von Thisia oder Thiskaren aufnehmen, fand Gorian.

Der Greif landete im inneren Hof der Ordensburg, der von den fünf Häusern der Heiler, Magier, Seher, Schwertkämpfer und Schattenmeister umgrenzt war. An der Westseite erhob sich die gewaltige, von fünf Türmen umgebene Kuppel der Kathedrale, die dem Ersten Meister, dem Gründer des Ordens, gewidmet war.

Als Gorian und Thondaril die Gondel verließen, hatten sich draußen Dutzende von Ordensschülern und einige Meister versammelt, die durch das Auftauchen des Greifen angelockt worden waren.

»Du wolltest doch immer etwas Besonderes sein«, raunte Thondaril Gorian zu. »Auf jeden Fall bist du wohl der einzige Schüler dieses Jahrgangs, der mittels eines Greifen zur Ordensburg gelangt ist.«

Die Schüler, die den Greifen umstanden, bildeten eine Gasse, und ein graubärtiger Mann in der dunklen Kleidung eines Ordensmeisters trat auf die Gondel zu. Er trug ein goldenes Amulett vor der Brust, das Gorian sogleich als das Zeichen des Hochmeisters erkannte.

»Seid gegrüßt, Hochmeister Aberian«, sagte Thondaril, der mit Gorian die Gondel verlassen hatte, und verneigte sich.

»Es freut mich, dass Ihr wohlbehalten zurückgekehrt seid«, erwiderte Hochmeister Aberian, der dem Entscheidungskonvent, in dem alle für die Belange des Ordens wichtigen Beschlüsse gefasst wurden, angehörte. An dem Ring, den er trug, war zu erkennen, dass er dem Haus der Schattenmeister angehörte, die in der Kunst der Schattenpfadgängerei bewandert waren.

Über die in einer Zwischenwelt gelegenen Schattenpfade vermochten die Schattenmeister weite Entfernungen innerhalb von Augenblicken zu überwinden. Nur wer über ein besonders hohes Maß an magischer Begabung verfügte, vermochte diese Kunst zu erlernen, ohne dabei sein eigenes Leben zu gefährden, denn die Schattenpfadgängerei fraß die Lebenskraft desjenigen, der sie anwendete, und daher musste der Betreffende in der Lage sein, den Verlust durch Beschwörung der Alten Kraft auszugleichen. Nur besonders herausragende Talente waren dazu in der Lage, und auch das nur nach langer Übung.

Die Schattenmeister waren zahlenmäßig die kleinste Gruppe des Ordens, und den Angehörigen dieses Hauses wurde allein schon aufgrund ihrer Seltenheit besonderer Respekt entgegengebracht. Auch hinsichtlich der Schüler, die sich dem Haus der Schatten zuwandten, war die Anzahl am geringsten. Nichtsdestotrotz hatte sich Gorian vorgenommen, auch diese schwierige und lebensgefährliche Kunst zu erlernen.

Hochmeister Aberian wandte sich Gorian zu. Sein Blick hatte etwas sehr Durchdringendes, und sogleich spürte Gorian die starke Präsenz, die der Geist Aberians ausstrahlte.

»Wie ich sehe, war Euer Weg nach Thisilien nicht umsonst, Meister Thondaril«, sprach Aberian. »Gorian, Sohn des Nhorich und Enkel des Erian, ich heiße dich auf der Ordensburg willkommen. Deine Ahnen haben bereits Ordensgeschichte geschrieben, und die Zeichen des Himmels bei deiner Geburt verkündeten, dass auch dir dies gelingen könnte.«

»Ich danke Euch für Eure Worte, Hochmeister«, sagte Gorian.

Für einen kurzen Moment spürte er, wie etwas Fremdes seinen Geist berührte und ihn abtastete. Aberian wusste alles über ihn, durchfuhr es Gorian, und es erschreckte ihn, dass er offenbar keine Möglichkeit hatte, sich dagegen zu wehren.

»Die Alte Kraft ist stark in dir«, sagte Aberian. »Stärker, als ich zu hoffen wagte.«

»Es würde mich freuen, würdet Ihr mich als würdig erachten, ein Schüler des Ordens zu werden«, erwiderte Gorian in aller Demut.

Ein Lächeln glitt über Aberians Gesicht. »In allen fünf Häusern! An Ehrgeiz mangelt es dir jedenfalls nicht!«

»Woher …«

Hatte dieser einzige kurze Moment geistiger Berührung Aberian ausgereicht, ihn so vollkommen zu durchschauen? Gorian erschrak erneut darüber, dass er offenbar nichts vor dem Hochmeister verbergen konnte.

»Du brauchst nicht beunruhigt zu sein«, sagte Aberian. »Du wirst noch lernen, deinen Geist besser abzuschirmen, das verspreche ich dir.«

»Und was ist mit meinem Anliegen, in allen fünf Häusern die Meisterschaft zu erringen?«, fragte Gorian und erntete dafür einen tadelnden Blick von Thondaril.

»Ich habe leider vergeblich versucht, ihm seinen Hochmut auszutreiben«, erklärte der zweifache Ordensmeister beinahe entschuldigend. »Ich fürchte, er ist hartnäckiger, als uns allen lieb sein kann.«

»Wir werden darüber im Entscheidungskonvent beraten«, versprach Aberian. »Mehr kann ich dazu noch nicht sagen …«

Ein Schüler namens Torbas wurde angewiesen, Gorian seine Zelle zu zeigen. Er hatte vor zwei Monaten die Ausbildung im Haus des Schwertes begonnen. Seine grauen Augen hatten etwas Falkenhaftes und musterten Gorian eindringlich. Sein Haar war dunkel, und das erhobene Kinn deutete eine Art von Stolz an, bei der Gorian noch nicht so recht wusste, was er davon halten sollte.

»Du hattest ja einen ziemlich großen Auftritt«, sagte Torbas, während sie die Treppe im Schwerthaus hinaufgingen. »Vorhin, als du mit dem Greif gelandet bist und Meister Thondaril dich gleich dem Hochmeister vorgestellt hat.«

»Ich habe es nicht darauf angelegt«, erwiderte Gorian. »Und dass der Hochmeister bereits wusste, wer ich war …«

»Das wusste er bei mir ebenfalls«, unterbrach ihn Torbas.

»So?«

Torbas blieb stehen, drehte sich zu Gorian um und sah von der höheren Treppenstufe aus auf ihn hinab. In seinem Lächeln paarte sich freundliche Offenheit mit einem kleinen, aber doch deutlich spürbaren Schuss Geringschätzung. »Es heißt, dass einer, der unter bestimmten Zeichen des Himmels geboren wurde, vielleicht ein wichtiger Faktor im Kampf gegen Morygor und das Frostreich werden könnte. Und das Wichtigste dieser Zeichen ist der fallende Stern.«

»Ich wurde an einem Tag geboren, als ein Stück Sternenmetall glühend vom Himmel fiel«, erklärte Gorian.

Torbas' Lächeln wurde breiter. »Du auch?«

Sie erreichten die Zelle, die von nun an Gorians Zuhause sein sollte. Dass sie im Haus des Schwertes lag, nahm Gorian noch keineswegs als Vorzeichen dafür, dass man seine Ausbildung auf dessen Kunst beschränken wollte. Es war einfach so, dass dieses Haus mit Abstand die meisten Zellen hatte, und abgesehen davon stand es auch für Gorian außer Frage, dass die Ausbildung zum Schwertmeister für ihn unverzichtbar und am wichtigsten war.

Viel Können und Wissen über diese Kunst hatte er sich bereits durch den Unterricht seines Vaters aneignen können, auch wenn er natürlich wusste, dass er noch nicht die Reife eines Meisters hatte. Allerdings bildete er sich ein, seinen gleichaltrigen Mitschülern um einiges im Voraus zu sein. Ob seine Einschätzung in diesem Punkt allerdings der Wirklichkeit entsprach, würde sich erst noch herausstellen müssen.

Die Zelle war kaum möbliert. Auf dem einzigen Regalbrett stand ein in Leder gebundenes Exemplar des Buchs der Ordensaxiome, das Bett war eine einfache Pritsche, das Fenster unverglast und offenbar so ausgerichtet, dass die meiste Zeit des Tages Licht hereinfiel, aber so hoch gelegen, dass man nicht hinaussehen konnte. Die Zelle diente unter anderem der inneren Sammlung, und daher sollte zumindest in den Anfangsphasen der Ausbildung jede Ablenkung vermieden werden.

»Hier kannst du die nötige geistige Versenkung finden«, sagte Torbas. Er deutete zum Fenster hinauf. »Eine deiner ersten Übungen wird es sein, die Fensterläden allein mittels der Alten Kraft zu schließen, denn auf andere Weise kann man sie nicht erreichen.«

»Ganz nett«, gab Gorian zurück. »Allerdings bereitet es mir keine Schwierigkeiten, die Alte Kraft selbst im Trubel eines thiskarenischen Jahrmarkts zu sammeln – die Einsamkeit einer Zelle brauche ich dazu nicht.« Er überlegte, ob er die Fensterläden kurz schließen sollte, um Torbas zu zeigen, dass er keineswegs ein Anfänger in der Anwendung der Alten Kraft war, erinnerte sich dann aber an Meister Thondarils Worte über die Zähmung des Hochmuts und entschied sich dagegen.

»Du kennst Thiskaren?«, fragte Torbas.

»Ja, ich stamme aus Thisilien.«

»Aber du bist kein Thiskarener.«

Über Gorians Gesicht huschte ein Lächeln. »Ich dachte, du gehörst dem Haus des Schwertes und nicht dem der Seher an.«

»Niemand, der aus dieser Stadt stammt, sagt Thiskaren. Die Einheimischen sagen Thiskaven, und ich habe mir die Form der Auswärtigen erst angewöhnt, seit ich nicht mehr zu Hause lebe und mein Dasein dem Orden weihte.« Er zuckte mit den Schultern. »Sonst hielte mich jeder für einen ungebildeten Narren, der in der Priesterschule nicht genug Schriftzeichen gelernt hat, um einen Namen auf der Landkarte richtig zu lesen.«

Gorian wusste, dass man die thisilischen Häfen Thiskaren und Thisia auch die Städte der zwei Namen nannte, weil die Einheimischen Thiskaven und Thisa sagten, was aber nicht die einzigen sprachlichen Eigenheiten waren, durch die sie sich von den Auswärtigen abzugrenzen versuchten.

»Ich stamme aus der Gegend von Twixlum«, erklärte Gorian. »Wir sind also beide Thisilier.«

Torbas verzog leicht spöttisch den Mund. »Du nimmst es mir aber trotzdem nicht übel, dass ich von diesem Nest, aus dem du kommst, noch nie etwas gehört habe, oder?«

»Es war der Hof Meister Nhorichs, dem Sohn Meister Erians, und es gibt keinen Grund, sich dessen zu schämen«, gab Gorian leicht pikiert zurück. Die aufgeblasene Art seines Gegenübers ging ihm ziemlich auf den Geist. Was bildete der sich ein? Ein Hof in der Nähe von Twixlum mochte ja nicht gerade der Nabel der Welt sein, aber das war Thiskaren auch nicht. »Leute, die es gewohnt sind, Thiskaven anstatt Thiskaren zu sagen, neigen vielleicht dazu, ihre Herkunft etwas zu überschätzen«, versetzte Gorian mit spitzem Unterton.

»War dieser Nhorich, dessen Sohn du bist, *der* Nhorich, den man auch Nhorich den Abtrünnigen nennt und den uns die Lehrer der Ordensschule als Beispiel bedauernswerten Irrtums darlegen?«, hielt Torbas sofort dagegen, und seine Augen wurden dabei pechschwarz.

Mit Gorians Augen geschah dasselbe. Innerhalb eines kurzen Moments berührten sich ihre Seelen auf magische Weise. Gorian sah einen Stern vom Himmel stürzen und hatte auf einmal die Gewissheit, dass sie beide unter demselben Himmelszeichen, im selben Augenblick, während derselben Konstellation der Gestirne geboren waren. Nhorichs Hof bei Twixlum lag zwar ein paar Meilen näher an der Absturzstelle jenes Bruchstücks des Schattenbringers als die Geburtstätte von Torbas, doch Gorian war sich keineswegs sicher, ob dieser Umstand irgendeine Bedeutung hatte.

Gegenseitig spürten sie für diesen einen kurzen Augenblick die Kräfte, die in dem jeweils anderen schlummerten. Torbas voraus hatte Gorian nur die Ausbildung durch seinen Vater, das war alles, erkannte er schlagartig. Die Erkenntnis, dass Torbas ihm tatsächlich in fast jeder Hinsicht ebenbürtig war, versetzte ihm einen Stich.

Die beiden sahen sich eine Weile lang an, und auch Torbas schien nicht gerade begeistert davon, wie sehr sie einander ähnelten.

»Du hast kein Gepäck?«, fragte er dann.

»Nein. Ich habe alles verloren, was ich besaß. Die Frostkrieger sind gekommen und haben meinen Vater und so gut wie alle, die auf unserem Hof lebten, umgebracht. Mir ist nichts geblieben außer …«

»Du trägst einen interessanten Dolch.«

»Genau den meine ich.«

Torbas runzelte die Stirn und deutete auf die Waffe, die Gorian wie stets am Gürtel trug. »Davon geht eine besondere … Aura aus. Ich kann es schwer beschreiben.«

»Mein Vater, den du so wenig vorteilhaft charakterisiert hast, hat ihn aus dem Metall geschmiedet, das er aus dem vom Himmel gefallenen Stein gewann.«

»Sternenmetall«, murmelte Torbas, und auf einmal drückte sein Tonfall geradezu Ehrfurcht aus. Ehrfurcht gemischt mit einem Schauder, wie Gorian nicht verborgen blieb. Der Hochmut, der Torbas' Haltung ihm gegenüber eben noch fast ausschließlich geprägt hatte, schien plötzlich verflogen. Er streckte die Hand aus und fragte: »Darf ich ihn einmal in die Hand nehmen?«

Gorian zögerte. »Ich weiß nicht ...«

»Bitte! Was ich über deinen Vater gesagt habe, war unbedacht und gewiss nicht gerechtfertigt. Nicht wenn er Sternenmetall auf diese Weise zu bearbeiten wusste. Und vor allem ...« Er sprach nicht weiter, sondern schluckte schwer, so als steckte ihm ein Kloß im Hals.

»Vor allem was?«, hakte Gorian nach.

»Nun, ich habe davon gehört, dass es bei der Verarbeitung von Sternenmetall zu schlimmen ... nun, *Nebenwirkungen* kommen kann. Es können grässliche Wesen dabei entstehen, die sich nicht töten, sondern allenfalls für gewisse Zeit bannen lassen. Zumindest steht das in den Schriften zu diesem Thema.«

»Du scheinst viel zu lesen.«

»Ich gebe zu, ich habe so manche Stunde in der Bibliothek der Ordensburg verbracht, um alles zu erfahren, was es über fallende Sterne und die Geburtszeichen des Himmels zu wissen gilt.«

»Wie du sicher verstehen wirst, ist das eine Sache, die auch mich immer sehr interessiert hat«, gab Gorian zu. Er zog den Dolch aus der Scheide und reichte ihn Torbas mit dem Griff voran.

Nun war dieser es, der zögerte.

Gorian lächelte. »Du fürchtest dich doch nicht etwa?«

»Natürlich nicht.« Torbas nahm die Waffe, und seine Augen wurden schwarz, als er den Griff umfasste. »Es ist, als hätte der Dolch schon immer in diese Hand gehört«, murmelte er. Dann gab er ihn Gorian zurück. »Du kannst von Glück sagen, diese Klinge zu besitzen.«

»Ich finde, Thisilier sollten hier auf der Ordensburg zusammenhalten«, sagte Gorian nach einer nachdenklichen Pause.

»Umso mehr, wenn sie im Zeichen desselben fallenden Sterns geboren wurden«, stimmte ihm Torbas zu. »Wenn du willst, zeige ich dir jetzt die anderen Räumlichkeiten hier auf der Ordensburg und erkläre dir alles, was du wissen musst.«

»Einverstanden.«

»Und dabei kannst du mir erzählen, wieso du mit einem Greifen hergebracht wurdest und weshalb Meister Thondaril dich begleitet hat. Und natürlich, weshalb Hochmeister Aberian offenbar von deiner Ankunft wusste und dich persönlich empfangen hat wie einen kaiserlichen Gesandten.«

»Ich glaube, du übertreibst«, fand Gorian.

Torbas führte Gorian durch alle fünf Häuser, zeigte ihm außerdem die Nebengebäude des inneren Burghofs, die Versammlungs- und Speiseräume, und danach gingen sie zur fünftürmigen Kathedrale des Ersten Meisters. An der Eingangstür war ein Kreis mit einem goldenen Punkt darin angebracht, das Zeichen der Unendlichkeit des Verborgenen Gottes und des Polyversums. Aber es galt auch als Symbol des Ersten Meisters, der seinen Namen abgelegt hatte, damit die eigene Eitelkeit nicht einer tieferen Erkenntnis im Weg stand. Unter dem Zeichen stand in ebenfalls goldener alt-nemorischer Schrift: *Das Verborgene am Verborgenen Gott ist nur er selbst; das Verborgene an jeder Erkenntnis aber ist in dir.*

Das erste Axiom, erkannte Gorian. Man schrieb es dem

Ersten Meister zu, dem legendären Gründer des Ordens der Alten Kraft, von dem angeblich auch mindestens ein Drittel der weiteren Ordensaxiome stammten.

Die Tür öffnete sich wie von selbst, und als das geschah, genoss Torbas offenkundig Gorians Verwunderung. Alles weißt du eben doch nicht, sagte sein Blick mit unverhohlenem Triumph, aber immerhin enthielt er sich einer entsprechenden Bemerkung. Sie würden trotz allem noch eine ganze Weile lang Rivalen bleiben, dachte Gorian. Vielleicht Rivalen und Freunde zugleich, wobei es sicherlich besser wäre, das zweite Element wäre das ausschlaggebende.

»Ich wollte dich nicht wie einen Narren aussehen lassen, aber hier auf der Ordensburg öffnen sich viele Türen nur, wenn man die Alte Kraft anwendet«, erklärte Torbas schließlich, fast so, als hätte er Gorians Gedanken gelesen, was dieser jedoch für unwahrscheinlich hielt.

»Du hast sie geöffnet«, stellte er fest und ärgerte sich, seine Überraschung so offen gezeigt zu haben.

»So ist es.«

»Ich wusste nichts von dieser Art Türen.«

»Dein Vater hat dir nichts davon erzählt?«

»Er gab sich sehr wortkarg, was den Orden betraf. Er war der Meinung, er sei bis ins Innerste verderbt.«

»Manche unserer Lehrer diskutieren seine Ansichten mit uns«, erläuterte Torbas. »Das überrascht dich? Nun, wäre der Orden tatsächlich geistig so verrottet, wie manche behaupten, würde er dann so offen darüber sprechen? Wohl kaum, denke ich.« Er zuckte mit den Schultern und fuhr fort: »Aber zu diesem Punkt wirst du dir gewiss deine eigene Ansicht gebildet haben, sonst wärst du kaum hier.«

»Ich bin hier, weil ich keine andere Macht sehe, die Morygor an der Verwirklichung seiner Pläne hindern könnte«, entgegnete Gorian kühl. »Wenn der Herr der Frostfeste die Sonne mit dem Schattenbringer noch mehr verdeckt, wird in ganz Ost-Erdenrund und wahrscheinlich weit darüber hinaus kein Leben, wie wir es heute kennen, mehr möglich sein, und diejenigen unter uns, die ihm nützlich erscheinen, werden ihm als untote Knechte dienen müssen. Das will ich verhindern.«

»Du?«, fragte Torbas. Er hob die Augenbrauen, und das Lächeln, das sich diesmal um seine Lippen zeigte, war vollkommen frei von jeglichem Spott, sondern drückte eher Verlegenheit aus. Die spöttische Note kehrte erst nach einer Weile des verwunderten Schweigens zurück. »Weißt du was? Bevor du versuchst, ganz Erdenrund zu retten, sieh dir doch zunächst mal die Kathedrale des Ersten Meisters an – und lerne etwas Demut von ihm.«

Sie betraten den Kuppelbau der Kathedrale.

Ein fünfeckiger Altar bildete das Zentrum des riesigen Raumes. Auf ihm war noch einmal der Kreis mit dem goldenen Punkt in der Mitte in den Stein eingelassen. Fünf Durchgänge führten zu dem Rundweg, der außen die Kathedrale umgrenzte.

Die Kuppel strahlte schwarzes Licht ab, das eine Sphäre bildete, innerhalb der goldene Lichter wie Sterne schwebten, sich gegenseitig umkreisten oder zu Gruppen zusammenballten und dann erloschen, um an anderer Stelle wieder aufzublitzen. Sie waren zwar verhältnismäßig klein, hatten aber Kraft genug, um das gesamte Innere der Kathedrale zu erleuchten, in der es keinerlei Fenster gab.

Links vom Altar sah Gorian ein Mädchen mit langen dunklen Haaren, die ihm offen über die Schultern fielen. Es kauerte auf einer der mit kunstvollen Schnitzereien verzierten Bänke, die Augen geschlossen. Ein Amulett mit dem Zeichen des Hauses der Heiler hing ihm an einer Kette auf der Brust. Das graue Gewand war eng geschnitten und wurde von einer groben Kordel gehalten.

Gorian schätzte das Mädchen auf fünfzehn oder sechzehn. Eine Schülerin aus dem Haus der Heiler, so war zu vermuten. Allerdings ließ sie der außerordentlich ernste Ausdruck in ihrem Gesicht sehr viel erfahrener erscheinen, als es von einer Schülerin, die allenfalls vor ein paar Monaten ihre Ausbildung begonnen hatte, eigentlich zu vermuten war.

Zunächst hatte Gorian sie gar nicht bemerkt, und er fragte sich, wie das sein konnte. Lag es daran, dass eine der Säulen, die das Kuppeldach trugen, den Blick auf sie verdeckt hatte? Oder hatte es mit der außerordentlichen Ruhe zu tun, die sie ausstrahlte und die sie beinahe mit ihrer Umgebung verschmelzen ließ.

Gorian sah wie gebannt zu ihr hinüber, und die ebenmäßigen, von dem seidigen dunklen Haar umrahmten Gesichtszüge erschienen ihm von perfekter Harmonie und Schönheit.

»Was ist los mit dir?«, fragte ihn sein Begleiter, und als er Gorians Blick gewahrte, sagte er: »Das ist nur Sheera.«

»Eine Heil-Schülerin?«

»Und genauso grün hinter den Ohren wie wir alle, die in diesem Jahr begonnen haben, auch wenn sie selbst manchmal so tut, als wäre sie schon nahe daran, den tiefen Sinn der Lehren des Ersten Meisters völlig verinnerlicht zu haben. Na ja, jedenfalls dürfte sie so ziemlich die Einzige in allen fünf Häusern sein, die ihren Tagesablauf von etwas so Unbedeutendem wie dem Auftauchen eines Greifen auf der Ordensburg nicht unterbrechen lässt, wodurch sie deine große Schau vor dem Hochmeister verpasst hat.«

Sheera öffnete die Augen. Für einen Moment waren sie noch vollkommen schwarz, ehe sie ihre normale Farbe offenbarten.

Meergrün.

Und sie leuchteten auf eine Weise, wie Gorian es noch nie zuvor gesehen hatte. So als wären sie von einer inneren Kraft erfüllt, ging es Gorian fasziniert durch den Kopf. Der Kraft, die heilen kann.

Er hatte zwar davon gehört, doch nun sah er es zum ersten Mal. Aber dieses Schimmern in ihren Augen war keineswegs der einzige und vielleicht noch nicht einmal der Hauptgrund dafür, dass er so tief beeindruckt von ihr war. Die Züge ihres Gesichts, die Linie ihrer Nase und ihres Kinns, auch der Ausdruck ihrer Augen – das alles erschien ihm auf eine seltsame Weise vertraut, so als würde es zu einer lange verschütteten Erinnerung gehören, die vom tiefsten Grund seiner Seele wieder an die bewusste Oberfläche seines Geistes drängte.

Sheera erhob sich, ging nahezu lautlos auf ihn zu, um dann in einer Entfernung von drei oder vier Schritten vor ihm stehen zu bleiben und ihn mit aufmerksamem Blick zu mustern.

»Ich erkenne dich – und ich wusste, dass du hier erscheinen würdest!«, erreichte Gorian ein ungewöhnlich intensiver Gedanke, der nur von ihr stammen konnte. Ein Gedanke, der sich mit Gorians eigenen Empfindungen auf frappierende Weise deckte.

»Darf ich dir jemanden vorstellen, der deiner Heilerkünste garantiert niemals bedarf?«, sagte Torbas zu ihr. »Das ist Gorian. Und einem kurzen Gespräch zwischen ihm und unserem verehrten Hochmeister nach, dessen Inhalt ich im Groben mitbekommen habe, der erste Schüler des Ordens, der sich in allen fünf Häusern ausbilden und zum Meister prüfen lassen will.« Torbas klopfte Gorian auf die Schulter. »Na ja, vielleicht ist er nicht der Erste, der so einen Wahnsinn versucht, das weiß ich nicht, aber zumindest will er der Erste sein, der es auch schafft.«

Sie hob das Kinn. »Und wieso, glaubst du, bedarf er dann keiner Heilerin? Weil er auch in dieser Kunst die Meisterschaft anstrebt?«

»Genau«, bestätigte Torbas nickend.

»Sich selbst zu heilen ist immer am schwersten und manchmal so gut wie unmöglich, Torbas, wusstest du das nicht?«

Torbas verschränkte die Arme vor der Brust. »Da ich von robuster Natur und bisher wenig kränklich war, habe ich über diesen Punkt noch nie genauer nachgedacht.«

Sheeras Blick war die ganze Zeit über nicht von Gorian gewichen und blieb weiterhin von tiefem Ernst erfüllt. »Ich hoffe, dass du in dieser Hinsicht nachdenklicher bist, Gorian.«

»Ich habe niemals an der Bedeutung des Heiler-Hauses gezweifelt, denn wenn es so wäre, würde ich kaum anstreben, auch dort die Meisterschaft zu erringen«, erwiderte er und wunderte sich darüber, dass er überhaupt zusammenhängende Worte fand, die ihm sogar einigermaßen flüssig über die Lippen kamen.

»Das weiß ich«, sagte sie, und zum ersten Mal zeigte sich ein verhaltenes Lächeln auf ihrem hübschen Gesicht.

»Und abgesehen davon kann das ja auch nicht allzu schwer sein!«, warf Torbas ein. »Wenn man sich schon so hohe Ziele setzt wie Gorian, der den Herrn der Frostfeste besiegen will, ist das nur eine kleine zusätzliche Herausforderung, nicht wahr?« Er zuckte mit den Schultern. »Jeder muss wissen, was er sich zumutet.«

»Hat nicht der Erste Meister, der Gründer des Ordens, gesagt, dass man große Dinge nur erreichen kann, wenn man sich hohe Ziele setzt und die Möglichkeit, sich zum Narren zu machen, mit einbezieht?«, äußerte Sheera, und dabei berührte sie Gorian leicht an der Schulter. *»Nur du selbst kannst* *wissen, wozu du imstande bist«*, erreichte ihn erneut ihr Gedanke, bevor sie laut erklärte: »Ich muss mich zur heutigen Versammlung der Neulinge unseres Hauses begeben. Aber wir werden uns sicher später sehen.«

Damit ging sie an Gorian vorbei auf den Kathedraleneingang zu. Bei einer Säule, in die Sprüche in alt-nemorischen Schriftzeichen graviert und so zu Ligaturen verschmolzen waren, dass sie nahezu übergangslos in die Säulenornamente übergingen, blieb sie noch einmal stehen, drehte sich um und rief: »Dies ist ein Ort der inneren Versenkung, Torbas – und nicht des immerwährenden Geschwätzes!«

Torbas stieß Gorian an und sagte mit ironischem Unterton: »Sie drückt sich gern kryptisch aus, aber ich fürchte, sie will damit sagen, dass du die Kathedrale in Zukunft etwas geräuschloser betreten sollst.«

»Ich meinte *dich*, Torbas«, stellte sie klar.

Dann schritt sie weiter auf das Haupttor zu, und lange bevor sie es erreichte, öffneten sich beide Flügel vor ihr. Die Sonne leuchtete herein, und als Sheera das Tor durchschritt, schlossen ihre Strahlen sie vollkommen ein. Selbst der dunkle Fleck des Schattenbringers wurde in diesem Augenblick überstrahlt, sodass er nicht sichtbar war.

Hinter ihr fielen die beiden Torflügel wieder ins Schloss.

»Man sollte eine Heilerin zur Frau nehmen«, meinte Torbas. »Wenn dann die Kinder krank werden, spart man den Lohn für die quacksalbernden Heilkundigen und Ärzte, die überall ihre Dienste anbieten und von ihrer Sache genauso viel verstehen wie ein Feuerschlucker oder ein Hütchenspieler von echter Magie.«

In diesem Augenblick schnellte der Dolch aus Gorians Gürtel, so als wäre er von einer unsichtbaren Hand hervorgezogen worden. Völlig unerwartet und ohne dass Gorian irgendetwas dagegen hätte tun können, schwebte er empor unter das Kuppeldach.

Gorians Hand griff ins Leere, und schon erreichte der Dolch die sternenähnlichen goldenen Lichter in der dunklen Sphäre. Die Klinge begann sich dabei zu verändern und leuchtete in demselben Goldton auf, den auch die schwebenden Lichter ausstrahlten, deren komplizierte Bahnen deutlich vom Dolch beeinflusst wurden.

»Oh«, entfuhr es Torbas. »Hätte ich dir vielleicht sagen sollen: Die glühenden Lichter dort oben bestehen allesamt aus Sternenmetall. Wie übrigens auch das Unendlichkeitszeichen auf dem Altar und jenes am Eingang.«

»Ja, und?«, entfuhr es Gorian.

»Die Schwarzlichtsphäre hingegen ist ein magisches Kraftfeld, das von unserem derzeitigen Hochmeister selbst geschaffen wurde und ständig Kräfte aus der Zwischenwelt der Schattenpfade in unsere Existenzebene fließen lässt. Dadurch wird es gespeist.«

»Und wie kriege ich meinen Dolch zurück?«

»Ich fürchte, das wird nicht ohne eine kleine Kostprobe deines Könnens im Umgang mit der Alten Kraft geschehen. Unglücklicherweise wirkt diese Sphäre wie ein Magnet auf alles, was auch nur eine Unze Sternenmetall enthält. Du wirst es kaum glauben, aber es gibt deswegen immer wieder Ärger mit herausgerissenen Türbeschlägen, und einmal hat es sogar das Unendlichkeitszeichen auf dem Fünfeckaltar gezerrt. Schon damals, im Entscheidungskonvent, äußerte man entsprechende Befürchtungen, als Hochmeister Aberian ankündigte, die Kathedralenkuppel mit dieser Sphäre zu versehen.«

Verdammt, dachte Gorian verärgert. Ganz gleich wie er sich nun verhielt und was er tat oder auch unterließ, er würde Hochmeister Aberian damit verärgern. Schon jetzt waren die goldenen Lichter in der schwarzen Sphäre erkennbar aus ihrer bisherigen Ordnung geraten. Einer Ordnung, die der Hochmeister ihnen irgendwann gegeben haben musste, denn schließlich hatte er die Regeln definiert, nach denen sie ihre Bahnen umeinander zogen oder sich zu Gruppen zusammenfanden. Man hatte zuvor eine Weile gebraucht, um diese Ordnung mit dem Auge zu erfassen, doch nun war selbst bei längerer Betrachtung keine Ordnung mehr zu erkennen.

Und dieser Zustand verschlimmerte sich sogar noch. Der Dolch kreiste um seinen eigenen Schwerpunkt und riss weitere der kleinen goldenen Lichter aus ihrer bisherigen Bahn, und eines davon fiel herab, Gorian direkt vor die Füße.

Nun sah er deutlich, dass es sich um ein Stück glühendes Metall handelte. Mochte es auch aus der Ferne an schimmerndes Gold erinnern, aus der Nähe war sofort klar, dass es sich um ein ganz anderes Material handelte, um Sternenmetall eben.

Gorian spürte die ganz besondere magische Aura, die selbst von diesem kleinen Stück ausging.

Das herabgefallene Metallstück rollte über den Boden und zog dabei eine riesige Brandspur hinter sich her. Dann kam es zur Ruhe, schien dabei zu erkalten und wechselte die Farbe, von Golden in einen Ton, der sehr viel dunkler war und an Bronze erinnerte.

»Das sieht aber nicht gut aus«, meinte Torbas.

»Wie wär's mit etwas Hilfe?«, fragte Gorian. »Oder hält man hier auf der Ordensschule nichts von Kameradschaft?«

»Wie soll ich mich da ausdrücken? Ich gebe es ja ungern zu, aber im Moment bin ich mindestens so ratlos wie du. Schließlich kommt hier nicht alle Tage jemand vorbei, der mit einem Stück Sternenmetall alles durcheinanderbringt, was in langen Jahren und mühevoller magischer Kleinarbeit geschaffen wurde.«

»Aber du kennst dich hier besser aus und weißt, wie alles läuft.«

»Deswegen warne ich dich. Aberian hat viele Jahre seines Lebens der Erschaffung der Schwarzlichtsphäre gewidmet. Er dürfte also ziemlich ungehalten sein, wenn er das Chaos sieht, das dein Dolch angerichtet hat.«

Dass sich Aberian nach diesem Vorfall tatsächlich für Gorians Anliegen einsetzte, in allen fünf Häusern ausgebildet zu werden, war wohl kaum noch wahrscheinlich.

Gorian verfluchte sich selbst. Er hätte diesen Raum niemals betreten dürfen. Aber es hatte keinen Sinn, sich pessimistischen Gedanken hinzugeben oder über Dinge zu klagen, die nicht mehr zu ändern waren, sosehr er sich das auch wünschen mochte. Nein, es gab nur eine Möglichkeit, und die kannte er im Grunde ganz genau: Er musste handeln und sich dabei auf seinen Instinkt verlassen, denn mit jedem Augenblick, den er zögerte, wurde das Chaos unter dem Kuppeldach nur noch schlimmer.

Ein weiteres Stück glühendes Sternenmetall fiel herab. Um ein Haar hätte es Torbas getroffen, aber der Thiskarener machte im letzten Moment einen Schritt zur Seite, sodass das Metallstück zischend auf den glatten und bis dahin völlig makellosen Steinboden knallte.

»He, das war knapp! Wenn du mich umbringen willst, hättest du dir eine etwas schmerzlosere Methode ausdenken sollen«, beschwerte er sich bei Gorian. Zwar versuchte er noch immer, nach außen hin Kaltschnäuzigkeit zu demonstrieren, aber er konnte seine eigene Unsicherheit kaum mehr verbergen.

Zwei weitere Stücke Sternenmetall fielen herab. Die in der Sphäre aus Schwarzlicht wirksamen und für Gorian bislang völlig undurchschaubaren Kräfte schienen sie geradezu hervorzuspeien. Mit der Geschwindigkeit von Geschossen eines Schleuderkatapults prallten sie auf den Boden und drangen bis zu zwei Fingerbreit in das Gestein ein. Allein die Gabe, Angriffe vorauszuahnen, rettete Gorian und Torbas das Leben und ließ sie gerade noch rechtzeitig ausweichen.

Gorian hob die Hand, murmelte eine Formel, die sein Vater ihn gelehrt hatte und die dazu diente, die Alte Kraft besonders schnell in großem Maß zu sammeln. Dann stieß er einen Kraftschrei aus, während ein weiterer Brocken aus Sternenmetall dicht an ihm vorbeischoss und ihm fast in die Stirn genagelt wäre, hätte er nicht den Kopf zur Seite gezogen.

Der Rächer reagierte zunächst nicht auf seine Bemühungen, sondern torkelte weiter völlig chaotisch durch die Schwarzlichtsphäre. Gorian stieß einen zweiten Kraftschrei aus, und da endlich fiel der Dolch herab und rammte sich mit der glühenden Klinge bis zum Heft in eine der Bodenplatten, sodass nur noch der Griff herausragte. Der verformte sich, bildete eine Verdickung, die Maul, Augen und Konturen eines affenartigen Gesichts aufwies.

Funken sprühten in der Schwarzlichtsphäre, die offenbar daher rührten, dass zahlreiche glühende Stücke Sternenmetall miteinander kollidierten. Immer noch hagelten hin und wieder einige davon hernieder, schlugen durch die Bänke und drangen mit ungeheurer Kraft tief in den Boden ein.

Gorians Augen waren vollkommen schwarz geworden. Er würde alle Kraft brauchen, um diese Sache zu bereinigen, ging es ihm durch den Sinn. Wenn es überhaupt gelingen konnte.

Er ging auf den aus dem Boden ragenden Dolchgriff zu.

Der Kopf, der sich an dessen Spitze gebildet hatte, stieß ein Fauchen aus.

»Zögere nicht!«, sagte eine Stimme. »Sonst bildet sich eine Persönlichkeit!« Die Worte hallten in Gorians Kopf wider, aber er hatte sie auch ganz normal mit den Ohren vernommen, und es dauerte einige Augenblicke, bis er begriff, dass es Torbas war, der sie ausgesprochen hatte.

Ein Lichtstrahl schoss aus dessen rechter Hand und traf den Dolch. Es zischte, und ein Stöhnen war zu hören, das, auf gespenstische Weise vervielfacht, in der Kathedrale widerhallte. Außerdem versetzte der Laut die in der Schwarzlichtsphäre schwebenden Sternenmetallstücke erneut in Unruhe. Die Kollisionen nahmen zu. Dutzende von Blitzen flammten gleichzeitig auf, während an anderer Stelle viele der golden schimmernden Stücke zu einem größeren, zunehmend heller leuchtenden Körper zusammenklumpten.

Ein zweiter Lichtstahl aus Torbas' Hand traf den Griff des Dolchs. Der Kopf erstarrte zunächst und bildete sich dann zurück. Allerdings wölbten sich die entsprechenden Formen schon einen Augenblick später wieder hervor.

»Na los!«, schrie Torbas.

Gorian beugte sich nieder und fasste mit der rechten Hand zu, packte den Griff des Rächers, und dieser schien sich seiner Hand anzupassen. Dann zog er den Dolch mit einem Kraftschrei aus dem Boden. Die Klinge leuchtete noch einmal rotgolden auf, ehe die Glut erlosch.

Nein, der Dolch gehörte ihm, und er würde nicht zulassen, dass aus ihm etwas so Scheußliches wurde wie Ar-Don. Seine Hand hielt den Griff so fest umklammert, dass die Knöchel weiß hervortraten. Die Muskeln seiner gesamten rechten Körperhälfte waren vollkommen verkrampft, aber Gorian fürchtete einfach zu sehr, dass sich der Dolch aus Sternenmetall ein weiteres Mal selbstständig machte, und das wollte er auf keinen Fall riskieren, auch wenn ihm wohl die Erfahrung fehlte, dies auf rein geistiger Ebene zu bewerkstelligen.

»Das wirst du bald gelernt haben«, sagte Torbas, so als hätte er Gorians Gedanken erraten. Er lehnte an einer der Bänke und schien sehr geschwächt. Offenbar hatte er all seine magischen Kräfte einsetzen müssen, um zu verhindern, dass der Rächer einen eigenen Willen entwickelte, was sonst aufgrund der besonderen Bedingungen in der Kathedrale geschehen wäre. »Ich sag ja immer: Finger weg vom Sternenmetall, wenn man damit nicht umzugehen weiß.«

In diesem Augenblick flogen die Flügel des Haupttors förmlich auseinander, und gleißendes Sonnenlicht fiel herein. Dagegen hoben sich zwei Dinge deutlich ab: Der Schattenbringer und eine Gestalt, von der Gorian zwar keine Einzelheiten zu erkennen vermochte, von der er aber dennoch sofort wusste, um wen es sich handelte, denn die geistige Präsenz des Hochmeisters war unverwechselbar.

»Beim Ersten Meister, was geschieht hier?«, dröhnte Aberians Stimme durch die Kathedrale, aber gleichzeitig vernahm Gorian den Ausruf auch auf höchst unangenehme Weise in seinen Gedanken.

Er schluckte, wollte etwas sagen, doch ein dicker Kloß saß ihm im Hals.

Aus der Schwarzlichtsphäre schoss ein Brocken Sternenmetall hernieder. Keine noch so schwache Ahnung warnte Gorian, was vielleicht daran lag, dass keinerlei Absicht hinter dem Angriff lag, sondern nur das zufällige Zusammenwirken verschiedener Kräfte, die letztlich zu chaotisch waren, um sie voraussehen zu können.

Gorian spürte einen furchtbaren Schmerz. Dann umgab ihn nur noch Dunkelheit.

16 Erwachen

Dunkelheit.

Und dann ein Licht.

Genau so hatte der Priester Pasoch in der Schule von Twixlum den Übergang vom Leben zum Tod beschrieben.

Aber statt dass sich ihm nun das Geheimnis des Verborgenen Gottes offenbarte, wie Pasoch es in blumigen, aber dennoch nur sehr vagen Worten immer wieder geschildert hatte, begann dieses Licht zu flackern, und Gorian begriff, dass es sich um die Flamme einer Kerze handelte.

»Du erwachst!«

Dieser Gedanke war so klar und deutlich, dass er nicht einen einzigen Moment an seinem Wahrheitsgehalt gezweifelt hätte. Aber es war der Gedanke eines fremden Geistes.

Sheera!

Er öffnete die Augen. In dem Raum, in dem er sich befand, herrschte Halbdunkel. Von dem Lager aus, auf das er gebettet war, blickte er auf einen Kerzenhalter, der an der Wand befestigt war. Der flackernde Schein fiel auf Sheeras ebenmäßige Gesichtszüge und ließ sie sehr weich erscheinen. Ihre Augen leuchteten grün, in einer Farbnuance, die Gorian an das Meer in der Thisilischen Bucht erinnerte.

Er wollte sich erheben, doch es ging nicht, er wurde niedergedrückt und bemerkte dann faustgroße dunkle Steine, die auf seinen Schultern und auf seiner Brust lagen. Von ihnen ging eine geradezu unheimliche Kraft aus, und ihr Gewicht überstieg jenes Maß, das man angesichts ihrer Größe erwarten konnte.

»Vorsicht«, mahnte Sheera. »Die Heilsteine …«

»Heilsteine?«, fragte Gorian.

»Noch nie davon gehört?«

»Ich … Die werden doch nur bei lebensbedrohlichen Verletzungen angewendet, soweit ich weiß.«

Ein Lächeln huschte über ihr Gesicht. »Das glaubt jeder, weil es in den Legenden der Schwertmeister so erzählt wird, in denen sich die Helden halb totschlagen lassen, doch dank eines Heilers trotzdem die schwersten Verwundungen überleben.«

»Leider hat mir mein Vater nicht viel davon erzählt, weil er sie für Propaganda des Ordens hielt«, sagte Gorian. »Dafür habe ich umso interessierter den Geschichtenerzählern in den Städten gelauscht, die auf den Märkten für ein paar Kupfermünzen mehr diese Legenden sogar noch ein bisschen ausschmücken. Ich wollte immer, dass einer davon erzählt, wie ein Schwertmeister dafür sorgt, dass der Schattenbringer verschwindet, aber dazu war keiner von ihnen bereit. Ich hatte wohl entweder nicht genügend Münzen oder die Geschichtenerzähler an der thisilischen Küste nicht genügend Fantasie.«

»Nach allem, was ich über die thisilische Küste weiß, ist Letzteres der Fall.«

»Woher stammst du?«

»Weißt du es nicht?«

»Woher sollte ich es wissen?«

»Aus dem gleichen Grund, aus dem ich davon wusste, dass du hier auf der Ordensburg erscheinst und sich unsere Schicksalslinien verbinden.« Sie wirkte leicht enttäuscht, als sie schließlich erklärte: »Ich komme aus Nelbar.«

»Das liegt im Herzogtum Oquitonien.«

»Na, wenigstens das weißt du.« Sie wandte sich zur Tür.

»Bleib noch«, bat Gorian und versuchte abermals sich zu erheben, aber je mehr Kraft er aufwandte, desto schwerer schienen die Heilsteine zu werden, die ihn auf das Lager drückten. »Dass ich deiner Heilkraft bedarf, hat sich früher bewahrheitet, als ich gedacht hätte.«

Sie blieb stehen und drehte sich um. »Nein, nicht meiner Heilkraft. Diesmal noch nicht.«

»Aber ...«

»Dazu wäre ich noch nicht imstande gewesen. Meine Aufgabe war es nur, auf dich aufzupassen und darauf zu achten, dass dein Geist nicht ins Nichts entschwindet.«

Das versetzte Gorian einen Stich. »So ernst war es?«

»*Ist* es«, korrigierte sie ihn. »Ich weiß nicht, was du und Torbas in der Kathedrale angestellt habt, aber ich habe den Hochmeister selten so wütend gesehen. Einige Brocken aus Sternenmetall haben deinen Körper durchschlagen, und du kannst mir glauben, dass eine Heilschülerin wie ich dich ebenso wenig hätte retten können wie ein herkömmlicher Arzt oder einer dieser Wald- und Wiesenheilkundigen.«

»Oh«, entrang es sich Gorian. »Das wusste ich nicht.«

»Es sind Unmengen von schwarzem Blut aus deinen Wunden getreten, Gorian. Ich habe so etwas noch nie gesehen, außer ...« Sie sprach aus irgendeinem Grund nicht weiter. Ihre Stirn umwölkte sich, und sie wandte sich wieder in Richtung Tür.

»Außer was? Sprich weiter!«

Sie verharrte abermals und schien noch darüber nachzudenken, ob sie noch mehr darüber sagen sollte. *Sag es mir! Ich muss es wissen!*, durchfuhr es Gorian, und er fragte sich, ob sie sehr intensive Gedanken von ihm genauso empfing, wie es umgekehrt der Fall war.

Erneut drehte sie sich wieder zu ihm um und begann: »Ich hatte einmal einen sehr seltsamen Traum. Und in diesem Traum sah ich dein Gesicht und sehr viel schwarzes Blut. Ein Seher hat mir später offenbart, dass all das mit den Verknüpfungen meiner zukünftigen Schicksalslinie zu tun hat. Ich wusste von da an, dass es geschehen wird, nur nicht wann und unter welchen Umständen.«

»Vielleicht hättest du das Haus der Seher wählen sollen, anstatt dich für die Ausbildung zur Heilerin zu entscheiden.«

Sie lächelte. »Manche Dinge erwählt man nicht, sondern sie begegnen einem, ohne dass man ihnen ausweichen kann. Meine Bestimmung liegt im Haus des Heilens, so wie deine es dir vielleicht verbietet, dich nur auf ein Haus zu beschränken.«

Daraufhin verließ sie den Raum, kehrte aber wenig später in Begleitung eines Mannes und einer Frau zurück, beide in der typischen grauen Kutte eines Heilers und mit dem Meister-Amulett vor der Brust.

Zwei Heiler für einen einzigen Kranken, ging es Gorian durch den Sinn. Es musste ihn tatsächlich sehr schwer erwischt haben.

»Dies sind der Heiler Faroch und die Heilerin Hebestis«, stellte Sheera die beiden vor. »Sie habe dir mit ihren Kräften das Leben gerettet.« Sie wandte sich an die Heilmeister und erklärte: »Ihr seht, er ist erwacht, aber ich glaube nicht, dass er sich der Tragweite dessen bewusst ist, was mit ihm geschah.«

»Deine geistige Krankenwache hat sicher seinen Zustand verbessert«, meinte die Heilerin Hebestis. Sie war von unbestimmtem Alter, bewegte sich einerseits wie eine Frau in mittleren Jahren, andererseits sprachen die Falten in ihrem Gesicht und das völlig erbleichte Haar dafür, dass sie schon sehr viel älter sein musste. Faroch hingegen war deutlich jünger, konnte kaum älter als dreißig Sommer sein. Sein eher rundes Gesicht bekam durch den schwarzen Kinnbart eine markante Kontur, und Gorian erinnerte sich flüchtig daran, dieses Gesicht bei seiner Ankunft kurz in der zusammengelaufenen Menge gesehen zu haben, ohne dass er ihm eine größere Bedeutung zugemessen hätte.

»Du kannst jetzt gehen«, sagte Faroch zu Sheera, ohne dabei den Blick von Gorian zu nehmen. »Eine geistige Krankenwache ist für eine Schülerin in deinem Stadium sehr erschöpfend. Du wirst einige Übungen zur Regeneration durchführen müssen.«

»Ich bin stark und spüre keine Auswirkungen«, antwortete sie.

»Das bedeutet nicht, dass sie nicht vorhanden sind – nur dass du noch nicht aufmerksam genug bist, um sie zu bemerken«, gab Faroch zurück.

Die beiden Heiler warteten, bis Sheera den Raum verlassen hatte. Ein letztes Mal warf sie Gorian einen Blick zu, und abermals hatte er das Gefühl, ihr Gesicht zu kennen. *»Ich komme aus Nelbar … Oquitonien …«* Nein, diese Worte hatten nichts in ihm ausgelöst, und doch war die innere Verbindung zwischen ihnen unzweifelhaft vorhanden.

Hebestis trat an Gorians Lager und legte ihm die Hand auf die Stirn, wobei sie angestrengt die Augen schloss. Ihr faltiges Gesicht krampfte sich regelrecht zusammen, so als empfände sie Schmerzen, die eigentlich Gorian empfinden müsste. Als sie die Augen wieder öffnete, sagte sie in einem Tonfall absoluter Sicherheit: »Sein Zustand ist überraschend gut. Die Stücke Sternenmetall, die seinen Körper durchdrungen haben, scheinen nichts zerstört zu haben, was mit unserer Magie nicht zu heilen wäre.«

»Das ist erstaunlich«, meinte Faroch.

»*Vielleicht ist er es! Der, auf den wir warten!*«, nahm Gorian einen Gedanken wahr, der zweifellos von Hebestis stammte und ganz sicher nicht für ihn bestimmt gewesen war.

Sie schien zu bemerken, dass er ihren Gedanken mitbekommen hatte, und ein Ausdruck der Überraschung legte sich auf ihr Gesicht. Ihre Augenbrauen waren so dünn und hell, dass sie kaum zu sehen waren, aber die entsprechenden Muskeln bewegten sich und erzeugten ein Faltenmuster auf ihrer Stirn. Sie sprach ein paar Worte in alt-nemorischer Sprache, die normalerweise nur für magische Formeln benutzt wurde. Doch diesmal diente sie nicht der Anwendung eines Zaubers, wie Gorian rasch erkannte. »Er hat großes Talent, und ich habe selten jemanden gesehen, in dem so viel von der Alten Kraft wirksam ist«, bedeuteten ihre Worte. Sie nahm wohl an, dass ein angehender Schüler wie Gorian kein Alt-Nemorisch beherrschte – abgesehen vielleicht von ein paar auswendig gelernten magischen Formeln –, und hielt es angesichts des großen magischen Talents, das sie Gorian zumaß, für eine weitaus bessere Methode, sich mit Faroch in dieser uralten Sprache zu unterhalten, um Gorian von dem Gespräch auszuschließen, da der Genesende ihre Gedankenübermittlung offenbar mitbekam.

»Aber bedenke, wie viel schwarzes Blut seine Wunden verlassen hat«, antwortete Faroch nach einer Pause, ebenfalls in Alt-Nemorisch.

»Es war viel Finsternis in ihm«, gab Hebestis zurück.

»Vielleicht zu viel«, befürchtete Faroch.

»Aber ist Finsternis nicht das sicherste Mittel, um Finsternis zu bekämpfen?«

»Es kommt auf die Dosis an.«

»Das Axiom der Heiler … Aber ich bin mir nicht sicher.«

»Inwiefern?«

»Vielleicht hat es nicht immer Gültigkeit. Ich habe schon

häufiger darüber nachgedacht, aber ich bin zu keinem abschließenden Ergebnis gekommen.« Und dann fügte sie noch ein paar Worte hinzu, deren Bedeutung Gorian nicht zu erfassen vermochte, dafür waren seine Kenntnisse des Alt-Nemorischen dann doch noch zu bescheiden.

Schließlich nahm Faroch ihm die Steine ab, einen nach dem anderen, und jedes Mal sprach er dazu eine Heilformel, ebenfalls auf Alt-Nemorisch, wobei er in eine Art Singsang verfiel. Er hatte die Augen geschlossen, aber selbst durch die Lider drang immer deutlicher ein grünliches magisches Leuchten.

Gorian glaubte, eine Zentnerlast wäre von ihm genommen, als schließlich keiner der Heilsteine mehr auf ihm lag.

»Du kannst dich erheben«, sagte Faroch.

Gorian setzte sich auf und fühlte noch deutlichen Schwindel. Alles schien sich für einige Momente vor seinen Augen zu drehen, und dann überkamen ihn innere Bilder mit einer solchen Intensität, dass er erschrak. Er »sah«, wie die daumennagelgroßen Stücke aus Sternenmetall glühend durch seinen Körper schlugen. Eines dieser Stücke fuhr dicht an seinem Herzen vorbei, und für einen Moment spürte er eine Welle des Schmerzes. Ein Schmerz, vor dem ihn seine Bewusstlosigkeit bislang bewahrt hatte und der ihn nun umso heftiger traf.

Er blickte an sich herab und bemerkte, dass seine Kleidung an mehreren Stellen im Bereich des Oberkörpers Löcher aufwies. Dort waren die Sternenmetallstücke in seinen Leib gedrungen. Sofort betastete er eine dieser Stellen und steckte den Finger durch das Loch bis auf die Haut.

»Es werden kleinere Narben zurückbleiben«, sagte Faroch, »aber mehr nicht. In der ersten Zeit kann es sein, dass sie vielleicht noch bluten …«

»Schwarzes Blut?«, fragte Gorian, der natürlich sofort an

die Wunde erinnert wurde, die sein Vater an der Hand davongetragen hatte und die niemals wirklich verheilt war.

»Ja.«

»Wo ist mein Dolch?«, fragte er, als er bemerkte, dass die Waffe nicht mehr an seinem Gürtel steckte.

Faroch blickte Hebestis fragend an, und als die Heilerin nickte, griff er unter seinen Überwurf und holte den Rächer hervor, um ihn Gorian mit deutlichem Zögern zu reichen. »Sternenmetall ist nicht ungefährlich, wie du bemerkt haben dürftest.«

»Aber der Dolch dürfte bei dir trotz allem besser aufgehoben sein als bei irgendjemandem sonst«, fügte Hebestis hinzu. »Erweise dich als würdig.«

»Das werde ich«, versprach er.

»Würdiger als bisher«, präzisierte sie in einem Tonfall, dem eine gewisse Schärfe innewohnte.

»Ja.«

»Gib dieser Waffe keinen Namen.«

»Das ist schon geschehen.«

»Oh.«

»Sie heißt Rächer.«

Hebestis musterte Gorian mit einem Blick, den dieser nicht zu deuten wusste, und sagte schließlich: »Dann achte darauf, dass sich Rächer nicht eines Tages gegen dich richtet!«

Später erhielt Gorian ein neues Wams. Er war noch verhältnismäßig schwach auf den Beinen, dennoch hätte er an dem Unterricht der Ordensschüler teilgenommen. Stattdessen aber gab man ihm die Anweisung, sich zunächst in seine Zelle zu begeben und dort geistige Einkehr zu suchen.

Centros Bal reiste unterdessen wieder ab. Durch das hohe Fenster seiner Zelle sah Gorian für einen kurzen Augenblick den fliegenden Greifen mit der von den Seilschlangen gehaltenen Gondel. Sein Flug würde Centros Bal weiter in Richtung Nemor führen und dann zu den Mittlinger Inseln, die nicht mehr zum Heiligen Reich gehörten. Es hatte immer wieder Verhandlungen gegeben, mit dem Ziel, dass die Mittlinger dem Reich beitraten, um so den Schutz des Kaisers und des Ordens zu genießen. In Anbetracht des scheinbar unaufhaltsamen Vordringens von Morygors Horden und der zunehmenden Ausdehnung des Frostreichs schien ein solcher Schutz durchaus geboten. Aber man hatte sich nicht einigen können, denn die Mittlinger wollten nur die Hälfte der Steuerlast tragen, die Kaiser Corach IV. aus dem Haus der Laramonteser ihnen auferlegen wollte. Als der Kaiser schließlich nachgab und seine Forderungen senkte, stimmte der Rat der Mittlinger Inselfürsten dennoch dem bereits fertig aufgesetzten Vertrag nicht zu.

Wie ein Lauffeuer hatte sich diese Nachricht vor ein paar Jahren im ganzen Heiligen Reich verbreitet und die ohnehin schon bestehenden Vorurteile gegen die Mittlinger noch verstärkt. Die galten nämlich als sehr reich, und ihr Reichtum wurde in Form von Bernstein einfach an die Küsten der Mittlinger Inseln angeschwemmt und musste nur noch aufgehoben oder mit Netzen abgefischt werden. Ein Mittlinger zu sein war daher eine sprichwörtliche Umschreibung für jemanden, der ohne Arbeit zu Reichtum gekommen war.

Der Bernstein war sicher auch ein wichtiger Grund für Centros Bal, diese Inseln jedes Jahr anzufliegen. Soweit Gorian aus den an Bord geführten Gesprächen herausgehört hatte, würde der Greifenreiter dort einige Monate bleiben und seinen Traumblumenvorrat gegen Bernstein eintauschen. Fentos Roon, der Zweite Greifenreiter in Centros Bals Diensten, hatte sich mit Meister Thondaril darüber unterhalten, und nun, da Gorian den Greifen ganz kurz durch sein Fenster aufsteigen sah, waren ihm die dabei gefallenen Worte plötzlich aus irgendeinem Grund wieder sehr gegenwärtig.

Fentos Roon hatte auch darüber gesprochen, dass sein Flugherr darüber nachdachte, diesmal von der gewohnten Route abzuweichen und nicht auf direktem Weg zurück in Richtung Gryphland zu fliegen. Bisher seien die von den Mittlinger Inseln nach Gryphenklau gebrachten Bernsteinvorräte dort auf Schiffe aus dem Seereich Margorea verladen worden, die sie dann nach Osten brachten. Wohin genau, hatte Centros Bal offenbar bisher nicht sonderlich interessiert, denn er war nur der Zwischenhändler, und die margoreanischen Kaufleute waren überall im Laramontischen Meer anzutreffen. So war nicht auszuschließen, dass der eine oder andere Bernstein aus diesen Lieferungen über die Häfen des südlichen Heiligreichs schließlich sogar wieder zurück in den Norden gelangte.

Dann aber war Centros Bal zu Ohren gekommen, dass ein Großteil des Bernsteins, den er nach Gryphenklau brachte, letztlich im weit südöstlich gelegenen Basilisken-Reich verkauft wurde, wo es offenbar einen besonders großen Bedarf an Bernstein gab, und er dachte daran, von den Mittlinger Inseln aus über Patanela und das Ogerland direkt ins Basilisken-Reich zu fliegen, um die Gewinnspannen der margoreanischen Händler selbst einzustreichen. Daher war es nicht gewiss, ob der Weg des Greifenreiters auf der Rückreise erneut an der Ordensburg vorbeiführte.

Schade, dachte Gorian, denn so würde er Centros Bal wahrscheinlich erst in einem Jahr wiedersehen, und damit fiel auch eine wichtige Nachrichtenquelle hinsichtlich der Lage in den nördlichen Ländern weg.

Etwas später klopfte es an Gorians Zellentür. Er schrak

aus der gerade erreichten leichten Versenkung, stand auf und öffnete. Auf dem Flur stand Torbas.

»Ich habe nicht viel Zeit. Ich muss zu meinen täglichen Schwertkampfübungen.«

»Da wäre ich jetzt auch gern«, erwiderte Gorian.

»Es heißt, du wärst noch nicht wieder so weit, und ich denke, du kannst froh sein, dass du überhaupt noch am Leben bist.«

»Dir ist nichts geschehen?«

»Nein. Aber wenn der Hochmeister nicht gewesen wäre und mit seinen enormen Kräften ...« Torbas verstummte, und Gorian sah zum ersten Mal so etwas wie echte Betroffenheit im Gesicht des Thiskareners. Jeder Rest von Sarkasmus war aus seinen Zügen verschwunden. »Er hat uns beiden das Leben gerettet, Gorian. Und dennoch, wärst du nicht so schnell in die Obhut von gleich mehreren der besten Heiler gekommen, die jemals mithilfe der Alten Kraft die Gesundheit eines Menschen erhalten haben, wäre es um dich ganz sicher geschehen gewesen.«

»Ich schätze, der Hochmeister wird nach dem Geschehen in der Kathedrale nicht zu meinem vehementesten Fürsprecher werden«, murmelte Gorian. »Ich könnte es ihm nicht einmal übelnehmen, würde er mich des Ordens verweisen.«

»Dann müsste er auch mich vor die Tür setzen. Aber da mache ich mir keine Sorgen.«

»Weshalb nicht?«

Der Ausdruck in Torbas' Gesicht blieb vollkommen ernst. Der flapsige, etwas zynische Unterton, der seine Worte ansonsten kennzeichnete, war nicht herauszuhören, als er antwortete: »Sieh zum Himmel, dann erkennst du den Grund. Der Schattenbringer verdeckt die Sonne immer mehr und wirft einen immer größeren Schatten. Der Hochmeister weiß so gut wie jeder andere, der dem Entscheidungskonvent angehört, dass der Orden auf kein Talent verzichten kann und schon gar nicht auf jemanden, der in der Nacht eines fallenden Sterns geboren wurde, was ja wohl auf uns beide zutrifft.«

»Ich wäre mir da nicht so sicher.«

Da kehrte das für ihn so typische Grinsen in Torbas' Gesicht zurück. »Ich mir schon, denn Hochmeister Aberian hat bereits mit mir gesprochen.«

Am Abend nahm Gorian das Essen im Speiseraum mit den anderen Schülern ein, die den Tag mit ihren Übungen zugebracht hatten. Sheera sah er nur aus der Ferne, denn er war zu spät gekommen, um einen Platz in ihrer Nähe zu ergattern. Sie saß bei einer Gruppe von Heilschülern, die laut herumalberten und sich auf diese Weise von dem anstrengenden Unterricht in geistiger Selbstversenkung erholten.

Torbas kam noch später als Gorian, aber Gorian hatte den Eindruck, dass Torbas ihm aus dem Weg ging. Er nahm am anderen Ende des Speiseraums Platz, sodass Gorian ihn nicht einmal mehr sehen konnte.

»Bist du nicht der Kerl, der mit dem Greifen gebracht wurde?«, sprach ihn einer der anderen Schüler an.

»Na klar, das ist er!«, rief bereits ein weiterer, ehe Gorian überhaupt eine Antwort geben konnte, und im nächsten Moment hatte einer der Lehrer eine dringende Mitteilung zu machen und bat um Ruhe.

»Still!«, raunte jemand am Tisch. »Meister Rhaawaan kann sehr unangenehm werden.«

»Und vor allem sieht er alles.«

»Na ja, wir wollen mal nicht übertreiben.«

»Psst!«

Meister Rhaawaan war von riesenhafter, sehr korpulenter Gestalt, und sein schwarzer Bart reichte fast bis zum Bauchnabel. Über dem Bart trug er das Amulett des Hauses der Seher auf der breiten Brust. Er hob seine prankenartigen Hände, um seiner Forderung nach absoluter und sofortiger Ruhe noch einmal Nachdruck zu verleihen, und im nächsten Moment war es so still, als würden all die Ordensschüler den Atem anhalten.

»Zwei Dinge möchte ich hiermit dringendst anmerken«, sagte Meister Rhaawaan, und hier und dort sah man einige schon fortgeschrittenere Schüler die Augen verdrehen oder gar die Worte des Sehermeisters mitmurmeln; offenbar benutzte er bei solchen Anlässen stets dieselben formelhaften Wendungen. »Die Schüler aus dem Haus des Schattens werden schärfstens ermahnt, die Schattenpfadgängerei nicht dazu zu benutzen, sich während der Ruhezeiten heimlich davonzumachen, um Zerstreuung in Estia oder Nemor zu suchen. Seid euch immer bewusst, dass sich euer Leben extrem verkürzt, wenn ihr die Schattenpfade beschreitet, denn die wenigsten von euch beherrschen die geistige Regeneration schon gut genug, um keinen dauerhaften Schaden davonzutragen, zumal derlei Eskapaden ja in einem Zeitraum stattfinden, der eigentlich der Sammlung der Alten Kraft gewidmet sein wollte. Also wenn ihr nicht früh als Greise enden wollt, lasst diesen verderbten Unsinn!«

Er vollführte eine ruckartige Bewegung mit dem Kopf und zupfte sich den Umhang zurecht, der ihm auf der linken Seite ein Stück von der Schulter gerutscht war. »Und dann möchte ich die Angehörigen des Hauses eindringlich ermahnen, dem ich selbst angehöre. Ich schäme mich für die Verfehlungen dieser Schüler ganz besonders, und jeder soll wissen, dass ich mich persönlich beleidigt fühle und nicht davor zurückschrecke, dies die Betreffenden in den anstehenden Meister- und Vormeisterprüfungen auch deutlich spüren zu lassen!«

Er atmete tief durch und ließ den Blick über die Anwesenden gleiten, so als wollte er als Nächstes einen der Schüler herauspicken, nach vorn zitieren und vor versammelter Mannschaft zur Verantwortung ziehen. Doch obwohl völlig offensichtlich war, dass er dies gern getan hätte, sah er doch davon ab. Stattdessen rief er mit dröhnender und von bedrängend intensiven Gedanken begleiteter Stimme: »Ich will nicht noch einmal erleben, dass sich Seher an Wettgeschäften beteiligen, wie sie leider auch in der Hafenstadt an der Ordensburg wohl nie ganz auszurotten sein werden! Diese Spiele mögen ja unter untalentierten Geschöpfen als Mittel der Zerstreuung noch eine gewisse Berechtigung haben, aber jedem auch nur ein wenig mit Magie begabten Geschöpf sollte es gegen die Ehre gehen, sich auf derartige Weise Vorteile zu verschaffen. Ich hoffe, dass dies jeder unter den Neulingen begriffen hat, denn ich werde in diesem Punkt von heute an keinerlei Nachsicht mehr üben!«

Ein Raunen ging durch die Reihen der Schüler. Hier und dort fühlte sich der eine oder andere wohl in besonderer Weise angesprochen. Rhaawaan hatte jedoch nicht die Absicht, seine gerade begonnene Strafpredigt in einem Chor allgemeinen Gemurmels enden zu lassen. Mit einer unmissverständlichen Geste stellte er nochmals Ruhe her. »Manche unter euch haben vielleicht Gerüchte gehört hinsichtlich eines Vorfalls, der sich in der Kathedrale ereignet hat. Jenes Kunstwerk unter der Kathedralenkuppel, welches das Polyversum auf so eindrucksvolle Weise darstellte, hat bei diesem Vorfall Schaden genommen und muss wieder in Ordnung gebracht werden, sodass die Kathedrale vorläufig für alle Schüler gesperrt ist. Es tut mir leid, aber der Entscheidungskonvent hat aufgrund verschiedener Überlegungen beschlossen, dass bis auf Weiteres nur ausgebildete Meister den Altarraum betreten dürfen. Die Schwarzlichtsphäre konnte wiederhergestellt werden, aber sie ist noch nicht stabil genug, um Gefahren auszuschließen. Ich bitte also alle darum, sich im eigenen Interesse an dieses Verbot zu halten. Ansonsten könnte es sein, dass unsere Heiler in Zukunft allzu viel zu tun bekommen, wobei noch zu bemerken wäre, dass es trotz der mitunter erstaunlichen Fähigkeiten meiner geschätzten Kollegen aus dem Heilerhaus nicht zu ihrer Profession gehört, Tote zu erwecken. Ich rate deswegen von jedwedem Leichtsinn in dieser Sache ab!«

»Ich rate deswegen von jedwedem Leichtsinn in dieser Sache ab«, murmelte ein Schüler mit rotem Haar und Sommersprossen, der Gorian gegenübersaß und dem Sehermeister den Rücken zuwandte, und er grinste dabei. Offenbar handelte es sich um eine häufig gebrauchte Redewendung Rhaawaans.

»Ich bin nicht nur ein Meister des Sehens, sondern höre auch sehr gut, Schüler Alrado!«, dröhnte Meister Rhaawaans Stimme durch den Raum, worauf der Rothaarige zusammenzuckte. Nachdem dann wieder nahezu vollkommene Stille eingetreten war – auch *gedankliche* Stille –, fuhr Rhaawaan fort: »Eine letzte Mitteilung noch: Der Neuschüler Gorian aus Twixlum soll sich unmittelbar im Anschluss an die Mahlzeit in der Kanzlei des Hochmeisters melden!«

Gorian fragte Alrado während des Essens, wo die Kanzlei des Hochmeisters zu finden sei.

»Du bist das also«, erwiderte dieser grinsend. »Na, dann viel Vergnügen! Die Kanzlei des Hochmeisters befindet sich zwischen der Kathedrale und dem Haus der Schattenmeister. Fällt kaum auf und ist auch kein großes Gebäude, gekennzeichnet nur durch das Zeichen des Hochmeisters, einem aus Sternenmetall geschmiedeten Symbol.«

»Danke.«

Alrado stocherte mit dem Löffel in der aus Fisch und gedünstetem Gemüse bestehenden Mahlzeit herum, die offenbar so überhaupt nicht seinem Geschmack entsprach. »Wer weiß, vielleicht brauchst du dieses Zeug hier schon bald nicht mehr zu essen«, sagte er zu Gorian.

Gorian fand sich, so wie ihm geheißen, nach der Mahlzeit bei der Kanzlei des Hochmeisters ein. Das Zeichen, von dem Alrado gesprochen hatte, war deutlich zu sehen, und Gorian spürte auch sofort, dass es sich um Sternenmetall handelte. Ein Teufelszeug, dachte er. Aber vielleicht doch eine Substanz, deren magisches Potenzial unverzichtbar war, um Morygor gegenübertreten zu können.

Gorian musste an die beiden verlorenen Schwerter denken, die der Herr der Frostfeste in seinem Besitz gebracht hatte. Schwerter, die dazu geschaffen worden waren, Morygor ein Ende zu bereiten. Seine Hand umfasste den Griff des Rächers an seinem Gürtel, so als befürchtete er, dass sich die Waffe ein weiteres Mal selbstständig machen könnte, was natürlich absurd war. Schließlich wohnten dem Zeichen des Hochmeisters – auch wenn es aus Sternenmetall bestand – nicht die offenbar gewaltigen Kräfte inne, die Aberian in der von ihm erschaffenen Schwarzlichtsphäre unter dem Kathedralendach gebannt hatte.

Die Tür öffnete sich von allein, so wie es auch beim Haupteingang der Kathedrale des Ersten Meisters gewesen war. Gorian trat ein und ging einen schmalen, fensterlosen Korridor entlang, der von einem grünlich schimmernden Licht erhellt wurde, das aus dem Gestein der Bodenplatten drang.

Dann erreichte er eine weitere Tür, die sich ebenfalls von selbst öffnete und in einen großen, fünfeckigen Raum führte. Dessen Wände wurden zum Großteil von Regalen verdeckt, die mit staubigen, uralt wirkenden Büchern gefüllt waren. Auf dem Schreibtisch, der sich in der Mitte des Raums befand, lag ein aufgeschlagener Band mit einer noch von Hand ausgeführten Abschrift der Ordensaxiome, die noch aus der Zeit vor Erfindung des Druckerhandwerks stammen musste.

Licht fiel durch hohe, nach alle Regeln westreichischen Handwerks verglaste Fenster, die die Regalwände unterbrachen. Durch diese Fenster hatte man einen weiten Blick auf den äußeren Burghof, den Hafen und die zum Burgkomplex gehörende Hafenstadt, in der Händler und Handwerker wohnten, die zur Versorgung der Ordensburg notwendig waren.

Gorian ließ den Blick schweifen. Er war allein im Kanzleizimmer des Hochmeisters. Hinter ihm schloss sich die Tür wieder wie von Zauberhand.

»Ich bin gleich da – aber der Schaden, den du angerichtet hast, erfordert meine Anwesenheit auch anderswo«, erreichte ihn ein Gedanke Aberians.

Im nächsten Augenblick drang dunkler Rauch durch eine der Wände. Er quoll zwischen den Lederrücken der dicken Folianten hervor, wirbelte durch die Luft und bildete eine Säule, aus der heraus sich einen Moment später die Umrisse von Hochmeister Aberian als dunkler Schemen abzeichneten.

Er benutzte den Schattenpfad. Und das nur, um von der Kathedrale in die Kanzlei zu gelangen. Das allein sprach schon dafür, wie sehr er die Alte Kraft beherrschte, mehr noch als jeder andere Meister, denn die beschritten die Schattenpfade nur, wenn es unbedingt erforderlich war, um sich nicht Lebenskraft zu entziehen, die nur schwer zu ersetzen war. Es gehörte zu den Risiken der Schattenmeister, nach einer besonders anstrengenden Reise über die Schattenpfade plötzlich zum Greis geworden zu sein und dann nicht mehr über genügend Magie zu verfügen, um dies rückgängig zu machen und sich wieder zu erholen. Aber Aberian schien dieses Risiko nicht fürchten zu müssen. Oder die Arbeit an dem zerstörten und vermutlich noch nicht völlig wiederhergestellten Kunstwerk in der Kathedrale war ihm so wichtig, dass er die Gefahr in Kauf nahm.

Im nächsten Augenblick hatte sich Hochmeister Aberian vollständig verstofflicht.

»Ja, sieh dir ruhig an, was ich tue, schließlich willst du ja alle fünf Meisterschaften erreichen, auch die der Schattenpfadgängerei, die unter allen Meisterschaften als die schwierigste und gefahrvollste gilt.«

Gorian war ziemlich perplex. Im ersten Augenblick konnte er kein einziges Wort herausbringen.

»Das Risiko scheinst du ja nicht zu scheuen«, fuhr Hochmeister Aberian fort, »und unwägsame Risiken gibt es in der Magie *aller* fünf Häuser. Manche sind offensichtlich, so wie die Gefahren, denen die Schwertmeister im Kampf ausgesetzt sind. Andere betreffen nicht so sehr die Möglichkeit, dass der Körper verletzt wird, sondern dass Geist und Seele einen irreparablen Schaden nehmen.«

Gorian schluckte. Was war in den Hochmeister gefahren? Eigentlich hatte Gorian erwartet, dass er ihm eine Strafpredigt hielt und ihm anschließend erklärte, dass die Ausbildung des Schülers Gorian aus Twixlum – wie Meister Thondaril ihn offenbar in die Listen des Ordens eingetragen hatte – bereits ihr Ende gefunden hatte, noch ehe sie begonnen worden war. Stattdessen gingen die Worte des Hochmeisters in eine ganz andere Richtung.

»Es tut mir leid, was in der Kathedrale geschehen ist«, sagte Gorian. »Ich war unbedacht und unwissend.«

»Das waren wir alle zu gewissen Zeitpunkten unseres

Lebens«, gab Aberian zurück. »Und genau die Momente, in denen wir uns am schwächsten zeigten, waren diejenigen, in denen wir am meisten innerlich gewachsen sind. Das wird bei dir nicht anders sein.«

»Heißt das … dass ich die Ausbildung fortsetzen darf?«, fragte Gorian.

Aberian lächelte mild. »Du hast doch noch gar nicht damit angefangen. Alles, was du bis jetzt weißt, ist ein Nichts gegenüber dem, was es noch zu erkennen gilt. Und glaub mir, dieser Zustand wird sich selbst dann nicht ändern, wenn du die Meisterschaft errungen hast – gleichgültig, in welchem Haus dies auch sein mag.«

In diesem Augenblick öffnete sich wieder die Tür der Kanzlei, und Meister Thondaril trat ein. Sein Blick glitt von Gorian zum Hochmeister, dann verneigte er sich kurz und sagte: »Wie ich sehe, werde ich bereits erwartet.«

»Du hast einen mächtigen und wortgewandten Fürsprecher, Gorian«, sagte Aberian und deutete mit einem Kopfnicken auf Thondaril. »Und wir haben lange über dich und dein Schicksal im Entscheidungskonvent beraten. Über dich und das Zeichen, unter dem du geboren wurdest, den fallenden Stern und die besondere Affinität, die du offenbar zum Sternenmetall hast, aber auch über deinen Vater, den wir nicht nur in einem freundlichen Licht sehen. Wie du verstehen wirst, hat all das bei unserer Entscheidungsfindung eine Rolle gespielt.«

Aberians Blick ruhte, während er sprach, auf Gorian, und dieser fühlte sich zunehmend unwohl in seiner Haut.

»Nun sagt ihm schon, wie die Entscheidung ausgefallen ist, werter Hochmeister«, sagte Thondaril schließlich. »Oder wollt Ihr bereits prüfen, wie viel Talent er für das Haus der Seher von Natur aus mitbringt, obwohl ihn sein Vater in dieser Kunst garantiert nicht unterwiesen hat?«

»Wir haben uns entschlossen, dir die Ausbildung in allen fünf Häusern zu gestatten, Gorian«, erklärte Aberian daraufhin. »Der Verborgene Gott allein weiß, ob die Hoffnungen, die wir in dich setzen, gerechtfertigt sind. Aber andererseits sind wir nicht blind gegenüber den Zeichen, und wenn eine Möglichkeit besteht, dass deine Schicksalslinie einst die von Morygor kreuzen und sie beenden kann – oder auch nur in einer für uns günstigen Weise beeinflusst –, wäre es fahrlässig von uns, dich abzuweisen.«

»Ich ... ich danke Euch!«, stieß Gorian überwältigt hervor und konnte im ersten Moment sein Glück kaum fassen.

»Heilerin Hebestis hält deine magische Grundbegabung für außerordentlich groß«, äußerte Meister Thondaril in einem eher nüchternen Tonfall. »Sie könnte unter Umständen ausreichen, um tatsächlich in allen fünf Häusern die Meisterschaft zu erreichen – auch wenn du nicht damit rechnen darfst, dass deine Fortschritte überall gleich schnell vonstattengehen.«

»Ich werde alles tun, was notwendig ist«, erklärte Gorian, und plötzlich hatte er das Gefühl, dass ihn ein Strom innerer Kraft durchfuhr und jede Faser seines Körpers und jeden Winkel seiner Seele erreichte. Die Schwäche, die ihm seit dem Vorfall in der Kathedrale anhaftete, schien auf einmal wie weggeblasen. Und selbst die tiefe Trauer und Verstörung, die der Tod seines Vaters und die nachfolgenden Ereignisse in ihm ausgelöst hatten, traten in den Hintergrund. »Ihr werdet sehen, ich werde mich als würdig erweisen, werter Hochmeister.«

Aber weder Aberian noch Thondaril zeigten sich von diesem Versprechen beeindruckt. Nein, diese gestandenen Ordensmeister konnte man nur mit Taten beeindrucken, das wurde Gorian in diesem Moment klar.

17 Prüfungen

Für Gorian wurde ein spezieller Ausbildungsplan erstellt, der es ihm erlaubte, dem Unterricht in allen fünf Häusern beizuwohnen. Darauf, dass seine Fortschritte in der jeweiligen Hausmagie unterschiedlich groß sein würden, hatte man Gorian mehrfach hingewiesen. Thondaril ließ es sich jedoch nicht nehmen, es ihm noch einmal in einem längeren Gespräch deutlich zu machen. »Nicht alles kann man gleich schnell erreichen, aber ich denke, du wirst selbst erkennen, wo du zunächst Schwerpunkte setzen musst und welche Ziele noch Zeit brauchen. Und über die wichtige Rolle, die der Faktor Zeit bei der Entfaltung eines magischen Talents spielt – mag es auch noch so erstaunlich groß sein –, haben wir ja schon gesprochen. Es wird daher Geduld und sehr große Disziplin deinerseits bedürfen, vor allem einer Disziplin des Geistes …«

Gorian verbrachte die Tage vorwiegend mit den Übungen, die ihm von den Lehrmeistern der jeweiligen Häuser aufgetragen wurden. Dazu kam der Unterricht in alt-nemorischer Sprache, die er zwar schon recht gut beherrschte, aber deren Kenntnisse trotzdem noch erheblich erweitert und vertieft werden mussten. So erkannte er während des Unterrichts bei dem uralten Meister Kenniak vom Haus der Seher, der den Schülern die Sprache der Magie beibrachte, dass jedes alt-nemorische Wort neben der vordergründigen

Bedeutung mindestens noch zwei oder drei weitere hatte, die erst aus dem Zusammenhang heraus erschlossen werden konnten und geeignet waren, den Geist in die Ebene der Magie zu entführen. Manche der Axiome, die Gorian schon hundert Mal gelesen hatte, erhielten auf diese Weise eine völlig neue Aussage.

Heilerin Hebestis persönlich überwachte Gorians Ausbildung im Haus der Heiler. »Großes Talent schützt nicht vor großer Dummheit«, mahnte sie ihn, und ihr faltiges Gesicht erinnerte Gorian in diesem Augenblick an die schuppenartige Haut der Wald-Warane, die in Thisilien jeden Herbst an die Küste kamen, um dort bei Ebbe die Krebse aus dem Schlick zu picken. »Die Konstellation deiner Geburt und all deine Kraft werden dir nicht helfen, wenn du Letztere nicht auch zu nutzen verstehst.«

»Dann lehrt mich, wie man sich selbst heilt!«, bat Gorian.

»Ein Lähmzauber für deine Zunge würde dich auf jeden Fall davor bewahren, vorlaute Forderungen zu stellen!«, erwiderte Hebestis. »Dazu bedürfte es noch nicht einmal der speziellen Magie der Heiler, und doch würdest du von deinem schlimmsten Leiden erlöst.«

Den Unterricht im Haus der Schatten führte Hochmeister Aberian selbst. Gorian wurde recht schnell klar, dass hier wohl die Fortschritte am allerlängsten auf sich warten ließen. Zunächst bestand der Unterricht vor allem in der Durchführung von geistigen Übungen und im Studium von Schriften, deren Kenntnis nach Aberians Worten zur Schattenpfadgängerei notwendig war.

Meister Rhaawaan, der ihn im Haus der Seher unterwies, schien Gorian gegenüber im Gegensatz zu seinen anderen Lehrern zunächst sehr skeptisch eingestellt. Vielleicht empfand er es sogar als eine Art persönlichen Affront, dass Gorian sich nicht ausschließlich für jenes der fünf Häuser entschieden hatte, dessen Vertreter der korpulente Hüne war. Was konnte es schon Faszinierenderes geben, als den Geist zu befreien und sich den vielfach verzweigenden Möglichkeiten zu überlassen, die das Polyversum bereithielt, Wahrscheinlichkeiten zu erkennen und Handlungen anderer abzuschätzen, und das über einen möglichst langen Zeitraum hinweg?

»Könnt Ihr sehen, ob ich Morygors Schicksalslinie kreuze?«, fragte Gorian ihn irgendwann einmal. »Ihr seid doch in der Kunst der Seher bewandert wie kaum ein Zweiter.«

»Es ist Morygor, der in irgendeiner Weise die Schicksalslinie eines jeden von uns kreuzt«, erwiderte Rhaawaan ausweichend. »Aber um das zu erkennen, muss man nicht die Möglichkeiten des Polyversums betrachten können. Dazu reicht es, zum Schattenbringer aufzusehen, der unser aller Schicksal prägen wird.«

»Ich meinte das nicht auf eine so allgemeine Art«, erwiderte Gorian.

»Nein, ich kann nichts dergleichen sehen«, gab Rhaawaan schließlich zu, und er wirkte etwas unwillig dabei, dass er eingestehen musste, dass seine Sicht der Zukunft und ihrer Möglichkeiten und Verstrickungen wohl trotz aller Magie nicht weit genug reichte, um dies einwandfrei erkennen oder ausschließen zu können.

»Aber wie kommt es, dass Morygor dies offenbar vermag? Wieso kann er so viel weiter sehen, als es den Sehermeistern möglich ist?«

»Dafür gibt es viele Gründe.«

»Thondaril meint, dass es an der Art der Magie läge und dass Morygor Methoden anwende, die …«

»Thondaril ist kein Seher!«, unterbrach ihn Rhaawaan. »Und anstatt uns Gedanken darüber zu machen, was Morygor vielleicht vermag oder nicht, sollten wir uns auf die eigenen Möglichkeiten konzentrieren, so wie es die Axiome von uns fordern!« Dann beugte sich Rhaawaan etwas vor und fuhr in bedeutungsschwerem Tonfall fort: »Glaube niemals, dass deiner eigenen Schicksalslinie irgendetwas Besonderes anhaftet, Gorian. Und glaube vor allem nicht, dass du dies, wenn es so wäre, bereits zu diesem frühen Stadium beurteilen könntest. Zumeist offenbart sich so etwas zur Gänze erst im Rückblick.«

Meister Thondaril unterrichtete Gorian in den Künsten der Schwertmeister, und es stellte sich schnell heraus, dass Gorian darin bereits weit fortgeschritten war. Täglich wurde der Kampf mit dem Schwert geübt, wobei es vor allem darum ging, die Absichten des Gegners vorauszuahnen und sich in ihn derart einzufühlen, dass man eins mit ihm wurde und dessen Kraft für sich nutzen konnte.

Immer wieder klirrten die Klingen gegeneinander, manchmal stundenlang, ohne dass bei den fortgeschritteneren Kämpfern auch nur der Hauch einer Gefahr bestand, dass sie sich einen Treffer einhandelten und ein Heiler zum Einsatz kommen musste.

Für Gorian jedoch gab es schon sehr bald keine ebenbürtigen Gegner mehr. Unter den Schülern war niemand, der in der Kunst der Voraussicht so konzentriert war und dabei gleichzeitig die eigene Waffe derart schnell durch die Luft wirbeln konnte. Die Ausbildung bei seinem Vater kam Gorian nun zugute.

Mit wenigen Hieben entwaffnete er den rothaarigen Alkarado, obwohl der bereits ein ganzes Jahr länger Schüler des Ordens war und sich auch nur auf die Ausbildung in diesem einen Haus konzentrierte. Torbas, der von Thondaril aufgefordert wurde, gegen Gorian anzutreten, erwies sich als deutlich hartnäckiger. Gorian spürte das hohe Maß an

Alter Kraft, das in seinem Kontrahenten wirksam war. Ein Quantum, das dem seinen ebenbürtig schien.

»Es ist nur die Ausbildung durch deinen Vater, die du mir voraushast!«, erreichte Gorian ein sehr heftiger, intensiver Gedanke von Torbas, während die Klingen ihrer Schwerter aufeinanderprallten. *»Sonst nichts!«*

Immer wieder klirrte Stahl gegen Stahl, dann gelang es Gorian, Torbas' Hieb so abzulenken, dass dessen Klinge in den Boden fuhr, genau in die Fuge zwischen zwei Pflastersteinen des inneren Burghofs, wo der Übungskampf stattfand.

Torbas blickte auf die Spitze von Gorians Schwert, die auf seine Brust gerichtet war. In einem richtigen Kampf hätte er keine Möglichkeit mehr gehabt, die eigene Waffe rechtzeitig aus dem Boden zu ziehen.

»Du bist wirklich gut, Gorian«, gestand er ein. »Ich denke, ich kann noch eine Menge von dir lernen.«

»Dass der Kampf so lange gedauert hat, liegt nur daran, dass ich durch das Sternenmetall, das in der Kathedrale meinen Körper durchschlug, noch etwas geschwächt bin«, stellte Gorian klar.

»Die Stellen in den Ordensaxiomen, die von der Demut handeln, hast du wohl immer geflissentlich überlesen, was?«

»Mein Vater hat immer gesagt, dass ein jeder in den Axiomen das findet, was er gerade sucht, und das vermisst, woran es ihm eigentlich an Erkenntnis mangelt.«

Gorian nahm die Schwertspitze fort, und Torbas zog seine eigene Klinge wieder aus der Pflasterfuge. Seine Augen waren bis dahin von Schwärze erfüllt gewesen, und Gorian fiel auf, wie langsam die tatsächliche Farbe und das Weiße darin zurückkehrten. Er wertete es als Zeichen dafür, wie sehr sich Torbas bei diesem Kampf engagiert hatte. Torbas hatte ihn unbedingt besiegen und ihm zeigen wollen, dass er der

Bessere war. Aber das war nun wohl entschieden. Vorerst zumindest.

Torbas richtete den Zeigefinger der freien Hand auf ihn. »Heute bist du der Sieger, aber eines Tages werden wir uns vielleicht unter anderen Vorzeichen erneut gegenüberstehen, und dann werde *ich dich* bezwingen.«

»Eigentlich hoffe ich, dass wir gemeinsam gegen die Schergen Morygors antreten«, erwiderte Gorian.

Torbas lächelte etwas gezwungen. »Natürlich.«

Da mischte sich Meister Thondaril ein, der dem Gespräch zwischen den beiden mit gerunzelter Stirn gelauscht hatte. »Nehmt Euch ein Beispiel am Ersten Meister, unserem Ordensgründer«, forderte er. »Er legte seinen Namen ab, um der Eitelkeit zu entsagen – und ihr beide plustert euch auf wie Pfaue! Der Einzige, der sich darüber freut, wird Morygor sein, der vermutlich schon vorausberechnet, wie euer Hang zur Selbstdarstellung es ihm in der Zukunft leichter machen wird, euch zu töten!«

Die Tage gingen dahin, und jener Sommer, der einhergehend mit der Invasion der Frostkrieger in Thisilien überall in den nördlichen Herzogtümern des Heiligen Reiches schon vorzeitig sein Ende gefunden hatte, schien sich noch einmal eines Besseren zu besinnen. Es war, als versuchte sich die Natur noch einmal gegen die Bedrohung durch den Schattenbringer aufzulehnen.

»Wer weiß, wie viele Sommer es noch geben wird«, meinte Sheera, als sie im Rahmen des Heiler-Unterrichts mit Gorian in der Umgebung der Ordensburg unterwegs war. Sie suchten nach bestimmten Heilpflanzen und befanden sich auf einer Wiese am Ufer des östlichen Gont-Arms. Die wurde im Frühjahr regelmäßig überschwemmt, brachte dafür aber in der restlichen Zeit des Jahres ein Sammelsurium seltener Pflanzen hervor, die nur hier zu gedeihen schienen. Nie zuvor hatte Gorian eine solche Vielfalt unterschiedlicher und bizarrer Blütenformen gesehen.

Doch obwohl er sich eifrig bemühte, die Unterrichtsziele aller fünf Häuser zu erreichen, und er all das neue Wissen begierig in sich aufsog, so interessierten ihn die Heilpflanzen, die auf dieser Wiese zu finden waren, nur in zweiter Linie.

Wichtiger war in diesem Fall, dass er mit Sheera zusammen sein konnte, die ihn nach wie vor in ihren Bann zog. Leider hatten ihm die umfangreichen Übungen der letzten Zeit nur selten die Möglichkeit gegeben, sich mit ihr zu treffen, obwohl es da noch vieles gab, was sie dringend besprechen mussten.

Die tiefe innere Verbundenheit zwischen ihnen stand außer Frage, auch wenn Gorian noch immer sehr verwirrt darüber war und nicht den Hauch eine Ahnung hatte, worin sie begründet war. Abgesehen von dem Zauber vielleicht, der für ihn von ihrem Wesen ausging.

Sie hatte ihm von ihrem Zuhause in Oquitonien erzählt. Davon, dass ihr Vater ein Kaufmann war, der in Nelbar ein Kontor unterhielt. Ein Mann, der allem Magischen zutiefst misstraute. »Stell dir vor, eine Krämerin hätte ich werden sollen, wie meine Mutter.« Sie lachte. »Du wirst dich wundern, aber ich habe sogar ein gewisses Talent zum Feilschen und Handeln. Und was die Kunst des Rechnens angeht, so kann ich es zwar nicht mit einem Zahlenmagier aufnehmen, aber die meisten Kleinköpfigen schlage ich darin ohne Weiteres.«

»Und doch bist du etwas ganz anderes geworden.«

»Man muss auf seine innere Stimme hören«, sagte Sheera. »Ich habe schon von klein auf gespürt, dass mit mir etwas anders ist. Ich habe Gesichter im Wasser gesehen, die außer mir niemand sah. Ich habe den Schmerz einer Katze gespürt, die von einem Wagenrad überrollt wurde, und war daraufhin für Wochen gelähmt. Und außerdem hat sich die Farbe meiner Augen manchmal auf eine Weise verändert, die allen, die das beobachteten, Angst machte. Und da waren diese Träume, die mich nicht losgelassen haben und die ich zuerst nicht zu erklären vermochte …« Sie pflückte ein paar Blüten und stopfte sie in einen Lederbeutel, den sie dafür mitgenommen hatte. Dann sah sie Gorian lächelnd an. »Und in einem dieser Träume habe ich zum ersten Mal dein Gesicht gesehen. Es war wie der Blick auf etwas, was noch kommen wird, aber schon feststeht.«

»Warum bist du keine Schülerin im Haus der Seher geworden, wenn du solche Träume hattest?«

»Das war durchaus im Gespräch. Aber meine Hauptbegabung scheint das Heilen zu sein, und ich musste mich entscheiden.«

»Ich habe mich auch nicht entschieden.«

»Das mag der Weg sein, der für dich richtig ist, Gorian. Aber nicht für mich. Und davon abgesehen sind meine Ziele vielleicht auch nicht ganz so ehrgeizig wie die deinen.«

»Das wiederum habe ich mir nicht ausgesucht. Aber ich weigere mich einfach, tatenlos zuzusehen, wie alles zugrunde geht, und einzig und allein darauf zu hoffen, dass es vielleicht nicht mehr zu meinen Lebzeiten geschieht.«

Sie sah ihn an. »Es ist schlimm, was mit deinem Vater und all denen geschehen ist, die den Frostkriegern zum Opfer fielen.«

»Das ist meinetwegen passiert, Sheera. Und auch das ist etwas, was mich anspornt. Ich will diese Ausbildung so schnell wie möglich beenden, damit ich mir die Meisterringe an die Hand stecken kann.«

»Und dann?«

»Ich weiß nicht. Vielleicht sollte ich dann einfach in den Norden aufbrechen und die Begegnung mit Morygor suchen. Er hat die beiden Schwerter, die meinem Vater gehörten, Schattenstich und Sternenklinge. Die will ich zurückholen.«

»*Zwei* Schwerter – für *einen* Ordensmeister? Ist das nicht etwas zu viel? Mir scheint, du brauchst Bundesgenossen und Kampfgefährten. Schwerter gibt es überall.«

»Aber nicht solche Schwerter. Schwerter aus Sternenmetall, die auf ganz besondere Weise geschmiedet wurden.«

Sie seufzte. »Also als Schwertkämpferin werde ich dir nicht beistehen können. Aber wie du weißt, habe ich andere Talente. Und ich fürchte, ich werde dir damit einst zu Diensten sein müssen.«

»Du *fürchtest* das?« Gorian runzelte die Stirn. »Wieso das?«

»Weil es bedeutet, dass dir zuvor etwas Schlimmes zugestoßen sein wird. Etwas, das dich so schwächt, dass es dir unmöglich sein wird, dich selbst zu heilen.« Ihr Lächeln wurde verhaltener und wirkte fast etwas verlegen, als Gorian ihren Blick erwiderte.

»Du hast gesagt, unsere Schicksalslinien seien von nun an miteinander verwoben«, sagte er.

Sie nickte. »Ja, aber das war nicht ganz richtig. In Wahrheit waren sie das schon immer, auch wenn keiner von uns das geahnt haben mag.«

Der Sommer schien gar nicht enden zu wollen, und die Herbststürme, die ansonsten die ersten Schübe kalter Luft aus dem Norden brachten, ließen auf sich warten.

Es gab Neuigkeiten aus Thisilien. Hunderte von Schwertmeistern hatten dort an der Seite der kaiserlichen Ritter und Landsknechte gegen die letzten Frostkrieger gekämpft, die hier und dort noch anzutreffen gewesen waren. Diese Schwertmeister standen auf magische Weise immer mit der Ordensburg in Verbindung. Zusätzlich gab es noch eine im ganzen Reich gut funktionierende Taubenpost, sodass sich Nachrichten recht schnell verbreiteten. Das bei der Invasion zunächst eroberte Gebiet galt als befreit und der Feind als besiegt. Es gab keinen einzigen Frostkrieger mehr in Thisilien. Die Kriegsflotte unter dem Kommando des Herzogs der Axtlande hatte die Schiffe der Angreifer verfolgt, soweit dies möglich war. Bis zu den Gestaden der Torlinger Inseln und den Küsten Torheims hatte man einige von ihnen getrieben.

Der Herr der Frostfeste schien keinerlei Anstalten zu einem Gegenschlag zu unternehmen. Kaiser Corach kam dieser Erfolg – den er vor allem seinem eigenen Genie als Feldherr zuschrieb – nur allzu recht, denn er konnte ihn hervorragend dazu nutzen, seine umstrittene Position im Heiligen Reich zu festigen. Er war der vierte aufeinanderfolgende Herrscher aus dem Geschlecht der Laramonteser, und dass er es bisher nicht gewagt hatte, auf dem Heiligreichstag offiziell über die Einführung des Erbkaisertums abstimmen zu lassen, lag an den starken Rivalen, deren Widerstand er bisher zu fürchten hatte. Den Herzog von Eldosien zum Beispiel, der außerdem in Personalunion auch noch Herzog von Oquitonien und Baronea war und dadurch eine Hausmacht darstellte, die größer als die des Kaisers war, der außer dem Herzogtum Laramont nur noch das mit dem Besitz der Kaiserkrone verbundene Kronland Olanien direkt regierte.

Nun aber, nach diesem großen Erfolg, den Kaiser Corach im ganzen Reich durch Herolde und Sänger verkünden und von ihnen in den schillerndsten Farben ausschmücken ließ, konnte er vielleicht einen Versuch in diese Richtung wagen – zumal er damit rechnen konnte, dass sich viele der unbedeutenderen Herzöge um ihn scharten, weil sie die Machtgier des Herzogs von Eldosien noch mehr fürchteten als die des Kaisers.

Der Heiligreichstag sollte bereits im Spätherbst in Estia, der Hauptstadt des Estlinger Landes stattfinden. Bis dahin waren es nur noch wenige Wochen, und da der Kaiser ohnehin im Norden unterwegs war, stattete er auch der Ordensburg einen Besuch ab. Immerhin war neben den siebzehn stimmberechtigten Herzogtümern, dem Vertreter der Freistadt Neador und dem Bischof von Atrantia als Repräsentant der Priesterschaft auch der Orden mit Sitz und Stimme auf dem Heiligreichstag vertreten.

Abgesehen davon war für Corach IV. natürlich auch die militärische Unterstützung der Schwertmeister unverzichtbar. Daher war es durchaus verständlich, dass sich der vierte Kaiser aus dem Geschlecht der Laramonteser der Gefolgschaft des Ordens versichern wollte, bevor der Heiligreichstag zusammentrat.

Kaiser Corach traf mit einem großen Tross ein. Gorian und Sheera befanden sich gerade zusammen mit einigen anderen Schülern aller fünf Häuser auf dem Südturm der Ordensburg, denn auf dem Unterrichtsplan stand die Deutung von Himmelzeichen bei Tageslicht, eine Disziplin, die zum allgemeinen Pflichtunterricht für die Angehörigen aller Häuser gehörte und von Meister Fferryn gelehrt wurde, einem Seher, der sich auf die Beobachtung des Himmels und der Gestirne spezialisiert hatte.

Meister Fferryn war ein kleiner, drahtiger Mann mit weißem Bart, aber ohne einem einzigen Haar auf dem Kopf. Als sich Corach der Ordensburg näherte, hielten die Schüler gerade dunkle Gläser vor ihre Augen, um bei der Beobachtung des Schattenbringers nicht von der Sonne geblendet zu werden.

»Ich hoffe, es wird sich niemand von euch durch etwas so Unbedeutendes wie einen Kaiser von den wirklich wichtigen Dingen am Himmel ablenken lassen«, mahnte Meister Fferryn, als er merkte, wie das Interesse seiner Hörerschaft rapide abnahm, seit Corach mit seinem Gefolge am Horizont aufgetaucht war. Offenbar hatte er sich mit einer Fähre zum Flusshafen an der Südspitze Gontlands übersetzen lassen, wo sich der Fluss in seine beiden Arme teilte. Hoch zu Ross ritt er seinen Rittern und Landsknechten voran. Auch Ordensmeister befanden sich in seinem Gefolge, darunter mindestens hundert Schwertmeister, die ihn derzeit ständig schützten, eine Maßnahme, die hier und dort genau jene Kritik gegen den Orden wieder hatte aufflammen lassen, die Jahrzehnte zuvor Meister Nhorich geäußert hatte.

Torbas, der sich ebenfalls unter den Schülern befand, wandte sich an Gorian. »In diesem Punkt hatte dein Vater vielleicht gar nicht so unrecht. Es ist mit der Ehre eines Ordensmeisters nicht vereinbar, sich zu einem Lakaien oder Leibwächter herabwürdigen zu lassen. Kein Ordensmeister, egal welchem Haus er angehört, sollte so etwas mit sich machen lassen.«

»Verstehst du bereits genug von den Zeichen des Himmels, dass du es dir leisten kannst, große Reden zu schwingen, anstatt mir zuzuhören?«, rief Meister Fferryn, sichtlich verärgert über Torbas' Unaufmerksamkeit.

Später wurde ein Fest für den Kaiser gegeben, nachdem dieser sich sehr lange erst mit dem Entscheidungskonvent des Ordens und später allein mit Hochmeister Aberian beraten hatte. Das Fest fand im Palast statt, der sich in der Mitte des inneren Burghofs befand und die letzte Rückzugsmöglichkeit im Falle eines Angriffs war. Die Festhalle im Erdgeschoss war brechend voll, denn der Kaiser hatte darauf bestanden, dass sämtliche derzeit in der Ordensburg befindlichen Meister und Schüler daran teilnahmen. Keiner der Schüler wurde zur Bedienung eingeteilt, wie es normalerweise üblich war; diese Aufgabe übernahmen die Bediensteten des Kaisers, die diesen auf seinen Reisen begleiteten.

»Der will sich doch nur dem Ordensnachwuchs gewogen machen«, sagte Torbas abfällig zu Gorian, der neben ihm Platz genommen hatte, »damit künftige Hochmeister und kommende Mitglieder des Entscheidungskonvents dereinst auch seinen Erstgeborenen auf dem Heiligreichstag unterstützen.«

Gorian zur Linken saß Sheera. Im Rahmen dessen, was in dieser Hinsicht auf der Ordensburg erlaubt war, hatte sie sich sogar etwas herausgeputzt. Dass sich Schülerinnen schminkten oder Schmuck trugen, wurde von den Mitgliedern des Entscheidungskonvents strikt abgelehnt, abgesehen natürlich von ordenstypischen Amuletten, die nicht als Schmuck und Tand galten, sondern irgendeine magische Funktion erfüllten. Auch hinsichtlich der Kleidung wurde auf Schlichtheit geachtet, schließlich war das Vorbild aller Ordensleute nach wie vor der legendäre Erste Meister, der schließlich sogar seinen Namen abgelegt hatte, weil er ihn als Ausdruck der Eitelkeit angesehen hatte.

Aber gegen die Benutzung von Haarspangen hatte niemand im Orden etwas einzuwenden, und so hatte Sheera – wie manch andere Schülerin auch – diesen Spielraum genutzt und sich das Haar hochgesteckt.

»Du siehst toll aus«, sagte Gorian, der sie aufgrund dieses ungewohnten Anblicks noch öfter als sonst ansehen musste.

»Danke«, erwiderte sie.

»Na, wir wollen doch heute Abend nicht den Geist des Ersten Meisters beleidigen, indem wir uns gegenseitig eitle Komplimente machen«, mischte sich Torbas ein. »Oder was meint ihr zwei dazu?«

Gorian lag eine spitze Erwiderung auf der Zunge, die er allerdings erst einmal herunterschlucken musste, denn in diesem Moment ertönte ein Gong und sorgte für absolute Ruhe.

Es folgte eine kurze, aber salbungsvolle Begrüßung durch den Hochmeister, dann sprach der Kanzler des Kaisers ebenfalls ein paar freundliche Worte, zu denen Corach IV. – ein schmalgesichtiger Mann mit dunklem, bis zu den Schultern herabhängendem Haar, einem hervorspringenden Kinn und einem exakt gestutzten Backenbart – huldvoll lächelte und durch die eine oder andere Geste sein Wohlwollen dem Orden gegenüber unterstrich.

Als der Kanzler geendet hatte, winkte ihn der Herrscher zu sich und flüsterte ihm etwas ins Ohr, woraufhin der Kanzler heftig nickte, an den Hochmeister herantrat und diesem die Flüsterbotschaft weitergab.

»Der Schüler Gorian aus Twixlum möge bitte vortreten«, sagte Hochmeister Aberian.

»Na, wieder irgendwas angestellt?«, feixte der rothaarige Alrado von der anderen Seite des Tisches her.

»Tja, so ist er nun mal«, meinte Torbas. »Die Kathedrale ist noch nicht einmal wieder für die unbedarfte Schülerschaft freigegeben, da ist ihm offenbar gleich das nächste Malheur passiert. Hat irgendwer vielleicht an einem der Gebäude in der Burg oder in der Hafenstadt einen kleineren oder größeren Schaden bemerkt?«

»Sehr lustig!«, fauchte Sheera ihn an. »Spar dir die dummen Sprüche!«

»Uh, mit ihrer messerscharfen Zunge verletzt diese angebliche Heilerin die sensible Seele eines angehenden Schwertmeisters«, gab Torbas zurück.

Gorian hatte sich bereits erhoben. Er hatte keine Ahnung, was da auf ihn zukam und was Corach IV. von ihm wollte.

»Na los, tritt ruhig vor!«, forderte der Kanzler, ein Mann mit Halbglatze und strengen Zügen. Zwischen seinen buschigen Augenbrauen zog sich eine tiefe Furche von der Nasenwurzel bis hinauf zum Stirnende. »Du brauchst nicht schüchtern zu sein.«

Es dauerte eine Weile, bis sich Gorian durch den überbelegten Festsaal endlich bis zum Kaiser vorgearbeitet hatte. Überall mussten erst Stühle gerückt und ihm Platz gemacht werden.

Er verneigte sich vor dem Kaiser, dann hob er den Blick.

»Du bist Gorian aus Twixlum?«, fragte Corach.

»Ja, der bin ich.«

»Dein Hochmeister hat viel von dir erzählt, auch davon, dass sich große Hoffnungen mit dir verbinden.«

»Ich werde mir alle Mühe geben, sie zu erfüllen«, gab Gorian zurück. Hochmeister Aberian hatte doch wohl nicht etwa mit ihm vor dem Kaiser angegeben? Gorian gefiel das ganz und gar nicht. Der Erste Meister würde sich im Grab umdrehen, ging es ihm durch den Sinn – und bereute es schon im nächsten Moment, denn schließlich konnte er nicht sicher sein, ob Aberian seinen Gedanken nicht mitbekam. Falls dem so war, ließ es sich der Hochmeister jedoch nicht anmerken.

»Ist es wahr, dass du in allen fünf Häusern die Meisterschaft anstrebst, Gorian aus Twixlum?«

»Ja, das tue ich.«

»Vor uns liegt eine Zeit vieler Kämpfe, denn sicherlich wird das Frostreich einen erneuten Vorstoß gen Süden wagen. Da werden wir deine besonderen Fähigkeiten brauchen, Gorian. Sag, mir kam zu Ohren, dass du der Sohn von Nhorich dem Abtrünnigen seist.«

»Auch das ist wahr, o Kaiser.«

»Es ist schrecklich, was ihm widerfuhr. Ich habe davon gehört, und ganz gleich warum sich dein Vater vom Orden und auch von meiner Person abgewandt haben mag, was ihm zustieß, wünscht man nicht seinem ärgsten Feind.«

Gorian fragte sich, was das alles sollte. Warum wollte sich Corach mit dem Nachfahren eines verfemten Ordensmeisters versöhnen, der seinerzeit sowohl am Orden als auch am Kaiser kaum ein gutes Haar gelassen hatte?

»Ich danke Euch für Eure freundlichen Worte«, sagte Gorian mit belegter Stimme.

»Weißt du, mein Vater kannte Nhorich recht gut, und bevor gewisse Differenzen sie getrennte Wege gehen ließen, schätzte mein Vater ihn als zuverlässigen, treuen Krieger. Und als weisen Ratgeber. Ich nehme an, er hat dir von diesem Band der Freundschaft zum Kaiserhaus erzählt?«

»Um ehrlich zu sein, war mein Vater kein Mann großer Worte und ausgedehnter Erzählungen«, erwiderte Gorian.

Die Stirn des Kaisers umwölkte sich leicht. »Ich verstehe«, murmelte er und hustete leise. Von dem chronischen Atemleiden, das ihn schon seit seiner Kindheit plagte, hatten ihn selbst die Ordensheiler nicht befreien können. Sie hatten ihm zwar Linderung verschafft, aber das war alles, was sie in diesem Fall zu leisten imstande gewesen waren, und dies wiederum erinnerte so manchen im Orden auf unangenehme Weise daran, dass auch die Alte Kraft nur begrenzte Möglichkeiten eröffnete.

Dann aber beugte sich der Kaiser vor, und er sprach leise, so als wären seine Worte ganz allein für Gorian bestimmt und für sonst niemanden. »Ich werde deinen Weg aufmerksam verfolgen, Gorian aus Twixlum. Sehr aufmerksam.«

»Herr, darf ich Euch um etwas bitten?«

»Aber gewiss. Bitte, worum immer du willst, und falls es in meiner Macht steht, werde ich erwägen, dir deinen Wunsch zu erfüllen«, versprach Corach.

Er hustete noch einmal, holte ein parfümiertes Tuch hervor und hielt es sich unter die Nase, was den Hustenreiz etwas milderte.

»Ich bitte Euch, nutzt die Zeit, um Verbündete zu suchen. Ihr werdet sie bald brauchen, denn Morygors Angriff in diesem Sommer wird – wie Ihr schon richtig sagtet – nicht der letzte Vorstoß seiner Horden nach Süden gewesen sein. Sein Reich dehnt sich unaufhaltsam aus, und wenn der Schattenbringer einen noch größeren Teil der Sonne verdeckt, sodass die Kälte das ganze Jahr über regiert, werden die Frostkrieger zurückkehren. Darum schmiedet jetzt Bündnisse. Schickt Gesandte ins Basilisken-Reich, zu den Greifenreitern und ins Ogerland. Gewinnt das Westreich und die Caladran als Eure Bundesgenossen, dann ist es vielleicht möglich, Morygors Horden mit vereinten Kräften zu schlagen.«

Der Kaiser wirkte vollkommen perplex. Zunächst zeigte sich pures Befremden, gepaart mit einem Ausdruck der Überraschung in seinen Zügen, dann erschien ein Lächeln auf seinem Gesicht. Doch dieses Lächeln war nicht ohne Zynismus, und so ließ es den Herrscher eher überheblich als sympathisch wirken.

Er steckte das Riechtuch ein und klatschte in die Hände. »Bravo! Du scheinst nicht nur in der Magie bewandert, wie man es von einem Ordensschüler erwarten darf, sondern taugst sogar zum Kanzler.« Er kicherte. »Für einen Herzog oder gar Kaiser fehlt dir ja leider die edle Geburt. Und die kann auch ein Himmelszeichen wie jenes, das dein Hochmeister erwähnte, nicht ersetzen.«

»Eine feine Schau war das!«, keuchte Torbas, ein paar Tage später, als der Tross des Kaisers die Ordensburg längst wieder verlassen hatte, um von der Gabelung des Gont aus in Richtung Estia zu ziehen, wo sich alles auf den kommenden Heiligreichstag vorbereitete. »Wie vor dem Hochmeister, so vor dem Kaiser! Alle Achtung, das macht dir so schnell keiner nach!«

Er packte den Griff eines Schwertes mit beiden Händen, täuschte einen Angriff vor und hieb dann in Kopfhöhe auf Gorian ein, der diesen Schlag allerdings mit Leichtigkeit parierte. Ein Dutzend Mal in rascher Folge prallte der Stahl ihrer beider Klingen gegeneinander. Torbas trieb Gorian ein Stück zurück, doch dann gewann dieser wieder die Oberhand.

Die Augen beider waren vollkommen schwarz. Es war eine der zusätzlichen Übungsstunden, die sie zusammen abhielten und in denen sie sich in der Vervollkommnung der Schwertmagie übten.

Sie lösten sich voneinander und hielten inne.

Torbas hatte in letzter Zeit sehr an Schnelligkeit und Gewandtheit gewonnen, und er verstand es immer besser, sich in den Gegner hineinzuversetzen und vorauszuahnen, was er als Nächstes tat. Es war so, wie zu vermuten gewesen war: Was das Talent anging, war er Gorian ebenbürtig, und das zeigte sich immer mehr, je weiter die Ausbildung fortschritt und Torbas nachholte, was Gorian bereits von seinem Vater gelernt hatte.

Das Wichtigste war natürlich die ständige Übung.

»Ich mache keine Schau!«, sagte Gorian sehr ernst. »Für niemanden. Ich will nicht beeindrucken, sondern das erreichen, was ich für richtig halte und wovon ich überzeugt bin, dass es notwendig ist.«

»Dann versucht du etwa nicht Eindruck auf eine gewisse

Heilschülerin zu machen?« Torbas grinste ihn an, dann zuckte er mit den Schultern. »Aber warum solltest du nicht? Das kann ich verstehen. Doch dem Kaiser Ratschläge zu geben, dass er sich Verbündete suchen soll?« Er kicherte, schüttelte aber dann energisch den Kopf. Seine Augen verloren die schwarze Färbung, da er die innere Sammlung, die für einen einigermaßen gefahrlosen Übungskampf vonnöten war, nicht mehr aufbrachte. Seine Körperhaltung entspannte sich, und er stützte die Arme auf sein Schwert. »Also das war wirklich dreist, Gorian. So dreist, dass man schon fast wieder Respekt davor haben muss.«

»Aber es ist doch die Wahrheit!«, erregte sich Gorian. »Du bist den Frostkriegern nie begegnet. Du hast nicht erlebt, mit welcher Macht sie ins Land einfallen, mit welch dämonischer Kraft sie zu kämpfen verstehen und mit welcher Grausamkeit sie alles Lebendige auslöschen. Selbst Schwertmeister können nur mit Mühe gegen sie bestehen, und wenn das Frostreich erst zum großen Schlag ausholt, wird die Kälte das Land erfassen, sodass sich diese untoten Bestien darin wie zu Hause fühlen und noch an Kraft gewinnen.«

»Aber der Kaiser hatte doch Erfolg«, erinnerte Torbas. »Sein Sieg wird überall durch seine Herolde im wahrsten Sinn des Wortes herausposaunt!«

»Sieg nennst du das?«, höhnte Gorian. »Ein Sieg gegen ein paar geschwächte Verbände, die entweder versprengt, sich selbst überlassen und ohne Führung oder sowieso schon auf dem Rückzug waren. Das ist nichts, woraus man Hoffnung für die Zukunft schöpfen kann.«

Torbas atmete tief durch. Er spürte wohl, wie ernst es Gorian damit war. »Und glaubst du vielleicht, deine Ratschläge an den Kaiser hätten irgendeinen Erfolg gehabt? Ich will dich ja nicht entmutigen, aber mir scheint, Corach ist mehr damit beschäftigt, seine eigene Herrschaft auf dem

Heiligreichstag zu festigen und die Kaiserkrone möglichst auch noch für seinen Erstgeborenen zu sichern. Nur dafür sucht er Verbündete, unter anderem unseren verehrten Hochmeister, wie ich stark annehme. Westreichische Galeeren, die Krieger des Basilisken-Reichs, irgendwelche Oger-Söldner oder ein Luftheer der Greifenreiter nutzen ihm da nichts.«

»Aber allein werden wir das Heilige Reich nicht verteidigen können. Es ist ein Riese auf tönernen Füßen, und Morygor holt bereits zum entscheidenden Schlag aus, um diesen Riesen zu Fall zu bringen. Vermutlich wartet er nur auf den astrologisch genau vorausberechneten Zeitpunkt, an dem sich irgendwelche metamagischen Kraftlinien des Polyversums schneiden. Er ist uns voraus, Torbas. Wie immer geht sein Blick viele Jahre weiter als der unserer besten Seher, und wir sind wie ein blinder Oger-Ringer auf dem Jahrmarkt, der nicht zu sehen vermag, wann der Angriff seines Gegners erfolgt.«

»Ich schlage vor, du wirst Hochmeister und versuchst dann irgendwann, den Kaiser in deinem Sinn zu beeinflussen«, meinte Torbas. »Aber dazu solltest du vielleicht wenigstens in einem Haus die Prüfung eines Meisters abgelegt haben. Die anderen wirst du dann sicherlich in Windeseile nachholen.« Spott schwang in seinen Worten mit.

»Wir haben keine Zeit mehr, um auf irgendetwas zu warten, Torbas.«

Das Gesicht des Angesprochenen nahm daraufhin ebenfalls einen sehr ernsten Ausdruck an. Er trat auf Gorian zu, blieb nur zwei Schritte vor ihm stehen. »Was sollte deiner Meinung nach geschehen?«

»Das, was ich immer schon gesagt habe: Morygors Schicksalslinie muss gekreuzt werden.«

»Und du denkst, dass du dazu bestimmt bist, das zu tun?«

»Ich hatte die nötigen Waffen schon, doch sie fielen in Morygors eisige Klauen. Wahrscheinlich hätte ich es gar nicht verhindern können, und trotzdem werfe ich mir immer wieder vor, dass ich es geschehen ließ. Es ist absurd, das weiß ich …« Er brach ab und fuhr einen Augenblick später fort: »Ich werde diese Schwerter, die mein Vater schmiedete, zurückholen, Torbas. Eines Tages werde ich sie in den Händen halten und Morygor damit gegenübertreten. Eines Tages. Ich weiß nicht, wann das sein wird und ob ich dann vielleicht schon ein alter Mann bin. Aber ich werde alles tun, damit es geschieht, wann auch immer das sein mag.«

»Zwei Schwerter – für einen Mann?« Torbas zuckte mit den Schultern. »Es kommt vor, dass Krieger auf diese Weise kämpfen. Auch Schwertmeister. Aber eigentlich ist das eher etwas für Oger-Schaukämpfe, oder?«

»Ich brauche einen Gefährten, der die zweite Klinge führen wird«, sagte Gorian. »Jemanden, der über ein entsprechendes Maß der Alten Kraft verfügt und dessen Geist die nötige Stärke hat, um zu tun, was getan werden muss.« Gorians Linke glitt an den Griff des Rächers an seinem Gürtel. »Was in der Kathedrale geschehen ist, hat ja gezeigt, dass der Umgang mit Sternenmetall nicht so ganz einfach ist. Selbst für jemanden, der seit Jahren daran gewöhnt sein sollte.«

»Dachtest du an … jemand Bestimmten?«, fragte Torbas.

»An jemandem, der in derselben Nacht an derselben Küste unter derselben Himmelskonstellation geboren wurde und in dem auch ein gleichgroßes Talent schlummert.«

Torbas hob die Augenbrauen. »Kommt der Kerl zufällig aus Thiskaren?«

»Das dachte ich bis gerade.«

»Wieso?«

»Weil er bis dahin noch Thiskaven statt Thiskaren gesagt hat.«

Torbas lachte kurz auf, dann aber wurde sein Gesicht wieder ernst. »Du meinst das wirklich so, wie du es sagst, oder?«

»Kann ich auf dich zählen, wenn es irgendwann so weit ist?« Gorian zog den Rächer aus der Scheide und hielt ihn Torbas hin. »Du warst doch so wild darauf, solch eine Klinge zu halten. Nun, was ist? Oder ist es dir doch zu heikel, ein richtiges Schwert aus Sternenmetall zu führen?«

Torbas atmete tief durch, dann nickte er. »Ich bin dabei«, erklärte er mit einem für seine Verhältnisse schon fast feierlichen Ernst. »Wenn es denn mal irgendwann so weit ist.«

»Glaub mir, das wird schneller sein, als uns beiden lieb ist.«

18 Eiswinde

Die Monate gingen dahin, und die Blätter wurden golden. Ein eisiger Wind blies aus Nordwesten und fegte sie von den Bäumen, und immer höhere Wellen schlugen gegen die Umfassungsmauern des Ordenshafens.

Die Neuigkeiten vom Heiligreichstag verbreiteten sich überall und eilten den Herolden, die sie offiziell verkünden sollten, voraus. Hochmeister Aberian hatte die ganze Zeit über in Estis geweilt und an den Beratungen und Abstimmungen teilgenommen, hüllte sich aber in Schweigen über den genauen Hergang der Ereignisse.

Es war offenbar hoch hergegangen auf der Versammlung der Reichsfürsten. Und es hatte ein Abstimmungspatt gegeben, als Kaiser Corach die Nachfolge für seinen im Übrigen noch ungeborenen Sohn sichern wollte. Damit war sein Plan fürs Erste gescheitert.

Und gescheitert war wohl auch sein Gegenangriff auf seinen ärgsten Konkurrenten, den Herzog von Eldosien, der, da er in Personalunion zwei weitere Herzogtümer regierte, allein schon das dreifache Stimmengewicht jedes anderen Fürsten besaß. Corach hatte den Heiligreichstag aufgefordert, ein altes Gesetz wieder anzuwenden, das derartige Herrschersysteme verbot. Wäre es wieder eingeführt worden, hätten sich die Stimmenverhältnisse auf dem Heiligreichstag zu seinen Gunsten verschoben, und für kurze Zeit hatte wohl die Hoffnung bestanden, die Herzöge von Garilanien und der Dreilande zum Seitenwechsel bewegen zu können, indem Corach ihre Hofverschuldungen übernahm. Letztlich war es dazu aber nicht gekommen, und es wurde gemunkelt, dass sich der Herzog von Eldosien unter der Hand als noch zahlungskräftiger erwiesen hatte als das Kaiserhaus.

Damit blieb im Heiligen Reich alles beim Alten. Wie Hochmeister Aberian das Ergebnis der Versammlung in Estia beurteilte, ließ er zumindest öffentlich nicht erkennen. Vielleicht äußerte er sich dazu im Entscheidungskonvent, aber davon drang nichts nach außen.

Gorian war allerdings aufgefallen, dass Aberian während der Zeit des Heiligreichstags offenbar täglich zwischen Estoria und der Ordensburg hin- und herpendelte. Natürlich benutzte er dabei die Schattenpfade. Wenn Gorian in der Früh das erste Licht des Tages nutzte, um auf dem Südturm der inneren Burg in alt-nemorischen Schriften zu lesen und sich die Formeln und Vokabeln in all ihren manchmal dutzendfach verschiedenen Bedeutungsnuancen einzuprägen, sah er den Hochmeister als Wolke aus dunklem Rauch durch die Wände der Hochmeisterkanzlei dringen. Jemand ohne eine genügend große magische Begabung hätte ihn gar nicht bemerkt, und auch für Gorian verflüchtigte sich diese Wolke stets nach wenigen Augenblicken. Aber er wusste inzwischen so viel über die Kunst der Schattenpfadgängerei, dass er solche Phänomene erkennen konnte, und so war für ihn ein Schattenpfadgänger, der sich gerade entstofflicht hatte, mittlerweile länger sichtbar als für die meisten anderen Betrachter, wenn auch nur als dunkler, rauchartiger Schemen.

Gorian hatte sich angewöhnt, die täglichen Schattenpfadgänge des Hochmeisters zur eigenen Übung und Vervollkommnung bei der Erkennung von Schattenpfaden zu nutzen. Er konzentrierte seine Kräfte darauf, und als der Heiligreichstag zu Ende war, vermochte er dem Schattenpfadgang des Hochmeisters fast eine halbe Meile weit geistig zu folgen. Und am späten Abend, wenn oft schon der Mond vom Himmel schien und sich der Sternenhimmel wie ein Lichtermeer über Gontland wölbte, erkannte er oft bereits im Voraus, wann Aberian zurückkehren würde.

Manchmal verstofflichte sich der Hochmeister auch mitten im inneren Burghof, an anderen Tagen führte ihn sein Schattenpfad auf direktem Weg in die Kanzlei oder gar in die Kathedrale, wo sein Kunstwerk inzwischen nicht nur vollständig wiederhergestellt, sondern auch für gefahrlos befunden worden war, sodass auch Schülern der Zutritt zu dem heiligen Gebäude wieder erlaubt war.

»Ich möchte, dass Ihr bald einen Schattenpfadgang mit mir unternehmt, ehrwürdiger Hochmeister«, wandte sich Gorian irgendwann in den spürbar frostiger werdenden Tagen nach Ende des Heiligreichstags an den Hochmeister.

»Du nimmst noch nicht lange am Unterricht in Schattenpfadgeherei teil, und in letzter Zeit haben mich meine Verpflichtungen auf dem Heiligreichstag auch von meinen Lehrverpflichtungen abgehalten«, gab Aberian zu bedenken. »Wenn man dann noch mit einrechnet, dass Fortschritte im Haus der Schatten ohnehin immer erst zu einem späteren Stadium der Ausbildung erreicht werden als in anderen Ordenshäusern, muss man resümierend einfach feststellen, dass du auf keinen Fall bereits weit genug sein kannst, um einigermaßen gefahrlos einen Schattenpfadgang zu absolvieren.«

»Ich habe meine Übungen auch während Eurer Abwesenheit gewissenhaft durchgeführt«, sagte Gorian. »Und ich fühle mich stark genug.«

»Hast du schon davon gehört, dass sich bei der Schattenpfadgängerei auch schon Kandidaten in den unzähligen Verzweigungen der Schattenpfade verloren haben? Kannst du dir vorstellen, wie es ist, in der Weite des Polyversums auf einer der unzähligen Welten zu stranden, vielleicht auf einer, in der kaum etwas anderes existiert außer du selbst, sodass du dann jämmerlich zugrunde gehst?«

»Ich habe vieles gelesen über die Gefahren, denen sich jeder Schattenpfadgänger aussetzt«, erklärte Gorian. »Und ich bin bereit, die Risiken auf mich zu nehmen.«

»Und ich muss es dir nach wie vor verweigern.«

Gorian schwieg zunächst. »Ich hatte ehrlich gehofft, etwas schnellere Fortschritte in Eurem Haus machen zu können«, gestand er dann.

»Es tut mir leid, wenn ich dich enttäuschen muss. Aber jede andere Entscheidung wäre unverantwortlich von mir, und ich dürfte nicht länger ein Lehrer des Ordens sein, würde ich meine Schüler so fahrlässig in Gefahr bringen.«

»Ich dachte, Ihr könntet mich darin unterweisen, wie ich diese Kräfte unter Kontrolle halte und verhindere, dass ich irgendwo im Polyversum strande oder vorzeitig zu einem alten Mann werde.«

»Das werde ich auch«, versprach Aberian in einem Tonfall, der Gorian deutlich machte, dass diese Unterhaltung beendet war.

»Schau her«, sagte Gorian in einer frostkalten Nacht, die er auf dem Südturm der Ordensburg verbrachte, um dort für seinen Unterricht im Haus der Seher Pflichtübungen zur Bestimmung der Gestirne durchzuführen. Sheera leistete ihm dabei Gesellschaft. Ein belebendes Getränk aus dem Bestand der Heiltränke, deren Zubereitung und magische Veredelung Sheera bereits erlernt hatte, verhinderte, dass sie beide einschliefen. Um das Bedürfnis nach Schlaf zurückzudrängen, war dies allemal besser, als die Alte Kraft anzuwenden, so wie Gorian es während seiner Flucht vor den Frostkriegern getan hatte.

Gorian hielt die Hände mit den Kanten in einem rechten Winkel gegeneinandergelegt und sah in die offenen Handflächen, von denen ein immer stärker werdendes Leuchten ausging, das in sein Gesicht strahlte. »Komm, sieh hinein!«, forderte er von Sheera.

»Das blendet.«

»Tu es trotzdem!«

»Gorian, das ist etwas, das zur Ausbildung der Magier und Seher gehört.«

»Ja und? Ich habe es von Meister Thondaril gelernt. Man kann dadurch Botschaften, Gedanken und Bilder über unendlich große Entfernungen hinweg übertragen.«

»Ich bin weder Seherin noch Magierin.«

»Das macht nichts. Du solltest es trotzdem lernen, dann könnten wir stets in Verbindung bleiben, selbst wenn wir uns an weit voneinander entfernten Orten befinden. Selbst manche Schwertmeister nutzen diese Kunst, sofern sie die nötige Begabung dazu haben, denn es ist einfach praktisch. Also los!«

Sie überwand sich, sah in das grell gewordene Licht, das von seinen Handflächen ausstrahlte, und wandte sich mit schmerzverzerrtem Gesicht ab. »Ah, das war unangenehm!«

»Du gewöhnst dich daran.«

»Nein, das glaube ich nicht. Mit wem stehst du denn in Verbindung?«

Gorian sah auf. Das Licht in seinen Händen wurde schwächer und erlosch schließlich. »Mit einem ehemaligen Schüler des Seher-Hauses. Er hat vor einem Monat die Prüfung bestanden und wurde ins Herzogtum Ameer abberufen. Du kennst ihn vielleicht. Er heißt Matos aus Pantanela.«

Das Königreich Pantanela lag östlich von Nemorien an der Mittlinger See, einem Nebenarm des Meeres von Ost-Erdenrund. Dieses Menschenreich, das im Osten an das Ogerland grenzte, gehörte nicht zum Heiligen Reich, doch Kaiser Corach und der König von Pantanela betrachteten sich traditionell als Verbündete. Es hatte unter Corach I. sogar einmal Verhandlungen darüber gegeben, ob sich Pantanela nicht dem Schutz des Heiligen Reichs unterstellen und als stimmberechtigtes Mitglied seinem Verbund beitreten sollte, aber das war am Einspruch der Priesterschaft durch den Bischof von Atrantis gescheitert. In Pantanela war der Glaube an den Verborgenen Gott nämlich Religion einer Minderheit, und der König weigerte sich daher, sie als einzig gültige Staatsreligion einzuführen, was nach Auffassung der Priesterschaft aber Voraussetzung für einen Beitritt war.

Dass Matos kein gebürtiger Heiligreicher war, hatte ihn jedoch keineswegs daran gehindert, Mitglied des Ordens zu werden. Gorian war zu Ohren gekommen, dass die Talentsucher des Ordens sogar in den versprengtesten Menschendörfern des Ogerlandes noch nach geeigneten Bewerbern suchten.

»In Ameer ist es jetzt sicher bereits schon Winter«, meinte Sheera.

»Ja. Aber das ist nicht das Schlimmste.«

»Wovon sprichst du?«

»Matos hat mir berichtet, dass die Frostkrieger inzwischen ganz Orxanien bis zur ameerischen Grenze eingenommen haben, und es könnte sein, dass sie schon sehr bald Ameer angreifen werden.«

»Davon habe ich hier niemanden etwas sagen hören. Hätte Hebestis uns im Heilerunterricht nicht darüber informiert? Oder der Hochmeister?«

»Ich glaube, dass die Lage einfach falsch eingeschätzt

wird«, befürchtete Gorian. »Vielleicht ist man im Moment an schlechten Nachrichten auch schlichtweg nicht interessiert und versucht, ihre Verbreitung zu unterdrücken, wenn das irgendwie möglich ist.«

»Du vertraust Matos aus Pantanela mehr als dem Hochmeister?«

»Er ist dort, direkt vor Ort.« Er zuckte mit den Schultern. »Wie auch immer, es ist jedenfalls eine tolle Sache, durch das Handlichtlesen mit jemandem, der sich weit entfernt aufhält, in Verbindung treten zu können.«

Sheera lächelte. »Ich nehme an, Meister Thondaril hat dir das Handlichtlesen vor allem deshalb beigebracht, damit er dich auch noch ermahnen kann, wenn du mal ein paar Meilen von der Ordensburg weg bist.«

Gorian erwiderte ihr Lächeln. »Ich fürchte, da hast du recht. Aber in so einem Fall ignoriere ich dann einfach die Gedankenbotschaft, die der Verbindung vorausgeht. Schließlich bin ich noch Schüler, und wer kann da was Böses vermuten, wenn ich vielleicht mal einen Gedankenruf schlichtweg nicht bemerke.«

»Das lass aber niemals Thondaril hören!«

»Ich werde es in seiner Gegenwart nicht einmal *denken*«, versicherte Gorian.

Ihre Blicke verschmolzen für einen Moment miteinander. Das Mondlicht spiegelte sich in ihren Augen. Er nahm ihre Hände, öffnete sie und legte sie mit den Handkanten gegeneinander, so wie er selbst es vorhin getan hatte.

»Versuch es doch einfach mal. Sammle etwas Alte Kraft, wie du es – sagen wir mal – bei einem schwer erkälteten Mitschüler machen würdest, um ihn zu heilen, und dann …«

»Du Narr! Denkst du wirklich, wir benötigen das, um miteinander in Verbindung zu bleiben, wenn wir mal nicht am selben Ort sind?«, erreichten ihn plötzlich Sheeras Gedanken. Sie

waren so intensiv, dass er im ersten Augenblick schon glaubte, die Worte *gehört* zu haben. Aber das konnte nicht sein. Sie hatte nicht gesprochen, ihre Lippen hatten sich nicht bewegt. Das taten sie erst jetzt, als sie ihn anlächelte. »Wir werden immer in Verbindung sein, Gorian. Und dabei wird die Entfernung keine Rolle spielen. Und so ein billiger Seher-Trick …«

Ein Ruck durchfuhr Gorian. Er wirkte auf einmal angestrengt. Seine Augen wurden für einen kurzen Moment vollkommen schwarz, und Sheera sah ihn überrascht an. »Was ist los? Du siehst aus wie ein Tier, das Witterung aufgenommen hat?«

Gorian antwortete ihr nicht gleich und ging stattdessen zu den Zinnen, von denen man in den inneren Burghof blicken konnte. Er sah trotz Dunkelheit einen Wirbel aus schwarzem Rauch vom Hafen her zur Burg hinaufschnellen. »Da kehrt er also zurück«, murmelte er.

»Kannst du mir mal erklären, wovon du gerade sprichst?«, verlangte Sheera zu wissen. Sie war neben ihn getreten und sah angestrengt in die Dunkelheit auf der Suche nach dem, was Gorian so alarmiert haben mochte.

»Tut mir leid, ich komme dir im Moment wohl ziemlich seltsam vor.«

»Erklär es mir einfach.«

»Siehst du den schwarzen Rauch?«

»Gorian, es ist dunkel!«

»Vielleicht ist *sehen* auch nicht das richtige Wort. Es ist ein Schattenpfad, und ich habe inzwischen gelernt, sie zu erkennen. Und ich habe gerade bemerkt, wie Hochmeister Aberian zurückgekehrt ist. Heute Morgen brach er bei Sonnenaufgang auf, jetzt kehrt er zurück. Ich kann seinen Schattenpfad ein Stück weit verfolgen und habe erkannt, in welche Richtung er aufgebrochen ist. Es war Norden.«

»Na und? Vielleicht war seine Anwesenheit in Ameer oder auf den Mittlinger Inseln vonnöten. Ich weiß nicht, was daran so besonders sein soll.«

»Er begibt sich sehr häufig in den Norden. Und er informiert niemanden darüber. Ich habe Meister Thondaril gefragt, und er wusste auch nicht, wohin sich der Hochmeister genau begibt.«

»Muss ein Hochmeister denn jedem darüber Rechenschaft ablegen, wohin er entschwindet? Das würdest du auch nicht tun, wenn du die Schattenpfade beschreiten könntest.«

»Ich sage nur, was mir aufgefallen ist, Sheera. Hinzu kommt noch, dass er seine Pflichten als Lehrer durch seine häufigen Ausflüge vernachlässigt. Ich bin nicht der einzige Schüler im Haus der Schatten, der dieser Meinung ist.«

Der Winter kam spät in diesem Jahr und wollte gar nicht mehr enden. Ein Eissturm fegte von Ameer her über den Norden des Estlinger Landes, das Gontland und ganz Nemorien. Innerhalb von Tagen war die Ordensburg tief verschneit, und die Temperaturen sanken so sehr, dass selbst die Hartgesottensten unter den Schülern mithilfe ihrer Magie die ansonsten unerreichbaren Fensterläden ihrer Zellen schlossen. Der Wind war eisig kalt, und die Schüler verließen die Ordensburg nur wenn unbedingt nötig.

In einer dieser Nächte, in denen sich ein sternenklarer Himmel über Gontland wölbte, erwachte Gorian, vor Kälte zitternd, und stellte fest, dass der Fensterladen, den er mittels der Alten Kraft geschlossen hatte, weit offen stand.

In der hohen, glaslosen Öffnung saß ein dunkler Schatten.

Es war ein katzengroßes Wesen, das nur in Umrissen zu erkennen war. Das Mondlicht wurde von seiner Haut regelrecht verschluckt oder von was auch immer seinen Körper umgab.

Es gab ein Fauchen von sich, dann erreichte Gorian ein Schwall von Gedanken, der so wirr war, dass er nicht einem einzigen davon eine klare Bedeutung zumessen konnte. Aber das war im Augenblick auch gar nicht so wichtig, denn Gorian erkannte an der Art dieser Gedanken sofort, wessen Geist sie ihm schickte. Die Merkmale waren einfach zu charakteristisch.

»Ar-Don!«, entfuhr es ihm.

Das Wesen änderte daraufhin seine Gestalt. Es entfaltete recht große, fledermausartige Flügel, seine Färbung wandelte sich von dem extrem lichtschluckenden Schwarz in einen purpurnen Ton, und die steinerne Oberflächenstruktur des Gargoyle wurde unsichtbar. Er schien aus seinem Inneren heraus zu leuchten und hatte Ähnlichkeit mit einer glühenden Statue, deren Gestein aufgeschmolzen war, aber dennoch die Form behalten hatte.

Erneut fauchte das Wesen, und wieder erreichte Gorian ein Strom von Gedanken. Sie waren einfach zu fremdartig, als dass ein menschlicher Geist sie hätte erfassen können, aber immerhin glaubte Gorian darin so etwas wie eine tiefe innere Verbundenheit zu erkennen.

Eine Art von Verbundenheit, von der er sich jedoch nicht sicher war, ob darin eine eher freundliche oder gar eine zerstörerische Gesinnung zum Ausdruck kam.

Vielleicht beides, ging es ihm durch den Kopf.

»Was willst du?«, fragte er laut, da er das Gefühl hatte, seine eigenen Gedanken auf diese Weise klarere Form geben zu können. »Warum bist du mir gefolgt – und hast mich andererseits in dem Augenblick verlassen, als ich deiner Hilfe bedurfte?«

Die Antwort bestand aus einem abermaligen Fauchen, und diesmal war es so laut und durchdringend, dass Gorian schon fürchtete, es würde jemanden aus dem Schlaf reißen.

Allein die fremdartigen Gedanken dieser kleinen drachenhaften Bestie reichten vielleicht schon aus, um Meister Thondaril zu wecken, von dem man annehmen durfte, dass er unverzüglich gegen dieses Wesen vorging, so wie er es in Segantia schon einmal getan hatte. Aber das wollte Gorian im Augenblick vermeiden, um endlich mehr darüber zu erfahren, welche Ziele der Gargoyle verfolgte.

»Warum hast du mich in Segantia angegriffen?«, fragte Gorian, doch abermals bestand die Antwort in einem durchdringenden Fauchen und einem Strom wirrer Gedanken. Doch diesmal konnte Gorian immerhin einige etwas klarere Bilder in diesen Gedankenbotschaften erkennen. Da war der Tempel der Alten Götter … Frogyrr … die leblos am Boden liegenden Frostkrieger … Das alles verband sich zu einem verdichteten Bildergemenge.

»Willst du mich daran erinnern, dass du mir am Tempel der Alten Götter geholfen hast?«, dachte Gorian intensiv. *»Dann entsinne dich aber auch daran, wer dich von dem Bann befreite!«*

Das Fauchen, das darauf folgte, war relativ verhalten. Der Gargoyle senkte den Kopf, seine purpurfarbene, wie glühend wirkende Körperoberfläche veränderte sich erneut, und immer größere Teile davon schimmerten auf einmal grünlich.

»Mir geholfen … dir helfen … und folgen«, erreichte Gorian ein klarerer Gedanke.

Dann schwang sich Ar-Don empor und flog in die Nacht davon.

Aber Gorian war überzeugt davon, ihm nicht zum letzten Mal begegnet zu sein.

Schlaf fand er in jener Nacht nicht mehr.

Gorian wurde am nächsten Tag zu Meister Thondaril gerufen. Diesem stand aufgrund seiner zweifachen Meisterschaft sowohl im Haus des Schwertes als auch im Haus der Magie eine Meisterzelle zu, doch Thondaril nutzte nur jene im Schwert-Haus.

Dass er Gorian in seiner Meisterzelle empfing, die zwar deutlich größer als die Schülerzellen, aber mit kaum mehr Annehmlichkeiten ausgestattet war, fand Gorian etwas ungewöhnlich. Aber dann bemerkte er die Steine in jeder der vier Ecken des Raums, dessen einziger Wandschmuck aus einigen Regalen bestand. In ihnen waren Bücher und Schriftrollen eingeordnet, die sich entweder in Thondarils Privatbesitz befanden oder aber von ihm häufig gebraucht wurden.

Die Steine in den Ecken mit ihren magischen Gravuren hatten sicherlich eine ähnliche Funktion wie jene Steine, mit denen Gorians Vater seinen Hof umgrenzt hatte. Ein magischer Schutz, erkannte Gorian. Aber weshalb war der hier, auf der Ordensburg, notwendig? Er hatte bisher angenommen, dass die Magiemeister dafür Sorge trugen, dass dieser Ort ausreichend geschützt war – mindestens so gut wie Nhorich das bei seinem Hof getan hatte. Schließlich war Gorians Vater lediglich Schwertmeister gewesen und in allem, was mit der reinen Anwendung von Magie zu tun hatte, sicherlich einem ausgebildeten Magiemeister an Kenntnissen und Fähigkeiten weit unterlegen.

Oder kam die Bedrohung, vor der sich Thondaril auf diese Weise zu schützen versuchte, aus dem Inneren der Burg? Wollte er verhindern, dass seine Gespräche und Gedanken belauscht wurden?

Thondaril wies auf den einzigen Stuhl im Raum. »Setz dich, Gorian«, forderte er. »Wir haben einiges zu besprechen.«

Sein Tonfall war streng und bestimmend, und der Blick des zweifachen Ordensmeisters war noch ernster, als man es ohnehin von ihm gewohnt war.

»Du hattest Besuch.« Es war eine Feststellung, keine Frage.

»Meint Ihr …«

»Dieses Wesen, dessen Namen du nicht aussprechen solltest!«

Gorian schluckte. Woher auch immer Thondaril davon wissen mochte, Gorian zweifelte nicht daran, dass einem Magiemeister Möglichkeiten genug zur Verfügung standen, so etwas herauszufinden. Und so hatte es kaum Sinn, vor Thondaril irgendetwas verheimlichen zu wollen.

»Er war plötzlich da«, sagte er. »Wenn er mich hätte töten wollen, hatte er zweifellos die Gelegenheit dazu.«

»Es«, sagte Thondaril korrigierend, »nicht er. Es ist ein Tier, keine Person. Ein Werkzeug, das einem abgerichteten Kampfhund gleicht, wie er bei den Zuhältern von Segantia in Mode gekommen sein soll, um sich gegen Banden von Oger-Schlägern zu behaupten.«

»Nein«, widersprach Gorian. »Er ist Ar-Don, und er ist sehr wohl eine Person! Vielleicht auch mehrere, das ist mir nicht so ganz klar. Doch eins weiß ich jetzt: Er ist mir gegenüber nicht feindlich gesinnt! Der Vorfall in Segantia …«

»… bei dem du fast gestorben wärst!«

»… war ein Missverständnis Eurerseits, wenn Ihr mir diese gewiss respektlos klingende Bemerkung verzeihen mögt.«

»Diese Bemerkung *ist* respektlos – und außerdem auch falsch! Und wenn du schon nicht auf dein eigenes Leben achten magst, dann sollte dir wenigstens das Schicksal aller anderen in der Burg nicht gleichgültig sein!«

Gorian runzelte die Stirn. »Wie meint Ihr das?«, fragte er verwundert. »Ar-Don hat niemanden angegriffen.«

»Sollte er noch unter Morygors Einfluss stehen, ist er ein idealer Spion. Schon mal darüber nachgedacht? Die Ordensburg ist durch magische Steine mit einem Zauberfeld umgeben, das sie schützt.«

»So ähnlich, wie mein Vater es mit unserem Hof getan hat.«

»Dann kannst du dir wohl auch den Grund denken, weshalb dieses Wesen den Zauberbann durchdringen konnte. Es gibt eine Verbindung zu etwas, das sich innerhalb des geschützten Bereichs befindet – nämlich zu dir!« Thondaril atmete tief durch. Er schnallte sein Schwert ab und hängte es an einen dafür vorgesehenen Haken an der Wand. Dann drehte er sich um und verschränkte die Arme vor der Brust. »Stell dir vor, dieses Wesen, dessen Namen ich nicht aussprechen möchte, hat ein paar Dinge von hier mitgenommen. Steine, kleine Gegenstände … Nehmen wir weiter an, diese Kreatur tut das jede Nacht. Dann hätte es sehr schnell genug gesammelt, um Hunderten von Frostkriegern das Eindringen in die Burg zu ermöglichen. Davon abgesehen wäre es sicherlich auch keine Schwierigkeit für so eine Kreatur, auszukundschaften, wo es Zugänge wie etwa geheime Fluchtgänge gibt. Ich sage das alles nicht ohne Grund, Gorian. Der große Krieg …«

»Gibt es Zeichen dafür, dass Morygor erneut zum Schlag ausholt?«, fiel ihm Gorian ungeduldig ins Wort.

»Der Krieg hat längst begonnen«, erklärte Thondaril. »Auch wenn das hier im Heiligen Reich bisher noch kaum jemand zur Kenntnis genommen hat. Was ich dir jetzt sage, ist eigentlich nicht für die Ohren eines Schülers bestimmt. Aber ich sage es dir trotzdem, denn es ist ungewiss, ob ich andernfalls noch Gelegenheit dazu haben werde.«

»Mit Verlaub, wie meint Ihr das, Meister Thondaril?«

»Ich werde in Kürze nach Norden reisen, so wie fast alle anderen Meister. Es wird allenfalls noch ein Notunterricht stattfinden können, denn jetzt werden alle Ordensmeister im Kampf gegen den Feind gebraucht – oder als Heiler zur Versorgung der Verwundeten, von denen es schon jetzt viel zu viele gibt. Du hast vor einiger Zeit mir gegenüber erwähnt, dass du bemerkt hast, dass sich Hochmeister Aberian häufiger nordwärts begibt.«

»Es hat mich … irritiert«, gestand Gorian.

»Aber dir wird aufgefallen sein, dass sich schon jetzt kaum noch Schattenmeister hier in der Burg aufhalten.«

»Das ist richtig.«

»Sie sind schon seit geraumer Zeit als Kundschafter in jenen Gebieten unterwegs, die das Frostreich bereits vereinnahmt hat. Dennoch kommt der Hochmeister nicht umhin, sich selbst ein Bild von der Lage zu machen. Und die ist fürwahr schlimm.«

»Ich hatte über das Handlichtlesen Verbindung mit einem ehemaligen Schüler namens Matos, der gerade erst zum Meister aufgestiegen ist«, sagte Gorian. »Aber schon seit einer ganzen Weile bekomme ich keine Verbindung mehr zu ihm.«

»Ich fürchte, das wird dir auch nie wieder gelingen – es sei denn, du brächtest es fertig, dich mit seiner Seele im Jenseits zu verbinden. Er gehörte zu einem Trupp, der magische Befestigungen an der Grenze von Ameer anlegen sollte. Der Trupp geriet in einen Hinterhalt und wurde bis auf den letzten Mann niedergemacht. Man fand ihre zerstückelten Leichen.«

Gorian schluckte. »Sie haben sie nicht zu Frostkriegern gemacht?«, fragte Gorian.

Thondaril schüttelte den Kopf. »Morygor braucht keine weiteren Frostkrieger mehr. Er hat eine viel kampfkräftigere Gefolgschaft.«

»Die untoten Orxanier!«

»Ja, die auch. Aber wir wissen inzwischen, dass er das

Weltentor in Torheim vor kurzem noch einmal geöffnet hat. Mutige Schattenmeister-Kundschafter haben beobachtet, wie zahllose Kreaturen, die mit den Frostgöttern verwandt sind, durch das Tor geholt wurden. Die Eisleviathane zum Beispiel, gewaltige Lindwürmer, in deren Rachen ganze Armeen von untoten Kriegern transportiert werden können, mehr als selbst in den größten Galeeren des Westreichs. Schon vor Monaten ist Torgard, die letzte freie Stadt an der Torheimer Küste, gefallen, was man hierzulande kaum zur Kenntnis nahm. Unser Kaiser war mehr damit beschäftigt, die Macht seines ungeborenen, ja, sogar noch ungezeugten Sohnes zu sichern, als dass er die Zeit dazu genutzt hätte, das Heilige Reich auch nur ansatzweise für den Sturm zu rüsten, der über uns alle hereinbrechen wird.«

»Wenn Ihr jetzt in den Norden zieht, warum lasst Ihr mich Euch nicht begleiten? Ich habe zwar noch keinen Meisterring, aber ich bin sicher auch nicht viel schlechter als viele, die sich Schwertmeister nennen dürfen. Und da die anderen Teile meiner Ausbildung im Moment wohl ohnehin keine größeren Fortschritte machen werden …«

»Nein.« Thondaril sagte es auf eine Weise, die keinerlei Widerspruch duldete. Er richtete den Zeigefinger auf Gorian und fixierte ihn mit seinem Blick. »Auch was ich dir jetzt sage, würde ich dir unter normalen Umständen nicht anvertrauen, schon deswegen nicht, damit du den Kopf nicht zu hoch trägst. Aber ich habe mit den Sehern unseres Ordens lange über dich gesprochen. Sie halten es für möglich, dass deine Schicksalslinie tatsächlich die von Morygor kreuzt. Doch selbst, wenn das nie geschehen sollte, glaubt offensichtlich Morygor an diese Möglichkeit, und so wird allein das Wissen um deine Existenz ihn schwächen. Es darf dir also nichts zustoßen. Im Augenblick bist du hier so sicher wie sonst nirgends, aber das könnte sich ändern.« Thondaril brach ab, und sein Blick wirkte, als wäre er nicht von den Wänden seiner Zelle umgeben und würde in unbestimmte Ferne schauen. »Davon abgesehen könnte es sein, dass sich all die in der Burg zurückgebliebenen Schüler schon sehr bald ihrer eigenen Haut erwehren müssen, nämlich dann, wenn die bevorstehende Schlacht um Ameer verloren gehen sollte.« Er sagte es so, als bestünde keine Hoffnung mehr, dieses Verhängnis noch abzuwenden.

»Ihr geht davon aus, dass uns die magischen Steine nicht schützen werden?«

Meister Thondaril lachte kurz und heiser auf. »Wenn schon dein verfluchter Gargoyle sie zu überwinden vermag! Nun, ich hoffe das Beste, aber wir müssen auch mit dem Schlimmsten rechnen. Und falls das eintreten sollte, darfst du nicht zögern zu fliehen. Dies ist nicht der Kampf, in dem du dich bewähren sollst. Der kommt – wenn überhaupt – viel später und gegen einen anderen Gegner.« Thondaril griff unter sein Wams und holte einen versiegelten Umschlag hervor, den er Gorian reichte. »Nimm das an dich.«

»Was ist das?«

»Ein Dokument, das du Meister Yvaan übergibst. Das ist der Gesandte des Ordens in Basileia, der Hauptstadt des Basilisken-Reichs. Ihm kannst du trauen, und er wird dir weiterhelfen.«

»Das Basilisken-Reich?«, wunderte sich Gorian.

»Wenn hier alles zugrunde geht, solltest du dorthin fliehen. Dort wirst du fürs Erste vor Morygors Schergen sicher sein. Und mit Meister Yvaans Hilfe wird es dir vielleicht gelingen, einen neuen Widerstand aufzubauen – mit dem Basilisken-Reich als wichtigstem Verbündeten.«

»Und was ist mit dem Kaiser? Den Herzögen? Das Heilige Reich ist so groß, es wird niemals an einem Tag oder auch nur in einem Jahr überrannt werden.«

»Bist du dir da sicher?«, gab Thondaril zurück. »Ich werde dir jetzt noch etwas sagen, was eigentlich noch nicht für deine Ohren bestimmt ist. Es gibt Hinweise darauf, dass dein Vater recht gehabt hat.«

»Dass der Orden verderbt ist?«

»Von Verrätern durchsetzt – so wie die Priesterschaft und die Umgebung des Kaisers. Du traust besser niemandem. Jedenfalls nicht über einen gewissen Grad hinaus.«

Gorian deutete auf die magischen Steine in den Ecken der Meisterzelle. »Deshalb also«, murmelte er.

Thondaril nickte. »Denke immer daran, du schadest Morygor am meisten dadurch, dass du am Leben bleibst. Ich habe das vielleicht anfangs nicht klar genug erkannt, aber es scheint so zu sein, dass du das einzige Element der Unsicherheit für Morygor bist, der ansonsten das Geflecht der Schicksalslinien so weit zu überschauen vermag wie sonst niemand. Dies ist nicht der Ort, an dem du zum Helden werden sollst, Gorian. Versprich mir, dass du rechtzeitig fliehen wirst, wenn die Lage aussichtslos wird.«

Gorian zögerte. Irgendwie erschien ihm dieses Versprechen wie ein Verrat an allem, woran er glaubte und was er bisher für wahr gehalten hatte. Einfach so davonzulaufen – das war nicht die Art, wie sich ein angehender Schwertmeister zu verhalten hatte.

Andererseits – wen gab es außer Thondaril, dessen Wort er hätte vertrauen können?

»Ich verspreche es«, behauptete er, aber da war eine innere Stimme, die sofort heftig widersprach. Was er wirklich tun würde, falls eintrat, wofür Meister Thondaril seine Anweisungen gab, wusste Gorian nicht.

Er steckte den Brief ein. Flüchtig bemerkte er, dass magische Zeichen in den Siegelwachs hineingedrückt waren.

»Wenn dieser Gargoyle dich noch einmal heimsucht, dann

jag ihn fort, Gorian«, ermahnte ihn Thondaril. »In Segantia warst du vielleicht noch nicht stark genug, das selbst zu tun, aber inzwischen bist du es.«

Am nächsten Tag ging Meister Thondaril in der vollen Bewaffnung und mitsamt seinem Streitross an Bord eines Schiffes, das ihn über die Mittlinger See nach Ameer bringen sollte. Mit ihm fuhren noch Dutzende weitere Ordensmeister aus allen Häusern außer dem der Schattenmeister, denn die waren bereits auf anderen, ganz speziellen und nur für sie allein begehbaren Wegen in den Norden gelangt.

Mit vielen anderen Schülern und ganz wenigen zumeist schon sehr alten Meistern, die zurückblieben, standen Gorian, Sheera und Torbas am Hafen und blickten dem auslaufenden Schiff nach. Der Wind stand sehr ungünstig, sodass schon bei der Ausfahrt aus dem Hafenbecken aufwändig gekreuzt werden musste. Zudem war es so kalt, dass selbst mehrere übereinandergezogene Schichten an Kleidung kaum gegen den schneidenden Wind schützten.

Abgesehen von den Schülern und einer Handvoll Meister befanden sich noch die nichtmagisch begabten Männer der Wachmannschaft auf der Ordensburg. Sie standen auf den zahlreichen Wehrgängen, wo sich auch die großen Katapulte befanden, mit denen die Ordensburg auf ganz konventionelle Weise verteidigt werden konnte.

»Ich hoffe, dass sie es schaffen, das Unheil aufzuhalten«, hörte Gorian Sheera sagen, als das Schiff gerade das Tor des Hafenbeckens passierte.

19 Schlachtenlärm

In den nächsten Tagen begann es heftig zu schneien, und es wurde so kalt, dass bereits einige gontländische Bäche, die einem der beiden Seitenarme des Gont zuflossen, mit Eis überzogen waren.

Magiemeister Damaraan, der bereits ungeheuer alt war, hatte die letzten Jahre in selbstgewählter Isolation in einer Zelle im Westturm verbracht. Selbst manch anderer Meister der Ordensburg war sich schon nicht mehr sicher, ob er überhaupt noch am Leben war. Doch nun wurde er von Meister Rhaawaan reaktiviert und erhielt die Aufgabe, mit jungen Schülern des Magie-Hauses – darunter auch Gorian – die Bannsteine zu prüfen, die die Burg schützen sollten, falls Morygors Heere bis hierher durchbrechen sollten.

Der uralte Meister konnte weder sprechen noch gehen. Darum hockte er in einer schwebenden Sänfte und übermittelte seine Anweisungen nur durch knappe Gedanken. Die Heilerin Hebestis musste ständig in seiner Nähe sein und ihn durch Anwendung ihrer Heilkräfte stärken, damit der Eiswind nicht den letzten Lebensfunken aus seinem Körper blies.

Draußen, auf der fast zwanzig Schritt breiten Mauer, die den Ordenshafen begrenzte, war es besonders kalt und stürmisch. Aber Meister Damaraan ließ sich nichts anmerken.

Die Bannsteine waren oft ohne Weiteres gar nicht auszumachen. Erst durch das Murmeln einer Formel öffnete sich der Blick, und sie wurden sichtbar.

Damaraans Augen waren die ganze Zeit über vollkommen schwarz, was anzeigte, dass er seine Kräfte sehr konzentrieren musste, um diese Aufgabe zu vollbringen. Gorian hatte allerdings auch den Eindruck, dass der Magiemeister ihn beobachtete, dass der Blick der ausdruckslosen Augen immer wieder auf ihm ruhte, dem jungen Fünfhaus-Schüler, wie er inzwischen von manchen mit einer Mischung aus Skepsis und Bewunderung genannt wurde.

Als die Bannsteine überprüft und alle in den inneren Burghof zurückgekehrt waren, schickte Meister Damaraan die anderen fort, auch Heilerin Hebestis, was diese sehr irritierte. Dann waren Gorian und er allein – wirklich allein, denn Meister Damaraan webte eine Aura um sie beide, die sie vollkommen abschirmte. Das Rauschen des Meeres, sonst ewige Hintergrundmusik auf der Ordensburg, verstummte ebenso wie das Heulen des eisigen Windes und das Klappern der Taue und Haken an den Masten der im Hafen liegenden Schiffe.

»Du bist es also«, erreichte Gorian ein Gedanke, und angesichts der jeden Laut verschluckenden Stille, die sie beide umgab, war er der Meinung, die einzig angemessene Weise, darauf zu antworten, sei ebenfalls ein Gedanke.

»Was meint Ihr damit?«

»Du bist derjenige, von dem Morygor glaubt, dass er seine Schicksalslinie kreuzen und vielleicht sogar beenden könnte.«

»Das sagen andere. Aber ich werde alles dafür tun, damit genau das geschieht. Schon für meinen toten Vater.«

»Ich bin überzeugt, du wirst mit der Zeit bessere Gründe finden, um deiner Bestimmung zu folgen. Morygor wird dich un-

barmherzig jagen. Bis ans Ende der Welt, wenn es sein muss. Solange er glaubt, dass du eine Gefahr für ihn darstellen könntest, wird er auf deinen Tod erpicht sein. Er wird diejenigen töten oder zu Untoten machen, die du liebst, er wird dir selbst im hintersten Winkel Gryphlands oder des Basilisken-Reichs keinen Moment der Ruhe gönnen. Also sei immer vorbereitet.«

Gorian erschrak. »Wie kommt Ihr auf das Basilisken-Reich?«

»Ich habe die beiden Länder genannt, die zu meiner Zeit die entferntesten noch bekannten Länder waren. Mag sein, dass sich dies geändert hat und man neue Reiche entdeckte, während ich im Turm war. Aber das Wichtigste, was ich dir mitteilen will, ist dies: Der Verfolgung durch Morygor kannst du vielleicht entkommen, aber wenn Morygor mit bloßer Gewalt nicht zum Ziel kommt, wird er auf andere Weise versuchen, es zu erreichen. Er wird dir ein Angebot machen, und es wird sehr viel Stärke von dir erfordern, daraufhin nicht auf seine Seite zu wechseln.«

»Was könnte dieses Ungeheuer mir schon bieten?«, gab Gorian zurück.

»Ewiges Leben. Eine scheinbare Rettung vor dem Tod, dem alle sterblichen Wesen ausgeliefert sind. Ich verrate dir jetzt, was niemand weiß: Er schickte auch mir seine Boten, einem alten, kranken Mann, den nur die Kraft des durch Magie unterstützten Willens noch am Leben hält. Morygor dachte wohl, es wäre ein Leichtes, aus mir einen Verräter zu machen, aber wie dir mein körperlicher Zustand beweist, bin ich standhaft geblieben. Viele glauben, Morygor verwandle die Untoten auf schnelle Weise in jene Monstren, die er für sich kämpfen lässt, ganz gleich ob Frostkrieger, Schattenreiter oder was auch immer. Selbst der Großteil der Meister glaubt das. Und das sollen sie auch weiterhin, weil es sie den Feind genügend fürchten lässt. Aber manche verwandeln sich auch ganz langsam und nur nach und nach in einen Untoten. Das sind diejenigen, die aus freiem Willen auf Morygors Seite überwechseln. Die Münze, in der er bezahlt, heißt mal Leben und

mal Macht. Aber immer sind es falsche Münzen, Gorian. Daran solltest du denken.«

»Was auch immer geschieht, ich werde stark bleiben«, versprach Gorian.

»Das sagt sich leicht. Du wirst es irgendwann beweisen müssen.«

Am darauf folgenden Tag rief Meister Rhaawaan eine Versammlung aller Schüler und der wenigen in der Burg verbliebenen Meister ein und gab bekannt, dass Meister Damaraan in der Nacht verstorben sei und nun ewige Ruhe gefunden habe.

Ein Ritterheer erreichte eine Woche später den Hafen der Ordensburg. Die Ritter – zum Großteil Nemorier und Estlinger – blieben nur eine Nacht, ehe sie an Bord von Schiffen gingen, die sie nach Ameer übersetzen sollten. In ihrem Gefolge befanden sich auch mehrere tausend Oger-Söldner, die wohl in aller Eile angeworben worden waren, denn die grünhäutigen Krieger ordneten sich in ihrem ungehobelten Auftreten kaum der militärischen Disziplin des Ritterheers unter, das von einem kaiserlichen Heerführer namens Entrok befehligt wurde.

Entrok genoss eine gewisse Bekanntheit. Vor zwanzig Jahren war er für den Kaiser gegen den Herzog von Omont gezogen, nachdem dieser den Austritt seines Herzogtums aus dem Heiligen Reich erklärt und sich selbst zum König proklamiert hatte. Eigentlich erhielt Entrok längst eine Veteranenpension und hatte sich auf einem Landgut in Quellanien zur Ruhe gesetzt. Die Tatsache, dass der Kaiser ihn zurückgeholt hatte, zeigte, dass man auch am Hof von Olandor die Lage im Norden inzwischen als sehr ernst einstufte.

Im Morgengrauen entschwanden die Schiffe über die

Mittlinger See Richtung Ameer, und es sollten die letzten sein, die es noch schafften, diesen Hafen zu verlassen. Schon zuvor waren durch Handelsschiffe von den Mittlinger Inseln Gerüchte in Umlauf gebracht worden, nach denen der nördliche Teil der Mittlinger See bereits zugefroren sei und sich das Eis mit unnatürlicher Geschwindigkeit ausbreite. Die Schiffe, die von Estia aus regelmäßig die Küste Richtung Osten bis Nemor oder Tania entlangfuhren und dabei normalerweise im Ordenshafen anlegten, blieben aus, weil die Meerenge zwischen den Inseln der Axtlande zugefroren war. Aber auch aus Ameer und von den Mittlinger Inseln kamen keine Schiffe mehr. Über Brieftaubennachrichten erfuhr man auf der Ordensburg, dass die dortigen Häfen bereits vereist waren.

Seit Menschengedenken war die Mittlinger See nicht mehr zugefroren gewesen. Allenfalls an den Küsten des Adhe-Landes oder Ost-Orxaniens kam es vor, das einzelne Buchten und Häfen von Eis blockiert waren, und in ganz besonders schlimmen Wintern, wie sie seit dem Erscheinen des Schattenbringers immer häufiger auftraten, konnte es selbst an den nördlichen Küstenabschnitten des Herzogtums Ameer zu schweren Vereisungen kommen.

Aber dass sich eine Eisbrücke über die Inseln der Axtlande bildete, war ungewöhnlich. Und viele befürchteten, dass innerhalb kurzer Zeit die gesamte Mittlinger See zufrieren würde.

Brieftauben zu versenden wurde aufgrund der heftigen Winterstürme bald unmöglich, und die einzigen Neuigkeiten erreichten die Ordensburg nun über die des Handlichtlesens mächtigen Ordensmeister.

Im Seher-Haus, wo man sich auch mit der Prognose des Wetters beschäftigte, glaubte man, dass das Eis innerhalb der nächsten zwei bis drei Wochen Gontland erreichen würde. Gorian nahm als Seher-Schüler an der Erstellung dieser Prognose teil. Seinen Einwand, dass Morygor doch die Frostgötter zu seinen Sklaven gemacht habe und deren Magie die Kälte sehr viel schneller heraufbeschwören könne, wies Meister Rhaawaan persönlich zurück.

»Was du sagst, fußt nicht auf seherischer Erkenntnis oder gar einer vertieften Analyse der metamagischen Schwingungen des Polyversums«, erklärte er unmissverständlich, »sondern ist nichts als eine Vermutung.«

Gorian sah ein, dass es sinnlos war, Meister Rhaawaan noch widersprechen zu wollen. Dabei hatte er während der Invasion der Frostkrieger in Thisilien gesehen, welche Auswirkungen schon der Kältehauch eines einzelnen Frostgottes haben konnte. Dabei war Frogyrr, soweit bekannt war, noch nicht einmal eine der mächtigeren unter den Kreaturen gewesen, die einst durch die Weltentore vertrieben worden waren und die Morygor dann in die diesseitige Welt zurückgeholt hatte.

Die nächsten Tage bestätigten Gorians schlimmste Befürchtungen: Das Hafenbecken fror zu. Das Eis ließ sich zunächst mittels Magie wieder auftauen, und die Schüler des Magie-Hauses waren zwei Tage lang damit beschäftigt, den Hafenbereich freizuhalten. Aber dann bildete sich in einer einzigen Nacht eine Eisdecke auf der Mittlinger See, so weit das Auge reichte. Offenbar hatte sich die Eisbrücke über die Inseln der Axtlande derart ausgebreitet, dass nun auch Gontland und ein Teil der nemorischen Küste davon betroffen waren. Der Himmel wurde grau und war von einem schwachen, diffusen Licht erfüllt. Oft war der schwarze Fleck des Schattenbringers deutlicher zu sehen als die Sonne selbst. Wie eine verstofflichte Drohung Morygors schwebte er dort oben und erweckte den Eindruck, größer und dem Erdenrund näher zu sein als jemals zuvor.

Der stetige kalte Nordwind türmte mannshohe Schneeverwehungen auf, und manchmal fragte sich Gorian, ob dahinter vielleicht eine Absicht der Frostgötter steckte, denn sie wirkten oft genug wie aufgeschüttete Rampen, wie geschaffen dafür, die mächtigen Mauern der Ordensburg zu überwinden.

Das Hafentor war vor der völligen Vereisung noch rechtzeitig geschlossen worden, sodass die Hafenmauer nun den ersten Verteidigungsring bildete, sollten über die grauweiße Ebene, die sich bis zum Horizont und darüber hinaus erstreckte, Morygors Horden erscheinen.

Man hörte die noch im Hafen liegenden Schiffe ächzen, die man nicht hatte bergen können, weil sie nicht an Land gezogen werden konnten und aufgrund ihres zu großen Tiefgangs nicht ein paar Meilen den Gont flussaufwärts hatten segeln können. Ihre Planken und selbst die mächtigen Mittelsteven brachen unter der Gewalt des Eises, das immer noch weiter anwuchs.

Gorian versuchte, über das Handlichtlesen mit Meister Thondaril in Verbindung zu treten. Aber das wollte ihm einfach nicht gelingen. Immer wieder starrte er in das Licht in seinen Händen und versuchte, eine Botschaft von ihm zu empfangen. Ein einziges Gedankenbild hätte ihm als Beweis, dass Thondaril noch lebte, genügt. Aber da kam nichts, selbst als Gorian seine Kräfte vollständig darauf konzentrierte.

Meister Rhaawaan rief ein paar Tage später alle Schüler, Meister und die Kommandanten der Burgwachen in den großen Versammlungsraum. Da Hochmeister Aberian schon seit geraumer Zeit nicht mehr täglich über einen Schattenpfad in die Burg zurückkehrte und es im Augenblick auch nicht möglich war, mit einer genügenden Anzahl von anwesenden Mitgliedern die Beschlussfähigkeit des Entscheidungskonvents herzustellen, hatte Rhaawaan als Stellvertreter des Hochmeisters derzeit nahezu unumschränkte Befehlsgewalt.

Allerdings schien er darüber alles andere als glücklich. Er hatte tiefe Ringe unter den Augen. Vielleicht hatte er zu viele Nächte damit verbracht zu berechnen, ob das, was für ihn als Seher vom Netz der Schicksalslinien erkennbar war, noch eine Hoffnung auf Rettung zuließ oder nicht.

Gorian wechselte einen kurzen Blick mit Sheera, die neben ihm Platz genommen hatte.

»Gute Nachrichten können das wohl kaum sein«, murmelte Torbas auf der anderen Seite des Tisches, womit er wohl die Empfindungen vieler zum Ausdruck brachte.

»In Ameer hat sich Furchtbares ereignet«, ergriff Meister Rhaawaan das Wort. »Die Truppen unseres Ordens wurden vernichtend geschlagen. Sie konnten den Feind nicht einmal für eine Weile aufhalten, und so kommt die Bedrohung auf breiter Front auf uns zu. Das Eis der Mittlinger See und zwischen den Inseln der Axtlande wird in Kürze zu einer Heerstraße für Morygors Kreaturen werden. Die meisten Schwertmeister sind gefallen, und auch den Meistern der anderen Häuser, die nach Ameer aufgebrochen sind, ist es kaum besser ergangen. Selbst den Großteil der Schattenmeister dürfte dieses Schicksal ereilt haben, zumindest haben wir zu keinem von ihnen noch Verbindung. Bestenfalls könnte man sie als verschollen bezeichnen. Leider gilt das auch für unseren ehrenwerten Hochmeister Aberian.«

Ein Raunen ging durch die Reihen der Anwesenden.

Meister Rhaawaan machte eine Geste mit der Linken und sprach dazu ein paar Worte in alt-nemorischer Sprache. Seine nächste Handbewegung öffnete eine grauweiße Sphäre, die einer ovalen Blase glich und schließlich aufquoll, und nachdem Rhaawaan einige weitere Worte auf Alt-Nemorisch gesprochen hatte, erschienen dort bewegte Bilder. Horden von untoten Orxaniern waren zu sehen, die sich schlachtend durch die Reihen von heiligreichischen Rittern und Landsknechten schlugen. Unzählige von ihnen sammelten sich am Horizont. Sie ritten auf gezähmten Wollnashörnern, die in den Ländern des Nordens weit verbreitet waren. Es musste eine Wollnashornkavallerie sein, die viele zehntausend Berittene zählte.

»Dies sind die letzten, nicht immer in voller Deutlichkeit übermittelten Handlichtbotschaften von Meister Padril«, erklärte Rhaawaan. »Seither haben wir nichts mehr von ihm empfangen.«

Kurz war noch ein gewaltiger, grauweißer Wurm zu sehen, der sich schlangenähnlich über eine vereiste Ebene bewegte. Anhand der zahlreichen Wollnashornreiter, die ihn begleiteten, konnte man ermessen, wie gewaltig diese Kreatur sein musste.

»Dies ist einer der Leviathane, die Morygor vor kurzem erst durch das Weltentor holte. Sie messen mehr als zwanzig Schiffslängen, und es heißt, dass Dutzende davon ausgesandt wurden.« Die Sphäre wurde grau, und wenige Augenblicke später war nichts mehr zu sehen, sodass Meister Rhaawaan sie mit einer schnellen Handbewegung und einer dazugehörigen magischen Formel in sich zusammenfallen und verschwinden ließ. »Eine Flucht ist angesichts der Witterungsverhältnisse niemandem anzuraten. Die Bewohner des Gontlands werden sich in der Burg sammeln. Viele sind ohnehin schon hier. Bis auf vierzig Meilen flussaufwärts ist der Gont bereits zugefroren, was noch nie vorgekommen ist, solange die Geschichte dieses Landes aufgezeichnet wird. Wir können nur darauf vertrauen, dass die Bannsteine den Feind aufzuhalten vermögen.«

Was schon an der Grenze von Ameer offenbar nicht geklappt hat!, ging es Gorian verärgert durch den Kopf.

Der Gedanke war so intensiv, dass Meister Rhaawaan ihn wohl mitbekam. Zumindest blickte er Gorian geradewegs an, aber er sagte kein Wort dazu.

Stattdessen erklärte er in feierlichem Ernst: »Es mag sein, dass die große Mehrheit in diesem Raum noch keinen Meisterring in einer regulären Prüfung errungen hat, aber ich fürchte, die Umstände verlangen schon in Kürze wahre Meisterschaft von jedem hier, der dazu das nötige Talent aufbringt.«

Die nächsten Tage wurden genutzt, um die Burg so gut wie möglich gegen die anrückende Bedrohung zu rüsten. Vor allem mussten die magischen Bannsprüche der Katapultmunition erneuert werden. Gleichgültig ob Steine, Pech, Eisenkugeln, die mit Triböcken dem Feind entgegengeschleudert wurden, oder die gewaltigen, balkendicken Pfeile, die mit fahrbaren Riesenarmbrüsten – Springalds genannt – verschossen wurden: Die Katapultmunition musste vor dem Einsatz mit magischen Kraftformeln versehen werden, wodurch ihre Wirkung erheblich verstärkt wurde. Vor allem aber konnten die Geschosse dann ohne Problem die Schutzbarriere zwischen den Bannsteinen von innen nach außen durchdringen, ohne dass ihnen eine Verbindung zur Burg anhaftete, die der Feind nutzen konnte, seinerseits die Barriere zu durchdringen.

Unglücklicherweise wurde die Wirkung solcher Munitionsbannsprüche rasch schwächer und musste daher ständig erneuert werden, günstigenfalls erst unmittelbar vor dem Einsatz des entsprechenden Katapults.

Überall wurden zusätzliche Katapulte in Stellung gebracht, und die Magierschüler mussten die Bannsprüche der Munitionsvorräte so schnell wie möglich erneuern. Jabaldo, ein noch sehr junger Magiemeister, dem Damaraan am Tag vor seinem Tod die Prüfung abgenommen hatte, unterwies auch die Schüler der anderen Häuser in der Anwendung dieser Bannsprüche, denn die Fähigkeit dazu hatte im Prinzip jeder, der ein genügend großes magisches Talent mitbrachte. Wenn die Schlacht erst einmal im Gange war, wurde ständiger Nachschub an magisch besprochener Munition gebraucht.

Früher hatte es innerhalb des Ordens sogar ein eigenes Haus der Bannsprecher gegeben, aber das war aufgelöst worden, nachdem sich herausgestellt hatte, dass zahlreiche Bannsprechermeister vom Glauben an den Verborgenen Gott abgefallen waren, woraufhin man die Bannsprecherkunst der Magiemeister-Ausbildung zugeordnet hatte.

Auch unter den Schülern wurden Wachen eingeteilt und Waffen ausgegeben. Nicht nur die angehenden Schwertmeister trugen ihre Klingen ständig bei sich, die sie ansonsten nur zu Übungszwecken verwendeten, auch die Angehörigen der anderen Häuser wurden bewaffnet. Mochte ihre Kampfkraft und ihr Geschick im Umgang mit der Klinge auch nicht an die der zukünftigen Schwertmeister heranreichen, sollten sie sich wenigstens nach Kräften verteidigen können, wenn sie angegriffen wurden.

»Vielleicht ist alles so vorherbestimmt«, meinte Sheera, als sie sich mit Gorian im Morgengrauen auf dem Südturm traf. Seine Geistesübungen hatte er die ganze Zeit über mit eiserner Disziplin fortgeführt. Schließlich litt seine Ausbildung schon genug darunter, dass der Unterricht derzeit nicht mehr fortgesetzt werden konnte. »Es könnte doch sein, dass nun der Augenblick bevorsteht, an dem Morygor dir begegnet.«

»Nein, das glaube ich nicht«, antwortete Gorian. »Morygor führt sein Heer nicht selbst in die Schlacht. Er reitet nicht voran, wie es ein Feldherr wie Entrok tut, von dem niemand weiß, was aus ihm geworden ist. Er sitzt in seiner Frostfeste und schickt seine Schergen aus. Nein, er würde mir nur dann freiwillig gegenübertreten, wenn für ihn kein Risiko damit verbunden ist.«

Sheera legte die Hände aneinander, so als hielte sie ein aufgeschlagenes Buch. Ihre Augen wurden schwarz, dafür begann es in ihren Handflächen zu leuchten. Ein Lächeln huschte über ihr Gesicht. »Ich habe das immer wieder geübt«, sagte sie.

»Ich dachte, wir beide hätten das nicht nötig«, antwortete er ihr in Gedanken.

»Ich habe es mir anders überlegt«, erklärte sie. »Wer weiß, wozu es mal nützlich sein kann. Unter uns Heilern ist das Handlichtlesen eigentlich verpönt, denn es gilt als eine Methode, die nur für eine sehr grobe Übertragung von Gedanken und Wissen taugt.«

»Genau dazu wurde diese Magie aber entwickelt«, sagte Gorian und eröffnete ihr dann: »Ich habe es inzwischen auch Torbas beigebracht.«

»Du scheinst wirklich davon auszugehen, dass wir das brauchen.«

»Ganz sicher«, war Gorian überzeugt.

Ein Geräusch ließ sie beide aufhorchen. Es hörte sich an wie fernes Donnergrollen. Seit das Eis die Mittlinger See bedeckte, waren die durchdringenden Laute aufbrechender und sich gegeneinander verschiebender Eisplatten an die Stelle des Meeresrauschens getreten. Sie erinnerten an das Heulen von Seehunden, traten aber nur hin und wieder auf, und Gorian hatte sich einigermaßen daran gewöhnt. Ansonsten herrschte oft über viele Stunden hinweg eine geradezu gespenstische Stille in der schneebedeckten Eiswüste, die die Ordensburg mittlerweile von allen Seiten umgab. Eine Stille, in der nur das Heulen des Windes zu hören war. Inzwischen klapperten auch die Taue nicht mehr gegen die Schiffsmasten, denn sie waren längst gefroren, viele Schiffe durch das Eis zerquetscht und die Masten unter Schneeverwehungen begraben.

So fiel dieses ferne Donnergrollen sofort auf.

Gorian trat an die Zinnen und blickte suchend in die Ferne, und Sheera stellte sich neben ihn. Im schwachen Licht der Morgensonne war zunächst nichts zu erkennen, das eine Gefahr bedeutet hätte. Grauer Dunst zog den nördlichen Horizont entlang und behinderte die Sicht.

Das dumpfe Donnern wurde allmählich lauter, dann tauchte eine breite Front von Wollnashornreitern aus dem Dunst auf, und in ihr Stampfen mischten sich die durchdringenden Schlachtrufe der untoten orxanischen Frostkrieger, die auf den mächtigen Reittieren auf die Ordensburg zustürmten.

»Beim Verborgenen Gott!«, flüsterte Gorian. »Das sind noch viel mehr, als man in Meister Rhaamaans Sphäre erkennen konnte ...«

Die Alarmhörner der Wachmannschaften ertönten, und zudem sorgten vorgeschobene und mit den Zeichen der Erkenntnis versehene Bannsteine dafür, dass Meister Rhaawaan sofort geweckt wurde, als der Feind auftauchte. Schon das Vibrieren des Eises, das die Mittlinger See bedeckte, hatte ausgereicht, um diesen magischen Mechanismus auszulösen.

»Ich muss vom Turm runter!«, sagte Gorian.

»Bist du zurzeit irgendwo eingeteilt?«, fragte Sheera.

»Nein. Erst ab Mittag. Aber welche Rolle spielt das jetzt?«

Gorian trug ein warmes Fellwams und eine gefütterte

Hose, dazu Lederstiefel. Die Sachen stammten aus den Kleiderkammern des Ordens und entsprachen der typischen Untergewandung eines Schülers aus dem Haus der Schwerter. Sein Schwert trug er über den Rücken gegürtet und den Rächer an der Hüfte.

Sheera hingegen war in einem kuttenartigen Gewand gekleidet, das der bei Heilern üblichen Tracht entsprach. In der Scheide an ihrer Hüfte steckte ein leichtes Rapier, denn Meister Rhaawaan hatte für alle ständige Bewaffnung zur Pflicht gemacht. Sie war natürlich im Umgang mit einer solchen Klinge nie ausgebildet worden, und Gorian hatte daher in den letzten Tagen versucht, ihr zumindest ein paar grundlegende Dinge darüber beizubringen. Zum Beispiel, wie man durch einen Kraftschrei die Alte Kraft in das Rapier konzentrierte statt in einen Heilstein, wie Sheera es gewohnt war.

Gorian lief so schnell er konnte die Stufen der Turmtreppe hinab, und Sheera folgte ihm. Sie erreichten den inneren Burghof. Überall liefen Menschen durcheinander. Zumeist waren es Angehörige der Burgwache, aber auch Schwert- und Magieschüler, die zu den Katapulten eilten, für die sie als Munitionsbannsprecher eingeteilt waren.

»He! Scheint so, als würde es jetzt losgehen!«, rief Torbas den beiden zu. Er trug sein Schwert an der Hüfte und versuchte sich einen Harnisch über das dicke Fellwams zu schnallen, der aber dafür zu eng war. Schließlich ließ er ihn einfach zu Boden fallen. »Das Ding lässt einen ja nicht mal atmen«, beschwerte er sich.

»Es ist wichtiger, beweglich zu sein«, meinte Gorian.

»Du musst es wissen. Schließlich hast du schon gegen Frostkrieger gekämpft.«

»Seht nur, sie brechen durch!«, rief in diesem Moment eine heisere Stimme, die Gorian als die von Alrado erkannte, der auf dem Wehrgang des inneren Burghofs stand.

Wenig später standen auch Gorian, Torbas und Sheera an den Zinnen und sahen, was sich abspielte. Die erste Angriffswelle der Wollnashornreiter hatte die Hafenmauer erreicht. Die Katapulte schleuderten magisch besprochene Steine in die heranstürmende Horde. Die Geschosse leuchteten auf, zersprangen, und die aus ihnen heraussprühenden Funken und zuckenden Blitze rissen so manchen Frostkrieger aus dem Sattel. Aber es waren einfach zu viele Angreifer, um sie nur auf diese Weise aufhalten zu können.

Schon warfen die ersten Wollnashornreiter Seilhaken und zogen sich daran an der Hafenmauer empor, um sich anschließend brüllend auf die Mannschaften der Katapulte zu stürzen.

»Was ist mit den Bannsteinen?«, rief Gorian. Kaltes Entsetzen packte ihn, als er sah, dass die magische Barriere überhaupt nichts bewirkte. Es war nicht einmal ein bläulicher Schimmer zu sehen, wenn ein Frostkrieger die unsichtbare Grenze überschritt, so wie es beim Angriff von Frogyrrs Horde auf Nhorichs Hof gewesen war. Ohne auf irgendein magisches Hindernis zu treffen, überwanden die Frostkrieger die Hafenmauer.

Dutzendweise schwangen sie sich von ihren Wollnashörnern an Seilhaken empor. Hier und dort versuchte ein zum Besprechen der Tribock-Munition abgestellter Magieschüler, die Feinde mittels der Alten Kraft zu bekämpfen. Blitze zuckten aus seinen Händen, versengten dem einen oder anderen Untoten den Kopf oder den Waffenarm. Aber die Angreifer waren zu zahlreich.

Innerhalb kurzer Zeit waren die Katapultmannschaften in tödliche und aussichtslose Nahkämpfe verstrickt. Selbst die Schwertschüler, die bereits sehr gut vorauszuahnen vermochten, was ihr Gegner als Nächstes tat, konnten sich kaum ihrer Haut erwehren. Todesschreie gellten, und da kein einziges Katapult mehr abgeschossen wurde, hatten es die Angreifer noch leichter, die Mauern zu überwinden. Die Katapulte des inneren und äußeren Burghofs konnten nicht zum Einsatz gebracht werden, da man unweigerlich die eigenen Leute getroffen hätte.

»Verdammt, was ist mit dem magischen Schutz durch die Bannsteine?«, rief Gorian grimmig.

»Ich weiß nicht, aber für mich sieht das so aus, als hätte jemand alle Bannsteine über Nacht entfernt«, meinte Torbas.

»Es gibt bestimmt einen Zauber, der ihre Schutzwirkung aufhebt«, war Sheera überzeugt.

Inzwischen ergriffen die Verteidiger der Hafenmauer auf breiter Front die Flucht. Die Ordnung löste sich auf, und jeder dachte nur noch daran, das eigene Leben zu retten. Manche waren verletzt.

Die Frostkrieger jedoch machten keinerlei Anstalten, den flüchtenden Menschen zu folgen. Aus gutem Grund, denn dann wären sie ein leichtes Ziel für die Katapulte in der Burg gewesen. Ein paar der untoten Orxanier schleuderten den Flüchtenden Wurfbeile hinterher oder schossen mit Bögen und Armbrüsten auf sie. Andere machten die Katapulte unbrauchbar. Sie übergossen sie mit einer brennbaren Flüssigkeit und zündeten sie an. Grünlich schimmernde Flammen loderten überall dort empor, wo ein Katapult an der Hafenmauer in Stellung gebracht worden war.

Unterdessen hatte man den Flüchtenden das Tor zum äußeren Burghof geöffnet.

»Eine Gedankenbotschaft von Heiler Faroch«, sagte Sheera. »Alle Heiler sollen sich im äußeren Burghof einfinden. Ich muss los.«

»Ich werde mitkommen«, erklärte Torbas. »Und was ist mit dir?«, fragte er Gorian.

»Das alles riecht nach Verrat und Sabotage«, sagte dieser. »Ich will wissen, was da geschehen ist. Beim Verborgenen Gott, ich war dabei, als wir unter Meister Damaraans Anleitung die Bannsteine überprüft und die Zaubersprüche erneuert haben!« Er musste an das denken, was ihm Damaraan kurz vor seinem Tod noch anvertraut hatte. Er hatte den jungen Hoffnungsträger des Ordens dazu ermutigt, stark zu bleiben und kein Verräter zu werden, auch wenn das Angebot noch so verlockend sein sollte.

Es schien, als hätte irgendjemand in der Burg nicht die nötige Stärke besessen, den leeren Versprechungen des Frostherrschers zu widerstehen.

»Was hast du vor?«, fragte Torbas.

»Geht nur. Ich werde Meister Rhaawaan suchen«, sagte Gorian. »Es wundert mich, dass er hier nirgends zu sehen ist.«

20 Verräter

Während sich Sheera und Torbas auf dem Weg in den äußeren Burghof machten, hielt Gorian plötzlich inne. Da war ein Schattenpfad, und er kam genau aus der Richtung, aus der die Wollnashornreiter herangestürmt waren. Die wiederum zogen sich hinter die Hafenmauer zurück und schwangen sich in die Sättel ihrer gewaltigen Tiere, um in kleinen Gruppen davonzupreschen. Das Ziel ihres Angriffs war offenbar erreicht. Sie waren nur eine Vorhut gewesen, welche die äußerste Verteidigungslinie der Ordensburg hatten zerstören sollen. Aber die zweite Angriffswelle würde gewiss nicht lange auf sich warten lassen.

Der sich nähernde Schattenpfadgänger wurde für Gorian immer deutlicher erkennbar. Wie eine um ihr Zentrum wirbelnde Wolke aus schwarzem Rauch näherte er sich innerhalb von Augenblicken und drang unbemerkt von allen anderen in die Kanzlei des Hochmeisters ein.

Drei weitere dunkle Wolken folgten der ersten.

Meister Aberian, durchfuhr es Gorian. Der Hochmeister war offenbar zurückgekehrt. Und mit ihm drei weitere Schattenmeister.

Gorian spurtete zum Gebäude der Kanzlei. Einer der älteren Schwertschüler rief ihm zu, dass er sich zur Mannschaft des dritten Springalds begeben und dort als Bannsprecher tätig werden sollte. Aber Gorian beachtete ihn nicht.

Er erreichte die Tür zur Kanzlei und öffnete sie mittels der Alten Kraft. Er hastete durch den schmalen Korridor und öffnete die Tür zur Kanzlei des Hochmeisters auf gleiche Weise.

Aberian stand dort, in der einen Hand ein gewöhnliches Breitschwert, in der anderen den blutigen Kopf von Meister Rhaawaan. Die Faust des Hochmeisters war in das dichte Haar des Sehers verkrallt, dessen Züge zur Fratze erstarrt waren. Sein massiger Körper lag ausgestreckt auf dem Boden.

Drei weitere Schattenmeister befanden sich im Raum. Gorian hatte keinen von ihnen bisher zu Gesicht bekommen, aber an ihren Ringen waren sie eindeutig als Ordensmeister zu erkennen. Ihre Hände lagen an den Griffen ihrer Schwerter.

»Was ist hier los?«, entfuhr es Gorian. »Was wird hier gespielt?«

Hochmeister Aberian verzog das Gesicht und ließ Meister Rhaawaans Kopf los, sodass dieser zu Boden schlug und über die Fliesen kullerte, um dann neben dem leblosen Körper liegen zu bleiben, und zwar genau so, dass seine erstarrten Augen auf Gorian gerichtet waren.

»Ich habe Meister Rhaawaan vertraut«, sagte Aberian, nachdem er einen schweren Atemzug getan hatte. Er ging ein paar Schritte nach links, wischte das Schwert an einem Vorhang ab, dann drehte er sich wieder zu Gorian um, steckte die Waffe aber nicht ein. »Was du hier siehst, wird dich gewiss verwirren, Schüler Gorian. Aber es wird nicht die letzte Verwicklung der Schicksalslinien sein, die dich verwirren wird, das kannst du mir glauben.«

»Warum habt Ihr Meister Rhaawaan getötet?«

»Weil er ein Verräter war.«

»War er es, der den Zauber der Bannsteine aufhob, ohne dass jemand davon etwas merkte?«

»Ja, so ist es. Meister Rhaawaan hat mich in letzter Zeit oft vertreten und darum auch diesen Raum beinahe häufiger benutzt als ich selbst. Er wusste, dass ich zur Ordensburg zurückkehren würde, denn er war ein hervorragender Seher, und das machte es ihm leicht, seine Machenschaften vor mir zu verbergen.« Er machte einen Schritt auf den Geköpften zu und streckte die linke Hand aus, woraufhin der Körper herumgedreht wurde. Der Kopf wurde angestoßen und rollte Aberian gegen den Fuß.

Nun wurde offenbar, dass Meister Rhaawaan noch im Tode ein aufgeschlagenes Buch an die Brust gepresst hielt. Aberian spießte es mit seinem Schwert auf und warf es Gorian vor die Füße. Die Überschrift des aufgeschlagenen Kapitels war groß genug, dass Gorian sie lesen konnte. »Er sah meine Rückkehr voraus, obwohl alle anderen glaubten, ich sei in den Schlachten um Ameer gefallen wie so viele von uns«, fuhr Aberian fort. »Da wollte er noch schnell den Beweis für seinen Verrat vernichten: Ein Buch, in dem sich ein Aufhebungszauber von Bannstein-Magie findet! Rhaawaan ist ein Seher und kein Magier, daher musste er sich das nötige Wissen erst aneignen. Dennoch reichten seine Kräfte aus, um den entsprechenden Zauber zu wirken.«

Gorian sammelte seine Kräfte, und seine Augen wurden schwarz. Er streckte die freie Hand aus, und das Buch schwebte empor, bis er es greifen konnte.

Die aufgeschlagenen Seiten enthielten tatsächlich detaillierte Anweisungen, wie man den Zauber von Bannsteinen durch ein einziges magisches Ritual aufheben und dauerhaft zerstören konnte. Alles, was Aberian sagte, klang plausibel.

Aber da war etwas, was Gorian zweifeln ließ. Etwas, das nicht passte. Er konnte noch nicht einmal genau sagen, was es war, das ihn so empfinden ließ. Ein Fehler in der Aura seines Gegenübers? Ein besonderes Merkmal an dem Buch?

In der Schwertmeister-Ausbildung mochte er weit fortgeschritten und dem Meisterstadium sogar schon recht nahe sein. Aber was die Ausbildung in anderen Häusern betraf, stand er noch ganz am Anfang. Ein Heiler hätte vielleicht Rückschlüsse aus einem Zucken in Aberians Gesicht ziehen können, und Seher fielen winzige Kleinigkeiten auf, die andere völlig übersahen.

»Ich habe Rhaawaan vertraut wie sonst niemandem«, unterstrich Aberian seine bisherigen Worte. Er streckte die Hand aus, das Buch wurde Gorian entrissen, und während es durch die Luft schwebte, verbrannte es zu Asche. »Es gehörte ohnehin zu den verbotenen Schriften und darf auf keinen Fall in die Hände des Feindes fallen, sollte er die Burg erobern«, erklärte Aberian sein Handeln.

Dann machte er einen Schritt auf Gorian zu, streckte erneut die Hand aus, so als wollte er den Schüler berühren. Gorian spürte die starke magische Kraft, die sich in Aberian sammelte, und dies, ohne dass seine Augen schwarz wurden. Er war offenbar in der Lage, dieses äußere Zeichen innerer Sammlung zu unterdrücken.

Gorian wich zurück und hob abwehrend das Schwert. Die Spitze war auf Aberian gerichtet, woraufhin die drei weiteren, dem jungen Schüler bisher unbekannten Schattenmeister sofort wieder die Hände an die Griffe ihrer Klingen legten.

»Nein«, erkannte Gorian mit absoluter Klarheit. »Ihr seid ein Lügner!«

»Dein Geist ist verwirrt. Enttäusche die Hoffnungen nicht, die der Orden in dich setzt!«

»Ihr seid der Verräter und habt den Bannstein-Zauber aufgehoben«, war Gorian jedoch überzeugt. »Die Gelegenheit hattet Ihr dazu – und das Wissen und die nötige magische Kraft auch!«

»Das ist Unsinn, Gorian!«

»Meister Rhaawaan war es, der Euch auf die Schliche kam. Ich weiß, dass ein guter Seher zu erkennen vermag, wessen Finger einen Gegenstand berührten. Er muss schon länger einen Verdacht gehegt haben, und vielleicht beobachtete er genau wie ich Eure allzu häufigen Schattenpfadgänge in den Norden. Und dann fand er das Buch, welches Ihr gerade praktischerweise vernichtet habt. Die Asche wird man keinem noch so guten Seher mehr zur Prüfung vorlegen können. Ihr seid zurückgekehrt und habt Meister Rhaawaan umgebracht!«

»Morygor manipuliert mit seinen finsteren Mächten deine Gedanken«, behauptete Aberian.

»Nein, die waren nie so klar wie in diesem Moment.« Gorian spürte die Unsicherheit seines Gegenübers. Auch wenn dieser sich viel besser abzuschirmen vermochte als die meisten anderen Ordensmeister, so konnte Gorian doch die Schwankungen seiner Aura erkennen. Die äußere Fassade des Hochmeisters konnte ihn nicht täuschen, innerlich war Aberian extrem aufgewühlt.

»Was hat Morygor Euch versprochen, Aberian? Meister Damaraan hat mir davon erzählt, welche Angebote er jenen unterbreitet, von deren Diensten er sich einen Vorteil verspricht. Ewiges Leben? Erkenntnis? Macht? Oder alles zusammen? Oder hat er Euch eingeredet, dass ohnehin alles verloren ist, weil der Verlauf der Schicksalslinien bereits feststeht?«

»Wenn es so wäre, warum hätte ich dich dann am Leben lassen sollen?«, fragte Aberian. »Schließlich weißt du selbst, dass sich Morygor nichts sehnlicher wünscht als deinen Tod.«

»Ja, aber es ist für ihn nicht gleichgültig, wann, wo und durch wen ich sterbe«, entgegnete Gorian. »Eure Hand ist es offenbar nicht, durch die ich den Tod finden soll.«

In diesem Moment bemerkte Gorian eine Bewegung. Einer der drei anderen Schattenmeister riss einen Dolch unter dem dunklen Umhang hervor und schleuderte ihn mit einem Kraftschrei.

Gorian stieß ebenfalls einen Kraftschrei aus und wehrte den Dolch blitzartig mit dem Schwert ab, sodass er Aberian in die Brust fuhr.

Der Hochmeister hatte bereits sein Schwert zum Schlag erhoben. Nun taumelte er zurück. Funken sprühten aus dem Dolch in seiner Brust, und Gorian spürte die flackernde Schwäche von Aberians Kraft. Der Dolch war mit einem Gift getränkt, das die Magie schwächte.

Gorian wich dem Schwertstreich eines der drei Schattenmeister aus, parierte und schlug ihm den Kopf ab, während er gleichzeitig den Rächer aus der Gürtelscheide riss und einem der anderen beiden Schattenmeister damit den Hals durchbohrte. Dieser begann sich in schwarzen Rauch aufzulösen, um über die Schattenpfade zu fliehen, und als er seine Substanz verlor, klirrte der Rächer blutverschmiert zu Boden. Die winzigen kleinen Teilchen, zu denen der Schattenmeister zerfiel, drangen durch die Wand. Aber seine Kraft reichte nicht mehr, sich gänzlich in jene Zwischenwelt zu begeben, in denen die Schattenpfade existierten. Auf der anderen Seite der Mauer, außerhalb der Burg, verstofflichte er wieder und fiel mit einem Schrei in die Tiefe, wo er mit einem dumpfen Laut aufschlug.

Der dritte Schattenmeister kam nicht mehr dazu, Gorian anzugreifen, denn etwas wie ein Stein flog durch eines der verglasten Fenster.

Es war Ar-Don!

Der Gargoyle riss den Schattenmeister zu Boden und zerfetzte ihm mit seinen Klauen die Kehle. Das Blut spritzte bis zur Decke, während sich der Schattenmeister noch aufzulösen versuchte, was ihm nur zum Teil gelang. Dann starb er, und als seine Bewegungen für immer erschlafften, war sein Körper unterhalb des Rippenbogens nur noch feiner schwarzer Staub.

Ar-Don blickte mit blutverschmiertem Maul auf und sah Gorian an.

»Den Letzten … töte … selbst!«, erreichte Gorian ein Gedanke, und es war klar, dass damit der in seiner magischen Kraft geschwächte Hochmeister gemeint war. Gorian streckte die Rechte aus, ließ den blutverschmierten Rächer in seine Hand fliegen.

»Du verfluchter Narr!«, röchelte Aberian. Seine Worte waren kaum zu verstehen, der dazugehörige, bedrängend intensive Gedanke aber sehr wohl. Und offenbar war die Magie in ihm noch immer stark genug, dass ihn der vergiftete Dolch in seinem Körper nicht vollständig lähmte, denn er veränderte seine Gestalt, sein Gesicht nahm tierhafte Züge an, die Hände wurden zu Pranken.

Er riss sich den vergifteten und noch immer blitzumflorten Dolch aus dem Körper, schleuderte ihn nach Gorian, der diesen Angriff gerade noch rechtzeitig vorausahnte und sich ducken konnte. Der Dolch zerfetzte zischend einen ledergebundenen Folianten in einem der Regale.

Aberian hob sein Schwert, aber Gorian riss es dem geschwächten Schattenmeister mit der Alten Kraft aus der Hand. Die Waffe prallte gegen die Tür.

»Töte … selbst!«, meldete sich noch einmal Ar-Don mit einem schon beinahe schmerzhaft bedrängenden Gedanken. *»Töte … Morygors … Schergen … oder wieder ich?«*

»Nein!«, widersprach Gorian laut.

»Dann du …«

»Er muss mir Fragen beantworten!«

»Du … nur Scheu vorm Töten …«

Da stürzte sich das Wesen, zu dem sich Meister Aberian mithilfe seiner Kräfte verwandelt hatte, mit einem tierhaften Schrei auf Gorian. Es prallte mit solcher Wucht gegen ihn, dass Gorian von den Füßen gerissen wurde. Gleichzeitig bohrten sich sein Schwert und Rächer in den Leib des verwandelten Hochmeisters, doch das schien ihm kaum etwas auszumachen. Seine Pranken legten sich um Gorians Hals. Gemeinsam flogen sie durch das von Ar-Don zertrümmerte Fenster, und Gorian spürte einen eigentümlichen Sog, während Aberian sich aufzulösen begann.

Scheinbar gewichtslos schwebten sie über den inneren Burghof, umgeben von schwarzem Rauch, der wie in einem Strudel immer dichter um sie beide umherwirbelte.

Gorian begriff. Aberian versuchte ihn mit sich auf einen Schattenpfad zu reißen! Er stieß erneut einen Kraftschrei aus und lenkte alle Magie, die er aufzubringen vermochte, in die Klingen seines Schwerts und des Rächers, wobei Letzterer aufglühte. Sein Kraftschrei zog sich auf seltsame Weise in die Länge, als würde die Zeit selbst gedehnt, und mischte sich mit dem seines Gegners.

Dann war der schwarze Rauchwirbel plötzlich verschwunden. Gorian fand sich aus großer Höhe fallend in eisiger Luft wieder, in der einen Hand sein Schwert, in der anderen den Rächer. Unter ihm war eine weite grauweiße Fläche, in der die Hafenmauer nur als Kontur auszumachen war und hier und dort Schiffsmasten aus dem Eis ragten.

Meister Aberian hatte sich wieder verstofflicht und alles Tierhafte verloren. Er blutete stark. Vielleicht lebte er schon gar nicht mehr. Zumindest hatte er nicht mehr genügend Kraft, um sie beide auf dem Schattenpfad zu halten, und so stürzten sie der Eisdecke entgegen, als hätten die Klauen eines Greifen sie aus großer Höhe fallen gelassen.

Sein bisheriges Leben schien innerhalb eines einzigen

Moments vor Gorians innerem Auge vorbeizuziehen. Er sah Sheeras hübsches Gesicht und ihre schlanke Gestalt, Torbas, Meister Thondaril, den Frostgott Frogyrr, seinen Vater … Und dann kehrten seine Gedanken zu jenem Augenblick zurück, als alles angefangen hatte. Der Moment, in dem seine Erinnerung einsetzte. Das Grau des Eises schien sich in das Blau des wolkenlosen Himmels zu verwandeln, den Gorian gesehen hatte, als er als kleiner Junge im Boot seines Vaters erwacht war.

So schloss sich der Kreis, dachte er. Wenn auch zu früh …

21 Wollnashornreiter

Gorian fühlte einen Ruck, und abrupt endete sein Sturz. Etwas hatte sich in seinem Rücken in sein Wams gekrallt.

»Nicht sterben«, vernahm er einen Gedanken. *»Wieder helfen.«*

Es war Ar-Don.

Dann folgte ein wildes Fauchen. Gorian sah, wie der Körper des Hochmeisters durch die Luft taumelte, auf dem Eis aufschlug und regungslos liegen blieb.

Ar-Don hingegen setzte Gorian sanft ab. Dessen Knie fühlten sich weich an, während er auf dem dicken Eis stand, welches das Hafenbecken bedeckte. Er befand sich nahe der von den Nashornreitern überwundenen Hafenmauer. Überall sah er die Leichen der Erschlagenen. Tod und Frost hatten ihre Züge gleichermaßen erstarren lassen. Von den Katapulten waren nur hier und dort ein Rad oder ein verkohlter Balken geblieben. Die Angreifer hatten dafür gesorgt, dass ihnen keine dieser Maschinen mehr schaden konnte.

Gorian stieß den Rächer und das Schwert zurück in ihre Scheiden. Seine Finger waren so kalt, dass er sie kaum von den Griffen der Waffen lösen konnte. Seine Handschuhe steckten hinter dem Gürtel, und es bereitete ihm einige Mühe, sie überzuziehen. Er murmelte einen einfachen Wärmezauber, der die Durchblutung förderte und aus dem magischen Repertoire der Heiler stammte. Sheera hatte ihm diesen Zauber beigebracht.

Ar-Don war ein paar Schritte von ihm entfernt gelandet und hatte die Flügel zusammengefaltet. Er fauchte und zischelte.

Der Wärmezauber begann zu wirken, und Gorian bekam wieder Gefühl in den Händen. Ein dringender Gedanke erreichte ihn. Er kam von Ar-Don, war aber so chaotisch, dass er nicht schlau daraus wurde. Es war ein Schwall von Bildern, Formen, Farben.

»Wir sind jetzt quitt«, sagte er. »Auch wenn du vielleicht gar nicht weißt, was das ist.«

Ar-Don fauchte erneut.

Gorians Blick suchte nach Hochmeister Aberian. Er wollte sichergehen, dass der Verräter wirklich tot war. Zwischenzeitlich hatte er sich ja auf erschreckende Weise verwandelt, und Gorian wusste nicht, ob das auf die magischen Fähigkeiten des Schattenmeisters zurückzuführen war oder auf etwa anderes.

Meister Damaraans Worte fielen Gorian wieder ein, alles, was er über die langsame Verwandlung von Untoten gesagt hatte. Es war gut möglich, dass dies auf Aberian zutraf, schließlich wusste Gorian nicht, wie lange der verräterische Hochmeister schon Morygor gedient hatte, und der Herr der Frostfeste plante immer sehr langfristig.

Gorian ging auf die Leiche des Hochmeisters zu. Das Fauchen des Gargoyle beachtete er nicht weiter. Aberian lag in seltsam verrenkter Haltung auf dem Eis. Sein Gesicht schien im Tode erstarrt.

»Fort … warnen …«

Ein bruchstückhafter Gedanke erreichte Gorian, dazu einige Bilder, die er in ähnlicher Form schon einmal gesehen hatte. Leviathane, die sich über das Eis schoben, erschienen vor seinem inneren Auge, mit einer Intensität, die ihn für einen Moment sogar von Aberian ablenkte.

»Zu groß, um Gestalt anzunehmen … Ich habe große Furcht … Morygors Schergen sind nah …« Die neuerliche Gedankenbotschaft des Gargoyle war beinahe schon von menschlicher Klarheit.

»Einen Moment, Ar-Don.« Gorian untersuchte Aberian. Dann nahm er das Amulett des Hochmeisters an sich. Irgendetwas schien damit nicht zu stimmen, doch Gorian hätte nicht zu sagen vermocht, worin sein Unbehagen eigentlich begründet lag. Er konzentrierte seine Kräfte auf das Amulett, und siehe da, es veränderte sich und zeigte schließlich die Caladran-Rune von Morygor. Ein einfacher Illusionszauber hatte die wahre Natur des Amuletts verborgen.

Plötzlich griff Aberians Hand nach Gorians Fuß, umklammerte seinen Knöchel und verwandelte sich wieder in eine Pranke. Auch Aberians Gesicht veränderte sich und wurde erneut zur tierhaften Fratze. Ein Maul entstand, dessen Raubtierzähne so lang wie die Klinge des Rächers waren.

Gorian zog mit einer einzigen blitzartigen Bewegung das Schwert aus der Rückenscheide und schlug zu. Der Hieb trennte Aberian den Kopf ab, woraufhin sich der Griff um Gorians Fußgelenk lockerte. Er schüttelte die Pranke ab.

Das Amulett des Hochmeisters steckte er unter seine Kleidung.

Er bemerkte nicht, wie Ar-Don von der Seite auf ihn zuflog. Plötzlich packte ihn der Gargoyle, krallte sich an seiner Kleidung fest und zog ihn empor.

»He, was soll das?«, beschwerte sich Gorian, als er im nächsten Moment schon mehrere Masthöhen über dem Eis schwebte.

Dann aber verstummte er, denn ein riesenhafter Leviathan schob sich über die gefrorene Fläche unter ihm, vom Kopf bis zum Schwanzende mindestens fünfundzwanzig Schiffslängen messend, und rechts und links des Ungetüms stampften berittene orxanische Wollnashörner dahin. Sie wirken winzig gegenüber dem Leviathan, ebenso winzig wie die Armbrustschützen, die auf seinem Rücken hockten. Es waren Menschenkrieger – Untote, wie zu vermuten war. Ihrer Fellkleidung und den bärtigen Gesichtern nach stammten sie aus dem eroberten Torheim. Nun dienten sie in Morygors Höllenheer.

Der Leviathan war nur die Vorhut eines guten Dutzends von gleichartigen Geschöpfen. Nirgends war zu erkennen, wo ihre Augen waren oder ob sie überhaupt welche besaßen. Vorn befand sich ein tiefer Schlund, der sich ab und zu ein paar Lanzenlängen weit öffnete, aber nicht weit genug, um wirklich hineinsehen zu können.

Der erste Leviathan erreichte die Hafenmauer und walzte einfach über sie hinweg. Das Mauerwerk stürzte in sich zusammen, und das gewaltige Ungetüm brach sich einen Durchgang, der breiter war als die Stadttore von Segantia.

Die untoten Armbrustschützen auf seinem Rücken legten die Waffen an und schossen auf Gorian, während sich der Gigant unter ihm herwälzte.

Ein Armbrustbolzen traf Ar-Don, und mit einem letzten wütenden Fauchen zersprang der Gargoyle in ein halbes Dutzend steinerne Einzelstücke, die vom Himmel regneten – und Gorian stürzte in die Tiefe.

Der Leviathan öffnete sein Maul so weit, dass eine ganze Barkasse hindurchgepasst hätte, und er hob den Teil seines Körpers, den man für seinen Kopf halten konnte.

Gorian fiel in den Schlund. Er konzentrierte alle magischen Kräfte darauf, seinen Sturz zu bremsen, was innerhalb gewisser Grenzen möglich war. Er traf auf etwas Weiches, Glitschiges, rutschte ein Stück und befand sich dann im höhlenartigen Inneren des Leviathans.

Es schimmerte grünlich von überallher, sodass alles um Gorian herum in ein diffuses Dämmerlicht getaucht war. Offenbar war das Blut des Ungeheuers grün und leuchtete, denn er sah es ringsum in den riesigen Adern pulsieren.

Ein ohrenbetäubender Lärm empfing ihn. Er schnellte hoch, griff sein Schwert mit beiden Händen und sah unzählige Frostkrieger. Die meisten waren Orxanier, aber auch untote Menschen und Adhe machte er unter ihnen aus und hier und dort sogar einen grünhäutigen Oger. Eine ganze Armee war in diesem sich schier endlos fortsetzenden Schlund zu finden, der einem gewaltigen Tunnel glich – höher und breiter als irgendein Raum, der je von Menschenhand erschaffen worden war.

Bei einem Teil der Frostkrieger handelte es sich gar um Orxanier auf Wollnashörner, die ihre Reittiere ruhig zu halten versuchten. Aber Gorians Eindringen ließ die Tiere scheuen, denen man ihre Sensibilität gar nicht ansah. Im Gegensatz zu ihren Reitern waren sie jedenfalls nicht untot; es handelte sich, ähnlich wie bei den Eiskrähen, um seit jeher in den Ländern des Ordens beheimatete Geschöpfe, welche Morygors Schergen unter ihren Willen gezwungen hatten.

Eines der Wollnashörner brüllte auf, senkte den Kopf und scharrte mit den Hufen. Sein untoter orxanischer Reiter versetzte dem Tier daraufhin einfach einen Faustschlag gegen den Kopf, der es benommen in sich zusammensacken ließ.

Raue Rufe, vornehmlich auf Orxanisch oder Torheimisch, hallten in dem gewaltigen Schlund wider. Rufe, die wohl so viel bedeuteten wie: »Holt euch den Kerl!« Schleim tropfte von oben herab.

Drei Orxanier stürzten sich mit gezogenen Waffen auf ihn. Eine Wurfaxt fing Gorian aus der Luft auf und schlug damit dem ersten Untoten, der ihn erreichte, den Kopf ab. Er riss die Axt wieder hoch und schleuderte sie dem nächsten Angreifer entgegen, der ihr nicht rechtzeitig auswich, sodass sie ihm im zur Hälfte gespaltenen Schädel stecken blieb. Gorian zog sein Schwert, trennte dem Untoten mit dem gespaltenen Kopf mit zwei schnellen Hieben die Arme vom Rumpf und wehrte mit einer raschen Seitwärtsbewegung der Klinge auch noch einen Bogenschuss ab. Der Pfeil traf so auf den Stahl, dass er zur Seite gelenkt wurde. Er fuhr in eine der mit leuchtendem grünem Blut gefüllten Adern, das sofort in einer Fontäne aus der Wunde spritzte, und ein ohrenbetäubendes Brüllen dröhnte durch den Schlund, der sich daraufhin öffnete.

Gorian sah hinaus und erkannte, dass sich das Geschöpf geradewegs der äußeren Mauer der Ordensburg näherte, und dies mit einer Geschwindigkeit, bei der die Wollnashornkavalleristen kaum mitzuhalten vermochten. Durch den Hafenbereich hatte sich das Wesen bereits hindurchgewalzt und alles in den Boden gedrückt, was ihm im Weg stand. Keine einzige magische Barriere hatte es dabei aufgehalten.

Gleiches würde auch bei den Bannsteinen der Fall sein, die die eigentliche Burg schützen sollten. Der Verräter Aberian hatte ganze Arbeit geleistet.

Von den Burgmauern hagelten magisch verstärkte Katapultgeschosse auf die Angreifer nieder. Ein fünf Schritt langer und balkendicker Pfeil, der mit einem Springald verschossen worden war, drang dem Leviathan durch die Haut und das von grün schimmernden Adern durchzogene Fleisch und ragte anschließend eine Mannslänge weit in den Schlund hinein. Leuchtendes Blut schoss aus der Wunde.

Der Leviathan wurde von ungeheurer Wut gepackt. Sein Brüllen glich einem nicht enden wollenden Donnern.

Die Mauern des äußeren Burghofs waren für ihn kein Hindernis. Sie zerbrachen unter der Wucht des massigen Körpers. Ein Ruck ging durch das Tier, als das riesenhafte Geschöpf mit voller Geschwindigkeit gegen das Mauerwerk prallte. Nicht nur Gorian wurde von den Füßen gerissen, und so viele Faustschläge konnten die Wollnashornreiter ihren Reittieren gar nicht geben, dass sie ruhig blieben.

Als sich das vordere Drittel des Leviathans im äußeren Burghof befand, riss das Ungetüm den Schlund weit auf. Gorian rappelte sich hoch. Er wich einer orxanischen Wurfaxt aus, dann rannte er ins Freie, verfolgt von den Wollnashörnern und den Fußkriegern. Er sprang zur Seite, bevor ihn der erste Wollnashornreiter beinahe über den Haufen ritt. Dessen langes, leicht gebogenes und vorn gespaltenes Kavalleristenschwert verfehlte ihn nur knapp. Die Waffe war wie geschaffen für einen Orxanier, um damit vom Rücken eines Wollnashorns aus Feinde zu erschlagen, und zwar vorzugsweise Menschen.

Gorian rollte auf dem Boden ab und schleuderte, einen Kraftschrei ausstoßend, sein Schwert. Die Klinge zerschnitt dem Wollnashorn eine Sehne am Bein und kehrte in Gorians Hand zurück. Das Reittier des Untoten brüllte auf, sein linkes Vorderbein knickte ein, und der Reiter sprang aus dem Sattel, aber noch ehe er wieder festen Stand bekam, hatte Gorian ihm den Schädel so tief gespalten, dass selbst ein Untoter kampfunfähig sein musste.

Der Körper des Frostkriegers sackte mit einem dumpfen Ächzen in sich zusammen, sein Schwert entfiel ihm.

Die Streitmacht drängte aus dem Inneren des Leviathans heraus. Grausige Szenen spielten sich am Maul des Riesenwurms ab. Stahl klirrte gegen Stahl, Todesschreie gellten. Hier und dort wurde Magie eingesetzt, und Kraftschreie mischten sich mit Schmerzenslauten.

Gorian kämpfte wie ein Berserker. Sein Schwert zuckte blitzschnell nach oben und nach unten, wehrte Wurfbeile, Pfeile und Hiebe ab. Aber die Schlacht war bereits verloren. Zu übermächtig waren die Angreifer. Selbst ein Heer von Ordensmeistern hätte kaum ausgereicht, um Morygors Kriegern über längere Zeit Widerstand leisten zu können, und es waren zum Großteil nur Schüler, die versuchten, dem Grauen Einhalt zu gebieten. Die Frostkrieger trieben ihre Wollnashörner in die Menge hinein und schlugen mit ihren gespaltenen Schwertern unerbittlich zu.

Überall herrschten Chaos und Panik.

Ein zweiter Leviathan durchbrach das Gemäuer. Eine feste Burg, die über Jahrtausende an diesem Platz gestanden hatte als Symbol der Sicherheit des Heiligen Reichs, zerfiel unter dem Druck eines massigen Leviathankörpers, aus dessen Schlund untote Wollnashornreiter preschten.

Schon hatten die ersten Reiter das Tor zum inneren Burghof erreicht und rammten mit den gewaltigen Hörnern ihrer Tiere dagegen. Andere Orxanier warfen Hakenseile in die Höhe, die sich an den Zinnen festkrallten, sodass sich die Angreifer mit einem barbarischen, Furcht einflößenden Brüllen emporziehen konnten.

Den Ersten wurden noch die Seile durchgeschnitten, sodass sie zurück in die Tiefe stürzten, aber die Übermacht war einfach zu groß, und so gelang es immer mehr Frostkriegern, die Mauer des inneren Burghofs zu überwinden, sodass sie auf den Brustwehren gegen die verbliebenen Verteidiger vorgingen.

Für Gorian ging es nun ums nackte Überleben. Seine Augen waren tiefschwarz. In der Rechten hielt er sein Schwert, in der Linken den Rächer, und mithilfe der Magie wehrte er gegen ihn gerichtete Schläge ab, wich Pfeilen aus, deren Beschuss er vorausahnte, oder schlug sie mit dem Schwert oder dem Rächer zur Seite.

Ein dritter Leviathan drängte durch das Gemäuer und ließ einen ganzen Turm einstürzen. Dann schob er sich weiter die Anhöhe empor bis zum inneren Burghof, drückte die Mauern des Seher-Hauses nieder und öffnete sein Maul, um die unzähligen Frostkrieger, die er in seinem Leib transportiert hatte, auszuspeien. Schlachtenlärm war nun auch von dort zu hören.

Der Mittelturm, die letzte Rückzugsmöglichkeit, stürzte ein, nachdem der Leviathan den vorderen Teil seines Körpers ein wenig zur Seite drehte. Selbst die magischen Blitze der Magieschüler konnten das Wesen nicht zurückdrängen.

Als der Großteil der Frostkrieger den Schlund des Leviathans verlassen hatte, schob er seine Massen gegen die Kathedrale des Ersten Meisters. Die Kuppel brach über dem Leviathan zusammen, ohne dass dies irgendeine erkennbare Auswirkung auf das Ungetüm hatte.

Dann aber übertönte plötzlich ein durchdringendes Zischen alle anderen Geräusche. Der Schlachtenlärm war nicht mehr zu hören. Schwarzes Licht sprühte fontänenartig aus der zerstörten Kathedrale, vermischt mit grellweißen Blitzen. Der Leviathan brüllte auf, als ihm das Sternenmetall von Meister Aberians Kunstwerk in der Kathedralenkuppel zum Verhängnis wurde. Die in der dunklen Sphäre gebannte magische Kraft entlud sich. Flammen schossen aus dem Körper des Ungetüms, und weitere Blitze umflorten seinen Leib. Der Leviathan wand sich, brüllte und riss Mauern und Gebäude nieder, im inneren Burghof, wo sich das Kopfende des Riesenwurms befand, ebenso wie auch im äußeren

Burghof und in der ohnehin schon so gut wie völlig zerstörten Hafenstadt, wo er mit dem Schwanz um sich schlug. Dass er dabei sowohl Burgwächter, Magieschüler, Ordensmeister und sogar die eigene Nachhut tötete, war dem sterbenden Monstrum gleich. Es war erfüllt von Schmerz und Wut – und wahrscheinlich noch ein halbes Dutzend anderer Empfindungen, die zu fremdartig waren, als dass irgendein Geschöpf diesseits des Weltentores sie hätte nachempfinden können.

»*Wo steckst du?*«, erreichte Gorian ein Gedanke von Sheera, der voller Angst und Unsicherheit war. Für einen kurzen Moment sah er das sehr intensive Bild eines Wollnashornreiters und dahinter das Südtor der äußeren Burgmauer.

Den Wollnashornreiter sah Gorian in seiner Vision nur kurz aufflackern und wunderte sich darüber, dass er sehr viel kleiner wirkte als ein Orxanier. Vielleicht handelte es sich um einen untoten Adh oder einen Menschen aus Torheim, der zum Frostkrieger gemacht worden war.

Gorian kämpfte sich vorwärts und stieg dabei über die Leichen von Burgwachen und Mitschülern und hin und wieder auch über die von einem der wenigen Meister, die zum Zeitpunkt des Angriffs noch in der Ordensburg gewesen waren. Den Heiler Faroch entdeckte er ebenso unter den Gefallenen wie auch den rothaarigen Alrado.

Immerhin war der Weg zum Südtor nicht durch einen Leviathankörper versperrt. Trotzdem kam er nur langsam voran, denn immer wieder wurde er angegriffen.

Ein Wollnashorn sprengte durch die Kämpfenden. Der Reiter war für einen Orxanier viel zu klein und zierlich, wie Gorian sofort auffiel. Es war der Reiter aus seiner Vision.

Er hielt geradewegs auf Gorian zu und ließ ein gespaltenes orxanisches Schwert wie eine Sense um sich kreisen.

Doch er richtete seine Schläge gegen Morygors Krieger, die irritiert zurückwichen. Ein Kraftschrei kam über seine Lippen, und als er näher heran war, sah Gorian, dass die von seiner Vermummung freigelassenen Augen vollkommen schwarz waren.

»Halte durch!«, erreichte Gorian ein Gedanke.

»Meister Thondaril!«, stieß er ungläubig hervor – ein Ruf, der sich zu einem Kraftschrei wandelte, als ihn ein untoter Adh von der Seite her angriff, dem Gorian mit dem Schwert den Kopf von den Schultern schlug.

Dann hatte ihn der Wollnashornreiter erreicht.

»Aufsitzen!«

Es war ein knapper Gedankenbefehl des Meisters. Gorian stieß Schwert und Rächer in ihre Scheiden und krallte sich an dem Haar des Nashorns fest. Meister Thondaril hatte das Tier völlig unter seiner Geisteskontrolle und stieß einen Kraftschrei aus, der es antrieb, als wäre ein ganzes Rudel Langzahnlöwen hinter ihm her.

»Keine Sorge, ich habe mich nicht auf die andere Seite geschlagen, und ein Untoter bin ich auch nicht«, vernahm Gorian einen weiteren Gedanken seines Meisters.

Dann waren sie beim südlichen Tor der äußeren Burgmauer, und Gorian sah Torbas und Sheera.

»Na endlich!«, rief Torbas, der zwei untote Torheimer mit Schwerthieben zurücktrieb. Meister Thondaril streckte die Hand aus, und Blitze zuckten daraus hervor, welche die beiden Untoten trafen und sie zu Boden warfen. Sie bewegten sich noch, standen auf, waren aber zu geschwächt für einen weiteren Angriff. Einer der beiden rief etwas auf Torheimisch. Offenbar wollte er Hilfe herbeiholen, aber in all dem Chaos, das vor allem der sich in magischem Feuer windende Leviathan verursachte, hörte ihn niemand.

»Rauf mit euch!«, rief Meister Thondaril. »Das nashörnige

Vieh, auf dem ich sitze, trägt uns alle. Zumindest für eine Weile.«

Gorian beugte sich hinab und reichte Sheera die Hand. Torbas, der einem gefallenen Bogenschützen aus den Reihen der Burgwachen die Waffe und den Köcher abgenommen hatte, schoss mit einem Kraftschrei einen Pfeil ab, der einem heranstürmenden Orxanier durchs Auge fuhr und ihn niederstreckte. Dieser versuchte sich den Pfeil aus dem Schädel zu ziehen, aber bevor er wieder auf den Beinen war, ließ Thondaril das Wollnashorn davonpreschen.

»Ich wusste gar nicht, dass du so etwas kannst!«, rief Gorian seinem Mitschüler zu. Das Bogenschießen mit Kraftschrei stand nämlich erst später auf dem Ausbildungsplan der Schwertmeister.

»Du weißt vieles über mich noch nicht«, entgegnete Torbas.

Zu viert saßen sie auf dem Rücken des Wollnashorns, das Meister Thondaril mit einem starken Gedankenbefehl vorwärtstrieb, auf die weiße Ebene zu, die sich südlich der Ordensburg erstreckte. Von Baumgruppen unterbrochene Felder waren unter Schnee und Eis verborgen, und hin und wieder kamen sie an einem Dorf vorbei, das aber schon bei Ausbruch der großen Kälte und der Vereisung der Mittlinger See und des Gont-Deltas verlassen worden war. Die meisten Einwohner hatten sich in den Hafen und die Ordensburg geflüchtet und waren wohl beim Angriff von Morygors Horden und der Leviathane ums Leben gekommen.

Bald stellten sie fest, dass ihnen ein Trupp Wollnashornreiter folgte. Offenbar sollte es keine Überlebenden geben, niemand sollte entkommen.

Von einer Anhöhe aus sah Gorian, dass das magische

Feuer, das einen der Leviathane verschlungen hatte, auch auf andere Bereiche der zerstörten Burg übergegriffen hatte. Der riesenhafte Kadaver des brennenden Ungetüms lag reglos da, während sich die beiden anderen Riesenwürmer zurückzuziehen versuchten und sich dabei auch über die eigenen Truppen wälzten.

Die Verfolger holten rasch auf. Einer von ihnen schoss mit einer Armbrust auf die Flüchtenden und verfehlte Thondaril nur knapp. Dieser knurrte etwas in alt-nemorischer Sprache, was allerdings wohl eher ein Fluch als eine magische Formel war, und brachte das Wollnashorn zum Stehen.

»Was habt Ihr vor, Meister Thondaril?«, fragte Sheera.

»Ich habe dieses Reittier in Ameer dem untoten Orxanier abgenommen, dessen Felle mich jetzt wärmen«, erklärte er. »Die ganze Strecke bis hierher habe ich mich auf dem Rücken des Tiers durchschlagen müssen, und nun ist es erschöpft, und selbst mit magischer Unterstützung ist es zu langsam, um diesen Kreaturen dort zu entkommen. Zu viert sind wir zu schwer.« Er atmete tief durch. »Drei Frostkrieger in offener Feldschlacht – das wird ja wohl zu schaffen sein!«

»Wieso drei?«, fragte Torbas. »Es sind doch mehr!«

Thondaril glitt vom Rücken des Wollnashorns und meinte: »Wenn du noch lange zögerst, deinen Bogen einzusetzen, werden sie auch so zahlreich bleiben. Aber willst du das wirklich einem so hart geprüften Mann wie mir zumuten? Komm herunter, damit du festen Stand hast und jeder Schuss trifft.«

Nach diesen Worten vollführte er eine plötzliche Bewegung, ließ einen Blitz aus seiner Hand zucken, der einen Armbrustbolzen, der ansonsten Gorian getroffen hätte, im Flug traf und zur Seite lenkte.

Das Wollnashorn wurde unruhig, und Thondaril rief zu Gorian empor: »Es lässt sich leicht reiten, wenn man den nötigen Willen dazu aufbringt!«

Gorian konzentrierte etwas von der Alten Kraft, aber er spürte rasch, dass er nur ganz wenig davon brauchte, um das gewaltige Tier zu beeinflussen. Es beruhigte sich sofort.

Torbas stieg ab und erwartete an Thondarils Seite und mit gespanntem Bogen die herannahenden Verfolger. Dann, auf die Anweisung des Meisters hin, verschoss er einen Pfeil nach dem anderen, und jedes Mal unterstützte Thondaril seine Schüsse mit einem Kraftschrei. Die Pfeile fanden sicher ihr Ziel und trafen mit solcher Wucht, dass die Reiter von den Rücken der Wollnashörner gerissen wurden.

Drei der Verfolger blieben übrig, nachdem Torbas sämtliche Pfeile aus dem Köcher der toten Burgwache verschossen hatte. Auf ihren Wollnashörnern preschten sie heran.

»Ich sagte doch, wir werden uns nur drei von ihnen stellen müssen«, meinte Thondaril. Dann gebot er Torbas: »Und jetzt tritt zurück!«

»Braucht Ihr keine Hilfe?«

»Du würdest mich nur behindern.«

»Ich hoffe, er weiß, was er tut«, raunte Sheera Gorian zu, während der das Reittier, auf dem sie beide saßen, mit seinen Gedankenbefehlen ruhig hielt.

Der zweifache Ordensmeister trat den nahenden Wollnashornreitern entgegen. Einen Armbrustbolzen schlug er mit dem Schwert zur Seite, einen zweiten lenkte er mit der Klinge so ab, dass er zurück zu den Verfolgern geschickt wurde und einem von ihnen den Kopf wegriss. Ein magischer Gedankenbefehl an dessen Wollnashorn sorgte dafür, dass es scheute, sich brüllend auf die Hinterbeine stellte und den Geköpften auf den eisigen Grund warf.

Der zweite berittene Frostkrieger wollte seine Lanze nach

Thondaril schleudern, da riss der Schwert- und Magiemeister einen Dolch unter den Fellen, die er trug, hervor und warf sie dem Orxanier entgegen, begleitet von einem Kraftschrei. Die Klinge drang zischend und von Blitzen umflort in die Brust des Angreifers. Ehe dieser aus dem Sattel kippte, bewegte Thondaril die Hand und ließ die Lanze des vernichteten Untoten mit solcher Wucht in den Körper des letzten Frostkriegers fahren, dass der von seinem Reittier gerissen wurde.

Auf dieses Tier hatte Thondaril es abgesehen. Mit einem Gedankenbefehl zwang er es zu sich heran. »Na, ist das ein prächtiger Wollnashornsattel?«, rief er Torbas zu. »Zwei von uns trägt so ein Tier spielend, aber du kannst dir gern ein eigenes Reittier auswählen.« Damit kletterte Thondaril auf den Rücken des Wollnashorns und streckte die Hand aus, woraufhin sein Dolch zu ihm zurückkehrte. Allerdings ließ er ihn zunächst etwas durch den halbgefrorenen Schnee ritzen, damit das Orxanier-Blut abgewischt wurde.

22 Basilisken

»Ich muss Euch noch von Hochmeister Aberian erzählen«, sagte Gorian zu Meister Thondaril.

»Wenn es um seinen Verrat geht, ist das für mich nichts Neues. Meister Rhaawaan hat mich per Handlichtlesen darüber unterrichtet, dass Aberian die Bannsprüche aufgehoben hatte, sodass die Burg über keinen magischen Schutz mehr verfügte, und dies auf eine Weise, dass es nicht so einfach rückgängig zu machen war. Zuvor erzählte mir in Ameer ein sterbender Schattenmeister, dass Aberian auch dort an der Grenze die Bannsteine unwirksam machte, doch ich wollte es erst nicht glauben. Dann aber fügte sich eins zum anderen und ergab ein scheußliches Bild.«

»Ich habe versucht, Euch über Handlichtlesen zu erreichen, Meister«, sagte Gorian. »Aber das war nicht möglich, sodass ich schon befürchtete …«

»… dass ich gefallen wäre?«

»Ja.«

Ein mattes Lächeln huschte über Thondarils sonst so hartes Gesicht. Das flackernde Lagerfeuer ließ Schatten darauf tanzen. Es brannte schlecht, weil das Holz feucht war. Eine Handbewegung und eine alt-nemorische Formel von Thondaril ließen die fast erlöschenden Flammen jedoch wieder auflodern.

»Das war der Sinn der Sache, Gorian«, antwortete er

dann. »Jeder sollte denken, dass ich nicht mehr am Leben wäre – vor allem Hochmeister Aberian. Nur so hatte ich die Möglichkeit, ihn bei seinem Treiben auf frischer Tat zu ertappen. Aber ich kam zu spät. Wahrscheinlich war das Blatt ohnehin nicht mehr zu wenden.«

Am nächsten Morgen überschritten sie den gefrorenen Gont und zogen dann tagelang durch die Wildnis des Estlinger Landes. Der Frostwinter war schon sehr weit nach Süden vorgedrungen. Immer wieder kamen sie an verlassenen Siedlungen vorbei, die offenbar schon vor dem Angriff von Morygors Horden verlassen worden waren. Die Bewohner waren vor der Kälte nach Süden geflüchtet.

Während sich Torbas dafür entschieden hatte, allein auf einem Wollnashorn zu reiten und es seinem Willen zu unterwerfen, teilte sich Sheera nach wie vor eines der Tiere mit Gorian. Meister Thondaril ritt voran.

Abends, wenn sie am Lagerfeuer saßen, erzählte der zweifache Ordensmeister von seinen Erlebnissen in Ameer, wo die Streitmacht von Kaiser und Orden so vernichtend geschlagen worden war wie niemals zuvor in ihrer Jahrtausende währenden Geschichte. »Das, was dort geschehen ist, wird die Grundfesten des Heiligen Reichs erschüttern und es vielleicht sogar zerstören«, befürchtete er. »Der gesamte Norden des Reiches wird nicht zu halten sein, und es wird sehr schwer werden, überhaupt noch irgendwo eine Widerstandslinie aufzubauen.«

»Man muss sich nur den Schattenbringer ansehen, wie er sich vor die Sonne schiebt, dann weiß man, wie groß unsere Chancen stehen«, meinte Torbas pessimistisch.

»Der Schlüssel zu allem ist Morygor selbst«, sagte Gorian. »Wenn ich seine Schicksalslinie kreuzen und ihm gegenübertreten könnte …«

»Zunächst mal werden wir einiges dafür tun müssen,

dass es für uns – dich eingeschlossen – überhaupt noch ein Schicksal gibt«, unterbrach ihn Torbas.

»Vielleicht hören wir uns erst mal an, welche Pläne Meister Thondaril hat«, lautete Sheeras Ansicht.

»Wir werden das tun, was ich Gorian schon anriet, bevor ich nach Ameer aufbrach.«

»Wir reisen ins Basilisken-Reich?«, entfuhr es diesem.

»Ja.«

»Das klingt nicht, als wolle er mit uns darüber diskutieren«, erreichte Gorian ein Gedanke von Sheera.

Die Tage gingen ziemlich eintönig dahin. Sie nutzten die Helligkeit, um weiter nach Süden zu ziehen. Wenige Stunden Schlaf mussten in den Nächten genügen.

Ein Schwarm Eiskrähen tauchte einmal am Horizont auf, was Meister Thondaril sofort veranlasste, mit den Schülern Schutz in einem nahen Waldstück zu suchen. »Morygors Spione sind nicht zufällig hier«, war er überzeugt.

»Meint Ihr, sie sind noch auf der Suche nach uns?«

»Wahrscheinlich in erster Linie nach dir, Gorian.«

Wenn sie am Lagerfeuer saßen, nutzte Meister Thondaril häufig die wenigen Ruhestunden dazu, um durch Handlichtlesen Verbindung mit anderen Ordensmeistern aufzunehmen, etwa mit dem Gesandten des Ordens am Kaiserhof oder Ordensmeistern in allen Herzogtümern. So erhielt er nach und nach einen Überblick über die sich abzeichnende Lage, und die war geradezu deprimierend.

»Die Leviathane kriechen durch Estrigge und Nemorien, und es gibt niemand, der sie aufhalten könnte«, berichtete er seinen Begleitern. Zwar waren auch Gorian und die beiden anderen ehemaligen Ordensschüler des Handlichtlesens mächtig, aber nur Meister Thondaril hatte die nötigen Kontakte innerhalb des Ordens, um Neuigkeiten zu erfahren, und zudem hatte er Gorian strengstens untersagt, mit irgendjemandem, den er vielleicht kannte, Verbindung aufzunehmen. Aus Sicherheitsgründen.

»Ich hoffe, dass sich der Kaiser mit seinem Heer dem Feind entgegenstellt«, sagte Torbas. »Es ärgert mich, dass wir nicht dabei sein werden und uns stattdessen ins Basilisken-Reich davonmachen.«

»Dafür gibt es Gründe«, gab Thondaril streng zurück. »Gründe, die ich euch ausführlich erläutert habe. Davon abgesehen wird der Kaiser kein Heer entsenden. Er hat vielmehr den Hof in Olandor aufgegeben, um ihn nach Arabur in Laramont zu verlegen. Er soll bereits unterwegs in seine laramontische Stammlande sein.«

»Das Reich zerfällt«, stellte Sheera fest. »Es wird zerbrechen wie die Mauern der Ordensburg unter den Leibern der Leviathane.«

»Was ist mit dem Orden?«, hakte Gorian nach.

»Es gibt Pläne, irgendwo im Süden die überlebenden Meister zu versammeln und den Orden zu rekonstituieren. Aber das wird problematisch werden. Das Schwierigste dabei wird es sein, das Vertrauen zurückzugewinnen. Schließlich war unser Hochmeister ein Verräter.« Thondarils Blick wurde düster, während er fortfuhr: »Ich gebe es ungern zu, Gorian, aber inzwischen denke ich manchmal, dass dein Vater recht hatte.«

Am Ufer des in der Eiswüste kaum noch sichtbaren Flusslaufs des Gont, dessen mäandernde Linie die Grenze zwischen dem Estlinger Land und Nemorien bildete, stießen sie auf ein Fischerdorf, dessen Einwohner auf schreckliche Weise niedergemetzelt und entstellt worden waren. Den Toten fehlten die Augen, und Fleischstücke waren aus ihren Körpern gerissen.

»Eiskrähen!«, murmelte Gorian.

»Der Feind ist schneller als wir«, stellte Thondaril fest.

»Folgen wir weiter dem Fluss bis Gontia?«, wollte Torbas wissen.

Thondaril schüttelte den Kopf. »Nein. Wir werden einen geraden Weg Richtung Omont nehmen.«

»Also über die Berge.«

Thondaril wandte sich nach Torbas um. »Du hast dir die Karten in der Ordensbibliothek gut eingeprägt.« Er machte eine ausholende Geste und fuhr dann fort: »Aber präg dir auch die Dinge ein, die man am liebsten aus seinem Gedächtnis verbannen möchte, und vergiss nie, wozu unser Feind imstande ist.«

Fast eine Woche waren sie bereits unterwegs, als sie die ersten Ausläufer des Estlinger Gebirges erreichten. Aber auch dort hatte der Frosthauch das Land fest in seinem Griff. In einer kleinen Siedlung am Fuß eines Bergmassivs übernachteten sie und deckten sich mit frischem Proviant ein. Die Preise, die dafür verlangt wurden, waren außergewöhnlich hoch, was daran lag, dass die Leute befürchteten, bald nicht genug für sich selbst zu haben. Und wahrscheinlich hatten sie recht damit, denn wann und ob es eine nächste Ernte geben würde, war völlig ungewiss. Immerhin war zu hören, dass es südlich der Berge, in Nomrigge und Omont, zurzeit deutlich wärmer sei, wie Reisende bezeugt hätten. Auf der Nordseite seien allerdings alle Pässe tief verschneit.

Zunächst waren die Einheimischen wegen der Wollnashörner sehr misstrauisch. Aber Thondarils Ordensmeister-Ringe erweckten Vertrauen.

»Ihr seid eine Legende, ehrwürdiger Meister«, sagte der Dorfälteste. »Thondaril, der Meister in zwei Ordenskünsten … Wisst Ihr, dass man Lieder über Euch singt?«

»Ich fürchte, es wird bald niemand mehr hier sein, der diese Lieder zu singen vermag«, gab Thondaril bedrückt zurück. »Ich kann euch nur den Rat geben, alles zu nehmen, was ihr tragen könnt, und über die Berge zu ziehen, wenn ihr dem Verhängnis entgehen wollt.« Er berichtete von dem Fall der Ordensburg, vom Vordringen der Leviathane und von den untoten Heeren, die aus den Bäuchen dieser Kreaturen strömten, und auch von den Eiskrähen, die in Schwärmen über die Dörfer herfielen.

»Dies ist unser Land, das uns seit hundert Generationen gehört«, sagte der Dorfälteste daraufhin. »Wir werden es nicht preisgeben!«

»Könnten wir nicht ein paar Bannsteine besprechen, um diese Leute wenigstens vor den Eiskrähen zu schützen?«, fragte Gorian später, als sie allein bei den Wollnashörnern waren, um sie zu versorgen.

»Dadurch verlieren wir wertvolle Zeit«, entgegnete Thondaril. »Du kannst nicht jedem helfen und nicht jeden retten wollen.«

»Sollen wir deswegen so mitleidlos wie unsere Gegner werden?«, fragte Gorian grimmig.

Thondaril dachte kurz nach und seufzte schließlich. »Also gut. Dann werden wir das jetzt gleich erledigen und auf den Schlaf, den wir eigentlich dringend benötigen, verzichten. Ich hoffe nur, wir werden es nicht später bereuen.«

Gorians Laune besserte sich schlagartig. »Ich danke Euch!«

»Es wird sich noch zeigen, ob du mich deswegen nicht noch verfluchen wirst«, grummelte der Schwert- und Magiemeister.

Drei Tage später kampierten sie bereits mitten in den Höhenzügen des Gebirges, das die Grenze zwischen dem

Estlinger Land und den Herzogtümern Nomrigge und Omont im Süden bildete. Die Wollnashörner hatten wenig Mühe mit den Steigungen, was die drei Ordensschüler zunächst erstaunte, bis ihnen Meister Thondaril erklärte, dass diese Tiere ungezähmt bis in die kältesten Gebirgszüge von Eisrigge und Nord-Orxanien zu finden seien.

Gorian schlief schlecht und erwachte irgendwann wegen der grausamen Kälte. Das Feuer hatte von Anfang an nicht richtig gebrannt und war trotz magischer Unterstützung in der Nacht erloschen.

»Ich finde dich überall …«

Die Gedankenbotschaft, die er auf einmal empfangen hatte, war von einfacher Klarheit und eindeutiger Eindringlichkeit – ganz anders als der chaotische Schwall von Bildern und Empfindungen, der danach auf ihn eindrang.

Ein Schatten schnellte über den nächtlichen Himmel, und dunkle Schwingen hoben sich gegen das fahle Mondlicht ab. Dann landete das katzengroße Wesen drei Schritte von Gorian entfernt im Schnee und veränderte seine Farbe zu einem leuchtenden Purpur.

Ar-Don hatte ihn erneut gefunden!

»Mich vermisst?«

»Ich dachte, du wärst …«

»… tot?«

Fast hatte Gorian den Eindruck, dass sich das Gesicht des Gargoyle zu einem Lächeln verzog – oder zu dem, was für seinesgleichen vielleicht eins sein mochte.

»Solltest mich besser kennen …«

In diesem Moment schreckte Thondaril aus dem Schlaf und von seinem Lager hoch. Er musste die Anwesenheit des Gargoyle gespürt haben, denn Ar-Don hatte sich bisher vollkommen lautlos verhalten. Der Ordensmeister griff sofort zum Schwert und stieß einen Kraftschrei aus. Es bedurfte nicht der Voraussicht eines Schwertmeisters, um seine Absicht zu erkennen.

Aber Gorian war nicht gewillt, das zuzulassen. Auch er sprang auf und stellte sich Thondaril in den Weg.

»Nein!«, rief er, und dieser Ruf ging übergangslos in einen Kraftschrei über, der Thondarils niedersausende Klinge abbremste.

Der zweifache Ordensmeister hielt in der Bewegung inne. »Das ist eine Kreatur Morygors!«, rief er.

»Dieses Wesen hat mich vor Morygors Schergen gerettet und sich meinetwegen zerschlagen lassen«, gab Gorian zurück. »Einmal übrigens von Euch, wenn mir diese Bemerkung gestattet ist.«

Ar-Don stieß ein Fauchen aus, das dann allerdings in ein katzenhaftes Wimmern überging.

Thondaril ließ die Klinge sinken und atmete tief durch, wobei sich in der eisigen Luft Wölkchen vor seinem Mund und seiner Nase bildeten. »Du denkst doch wohl nicht allen Ernstes daran, dass uns dieses Wesen auf unserer Reise begleitet?«

»Ich fürchte, so wird es sein«, entgegnete Gorian. »Auf irgendeine Weise scheinen unsere Schicksalslinien miteinander verwoben, auch wenn ich den Grund dafür nicht begreife. Aber Ar-Don hat bewiesen, dass er ein Verbündeter ist. Er hat mir in der Kanzlei des Hochmeisters geholfen, als drei Schattenmeister mich angriffen, die wie Aberian Verräter waren. Wollte er mir Übles, hätte er nichts anderes zu tun brauchen, als sie ihr Werk vollenden zu lassen.«

Meister Thondaril streckte die freie Hand aus und ließ daraus einen Blitz hervorzischen, mit dem er das Feuer wieder anzufachen versuchte. Es gelang erst beim dritten Mal, so feucht war das Holz. »Ich gebe dir trotzdem einen guten Rat, Gorian: Vertrau einer solchen Kreatur niemals!«

»Seltsame Freunde hast du«, lautete Torbas' Kommentar, der wie Sheera inzwischen längst erwacht war. Er schien Thondarils Abneigung gegenüber Ar-Don zu teilen.

Sheera hingegen hatte offenbar keinerlei Furcht vor dem Gargoyle. Auch sie hatte sich inzwischen von ihrem Lager erhoben und näherte sich ohne irgendeine erkennbare Vorsicht dem steinernen Wesen, kniete vor ihm nieder und berührte den Nacken der katzengroßen Kreatur. Das Fauchen, das zunächst zwischen den nadelartigen Steinzähnen des kleinen Monstrums hervordrang, wurde zu einem Hauchen, nicht lauter als ein heftiger Atemzug.

Sheeras Augen schimmerten zunächst grünlich und füllten sich dann mit purer Schwärze. »Dieses Wesen ist arg verwundet worden«, sagte sie schließlich. »Schlimmer, als dass irgendein noch so begabter Heiler ihm helfen könnte …«

Ar-Don folgte ihnen an den nächsten Tagen mit einigem Abstand. Manchmal war er für Stunden hinter den zurückliegenden Anhöhen verschwunden und tauchte dann urplötzlich wieder auf. Am vierten und fünften Tag allerdings war keine Spur von ihm zu entdecken.

»Diese Kreatur hat ihren eigenen Willen, Gorian«, versuchte Thondaril das Verhalten des Gargoyle zu erklären. »Und du wirst sie niemals richtig einschätzen können.«

Zwei Tage später sahen sie unter sich bereits die grünen Landschaften Nomriggens. Noch waren die Gebirgszüge im Süden des Estlinger Landes eine Barriere für die grausame Kälte, die den Leviathanen Morygors den Weg ebnete. »Seht euch dieses Land gut an und behaltet es in Erinnerung«, mahnte Meister Thondaril, der sein Wollnashorn hatte anhalten lassen. »So wird es vielleicht nie wieder sein.«

Der Schattenbringer bedeckte die Sonnenscheibe noch

weitaus mehr als vor dem Angriff auf Grontland und die Ordensburg. Fahl und kraftlos wirkte sie.

»Seht, dort hinten!«, rief Torbas plötzlich und deutete nach Nordosten, wo hinter einer Bergkette ein Greif mit einer Gondel hervorgetaucht war. Mit kräftigem Flügelschlag mühte er sich ab, die Höhenzüge zu überwinden.

»Das ist der Greif von Centros Bal«, war Gorian im nächsten Moment überzeugt. »Er scheint sich auf der verspäteten Reise von den Mittlinger Inseln ins Basilisken-Reich zu befinden.«

»Und für eine Verspätung gibt es ja durchaus nachvollziehbare Gründe«, knurrte Thondaril. »Er kann froh sein, es überhaupt bis hier geschafft zu haben.« Der Meister des Schwertes und der Magie zog einen Handschuh aus, hielt die offene Handfläche empor, und innerhalb weniger Augenblicke bildete sich eine flimmernde Lichtaura, in der Schriftzeichen und Runen wild durcheinandertanzten, bis sie sich zu einem Text geordnet hatten. »Ich werde Centros Bal eine kurze Botschaft zukommen lassen«, erklärte Thondaril dazu.

Die Lichtaura hatte inzwischen die Größe eines menschlichen Kopfes angenommen, doch was dort geschrieben stand, vermochten weder Gorian noch Sheera vollständig zu erkennen. Mit einem Kraftschrei stieß Thondaril die Aura in die Höhe, woraufhin sie dem Greifen entgegenflog und beständig beschleunigte. Schließlich war sie so schnell wie ein Blitz und erreichte den aus dieser Entfernung winzig wirkenden Greifenreiter, bei dem es sich aller Wahrscheinlichkeit nach um Centros Bal persönlich handelte, denn der überließ ja nur äußerst ungern einem anderen die Führung seines Flugtiers.

Was auch immer genau in der Botschaft stand, Centros Bal reagierte darauf, indem er den Greifen dazu veranlasste, die

Flugrichtung geringfügig zu ändern. Mit mächtigem Flügelschlag kam das riesenhafte Wesen auf die Flüchtlinge zu.

»Er wird uns mit nach Basileia nehmen«, kündigte Thondaril an. »Dadurch gewinnen wir wertvolle Zeit.«

Centros Bal ließ seinen Greifen samt Gondel im Schnee des Hochpasses landen. Er befand sich tatsächlich auf dem Rückflug von den Mittlinger Inseln und hatte die Laderäume voller Bernstein, den er nach Basileia, die Hauptstadt des Basilisken-Reichs, schaffen wollte. Um die Wollnashörner zu transportieren war daher kein Platz, weshalb sie einfach freigelassen wurden.

»Wahrscheinlich ist es gleichgültig, wohin sie laufen, denn Omrigge und Omont werden bald eine genauso eisige Einöde sein, wie es die nördlicheren Herzogtümer schon sind«, meinte Thondaril.

Dass Centros Bal bereit war, die vier Flüchtige mitzunehmen, entsprang keineswegs nur reiner Menschenfreundlichkeit. Thondaril versprach ihm, dass der Orden ihn großzügig dafür entlohnen würde. Auch wenn die Ordensburg zerstört und sein Hochmeister ein Verräter gewesen war, so bedeutete dies nicht, dass der Orden selbst nicht mehr existierte. Überall im Heiligen Reich hatte er Besitzungen, und oft genug hatte er in der Vergangenheit auch dem einen oder anderen Kaiser mit einem Kredit zur Macht verholfen oder ihn dort gehalten. Unter anderem hatte der Orden eine eigene Gesandtschaft in Basileia, wo Centros Bal sein Lohn ausgezahlt werden sollte. Wahrscheinlich war außer Thondaril kaum noch ein Mitglied des Entscheidungskonvents am Leben, doch der Schwert- und Magiemeister hatte genug Befugnisse, um jederzeit über größere Beträge verfügen zu können.

Beim Flug über Nomrigge und Omont ließ sich Centros Bal von seinem Zweiten Greifenreiter Fentos Roon vertreten, um mit seinen Passagieren in der Gondel sitzen zu können. Beide Seiten hatten viel zu erzählen.

»Ich musste einen weiten Umweg nach Osten machen«, berichtete Centros Bal. »Die Mittlinger See ist nahezu völlig zugefroren, und die Leviathane dringen auf breiter Front gen Süden vor. Ganz Nemorien und Pantanela dürften schon von diesem Unheil erfasst sein und auch weite Gebiete des Ogerlandes. Über die Mittlinger Inseln brach das Verhängnis ein, kurz nachdem wir das Gebiet verlassen hatten. Es sieht wohl überall ziemlich hoffnungslos aus.«

»Ich denke, dies wird für lange Zeit Euer letzter Greifenflug in den Norden gewesen sein«, sagte Thondaril.

Gorian wandte sich an Torbas. »Wenn die Leviathane so schnell nach Süden dringen, dürften sie längst Thisilien erreicht haben.«

»Muss man wohl annehmen«, erwiderte Torbas mürrisch. »Aber es soll mir gleichgültig sein. In meiner Heimatstadt lebt schon lange niemand mehr, der mir etwas bedeutet.«

»Und deine Eltern?«

»Sind schon vor Jahren gestorben, als der Blaue Tod die heiligreichischen Häfen einen nach dem anderen heimsuchte«, antwortete der Thaskarener. »Ich wuchs in einem städtischen Waisenhaus auf, habe mich anschließend als Bettler und Dieb durchgeschlagen und war Kunstbogenschütze auf dem Jahrmarkt. Dass ich die Pfeile mit Magie beeinflusste, war mir nicht bewusst, bis mich ein Ordensmeister ansprach …«

»Das wusste ich nicht.«

Torbas verzog das Gesicht. »Ich habe dir doch gesagt, dass du im Grunde nichts über mich weißt.«

»Wer …« Gorian stockte und sprach nicht weiter.

Torbas begegnete seinem Blick. »Na los, frag, was du wissen willst!«

»Wer war der Ordensmeister, der dich angesprochen und dazu gebracht hat, ein Ordensschüler zu werden?«

»Spielt das jetzt noch eine Rolle?«

»Ist es ein Geheimnis?«

»Es war Hochmeister Aberian.«

Der Greif folgte dem Fluss Om bis zu seiner Mündung ins Laramontische Meer, was einige Tage dauerte. Danach flog er die Küste entlang bis zum Fjord von Naraig. Dort lag Basileia, die Stadt der zehntausend Türme.

Sie machte den Eindruck, als hätten ihre Erbauer darum gewetteifert, wer von ihnen der Sonne am nächsten kommen würde. Tatsächlich stammten auch einige der berühmtesten Sterndeuter aus Basileia. Oben in den Türmen lebten die Basilisken, Wesen, deren Oberkörper an einen Hahn erinnerte, während der Unterleib der einer Schlange war. Ihre Größe war unterschiedlich, und es gab Basilisken mit und ohne Flügel. Giftiger Atem und die mitunter tödliche Magie ihres Blickes ließen sie ein großes Reich beherrschen, in dem ihr eigenes Volk nur eine kleine Minderheit darstellte. Mehrheitlich lebten Menschen, Schlangenmenschen, Menschenschlangen und Angehörige einiger versprengter Oger-Völker in diesem Reich.

Die Angehörigen dieser Völker wohnten allerdings nicht in den Türmen von Basileia; dort arbeiteten sie höchstens als Dienstpersonal. Sie lebten in den zahlreichen kleinen Häusern, die in den Schatten der vielen Türme standen, so als wären sie von einem künstlichen Wald umgeben.

Die Straßen dort waren von unzähligen Rikscha-Fahrern verstopft, die zumeist von Ogern gezogen wurden, aber auch hin und wieder von Menschenschlangen, die in den Rikscha-Geschirren steckten. Sie hatten einen menschenähnlichen, allerdings durchweg sehr schmalen Oberkörper und wie die Basilisken den Unterleib einer Schlange. Wie aufgerichtete melagosische Kobras bewegten sie sich über den Boden und zogen dabei die Rikschas hinter sich her.

Gondeln verkehrten vom Boden aus in die oberen Geschosse der Türme und wurden von menschengroßen Riesenlibellen getragen, deren erstaunliche Kraft offenbar von einer geheimen Form der Basilisken-Magie herrührte.

»Die Riesenlibellen sind Züchtungen der Basilisken-Magier«, erklärte Thondaril, während er durch eines der Fenster der Greifengondel auf den schwirrenden Luftverkehr in und um Basileia blickte, der die Stadt wie einen wimmelnden Bienenstock wirken ließen.

»Sollen nicht auch die Schlangenmenschen und Menschenschlangen durch magische Experimente entstanden sein?«, fragte Sheera.

»Ja, so heißt es. Die Basilisken haben immer wieder versucht, Geschöpfe zu erschaffen, die besser geeignet sind, ihnen zu dienen, als Menschen und Oger.«

»Die Heilerin Hebestis äußerte während des Unterrichts immer wieder ihr Bedauern, dass uns nicht dasselbe Wissen über die Natur des Lebens zur Verfügung stehe wie den Basilisken-Magiern.«

Thondaril lächelte, aber sein Gesicht behielt dabei die harten Konturen. »Ein Basilisken-Magier würde eher sterben, als diese Geheimnisse Außenstehenden anzuvertrauen«, war er überzeugt. »Viele Menschenschlangen und Schlangenmenschen verfügen über keinerlei eigenen Erwerbssinn«, fuhr er dann mit seiner Erläuterung fort. »Sie dienen ohne Gegenleistung und sind zufrieden damit, Sklave zu sein. Das drückt natürlich die Löhne der Menschen- und Oger-Angestellten.«

Centros Bal ließ es sich nicht nehmen, seinen Greif höchstpersönlich durch die Turmstadt zu steuern. Meister Thondaril hatte ihm zuvor beschrieben, wo das Haus der Ordensgesandtschaft zu finden war, in dem Meister Yvaan residierte. Für heiligreichische Verhältnisse wäre dieses am Fuß eines hohen Turms gelegene Gebäude durchaus groß gewesen. Doch mit seinen fünf Stockwerken wirkte es im Schatten der Türme nahezu winzig. Dennoch war es von Baumeistern aus Mitulien errichtet worden, die im Basilisken-Reich einen besonders guten Ruf genossen.

Mehrmals gab es auf dem Flug dorthin Beinahezusammenstöße mit den Libellen-Gondeln und ihrem Vertikalverkehr hoch zu den Turmspitzen. Centros Bal musste seine gesamte Flugkunst als Greifenreiter aufbieten, um schließlich sicher neben der Gesandtschaft zu landen. Ein paar Tage hatte er für den Aufenthalt in Basileia eingeplant – so lange, bis er den Bernstein, den er in den Laderäumen seiner Gondel transportierte, verkauft hatte. In dieser Hinsicht machte er sich keine Sorgen. Das bräunlich schimmernde Gold der Mittlinger See würde man ihm hier geradezu aus den Händen reißen.

Meister Yvaan empfing Thondaril, Gorian, Torbas und Sheera in der Eingangshalle der Gesandtschaft. Centros Bal war ebenfalls mitgekommen, denn er erhoffte sich von Meister Yvaan die Vermittlung von geschäftlichen Kontakten in der Stadt. Ein Schlangenmensch mit dem Körper eines Menschen und dem Kopf einer Schlange brachte Getränke.

Wie alle anderen schwitzte Gorian, denn es war heiß in Basileia. Obwohl der Schattenbringer die Sonne auch in diesem Land verdunkelte, schien sie hier mehr Kraft zu haben als in den nördlicheren Gebieten.

»Wie ich sehe, habt Ihr Euch der Lebensart dieser Stadt bereits angepasst, Meister Yvaan«, stellte Thondaril fest und wies mit der Hand auf den Schlangenmenschen. »Ich hoffe nicht, dass Ihr Euch auch noch den versteinernden Basilisken-Blick angeeignet habt.«

»Der ist nur den Angehörigen des Königsgeschlechts eigen«, entgegnete Meister Yvaan mit einem hintergründigen Lächeln.

»Eine Fähigkeit, die gewiss die Herrschaft dieses Geschlechts zu sichern hilft«, meinte Thondaril.

Yvaan, der den Ring eines Schwertmeisters an der Hand trug, lachte. »Gewiss – und ich bin überzeugt, so mancher Kaiser hat den Basilisken-König schon um seine Gabe beneidet.«

Thondaril und Yvaan hatten in letzter Zeit immer wieder durch Handlichtlesen in Verbindung gestanden. Der Gesandte des Ordens war daher über die deprimierenden Neuigkeiten bestens informiert, zumal ihn ständig weitere Nachrichten von anderen Ordensangehörigen erreichten, von überall, wo der Orden aktiv war.

Yvaan wandte sich an Gorian. »Meister Thondaril hat mich schon vieles über dich wissen lassen«, sagte er. »Und ich teile seine Hoffnungen.«

»Wir müssen das Basilisken-Reich als Verbündeten gewinnen«, kam Gorian ohne Umschweife zur Sache. Seiner Meinung nach musste so schnell wie möglich gehandelt werden, um dem Verhängnis zumindest Einhalt zu gebieten, das sich scheinbar unaufhaltsam ausbreitete.

»Ich war nicht untätig« erklärte Yvaan lächelnd. »Morgen ist ein Treffen im Königsturm vorgesehen, und es scheint, dass man unserem Anliegen am Hof des Basilisken-Herrschers durchaus gewogen ist.«

Thondaril stieß Gorian leicht mit dem Ellbogen an, da dieser die gedankliche Ermahnung seines Lehrers ignoriert hatte. »Verzeiht mir meine Ungeduld«, sagte Gorian daraufhin zu Meister Yvaan. »Ich wollte Eure Bemühungen keineswegs in Frage stellen.«

»Das weiß ich doch, Gorian. Aber du musst tatsächlich noch lernen, dich in Geduld zu üben, bevor man dir die geistige Selbstbeherrschung eines Meisters attestieren kann. Viele glauben, dass es nur auf die Beherrschung der Alten Kraft ankommt. In Wahrheit aber ist die Beherrschung des eigenen Selbst das Wichtigste, was ein Meister lernen muss, und das gilt für die Angehörigen aller Häuser.«

Meister Yvaan schien keinerlei Zweifel daran zu hegen, dass der Orden weiterhin existierte und sich neu formieren würde.

In der Nacht schreckte Gorian aus einem Traum hoch. Er sah den Schattenbringer vor die Sonne ziehen, sodass nur noch ein schmaler Lichtkranz von ihr blieb.

Senkrecht und schweißgebadet saß er in dem winzigen Gemach, das man jedem von ihnen im basileianischen Gesandtschaftshaus des Ordens zur Verfügung gestellt hatte. Sie glichen in Ausstattung und Einrichtung den Zellen auf der Ordensburg, schließlich waren sie vornehmlich für Ordensmitglieder bestimmt, denen es auch während eines Aufenthalts in der Fremde ermöglicht werden sollte, ihre Geistesübungen in der dafür nötigen Abgeschiedenheit durchzuführen.

Der Traum hatte Gorian sehr aufgewühlt.

»Es ist nichts geschehen. Wir sind in Sicherheit. Zumindest zurzeit«, erreichte ihn ein Gedanke von Sheera, die, obwohl in ihrer eigenen Zelle liegend, seine innere Unruhe – ja, seine Furcht – gespürt haben musste.

Ja, es war ein Angsttraum gewesen, das wurde Gorian in diesem Augenblick klar. Angst davor, dass all die großen Ziele, die er sich gesetzt hatte, nicht zu erreichen waren.

Angst davor, jämmerlich zu scheitern, weil er es mit Mächten zu tun hatte, gegen die auch jemand, der im Zeichen eines fallenden Sterns geboren worden war, nichts ausrichten konnte.

Als er gegen Morgen wieder einschlief, träumte er den gleichen Traum ein zweites Mal. Aber diesmal verwandelte sich die dunkle, nur von einem schwachen Lichtflor umgebene Sonne in ein Gesicht.

Es war Morygors junges Caladran-Gesicht!

Und es lachte triumphierend.

»Ich weiß, wo du bist, du Narr! Hast du wirklich gedacht, du könntest mir entfliehen? Dein Vater wusste das besser, aber der war ja auch ein geprüfter Meister und kein großmäuliger Anfänger! Auserwählt bist du …« Das Gelächter wurde schmerzhaft schrill. *»Ein auserwähltes Opfer!«*

Am nächsten Tag suchte ein Schlangenmensch das Gesandtschaftshaus von Meister Yvaan auf. Er brachte ein paar glatte schwarze Steine, jeweils so groß wie ein Fingernagel. In der Mitte hatte jeder dieser Steine ein Loch, durch das ein Lederband gezogen war.

»Das sind Sprechsteine«, erklärte Yvaan seinen Gästen. »Sie übersetzen die eigenen Worte in eine beliebige fremde Sprache und die Worte eines Fremden in die eigene.«

»Eine großartige Erfindung!«, fand Gorian.

»Es ist Basilisken-Magie, die wir nicht ganz zu durchschauen vermögen, und man macht uns dieses Geschenk nicht ohne Grund. Es bedeutet, dass euer aller Anwesenheit bei Hof erbeten ist, wenn ich mich mit dem Herrscher treffe.«

»Man weiß am Hof des Basilisken-Königs über uns Bescheid?«, fragte Meister Thondaril.

»Natürlich, was dachtet Ihr denn?«, erwiderte Yvaan. »Ich

nehme an, dass man von euch Neuigkeiten über die Lage im Norden erwartet. Aber ihr werdet jegliche Bewaffnung ablegen müssen, ja, sogar jegliches Metallstück, das ihr bei euch tragt. Die Mitglieder des Basilisken-Königshauses können durch Blicke den Willen ihres Gegenübers brechen, ihn sogar erstarren lassen oder gar töten. Das einzige Mittel dagegen ist ein Metallspiegel. Würde der Blick des Basilisken-Königs reflektiert, bekäme er dessen Wirkung selbst zu spüren.«

»Dann habe ich für diese Maßnahme vollstes Verständnis«, mischte sich Torbas mit spöttischem Unterton ein.

»Am Hof ist daher sämtliches Metall verboten. Kein glänzender Silberschmuck, keine Haarspangen, keine Gürtelschnallen, keine Schwerter und keine Lanzen mit Metallspitzen, keine Harnische ...«

Gorian sah zu dem Schlangenmenschen hin, der vom Hof gesandt worden war, und ihm fiel auf, dass er tatsächlich nicht ein einziges Metallstück am Körper trug.

Yvaan schien Gorians Gedanken zu erraten. »Die Palastwachen tragen Schwerter aus Obsidian.«

»Das bedeutet, es ist nicht ganz ungefährlich, dem Basilisken-König gegenüberzutreten«, stellte Sheera fest.

»Man ist in diesem Land der Ansicht, dass man einen Herrscher fürchten sollte«, erklärte Yvaan.

Eine Riesenlibellen-Gondel kam, um sie zum Palast-Turm des Königs zu bringen. Gorian musste sein Schwert, den Rächer und alles andere, was von seinem spärlichen Eigentum aus Metall war, ablegen und in der Gesandtschaft zurücklassen, darunter auch das Amulett mit Morygors Caladran-Rune, das Hochmeister Aberian bei sich getragen und mit einem Illusionszauber in seiner äußeren Erscheinung verändert hatte.

Thondaril sah dies, ließ sich das Amulett geben und betrachtete es eine Weile. Gorian brauchte ihm nichts zu erklären, Thondaril erkannte es trotz der veränderten Erscheinung mithilfe der Magie sofort wieder. »Wir hätten alle erkennen können, was mit Hochmeister Aberian los war, hätten wir richtig hingeschaut«, sagte er düster. »Aber wir ließen uns auf sehr einfache Weise täuschen, selbst erfahrene Meister!«

»Vielleicht wollten manche die Wahrheit gar nicht sehen«, gab Gorian zurück.

Die von der Riesenlibelle getragene Gondel brachte Meister Yvaan sowie Gorian und seine Gefährten zum Palast-Turm des Basilisken-Königs, der aus all den sich dem Himmel entgegenreckenden schlanken Bauwerken noch einmal ein ganzes Stück herausragte.

An seiner Spitze wurde der Turm breiter und hatte von seiner Form her Ähnlichkeit mit einer sich entfaltenden Blüte. Es gab dort einen Landeplatz für die Libellen-Gondeln, auf dem reger Betrieb herrschte.

Meister Yvaan und seine Begleiter stiegen aus, Gorian ließ staunend den Blick schweifen, und Torbas meinte: »Gegen die Baukunst der Basilisken wirken sämtliche Städte des Heiligen Reichs nur wie kleine Hüttendörfer.«

Schlangenmenschen-Diener brachten die Gruppe ins Innere des Palastes. Zunächst wurden alle noch einmal nach Metall durchsucht. Das übernahmen grobschlächtige Oger-Söldner.

»Man verlässt sich hierzulande ungern nur auf magische Mittel«, erläuterte Meister Yvaan.

Danach erfolgte eine Musterung durch einen geflügelten Basilisken, dessen Blick zwar nicht tödlich war, wie man es von den Mitgliedern des Königshauses berichtete, dafür aber jede Art von Metall zu erkennen vermochte, und war es noch so gut verborgen.

Der Basilisk gab in seiner zischelnden Sprache Anweisung, wie man sich aufzustellen hatte. Die Laute aus seinem Schnabel hätte keine menschliche Zunge nachzuahmen vermocht, aber durch die sprechenden Steine, die jeder der Gäste vor der Brust trug, wurde ihnen jedes Wort übersetzt; die Steine flüsterten es ihnen mit einer Gedankenstimme zu.

»Ich hoffe, die Dinger müssen wir nicht wieder abgeben«, äußerte Torbas.

»Untersteh dich«, mahnte Meister Yvaan. »Das sind Geschenke, und sie zurückzugeben wäre die schlimmstmögliche Beleidigung für unseren Gastgeber.«

Dann betraten sie den Thronsaal.

Der Basilisken-Herrscher saß auf einem Thron, der seinem Körperbau angepasst war. Sein Schlangenleib hatte fast die Dicke eines Wollnashorns, und der Hahnenkopf trug eine Krone, die allerdings kein Metall enthielt, sondern aus mit Edelsteinen besetztem Ebenholz bestand. Die roten Augen kennzeichneten ihn als Mitglied des Königshauses. Und vor diesen Augen nahm man sich besser in Acht.

Am Vorabend hatte Meister Yvaan davon berichtet, dass alle Basilisken, die solche Augen hatten und nicht einem königlichen Ei-Gelege entschlüpft waren, sofort getötet wurden. Das Königshaus wollte keinerlei Konkurrenz entstehen lassen. Zumindest nicht außerhalb der eigenen Verwandtschaft.

Mit Obsidian-Schwertern bewaffnete Schlangenmenschen flankierten den Thron, aber angesichts der furchtbaren Kraft seiner Augen schien der Basilisken-König, dessen genauer Name für keine menschliche Zunge auszusprechen war, auf deren Hilfe gar nicht angewiesen zu sein. Die Krieger hatten wohl eher eine dekorative Funktion.

Ansonsten waren Hunderte von anderen Basilisken in

unterschiedlichster Art und Größe anwesend. Man konnte an ihren Augen erkennen, wer von ihnen ein Verwandter des Königs war. Außerdem gab es Menschenschlangen-Diener, die mit ihren Schlangenkörpern über den Boden rutschten, während sie mit den Armen und Händen ihres menschenähnlichen Oberkörpers Getränke reichten.

Zischelnde Laute drangen aus dem Schnabel des Basilisken-Herrschers. Der Sprechstein, den Gorian trug, übersetzte ihm unmittelbar deren Bedeutung.

»Geht! Alle hinaus! Sofort! Bis auf einen!«, rief der Basilisken-König. Er beugte sich vor. Sein Hahnenschnabel öffnete sich weit, und er sah Gorian direkt an.

»Solange die Augen nicht glühen, ist ihr Blick ungefährlich«, raunte Yvaan dem jungen Ordensschüler zu.

»Du bleibst hier!«, befahl der Basilisken-König Gorian.

»Habt Ihr die Loyalität des Herrschers vielleicht falsch eingeschätzt?«, flüsterte Thondaril dem anderen Schwertmeister zu.

»Schweigt!«, zischte Yvaan. »Wenn Ihr ihn verärgert, überlebt Ihr das nicht!«

»Ich habe eine Botschaft für dich, Gorian, im Zeichen des fallenden Sterns Geborener!«, sagte der Herrscher mit seiner zischelnden Stimme, und die Sprechsteine übersetzten es den Menschen.

Woher wusste er, wer Gorian war? Allein durch Basilisken-Magie?

»Trau ihm nicht«, flüsterte Sheera.

»Mir wird nichts anderes übrig bleiben, fürchte ich.«

Auch wenn es Meister Thondaril missfiel, so mussten er und alle anderen den Raum verlassen. Selbst die Schlangenmenschen-Wächter zogen sich zurück. Daraufhin war Gorian allein mit dem Basilisken-Herrscher.

»Komm näher!«

Gorian gehorchte. Bis auf ein halbes Dutzend Schritte trat er auf die rotäugige Kreatur auf dem Thron zu.

Unter seinem massigen Schlangenkörper zog der Basilisken-König eine vogelähnliche Klaue hervor, die etwas umschlossen hielt. Die Klaue passte größenmäßig nicht zu den gigantischen Ausmaßen des übrigen Körpers und wirkte wie eine Fehlbildung.

Er streckte Gorian die Klaue entgegen, öffnete sie und zeigte Gorian ein Amulett mit Morygors Caladran-Rune. Der einzige Unterschied zu dem Amulett, das Hochmeister Aberian bei sich getragen hatte, war das Material: Dieses hier bestand aus dunklem Holz.

»Ein Bote war hier und bat mich, dir dies zu geben, sobald du Basileia erreichst.«

»Was für ein Bote?«

»Nimm das Amulett.«

Gorian gehorchte, nahm dem Basilisken-Herrscher das Amulett aus der Klaue, die dieser daraufhin wieder unter seinem Körper verschwinden ließ.

Aus der Caladran-Rune zuckte ein Lichtstrahl und bildete eine leuchtende ovale Sphäre. Das Bild einer eisbedeckten Landschaft erschien darin. Und ein Stein, der säulenartig aus dem Weiß von Eis und Schnee herausragte. Er hatte die Form einer Speerspitze und war so hoch wie einer der kleineren Türme von Basileia.

»Der Runenstein von Orxanor!«, entfuhr es Gorian. Er war das uralte Heiligtum der Orxanier, und von seinem Vater wusste er, dass sein Großvater Erian dort an einer gewaltigen Schlacht gegen Morygors Horden teilgenommen hatte, in der es wohl ein letztes Mal gelungen war, der Ausdehnung des Frostreichs Einhalt zu gebieten, wenn auch nicht dauerhaft.

Der Stein mit der Form einer Speerspitze war überall in

den Ländern von Ost-Erdenrund bekannt, und es rankten sich viele Geschichten darum, unter anderem auch die Legende von einem orxanischen Riesengeschlecht, das nur aus Stein gehauene Werkzeuge gekannt und dieses eine hinterlassen habe, bevor das gesamte Volk durch das Weltentor von Torheim entschwunden sei.

»Sieh weiter!«, forderte der Basilisken-Herrscher.

Ganz oben ragten zwei Schwerter aus dem Runenstein, den man auf den Torlinger Inseln auch den Speerstein nannte, ein Begriff, der sich später in fast allen Gebieten des Heiligen Reichs verbreitet hatte. Nur in Thisilien und Estrigge sprach man noch immer vom Runenstein.

Gorian erkannte die Schwerter sofort wieder: Schattenstich und Sternenklinge, die sein Vater aus dem Metall des Sternenstücks schuf, das in der Nacht seiner Geburt vom Himmel gefallen war …

»Diese Schwerter stellen für dich einen unschätzbaren Wert dar«, stellte der Basilisken-Herrscher fest. Die Sphäre löste sich auf. »Morygor …«

»Steht Ihr auf seiner Seite?«, fuhr Gorian dazwischen.

»Er ist bereit, dir die Schwerter zu überlassen. Du brauchst sie dir nur zu holen. Da du den Ort kennst, spricht nichts dagegen, sofort dorthin aufzubrechen.«

»Nein!«, widersprach Gorian heftig. »Das ist eine Falle.«

»Einen Herrscher sollte man fürchten. Jeder im Basilisken-Reich fürchtet mich. Ich aber bin klug genug, Morygor zu fürchten.«

Gorian ballte unwillkürlich die Hände zu Fäusten. Wieder war ihm Morygor einen Schritt voraus gewesen. Er hatte die Schicksalslinie erkannt, während Gorian wie ein blinder Narr dastand, der versuchte, mit einem Schwert um sich zu schlagen, ohne etwas sehen zu können.

»Du fragtest nach dem Boten. Deine Neugier soll gestillt

werden, Gorian aus Twixlum«, übersetzte der Sprechstein die gezischelten Laute des Basilisken-Herrschers.

Eine Tür seitlich des Throns öffnete sich, und eine Gestalt im dunklen Umhang betrat den Audienzsaal. Sie hatte die Kapuze über den Kopf gezogen, schlug sie nun aber zurück.

»Wir haben uns einige Zeit nicht gesehen«, sagte eine dunkle, brüchig klingende Stimme.

»Matos!«, entfuhr es Gorian. »Matos aus Pantanela! Ich dachte, du wärst …«

»… tot?«

Gorian sah das bleiche Gesicht des jungen Meisters, mit dem er einige Zeit durch Handlichtlesen in Verbindung gestanden hatte. Seine starren und blicklosen Augen hatten schwarze Ränder, ein verzerrtes Lächeln spielte um dünn gewordene, wie dunkle Striche wirkende Lippen.

»Du bist zu einer untoten Kreatur Morygors geworden«, stellte Gorian fassungslos fest. Und dabei fiel ihm all das ein, was ihm Meister Damaraan zu diesem Thema gesagt hatte.

»Ich stehe jetzt auf der Seite des Stärkeren«, sagte Matos. »Diese Möglichkeit eröffnet sich auch dir, und wenn du klug bist, ergreifst du sie, bevor du so furchtbar zerschlagen im Eis liegst, dass dir keine Ordensmagie und keine Heilerkunst mehr zu helfen vermögen. Aus irgendeinem Grund legt Morygor großen Wert darauf, dir das zurückzugeben, was er dir genommen hat: Die Schwerter liegen für dich bereit. Du musst nur …«

»… zum Verräter werden!«, fiel Gorian ihm ins Wort. »Niemals!«

»… auf die richtige Seite wechseln«, führte Matos seinen Satz zu Ende.

»So würde ich das nicht nennen!«

»Morygor würde dir gern persönlich sein Angebot unterbreiten. Am Speerstein. Du musst nur dort erscheinen. Morygor wird wissen, wenn du dort bist. Keine Ahnung, weshalb du so wichtig für ihn bist. Jedenfalls macht der Frostherrscher nicht mit jedem so ein Aufhebens, der auf seine Seite überwechselt.«

»Es ist sinnlos«, entgegnete Gorian. »Ich werde mich niemals auf seine Seite schlagen!«

»Das habe ich befürchtet«, sagte Matos. »Gorian, es stehen Schattenmeister in den Diensten Morygors, die dich innerhalb von Augenblicken zum Speerstein bringen können.«

»Meine Antwort habe ich bereits gegeben.«

»Um ehrlich zu sein, Gorian: Du hast gar nicht die Wahl. Es liegt einzig und allein bei dir, in welchem Zustand du den Ort erreichst, der dir soeben gezeigt worden ist. Glaub mir, ich meine es gut mit dir. Es ist besser, wenn du mir freiwillig folgst und …«

Gorian schleuderte Matos das Amulett, das ihm der Basilisken-König gegeben hatte, entgegen und ließ es aufglühen. Eine Anfängerübung für angehende Magiemeister.

Matos hob die Hand und lenkte das Amulett zur Seite, sodass es irgendwo zu Boden fiel. Innerhalb eines Augenblicks verbrannte es zu Asche.

Matos, der ebenfalls über einen Sprechstein verfügte, wandte sich an den Basilisken-Herrscher. »Ich fürchte, ich bin auf Eure Hilfe angewiesen.«

»Selbstverständlich«, lautete die durch den Sprechstein übersetzte Antwort der Kreatur auf dem Thron.

Die Augen des Basilisken begannen zu glühen. Als erstarrte, versteinerte Statue sollte Gorian an jenen Ort geschafft werden, der für Morygor aus irgendeinem Grund eine besondere Bedeutung hatte. Wahrscheinlich trafen sich im Speerstein irgendwelche polyversalen Kraftlinien, bildeten vielleicht Schnittpunkte, die dafür sorgten, dass sich von dort aus das Schicksal besonders leicht beeinflussen ließ. Morygor allein kannte die genauen Gründe.

Gorian blieb nur ein einziger Moment, um zu reagieren. Einem Basilisken-Blick auszuweichen war nicht möglich. Ihm war eine zwingende Kraft eigen, die dafür sorgte, dass jeder diesen Blick erwidern musste.

Obwohl ihn eine unheimliche Macht daran zu hindern versuchte, den Kopf zur Seite zu drehen, wandte er das Gesicht ab. Er kniff die Augen zusammen und riss gleichzeitig beide Hände empor, stellte sie im rechten Winkel gegeneinander, so wie er es beim Handlichtlesen zu tun pflegte, nur dass die Handflächen diesmal nach außen gerichtet waren.

Die Hände begannen zu leuchten, während Gorian einen Kraftschrei ausstieß. Auf diese Weise ließen sich Bilder von dem, was sich gerade ereignete, einfangen und jemand anderem, der dieser Kunst auch mächtig war, übermitteln. In diesem Fall jedoch wurde nichts übermittelt. Gorians Hände wurden zu einer Art Spiegel und reflektierten all das, was der Strahlenkegel über seinen Handflächen einfing. Und das war das Gesicht des Basilisken-Herrschers.

Dessen Schrei gellte durch den Audienzsaal und erstarb. Zur steinernen Statue erstarrt saß der Basilisken-König auf seinem Thron.

»Was hast du getan?«, rief Matos.

In diesem Augenblick öffnete sich eine Tür in der Nähe des Throns, und ein nur menschengroßer Basilisk rutschte auf seinem Schlangenleib herein, unterstützt von mehreren dürren Vogelkrallen, die er allerdings in erster Linie zum Greifen nutzte und nicht zur Fortbewegung. In einem dieser Greifer hielt er einen länglichen Gegenstand, der in ein schwarzes Tuch eingeschlagen war. Die zweite Vogelkralle umschloss einen Obsidian-Dolch.

Die roten Augen wiesen auch diesen Basilisken als Mitglied des Königshauses aus, auch wenn er von seiner körperlichen Erscheinung her gewiss nicht mit dem bisherigen, gerade versteinerten Träger der Königswürde konkurrieren konnte.

Weder Matos noch Gorian kamen dazu, auch nur ein einziges Wort zu sagen, dafür handelte der Basilisk zu schnell. Er schleuderte mit erstaunlichem Geschick den Dolch. Matos hatte mit diesem Wurf offensichtlich nicht gerechnet und sank getroffen zu Boden. Die Obsidian-Klinge steckte ihm in der Brust. Er stöhnte, versuchte sie sich aus dem Leib zu ziehen.

Der Basilisk näherte sich und hackte blitzschnell mit seinem Schnabel auf den am Boden Liegenden ein, so oft, dass sich selbst ein Untoter davon nicht erholen konnte.

Nur Augenblicke hatte der Basilisk gebraucht, um Matos furchtbar zuzurichten. Dann holte er unter dem schwarzen Tuch ein Schwert hervor, das aus glänzendem Stahl gearbeitet war, und legte es Matos in die kaum noch vorhandene Hand.

Zum Schluss stieß er einige Zischlaute aus, die Gorians Sprechstein nicht alle zu übersetzen vermochte. Aber offenbar rief er die gesamte Hofgesellschaft herbei.

Mehrere Türen öffneten sich, und die illustre Gesellschaft aus Basilisken, Schlangenmenschen, Menschenschlangen, Oger-Wachen und den wenigen ganz gewöhnlichen Menschen strömte voller Neugier in den Audienzsaal.

»Der König ist tot! Es gab ein Attentat – und dies war der Übeltäter!«, übersetzte Gorians Sprechstein die Worte, die der Basilisk der Hofgesellschaft entgegenrief. »Seht, er hat eine spiegelnde Metallwaffe in diesen Saal schmuggeln können! Entlasst all die Oger-Stümper, deren Aufgabe es gewesen wäre, für die Sicherheit des Königs zu sorgen und die Gäste zu durchsuchen. Wie kann man eine so große Metallwaffe übersehen?«

23 Vermächtnis

Gorian und seine Gefährten konnten den Palast-Turm unbehelligt verlassen und zur Gesandtschaft des Ordens zurückkehren.

Eine dreitägige Staatstrauer wurde angeordnet, innerhalb der niemand die Stadt verlassen oder betreten durfte, und nach diesen drei Tagen ein neuer König ausgerufen, an dessen Inthronisierung Meister Yvaan teilnahm.

Gorian aber wurde über einen Schlangenmenschen-Boten ein Amulett aus Elfenbein übergeben, das eine erstaunlich naturgetreue Relief-Abbildung jenes Basilisken zeigte, der das Schwert in Matos' Hand gelegt und offenbar die Gunst der Stunde zu einem lange vorbereiteten Umsturz genutzt hatte. Sein unaussprechlicher Name war in basiliskischen Schriftzeichen als der des neuen Königs angegeben, wie Meister Yvaan bestätigte, der die Schrift dieses Reiches fließend zu lesen vermochte. »Dieses Amulett ist die höchste Auszeichnung, mit der ein Basilisken-König einen Nichtbasilisken ehren kann«, erklärte er. »Und dazu die erste, die *dieser* König überreichen lässt.«

Dem Amulett war noch ein Dokument beigefügt, das Gorian und alle, die mit ihm gekommen waren, dazu aufforderte, innerhalb von drei Tagen Basileia zu verlassen.

»Der neue König will offenbar nicht, dass ich herumerzähle, was wirklich im Thronsaal geschah«, schloss Gorian, der die anderen natürlich über die wahren Geschehnisse im Thronsaal unterrichtet hatte.

»Aber das trifft sich gut. Ich muss ohnehin zum Speerstein nach Orxanor, und das so schnell wie möglich.«

»Ich hoffe nicht, dass du wirklich ernst meinst, was du da sagst!«, rief Thondaril.

»Warum nicht? Engagieren wir Centros Bal, damit er uns dorthin fliegt. Morygor hat die Schwerter meines Vaters in den Speerstein gesteckt, und ich werde sie mir holen!«

»Es war Morygors Plan, dich am Speerstein zu töten«, war Thondaril überzeugt. »Du bist soeben seinen Klauen entronnen und willst geradewegs zu der Hinrichtungsstätte eilen, die er für dich vorgesehen hat?«

»Es geht um die Schwerter!«

»Wer sagt, dass sie wirklich dort sind und dass alles nicht eine Illusion war!«

»Nein, das glaube ich nicht«, widersprach Gorian. »Ihr vergesst, dass ich auch eine Ausbildung im Magiehaus begonnen habe, sodass man mich mit solchen Dingen nicht mehr so leicht täuschen kann.«

»Zumeist täuschen wir uns am wirkungsvollsten selbst«, gab Thondaril zurück. »Du wünschst dir, die Schwerter zurückzugewinnen und Morygor im Kampf gegenüberzutreten. Aber die Aussicht auf Ersteres ist nur ein Köder, um dich anzulocken, und Letzteres wird dir Morygor nur dann ermöglichen, wenn er der Überzeugung ist, diesen Kampf mit absoluter Sicherheit zu gewinnen. Vermutlich jedoch wird er auch dann nur eines seiner zahllosen Dienerwesen entsenden.«

»Sollen wir denn warten, bis Morygor unbesiegbar geworden ist und der Schattenbringer die Sonne vollkommen verdunkelt hat? Sollen wir warten, bis das Schicksal von allein Morygors überdrüssig wird?«

»Also an dem Mut, zum Speerstein aufzubrechen, mangelt es keinem von uns«, erklärte Torbas und wandte sich an Gorian. »Ich werde dich begleiten und gern das zweite Schwert führen, so wie du es mir einst angeboten hast.«

»Das freut mich.«

»Wir sollten Gorians Instinkten vertrauen«, mischte sich auch Sheera ein. »Ist er nicht derjenige, der im Licht des fallenden Sterns geboren wurde?« Torbas zog die Augenbrauen leicht empor, als sie dies sagte. Traf das nicht auch auf ihn zu? Entgegen seiner sonstigen Gewohnheit verkniff er sich eine entsprechende Bemerkung, aber seinem Gesicht war deutlich anzusehen, dass ihm Sheeras Worte missfielen.

»Der Speerstein war früher eine Kultstätte der Orxanier«, berichtete Yvaan. »Von überall her pilgerten die Clans nach Orxanor, um dort den Frostgöttern zu opfern, bis ebendiese nach der ersten Schlacht am Weltentor in eine jenseitige Schattenwelt vertrieben wurden, aus der Morygor sie dann wieder zurückkehren ließ.«

»Was wurde dort geopfert?«, fragte Gorian.

»Ich weiß nur, was in den alten Chroniken steht«, erklärte Meister Yvaan. »Chroniken, von denen viele nach dem Untergang der Ordensburg wohl für immer verloren sind, sofern es keine Kopien in anderen Ordensniederlassungen gibt. Natürlich wurde den Frostgöttern Blut geopfert, aber noch mehr dürstete es sie nach etwas anderem …«

»Was?«, hakte Gorian nach.

»Sternenmetall. Wann immer ein Sternenstück vom Himmel fiel, haben die Orxanier jener Zeit das darin enthaltene Metall aufgeschmolzen, um das noch glühende flüssige Erz gegen den Stein zu schütten.«

»Deshalb sind also die Schwerter dort«, vermutete Gorian. »Um sie unschädlich zu machen. Morygor scheint sie ebenso zu fürchten wie mich.«

»Das ist gut möglich«, stimmte Yvaan zu. »Aber er fürchtet diese Waffen wiederum auch nicht so sehr, dass er nicht bereit wäre, sie bei einem Spiel als Einsatz zu riskieren.«

»Bei einem Spiel, das so abgekartet ist wie die Kunststücke der Hütchenzauberer auf dem Jahrmarkt von Segantia!«, fuhr Thondaril dazwischen. »In Wahrheit riskiert Morygor gar nichts! Denn wenn du getötet wirst, Gorian, ist seine Schicksalslinie gesichert. Er wird dort irgendeine Mörderkreatur auf dich warten lassen. Vielleicht einen der anderen ihm zu Dienst verpflichteten Frostgötter oder sogar mehrere. Vermutlich hat er diese Kreatur nach astrologischen Gesichtspunkten ausgesucht, um den größtmöglichen Gewinn aus dem Ausgang des Kampfes zu ziehen. Er geht kein Risiko ein, Gorian, dazu kenne ich ihn zu gut. Die Gefahr läge ausschließlich auf deiner Seite.«

»Dann sei es so«, entgegnete Gorian entschlossen. »Ich weiß, dass ich Morygor nichts voraushabe und er im Gegenteil nahezu alle Trümpfe in der Hand hält. Aber vielleicht ist das einer der wenigen Unterschiede, die auf meiner Seite zu Buche schlagen: dass ich nämlich das Risiko nicht scheue und bereit bin, alles einzusetzen, während er sich in seiner Frostfeste verkriecht und nur seine Handlanger aussendet.«

»Dieser Unterschied wird nicht zu deinem Sieg, sondern zu deinem Verderben führen«, war Thondaril überzeugt.

»Aber könntet Ihr wirklich mit dem Gedanken leben, die letzte Möglichkeit vertan zu haben, Morygor noch zu stoppen oder wenigstens jene Waffen zurückzuerlangen, mit deren Hilfe dies noch gelingen könnte?«, fragte Gorian. »Vielleicht schaffen wir es mithilfe dieser Schwerter sogar, eine Magie zu finden, die mächtig genug ist, den Schattenbringer von der Sonne zu vertreiben. Schließlich ist das Metall dieser Schwerter einmal Bestandteil des Schattenbringers gewesen. Heißt es nicht in den Axiomen des Ordens, dass ein Stück des Übels das große Übel zu bekämpfen vermag?«

Es war eines der Axiome, die dem Ersten Meister zugeschrieben wurden, und zu diesem gab es in der Literatur des Magiehauses ganze Folianten mit Kommentaren und Auslegungen sowie praktische magische Beispiele, welche die Wahrheit des Axioms belegen sollten. Gorian hatte nur einen Bruchteil davon in seiner bisherigen Ausbildung kennenlernen können, aber er durfte davon ausgehen, dass sowohl Thondaril als auch Yvaan sehr genau wussten, wovon er sprach.

»Vielleicht, wenn man es mit der verbotenen Sternenmagie der Caladran kombiniert«, murmelte Thondaril nachdenklich. »Dann würde man dieselben Methoden anwenden wie Morygor. Denn auch er bediente sich solcher Praktiken, die unter den Caladran verpönt sind. Aber mal davon abgesehen wissen wir zu wenig über Caladran-Magie, um sie anwenden zu können.«

»Vielleicht kann Morygors Schicksalslinie ja auch schon am Speerstein beendet werden«, wagte Gorian zu hoffen. »Es könnte doch sein, dass seine Berechnungen ihm vorschreiben, mir höchstpersönlich an diesem Ort entgegenzutreten.«

»Er wird erst erscheinen, wenn du besiegt am Boden liegst.«

»Das Risiko nehme ich auf mich.«

Thondaril schwieg einen Moment, bevor er sagte: »Du bist wirklich dazu bereit?«

»Ja.«

»Es wird sehr hart werden, Gorian. Härter, als du dir vorzustellen vermagst.«

»Ich habe Gefährten, die mir helfen.«

»Aber eine Sache hat niemand hier bisher bedacht.«

»Welche?«

»Das Frostreich hat sich ausgeweitet, Gorian. Und der Speerstein von Orxanor liegt längst im inneren Bereich. Die Aura dort bricht den Willen von jedermann. Es ist jene Aura, mit der Morygor sein gesamtes Reich erfüllt und die sich wie ein übler Geruch überall dorthin ausbreitet, wohin sich auch sein Reich ausdehnt.«

Gorian nickte. Sein Vater hatte ihm von diesem Phänomen erzählt. Sowohl Nhorich als auch Gorians Großvater Erian waren einst tief in das Reich der Kälte vorgedrungen, auch wenn es damals noch geringere Ausmaße gehabt hatte und die Grenzen anders verlaufen waren.

»Jeder, der sich ins Frostreich wagt, verändert sich«, führte Thondaril weiter aus. »Es braucht einen übermenschlichen Willen, um diesem Einfluss nicht zu erliegen. Eine Kraft, die bisher nicht einmal die Stärksten im Orden aufgebracht haben – abgesehen von Meister Domrich, aber der hat auf andere Weise dafür bezahlt.«

»Erzählt es ihm ruhig«, forderte Meister Yvaan. »Ich nehme nicht an, dass Meister Nhorich über einen bestimmten Aspekt jenes Vorstoßes mit seinem Sohn gesprochen hat, den wir drei damals als Einzige überlebt haben.«

Gorian horchte auf. »Hat es etwas damit zu tun, dass Ihr meinem Vater gegenüber verpflichtet seid, wie Ihr gesagt habt?«

Thondaril nickte. »Jeder, der zu lange in Morygors Aura zubringt, verändert sich von ganz allein. Man muss nicht unbedingt erst von seinen Schergen erschlagen und zerstückelt werden, um zu einem Untoten zu werden. Es reicht schon, zu tief in diese Aura zu geraten, die sich mit seinem Herrschaftsbereich ausdehnt. Man verwandelt sich. Manche langsam, manche sehr rasch, und manche verfallen auch dem Wahnsinn und wenden sich gegen die eigenen Gefährten. Wir waren zu tief ins Reich der Kälte vorgedrungen, Gorian, weil wir glaubten, einen entscheidenden Sieg erringen zu können. Wir waren Honyrr gefolgt, einem der Frostgötter, der seine Gestalt verändern kann. Uns war er als Wolf erschienen, und er war schwer verwundet, sodass wir glaubten, ihn erlegen und damit Morygors Streitmacht entscheidend schwächen zu können. Aber meine Kraft reichte nicht, Gorian. Sie reichte vielleicht, um einen verwundeten Frostgott zu töten, aber nicht, um Morygors Aura zu widerstehen. Ich spürte die Verwandlung, spürte, wie die Kälte jeden Winkel meiner Seele erfasste und ich allmählich innerlich starb, ohne überhaupt einen Gegner gesehen zu haben, geschweige denn ihm gegenüberzustehen.« Thondaril sprach nicht weiter. Es schien ihm einfach zu schwerzufallen. Und er wich Gorians Blick aus.

»Erzählt auch den Rest, Thondaril«, forderte Yvaan. »Zur eigenen Schwäche zu stehen ist die wahre Stärke.«

»Ein Axiom …«, murmelte Thondaril.

»Der Erste Meister hat uns ein Beispiel darin gegeben. Gorian muss alles wissen. Ich glaube kaum, dass Euch Euer Schüler deswegen weniger achten wird.«

Thondaril sah auf, blickte Gorian direkt an und sagte: »Dein Vater musste mich bewusstlos schlagen, um zu verhindern, dass ich ein Geschöpf Morygors wurde. Ich spürte die Veränderung zwar, aber ich wollte es nicht wahrhaben und nicht umkehren. Wenn ich gesagt habe, dass er mir das Leben gerettet hat, dann ist das noch viel zu wenig.«

Es herrschte einige Augenblicke lang Schweigen.

Schließlich meldete sich Sheera zu Wort. »Eure Erfahrung könnte für uns alle wertvoll sein, wenn wir zum Speerstein aufbrechen«, meinte sie. »Denn zweifellos ist niemand besser dazu geeignet, uns zu sagen, wann der Zeitpunkt gekommen ist, die Sache aufzugeben, als Ihr.«

Thondaril lächelte. »Und zweifellos wird derjenige, der am wenigsten darauf hört, Gorian sein. Aber vielleicht habt ihr alle recht, und wir sollten es wagen.«

»Vorausgesetzt, jemand überredet Centros Bal, uns zumindest so weit ins Frostreich zu fliegen, dass wir nicht monatelang bis zum Speerstein unterwegs sind«, gab Gorian zu bedenken.

»Das wird nicht allzu schwer werden«, glaubte Thondaril. »Er kann keine Bernsteinflüge mehr zu den Mittlinger Inseln unternehmen und wird daher das Silber des Ordens für eine solche Passage gerne annehmen …«

Als Thondaril den Raum verlassen hatte, um Centros Bal aufzusuchen, wandte sich Torbas an Gorian. »Hättest du gedacht, dass sich Meister Thondaril mal als Zauderer und Bedenkenträger zeigen würde? Ausgerechnet er, der beim Anblick heranpreschender orxanischer Wollnashornreiter so was sagt wie: Tritt zur Seite, Bürschchen, damit du nichts abbekommst! Ich brauche deine Hilfe nicht!«

»Daran solltest du ermessen, welches Grauen euch bevorsteht, Schüler«, sagte Meister Yvaan, noch bevor Gorian eine Antwort geben konnte.

24 Speerstein-Pilger

Gorian blickte durch das Fenster der Greifen-Gondel auf eine endlose Eislandschaft. Trecks von Flüchtlingen zogen nach Süden, und in der Ferne kreisten Schwärme von Eiskrähen am Himmel. Es gab mehr als genug Beute für Morygors kleine Spione.

Dann folgten endlose menschenleere, verschneite Weiten. Für Centros Bal war die Orientierung schwierig, denn Städte und Flüsse, die ihm auf seinen bisherigen Flügen stets als markante Orientierungspunkte gedient hatten, waren oft genug derart unter Schnee und Eis bedeckt, dass sie allenfalls noch zu erahnen waren. Selbst der Verlauf der Küste bot keine verlässlichen Anhaltspunkte mehr, denn nicht nur die Mittlinger See, sondern auch ein beträchtlicher Teil des Meeres von Ost-Erdenrund war längst vereist. Die thisilische Bucht war nicht mehr zu erkennen. Ein Turm ragte irgendwo aus dem weißen Nichts, und Gorian vermutete, dass es sich um das letzte sichtbare Gebäude der Stadt Thisrig handelte, wo der Herzog von Thisilien residiert hatte. Aber wirklich sicher war er da nicht.

Das Meer zwischen Thisrig und den Küsten von Torheim und Orxanien war eine einzige weiße Kältewüste. Schneeverwehungen wanderten langsam mit dem Wind dahin wie ehedem die Sanddünen an der Küste nördlich von Thisia. Und immer wieder waren Leviathane zu sehen, begleitet von unzähligen Wollnashornreitern, die wohl in den Bäuchen dieser riesenhaften Würmer keinen Platz mehr gefunden hatten.

»Wer soll sich diesem Heerzug des Grauens entgegenstellen?«, fragte Sheera. »Der Kaiser hat sich nach Arabur zurückgezogen und wird auch dort kaum bleiben können, wenn die Leviathane weiterhin so schnell vordringen.«

»Wir«, gab Gorian zurück. »Jemand anderes wird es nicht wagen.«

»Spürst du inzwischen auch diese Kälte, die alles durchdringt und in die Seele kriecht?« Sie sprach diese Frage nicht aus, aber Gorian empfing ihren Gedanken und wandte ihr das Gesicht zu. Das ihre war blass geworden.

Es war Morygors Aura. Dass sie bereits zu diesem Zeitpunkt zu spüren war und nicht erst tausend Meilen weiter nördlich, war kein gutes Zeichen.

Centros Bal ließ auf Thondarils Weisung hin den Greifen höher fliegen, sodass sie der Aura nicht in voller Stärke ausgesetzt waren. Zunächst linderte dies tatsächlich deren verderbliche Wirkung auf die Reisenden, dann aber wurde es wieder schlimmer. Es gab zwar in der Gondel einen Brennofen, der das Innere angenehm aufheizen konnte, doch gegen jene Art Kälte, die in die Seele kroch, vermochte das nichts auszurichten.

Torbas wirkte ziemlich gereizt und stellte zwischenzeitlich den Sinn des ganzen Unternehmens in Frage. Sheera versank in Apathie, und auch Thondaril war ausgesprochen wortkarg, so als wollte er diesmal jener Kraft, die den Willen brach, mit stoischem Schweigen widerstehen.

Auch Gorian spürte die Aura immer stärker, je weiter sie nach Norden kamen. Sie lähmte den Geist und ließ den Willen immer schwächer werden. Aber ebenso gut konnte sie dafür sorgen, dass jemand völlig unvorhergesehen reagierte, wie Thondaril allen warnend eingeschärft hatte.

Sowohl Centros Bal selbst als auch seinen Zweiten Greifenreiter Fentos Roon belegte der Magie- und Schwertmeister mit einem besonderen Zauber, sobald einer von ihnen den anderen beim Ritt auf dem Greifen ablöste. Auf diese Weise hoffte er, sie gegen die Einflüsse der Aura zumindest teilweise zu schützen.

Allerdings mussten sie ebenso sehr auf den Greifen selbst achten, denn dieses majestätische Geschöpf war ebenfalls Morygors Einfluss ausgesetzt. Dies galt sogar für die Seilschlangen, die für den Transport der Gondel sowie für die Reiterwechsel während des Fluges unverzichtbar waren.

Gorian ertappte sich dabei, wie in ihm Gleichgültigkeit um sich griff. Er sah in die bleich gewordenen Gesichter seiner Gefährten und ahnte, dass er selbst inzwischen nicht besser aussah. Jedes Gefühl, jede Empfindung, jeder Gedanke in ihm schien allmählich abzusterben.

»Wir müssen dagegen ankämpfen!«, empfing er Sheeras Gedanken. Er sah sie an und stellte fest, dass ihre Augen vollkommen schwarz geworden waren. Sie benutzte bereits all ihre Magie, um den lähmenden Einfluss der Aura zurückzudrängen.

Gorian hatte das bisher noch nicht getan – zumindest nicht andauernd. Er wollte Kräfte sparen.

Auf einmal waren da Gedanken in seinem Geist. Fremde Gedanken. Morygors Einflüsterungen? Oder stammten diese Gedanken gar nicht von dem Frostherrscher, sondern kamen aus den Untiefen seines eigenen Geistes? Er hätte es nicht mit Bestimmtheit zu sagen vermocht.

Höhnisches Gelächter, dann wieder Versprechungen, verbunden mit dem Angebot, in den Dienst des Frostreichs zu treten. *»Untot. Was für ein hässliches Wort. Du solltest es nicht* *mehr benutzen. Ersetze es durch ›ewiges Leben‹. Denn das ist es letztlich: eine Existenz, losgelöst von den Notwendigkeiten des Lebens. Die Kälte wird zu deinem Element werden …«*

»Das fürchte ich auch«, sagte Gorian laut, um seine Gedanken besser konzentrieren zu können. Das anschließende »Nein!« klang schon fast wie ein Kraftschrei.

Inzwischen war Fentos Roon in eine Art Dämmerzustand verfallen und wirkte beinahe wie tot. Sheera kümmerte sich um ihn, und unter Aufbietung ihrer Heilkünste erreichte sie immerhin, dass der sich ständig verlangsamende Herzschlag des Zweiten Greifenreiters wieder etwas beschleunigte. Daraufhin fantasierte Fentos Roon vor sich hin und schien niemanden an Bord mehr zu erkennen.

Für Centros Bal bedeutete dies, dass er nun überwiegend allein für die Lenkung des Greifen zuständig war und kaum noch Ruhepausen einlegen konnte. Zwar hatte er noch einen weiteren Greifenreiter in seinen Diensten, aber der hatte nur wenig Erfahrung, und so brachte ihn Centros Bal nur dann zum Einsatz, wenn es wirklich nicht anders ging.

»Ich hätte mich niemals auf diesen Ritt einlassen sollen«, knurrte er, kurz bevor er sich von einer der Seilschlangen zu seiner letzten Reiteretappe vom Gondelbalkon auf den Rücken des Greifen tragen ließ.

Der Greif flog inzwischen sehr tief, und auch Centros Bal war unter Aufbietung all seiner Greifenreiterkunst nicht mehr in der Lage, das majestätische Flugtier wieder höher steigen zu lassen. Die Gondel schwebte nur noch eine halbe Mastlänge weit über dem Eis, und wenn eine Schneeverwehung kam, schabte sie manchmal darüber hinweg.

Schließlich veranlasste Centros Bal den Greifen, die Gondel abzusetzen. Der Greif landete daneben.

In diesem Moment fiel die Lethargie von Gorian völlig

ab. Alles, was er an Kleidung besaß, zog er an und gürtete sich jenes gewöhnliche, namenlose Schwert auf den Rücken, das ihn bis nach Basileia begleitet hatte.

»Was hast du vor?«, fragte Sheera.

»Der Greif kann der Aura nicht mehr widerstehen und ist schon weiter geflogen, als er es hätte tun sollen«, antwortete Gorian. »Aber das bedeutet nicht, dass ich aufgebe.«

»Das werden wir ja sehen!«, entgegnete Thondaril, der erschreckend schwach und blass wirkte und mit ungewöhnlich dünner, brüchiger Stimme sprach. »Centros Bal schuldet uns eine vollständige Passage!«

Die anderen Besatzungsmitglieder äußerten sich nicht dazu. Fentos Roon war inzwischen in einen so tiefen Schlaf gefallen, dass selbst die Heilschülerin Sheera ihn zunächst für tot hielt. Der andere Greifenreiter in Diensten Centros Bals redete nur noch wirres Zeug und knurrte hin und wieder wie ein wildes Tier. Gorian sah ihn an und murmelte: »Jetzt ist es an denen, weiterzugehen, die noch die Kraft dazu haben.«

Insgeheim aber fragte er sich, ob er selbst noch dazugehörte.

Thondaril trat als Erster ins Freie. Ein eisiger Wind wehte ihm feinen Schnee ins Gesicht.

Centros Bal kümmerte sich um den Greifen, redete dem Tier gut zu, woraufhin dieses einen Laut ausstieß, der eher einem Röcheln ähnelte.

»Ich fliege keine Meile mehr«, wandte sich der Greifenreiter an Thondaril. »Ihr könnt verlangen, was Ihr wollt, hier ist die äußerste Grenze. Wir hätten schon früher umkehren sollen.« Centros Bals Atem bildete ein Wölkchen vor Mund und Nase, als er laut seufzte. Dunkle Ringe hatten sich unter seinen Augen gebildet, deren Blick eigenartig flackerte. Immer wieder wandte er suchend den Kopf, sah in das undurchdringliche Schneegestöber. »Hört Ihr sie nicht, Thondaril? Die Stimmen … Sie sind so nahe und bedrängend …«

»Ich höre gar nichts«, behauptete der Ordensmeister.

»Sie scheinen Euch nicht zu mögen, Meister Thondaril – denn manche von ihnen versuchen mich dazu zu überreden, Euch zu töten! Und eins sage ich Euch: Wenn mein Greif diesen Höllenflug nicht überlebt, dann werde ich das sogar tun!«

»Wir sind kurz vor dem Ziel«, entgegnete Thondaril mürrisch. »Und da wollt Ihr aufgeben?«

»Wie weit ist es noch bis zum Speerstein?«, mischte sich Gorian ein.

Centros Bal zuckte mit den Schultern. »Ein oder zwei Tage.«

»Ihr meint mit einem Greifen!«

»Ob zu Fuß oder mit einem Greifen, das ist kaum noch ein Unterschied!«, behauptete der Kaufmann. »Bei dem Gegenwind und vor allem dieser verfluchten Kraft, die uns alle schwächt und selbst meinen Greifen niederzwingt, kommt man ohnehin nur im Schneckentempo voran. Davon abgesehen kann ich euch nicht einmal genau sagen, wo wir sind.«

Inzwischen hatten auch Torbas und Sheera die Gondel verlassen. Gorian wandte sich ihnen zu. »Jeder von euch muss nun für sich selbst entscheiden, ob er noch die nötige Kraft hat, um mit mir zu kommen.«

»Was ist das für eine Frage!«, gab Torbas großspurig zurück. »Auch wenn mir diese Stimmen ziemlich auf den Geist gehen, das ist noch längst kein Grund, dich allein in den Untergang stiefeln zu lassen!« Seine Leichtigkeit wirkte aufgesetzt.

»Und irgendwer wird dich ja auch heilen müssen«, sagte Sheera. »Ob nun von den Wunden, die du im Kampf davontragen könntest, oder von deinem Wahn, etwas zu vollbringen, wozu die ganze Armee des Kaisers und alle Ordensmeister bisher nicht in der Lage waren.«

»Sparen wir uns das Gerede und gehen«, entschied Thondaril. Er deutete mit dem Finger in eine bestimmte Richtung und sagte: »Da lang!«

»Also für mich sieht hier alles gleich aus«, meinte Gorian. »Ich hoffe nicht, dass wir auf den letzten Meilen zum Speerstein noch im Kreis herumlaufen!«

»Wozu bist du ein Schüler der Magie?«, rief Thondaril, der schon ein paar Schritte gegangen war. »Du wolltest doch in allen fünf Häusern ausgebildet werden. Jetzt kannst du deine Ausbildung in einer Disziplin vervollständigen, die magische Orientierung genannt wird!«

Das Schneegestöber nahm an Heftigkeit zu. Es dauerte nicht lange, und sie konnten den Greifen und die Gondel nicht mehr sehen. Ob Centros Bal auf sie warten oder baldmöglichst zurückfliegen würde, war ungewiss, doch momentan hinderte ihn die Schwäche seines Reittieres daran, sich einfach auf- und davonzumachen.

Thondaril verriet den drei Schülern ein paar einfache Formeln, die dabei halfen, den Geist auf Orte, Gegenstände oder Personen zu konzentrieren, über die einem zumindest ein wenig bekannt war, sodass man sie selbst bei widrigsten Wetter- oder Wegverhältnissen zu finden vermochte.

»Verliert euch nicht gegenseitig«, mahnte der zweifache Ordensmeister. »Und achtet aufeinander. Wer sich zu stark verändert oder glaubt, gegen die Macht der Aura nicht mehr ankämpfen zu können, der soll zurückbleiben, denn er würde nur eine zusätzliche Gefahr darstellen, sollte es Morygor gelingen, die Herrschaft über seinen Geist zu übernehmen. Glaubt es mir, ich selbst habe diese bittere Erfahrung machen müssen.«

Und wenn es Euch diesmal erneut so ergeht?, ging es Gorian durch den Kopf, aber er stellte die Frage nicht laut.

Meister Thondaril blieb stehen und wandte sich zu ihm um. »*Dann werde ich diesmal hoffentlich die innere Stärke haben, das zu erkennen*«, antwortete er seinem Schüler mit einem intensiven und offenbar sehr ernst gemeinten Gedanken.

Die meiste Zeit über gingen sie schweigend durch die weiße Einöde. Der Schneefall ließ zwar nach, aber der eisige Wind wurde dafür heftiger. Er blies ihnen direkt entgegen und wirbelte immer wieder feinen Schnee auf.

Gorian murmelte die Formel vor sich hin, die Thondaril ihm beigebracht hatte. Er sah den Speerstein vor seinem inneren Auge in einer überwältigenden Klarheit, und wenn er seine Kräfte genug konzentrierte, wusste er auch, ob er sich seinem Ziel näherte oder sich von ihm entfernte.

Zunächst ging Thondaril der Gruppe voran. Er sah sich nur selten nach den anderen um und schien auch keinen Zweifel daran zu hegen, in welche Richtung sie marschieren mussten.

Alle hörten sie die Stimmen immer lauter, die ihnen einzuflüstern versuchten, entweder auf Morygors Seite zu wechseln oder umzukehren. Selbst Gorian erschien sein Vorhaben zeitweilig völlig absurd und ohne jede Aussicht auf Erfolg. Er versuchte, die Stimmen so gut es ging zu ignorieren.

Die Stunden gingen dahin. Der Himmel war so grau, als würde eine immerwährende Dämmerung herrschen. Von der Sonne war ebenso wenig etwas zu sehen wie von ihrem dunklen, durch Morygors Magie gelenkten Schatten. Der Übergang zur Dunkelheit der Nacht kam allmählich, brennbares Material gab es nirgends, und so konnten sie auch mithilfe der Magie kein wärmendes Feuer entfachen. Daher machten sie nur eine kurze Rast, denn einzuschlafen hätte den sicheren Tod bedeutet.

Oder den Untod und eine Existenz als ein Geschöpf, das Morygor willfährig zu Diensten war.

»Mit jedem Augenblick wird unser aller Kraft weniger«, erklärte Gorian. »Wir sollten daher keinen Moment vergeuden und weiterziehen.«

Es war das erste Mal seit Stunden, dass überhaupt einer von ihnen einen längeren Satz äußerte oder auch nur einen eindringlichen Gedanken formuliert hätte.

Gorian erhob sich, als Meister Thondaril auf einmal einen knurrenden Laut ausstieß. Sein Gesicht hatte sich innerhalb eines einzigen Lidschlags auf furchtbare Weise verändert. Es wirkte verzerrt und hatte fast etwas Tierhaftes an sich.

Das, was Gorian jedoch am meisten alarmierte, waren die Augen. Es war keine Schwärze mehr in ihnen, stattdessen schimmerten sie dunkelrot und erinnerten an glühende Kohlen.

Der Meister des Schwertes und der Magie schnellte empor und hatte im nächsten Moment die Hand am Griff seiner Klinge.

»Aber, Meister!«, stieß Sheera hervor.

Gorian konnte ihn nur fassungslos anstarren.

Meister Thondaril hielt inne. Seine Haltung entspannte sich wieder, und das rötliche Leuchten in seinen Augen wich jener Schwärze, die das Anzeichen für höchste Konzentration auf magische Kräfte war.

Er wirkte niedergeschlagen. Seine Hand löste sich vom Schwertgriff. »Mein Weg ist hier zu Ende«, sagte er. »Ich kann nicht weiter. Ich hatte gehofft, inzwischen stärker zu sein als damals, aber ich habe mich getäuscht. Doch dieses Mal will ich nicht den Fehler wiederholen, den ich damals beging. Diesmal nicht.«

»Was wird mit Euch?«, fragte Gorian.

Ein mattes Lächeln glitt über Thondarils totenbleich gewordenes Gesicht. »Mach dir keine Sorgen, und verlier dein Ziel nicht aus dem Fokus deines inneren Auges. Du wirst den Speerstein finden. Und ich werde hier auf dich warten.«

»Wir bleiben über Handlichtlesen in Verbindung«, versprach Gorian.

»Gewiss.«

Sie gingen bis zum Morgengrauen, und Gorian hatte die ganze Zeit über den Speerstein vor seinem inneren Auge, was er mit der Formel, die er von Meister Thondaril gelernt hatte, unterstützte.

Inzwischen war anhand einiger herausragender, wenn auch erfrorener Bäume und Anhöhen erkennbar, dass sie sich nicht mehr auf zugefrorenem Meer, sondern auf festem Land befanden.

Plötzlich sank Torbas in den Schnee. Gorian bemerkte es zunächst gar nicht, zu sehr war seine Aufmerksamkeit auf sein Ziel konzentriert.

»Gorian!«

Erst Sheeras Ruf ließ ihn anhalten und sich herumdrehen. Sie kniete bereits bei dem reglos am Boden Liegenden.

Gorian kehrte das Dutzend Schritte, das er vorausgegangen war, zurück. Torbas war so bleich wie ein Toter, den das Eis bereits mit Frost durchdrungen hatte.

»Sein Herzschlag ist kaum noch zu spüren«, sagte Sheera. »Wenn wir ihm nicht helfen, stirbt er!«

»Dann hilf ihm.«

»Danach werde ich selbst nicht mehr genügend Kraft haben zum Weitergehen.«

»Bleib bei ihm«, entschied Gorian, »und versuch ihn zu retten. Aber ich kann nicht warten.«

»Ich weiß.«

»Morygors Aura ist sehr stark, und ich weiß nicht, ob ich es selbst noch bis zum Speerstein schaffe.«

»Das wirst du«, sagte Sheera, aber es schwang wenig Überzeugung darin mit; eher hörte es sich an wie der Ausdruck einer verzweifelten Hoffnung. »Das wirst du, Gorian«, wiederholte sie, so als sei ihr selbst aufgefallen, wie schwach ihre Worte klangen, und als wollte sie diesen Eindruck revidieren.

Gorian blickte in Torbas' starr gewordenes, totenbleiches Gesicht. Aus seinen Augen war jegliche Schwärze gewichen, und für einen Moment glühte es darin ebenfalls rötlich auf, aber auch das verging. Er schien Gorian nicht zu sehen, und dennoch war Gorian sicher, dass der Gefährte seine Anwesenheit spürte.

Torbas bewegte sich ganz leicht. Seine dunkelblau verfärbten Lippen öffneten sich ein wenig, aber kein einziges Wort drang zwischen ihnen hervor.

Doch da war ein intensiver Gedanke.

»Scheint, als stünde unser Plan unter keinem guten Stern, Gorian … Aber wundert dich das? Es ist ein fallender *Stern, unter dem wir geboren wurden …«*

Gorian fühlte sich innerlich vollkommen leer, während er durch knietiefen Schnee stapfte. Mit großer Mühe überwand er eine Anhöhe. Aber es war nicht die körperliche Anstrengung, die ihm zu schaffen machte, sondern Morygors Aura, die wie ein lähmendes Gift wirkte.

Vorwärts! Zum Speerstein!

Gorian versuchte, einen anderen Gedanken gar nicht mehr zuzulassen, und die Leere, die ansonsten in seinen Gedanken herrschte, empfand er als Gnade.

»Ich erwarte dich bereits!«, dröhnte eine Stimme in seinem

Kopf, und dann folgte ein hämisches Gelächter. »*Komm nur … Erreiche den Ort deiner größten Bestimmung im Augenblick deiner größten Schwäche und – stirb! Oder bleib zurück und werde zu einem wimmernden Stück Fleisch, an dem sich meine Eiskrähen laben werden!*«

»Schweig!«, brüllte Gorian in das dunstige Eisgrau, das ihn von allen Seiten umgab und die Sicht auf kaum mehr als drei oder vier Schiffslängen begrenzte. Er schalt sich einen Narren. Das wollte diese Kreatur doch nur. Dass er seine Kräfte völlig verausgabte, noch ehe er den Ort, an dem sich sein Schicksal erfüllen sollte, überhaupt erreichte.

»Erinnere dich dessen, was du über Meister Domrich erfahren hast«, meldete sich die Gedankenstimme erneut. *»Und bereite dich auf ein ähnliches Schicksal vor, du großspuriger Narr!«*

Gorian dachte an Ar-Don. In diesem Moment wünschte er sich wie selten zuvor die Anwesenheit dieses oftmals sehr zwiespältigen Wesens. Es war in den Bergen zwischen dem Estlinger Land und Nomrigge einfach verschwunden. Wahrscheinlich hatte Meister Thondaril recht gehabt, als er sagte, dass der Gargoyle, sein Handeln und seine Motive niemals wirklich einzuschätzen waren.

An dem Morgen, bevor sie aus Basileia aufgebrochen waren, hatte Gorian einen Schatten auf dem hohen Fenstersims seiner Zelle im Gesandtschaftshaus des Ordens gesehen, dann war ein geflügeltes Wesen davongestoben. Gorian hatte nicht einmal den Schatten richtig erkennen können, und es konnte gut ein Exemplar der vielen heimischen Fledertierarten gewesen sein, für die das Basilisken-Reich bekannt war.

»Du bist allein, Gorian!«, hörte er erneut die dröhnende Stimme in seinem Geist. *»Kein Meister an deiner Seite, keine Heilerin, die sich um deine Wunden kümmern könnte, und der Gefährte, der das zweite Schwert führen sollte, ist zu schwach, um*

sich noch auf den Beinen zu halten!« Wieder folgte hämisches Gelächter. »*Ist das nicht der Augenblick, die Realitäten des Polyversums anzuerkennen, statt sie sinnloserweise zu verfluchen oder zu bekämpfen? Du wirst keine andere Schicksalslinie beenden außer deiner eigenen!«*

Als dunkler Schatten tauchte der Speerstein aus dem grauweißen Dunst auf. Die Form des Felsens war so charakteristisch, dass es keinerlei Zweifel geben konnte, dass es sich um ebendiesen handelte. Wie die Spitze eines gigantischen Speers ragte er aus dem gefrorenen Erdreich, und aus irgendeinem Grund blieben an dem dunklen Gestein kein Eis und kein Schnee haften.

Ganz oben in seiner Spitze steckten die beiden Schwerter Sternenklinge und Schattenstich. Der Stein selbst war über und über mit Runen und magischen Zeichen bedeckt. Manche waren einfach nur eingeritzt, andere hatte man mit Metall ausgegossen.

Sternenmetall, erkannte Gorian. Es musste sehr viel davon hier aufgeschmolzen und an dieser Stätte geopfert worden sein, in der Hoffnung, damit die diesem Material innewohnenden Kräfte zu bannen.

Gorian streckte unwillkürlich die Hand aus und konzentrierte die ihm innewohnende Magie. Seine Augen waren vollkommen schwarz, immerhin befand er sich in einem Zustand permanenter magischer Anspannung, was sehr kräftezehrend war. Aber anders wäre es ihm nicht möglich gewesen, gegen den Einfluss von Morygors Aura anzukämpfen.

Einige der mit Sternenmetall ausgegossenen Runen glühten auf einmal auf, schienen auf Gorians Magie zu reagieren.

Du hast nur noch wenig Kraft, meldete sich eine mahnende Stimme in seinem Inneren. *Vergeude sie nicht!*

Er konzentrierte sich auf die beiden Schwerter seines

Vaters, und obwohl an diesem Ort mehr Sternenmetall versammelt war als vermutlich an jedem anderen in ganz Ost-Erdenrund, spürte er die beiden Klingen deutlich heraus. Er hatte sie im magischen Fokus seines inneren Auges, sah sie an der Spitze des Speersteins aufleuchten und streckte beide Hände offen empor.

Konzentriere alle Kraft in den Augenblick, der alles entscheidet!, erinnerte er sich an ein Axiom des Ordens. Und so stieß er einen Kraftschrei aus. Im Fokus seines inneren Auges konnte er genau sehen, wie beide Schwerter zu zittern begannen, so stark, dass Gorian schon fürchtete, ihre Klingen könnten brechen.

Bis zur Schmerzgrenze sammelte Gorian alles an Alter Kraft, was er mobilisieren konnte, sein Kraftschrei wurde zu einem durchdringenden Kreischen, das nichts Menschliches mehr an sich hatte, und Blitze fuhren aus seinen Händen und übertrugen zusätzliche Kraft auf die Klingen.

Solange es ging, hielt Gorian diese magische Spannung aufrecht, dann mischte sich in seinen Kraftschrei ein höhnisches Gelächter, dröhnte zugleich in seinem Kopf wie der Schlag einer riesenhaften Glocke, und für ein paar Augenblicke drehte sich alles vor seinen Augen. Namenlose Schwärze legte sich über ihn. Es war die Macht absoluter Blindheit. Er schwankte einen Moment und spürte gleichzeitig, wie sich ihm etwas näherte.

Ein Wesen.

Eine Kraft.

Ein Wille …

Gorian drehte sich um, obwohl er noch immer nichts zu sehen vermochte. *Blindheit kann eine Nebenwirkung vollkommener magischer Erschöpfung sein,* erinnerte er sich daran, was er während der ersten Lektionen seiner Heiler-Ausbildung gelernt hatte.

Er zog das Schwert und den Rächer hervor.

»Sieh mich an! Oder hast du dazu schon gar nicht mehr die Kraft?«, höhnte die Gedankenstimme.

Gorian murmelte eine Formel, die ihn bei der Sammlung der Alten Kraft unterstützte. Notfalls musste er allein mit dem inneren Auge sehen, aber es war besser, wenn er darauf nicht angewiesen war.

Es war ein Fehler gewesen, gleich mit vollem Einsatz der Magie nach den Schwertern zu greifen. Er hatte dabei einen Großteil der ihm noch zur Verfügung stehenden Kräfte sinnlos vergeudet, die ihm für den entscheidenden Kampf fehlen würden. Und genau das schien die Absicht seines Gegners gewesen zu sein.

»Du hast keine Furcht, und wahrscheinlich hältst du das für einen Vorzug, du großspuriger Narr! Dabei könnte es der Grund deines Untergangs sein!«

Gorians Blick klärte sich gerade noch rechtzeitig, um den Schwarm von Eiskrähen zu erkennen, der in der Luft über ihm gekreist hatte und sich gerade wie auf ein geheimes Kommando hin auf ihn stürzte.

Blitzschnell ließ er seine Waffen durch die Luft wirbeln, wie er es von seinem Vater gelernt hatte. Er sah jeden Angriff voraus, und jeder seiner Hiebe, jeder Stich traf sein Ziel. Innerhalb weniger Augenblicke lagen ein Dutzend blutige Vögel regungslos im Schnee, und der Rest stob in heller Panik davon.

Die Gestalt, die das alles mit grausamer Ruhe betrachtete, bemerkte Gorian zunächst nicht.

»Beachtlich, wie du kämpfen kannst!«, sagte eine spöttische Stimme, die Gorian nur allzu bekannt war. Er hatte sie in seinen Gedanken zu oft gehört, seit er sich im Einflussbereich von Morygors Aura befand.

Ein junger Caladran befand sich gut ein Dutzend Schritte

von ihm entfernt. Er trug Stiefel mit hohen Schäften, eine eng anliegende Hose und ein weites Hemd, das fast bis zum Gürtel offen war und den Blick auf fast pergamentartige elfenbeinfarbene Haut freigab. Das Haar fiel dunkel und seidig über die Schultern herab und wurde durch ein edelsteinbesetztes Stirnband zusammengehalten. Das Kinn wirkte markant und das Lächeln, das in dem jugendlich wirkenden Gesicht stand, ausgesprochen zynisch.

»Na, freust du dich denn gar nicht, mich zu sehen?«, fragte der Caladran. »Ist es nicht das, wonach du gestrebt hast? Die Schicksalslinie des Herrn der Frostfeste zu kreuzen? Nun, dein Wunsch sei mir Befehl und werde hiermit erfüllt.« Er lachte und stemmte überlegen die Hände in die schmalen Hüften.

Der Caladran trug keinerlei Waffen, wie Gorian verwundert registrierte.

Was ist das für ein Spiel, das er hier treibt?, ging es Gorian durch den Kopf.

Der Caladran – wer immer er auch sein mochte – schien tief genug in Gorians Geist eindringen zu können, um die Gedanken des Ordensschülers zu lesen. Manchmal spürte Gorian, wie die magischen Fühler eines fremden Wesens seine Seele durchforschten, ohne dass er sich im Moment dagegen zu wehren vermochte. Vielleicht lag das an seiner gegenwärtigen Schwäche, vielleicht aber auch an der ungeheuren Stärke seines Gegenübers. Er spürte die magischen Kraftlinien, die von dem jungen Caladran ausgingen.

»Na los, worauf wartest du?«, höhnte der Caladran. »Wolltest du mich nicht erschlagen? Bist du nicht deswegen hergekommen? Oder stört es dich, dass ich unbewaffnet bin. Du solltest dich nicht von Äußerlichkeiten täuschen lassen, Ordensschüler. Lernt man das bei euch nicht mehr? Oder haben mich meine Freunde, die ich unter den Ordensmeistern habe, vielleicht in diesem Punkt falsch informiert?« Er zuckte mit den Schultern. »Wie auch immer, die Bezeichnung Magie ist für das, was in dieser Vereinigung von jämmerlichen Gestalten getrieben wird, etwas arg großspurig, würde ich sagen.«

»Du bist nicht Morygor!«, stellte Gorian fest.

Der Caladran lächelte erstaunt. »Du hast ja sogar deine Sprache wiedergefunden, Bürschchen. Bemerkenswert. Allmählich scheinst du wieder zu Kräften zu kommen, und ich täte wohl gut daran, dafür zu sorgen, dass du bald erschlagen wirst. Warum, meinst du, kann ich nicht Morygor sein? Weil man erzählt, dass der sich im Laufe der Zeit und unter dem Einfluss magischer Kräfte in ein abgrundtief hässliches Wesen verwandelt habe? In ein Monstrum, das die Frostfeste seit hundert Jahren nicht mehr verlassen hat und bei dessen Anblick selbst ein Orxanier Grauen verspürt?« Er schüttelte wie mitleidig den Kopf. »Man sollte erstens nicht alles glauben, was so erzählt wird. Und zweitens gebe ich zu, auf mein Äußeres zu achten, wenn ich auf die Jagd gehe. So wie jetzt!«

Er streckte die Hand aus und entriss Gorian den Rächer durch die Kraft seiner Magie. Die Waffe flog in die ausgestreckte Rechte des Caladran. »Überrascht?« Er lächelte kalt. Ansatzlos schleuderte er den Rächer zurück.

Gorian wollte ausweichen, schaffte es aber nicht rechtzeitig und wurde an der Schulter getroffen. Tief drang die Klinge in sein Fleisch, er ging zu Boden und stöhnte laut auf, als er mit der freien Hand den Rächer aus der Wunde zog. Schwarzes Blut trat aus, und für einen kurzen Moment schwanden ihm erneut die Sinne.

»Man erzählt so vieles, und es zeigt sich immer erst später, ob es der Wahrheit entspricht oder nicht«, sagte der Caladran. »So sagt man auch, dass dieser Speerstein die letzte Hinterlassenschaft eines Geschlechts von Riesen sei, die man einst von hier durch das Weltentor vertrieb. Einer blieb zurück, weil ein Erdrutsch ihn begrub, und nur die Spitze seines Speers ragt noch hervor. Und damit er nicht eines Tages wieder hervorkommt, damit er sich nicht aus der Erde gräbt, belegte man den Fels mit einem Bann, der aber durch unbedacht angewendete Magie gelöst werden könnte.« Der Caladran kicherte auf eine Weise, der eine beinahe kindlich-spielerische Grausamkeit innewohnte. »Also sei vorsichtig, welche Kräfte du hier möglicherweise entfesselst. Vielleicht aber ist es dir ja auch lieber, von einem Riesen zertreten als von mir erschlagen zu werden.«

In diesem Moment ertönte ein Geräusch, so als würde sich etwas Schweres über das Eis schieben. Aus dem Dunst schälte sich ein zunächst formlos erscheinender, riesenhafter Schatten – das Kopfende eines Leviathans. In einem Abstand von zwei Schiffslängen schien er Richtung Süden an dem Speerstein vorbeiziehen zu wollen, und es war anzunehmen, dass er bis zum lippenlosen Maul mit Wollnashornreitern und untoten Kriegern gefüllt war. Auf seinem Rücken liefen winzig erscheinende Torheimer Armbrust- und Bogenschützen herum, vermutlich ebenfalls Untote, und an den Seiten wurde der Wurm von einzelnen orxanischen Wollnashornreitern flankiert. Keiner von ihnen machte irgendwelche Anstalten, sich in den bevorstehenden Kampf am Speerstein einzumischen.

Dann aber, als der Leviathan schon eine halbe Kopflänge am Stein vorbeigekrochen war, kam der Zug des Grauens wie auf einen stummen Befehl hin zum Stillstand. Die Wollnashornreiter hielten ihre Tiere an, und die untoten Armbrustschützen positionierten sich so auf dem Rücken des Leviathans, dass sie Gorian und den Caladran gut in Blick hatten, so als wollte sich keiner von ihnen das Schauspiel am Speerstein entgehen lassen.

Der Caladran machte eine großspurige Geste. »Du siehst, mein Heer erwartet mich. Ich soll es nach Süden führen. Es wird also Zeit, dass ich den mir angeborenen Spieltrieb etwas im Zaum halte und die Sache beschleunige.« Er kicherte erneut, aber diesmal ging sein Kichern in einen knurrenden, fast raubtierhaften Laut über.

Gorian hatte sich längst wieder erhoben, hielt den Rächer, von dessen Klinge noch sein eigenes Blut troff, zitternd in der einen Hand und in der anderen sein Schwert. Die Wunde an der Schulter verursachte einen pulsierenden, sich allmählich über den ganzen Körper ausbreitenden Schmerz.

Der Caladran streckte die Hand aus und entriss Gorian mit seiner unwiderstehlichen Kraft das Schwert. Es flog durch die Luft, drehte sich mehrmals um seinen Schwerpunkt, und der Griff landete schließlich genau in der Handfläche von Gorians Widersacher. »Na los, greif mich an! Oder fehlt dir dazu der Mut?« Der Caladran schritt auf Gorian zu, umfasste dabei das Schwert mit beiden Händen, und seine Augen begannen, rot zu glühen, Strahlen schossen daraus hervor, trafen Gorian und rissen ihn von den Beinen. Er prallte gegen den Speerstein und rutschte daran zu Boden.

Ein weiterer Schwall schwarzen Blutes quoll aus der Wunde an seiner Schulter.

Und während sein Rücken den Speerstein berührte, drang eine Flut von Bildern und Gedanken in seinen Geist. Uralte Erinnerungen. Er sah Riesen, die von Scharen von Orxaniern vertrieben wurden, und einen, den ein Erdrutsch verschüttete, sodass nur die Spitze seines Speers noch aus dem Erdreich ragte. Er fühlte die geballte Wut, die sich in all den Zeitaltern in dieser Kreatur angesammelt hatte, da sie unter der Erde gelegen hatte, ohne sterben zu können. Denn der Bann, den man über diesen Ort verhängt hatte, um zu verhindern, dass sich der verschüttete Riese jemals an die Oberfläche kämpfte und sich für die erlittene Schmach blindwütig rächte, hatte ihn am Leben erhalten. Die Wut brauchte ein Gefäß – den Körper des Riesen, erkannte Gorian. Und dieses Gefäß war zum Bersten gefüllt.

Etwas davon nur für mich, dachte Gorian. Vielleicht würde das den entscheidenden Unterschied ausmachen.

Der Caladran wog unterdessen Gorians Schwert in seinen Händen. »Es ist lange her, dass ich mit einer derart primitiven Waffe getötet habe. Aber die metamagischen Berechnungen der Schicksalslinien lassen mir nun mal keine Wahl bei der Art und Weise, wie du zu vernichten bist.«

Gorian schleuderte ihm den Rächer entgegen, legte alle Kraft in diesen Wurf, aber der Caladran hob nur die Hand, und die Waffe drehte ihre Flugbahn und fuhr Gorian erneut in die Schulter, genau dort, wo er bereits verwundet war. Er unterdrückte einen Schrei und hörte das Gelächter seines Gegenübers. »Du Narr! Waffen wie dein Dolch haben die unangenehme Tendenz, zu ihrem Ausgangspunkt zurückzukehren. Das wusstest du doch. Gewiss hast du diese Eigenschaft im Kampf des Öfteren für dich genutzt. Nur so wie jetzt hast du dir das bisher nie vorgestellt, was?«

Der Caladran trat auf ihn zu, hob das Schwert wie ein nemorischer Henker.

Gorian zog den Rächer diesmal nicht aus der Schulterwunde. Der Dolch schien gegen diesen Gegner einfach nichts ausrichten zu können. Am Boden kauernd und mit dem Rücken gegen den Speerstein gelehnt, hob er beide Hände empor und streckte die Arme aus. Dabei stieß er einen Kraftschrei aus.

Alle unterirdische Wut für mich!

Ein letzter Versuch, die einzigen Waffen in die Hände zu

bekommen, die für einen Kampf wie diesen geschaffen worden waren.

Sternenklinge …

Schattenstich …

Dieses Mal zitterten die Klingen an der Spitze des Steins nicht, sondern zuckten daraus hervor, rasten als glühende Blitze herab und verstofflichten sich einen Wimpernschlag später wieder in Gorians Händen. Der Schwertstreich, mit dem der Caladran Gorian den Schädel zu spalten versuchte, wurde durch das Klingenkreuz abgefangen, das sie bildeten. Blitze zuckten die Schwerter entlang und griffen auf den Caladran über, der zitternd zurückwich. Ein weiterer Kraftschrei Gorians folgte. Das in Runen gegossene Sternenmetall auf der Oberfläche des Speersteins platzte teilweise ab, wie Geschosse schnellten die Stücke durch die Luft, und mehrere davon durchbohrten den Körper seines Gegners.

Schwankend stand dieser da, versuchte das Schwert noch einmal zu heben. Aus seinem Körper trat an einem Dutzend Stellen schwarzes Blut.

Er war nicht mehr fähig, zu sprechen.

Stattdessen erreichte Gorian ein Gedanke.

»Scheint, als hätte ich dich … unterschätzt … Aber nun beende es! Oder lässt du immer nur Gargoyles für dich töten … Ja, die Erinnerungen deiner Seele sind für mich ein offenes Buch – und wie es scheint, haben wir ein paar gemeinsame Bekannte.«

Gorian erhob sich. Auf den Rächer in seiner Schulter achtete er nicht. Er spürte nicht einmal mehr den Schmerz, wobei er sich nicht sicher war, ob das wirklich ein gutes Zeichen war. Schwankend trat er auf den Caladran zu und hob Sternenklinge, um den letzten Hieb auszuführen.

In diesem Moment verwandelte sich der Caladran. Innerhalb eines Augenblicks stand Thondaril vor Gorian –

so wie er den zweifachen Ordensmeister zuletzt gesehen hatte, mit rot leuchtenden Augen und totenbleichem Gesicht.

Das Einzige, was er mit dem Caladran gemein hatte, waren das Schwert in der Hand und die Wunden durch das vom Speerstein abgeplatzte Sternenmetall.

Heiseres Gelächter brandete dem jungen Ordensschüler entgegen, als er innehielt und sein Arm, dessen Hand Sternenklinge führte, mitten im Schlag verharrte.

Gleichzeitig zuckte das Schwert seines Gegenübers vor.

Gorian wich aus, aber zu spät. Der Anblick seines Mentors hatte ihn den entscheidenden Moment lang zögern lassen, und so traf ihn die Klinge seines Gegners noch in die Seite. Blitze zuckten aus dem Schwert, aber die Magie seines Feindes war schwach geworden.

Gorian stieß im selben Moment mit Schattenstich und Sternenklinge zu.

Thondarils Gestalt wich schwankend zurück und fiel dann schwer zu Boden. Dort verwandelte sich sein Körper abermals und wurde zu einem menschengroßen, tödlich verwundeten Wolf.

Honyrr!, durchfuhr es Gorian. Der Gestaltwandler unter den Frostgöttern, den Thondaril einst verfolgt hatte …

Die Armbrustschützen auf dem Rücken des Leviathans hatten beobachtet, was geschehen war, und Gleiches galt für die den Riesenwurm eskortierenden Wollnashornreiter.

Ein Dutzend Armbrustbolzen wurde in Gorians Richtung abgeschossen, die Hälfte verfehlte ihn knapp, und die restlichen wehrte er mit ein paar sicheren Bewegungen seiner Schwerter ganz nach Art eines Ordensmeisters ab. Aber Gorian spürte gleichzeitig, wie sich eine tödliche Schwäche in ihm ausbreitete. Sie ging von den Wunden aus, die ihm geschlagen worden waren. Der Rächer steckte noch immer in seiner Schulter. Während des Kampfes hatte er den Schmerz unterdrücken können, nun aber kehrte er mit Macht zurück und ließ ihn taumeln.

Da erbebte das Eis zu seinen Füßen. Risse taten sich im gefrorenen Erdreich auf. Spalten, so breit wie ein kleiner Bach und zwanzig Klafter tief.

Einer dieser Risse führte geradewegs unter dem Leviathan her, und auch die Schützen auf dessen Rücken wurden darauf aufmerksam. Niemand legte noch einen Bolzen ein, um Gorian damit zu beschießen.

Der Riese erhob sich, erkannte dieser. Der Bann war gebrochen, und die grenzenlose Wut, von der Gorian einen Bruchteil genutzt hatte, um sich selbst zu stärken, brach sich Bahn.

Er stolperte vorwärts. Dabei musste er den sich ständig verbreiternden Rissen ausweichen, die Eis und Erdreich auseinanderteilten und gefährliche Furchen schufen. Ohne die Fähigkeit der Voraussicht, wie sie einem Schwertmeister eigen war, wäre er verloren gewesen.

Er versuchte die letzten Kraftreserven in sich wachzurufen, hetzte vorwärts und sank dann in den Schnee. Sternenklinge schob er in die Lederscheide auf seinem Rücken, Schattenstich klemmte er hinter den Gürtel, stand wieder auf und rannte weiter. Er versuchte sein inneres Auge auf irgendetwas zu fokussieren, anstatt nahezu blindlings in die graue Eiswüste zu laufen, aber seine Kraft war erschöpft.

Er bekam nicht mit, dass seine Augen für einige Momente genauso rot glühten, wie er es bei Thondaril gesehen hatte, als er den Meister zurückließ.

Zweimal versuchte er, sich den Dolch aus der Schulter zu ziehen, aber auch dazu fehlte ihm die Kraft.

Lautes Getöse veranlasste ihn, sich umzudrehen. Was er sah, ähnelte einem in die Höhe schießenden Geysir. Die Gestalt eines Riesen brach aus dem Eis hervor, und gleichzeitig spritzten ungeheuere Wassermassen in einer Fontäne gen Himmel. Die Hitze seiner entfesselten Wut hatte offenbar das Eis unter der Oberfläche geschmolzen. Brüllend stand der Riese da, eine bleiche, zottelige Gestalt in halb zerfallener Kleidung. Es mussten die Häute von Walen sein, die er sich einst als Gewand zusammengenäht hatte. Ein magischer Lichtflor umgab sowohl ihn als auch den Speerstein, denn das alte Heiligtum der Orxanier war wieder das, was es ursprünglich gewesen war: die Steinspitze eines gewaltigen Speers.

Gorian sah noch, wie der verschüttete Riese den Speer mit beiden Pranken umfasste und ihn dem Leviathan durch den Leib stieß. Er spießte den Riesenwurm regelrecht auf, hob ihn empor, und aus dem Maul des Leviathans fielen Wollnashornreiter und Frostkrieger, deren Schreie sich mit dem Gebrüll der beiden Giganten mischten.

Der Riese schleuderte den Speer mitsamt dem aufgespießten, sich daran windenden und vor Schmerz kreischenden Leviathan hoch in die Luft. Nach endlos langen Augenblicken schlug der Riesenwurm mit einem dumpfen Laut auf den gefrorenen Boden, der unter dem Aufprall erzitterte.

Dann stampfte der Riese davon und entschwand im grauen Dunst.

Das Letzte, was Gorian sah, war sein gewaltiger entschwindender Schatten. Danach umgab ihn nur noch Schwärze, und die tödliche Schwäche ließ ihn in sich zusammensinken.

Er fühlte noch, wie etwas nach ihm griff.

»Ich wollte helfen … Aber ich hatte zu große Furcht, mich zu

nähern …« Gorian wusste nicht einmal mehr, ob dies ein fremder Gedanke war, der ihn erreichte, oder die Reflexion seiner eigenen Erinnerungen.

Und dann war da plötzlich nichts mehr.

Nichts außer der Kälte des Todes …

Epilog

Ein Ruck, dann ein schriller Laut, der von einem Greifen stammen musste.

Gorian öffnete die Augen und sah in Sheeras blass gewordenes Gesicht. Die Augen waren schwarz, gewannen aber für einen Moment ihre normale meergrüne Farbe zurück. *»Habe ich dir nicht gesagt, dass unsere Schicksalslinien miteinander verwoben sind und ich dich eines Tages werde heilen müssen?«*, empfing er ihren Gedanken.

»Was …?«

Er versuchte sich aufzurichten, aber die Kraft eines Heilsteins, der auf seiner Schulter lastete, hinderte ihn daran.

»Centros Bal hat ganz schön Mühe, den Greifen so hoch zu halten, dass Morygors Aura nicht mehr auf uns wirkt«, sagte Thondaril und wandte sich herum, um Gorian anzusehen.

»Er ist erwacht«, stellte Sheera fest, und die Erleichterung war ihr anzuhören. »Morygors Aura ist hier offenbar bereits so schwach, dass er seine Kraft zurückgewinnt.«

»Sheera hat sich wirklich als mustergültige Heilerin bewiesen, als sie dir den Dolch entfernte«, war nun Torbas zu hören, der sich anscheinend ebenfalls etwas erholt hatte. Allerdings war er noch immer so bleich wie ein Untoter und wirkte sehr abgeschlagen.

»Was ist geschehen?«, fragte Gorian. »Wie komme ich hierher?«

»Der Gargoyle brachte dich zur Gondel«, berichtete ihm Sheera. »Du warst fast ohne Leben und furchtbar verwundet.«

»Ar-Don? Wo ist er?«

»Wieder fort.«

»Er muss uns die ganze Zeit über gefolgt sein. Und die Schwerter?«

»Sie sind hier«, sagte Thondaril und holte die Klingen herbei. In der rechten Hand hielt er Sternenklinge, in der linken Schattenstich. »Du hast es tatsächlich geschafft! Allerdings hast du beinahe einen zu hohen Preis dafür gezahlt. Drei Tage hat Sheera um dein Leben gerungen, und wäre sie nicht eine offenbar außerordentlich begabte Heilschülerin, wäre es um dich geschehen gewesen.«

»Leider hat sich Morygor mir nicht selbst zum Kampf gestellt, sondern einen seiner Lakaien geschickt, um mich zu erschlagen.«

»Hast du wirklich etwas anderes erwartet?«, fragte Thondaril. »Morygor geht kein Risiko ein. Er will die absolute Gewissheit des Sieges schon im Voraus.«

»Das ist ein Punkt, der uns wohl grundlegend unterscheidet.«

»Wer war es, den er schickte?«

»Ich glaube, es war Honyrr.«

Thondarils Gesicht wurde düster. »Der Gestaltwandler unter den Frostgöttern …«

»Er wird mit seiner Gabe niemanden mehr verwirren.«

Der Meister des Schwertes und der Magie nickte bedächtig. Sein Blick war nach innen gekehrt, und seine Worte schienen mehr ihm selbst als Gorian zu gelten. »So hast du vollendet, woran ich scheiterte, mein Schüler.«